चित्रा मुद्गल

चित्रा मुद्गल का जन्म 10 दिसम्बर, 1943 को चेन्नई, तमिलनाडु में हुआ।

उन्होंने कहानी, उपन्यास, बाल उपन्यास, निबन्ध, नाटक समेत लेखन की सभी विधाओं पर अपना प्रभाव छोड़ा है। उनकी प्रमुख कृतियाँ हैं—'आवां' (आठ भारतीय भाषाओं में अनूदित), 'गिलिगड्ड', 'एक ज़मीन अपनी', 'पोस्ट बॉक्स नम्बर 203 नाला सोपारा' (उपन्यास); 'इस हमाम में', 'चेहरे', 'लपटें', 'आदि-अनादि' (तीन खंडों में), 'जगदम्बा बाबू गाँव आ रहे हैं', 'भूख', 'ज़हर ठहरा हुआ', 'लाक्षागृह', 'अपनी वापसी', 'ग्यारह लम्बी कहानियाँ', 'जिनावर', 'मामला आगे बढ़ेगा अभी', 'केंचुल' (कहानी-संग्रह); 'तहखानों में बन्द अक्स' (कथात्मक-रिपोर्ताज); 'जीवक', 'माधवी कन्नगी' और 'मणिमेखलयी' (तीन बाल उपन्यास); 'दूर के ढोल', 'सूझ-बूझ', 'देश-देश की लोककथाएँ' (बाल कथा-संग्रह); 'बयार उनकी मुट्ठी में' (लेख); 'सद्गति तथा अन्य नाटक', 'पंच परमेश्वर तथा अन्य नाटक', 'बूढ़ी काकी तथा अन्य नाटक' (नाट्य-रूपान्तर)।

उन्होंने अनेक पुस्तकों का सम्पादन किया है। दूरदर्शन के लिए टेलीफ़िल्म 'वारिस' का निर्माण किया है। प्रसिद्ध कहानियों पर आधारित 'एक कहानी', 'मंझधार', 'रिश्ते' सरीखे धारावाहिकों में उनकी कई कहानियाँ सम्मिलित हुई हैं। वे प्रसार भारती की बोर्ड मेम्बर और उसी की इंडियन क्लासिक कोर कमिटी की अध्यक्ष रह चुकी हैं। वे 42वें और 68वें नेशनल अवार्ड की ज्यूरी सदस्य भी रही हैं।

उनका उपन्यास 'आवां' बिड़ला फाउंडेशन के 'व्यास सम्मान' से सम्मानित है। उन्हें 'इन्दु शर्मा कथा सम्मान' (लन्दन), 'पुश्किन सम्मान' (रूस), 'साहित्य सम्मान' (हिन्दी अकादमी, दिल्ली), 'अवन्ती बाई सम्मान', 'साहित्य भूषण सम्मान' और 'वीरसिंह देव सम्मान' के साथ ही सामाजिक कार्यों के लिए 'विदुला सम्मान' से भी सम्मानित किया जा चुका है।

ई-मेल : mail@chitramudgal.info

एक ज़मीन अपनी

चित्रा मुद्‌गल

राजकमल पेपरबैक्स

पहला पुस्तकालय संस्करण
1990 में प्रकाशित

राजकमल पेपरबैक्स में
पहला संस्करण : 1999
छठा संस्करण : 2023

राजकमल पेपरबैक्स : उत्कृष्ट साहित्य के जनसुलभ संस्करण

राजकमल प्रकाशन प्रा.लि.
1-बी, नेताजी सुभाष मार्ग, दरियागंज
नई दिल्ली-110 002
द्वारा प्रकाशित

शाखाएँ : अशोक राजपथ, साइंस कॉलेज के सामने, पटना-800 006
पहली मंजिल, दरबारी बिल्डिंग, महात्मा गांधी मार्ग, प्रयागराज-211 001
वेबसाइट : www.rajkamalprakashan.com
ई-मेल : info@rajkamalprakashan.com

बी.के. ऑफसेट
नवीन शाहदरा, दिल्ली-110 032
द्वारा मुद्रित

मूल्य : ₹299

EK ZAMEEN APNI
Novel by Chitra Mudgal

ISBN : 978-81-267-0301-2

एक ज़मीन अपनी

एक

वह ठिठक गई। क्यारियों की चौड़ी मेड़ से एकदम सटकर धनुषाकार हो...।

जब भी 'रंगोली' आती है, उसके प्रवेश-द्वार के दोनों ओर चुने हुए गोटों और चट्टानों की सांधों में दुबकी-सी झाँकती कैक्टस की दुर्लभ प्रजातियाँ उसे मोहपाश में ही नहीं जकड़ लेतीं, बेईमान हो उठने को भी उकसाती हैं कि वह उनमें से किसी भी पौधे को पुतले से जड़ खड़े दरबान की आँख बचाकर फुर्ती से उखाड़ ले और अपने पर्स में छिपा ले...।

''उधर उस कोने में चलते हैं।'' उसने मेहता को इंगित कर तेजी से उस ओर बढ़ चलने का संकेत किया। इससे पहले कि अन्य कोई उस मेज को धाँपता, वह मेज पर पहुँच जाना चाहती थी। मनपसन्द रेस्तराँ में अगर मन मुताबिक बैठने की जगह न मिले तो वहाँ आना उसे व्यर्थ-सा महसूस होने लगता। अन्य खाली मेजों के बावजूद वह पलट पड़ती, 'कहीं और चलकर बैठते हैं...' उन्हें पलटते देख मुख्य वेटर हड़बड़ाया हुआ-सा पास आकर पूछने लगता, 'कोई गलती हो गई सर... ?', 'मैडम की तबीयत जरा गड़बड़ लग रही है।' वह खिसियाया-सा ऐसा ही कोई बहाना उछाल देता। अंकू की यह आदत उसे सख्त नागवार गुजरती और सनक की हद तक बचकानी, 'तुम जगह खाती हो या खाना... ?'

'तीनों।'

'तीसरा ?'

'साथ!' वह बगैर उसकी खीज की परवाह किए अपनी बात चाबुक-सी हवा में लहरा देती, 'मेहता! जगह, साथ, खाना—तीनों समान महत्त्व रखते हैं मेरे लिए...'

यानी बहस फिजूल है। आपके अच्छा लगने, न लगने की बात भी। आना है तो ऐसे ही आना होगा और इन्हीं शर्तों पर मित्रता भी, वरना न साथ आने की जरूरत है, न खाने की। इतने शुष्क असम्बन्धित कटाक्ष से वह गहरे कटकर रह जाता है लेकिन अक्सर उसने अपने से उबरकर अंकिता के विषय में सोचने की कोशिश की है और पाया है कि स्निग्धता के कवच के भीतर कहीं कुछ इतना अधिक छिजा है उसमें कि वह छोटी-छोटी चाहनाओं को लेकर दुराग्रह की हद तक हठीली हो उठती है...।

''हाय अंकिता...''

यहाँ...कौन ? उसी को तो पुकारा गया है ? विस्मित दृष्टि इधर-उधर दौड़ाई तो ठीक अपने दाहिनी ओर 'आब्जर्वेशन एडवरटाइजिंग' के मुख्य कार्यकारी अधिकारी

मि. मैथ्यू को खड़ा पा वह अप्रत्याशित खुशी से छलक आई। लेकिन दूसरे ही क्षण पता नहीं क्या हुआ कि उत्साह अचानक हाथ से छूटे गिलास-सा चूर-चूर हो गया। बड़े बेमन से प्रत्युत्तर में उसने हाथ ऊपर उठा दिया। "हायऽ...!"

तनिक आगे बढ़ गए मेहता ने उसकी 'हाय' पर पलटकर देखा तो सुखद अचरज से भरकर फुर्ती से उनकी ओर लौट आया।

लगभग मिनट-भर तक गर्मजोशी से हाथ मिलाते रहने के उपरान्त मि. मैथ्यू को सहसा अपने साथ आई निकट खड़ी सुप्रसिद्ध मॉडल अलका गिरिराज का खयाल आया। क्षमा-याचना करते हुए उसने बड़ी मृदुता से उससे परिचय की औपचारिकता निभाई, "अलका, अंकिता फ्रॉम फिल्मरस...मेहता फ्रॉम फिल्मरस टू..."

"हाय!" उसकी सुपरिचित मुसकान के प्रत्युत्तर में अलका ने बेहद ठंडे अपरिचित स्मित के साथ उसकी ओर देखा, जैसेकि वह अंकिता से पहली बार मिल रही हो और बावजूद इसके उसे उससे मिलने में कतई दिलचस्पी न हो!

अलका के इस अप्रत्याशित व्यवहार से आहत नहीं हुई। जानती है कि दोष अलका का नहीं है, सुप्रसिद्धि का है जिसकी फुनगी पर चढ़कर अक्सर लोगों की स्मरणशक्ति कमजोर हो जाती है और दृष्टि क्षीण। यही अलका है, जब भी उसकी एजेंसी आती थी, इठलाती हुई 'दन्न' से उसकी मेज पर आसीन हो जाती, 'अपने राम तो आज लंच तुम्हारे साथ ही करेंगे अंकू! लाई क्या हो टिफिन में?...ॐऽऽ, यह क्या घास-पात भर लाती हो?...किसी दिन भरवाँ करेले बनाकर लाओ न...और दिन बता दो...अपन सीधे आकर धरना दे देंगे तुम्हारी मेज पर...'

"कब लौटीं?"

"कौन, मैं?...गई कहाँ थी!" मि. मैथ्यू के प्रश्न से वह एकबारगी चौंकी।

"क्यों...तुम घर नहीं गई थीं?"

"गई थी पर...उस गए हुए को तो महीनों होने आए!"

"महीनों?..."

"जी, महीनों। और हुजूर...फॉर योर काइंड इंफॉरमेशन...घर से लौटते ही हमने आपको दस-बारह से कम फोन नहीं किए होंगे...न आप मिले, न प्रत्युत्तर में फोन ही किया...उलटा सेक्रेटरी से टलवाकर बेइज्जती और करवाई कि मैडम, प्लीज...आप बार-बार फोन करने की जहमत न उठाएँ...सर चाहेंगे तो आपको खुद ही फोन कर लेंगे...सन्देश पहुँचा दिया है आपका...यह तो संयोग से आज आप टकरा गए वरना...हमने तो मान लिया था कि अब हमारी भेंट नहीं होगी क्योंकि आप मिलना ही नहीं चाहते और दफ्तर पहुँचकर मैंने जबरन मिलना नहीं चाहा।"

वह कोशिश करके भी अपने को रुक्ष होने से बचा नहीं पाई। हालाँकि अपना व्यवहार स्वयं उसे अविवेकपूर्ण लगा। न यह स्थान आपसी मनमुटावों के निपटारे के लिए उपयुक्त है, न अचानक हिस्से में आई यह मुलाकात!

"कैसी बातें कर रही हो!"

मैथ्यू का स्वर अविश्वास से फुसफुसा आया।

अगले ही क्षण वह सतर्क भाव से गलतफहमी बुहारता-सा बोला, "देखो अंकिता! टकरा गए वाली लीपा-पोती यह नहीं है। मैंने तुम्हें देखते ही पुकारा...अगर तुमसे मिलना न चाहता तो कतराकर निकल गया होता...तुम्हें क्या पता चलता कि...खैर, छोड़ो...सच तो यह है कि मुझे तुम्हारे फोन की कोई सूचना नहीं मिली...रहा उस सेक्रेटरी का रवैया, उसकी तो एजेंसी से छुट्टी हो गई—वह एक अलग पचड़ा है...कम घपले नहीं किए उसने...हाँ, तुम्हारी दोस्त नीता ने ही मुझे यह सूचना दी थी कि फिलहाल तुम बम्बई नहीं लौट रहीं...किसी व्यक्तिगत समस्या के चलते...फिर नीता ने ही प्रस्ताव रखा था—अगर आपको कोई आपत्ति न हो तो अंकिता का काम मैं आगे भी देखती रह सकती हूँ। वह तुम्हारी दोस्त थी, मुझे उसे रखने में भला क्या आपत्ति हो सकती थी? काम वह बखूबी जानती ही है..."

अविश्वास और विस्मय से वह अस्थिर हो आई। वह तो अब तक इसी प्रभाव में थी कि मैथ्यू का फोन पर उपलब्ध न होने का मतलब है, उसके लिए एजेंसी में—'प्रवेश निषिद्ध'। यह मैथ्यू क्या कह रहा है! नीता ने यह झूठ क्यों गढ़ा, जबकि वह निर्धारित प्रोग्राम के अनुसार ही बम्बई लौट आई थी और आते ही सबसे पहले नीता से ही मिली थी... ?

"मैथ्यू, दो से ऊपर हो रहा है..." अलका ने अपनी कलाई मोड़ी।

"ओह! लेट अस मूव..."

अलका के याद दिलाते ही मैथ्यू कुछ इस कदर हड़बड़ाया, जैसे उसे किसी बेहद जरूरी काम का स्मरण करवाया गया हो! काटने का यह शिष्ट लहजा उसे गहरे तक खुरच गया। अधिकार-प्रदर्शन के ये तेवर भी।

"सी यू अंकिता..." उसके हाथों को गहरी आत्मीयता से छूकर मैथ्यू ने विदाई चाही।

"बायऽऽ!"

"बायऽऽ।"

उसने स्पष्ट महसूस किया कि अलका ने बड़ी अनिच्छा से उसकी ओर हाथ उठाकर विदा की औपचारिकता निबाही है। अलबत्ता मेहता पर उसने मुस्कुराहट परोसने की उदारता अवश्य बरती। उसने यह भी लक्ष्य किया था कि उसकी और मैथ्यू की बातचीत के दौरान वह निरन्तर मेहता से ही बतियाती रही थी...।

जाहिर था कि उसकी ओर से रत्ती-भर भी भाव न दिया जाना आज की नम्बर वन मॉडल को नख से शिख तक अखर गया है। अखरता रहे। शायद यह उसने जान-बूझकर ही किया ताकि व्यक्ति स्वयं अवमानना की उस धुएँ-भरी कोठरी के भीतर हो सके जहाँ औरों को ढकेलकर वह उनकी औकात बताने की फिराक में उनका दम घुटता देखकर प्रताड़ना-आनन्द उठाता है। अलका की कहाँ ले बैठी? माना कि साल-भर पहले तक अलका के साथ उसका अच्छा उठना-बैठना था पर मानसिक रूप से वह उससे इस कदर जुड़ी भी नहीं रही कि उसके आज के ये नक्शे उसे अस्त-व्यस्त कर जाएँ, लगे कि अचानक उससे उसका कुछ छिन गया है या छीन लिया गया है और वह एकाएक दरिद्र हो उठी है। मगर नीता!...नीता से उसे ऐसे दोगले व्यवहार की उम्मीद

सपने में भी नहीं थी। एक भरोसा होता है जो अचानक बीज से फूटकर अँकुआता हुआ टहनियों में फलने-फूलने लगता है। आखिर मैथ्यू झूठ क्यों बोलेगा? मैथ्यू के नि:संकोच व्यवहार से राई-रत्ती आभास नहीं हुआ कि वह उससे झूठ बोलने की कोशिश कर रहा है या अपनी कुटिलता पर परदा डालने की खातिर नीता को लपेट रहा है! कहीं कोई चालाकी होती तो क्या वह उसी पुरानी बेतकल्लुफी से उसका सामना कर पाता? बहुत बड़े पद पर है मैथ्यू। न उससे रौब खाने का सवाल उठता है, न संकोच-लिहाज का। सीधे छुट्टी कर सकता था उसकी, 'आई एम सॉरी अंकिता। मेरे यहाँ अब तुम्हारे लिए कोई काम नहीं है।' काश! ऐसा कुछ घट जाता। वह कुछ दिनों रो-बिसूरकर तनावमुक्त हो जाती। यंत्रणा की चक्की में तो न पिसती रहती निरन्तर...!

तलुवों के नीचे से उठा सर्द सुन्नाहट का बवंडर पिंडलियों से रेंगता हुआ अचानक बिच्छू के विष-सा पूरी देह में चुनचुनाने लगा। उसका पोर-पोर अपना न होने के अहसास से टूट रहा है...कोई नियंत्रण नहीं...अब गिरी अब...घबराकर उसने मेहता की बाँह पकड़ ली। अप्रत्याशित। एक दूरी उनके दरमियान सदैव खुदी रही है। मेहता ने अबूझ दृष्टि से उसकी ओर देखा। छुआ। छुअन के ठंडेपन से अधीर हो आया, "अंकू! क्या हुआऽऽ?"

प्रत्युत्तर में उसने आँखों से संकेत-भर किया कि आगे चल पाना उसके लिए सम्भव नहीं; यहीं पास वाली किसी मेज पर बैठ जाना ठीक होगा।

उसे सहारे से कुर्सी पर बैठाकर मेहता ने पास आते बैरे को वहीं से इशारा कर तत्काल पानी ले आने का संकेत किया। फिर उसकी नम, ठंडी हथेलियों को सहलाते हुए बेसब्री से पूछा, "यह अचानक...क्या हो गया तुम्हें...?"

उसने कोई उत्तर नहीं दिया। कुछ उत्तर दिये नहीं जा सकते। किसी प्रकार पर्स में से रूमाल टटोलकर वह माथे, गले पर छलछला आए श्वेद बिन्दुओं को पोंछने लगी। कुछ मेजें उसे कौतूहल से घूर रही हैं...वह स्वयं बड़ा अटपटा महसूस कर रही है...।

"तुम...एक बार अपनी जाँच क्यों नहीं करवा लेतीं...कभी मायग्रेन, कभी...?"

उसने 'करवाना है' वाले अन्दाज में खामोशी से सिर हिला दिया, फिर बैरे द्वारा लाकर रखे गए जग से गिलास में पानी उँडेलकर गटागट पीने लगी।

"घर ले चलूँ...?"

"बैठते हैं..." उसने अपने को भरसक सहेज मेहता को चिन्तित न होने देने की गरज से कहा।

कितने उत्साह से वह उसे 'रंगोली' लाया है! उसकी एक कॉपी जो 'सरस चाय' पर लिखी गई थी, पिछले साल के विज्ञापनों में सबसे ज्यादा लोकप्रिय साबित हुई और महीने-भर पहले ही उस विज्ञापन को 'एडवरटाइजिंग क्लब' नामक संस्था ने वर्ष के सर्वाधिक सार्थक विज्ञापन के रूप में पुरस्कृत कर मेहता को उसके काम के लिए सम्मानित किया है। दफ्तर के उत्साहित साथियों ने सम्मान के उपलक्ष्य में मेहता से एक जोरदार पार्टी की माँग की। और इस बात पर अड़ गए थे कि वे दालमोठ और समोसे पर नहीं टलने वाले। तन्दूरी चिकन के साथ चिल्ड बीयर से नीचे बात

नहीं जमेगी। मेहता ने थोड़ी आना-कानी करने की कोशिश की कि किसी प्रकार मामला चाय और पनीर-पकौड़ों पर निपट जाए, मगर बहुमत के सामने उसे हथियार डालने ही पड़े। मेहता ने कहा था, 'इस ट्रीट में तुम शरीक जरूर हो मगर मेरे लेखे यह शरीक होना मायने नहीं रखता। तुम्हें मैं अलग से डिनर या लंच पर ले जाऊँगा—वहीं, जहाँ तुम खाना पसन्द करोगी और वही, जो तुम खाना चाहोगी। ऐसे सुन्दर अवसर पर अगर वह नीता की टुच्चीगीरी की बात छेड़ बैठे तो अच्छे-खासे मूड पर घड़ों पानी पड़ जाएगा। अचानक बिगड़ी अपनी तबीयत को लेकर ही वह मेहता के सामने अत्यन्त अटपटा ही नहीं महसूस कर रही, लज्जित भी अनुभव कर रही है...वह पूछेगा जरूर कि...

"कुछ ठीक लग रहा है?"

"हाँ..."

"क्या लोगी?"

"कुछ भी नहीं।" बोलना जरूरी लगा।

"आज कुछ भी खा लेने यहाँ नहीं आए हैं हम!"

वह सँभली। ठीक ही तो कह रहा है मेहता। लेकिन क्या करे? भीतर की अन्यमनस्कता उसकी चेतना पर भारी-भरकम सिल्लियों-सी लटकी हुई घड़ी की पेंडुलम सदृश टिक्-टिक् करती हथौड़े के प्रहार-सी अनुभव हो रही है। जो कुछ सामने है, वह बहुत सुन्दर और अच्छा होकर भी उसके मन को अपने से बाँधने में असमर्थ है...नहीं, इस क्षण वह अपने सामने के सत्य से ही सम्बन्धित रहना चाहती है। मेज पर कुहनियाँ टिकाकर वह सीधी हो बैठ गई। वातानुकूल की ठंडक भी अब अच्छी लग रही है, हॉल में मध्यम सुर में गूँज रहा अमजद अली खान का सरोद वादन भी। ठंडक और लय की भी अपनी आँच होती है।

ठंडेपन की चींटियाँ शनैः-शनैः लोप हो रही हैं।...काफी स्वस्थ महसूस कर रही है। मेनू बता देने के बाद और भी। मेहता के चेहरे पर उगी रोशनी कितनी अच्छी लगती है!

बैरा 'चिकन स्वीट कार्न सूप' रख गया है। वह सूप के प्याले में ग्रीन चिली सॉस के साथ जिंजर शेरी मिलाने लगी...।

रोशनी आँख-मिचौनी खेल रही है...मेहता न जाने किस सोच में डुबकी लगा रहा है! चुप्पी तोड़नी ही पड़ेगी। उसने स्वर को सायास चुलबुला बनाकर उसे छेड़ा, "यह क्या मजाक है...तबीयत हमारी नक्शे दिखा रही है और तोरई आप हो रहे हैं...?"

सूप-भरी चम्मच मेहता के उदास खिंचे होंठों के पास पहुँचकर ठिठक-सी गई, "उल्लास होने जैसी बात नहीं है...?"

"मसलन...?"

"यही कि...तुम मुझे इस काबिल नहीं समझतीं कि मैं तुमसे कुछ शेयर कर सकता हूँ, बाँट सकता हूँ...परेशानियों को अपने भीतर ताला लगाके बन्द रखने का शौक है तुम्हें...कोई नहीं जान सकता, मैं भी नहीं?...हालाँकि जानने में विशेष दिलचस्पी नहीं

है मुझे, जितनी सामने हो, काफी है मगर अंकू! तुम्हारे ये ताले तुम्हारे लिए ही जख्म की शक्ल अख्तियार करते जा रहे हैं और तुम अपनी ही टीसों में घुल रही हो...टूट रही हो...बड़ा अपच दर्शन है तुम्हारा...''

मेहता क्या कह रहा है? कैसे पढ़ लिया उसने उसके मन पर पड़ी खरोंचों को? मेहता की सहलाहट पाकर एकाएक भीतर दमित आवेग पिघलता हुआ आँख, नाक, होंठों पर सुरसुराता साँसों में थर्राने लगा है। यह क्या गजब होने जा रहा है! अपने को संयत नहीं रख पाई तो अचानक फट पड़ने को व्याकुल हो आई हिचकियाँ मेहता को ही नहीं, स्वयं उसे ऐसे सार्वजनिक स्थल पर उपहास का केन्द्र बना देंगी। अगल-बगल बैठे हुए चेहरे और सामने मेहता!...मात्र सहकर्मी नहीं, मित्र भी। ऐसा नहीं है कि वह अपनी दुर्बलताएँ उससे छिपाना चाहती है, अपने दुख-दर्दों में उसे भागीदार नहीं बनाना चाहती। बस, यह उसकी आदत है। स्वयं ही स्वयं को झेलना! अपने एकान्त में...विश्वास है उसे मेहता पर...विश्वास मेहता ने अर्जित किया है। मगर ऐसा होता जरूर है कि किसी एक के विश्वास तोड़ने के साथ ही हृदय को आश्वस्त करते अन्य विश्वास भरोसे की परिधियाँ तोड़ एकाएक अनाथ हो जाते हैं...।

सिर्फ बीस-पच्चीस रोज के लिए वह अपने घर इन्दौर गई थी और मि. मैथ्यू से प्रार्थना कर गई थी कि जब तक वह शहर से बाहर है, नीता उसके हिस्से का कामकाज देख लिया करेगी। इस व्यवस्था में कोई विशेष अड़चन भी नहीं थी। अक्सर नीता के छुट्टी जाने पर उसने पूरी जिम्मेदारी से उसके हिस्से का काम सँभाला था। चूँकि मामला दूसरी एजेंसी का था, अत: इस व्यवस्था के लिए मैथ्यू की सहमति नितान्त आवश्यक थी। गरज इतनी थी कि उसके हाथों से 'आब्जर्वेशन एडवरटाइजिंग' का काम निकलने न पाए। एक वही थी जो फ्रीलांसर होकर भी मात्र एक एजेंसी के लिए ही काम कर रही थी जबकि उसके विभाग की दोनों अन्य लड़कियाँ—मारथा और नीना—एक साथ कई-कई एजेंसियों में काम कर रही थीं और धड़ल्ले से कमा रही थीं। ऐसा नहीं कि उसने कभी अन्य एजेंसियों में काम पाने की कोशिश नहीं की। लेकिन कोशिश का विशेष उपयोगी नतीजा उसके हक में नहीं आया, मात्र एकाध अनुवाद हाथ लगने के। सच तो यह है कि ऐसे छिटपुट कामों से उसकी आर्थिक अवस्था को विशेष सम्बल नहीं मिला। हालाँकि यह भी नहीं लगा कि अन्यों के मुकाबले उसमें कार्य-कुशलता का अभाव है। कारण बहुत-से हो सकते हैं जिन्हें वह अक्सर अपने सन्दर्भ में विश्लेषित करती रही कि एक तो इस दुनिया में अन्य कार्य-क्षेत्रों की अपेक्षा जबरदस्त प्रतिस्पर्धा है। अनेक महत्त्वाकांक्षी लोग जिनकी तसवीरें और खुद वे एजेंसी-एजेंसी एड़ियाँ रगड़ने के बावजूद किसी विज्ञापन में अपना चेहरा दर्ज नहीं करा पाते, हार-थककर लिखने-पढ़ने के काम से आ जुड़ते हैं। दूसरे, वह मिलनसार कतई नहीं है, जो इस दुनिया में फलने-फूलने की सर्वाधिक महत्त्वपूर्ण योग्यता है। तीसरे, इस रंगीन दुनिया में सिफारिश जैसी चमत्कारिक पूँजी का नितान्त अभाव है उसके पास। चौथा, न विज्ञापन जगत में उसका कोई गॉडफादर ही है कि जिसके इशारे पर काम उस तक चलकर आए...।

'आब्जर्वेशन एडवरटाइजिंग' के मि. मैथ्यू ने जब उसे मिलने के लिए अपनी ओर से आमंत्रित किया था, तब इस दुनिया के विषय में उसकी पूर्व धारणाएँ अपनी गाँठें प्रतीत हुई थीं। उसका जो यह विश्वास था कि प्रतिभा किसी-न-किसी रोज आदमी की पहचान बनती है, उसकी कद्र करवाती है, उसे उसकी जगह पहुँचाती है जिसकी अधिकारिणी उस व्यक्ति की क्षमता है—पुख्ता हुआ था। 'आब्जर्वेशन एडवरटाइजिंग' जैसी प्रथम दर्जे की एजेंसी का प्रस्ताव अपने-आपमें बहुत बड़ी उपलब्धि थी। किसी के लिए भी, उसके लिए भी। वह भी बिना किसी तिकड़मबाजी के। प्रस्ताव कैसे प्राप्त हुआ, वह वाकया भी कम दिलचस्प नहीं था।

हुआ यों कि उसने 'निस्को' टॉर्च पर एक विज्ञापन तैयार किया था। उस विज्ञापन फिल्म का 'ट्रायल' शो दोपहर दो बजे 'इमेज' में रखा गया था जहाँ उसे अपनी कॉपी को ओके करना था। उसे नहीं पता था कि इस शो में 'आब्जर्वेशन एडवरटाइजिंग' के मि. मैथ्यू भी उपस्थिति होंगे। मि. मैथ्यू विज्ञापन के सहज ग्राह्य रूपांतर को देख 'वाह! वाह!' कर उठे। फौरन पूछताछ कर डाली कि इतनी बढ़िया कॉपी किसने लिखी है? किसी ने उसका नाम ही नहीं बताया बल्कि उन्हें यह भी खबर कर दी कि इस समय वह थियेटर में मौजूद भी है। मि. मैथ्यू बेहिचक उससे मिलने चले आए। उसे बधाई दी और विनम्रतापूर्वक जानना चाहा कि क्या वह कल ग्यारह-साढ़े ग्यारह के बीच उनसे भेंट करना पसन्द करेंगी?

'मुझे खुशी होगी।' वह शिष्ट उत्साह से भरकर बोली थी।

दूसरे रोज वह निर्धारित समय पर उनके सामने थी। औपचारिक मुलाकात पलों में गहरी अन्तरंगता में परिवर्तित हो आई। वे कॉफी के गुनगुने घूँटों के साथ अपनी व्यक्तिगत रुचियों और उसकी अभिरुचियों में एक हद तक समानता पा विस्मित थे, आह्लादित थे। साथ ही खिन्न भी कि जिन्दगी के ढर्रे ने उन्हें कहाँ-से-कहाँ ला पटका है कि जहाँ शास्त्रीय गायन में उनकी पैठ और कुशलता अब मात्र जिंगल के सस्ते लोकप्रिय सुर-संयोजन को जानने-परखने तक सीमित हो गई है, हालाँकि अब भी सुनने के शौक को वे मार नहीं पाए हैं। बस, किसी आयोजन की भनक-भर लगनी चाहिए...कि आज बिड़ला-मातृश्री सभागार में कुमार गन्धर्व का गायन है...।

'माँ इन्दौर घराने की सुरीली गायिका थीं...पिता ईसाई होने के बावजूद कला के प्रति माँ के समर्पण में अड़चन नहीं बने।'

तीसरी कॉफी के ऑर्डर हेतु चपरासी को बुलाने के लिए बजाई गई घंटी के साथ ही वह अशिष्टता की परवाह न करती एकाएक उठ खड़ी हुई थी, 'बाहर लोग आपकी प्रतीक्षा कर रहे हैं, उन्हें भी मिलने का मौका दें। मैं चलती हूँ...।'

सुनकर वे खुलकर हँस पड़े, 'अच्छा है...अच्छा लगा।'

चलते-चलते उन्होंने उससे अनुरोध किया था कि फिलहाल तो वह बतौर फ्रीलांसर, कल से ही उनकी एजेंसी को सहयोग देना शुरू कर दे। महीने-डेढ़ महीने में निश्चित ही वे उसे स्थायी कॉपी राइटर के पद पर नियुक्त कर लेंगे...।

उसने दूसरे रोज से ही 'आब्जर्वेशन एडवरटाइजिंग' जाना शुरू कर दिया था। अपनी एजेंसी से वह तकरीबन ढाई-तीन बजे निकल जाती और 'आब्जर्वेशन' में पाँच बजे तक बैठती। उसने स्पष्ट महसूस किया कि वहाँ के नियमित फ्रीलांसर्स को उसका आना फूटी आँख नहीं सुहाया मगर इसी बीच उन तक यह भनक भी पहुँच चुकी थी कि भाषा विभाग में उसकी उपस्थिति सीधे मैथ्यू का आमंत्रण है। फिर भी विरोध के अन्य कई तरीकों से उसका साबका पड़ा। काम वितरित करनेवाले हैड क्लर्क वर्मा ने तो टुच्चेपन की हद कर दी। जिस दिन भी पाँच-दस मिनट वह विलम्ब से पहुँचती, वर्मा गुर्राए स्वर में टका-सा जवाब थमा देता, 'मैडम, हमने सोचा...आज आप आएँगी ही नहीं इसलिए आपका काम सिन्हा को सौंप दिया...सक्सेना को दे दिया, मिस शर्मा ने कर दिया, आप चाहें तो बैठें...चाय-वाय पिएँ...गप-शप्प करें...' हर रोज किसी-न-किसी बहाने उसे लटका देना वर्मा की आदत-सी हो गई। बड़ी उलझन में पड़ गई कि इस काइयाँ से कैसे निबटे। एजेंसी जाना छोड़ दे या फिर मैथ्यू से मिलकर वर्मा का कच्चा चिट्ठा खोल दे?

बहुत सोचने-समझने के बाद वह इस निष्कर्ष पर पहुँची कि वर्मा का यह व्यवहार उसके विरुद्ध सोचा-समझा षड्यंत्र है कि यह शिष्ट-सी दीखती छोकरी अगर इसी प्रकार तिरस्कृत हो लौटती रही तो आहत होकर अन्ततः एजेंसी नहीं फटकेगी और वह आराम से अपने मुँहलगों को काम बाँटकर अनुगृहीत करता रहेगा।

कुछ ही दिनों में उसे भाँपते देर नहीं लगी कि वर्मा की तमाम कमजोरियाँ हैं और जिनका खयाल उसके अधिकांश मुँहलगे हर हफ्ते 'स्कॉच' की बोतल, विदेशी कैसेट या महँगे 'इंटीमेंट' से रखते रहते हैं। यदा-कदा महँगे रेस्तराँ में डिनर या लंच मामूली बात है और वह है कि इनमें से एक भी काम नहीं कर सकती। उसे एजेंसी भी नहीं छोड़नी और काम भी उन्हीं के बीच करना है। तब एक ही रास्ता बचता है कि अपनी परेशानी से वह मैथ्यू को अवगत करा दे। उसने मैथ्यू के पास जाने का फैसला किया।

मैथ्यू सुनकर बिगड़ पड़े कि वह इतने दिनों तक वर्मा की बदतमीजी सहती क्यों रही? क्यों नहीं उसे बताया कि वह उसके साथ बदसुलूकी करता है? उसके सामने ही उन्होंने फोन करके वर्मा को तुरन्त बुलवा भेजा और बुरी तरह फटकार लगाई कि आइन्दा वह अंकिता का ध्यान रखे। कितना भी जरूरी काम हो, पाँच-दस मिनट में कोई उलट-फेर नहीं हुआ जाता और जब तक उसका फोन न आ जाए कि वह आज एजेंसी नहीं आ रही, उसका काम किसी अन्य को न दिया जाए। वर्मा के चले जाने के बाद उसने राहत की साँस ली और कृतज्ञ भाव से मैथ्यू के साथ कॉफी पी और उससे विदा लेकर अपनी मेज की ओर बढ़ गई थी।

काम सुचारु रूप से चलने लगा था...।

तभी...

घर से भैया की चिट्ठी आई कि अम्माँ की आँख का मोतियाबिन्द पक गया है और डॉक्टर तिवारी की सलाह है कि इस ठंडे मौसम में उनकी आँख का ऑपरेशन करवा लेना बेहतर होगा। तुम्हारी भाभी को सातवाँ महीना चल रहा है। अस्पताल की भागा-दौड़ी उसके वश की नहीं, अतः तुम्हारा आना अनिवार्य है। वैसे भी अम्माँ तुम्हारी

अनुपस्थिति में ऑपरेशन करवाने को कतई राजी नहीं हैं। उन्हें आशंका है कि ऑपरेशन के दौरान कहीं उनकी आँखें मुँद गईं तो चलती बेरिया तुम्हें देख नहीं पाएँगी। हालाँकि हमने उन्हें लाख समझाया कि आँखों का ऑपरेशन अब मामूली ऑपरेशन है मगर वे खूँटा गाड़े बैठी हैं कि पहले बिट्टी को बुलवा लो, तब ही अस्पताल में दाखिल होऊँगी, नहीं तो जब उसे फुरसत होगी तब ऑपरेशन करवा देना।

वह दुविधा में पड़ गई। अपनी 'एजेंसी' में उसे छुट्टी की कतई अड़चन नहीं थी। एक तो हेडक्लर्क शेट्टी का व्यवहार उसके प्रति अत्यन्त सौहार्दपूर्ण और मित्रता-भरा था। उसकी कुर्सी की सुरक्षा का भी वह पूरा ध्यान रखता था कि उसकी जगह कोई और हाथ-पैर न पसारने पाए। दूसरे, वहाँ उसे काम की भी चिन्ता नहीं थी। नीता तो थी ही, मेहता का भी भरपूर सहयोग उसे प्राप्त था। मूल समस्या 'आब्जर्वेशन' की थी। मैथ्यू के मुताबिक वह उसके काम से परम सन्तुष्ट था और उसका आश्वासन यथास्थान था। वह निश्चिन्त थी कि अगले महीने की शुरुआत या सम्भवत: मध्य तक वह 'आब्जर्वेशन' से नियुक्ति-पत्र प्राप्त कर लेगी। तीन हजार रुपए तनख्वाह कुछ मायने रखती है। निश्चित ही इस नौकरी के भरोसे वह अपनी अस्थिर जिन्दगी में स्थायित्व और तंगी से मुक्ति प्राप्त कर सकती थी। यह भी सच था कि अम्माँ उसके बगैर आँख का ऑपरेशन नहीं करवाएँगी और उनकी दयनीय हालत सचमुच बरदाश्त से बाहर है। जो अम्माँ बात-बात में अपनी तीक्ष्ण दृष्टि का करिश्मा सुनाते नहीं अघाती थीं कि पूनम की भरी उजेरिया में वे बारीक-से-बारीक सुई में भी फट् से तागा पिरो लिया करती थीं, अब गहरी रोशनी में अन्धे हो गए चिमगादड़-सी असहाय फटफटाती रहती हैं। उसे लगता है कि जिस घड़ी वह सुधांशु को छोड़कर घर लौटी थी, अम्माँ को रातों-रात तमाम बीमारियों ने धर दबोचा था। कम दिखाई देने से लेकर ऊँचा सुनने तक। आघात लगना स्वाभाविक भी था। दरअसल अपने अन्य तीनों बच्चों को लेकर वे निश्चिन्त और सन्तुष्ट थीं कि वे सभी अपने-अपने घर-घरौंदों में सुखी-सम्पन्न हैं। एक वही है, जो अनिश्चित जीवन जीने के लिए अभिशप्त है...।

एक समय था जब अम्माँ ने सुधांशु से उसके ब्याह के निर्णय को लेकर जमीन-आसमान एक कर दिया था। आवेश में धतूरा पीसकर निगल गई थी। वह तो वक्त रहते भनक लग गई और घर ही घर में डॉक्टर चौधरी ने बात सँभाल ली वरना अनर्थ होने में कोई और कसर नहीं रह गई थी। सभी को यही लगा था कि इतने बड़े हादसे के बाद वह अपने निर्णय के विषय में दुबारा सोचेगी। और सुधांशु से ब्याह की हठ छोड़ देगी। मगर उसने जो मजबूरी सामने रखी थी, सुनकर सभी के चेहरे फक्क हो उठे थे। 'हमने रजिस्टर्ड मैरिज कर ली है...डेढ़ महीने पहले ही...छिपाया इसीलिए कि अगर आप लोग राजी हो जाते हैं तो कोई समस्या ही नहीं रहेगी और अगर इनकार करते हैं तो हमें कोई फर्क नहीं पड़ेगा।' अम्माँ उसके दुस्साहस पर भर्रा आए गले के बावजूद चीख पड़ी थीं, 'कुलच्छिन्! भोगेगी...जरूर भोगेगी अपने करमन को कुलबोरन। अरे, जिनसे हमारी जाति-बिरादरी नहीं मिलती...खानपान नहीं मिलता...हुँआ बियाव-शादी नहीं टिकती अऊर टिकेगी भी नहीं...' लेकिन उसके लौटने

पर वही अम्माँ छाती कूट-कूटकर रोई थीं कि 'हाय दैया...हमरे ही बोल-कुबोल छोनी का सुख-सन्तोष डँसि लिहिन...' और उस क्षण तो वह अम्माँ का साहस आँखें फाड़े देखती रह गई थी कि जब उन्होंने आग्रह किया था, 'होनी क गटई का फंदा बनाय के न पहिने रहव...तुम कोहुक पसन्द कई लेओ बिट्टी, जात-बिरादरिही म कौन लपकौरे धरे हँ? फिर कबै तलक अकेल जिन्गी ढोइहों? बिटिया-बेटार के खातिर घर की डेहरी तबै तक...जबै तक महतारी-बाप जियत हैं...अऊर अब तो महतारी ही महतारी बची हय बिट्टी...'

पिछले महीनों से तो उन्हें एक नई खब्त सवार हुई थी, 'तू अगर अपना आगा-पीछा नहीं सोचती तो हम पे जिम्मेवारी छोड़ दे। किसी बड़े अखबार में तेरे ब्याह का विज्ञापन छपवा देते हैं। सुना है कि कइयों का ऐसे ही ठौर-ठिकाना लग गया।...वो छेदीसिंह है न...कितनी बुआ के भतीज? उनकी राँड बिटिया का ऐसे ही बनता बन गया। दूल्हा दोहाजू है अऊर वोहि का परिवार आर्य समाजी है...सुना है, कालिज में पढ़ावत है...'

वह गए बगैर रुक सकती थी? उसने समस्या मैथ्यू के सामने रख दी थी।

'यू मस्ट गो।' मैथ्यू ने उसे पूरी निश्चिन्तता से आश्वस्त किया था और उसकी इस व्यवस्था पर सहमत हो आया था कि जब तक वह लौटकर नहीं आ जाती, नीता उसके हिस्से का काम सँभाले रहेगी। बस, नीता को वह उससे मिलवा-भर दे।

एक और प्रश्न किया था मैथ्यू ने, 'व्हाट अबाउट पेमेंट्स?'

'उसकी बात आप नीता से ही कर लीजिएगा, अगर वह कहती है कि...नहीं तो उसके ही नाम...मेरे लिए कोई फर्क नहीं पड़ता। मित्र है वह मेरी।'

मैथ्यू की सौजन्यता और सहयोग से वह कृतकृत्य हो आई थी...।

अम्माँ का ऑपरेशन ठीक-ठाक हो गया था। हालाँकि उनकी दिली मंशा यही थी कि वह कुछ दिनों और उनके पास ठहरती, मगर उसने तुरन्त नये काम की मजबूरी प्रकट कर उन्हें संकेत कर दिया था कि वह उसी कार्यालय में हफ्ते-डेढ़ हफ्ते बाद स्थायी नौकरी प्राप्त कर लेगी। इसलिए इस वक्त अधिक रुकना उसके लिए मुनासिब नहीं होगा। एक बार नौकरी पक्की हो जाए तो फिर कोई हबड़ा-तबड़ी नहीं मचाएगी। कुछ दिनों उसके पास इत्मीनान से आकर रहेगी।

'तब हम न रोकिबै...हर्जा है।' अम्माँ ने भर्राए स्वर को भरसक संयत कर अनुमति दे दी थी और उसे जैसे उपहार-सा देती हुई बोली थीं, जैसे ही उसे नौकरी के पक्के होने की चिट्ठी मिलेगी, वे चाहे एकाध रोज के लिए ही सही, उसके पास जरूर आकर रहेंगी। वह हर्ष-विह्वल हो उनसे लिपट पड़ी थी—बन्दरिया के बच्चे सी। 'चलो, तुम्हारा प्रण तो टूटा अम्मा।' कहाँ तो वह जब भी अम्माँ से अपने पास आकर रहने का आग्रह करती, वे रिसाती हुई उसे झिड़क देतीं, 'सब्बै तो चक्कर लगावत रहत हैं तोहरे लगे...हमरी छोड़...अई बिटिया के घर का पानी पीके नरक जइबे का हम...राम-राम!'

चलते समय भैया ने उसे आश्वस्त किया था कि वह बड़ी भाभी को भिंड से लिवा लाएगा जाकर। वह चिन्तामुक्त होकर लौटे। भाभी आ जाएँगी तो रीना की जचकी

की समस्या भी हल हो जाएगी और अम्माँ की देखभाल में भी व्यवधान नहीं पड़ेगा। हाँ, भाभी के पहुँचने तक वह एक नर्स की व्यवस्था किये ले रहा है। कुछ पैसे ही खर्च होंगे सो हो जाएँगे।

हमेशा से विपरीत, विदा के समय भैया ने उसे एकाएक बाजुओं में भर लिया था, 'कोई तकलीफ नहीं उठाना बिट्टी! हम हैं...'

रीना भाभी ने हौले से मुट्ठियों में कुछ नोट दबा दिये थे, 'अपनी पसन्द की साड़ी खरीद लेना बिट्टी।' वह जानती है, रीना को अच्छी तरह मालूम है कि वह पचास-साठ से ऊपर की साड़ी नहीं पहनती, फिर इन पाँच सौ रुपयों का... ? आँखें छलछला आई थीं। यही घर है, यही लोग हैं, तब किसकी परवाह की थी उसने ? इनमें से कोई भी याद नहीं था तब सिवा सुधांशु के...।

घर पूरे सफर-भर उससे लिपटा साथ चलता रहा और अपने उस छोटे से कमरे में भी वह उससे अलग नहीं हो पाई थी। उदासी के बावजूद कहीं आश्वस्त थी कि भैया पूरी निष्ठा से सारी जिम्मेदारी सँभाल रहा है। उससे बड़ा ही कितना है ? मात्र डेढ़ साल। और भी तो बहुत बड़े हैं पर जिस तत्परता से वह सारी दौड़-धूप अपने सिर पर झेलता रहा, वह भीतर से बड़ी सनाथ महसूस करती लौटी। यही वजह थी कि उदासी के बावजूद वह रत्ती-भर निष्क्रिय नहीं महसूस कर रही थी।

रात उसने मैथ्यू को घर पर फोन किया। हालाँकि अन्देशा जरूर था कि हो सकता है, मैथ्यू उसे घर पर न मिले। उसका अन्देशा सही निकला। फोन मैथ्यू की पत्नी ने उठाया और पूछने पर बताया कि वह घर पर नहीं है। 'ओबेराय' किसी पार्टी में गया हुआ है और एक-डेढ़ से पहले क्या ही लौटेगा। बेहतर यही होगा कि वह उसे सुबह आठ और नौ के बीच फोन कर ले। तब अवश्य उससे मुलाकात हो जाएगी...।

एक तो आत्मीय-जनों से बिछोह की उदासी, ऊपर से मैथ्यू से बात न हो पाने की अन्यमनस्कता। देर तक पढ़ने का उपक्रम करती वह कभी घूँट-दो घूँट पानी घुटक लेती तो कभी बगैर तलब के कॉफी का प्याला बनाकर तिपाई पर धर लेती। अपनी मनःस्थिति पर उसे कोफ्त भी हुई कि यह क्या बचपना है ? घर से दूर होने की खिन्नता जरूर है उसे, पर यह बेचैनी ?...यह बेचैनी मैथ्यू से बात न हो पाने की ही है शायद! दिमाग में यह भी खयाल आया था कि क्यों न मैथ्यू को सीधे 'ओबेराय' में ही फोन कर ले ? पार्टी 'क्रिस्टल' हॉल में ही हो रही है। जरूर बुला देंगे उसे। पर...यह अशिष्टता नहीं होगी क्या ? वह तो उससे बतियाने के पीछे ऐसी अधीर हो रही है कि जैसे बरसों से अपने प्रिय का बिछोह झेल रही हो जबकि मैथ्यू इस रिश्ते के कहीं आस-पास भी नहीं फटकता। कारण यही नहीं लगा कि मैथ्यू के प्रति जो बेचैनी है, वह सीधे-सीधे नौकरी के पक्के होने की सूचना पा लेने की अन्दरूनी धुकपुकाहट है। वह तो है ही। और चूँकि उसका सीधा ताल्लुक मैथ्यू से है, अतः यह भी एक कारण है। मगर सिर्फ यही नहीं है, स्वयं मैथ्यू भी...उसका सरल, शालीन एवं प्रतिभा-पारखी व्यक्तित्व भी। मैथ्यू सदैव अपने सान्निध्य में यह अहसास देता है कि आप उसके लिए उतने ही महत्त्वपूर्ण और जरूरी हैं जितना वह आपके लिए...। चलते समय मैथ्यू ने कहा था,

'लौटते ही तुरन्त फोन करना। हो सकता है, तुम्हारे लौटने तक तुम्हारा नियुक्ति-पत्र तैयार हो जाए...यह शुभ समाचार सबसे पहले मैं ही तुम्हें देना चाहता हूँ...'

सुबह ऑफिस के लिए निकलने से पहले वह निकट के पोस्ट ऑफिस गई। वहीं से उसने मैथ्यू को दुबारा फोन किया। फोन किसी नौकर ने उठाया। उसका 'हलो' में फूटता उत्साह 'धुप्प' से बुझ गया।...'साहब हैं?'

किन्तु नौकर ने उसे अनसुना कर प्रतिप्रश्न किया कि वह कौन बोल रही हैं?

'अंकिता फिल्मरस से।'

'साब नई हय घर पे।' नौकर के लहजे से उसे स्पष्ट आभास हुआ कि जैसे वह किसी के निर्देश पर उसे टाल रहा हो! उसने दुबारा पूछने की धृष्टता की, 'साहब सो तो नहीं रहे?'

'जब्बी घर पे नई होएँगे तो सोएँगे किदर से?'

'अच्छा, मेमसाब हैं?' उसने सोचा कि इस बदतमीज के मुँह कौन लगे। सीधे-सीधे उन्हीं से बात कर ले तो सही स्थिति पता चल जाएगी कि मैथ्यू कहाँ मिलेंगे। क्योंकि रात उन्होंने ही उसे सुबह फोन कर लेने के लिए कहा था। पर उसने पाया कि नौकर का लहजा पूर्वापेक्षा अधिक उद्दंड और अशिष्ट हो आया, 'मेमसाब हफ्ते-भर पैला अपना मुलुक को गया अऊर कुछ पूछना हय?' और कुछ पूछने से पहले ही फोन 'खट्' से रख दिया गया। समझ नहीं पाई कि आखिर...रात तो मैथ्यू की पत्नी से बात हुई थी, फिर सुबह वे अचानक हफ्ते-भर पहले मुलुक कैसे चली गईं...और सुबह मैथ्यू भी नदारद है?

घर पहुँचकर आधे घंटे तक इसी उधेड़बुन में पड़ी रही—क्या मैथ्यू उससे मिलना नहीं चाहता?

क्यों जुड़ जाती है? क्यों जीने लगती है किसी के साथ को? क्यों उसे अपना मानने-समझने लगती है? वही...वही सहसा टीसों के खंदक को कुरेद देता है, जिसे ढँकते-तोपते उसे बरसों लग गए और जब वह उस खंदक को तोप पाई तो लगा था कि अब वह जी भी सकती है...जीना भी चाहती है...यह जो अपने-आपको उसने पुनर्जन्म दिया है, अपने गर्भ में अपने जन्म की प्रसव-पीड़ा झेली है, वह सिर्फ अंकिता है—अंकिता छाबड़ा नहीं। अब जो यह अंकिता है, उससे सुधांशु नाम के किसी पुरुष का कोई वास्ता नहीं...उस सुधांशु से, जो ब्याह से पहले प्रशिक्षण के लिए जाते हुए उसे छिहत्तर पते लिखे लिफाफे थमा गया था और उन खतों की खुशबू जवान भी नहीं होने पाई थी कि असमय दम तोड़ बैठी। मुश्किल से तीन साल साथ रह पाए वे...उसे पहली बार यह अहसास हुआ था कि कुछ लोग दूर से ही अच्छे लगते हैं, अच्छे होते हैं। हरियाली के बीच गुँथे पोखर-से, जिसका सड़ा हुआ पानी गले से नीचे उतरते ही विष बनकर शिराओं को सुन्न कर देता है।

'तुम मामूली औरत...क्या है तुममें? सिवा तराशी देह के? और मैं सिर्फ तराशे शरीर के साथ नहीं रह सकता...पुरुष को इससे आगे भी कुछ चाहिए होता है। महज शरीर पाने के लिए उसे घर में औरत पालने की जरूरत नहीं होती...'

...कौन-सी, कैसी अपेक्षाएँ थीं सुधांशु की उससे ? और वे...जिन्हें उसने उसके जमाविडे में रात दो-दो बजे तक ताश की बाजियों में खेला, 'चिल्ड' बीयर के गिलासों में 'टोस्ट किया, गुल्लक की चिल्लर समेट, 'यार रंग नहीं जमा ?' को जमाने के लिए नि:संकोच गिन दिये...बगैर यह सोचे-समझे कि कल जब दूधवाले की घंटी बजेगी तो दूध कैसे लेगी और अगला गुजारा कैसे होगा ? उसके वे दोस्त जो अपने घरों में पारिवारिक मर्यादाओं को पालते, शान्ति-व्यवस्था को भंग न करने को पूर्णतः अनुशासित-समर्पित जब सारी हुड़दंगों की छूट, 'भाभी, तुसी ग्रेट हो'—के तमगे टाँक बेहिचक लेने को अपना अधिकार समझने लगे तो उनकी बीवियों की तुलना में अपने 'ग्रेट' और 'अंडरस्टैंडिंग होने का गुमान ओढ़े वह सारी अव्यवस्था में जिन्दगी की सार्थकता खोजती रही थी पर...एक क्षण उसे बोध हुआ था कि जिन विभ्रमों को जिन्दगी के मायने बनाकर बड़प्पन के आडम्बर में घिरी हुई बैठी है—पाखंड है, जिसका मुखौटा जब दिन के उजाले में तमाम तकाजों से बेपर्द होता है तो वह अपने को पानी की सतह पर डाँवाँडोल एक तख्ती पर तलुवे साधती पाती है...।

'मैं घर को जीना चाहती हूँ, बरदाश्त करना नहीं...और...।'

'और क्या ?'

'और...धर्मशाला की तख्ती आज से मेरे घर के दरवाजे पर नहीं टँगेगी...' मैं सिर्फ गृहिणी ही नहीं हूँ, एक स्त्री भी हूँ...आखिर सुबह से रात के बीच कोई एक क्षण ऐसा नहीं हो सकता जिसे मैं नितान्त अपने लिए जी सकूँ...कागज-कलम लेकर बैठ सकूँ। जो पढ़ना चाहती हूँ, पढ़ सकूँ ...लिखना चाहती हूँ, लिख सकूँ ?

'यह मेरा घर है...और यहाँ तख्ती वही लटकेगी जैसी मैं चाहूँगा...इसका फैसला तुम कैसे कर सकती हो ?'

'मैं ही करूँगी...क्योंकि इस घर के लिए मैंने अपना सबकुछ होम कर दिया है...मुझे हक है यह फैसला करने का...।'

'यू शटअप...कमीनी औरत...!'

'कमीनी... ?' वह क्षुब्ध हो दीवार पर अपना माथा पटक बैठी थी और भयंकर तनाव के क्षणों में विक्षिप्त-सी हो अक्सर पटकने लगी थी। दीवारें तो उसकी छटपटाहट से बेअसर रहीं, अलबत्ता अड़ोस-पड़ोस में उसे अवश्य बहाने गढ़ने पड़े थे, 'बाथरूम घिसते हुए पाँव रपट गया'...'कमजोरी से चक्कर आ गया...।'

सुधांशु ने कहा था, 'अच्छा हुआ जो हमारा बच्चा जीवित नहीं रहा, नहीं तो ताउम्र वह मुझे तुमसे जोड़े रहता...कुरेदता रहता कि तुम मेरे बच्चे की माँ हो—मेरे पहले बच्चे की।'

क्रोध में आकर उसने सँजोकर रखे गए छोटे-छोटे झबलों और लँगोटियों को निर्ममता से स्टोव के सुलगते बरनर पर रख दिया था, 'मेरे लिए भी उसका मरना मेरी जिन्दगी से तुम्हारा निष्कासन है...वरना उसकी शक्ल में जिन्दगी-भर मुझे तुमको ढोना पड़ता...क्योंकि वह हमारा बच्चा नहीं था...तुम्हारी कामुकता का परिणाम था...मुझे तुमसे घृणा है, घृणा...तुम्हारी ऐयाशियों और ज्यादतियों को सती-साध्वी बनी माँग

में सजाए इस मुगालते में रहना कि मैं स्त्रीत्व की पूर्णता का भ्रम जीती रहूँगी—लो, इसी वक्त यह रिश्ता खत्म।' उसने अपनी कलाइयों की चूड़ियाँ झन्न से फर्श पर उछाल दी थीं और पैरों के बिछुए लोढ़े से कुचल दिये थे।

सुधांशु पगलाए साँड-सा टूट पड़ा था उस पर, 'स्साली रंडी...यही तो तेरा असली रूप है...इतिहास पढ़ाना चाहती है...प्रोफेसर बनना चाहती है, तू कभी नहीं बन सकेगी...कभी नहीं...' सुधांशु ने उसकी कविताओं की कॉपी चिथड़े-चिथड़े कर कूड़ेदान में फेंक दी थी।

वह फटी-फटी आँखों से उन चिथड़ों को घूरती रह गई थी...। उसे लगा था, यह कविता की कॉपी के चिथड़े नहीं हैं, उसके 'स्व' को चिन्दी-चिन्दी कर कूड़ेदान में फेंक दिया गया है और अब वह अपने होने को और अधिक अनदेखा नहीं कर सकती...।

सुबह आईने में चेहरा अपना होने से इनकार कर रहा था। दाहिनी आँख सूजकर गूलर हो उठी थी, निचला होंठ कटकर फटे गुब्बारे से फुलाई गई पुटकी-सा हुआ आया था।

यह वह थी...?

अपनी टेबुल पर बैठी तो उद्विग्न-सी पहलू बदलती रही। कुछ देर पहले मेहता उसे दफ्तर के नीचे उतारकर एक विज्ञापन 'शो' देखने चला गया है। उससे लगातार आग्रह करता रहा कि क्यों न वह भी उसके साथ शो देखने चले? इस अनमनाहट में वह काम करने से तो रही। जहाँ तक चार-साढ़े चार के दरमियान 'बाम्बे हॉस्पिटल' पहुँचने का सवाल है, वह उसके साथ हॉस्पिटल तक नहीं चल पाएगा लेकिन इतना निश्चित है कि उसे टैक्सी जरूर कर देगा, ताकि वह समय से वहाँ पहुँच सके।

असमंजस ने किसी निर्णय पर नहीं पहुँचने दिया। वह जानती थी कि यह इनकार बस ऊपरी-ऊपरी ही था। मेहता अगर साथ चलने की बात उसकी मर्जी पर न छोड़कर तनिक भी दबाव डालता कि 'तुम चल रही हो अंकू!' तो वह निश्चित ही टैक्सी का दरवाजा न खोलती। मेहता समझ भी नहीं पाएगा कि अपने अकेलेपन के साथ अकेला होना कितना डरावना है, खौफनाक भी और कभी-कभी अपने स्वाभिमान की ऐंठ में आदमी अपने को ही किस कदर सबसे काट लेता है...?

काम मेज पर पड़ा है और शायद पड़ा ही रहेगा। सुबह, दोपहर के जिम्मे छोड़ गई थी। लेकिन क्या पता था कि दोपहर उसके प्रति इस कदर उदासीन हो उठेगी। और हॉस्पिटल? कैसे जा पाएगी इस तरह...उन लोगों के बीच जिनसे मिलना कभी व्यावहारिकता में भी सम्मिलित नहीं कर पाई? पर जाना टाल नहीं सकती। जाना उनके लिए नहीं है। अम्माँ के खत के लिए है। अम्माँ ने लिखवाया है कि तेरे पछाँहवाले फूफा हफ्ते-भर पहले मिलने आए थे कि बिट्टी का पता-ठिकाना दे दो। छुट्टन (उनके छोटे भाई...) के ऑपरेशन का वैसे ही बेहिसाब खर्च है। बिट्टी के भरोसे रहने-ठहरने का इन्तजाम हो जाएगा तो बड़ा सुभीता हो जाएगा। फिर सुना है कि उसकी अच्छी

पहुँच है बड़े-बड़े लोगों तक। आड़े वक्त पर बहुत काम देते हैं ऐसे लोग...परन्तु मैंने उन्हें टरका दिया है कि आप अपने किसी दोस्त के यहाँ रहने-ठहरने का इन्तजाम कर लीजिए क्योंकि दिक्कत यह है कि बिट्टी फिलहाल दफ्तर के काम से बंगलौर गई हुई है, लौटेगी बीस-बाईस तक। लौटते ही आपसे भेंट-मुलाकात कर लेगी। जानती हूँ, तेरे एक कमरे में इन कूढ़मगजों का गुजारा सम्भव नहीं। लम्पट तो वे परले दरजे के हैं, बिरादरी में गढ़ते फिरेंगे कि साहब, वो तो ऐसे रहती है, वैसे रहती है। तू बाईस की संध्या को चले जाना। जब तक ऑपरेशन हो चुका होगा। जाहिर यही करना कि तू सुबह ही बंगलौर से लौटी है और आते ही मेरी चिट्ठी से पता चला कि...हाँ, फल-वल साथ लिये जाना। असल में कायदे से किसी को अपने यहाँ से दुख-सुख निभाने जाना भी चाहिए था मगर किसको फुरसत है और किसे भेजूँ? वक्त पड़े ही अपने-पराये की पहचान होती है मगर बिट्टी, साँप को दूध पिलाना खुली आँख मक्खी निगलना होगा।

पढ़कर वह मुस्कुरा दी थी। अम्माँ और भैया उसे सदैव लोकापवाद की नाजुक स्थितियों से बचाते रहे हैं। एकाध बार उत्साह और बेहबूदी में आकर अम्माँ ने कुछ लोगों को उसका पता थमा दिया था कि भेंट कर तनिक हमारी बिट्टी के हाल-चाल ले आना। पता चला कि भेंट करने के बहाने बकसिया सिर पर धरे हुए वे सीधा उसके कमरे पर आ धमके थे और ऐसी मगपच्ची हुई थी उसकी कि न पूछो। पीछे लगाई-बुझाई हुई सो अलग।

''ये नीता का टिफिन बॉक्स है...तेरे पास छोड़ दें?''

वह चौंक पड़ी। अपने बैग से पोलीथिन में लिपटा स्टील का डिब्बा निकालती हुई मारथा बोली, ''मैं हफ्ते-भर का छुट्टी पे गोवा जाता...आजकल तो खाना लाती न...मम्मी आया न उसका...तेरे को ठीक नई क्या? इतना थकी दीखती?''

मन किया कि मेज़ पर सरकाया गया टिफिन बॉक्स उठाकर मारथा के सिर पर दे मारे। उसे आड़े हाथों ले कि आखिर उसने उसे समझ क्या रखा है? क्या वह नीता की टट्टू है? क्यों रख ले उसका टिफिन? उसकी चीजों की सार-सँभाल का ठेका ले रखा है उसने?

''रख दो, दे दूँगी।'' स्वर संयत था, लहजा ठंडा। अन्य कोई दिन होता तो टिफिन लेते ही वह सीधा वाश बेसिन पर पहुँचती, उसे धोती-पोंछती और साधिकार अपने बैग में रख लेती। निश्चित ही उस रोज तो लौटाया न जाता। दूसरी सुबह वह उसके बैग में होता और उसमें भरी होती नीता की कोई मनपसन्द सब्जी...।

मेज पर पसरे कागजों की सियाह पंक्तियाँ अचानक गड्डमड्ड हो एक शक्ल में गुँथ आईं। काले-पीले धब्बों से भरी तराशी हुई शक्ल। कैसे बनने लगी थी जब उसने घर से लौटकर पूछा था कि क्या वह 'आब्जर्वेशन' नियमित जाती रही थी? 'ओऽ, नो अंकू। तुमसे वादा तो कर दिया था कि तुम निश्चिन्त होकर घर जाओ, मैं तुम्हारा सारा काम सँभाल लूँगी मगर इतनी भागा-दौड़ी मुझसे सम्भव नहीं हो पाई। बीच में एक मद्रास की फिल्म की 'डबिंग' का अनुबन्ध पूरा करना पड़ गया...मैंने मैथ्यू से

तुरन्त स्पष्ट कर दिया था कि...आई एम रियली सॉरी अंकू...' और जब उसने क्षुब्ध होकर मैथ्यू के उपेक्षापूर्ण व्यवहार का जिक्र कर उससे परामर्श चाहा कि वस्तुतः उसे क्या करना चाहिए, क्या वह मैथ्यू के दफ्तर जाकर मिले ? या उसे कोई खत लिखे ? प्रत्युत्तर में नीता खासी मासूमियत ओढ़कर बोली थी, 'बेहूदी बातें मत करो...तुम्हारी अपनी कोई इज्जत नहीं ? दफ्तर में भी अगर उसने मिलने से इनकार कर दिया तो सबके सामने भद्द नहीं होगी ? उसके फोन पर न आने का सीधा-सीधा मतलब है, गुड बाय !...छोड़ मैथ्यू प्रकरण ! गरज थी तब खुद ही बुलाने आया था तुम्हें...गरज होगी, फिर दौड़ा-दौड़ा आएगा...बड़े मैथ्यू देखे हैं, डाल 'ऐश ट्रे' लिस्ट में...'

नीता की बात तर्कसंगत लगी थी। काम करती है, करते रहना चाहती है, और...ज्यादा से ज्यादा करना चाहती है, स्थायित्व अभीष्ट है लेकिन स्वाभिमान ताक पर रखकर नहीं ! वह मैथ्यू के पास नहीं गई थी। मैथ्यू ने स्वयं उससे मिलने का आग्रह किया था और अब नहीं जाएगी। उसे नहीं याद पड़ता कि उसने कभी अपने काम में कोई कोताही बरती हो। फिर उसका दोष ? अवहेलना तो उसने सुधांशु की भी बरदाश्त नहीं की थी...।

मगर...अरसे बाद मैथ्यू से हुई आकस्मिक भेंट ने उसके सारे भ्रम तोड़कर जिस कुरूप सत्य को उद्घाटित किया है, सुनकर वह हत्प्रभ है...क्या वह विचार-शून्य है ? या उसके सोचने-समझने-परखने की क्षमता कुंठित और अपरिपक्व है ? क्या वह अतिभावुक है या हीनत्व से पीड़ित ? कि सुधांशु से तिरस्कृत, प्रताड़ित, क्षुब्ध मन किसी की मामूली-सी भी सहानुभूति या सौहार्दपूर्ण व्यवहार से उसे अपना समझने की भूल कर बैठता है ? ऐसा नहीं है तो जिस किसी व्यक्ति के सन्दर्भ में वह अपनी आत्मीय राय कायम ही नहीं करती, उस राय को पूरी अन्तरंगता और सघनता से जीवन में जीने लगती है—टूटती क्यों है ? छली क्यों जाती है ?

यही नीता है, विभाग में जब वह नई-नई आई थी, सहकर्मियों ने उसे आगाह किया था, 'बड़ी कुत्ती चीज है, दूर रहना इससे।' कई किस्से, कई अफवाहें उसके कानों में खुसफुसाई थीं कि एक समय वह छैला बॉस मि. गुहा की सूची में खासा ऊँचा नम्बर रखती थी। बॉस अब भी बासी चीजों के शौकीन हैं और उन्हें इज्जत बख्शना उनका मिजाज है और उनके मिजाज को कैसे भुनाना चाहिए, इस गुर में नीता माहिर है; कि मिस अंजू कृपलानी के विरुद्ध बॉस के कान फूँक इसी कमीनी ने उसे पक्की नौकरी से बरखास्त करवाया था, इस खुन्नस पर कि वह पूरे विभाग को बॉस के संग उसकी संदिग्ध गतिविधियों की गर्मागर्म खबरें परोसा करती थी...लेकिन उसे नीता के सम्बन्ध में ये छिछोरी टिप्पणियाँ कार्यालयी विद्वेष का परिणाम लगी थीं। उसकी मान्यता थी कि अक्सर बिन्दास व्यक्तित्व अपने खुले चाल-चलन को लेकर सामान्य-जन में आलोचना का विषय बनते रहते हैं। नीता उसे ऐसा ही अलमस्त व्यक्तित्व महसूस हुई थी। कुछ लोगों की चुटकी पर तो उसने भिन्नाकर जवाब दे मारा था कि जब वह 'बॉस' की लिस्ट में खासी धाक रखती थी तो अब तक अपनी नौकरी पक्की क्यों नहीं करवा पाई... ?

एक अरसे तक दोनों 'हाय-हूय...' तक ही सीमित रहे थे। लेकिन उसने स्पष्ट महसूस किया था कि पूरे विभाग को घास न डालनेवाली नीता उसके प्रति रुक्ष नहीं है, बल्कि उसे तो यही आभास हुआ था कि जैसे वह उससे बतियाने को ही नहीं, मित्रता को भी उत्सुक है। संयोग से नीता का ही एक फोन उनकी बोलचाल का माध्यम बन बैठा था। फोन क्लर्क शेट्टी के नाम था और शेट्टी विभाग में उस समय मौजूद नहीं था। सहकर्मी सलीम ने सम्भवत: नीता के 'और कौन-कौन है' पूछने पर उसकी उपस्थिति की बात बताई होगी क्योंकि उधर से नीता का ही आग्रह हुआ कि सलीम उसे फोन पर बुला दे। उसे अच्छा लगा कि नीता ने सन्देश सम्प्रेषण के लिए सलीम की बनिस्बत उसे महत्त्व दिया। शायद उसे विश्वास रहा हो कि वह बिना लाग-लपेट के उसकी बात सही जगह सही रूप में पहुँचा देगी।

नीता ने ठीक ही समझा था। उसकी ही क्या, किसी के भी व्यक्तिगत मामले में न उसे दिलचस्पी थी, न उत्सुकता। न अन्तरंगता की यह शर्त ही लगती रही कि बिना अतीत बाँटे या वर्तमान साझीदार बनाए मित्रता सम्भव नहीं। कारण कि वह स्वयं अपनी जिन्दगी में न किसी की दिलचस्पी बरदाश्त कर पाती है, न खुफिया ताक-झाँक, न बेवजह टीका-टिप्पणी, न बिन माँगे सलाह-मशविरा...मेहता और नीता के मुताबिक वह जितनी बुद्धिमान है उतनी ही शिष्ट, सलीकेदार, समझदार और संवेदनशील भी। उसकी प्रकृति जैसा सन्तुलन बहुत कम व्यक्तियों में दृष्टिगत होता है। नीता ने तो यहाँ तक कहना शुरू कर दिया था कि वह एक ऐसा लॉकर है जहाँ सबकुछ उगलकर निश्चिन्त हुआ जा सकता है। अपने व्यक्तित्व पर की गई ये टिप्पणियाँ उसे न जाने कितना सम्बल सौंपती रहीं उसके संघर्ष की धार तीक्ष्ण करती हुई! साथ ही यह अहसास भी पुख्ता होता रहा कि कोई एक व्यक्ति न जिन्दगी का अन्तिम पड़ाव होता है, न पर्याय...।

वही नीता...कैसे खेल पाई इतना बड़ा छल उसके साथ?

वह जैसे ही विभाग में दाखिल हुई थी, नीता कहीं जाने की हड़बड़ाहट में 'हाय' करती उसकी बगल से निकल गई थी। वह रोकना चाहकर भी उसे नहीं रोक पाई थी, न यह अनुमान लगा पाई थी कि आज की उसकी व्यस्तताएँ क्या हैं। कहाँ हो सकती है वह, कहाँ मिल सकती है उसको। यह नीता की ही आदत थी कि चलते-चलते वह अपनी व्यस्तताओं से उसे अवगत कराके ही विदा होती ताकि उसके पीछे उसका कोई जरूरी फोन आए तो वह सन्देश ले सके या फिर अगले को खबर दे सके कि इस वक्त वह कहाँ होगी और कैसे मिल सकती है या फलाँ का हो तो उसे यही कहकर टरका दे कि उसे उसके विषय में कुछ भी नहीं पता।

क्या करे? रात घर जाकर पकड़े? भरोसा क्या है कि वह घर पर मिलेगी और मिलेगी भी तो कब तक? उसके पाँव में तो जैसे चक्र है। काम जल्दी निबट गया हो या छुट्टी का दिन हो, नीता घर पर तभी मिलेगी जब कहे कि आज मैं घर पर हूँ, वरना फ्लैट में ताला मुँह चिढ़ाता रहता है। ताला निरन्तर खुले रहने की एक ही शक्ल होती है, उसकी माँ अगर शहर में हो। वैसे अधिकांशत: तो माँ उसके बड़े भाई-भावज के पास बड़ौदा ही रहती हैं पर अक्सर मन न मानने पर वे नीता को देखने स्वयं चली

आती हैं। ऐसी स्थिति में उसने नीता को बजाय खुश होने के असहज अधिक होते पाया है। माँ के मुँह पर भी कहने से नहीं चूकती, 'पता है अंकू! अजीब भले ही लगे तुम्हें मगर...एक बार आपको अपनी तरह से रहने की आदत पड़ जाए तो दूसरों की आदतों में जीना घुटन बन जाता है—चाहे वह आपकी माँ ही क्यों न हो!' नीता की ऐसी स्पष्टवादिता उसे सदैव अशोभनीय लगी लेकिन नीता का तर्क उसे कतरकर रख देता, 'सच बोलने का साहस अगर अपनों के समक्ष धृष्टता है तो औरों के समक्ष वह साहस कैसे जिया जा सकता है? फिर अपनी यह आदत नहीं कि पेट में कुछ रखें और मुँह से कुछ भकुरें...'

यह कौन-सा साहस था जो उसके साथ दिखाया गया? क्या निजी स्वार्थों पर आते ही परिभाषाएँ पटरी बदल लेती हैं?

'नाटकबाज...ईडियट...'

'इट्स क्वार्टर टु फोर...'

किसी ने किसी को समय बताया तो सुनकर चेती। 'बाप रे! चार बजने को हैं और वह मेज पर कोहनियाँ टिकाए उसी प्रपंच में उलझी चकरघिन्नी-सी घूम रही है। चार बजे हॉस्पिटल कैसे पहुँचेगी?'

कागजों को दराज में सहेजकर वह अपना पर्स कन्धे पर लटकाती हुई उठ खड़ी हुई। काम नहीं निबटा पाई, शेट्टी को कैफियत तो देनी ही होगी।

शेट्टी के पास पहुँची ही थी कि उसके कुछ बोलने से पूर्व ही वह आशंकित-सा पूछ बैठा, 'आया जभी से देखता मैं, बोत गुपचुप हय तुम, तबीयत बरोबर नई?'

उसका चेहरा चोर क्यों नहीं है? 'जरा मायग्रेन हो रहा है...काम नहीं निबटा पाई...कल जरूर...'

'वांदा नई, अजुन टाइम है।'

लिफ्ट में दाखिल होते ही लगा कि लिफ्ट सामान्य गति से नीचे नहीं सरक रही, ऊपर से अचानक नीचे धकेल दी गई हो...!

पिछले हफ्ते कैसे वह मराठी कॉपीराइटर तिलक से लड़ी थी! तिलक ने मखौल उड़ाते हुए कहा था, 'क्या बात करती हो तुम उसके बिन्दासपने की, बोल्डनेस की, हुँह! उसकी एक रात की कीमत है ओबेराय का डिनर, स्टूडियो-210 की रंगीन शाम, तेजपाल का आखिरी शो या खंडाला की आउटिंग...डू यू नो इट? प्रमाण हैं मेरे पास साहब, प्रमाण! मुँह न खुलवाओ तो अच्छा है। साल-भर तक अहलूवालिया के घर डेरा जमाए रही...श्रीधर का किस्सा अभी पुराना नहीं पड़ा है...'

वह क्रोध से तमतमा उठी थी, 'छिः...छिछोरेपन की भी हद होती है। किसी लड़की को यूँ सरेआम लांछित करते हुए तुम्हें शरम नहीं आती? क्या मतलब है तुम्हें उसकी व्यक्तिगत जिन्दगी से? वह जो भी है, जैसी भी है, जिस किसी के भी साथ रहना चाहती है—उसका निजी मामला है, आपसे मतलब?'

'वैसे ही, जैसे तुम उसे हर दम सती-सावित्री साबित करने पर तुली रहती हो।' तिलक ने कुढ़कर उत्तर दिया था, 'और अंकिता जी, छिनाल को लोग छिनाल ही कहते

हैं, कुछ और नहीं। तुम भले दोस्ती के बड़प्पन में उसकी चालूपंथी को विशेषणों के तमगे पहनाती रहो—पहनाती रहो, हू केयरस...'

कड़ुवाहट झड़प में बदल जाती अगर किरपेकर बीच-बचाव को न आ जाता।

दरअसल वह जानती थी कि नीता के प्रति जो धारणाएँ सहकर्मियों के मन में घर किए हुए हैं, उन्हें वह प्रत्येक से रार ठानकर बदल नहीं सकती। मुश्किल यही है कि सामने नीता की निन्दा सुनकर प्रतिक्रिया में चुप्पी साध जाना उसके वश का नहीं। स्वयं अपने विषय में उसे बड़ा कचोट-भरा अनुभव है कि औरत की स्वतंत्रता उसकी सबसे बड़ी दुश्मन है, दुश्चरित्रता का प्रमाण-पत्र!

सुधांशु से अलग हो जब वह घर लौटी थी, आस-पड़ोस ने ही नहीं, पूरे शहर ने छींटाकशी की थी, 'नौकरी करनेवाली लड़की कहीं घर में बन्द होकर टिक सकती है? अरे, इसका तो अपने फुफेरे भाई के साथ पुराना चक्कर था, दूल्हे ने रँगेहाथ पकड़ा तो...' सुन-सुनकर कुछ रोज तक तो उसने घर से निकलना बन्द कर दिया। कान पक गए थे घरवालों के लेकिन अम्माँ के धीरज और साहस पर वह दंग रह गई थी। जब भी कोई उसके सन्दर्भ में टीका-टिप्पणी करता, अम्माँ बेलिहाज बोल पड़तीं, 'उसकी! उसकी क्या बिसात? मेरी बेटी ही छोड़ आई उसे। क्यों घुटती जीवन-भर उसके साथ? पढ़ी-लिखी है। अपने पाँवों पर खड़ी रह सकती है...यह तो तैयार ही नहीं होती वरना कल करवा दें दूसरा विवाह। कौन कमी है हमारी बिट्टी में?'

वह जानती है कि लोग उसके मुँह पर जाहिर नहीं करते पर नीता के साथ उसकी दोस्ती बहुत अच्छी दृष्टि से नहीं देखी जाती। उसने कभी इस बात की परवाह भी नहीं की। यही माना कि जिसकी जितनी समाई है, वह उतना ही सोच-समझ सकता है। सोचता-समझता रहे, लेकिन आज... ? वह स्वयं बौखलाई हुई बैठी हुई है कि कब नीता टकराए और वह उसे आड़े हाथों ले...।

लिफ्ट से बाहर हो उसने बरामदे में कदम बढ़ाए ही थे कि हाथ में फाइलें दबाए सामने से शेट्टी आता हुआ दिखाई दिया, 'कैसा हैं अंकिता जी... ?' उसने करीब आते ही खैरियत तलब की।

'ठीक, नीता आ गई क्या?'

'अब्बी?' उसे विचित्र दृष्टि से देखते हुए शेट्टी मुस्कुराया।

वह झेंप गई। 'अब्बी' से उसका तात्पर्य था—इस समय? शेट्टी को विस्मय इस बात पर नहीं हुआ कि वह नीता के विषय में पूछ रही है और उससे पूछ रही है, सम्भवत: इस बात पर हो रहा है कि नीता की गहरी मित्र होकर भी क्या वह भूल गई कि नीता बारह से पहले कभी कार्यालय में कदम नहीं रखती?

'ओह! मैं तो भूल ही गई थी...' खिसियाहट दबाकर उसने शेट्टी से क्षमा-याचना की और सामान्य होने की चेष्टा करती हुई विभाग में दाखिल हो 'हल्लो, हाय' की रस्म अदा कर अपनी कुर्सी पर शिथिल हो गई।

रात तीन बजे तक आँखें दिन की-सी चैतन्यता से भी झपकने को तैयार ही नहीं हुईं! कुछ नहीं सूझा तो बॉलकनी में सजे गमलों की कतारों से उलझ गोड़ाई-निराई में जुट गई। हालाँकि जानती थी और मानती भी रही है कि रात में पेड़-पौधों को कदापि नहीं छेड़ना चाहिए। वे सो रहे होते हैं। पर न जाने कैसी तसल्ली हुई थी कि अब वह अकेली नहीं जग रही। गुलदाउदी, करोटन, सेवंती, गुलाब, जुही और ऊँचा हो रहा रबड़ का पौधा—सभी उसके संग जग रहे हैं...।

लेकिन कब तक वह जगती और उन्हें जगाए रखती? मेज की दराज में ठुँसी दवाइयों के तमाम पुराने पत्तों में से उसने नींद की इकलौती गोली खोज निकाली थी और उसके खत्म होने की तारीख पढ़ने की असफल चेष्टा करते हुए अन्ततः निगल ली थी। निगलते ही उसने महसूस करने की कोशिश की थी कि उसने नींद की गोली नहीं, एक अदद राहत निगली है और निश्चित ही अब वह निश्चिन्त नींद सो सकेगी। इस बात पर तनिक खीझ भी हुई कि अब तक उसे गोली का खयाल क्यों नहीं आया? लेकिन गोली शायद पुरानी थी और उसका असर सम्भवतः अपना मिजाज खो चुका था।

क्या उसे कभी अच्छी और पक्की नौकरी नहीं मिल पाएगी? कब तक वह फ्रीलांसर बतौर गुजारा करती रहेगी? गुजारा जो हो नहीं पाता, करना पड़ता है। जबकि खासी मदद उसे घर से मिलती रहती है। तकरीबन महीनों का राशन-पानी अम्माँ और रीना उसके मना करते-करते भी इसी बहाने साथ गँठिया देती हैं कि बम्बई जैसे किल्लती शहर में इतनी शुद्ध चीजें उसे कहाँ और कैसे मिलेंगी?

आखिर इतने बड़े शहर में उसका भविष्य क्या है? अम्माँ अक्सर उसे झिड़कती रहती हैं कि वह घर-परिवार से छिटकी पड़ी तकलीफें क्यों झेल रही है? नौकरी का क्या, देर-सवेर यहाँ भी जुगाड़ हो ही जाएगा। तेरे बाबू के पढ़ाए न जाने कितने ही लोग ऊँची-ऊँची पहुँच में हैं और आज भी उनका अहसान मानते नहीं थकते। पचासों बार आग्रह कर चुके हैं कि उनके लायक कोई सेवा हो तो मैं बेहिचक कह दूँ। बिन्दादीन कुलश्रेष्ठ को तेरे बाबू ने ही बी.ए. में संस्कृत पढ़ाई थी। रेडियो में वह आजकल स्टेशन डायरेक्टर होकर आया हुआ है। बड़ा नेक लड़का है। मिलने आया था तो संग झाबा भरके फल-मेवे साथ लाया था। तू अपना मन बनाए तो मैं उससे तेरी नौकरी की बात कर सकती हूँ, संकोच कैसा!

अम्माँ की दलीलों ने उसे बहुत फुसलाया मगर उसे यही लगता रहा है और बराबर लगता रहता है कि और चाहे जो भी तकलीफें हों, यह शहर आपको जानने में विशेष दिलचस्पी नहीं रखता। आप चाहें जिस रूप में रहें, उसे न आपसे कोई सरोकार है, न आपत्ति! मगर उस शहर को, जो उसका अपना जन्मस्थान है, उसे उसके हर व्यक्तिगत से लेना-देना है और ऐसे खुरचते अपनत्व में वह जी नहीं सकती जिसमें जीना छाती पर निरन्तर धँस रही बल्लम की नोक-सा यह अहसास देता हो कि इर्द-गिर्द बिछी हर नजर उसे देख नहीं रही, बदन से कपड़े खींच रही है...।

"मेमसाब! कॉफी, चा, सांडविच, तोस्ट... ?"

कैंटीन के लड़के राजू ने उसके कान के पास झुककर इतनी जोर से पूछा कि जैसे वह किसी दफ्तर में नहीं, किसी प्लेटफार्म पर चक्कर मारते हुए हाँक लगा रहा हो। कोफ्त उमड़ी, ''राजू! यह क्या बेहूदगी, हैं...सुधरोगे नहीं ?''

''ही, ही, ही, हिंच!'' पीले दाँतोंवाली चीकट खीसें फट पड़ीं।

ऑर्डर देने ही लगी थी कि अनायास मेहता की मेज की ओर दृष्टि उठ गई। मेहता अपनी कुर्सी की ओर बढ़ता हुआ दिखा। मेहता की नजर भी उस पर पड़ चुकी थी। मेहता ने वहीं से अभिवादन किया तो अचानक उसे खयाल आया कि अकेले कॉफी पीने के बजाय वह मेहता को भी न आमंत्रित कर ले ? उसकी मेज पर फोन है नहीं...फिर ? उसने सकुचाते हुए अभिवादन के प्रत्युत्तर में दो उँगलियाँ उठा दीं और राजू की ओर संकेत किया कि दो प्याले कॉफी का ऑर्डर दे रही हूँ, फौरन चले जाओ। मेहता ने हाथ उठाकर आदेश सिर-माथेवाले अन्दाज में मंजूरी दी।

''दो कॉफी...'' उसने राजू को ऑर्डर थमाया, ''फौरन...और हाँ...,एक में शक्कर कम। भूले तो कान उचाड़कर गदोली पर धर दूँगी, समझे ?''

राजू 'ही-ही' करता हुआ दूसरों की ओर बढ़ गया।

अभी नीता को आने में लगभग घंटा-भर है...उसे सब्र से काम लेना चाहिए। इतनी उद्विग्नता भली नहीं। सही तो यह है कि इस दरमियान उसे कॉपी बना डालनी चाहिए। मूड अभी जैसा है, हो सकता है, कुछ समय बाद इससे भी ज्यादा बदतर, बदमिजाज हो! जो काम कल ही निपट जाना जरूरी था, वह आज पर टल गया। खैर, आज पर टल भी सकता था परन्तु अब गुंजाइश नहीं है और जब समय पंजे ले रहा हो तो क्या भरोसा कि कौन-सी असावधानी किस करवट जा बैठे!

''यार! लॉटरी कभी अपने नाम भी खुलवाओ।'' मेहता के कुर्सी खींचते ही अगल-बगल से कुछ पच-अपच कटाक्ष उसकी ओर उछले।

''भड़भुज्जो, ऊपर से कुछ ले के चले नहीं...मैं मदद नहीं कर सकता।'' मेहता ने तपाक से उनकी फिरकी ली। कई पलों तक आसमान में झूलते गैस के फुग्गों की भाँति सम्मिलित ठहाके हवा में टँगे रहे। वह भी मुस्कुराए बिना नहीं रह पाई। मेहता ने नि:श्वास छोड़ा, ''चलो, रंगत तो बदली!''

प्रत्युत्तर में वह उसे खामोशी से देखती-भर रह गई।

मेहता बेहद जिन्दादिल है...या शायद इसे ही कहते हैं—समय के साथ समझौता! उसने मेहता को कभी नहीं कुरेदा मगर एक रोज बेहद अन्यमनस्क मन:स्थिति में वह स्वयं खुल आया था। बाहर से हिलोरें लेती जीवंतता की काया भीतर कितनी कंकाल-सी थी कि उसकी बीवी कोकिला के सम्बन्ध उसके छोटे भाई से हैं। वह जानता है कि पूछे जाने पर कोकिला झूठी कसमें खाएगी और उसे विश्वास दिलाना चाहेगी कि वह उसके प्रति निष्ठावान है और सिर्फ उसकी है। बावजूद इसके वह उस पर कोई आक्षेप नहीं लगाता, न झगड़ा-फसाद करता है। कहीं उसके ऐसा हो जाने के पीछे वह अपने को भी दोषमुक्त नहीं मानता। 'यू नो अंकू...युवावस्था में कुछ ऐसी गलत प्रवृत्तियों का शिकार हुआ कि कुछेक समय तक अपनी वैवाहिक

जिन्दगी को पूरी स्वाभाविकता से नहीं जी पाया...वह पूरी स्वाभाविकता से उसे जीने को उत्कंठित रही...शायद, मुझसे विमुख होने का यही कारण रहा हो लेकिन...कभी-कभी तो घर से भाग जाने की इच्छा होती है...उसे अब तक अपने से अलग जो नहीं कर पाया...'

"काम पूरा हो गया था?"

"नहीं..."

"मुझे मालूम था।"

उसने कोई जवाब नहीं दिया।

"कॉपी किधर है...लाओ, मैं देख लूँ।"

"नहीं, मैं देख लूँगी...तुम्हें अपना काम भी तो..."

"निपट जाएगा..."

"मेरे भीतर तो नहीं निपट पाएगा..."

हालाँकि मेहता की चिन्ता न जाने क्यों राहतपूर्ण लगी। उसे उसकी उखड़ी मन:स्थिति का पूर्णत: आभास है तभी वह स्वयं उसे कॉपी बनाने में मदद करने को इच्छुक प्रतीत हो रहा है। फिर भी यह सम्भव नहीं। अपना काम वह स्वयं ही निपटाएगी। काम को लेकर किसी पर निर्भर होना उसे पसन्द नहीं। छुट्टी पर गई हो तो बात और है। चलो, इतना कर सकती है कि कॉपी बना डालने के बाद अगर सन्तुष्ट नहीं हुई तो मेहता की मदद ले लेगी। मित्र है। दक्ष है। भाषा को लेकर जब भी मेहता को अड़चन हुई है, उससे परामर्श करने में उसने कोई संकोच नहीं किया, फिर वह क्यों इतनी ऊहापोह में गरम होती है? उससे मदद लेने का अर्थ यह तो नहीं कि वह अक्षम है... ?

मेहता उसके रूखे जवाब से अनायास उदास हो आया। इस लड़की को कभी समझ भी पाएगा या नहीं!

मेहता की खिन्नता छिपी नहीं रह सकी। स्वाभाविक है, हर वक्त दूसरों पर अपने को आरोपित करने जैसी हरकतें नहीं होतीं उसकी। एक तो कोई आपकी चिन्ता करे और आप हैं कि आपका मिजाज ही नहीं मिल रहा! अपने और मेहता के बीच सहज स्थिति कायम करने की गरज से उसने 'एडवरटाइजिंग क्लब' की उस बैठक के विषय में जानना चाहा जो कल दोपहर और रात में 'काकटेल' पार्टी के रूप में 'अम्बेसडर' में होने वाली थी और जिसमें विज्ञापन की दुनिया के सुविज्ञ और अनेक भाषा-भाषी कॉपी राइटर सम्मिलित हो रहे थे। बैठक में विशेष रूप से यह मुद्दा उठाया जाने वाला था कि विज्ञापनों को जो मूलत: अंग्रेजी में लिखे जाने की परम्परा बनी हुई है—समाप्त होनी चाहिए क्योंकि अंग्रेजी से तैयार की गई कॉपियाँ मात्र अनुवाद बनकर रह जाती हैं। उसमें प्रांतीय भाषाओं की निजी खुशबू, सोंधापन, अपने मुहावरे, अभिव्यक्ति का भाषायी अन्दाज पैदा नहीं हो पाता। अत: हर भाषा के कॉपी राइटर को उसकी अपनी भाषा में स्वतंत्र रूप से विज्ञापन तैयार करने की सुविधा होनी चाहिए।

प्रत्युत्तर में मेहता क्षुब्ध हो आया। "क्या होना था...जो परिपाटी बरसों से चली आ रही है, इतनी आसानी से नहीं खत्म होने की। इन खब्तियों के दिमाग में अंग्रेजी

की श्रेष्ठता का कीड़ा घुसा बैठा हुआ है। इन्हें लगता है—दुनिया में जो कुछ भी बेहतर सोचा, समझा, समझाया जा सकता है—वह अंग्रेजी में।''

कुछ ठहरकर उसका आक्रोश मालिकों पर टूटा, ''कुर्सियाँ जब तक इन अंग्रेजों की औलादों के हाथों में हैं, कुछ नहीं होने का। हाँ, एकाध थे दूरंदेशी...जिन्होंने यह स्वीकार किया कि इस तर्क में दम है। उनका सुझाव था कि शुरुआत में एक प्रयोग के रूप में अंग्रेजी के साथ-साथ अन्य भाषाओं में भी स्वतंत्र रूप से विज्ञापन तैयार करवाए जाएँ और उनकी प्रभावोत्पादकता, सम्प्रेषणीयता, रोचकता का तुलनात्मक अध्ययन किया जाए...बात जमती है तो इस परिवर्तन को स्वीकार करने में किसी को क्या आपत्ति हो सकती है... ?''

''हूँ! यही होना चाहिए...तुम दोपहर में इसी विषय पर एक परचा भी पढ़नेवाले थे न ?''

मेहता अनायास तैश में आ गया, ''पढ़ा।''

''फिर ?''

''क्षण-भर को सभी के मुँह में तागा पड़ गया साहब...एक उम्दा चाय के विज्ञापन का ताजा उदाहरण सामने रखकर चुनौती दे डाली कि वे ही बताएँ कि अंग्रेजी में तो यह चलता है—'दि टुवंटी फोर कैरेट फीलिंग।' लेकिन क्या हिन्दी में 'चौबीस टके का खरा अनुभव' चलता है ? चाय की विशेष गुणवत्ता का अहसास करवाता है यह वाक्य ? नहीं। और अगर नहीं तो अनुवाद की मजबूरी क्यों ? बन्धन में आखिर कितना मुक्त हुआ जा सकता है, कितना ऊँचा उड़ा जा सकता है... ?''

''कुछ बुनियादी सवाल भी उठाए कि अंग्रेजी के मुकाबले अन्य भाषा-भाषी कॉपी लेखकों को पारिश्रमिक इंचीटेप से नाप-जोखकर दिये जाते हैं और बहुत कम दिये जाते हैं जबकि परिश्रम उसे मूल से अधिक करना पड़ता है। अनुवाद या रूपांतरण कोई मामूली काम नहीं...लोगों की रुचि में भी अन्तर पड़ता है।''

''और...'' मेहता का वाक्य अधूरा ही छूट गया। कॉफी के दो प्याले राजू ने पूरी खनखनाहट के साथ उनकी ओर सरका दिये।

''नतीजा... ?'' प्यालों के नीचे अखबार बिछाते हुए उसने पूछा।

''छोड़ो...तुम अपनी कॉपी निकालो।''

बेमन से उसने दराज से कॉपी खींचकर मेहता के सामने पसार दी, ''लो, पढ़ लो।''

सोच लिया, किसी प्रकार का तेवर दिखाना अनुचित होगा। मेहता जो भी कहेगा, वह बिना मीन-मेख निकाले मंजूर कर लेगी। चित्त जो हर आहट पर चौकन्ना हो दरवाजे की ओर भाग लेता है—चाहे वह उसकी बातें सुन रही हो या स्वयं कोई जिज्ञासा कर रही हो।

''तुमने कुछ सोचा होगा ?'' मेहता ने वाक्यों पर नजर टिकाए हुए ही पूछा।

''नहीं...खोल ही नहीं पाई।''

मेहता अंग्रेजी में लिखी पंक्तियों का भावार्थ हिन्दी में बाँधने की कोशिश करने लगा।

"देह खिली फूल-सी...नहीं जम रहा। फूलों से अंग खिल आए...उँहूँ...अंग-अंग फूल खिल आए, चितवन महक लजाए। यह ठीक है न?"

"अद्भुत!" उसके हाथ जैसे कारूँ का खजाना लग गया। प्रशंसा-भाव से उसने मेहता की ओर देखा, मगर पाया कि मेहता आगे की कमेंटरी के अनुवाद में दत्तचित्त हो उठा है। गीत की पंक्तियों पर उसकी नजर घूम ही रही थी कि तभी मस्तिष्क में कोई खटका-सा हुआ। लगा, जैसे नीता हॉल में दाखिल हुई हो। दृष्टि अचानक दरवाजे की ओर लपकी, तो यह देखकर दंग रह गई कि उसका खटका निर्मूल नहीं था। सचमुच नीता ही थी। पेंसिल एड़ियों की सधी हुई 'टिक-टिक' बड़ी निर्ममता से उसके विवेक को रौंदती हुई आहिस्ता से पास आ खड़ी हुई। चेहरे पर आँच उग आई।

"हाय यार..."

अनसुना भाव ओढ़े हुए उसने चेहरा कागजों से ऊपर नहीं उठाया।

नीता को भी यही आभास हुआ कि वह काम में गहरे तन्मय है और उसे सुन नहीं पाई है। चुहल-भाव से वह उसकी मेज पर धनुषाकार झुक आई, "बाप रे...बड़े जोर-शोर से काम चल रहा है...सेनापति भी मोर्चे पर डटे हुए हैं!"

नीता की चुटकी पर न जाने क्या हुआ कि मेहता एकाएक भिनक उठा, "नीता जी, कम्पनी कुर्सी तोड़ने का पैसा नहीं देती हमें..."

"नहीं देती मेहता साहब, तो अपनी-अपनी किस्मत...हम तो लेते हैं।" नीता ने इतराते हुए मेहता के कटाक्ष को निरस्त किया।

"कहाँ राजा भोज, कहाँ गंगू तेली! हमारी आपसे जोड़?" मेहता अनजाने व्यंग्यपूर्ण हो आया।

"लीव मेहता...ऐसा क्या कह दिया मैंने कि तुम छूटते ही काट खाने दौड़ पड़े? परिहास को परिहास की तरह नहीं ले सकते?" वह रोष से भरी अपनी मेज की ओर बढ़ गई। एड़ियों की 'टक', 'टक' में हथौड़े उग आए।

उसने स्पष्ट महसूस किया कि उसका हस्तक्षेप न करना नीता को नागवार गुजरा है। लगता रहे। जितने गहरे वार उतर सकता है, उतरे। कैसी परितृप्ति हुई! शायद उसकी तिलमिलाहट पर पहली बार। कहाँ तो उसकी चोट स्वयं पर आघात बन भलभला उठती! तिलमिलाहट सीने में धुएँ-सी लोटने लगती! कोई और दिन होता तो वह मेहता से भिड़ न जाती?

'कॉपी' से सन्तुष्ट होते ही मेहता अपनी सीट पर लौट गया। वह देर तक अपने को समेटती, बटोरती, तैयार करती रही कि नीता से किस तरह से बात करे। फिर सहसा उठ खड़ी हुई। यहाँ नहीं—नीता को कहीं बाहर ले जाना होगा। बाहर ही हिसाब-किताब निबटाना होगा। दफ्तर की अपनी मर्यादाएँ होती हैं। यहाँ किसी प्रकार की कोई मुठभेड़ नहीं चाहती। नहीं चाहती कि उसकी वजह से कुछ अप्रिय, अभद्र घटे। वरना लोगों का क्या है! वे न जाने कब से इसी फिराक में हैं कि कभी इनमें भी आपस में खटके और वे तमाशे का मजा लूटें!

शेट्टी को कॉपी थमाकर वह अपनी सीट पर न लौटकर सीधी नीता के सामने जा खड़ी हुई।

"अंकू! बैठो...पूरा दिन चौपट हो गया।"

"चाय पीने की इच्छा हो रही है...यहाँ नहीं...फुरसत है?" संकेत से सरोकार?

"फुरसत का क्या है—निकाले ले रहे हैं...एक मिनट ठहरो...।" सामने बिखरे कागजों को समेट नीता ने दराज के हवाले किया, धूप का चश्मा बालों पर चढ़ाया, फिर पर्स बगल में दबाकर उधेड़बुन झटक उठ खड़ी हुई, "चलो।"

हॉल से बाहर आ उससे पूछे बिना नहीं रह पाई, "क्या बात है अंकू! तब लगा था कि तुम काम में मग्न हो लेकिन अब लग रहा है कि मैं गलत सोच रही थी..."

"ऐसी तो कोई बात नहीं...।"

"बात तो है..."

"कॉपी मुश्किल थी...दिमाग घूम गया।" बहाना बनाया। बहाना कामयाब रहा। आते के साथ ही वह उसे कॉपी में नजरें गड़ाए देख चुकी थी। रास्ते में कोई कहा-सुनी नहीं चाहती। शुरू कर देगी तो सम्भव है, अपने को संयत रखना कठिन हो जाए, अचानक खुली सोडे की बोतल सदृश।

नीता कारण जान सहज हो आई और पहले की ही भाँति चहक-चहककर अपनी कल की धाँसू दिनचर्या सुनाने लगी। उसने नोट किया कि बातों ही बातों में दोपहर के दो से रात के डेढ़ बज आए और वह 'फ्रेंच ब्रांडी' की खुनक-भरी तरंग खूब गहरे सो भी गई पर उसके समग्र क्रिया-कलापों में भूले से भी कहीं 'आब्जर्वेशन' का जिक्र नहीं आया जैसेकि 'आब्जर्वेशन' का उसकी दिनचर्या में कहीं कोई स्थान ही न हो! जबकि वह वहाँ रोज जाती होगी। नाटकबाज, नीच, कपटी, स्वार्थी, धोखेबाज! कितना अच्छा होता कि उसके अपने चेहरे पर सभ्यता, शिष्टता, मर्यादाओं की नकाब न होती! वह कुंजड़िनों की भाँति हाथ मटका-मटकाकर उसे कोस सकती...गरिया सकती...उसकी सात पुश्तें तार सकती। भीड़ इकट्ठी कर लेती और उसे नंगा कर देती कि इस चंपई चेहरे के पीछे एक चोट्टा चेहरा छिपा हुआ है जो जब हँसता है—आदमी पानी नहीं माँग पाता। वे 'रसना' के सामने थे।

"केबिन में बैठें चलकर?"

"अपनी जगह पर नहीं?" उसके प्रस्ताव पर नीता को अचरज हुआ।

"भीतर ठंडा होगा..."

लम्बोतरे केबिन के आखिरी छोर पर मात्र एक जोड़ा बैठा हुआ था। अच्छा हुआ कि वे जल्दी आ गए। आधे-पौने घंटे बाद आते ही निश्चित ही लंच का समय होता और तब यहाँ तिल धरने की भी जगह नहीं होती। उन्हें मेज की प्रतीक्षा में मिनटों बाहर खड़े रहना पड़ता। एकान्त मिलना तो असम्भव ही था।

बैरा पानी रख रहा है। नीता दूसरे को नाश्ते का ऑर्डर दे रही है। बीच में रुककर उससे पूछा भी कि लंच में अब ज्यादा समय है नहीं, बजाय नाश्ते के वे खाना ही न मँगा लें? परन्तु उसकी खामोशी को अनिच्छा मानकर उसने ज्यादा जोर नहीं दिया।

बात शुरू कर देनी चाहिए। उसने सोचा, कहीं लोग-बाग आने शुरू हो गए तो वह संकोच में मारी जाएगी। उस जोड़े से तो वे दूर ही बैठे हुए हैं।

''ताज्जुब! कल 'रंगोली' में अचानक मैथ्यू से मुलाकात हो गई, हालाँकि... 'रंगोली' उसके बैठने-उठने की जगह नहीं है...'' दृष्टि ने नीता के चेहरे की प्रतिक्रिया टटोली।

नीता का चेहरा पल-भर को सकपकाया, ''अच्छा!'' मगर दूसरे ही पल सतर्कता ओढ़ स्वर ने स्वाभाविक उत्सुकता उँडेली, ''कैसा है वह?''

कितनी कुशल अभिनेत्री है!

सब्र का बाँध तनाव के दबाव को झेल नहीं पाया। ''यू चीटर? रोज तुम उसके दफ्तर में जाकर बैठती हो, गप्पें हाँकती हो, लंच-डिनर उड़ाती हो उसके संग और मुझी से बन रही हो कि कैसा है वह? और कोई नहीं मिला हँसने को तुम्हें? अरे, डायन भी सात देहरी छोड़ देती है...एक तुम...क्यों? आखिर क्यों तुमने मैथ्यू से झूठ बोला? क्यों बहाना गढ़ा कि मैं कुछ पारिवारिक उलझनों से घिर गई हूँ और इन्दौर से जल्दी वापस नहीं लौट सकती? सिर्फ डेढ़ हजार रुपयों के प्रलोभन में तुम्हारी नीयत डोल गई? कम कमाती हो तुम? यही है मेरे प्रति तुम्हारा शुभचिन्तन? कितने विश्वास के साथ अपना काम तुम्हें सौंपकर गई थी, क्या पता था कि अपने ही पाँव पर कुल्हाड़ी मार रही हूँ...अन्धी, बहरी-सी!''

क्षुब्ध उत्तेजना आँखों में ही नहीं छलछला आई, गले को छीलती हुई-सी पूरी देह को चींथ गई। एकाएक जैसे उन्माद का दौरा पड़ गया उस पर, ''मेरी गलतफहमी दूर न कर मुझे क्यों बरगलाया था...बोलो? इसीलिए न कि मैथ्यू से मिलते ही कहीं तुम्हारा भाँडा न फूट जाए?...कि तुम क्यों जाओगी उसके पास...गरज होगी तो वह खुद ही दौड़ा-दौड़ा आएगा तुम्हारे पास...हुँह...क्या शुभचिन्तन थी...स्वाभिमान को आहत न होने देने की फिक्र थी...सोचा था, बड़ी सम्पन्न हूँ...कुछ मित्र अपने हिस्से में हैं, जिन्दगी उनके कन्धों पर सर रख अपने दुख-सुख काट लेगी मगर...नहीं सोचा था कि पाँव के नीचे फुट-भर जमीन की तलाश अपने ही मित्र के हाथों भ्रूण-हत्या को प्राप्त होगी...''

उसकी काँपती हथेलियों ने चेहरे को ढाँप जैसे फूटते आवेग को बाँधने की चेष्टा की...।

''अंकू, अंकू...'' अब तक उसे मौन सुनती हुई नीता बौखलाई-सी विचलित हो उठी। कल्पना नहीं थी कि एक मामूली से झूठ का पेच परस्पर इतने गहरे अविश्वास की शक्ल अख्तियार कर लेगा! चेहरे पर कसी उसकी चू रही हथेलियों को सप्रयास उघाड़ती वह विगलित हो आई। ''प्लीज, अंकू, प्लीज...मुझे माफ कर दो। मैंने झूठ जरूर बोला पर बात वो नहीं है जो तुम समझ रही हो या तुम्हें समझा दी गई है। मैथ्यू बड़ा कमीना है। तुम्हें कल्पना भी नहीं हो सकती कि उसका असली चेहरा क्या है...ये वो लोग हैं अंकू, जो अपने को बचाने के लिए बड़ी आसानी से किसी की भी गरदन रेत सकते हैं। मैं चुप रही तो महज इसी खयाल से कि तुम्हें एक और मानसिक तनाव के दलदल में न घसीटूँ। कभी मौका आने पर स्वयं ही...''

नीता सहसा होंठों पर आई किसी बात को भींचती हुई–सी दुविधाग्रस्त हो उठी। कुछ पल खामोशी में डूब गए। फिर जैसे उबरकर स्वयं को संकोचमुक्त करती बोली, "अब छिपाने से कोई फायदा नहीं। तुम्हारे जाते ही एक दिन उसने मुझे केबिन में बुलाया और पूछा कि तुम इन्दौर से कब तक वापस लौट रही हो? मेरे बताने पर कुछ क्षण वह विचारमग्नता का ढोंग बनाए बैठा रहा, फिर बोला, 'एक समस्या है, निजी तौर पर तुमसे बाँटना चाहता हूँ...अंकिता को मैं एजेंसी से निकालने के लिए बाध्य हूँ...संशय नहीं कि वह बड़ी अच्छी कॉपी लेखक है और शी हैज डन ट्रेमेंड्स जॉब फॉर अस...लेकिन हमें कार्यकुशल एक चुस्त लड़की की जरूरत है—छुई–मुई की नहीं।' " पल–भर रुककर अचानक अपनी बात अधूरी छोड़ नीता ने झिझकते हुए प्रश्न किया, "तुम 'आब्जर्वेशन एडवरटाइजिंग' की किसी पार्टी में सम्मिलित हुई थीं?"

उसने उत्तर में उसे गुलाबी अनिश्चित दृष्टि से देखा।

"न्यू ईयर ईव पर...'ओबेरोय' में... ?"

"हूँ।" उसे याद आ गया।

"पार्टी में मैथ्यू ने तुम्हें अपने एक महत्त्वपूर्ण क्लाइंट मि. सक्सेना से मिलवाया था? लिली प्रैशर कुकरवाले?"

"हूँ।" उसकी चू रही आँखों में देर से प्रश्न झिलमिलाए।

"मि. सक्सेना ने पार्टी में तुमसे कोई बदतमीजी की थी और तुमने सभी के सामने उसका हाथ झटककर उसे अपमानित किया था कि मि. सक्सेना, दिस शोल्डर बिलांग्स टू मी...अपना हाथ जगह पर रखेंगे या मैं उसे जगह बताऊँ?"

"ओह!" वह घृणा और वितृष्णा से एकाएक तिलमिला आई, "वह सूअर का बच्चा सक्सेना...आठ–नौ पैग्स उसके गले उतर चुके थे और उसके हाथ–पाँव अपने वश में नहीं थे। उसने कन्धे पर ही हाथ नहीं रखा था...पार्टी की बात थी...वरना वहीं चप्पल उतार लेती...वह भी सीख जाता कि पार्टियों में लड़कियाँ बिकने नहीं आतीं, आती हैं तो उनके साथ कैसा सुलूक करना चाहिए...मगर शराफत का घूँट पीकर रह गई क्योंकि ऐसी जगह पर भर्त्सना करना उसे नंगा करना नहीं होता...अलबत्ता अपने कपड़े जरूर उतर जाते हैं...मैंने मैथ्यू से उसकी शिकायत की थी..."

"उसने भी मैथ्यू से तुम्हारी हिमाकत बयान की थी और इस घटना को अपनी प्रतिष्ठा का प्रश्न बना लिया था कि कैसी–कैसी बेशऊर लड़कियाँ भर लेते हो तुम अपनी एजेंसी में जिन्हें सोसाइटी में उठने–बैठने तक की तमीज नहीं और प्रतिक्रिया में कुछ ही समय के भीतर उसने 'आब्जर्वेशन एडवरटाइजिंग' से अपना खाता वाफ्स ले लिया था। हफ्ते–भर तक मैथ्यू ब्लडप्रेशर में पड़ा रहा। मि. सक्सेना उसकी एजेंसी का सबसे बड़ा खाता था। घटना के तत्काल बाद ही तुम इन्दौर चली गईं। तुम सामने होतीं तब भी तुम्हें निकालना था। तरीका कोई भी होता। तुम चली गईं तो उसके लिए समस्या आसान हो गई।" बात कहते–कहते अचानक विद्रूप खिंच आया नीता के चेहरे पर, "मैंने मैथ्यू से कहा था, डोंट वरी, मुझे रख लीजिए। मेरे साथ वो

वर्जनाएँ नहीं हैं जो अंकिता के साथ हैं। सच तो यह है अंकू! मैं जिन्दगी में जो कुछ हासिल करना चाहती हूँ, उसे तुम्हारी तर्ज पर चलकर कोई लड़की हासिल नहीं कर सकती और तुम्हें क्या लगता है कि तुम्हारी छवि सती-साध्वी की है? जबकि मैं जानती हूँ कि तुमसे कभी कोई समझौता नहीं हो सकता...मगर लोगों का मुँह तो बन्द नहीं किया जा सकता? वही लोग अंकू, जिन्हें तुम अपने कन्धे पर हाथ नहीं रखने देतीं, न जाने कितनी बार तुम्हें अपना हमबिस्तर बनाने के चटपटे किस्से गढ़कर एक-दूसरे को सुना चुके होंगे, फिर तू ही बता, इन गधों को उल्लू बनाकर हम क्यों न इनके सिर पर चढ़कर बोलें? और बताऊँ? वही बास्टर्ड सक्सेना...हफ्ते-भर पहले 'सन एंड सन' में टकरा गया था मुझसे और...और अंकू! मैथ्यू को उसका पुराना खाता मिल रहा है। अब बताओ, वह मुझे स्थायी पद न देकर अपना क्लाइंट खोना चाहेगा... ?''

एकाएक वह कुर्सी खिसकाती हुई उठ खड़ी हुई, मेज पर अधूरी कॉफी छोड़। ''मुझे घर पहुँचा दोगी... ?''

चलते-चलते उसे लगा कि वह तो सँभलकर चल रही है लेकिन मेज-कुर्सियाँ हैं कि उसके घुटनों से आ-आ टकराती हैं...।

दो

'किर-र-र-र-र-र-र..' घंटी की लगातार कर्कश ध्वनि से अंकिता की नींद उचटी। यह दूधवाला नहीं है। वह घंटी को लगातार दबाए नहीं रखता। फिर? ऊपर वाली गोमती हो सकती है। स्कूल का टाइम-टेबल लगाते हुए अचानक जब उसे अपनी खत्म हो रही पेंसिल का खयाल आता है तो सुबह-सुबह उससे माँगने दौड़ पड़ती है। अक्सर दफ्तर से पेंसिल-रबड़ वह गोमती की खातिर ही उठाकर लाया करती है। गाउन के बटन बन्द कर उसने दरवाजा खोला तो अपने मकान मालिक परब को सामने खड़ा पा अचकचाई। आज तक वह सुबह कभी घर नहीं आया। जब भी आता है, शाम को आता है और होश में नहीं आता। उसे बैठने को कहकर वह रसोई के नल पर चेहरा धोकर कुल्ला करने लगी।

दरअसल परब उसके पास अकारण नहीं आता। कोई-न-कोई आकस्मिक घटना की विडम्बना का रोना लेकर याचना को आ टपकता है जबकि ग्यारह महीने का किराया वह उससे अग्रिम ले चुका है और कायदे से बीच में पैसा माँगने का कोई कारण नहीं बनता। सरकारी फ्लैट प्राप्त कर उसे किराये पर उठा स्वयं झोपड़ी या चालों में रहने-वाले मकान मालिकों का उसका अनुभव सदैव असुखकर रहा है, चाहे वह कांदीवली के लोक निर्माण विभाग की कॉलोनी रही हो या रेलवे कर्मचारियों की या बांद्रा-पूर्व की सरकारी कॉलोनी। तृतीय श्रेणी के इन कर्मचारियों को भले ही सरकार अच्छे फ्लैट बनाकर दे दे, रहन-सहन के उनके स्तर में न तो कोई विशेष

परिवर्तन आता है, न उनकी आदतों में सुधार। अधिकांश का रवैया मकानों को किराये पर उठा देने का होता है और वह भी शुद्ध व्यावसायिक स्तर पर।

जब से वह इन मकानों में रहने को मजबूर हुई है, तंग आ गई है। एक तो किराया कम नहीं; दूसरे, गरमी में सड़ना नहीं हो तो पंखा स्वयं लगवाएँ। ग्यारह महीने का अग्रिम किराया मकान मालिक को तो इकट्ठा देना ही होता है, दलाल भी मकान दिलाने का अहसान लादता हुआ दो महीने का किराया बतौर दलाली धाँप लेता है। यह भी तय है, बीच में भले उसे मकान खाली न करना पड़े मगर ग्यारह महीने के बाद उनके लाख आश्वासन और तर्कों के बावजूद मकान खाली करना ही पड़ता है। इसमें मकान मालिक और दलाल दोनों की ही मिलीभगत होती है। किरायेदार अगर एक ही मकान में लगातार दो-तीन वर्ष बिना बाधा-व्यवधान के काट ले तो ऐसे में दलालों का धंधा चौपट ही समझो। ग्यारह महीने बाद जो खीसे के भारी होने की उम्मीद होती है, उनकी कैसे पूरी होगी! मौसम में रह-रहकर टपकते फलों की भाँति आन पड़ी मुसीबतों का रोना अलग! अगर वह कह दे कि उसके पास देने के लिए पैसे नहीं हैं तो मकान मालिक को अपने रहने के लिए मकान की जरूरत अगले महीने ही पड़ जाती है। समस्या का अन्य कोई समाधान भी नहीं। अव्वल तो मकान मिलते नहीं और इन सरकारी आवासों की बनिस्बत अच्छी कॉलोनियों में कमरे मिलते भी हैं तो मात्र एक कमरे का किराया सात-आठ सौ से नीचे नहीं होता, ऊपर भले ही हो और जो पूरी जोड़-तोड़ के बावजूद उसकी सामर्थ्य से बाहर की बात है।

चाय का पानी चढ़ाकर कमरे में लौटी तो कुर्सी पर कसमसाते परब को कुछ अधिक ही परेशान-सा पाया।

इस वक्त परब शिष्टता की प्रतिमूर्ति बना हुआ है। बगैर पिए हुए उससे जब भी भेंट हुई है, जो निश्चित बहुत कम हुई है, नितान्त अलग ही रूप में पाया है। शाम होती और वह आया होता तो हाथ जोड़-जोड़कर मुसीबतें रोने लगता, पाँव पकड़कर कसमें खाता और अपनी माँग पूरी न होने पर रौद्र रूप धर उसे देख लेने की धमकी देने से भी न हिचकिचाता।

''कैसे आना हुआ परब ?'' ग्यारह महीने पूरे होने में अभी चार महीने शेष हैं।

हाथ की उँगलियों को चटखाने के अन्दाज में छूते हुए परब ने संकोचपूर्वक मुँह खोला, ''भोत जबरदस्त चैकिंग चालू हय मेमसाब...कल रात मेरे कू पता चला, आज अपुन का घर चैकिंग आएगा। ये बार 'चैकिंग' भोत सख्त हय। खीसा गरम करके भी काम नई बनने का...सिद्धा ऊपर से ऑर्डर आया हय, जिसका भी फिलैट में भाड़ोतरी मिलेगा, उसका हाथ से समझो, मकान गया।''

''फिर ? दिन ही दिन की बात है या...'' वह सुनकर परेशान हो आई।

''रात को भी धाँड़ पड़ने सकता हय। पेशल स्क्वाड बनाया हय। जरा तकलीफ उठाना पड़ेगा आपको...एक-दो रोज के वास्ते आप किसी सहेली...नाते-रिश्तेदार के घर को चले जाओ...मैं अपना बाल-बच्चा को इधर लाके छोड़ता। जैसे ही चैकिंग खलास हुआ कि ताबड़तोड़ आप आ जाना...आपना सामान-विमान का चिन्ता नहीं

करना...खातरी रक्खो, साढ़े नौ से चैकिंग शुरू होएगा, उसके पहलेय... ईश्वास करना मेरे ऊपर आप, हाँ!" परब का चेहरा गिड़गिड़ाता-सा दयनीय हो आया।

उलझन में पड़ गई। स्थिति असहनीय है, पर कर भी तो कुछ नहीं सकती। नई बात नहीं है, गाहे-बगाहे चैकिंग होती ही रहती है और उसे ये लोग पैसा खिला-पिलाकर रफा-दफा भी कर लेते हैं। अबकी मामला पेचीदा दिख रहा है। क्या करे? तत्काल कोई जवाब नहीं सूझा तो उठकर रसोई में चाय बनाने जा खड़ी हुई। चाय का पानी जलकर नाममात्र को रह गया है। दुबारा पानी उबलने की प्रतीक्षा करने लगी।

उलटा आज उसकी दफ्तर जाने की कतई इच्छा नहीं थी। कल नीता से हुई बातचीत के उपरांत वह अपने-आप को एक अजीब-सी गुमसुम मनःस्थिति में पा रही है। पता नहीं, क्या हो गया है उसे! किसी भी प्रकार की उलझन या अनपेक्षित दुर्व्यवहार उसे अशान्त-अस्थिर ही नहीं, एक अजीब-सी विरक्ति से भर देता है, इस कदर कि उसका उत्तेजक असर फौरन उसके शरीर को कुतरने लगता है। लगता है कि जैसे शरीर की समस्त ऊर्जा अचानक किसी ने स्याही की भाँति सोख्ते से सोख ली है और अगर वह तत्काल बिस्तर पर लम्बी नहीं हो गई तो वहीं खड़ी की खड़ी अचेत हो जाएगी। यह रोग तभी से उसके शरीर को अपने विकराल जबड़ों में चाबे हुए है, जब से सुधांशु के साथ उसकी करारी झड़पें शुरू हुई थीं और...वह जीवन नहीं, एक अभिशाप जीने को बाध्य हो उठी थी...।

उस जिन्दगी से तो उसका पिंड छूट गया मगर यह इल्लत उसका पल्लू नहीं छोड़ रही। डॉ. नरेन्द्र गुप्ता का कहना है कि उसे स्नायु-दुर्बलता हो गई है। और इसका सबसे उत्तम इलाज स्वयं उसके अपने ही हाथों में है। दवाइयाँ तभी असर करेंगी जब वह अपने को पूर्णतः आत्मदृढ़ और आत्मसमर्थ बनाएगी, और अतिरिक्त संवेदनशीलता से मुक्त। कल बहुत-सी पूर्व धारणाएँ मिथ्या साबित हुईं। नीता ने उसके साथ कोई कूटनीति नहीं बरती। थोड़ी-बहुत बरती भी तो तभी जब उसे यह अनुमान हो गया कि स्थिति अब उसके अनुकूल नहीं रही और जब उसके अनुकूल नहीं रही तब उसे अपने हित में इस्तेमाल करके उसने कौन-सा अनर्थ किया? फिर भी उसे मानसिक ठेस पहुँची। इस बात से अधिक कि प्रतिभा के बावजूद उसको किस कदर मात खानी पड़ रही है पुरुष दुराशय के सामने! दूसरे, नीता के स्वाभिमानी विद्वान व्यक्तित्व को लेकर उसकी जो निजी धारणाएँ थीं, खंडित हो गईं। लोगों की नुक्ताचीनी पर उसने कभी विश्वास नहीं किया किन्तु नीता ने स्वयं स्वीकारा कि जिन्दगी में वह जो कुछ भी हासिल करना चाहती है, उसे प्राप्त करने के लिए वह किसी भी सीमा तक जा सकती है। यह स्वाभिमान का कौन-सा जीवन-दर्शन है? तिलक की टिप्पणी गलत कहाँ है?

प्याला परब को पकड़ाया तो वह अधीर भाव से घड़ी पर निगाहें डालता हुआ बोला, "आप बोलो...आप बोलेंगे तो मैं अपने बाल-बच्चों को साढ़े नौ से पहले फिलाट में छोड़ के जाऊँगा...पीछे काम को जाऊँगा..."

घूँट भरती हुई वह सोच रही है...उसकी 'हाँ', 'ना' महज औपचारिकता है। उस औपचारिकता को परब निहायत भद्रता से निबाह रहा है...कोई विकल्प नहीं, बाहर

रहना ही होगा। कहाँ रह सकती है वह एक रात...इस शहर में? हालाँकि नीता के यहाँ अनेक बार रही है, भले स्थितियाँ दूसरी रही हों लेकिन अब...अब दफ्तर भी जाना पड़ेगा। अन्यमनस्कता सिर पर टनक रही है। ऐसी मन:स्थिति में विभाग के लोगों का सामना! उपाय... ? फिलहाल परब को तो जाने दे। खार के आस-पास, वह कहीं रहता है। घड़ी पर दृष्टि डाली, साढ़े सात बजते पाए। अभी परब खार जाएगा फिर बाल-बच्चों समेत वापस आएगा। घंटे से ऊपर ही लग जाएगा उसे। समय है नहीं।

"ठीक है, तुम छोड़ जाओ बाल-बच्चों को।" उसने लगभग नि:श्वास भरते हुए लाचारी घुटकी।

प्लेट में बची-खुची चाय सुड़ककर परब फुर्ती से उठ खड़ा हुआ और शीघ्रता से कमरे से बाहर हो गया। उसके जाते ही दूधवाला बोतल दे गया। बोतल फ्रिज में रखकर उसने अपने लिए फिर से एक कप चाय बनाने के लिए स्टोव जलाया। जटिल समस्या है। पता नहीं, कैसे स्वभाव के होंगे इसके बाल-बच्चे और पत्नी! उपद्रवी बच्चे हुए तो रेडियो, फ्रिज की खैर नहीं। क्यों न ताला लगा दे? ताला लगाना ही बेहतर होगा। सामान निकालकर खा-पी डालें तो कोई आपत्ति नहीं, पर गलत ढंग से चीजें इस्तेमाल करेंगे तो उलटे लेने के देने पड़ जाएँगे। मामूली मरम्मत के लिए भी कहीं मेकैनिक को बुलाना पड़ जाए तो सौ का पत्ता तो मात्र चीजों की मुँह-दिखाई के रखवा लेता है, शेष खर्चे अलग। कितनी मुश्किल से फ्रिज खरीदा है उसने! सुधांशु के साथ थी तो सबकुछ था। घर छोड़कर निकली तब सिवाय बदन पर चढ़े कपड़ों के अलावा साथ कुछ नहीं था...।

हरीन्द्र के प्रयत्नों से जब वह सरस्वती कॉलेज की स्थायी नौकरी के लिए बम्बई आई थी, कुर्ला के एक महिला हॉस्टल में उसके रहने की व्यवस्था हो गई थी। हॉस्टल का माहौल उसे रुचा नहीं। शीघ्र ही उसने विक्रोली स्थित कन्नमवार नगर में एक परिवार के बीच बतौर पेइंगगेस्ट रहना शुरू कर दिया। वहाँ उसे एकान्त मिलना दूभर हो गया। शोर-शराबा मचाते बच्चे कमरे में घुसे रहते। मकान मालकिन अक्सर पानी और बिजली के बहाने उससे झिक-झिक करती रहती। साथ ही उसकी शंकालु दृष्टि प्रतिपल कोंचती चौकीदारी करती रहती। उसे यही सन्देह सताता रहता कि कहीं यह औरत उसके पति पर डोरे न डाले! तंग आकर उसने हरीन्द्र से साफ कह दिया, वह एक रोटी कम खाएगी किन्तु इस तनाव-भरे वातावरण में उसकी गुजर सम्भव नहीं। हरीन्द्र ने काफी भागा-दौड़ी के बाद उसे कांदीवली में रसोई के साथ एक स्वतंत्र कमरेवाला फ्लैट जुगाड़ दिया। कॉलेज की अस्थायी नौकरी विभागाध्यक्ष की राजनीति की वजह से स्थायी होने की पूरी उम्मीद के बावजूद स्थायी नहीं हो पाई, जिसकी कि उसे शत-प्रतिशत उम्मीद थी। अजीब-सी दुविधा में फँस गई। घर लौट जाए या इस शहर में बनी रहे? बनी रहे तो किस बूते पर? लौटेगी नहीं, यह तय कर लिया मन-ही-मन। हरीन्द्र को बात-बात पर तंग करना भी उचित नहीं लगा। अपने-आप काम की तलाश युद्ध-स्तर पर शुरू कर दी। रोज सुबह पेंसिल लेकर अखबारों के 'आवश्यकता है' कालम में आँखें गड़ाकर बैठ जाती। बेकारी में कॉलेज के कुछ सम्पर्क बहुत काम आए। नव-

धनाढ्यों के बिगड़े बच्चों को अध्ययनशील बनाने के लिए उसे चार-पाँच ट्यूशनें मिल गईं। अनपेक्षित पारिश्रमिक से हौसला बुलंद हुआ। इसी बीच हरीन्द्र के एक चित्रकार मित्र के माध्यम से वह फिल्मरस में आने-जाने लगी। तब से वह फिल्मरस में स्वतंत्र रूप से नियमित काम कर रही है। कड़ी किफायत से बचाई गई जमा-पूँजी में से सबसे पहले जो उसने खरीदना चाहा था, वह था—'फ्रिज', जो उसे नौकरीपेशा औरतों की सबसे प्रमुख आवश्यकता महसूस हुई थी।

हाँ, ताला ही लगा देगी। ओखली में सिर देने से फायदा? पलंग पर कोई मैली चादर बिछा देगी, ताकि बच्चे कूदें-फाँदें तो बिस्तर मैला होने से बचा रहे। यूँ तो किस-किस चीज को ताला लगाएगी? बालकनी में जो दुर्लभ किस्म के पौधों के गमले सँजोए रखे हुए हैं, उनकी भी तो समस्या है? वे पौधे नहीं, उसकी साँसें हैं। ऐसे काम नहीं चलेगा। परब की पत्नी को ही समझाना पड़ेगा कि वह बालकनी का दरवाजा हरगिज न खोले। खोले तो यह ध्यान अवश्य रखे कि बच्चे गमलों से छेड़खानी न करें।

सब ठीक है लेकिन रात रहेगी कहाँ? असली समस्या अंगद का पाँव हो गई है। सहसा उसे हरीन्द्र का खयाल हो आया। हरीन्द्र के यहाँ चली जाए अगर... ? दिन तो कार्यालय में व्यतीत हो जाएगा। रात-भर की कठिनाई है। यही उचित लगा। हरीन्द्र के दफ्तर फोन कर लेगी और उसे सारी समस्या से अवगत करा देगी। इसी बहाने हरीन्द्र के नवजात शिशु को भी देख लेगी। कुछ दे भी आएगी। उसकी पत्नी सविता की जचकी मायके में हुई थी। डेढ़-दो महीने उपरान्त हरीन्द्र उसे लिवा के लाया है।

...वैसे भी बच्चे को देखने जाना ही था। अक्सर हरीन्द्र के घर जाने का बना-बनाया कार्यक्रम अचानक किन्हीं कारणों से टलता रहा है और इस बात की ग्लानि उसे कचोटती रही है कि ऐसा क्यों हो जाता है, वह अपने हित-चिन्तकों के सुख-दुख में चाहकर भी शरीक नहीं हो पाती—शेष सारे काम निपटते रहते हैं? अब मजबूरी बहाना बन गई है। नहीं जानती कि उसका उनके घर में रात बिताने का निर्णय सविता को कैसा लगेगा। यह तो नहीं सोचेगी कि जब उसकी अपनी गरज होती है तभी घर में पाँव पड़ते हैं? सोचने को तो वह और भी बहुत कुछ सोच सकती है और शायद सोचती भी रहती होगी। अपने बुद्धिमान चुस्त पति के प्रति उसकी आँखों में निरन्तर एक अप्रकट सतर्कता डोलती रहती है। वह भी उसके सन्दर्भ में। ऐसा शायद इसलिए भी होगा क्योंकि हरीन्द्र की शादी सुधांशु से उसके सम्बन्ध-विच्छेद हो जाने के काफी अरसे बाद हुई थी। यहाँ तक कि हरीन्द्र के प्रयत्नों से उसके बम्बई में स्थायी रूप से बस जाने के भी बाद। और सविता उनके पारिवारिक रिश्ते की गहराई से सर्वथा अनभिज्ञ थी। हरीन्द्र ने उसे अकेले में समझाया भी था कि वह उसकी अच्छाइयों का गुणगान सविता के समक्ष न ही करे तो बेहतर है। ऐसा विशेष उसने कुछ किया भी नहीं। एक रिक्त पद की खबर लगी, उसने सूचना भेज दी। आवास की समस्या के लिए उसने उसका परिचय उपयुक्त माध्यम यानी दलाल से करवा दिया और उसके संग थोड़ी भागा-दौड़ी कर ली। वह हरीन्द्र के इस विचार से सहमत नहीं थी किन्तु पत्नी के समक्ष उसके सहयोग की चर्चा न चलाए जाने की बात उसने अवश्य स्वीकार कर ली। सलाह

उसे तर्कपूर्ण और अनुभवसिद्ध लगी। यूँ भी कि एक तलाकशुदा स्त्री का किसी के पति के विषय में उसके गुणों और आत्मीय सहयोग की साधिकार चर्चा, उनके सम्बन्धों को संदिग्ध बनाती है। शायद उसके अवचेतन में यही दबाव कुंडली मारे बैठा हुआ है जो उनके घर जाने के, उसके निश्चय को किन्हीं बेहद मामूली कारणों की आड़ ले क्रियान्वित नहीं होने दे रहा। गहरे महसूस किया है कि सविता की प्रकृति की स्त्रियाँ स्वयं तो पति की प्रशंसा कर तृप्त और गौरवान्वित महसूस करती हैं, किन्तु किसी दूसरी स्त्री के मुख से पति की व्यक्तित्व-सम्पन्नता की बड़ाई उन्हें कतई हजम नहीं होती बल्कि वे उन कारणों की तलाश में खुफियागीरी पर आमादा हो उठती हैं जिनके अदृश्य सूत्र उनकी भोथरी संवेदना की मुट्ठी से बाहर की चीज होती है, उसके इस तर्क पर कि सविता के समक्ष उनके आपसी सम्बन्धों की पारदर्शी तसवीर न रख पाने के लिए किसी हद तक हरीन्द्र की अक्षमता दोषी हो सकती है। हरीन्द्र का उत्तर था, 'कुछ लोगों को आत्मदया, आत्म-प्रताड़ना में जीने का सुख मिलने लगता है। वे अपने आसपास को अपने सन्दर्भानुसार देखने-समझने में ही विश्वास रखते हैं। ऐसे लोगों की कुंद दृष्टि अपने पार के संसार को न देखना चाहती है, न उसे गहरे पैठकर छूना। सविता शायद कभी अपने से उबरे...'

कार्यालय पहुँचते काफी देर हो चुकी थी।

स्टेशन पर ठसाठस भीड़ देखते ही उसका माथा ठनका। लगता है, कई गाड़ियाँ रद्द हो चुकी हैं। आशंका सही निकली। बोरीवली और कांदीवली के बीच नौ-पाँच की चर्चगेट लोकल के अगले डिब्बे में अचानक आग लग जाने की वजह से सुबह की कई महत्त्वपूर्ण तेज गाड़ियाँ रद्द कर दी गई थीं। यात्रियों की अधीर होती भीड़ की असुविधा और उत्तेजना से भयाक्रांत हो रेलवे अधिकारियों द्वारा माइक से निरन्तर उद्घोषणा हो रही थी कि जो निर्धारित गाड़ियाँ चर्चगेट, बोरीबन्दर और बाम्बे सेंट्रल के लिए बांद्रा से छूटती हैं, उनके अलावा अतिरिक्त गाड़ियाँ छोड़ने की भी अविलम्ब व्यवस्था हो रही है। यात्रियों से निवेदन है कि वे स्थिति की नजाकत को देखते हुए धैर्य और उदारता से सहयोग करें।

रेलवे अधिकारियों की घोषणा कोरा आश्वासन साबित नहीं हुई। तकरीबन घंटे-भर बाद चर्चगेट से विरार के लिए निकली हुई कई गाड़ियों को बांद्रा पर रोककर वापस चर्चगेट के लिए रवाना किया गया।

अक्टूबर की चिलबिली उमस, ऊपर से डिब्बे में प्रवेश की हड़बड़ी में एक-दूसरे को धकियाती-मुकियाती अपार भीड़! दम घुटते-घुटते बचा...। कार्यालय पहुँचने से पहले ही महसूस हुआ कि वह तो ऐसे क्लांत हो आई है, जैसेकि अक्सर दफ्तर से वापसी पर स्वयं को अनुभव करती है। बावजूद इसके कार्यालय के माहौल की रंगत ही कुछ और नजर आई।

पश्चिम रेलवे में हुई दुर्घटना के कारण बहुत कम लोग थे जो कार्यालय में अनुपस्थित दीखे। उसका अनुमान इसलिए भी गलत साबित हुआ क्योंकि उसके

अधिकांश सहयोगी नियमित सेंट्रल रेलवे के यात्री हैं, और इस दुर्घटना से उनका अप्रभावित होना स्वांभाविक है।

लोग-बाग मेहता की खाली मेज के इर्द-गिर्द अड्डा जमाए हुए अलमस्ती के मूड में दिखे। निश्चित ही परनिन्दा-परिचर्चा होती लग रही है। इतनी रौनक विभाग में तभी चकमक होती है, जब उनकी संदिग्धताओं को अचानक वास्तविकता का आधार मिल जाता है और एक साथ मिल बैठने की फुरसत।

उस पर दृष्टि पड़ते ही पुरुष मंडली में हड़कम्प मच गया। लोगों ने विनोदी उत्तेजना के साथ मेजें पीटते हुए समवेत स्वर में उसे पुकारना आरम्भ कर दिया, "ओ बीबी अंकिता जी! सीधे यहाँ! चली आइए, फौरन से पेश्तर! आपातकालीन बैठक हो रही है और जो सदस्य इसकी अवज्ञा करेगा, उसे सौ का पत्ता बतौर जुर्माना भरना होगा। नकद!"

वह सलीम की मेज पर पहुँचकर पहले ऑपरेटर से हरीन्द्र का नम्बर माँगना चाह रही थी। एक तो अखबार के कार्यालय का नम्बर ही मुश्किल से मिलता है तिस पर कहीं हरीन्द्र विधानसभा की रिपोर्टिंग के लिए निकल गया होगा तो उससे सम्पर्क साधना सम्भव नहीं हो पाएगा और पूरे समय वह अनिश्चितता की डोरी से लटकी रहेगी।

उसने मंडली को आश्वस्त रहने का संकेत करते हुए फोन दिखाकर विनम्र अनुमति चाही कि एक अत्यावश्यक फोन करके वह उनकी मजलिस में अभी हाजिर हुई। संयोग से हरीन्द्र के कार्यालय का नम्बर तुरन्त मिल गया। किन्तु उसके सहयोगी, सहायक सम्पादक, मि. अनिरुद्ध मिश्रा ने सूचना दी कि 'हरीन्द्र इस वक्त अपनी कुर्सी पर नहीं है।—कोई सन्देश?,'...'नहीं, उसी से...'

उसके संकोच को भाँपकर मिश्रा जी ने सन्देश के लिए उससे दुबारा आग्रह नहीं किया। उसने ही मिश्रा जी से विनम्र निवेदन किया कि उनके कार्यालय का फोन बड़ी मुश्किल से मिलता है, जैसे ही हरीन्द्र अपनी सीट पर लौटे, वे उसे तत्काल फोन करने के लिए कहें। मिश्रा जी उसे जानते हैं। हरीन्द्र के कार्यालय में ही उनसे भेंट हुई थी। हरीन्द्र से बात हो जाती तो वह निश्चिन्त हो जाती। अब वह सहज भाव से उनके बीच नहीं बैठ पाएगी जब तक कि हरीन्द्र का फोन नहीं आ जाता और उससे स्पष्ट कुछ तय नहीं हो जाता।

मंडली ने मेज बजाकर उसका स्वागत किया। उनके मस्ती-भरे चेहरों ने कुछ पलों के लिए उसे जैसे दुश्चिन्तामुक्त कर दिया। उसने चुटकी ली, "क्यों भई, यह सियारों की बैठक किस खुशी में...शहर सही-सलामत तो है?"

"हाय, वही तो नहीं...इसी चिन्ता में तो हम अधमरे हुए जा रहे हैं...हाय, क्या होगा इस शहर का? कौन लाज रखेगा इसकी?" किरपेकर ने शोक-सन्तप्त चेहरा बनाकर हथेलियों से छाती पीटी।

किरपेकर की अभिनय-पटुता का मजा लेती वह फिक्क से हँस दी, "भई, शहर की चिन्ता में हमें भी शरीक कीजिए और बताइए कि आखिर शहर को खतरा किस बात का है?"

"लो, इनकी सुनो भाइयो!" किरपेकर ने उसकी ओर भौंहें उचकाकर कुटिलतापूर्वक मुस्कुराते हुए कटाक्ष किया, "शहर बिचारा इन्हीं की मार से दम तोड़ रहा है और जनाब की अदा देखिए कि हमसे पूछ रहे हैं...शहर को खतरा किस बात का है?"

"आपसे न पूछें तो किससे पूछें? चिन्ता में दुबले तो आप ही हो रहे हैं..."

जवाब में किरपेकर ने बिलकुल दादा कोंडके की भाँति होंठ बिचकाकर अर्थपूर्ण ढंग से आँख दबाई। लोग उसकी इस फूहड़ अदा का रस लेते हुए ठठाकर हँस पड़े।

हँसी के बीच किरपेकर बोला, "शहर को खतरा यूँ है जनाब कि आज बिना टिकट तो तन्वंगियों की फ्रीस्टाइल कुश्ती देखने को मिली...बाबा रे बाबा...क्या झोंटा-पछाड़ दाँव मारी बॉबी ठाकुर ने...आई शपथ! बेबान स्टेडियम में उनका मुकाबला रख दिया जाए तो हार-जीत के फैसले पर शहर में दंगा हो जाए, दंगा...नहीं क्या?"

"दंगा? कर्फ्यू लगाना पड़ेगा, कर्फ्यू! नक्कीच!"

...और तिलक ने जो दृश्य वर्णित किया, सुनकर लज्जा और वितृष्णा से उसकी कनपटियाँ गरम हो आईं। क्या कोई लोक-लाज को ताक पर रखकर इतनी बेहूदगी और बेहयाई पर उतर सकता है?

तिलक को किसी जरूरी काम से बड़े साहब मि. गुहा ने दस बजे अपने कमरे में बुलाया था। ठीक दस बजे जैसे ही तिलक उनके कमरे में दाखिल हुआ, उसने पाया, मि. गुहा की प्रेमिका नं. दो, बॉबी ठाकुर, जो उनके साथ पिछले पाँच वर्षों से बिना ब्याह के डंके की चोट पर रह रही थीं—साहब के बहुचर्चित नये अंग्रेजी नाटक की नायिका, सुप्रसिद्ध पॉप गायिका श्रीमती गौरा सुधाकर से गुत्थमगुत्था दिखाई दीं। बॉबी ठाकुर, गौरा सुधाकर के खूबसूरत भूरे बालों को निर्दयता से मुट्ठी में दबोचे पूरी शक्ति से उन्हें गलीचे पर धराशायी करने की जी-तोड़ कोशिश कर रही थीं। लगता था, आज अचानक उन्होंने बड़े साहब और गौरा सुधाकर को रँगे हाथों पकड़ने की योजना बनाई थी और वे अपने उद्देश्य में सफल रहीं। इधर लगातार ऐसा होने लगा था कि गौरा सुधाकर या तो बड़े साहब के कार्यालय में दाखिल होते ही उनके कमरे में पहुँच जाया करती थीं या आगे-पीछे। कार्यालय के उपरांत शेष समय वे रिहर्सल में साथ होतीं और अमूमन रिहर्सल रात बारह-एक से पहले क्या ही खत्म होती! गलीचे पर नये नाटक 'सिलविया' के कुछ श्वेत-श्याम चित्र, जिनमें गौरा सुधाकर के कुछ साहसिक नग्न चित्र भी थे, कुचले-मुचले पड़े हुए थे, जिन्हें साहब ने पिछले दिनों बड़े शौक से फ्रेम करवाकर अपने कमरे में लगवाया था और उन्हीं चित्रों के आधार पर लोगों ने उन दोनों के मध्य प्रगाढ़ होती अन्तरंगता और बढ़ती प्रेम-पींगों का अनुमान लगाना शुरू कर दिया था।

मि. गुहा के विषय में यह मशहूर था कि जब भी कोई लड़की उनकी जिन्दगी में दाखिल होती, उसके चित्र उनके कमरे की दीवार पर टँग जाते। चाहे वह उनके विज्ञापनों की मॉडल हो या उनके नाटकों की नायिका या शुद्ध प्रेम की परिणति। विज्ञापन जगत में ही नहीं, अपितु अंग्रेजी नाटकों की बिरादरी में भी उन दोनों की प्रणयगाथा

चर्चा का गर्मागर्म विषय बन गई थी। एक तो दोनों में आधे से ज्यादा उम्र का अन्तर, तिस पर यह भी सुनने में आया कि इधर गौरा जी अपने चार्टर्ड एकाउंटेंट महाराष्ट्रियन पति से सम्बन्ध-विच्छेद कर अलग हो रही हैं और उधर मि. गुहा ने भी अपने घर में रहना लगभग छोड़ दिया है।

दरअसल इस प्रकरण में वर्तमान पत्नी बॉबी ठाकुर के प्रति लोगों की प्रतिक्रिया रत्ती भर भी सहानुभूतिपूर्ण नहीं थी। अधिकांश परिचित और नाटक-प्रेमी इस बात से आनन्दित हो रहे थे कि चलो, सेर को सवा सेर मिला क्योंकि मि. गुहा की पूर्व-ब्याहता पत्नी जरीना, जो किसी जमाने में मि. गुहा के साथ अंग्रेजी नाटकों में बाकायदा हिस्सा लिया करती थीं और जो मि. गुहा के पच्चीस वर्षीय जवान बेटे की जन्मदायिनी माँ भी हैं, बॉबी ठाकुर के चलते ही पति द्वारा उपेक्षित और परित्यक्त हुईं। इन दिनों वे अपने गुजारे के लिए हिन्दी फिल्मों में बतौर चरित्र अभिनेत्री काम करने लगी हैं— कहते हैं कि कुछ अरसे पूर्व एक अंग्रेजी दैनिक को दिये गए अपने विवादास्पद साक्षात्कार में उन्होंने बॉबी ठाकुर को किसी का बना-बनाया घर उजाड़ने वाली गली की कुतिया ही नहीं कहा, छिनाल और रंडी विशेषणों से भी विभूषित किया। बॉबी ठाकुर को उन्होंने सरेआम चुनौती दी कि वह किसी प्रकार के गुमान में न रहे, उनके नाटक-प्रेमी रसिक पति को मंच पर ही अभिनय करने और करवाने का शौक नहीं है, निजी जीवन में भी वे मँजे हुए अभिनेता हैं। उन्होंने तो अपनी छाती पर एक नहीं, कई-कई सौतें बरदाश्त कीं, फिर भी पति के साथ बनी रहीं। लेकिन जब कोई बॉबी ठाकुर के सामने पलंग पर पड़ी गुहा साहब से किलोलें करेगी तब वे भी देखेंगी उसकी सहनशक्ति और उसका आधुनिक जीवन-दर्शन कि पति-पत्नी में अगर नहीं पटती तो मात्र दिखावे के लिए मृत सम्बन्धों को ढोने से बेहतर है, तत्काल अलग हो जाना।...कि यह किसी के द्वारा किसी के अधिकारों के शोषण का प्रश्न नहीं है अपितु सार्थक जीवन जीने की बुनियादी शर्त है; जिसे हमारे समाज में पूरे साहस के साथ स्वीकार किया जाना चाहिए।

जरीना का स्पष्ट आरोप था कि चतुर बॉबी ठाकुर ने बहुत सोच-समझकर योजनाबद्ध तरीके से उनके समृद्ध और प्रतिष्ठित पति को अपने प्रेमजाल में फँसाया है ताकि वह अपने जीवन में व्याप्त असुरक्षा भाव से मुक्ति पा सके, साथ ही स्वयं की एजेंसी खोलने की अपूर्ण महत्त्वाकांक्षा को वास्तविकता का चोला पहना सके। और अपने उद्देश्य में वह सफल रही— भारत की सर्वाधिक प्रतिष्ठित विज्ञापन एजेंसी के एक्जीक्यूटिव डायरेक्टर को अपना प्रेमी-पति बनाकर। लेकिन यह दृश्य परदे पर ज्यादा देर नहीं टिक पाएगा, न बॉबी की एजेंसी ही जो 'फिल्मरस' के उच्छिष्ट पर निर्भर है...।

तिलक ने आगे बताया कि ऐसे अभद्र नाजुक मौके पर वह तय नहीं कर पाया कि वस्तुत: उसकी भूमिका क्या होनी चाहिए। बीच-बचाव के लिए पाँव आगे बढ़ाए या पीछे खींच ले? अन्त में यही श्रेयस्कर लगा कि सूरदास बन जाने में ही गनीमत है। बाद में चपरासी चौधरी ने तिलक के इसरार पर बताया कि आपके पलटते ही बड़े

साहब आ गए। कमरे के भीतर अप्रत्याशित दृश्य ने उन्हें भौंचक्क कर दिया। मगर अगले ही क्षण सँभलकर उन्होंने चीते की-सी फुर्ती से बॉबी मेमसाब की पकड़ से मैडम गौरी को छुड़ाया और निःशब्द उन्हें साथ लेकर कमरे से बाहर गए। उनके जाने पर उसी ने कुर्सी पर अवसन्न पड़ी बॉबी मेमसाब को ठंडा पानी पिलाया, फिर उनके आग्रह पर नीचे एक टैक्सी तय कर उन्हें टैक्सी में बिठा आया। चलते समय साहब उससे सख्त ताकीद कर गए थे कि इस अप्रिय घटना की किसी को हवा तक न लगे। तिलक के सामने वह मुँह बन्द इसलिए नहीं रख पाया क्योंकि तिलक प्रत्यक्षदर्शी था। उसने उसे साहब के कमरे में प्रवेश करते और तत्क्षण पलटते देख लिया था। क्या छिपाता? रही तिलक की बात, तो ऐसे रस-भरे रोमांचक प्रसंग चाहे किसी के कितने ही निजी क्षण हों, उसे उनके पैबन्दों में पूरी दिलचस्पी होती है। यूँ भी उसके पास अपने विभाग की ही नहीं अपितु अन्य विभागों की भी खुफिया रपट होती है जिनकी ताजी जानकारी, वह सगर्व अपने सहकर्मियों को चटखारे ले-लेकर परोसता रहता है—ठीक सामाजिक कार्यकर्ता की दुश्चिन्ता वाले अन्दाज में।

अंकिता को तिलक के छद्म व्यक्तित्व से बड़ी चिढ़ होती है और कई दफे उसकी तिलक से खासी झड़प भी हुई। लेकिन वह अच्छी तरह जानती है कि चटखारे लेने वाली मनोवृत्ति मात्र तिलक की ही नहीं है, तिलक वस्तुतः उद्दंड है, वह कनखोरी से बाज नहीं आता किन्तु सुनने वाले कम रस लेकर नहीं सुनते...और भ्रष्ट बोलने वाले की बनिस्बत भ्रष्ट सुनने वाले अधिक खतरनाक होते हैं। बोलने वाले से सीधी लड़ाई लड़ी जा सकती है, सुनने वालों से नहीं। किस्सा सुनकर उसने कोई टिप्पणी नहीं की। जब सभी अखाड़ियों ने बाँहें चढ़ाकर तिलक का हौसला बुलन्द किया हो, उसका मौन तिलक को बाजी अनिर्णीत हो जाने वाले मलालों से भर गया।

तिलक के कुछ बोलने से पूर्व किरपेकर ने उसे छेड़ा, "अयँ! स्त्री होकर इस झोंटा-पछाड़ फ्रीस्टाइल के विषय में आप मौन हैं?"

तिलक को अवसर मिला। "इनसे कुछ मत कहिए। जनाब! ये फौरन गौरा सुधाकर की पैरवी करने लगेंगी कि बेचारी के साथ बुरा सुलूक हुआ...या हमें क्या पड़ी है किसी के घर के मामले में टीका-टिप्पणी करने की? लेकिन मैं इनसे जानना चाहता हूँ कि हमारी यही निरपेक्षता ही तो है जो अगले को शह देती है कि भई चल, जितनी मनमर्जी तुझे करनी है, कर। समाज गया तेल...हमें कोई आपत्ति नहीं...वह भी खुश कि उसके आसपास के लोग कितने समझदार और सहिष्णु हैं...तो उसे तो किसी भी सामाजिक विरोध का सामना नहीं करना पड़ता...तिरस्कृत होने का भय नहीं सताता...कैसे रक्षा होगी हमारे नैतिक मूल्यों की?"

"ठहरिए-ठहरिए।" उसने बगैर उत्तेजित हुए हाथ उठाकर आपत्ति प्रकट की, "पहले इस बात का जवाब दीजिए। ऐसी गोष्ठियों से क्या हम किसी समाधान पर पहुँच सकते हैं, सिवा चटखारे लेने के? हमारे विरोध की गुंजाइश है ही कहाँ और हो भी तो उसका प्रभाव होगा? आप क्या समझते हैं कि गौरा जी या बॉबी ठाकुर पर आपकी प्रतिक्रिया का कोई नैतिक प्रभाव पड़ेगा या पड़ने वाला है?"

"दरअसल गाँवों में जहाँ की कुल जमा-आबादी दस-पन्द्रह घर से अधिक नहीं हुआ करती थी, नैतिकता-अनैतिकता के उनके निर्धारित सर्वमान्य मानदंड हुआ करते थे और उन मर्यादाओं को भंग करनेवाला व्यक्ति दोषी होता था...पश्चात्ताप हेतु उसकी शुद्धि होती या हुक्का-पानी बन्द कर दिया जाता था। दंडस्वरूप तिरस्कार या बहिष्कार का उस पर अनुकूल प्रभाव पड़ता...क्योंकि वह समाज से कटकर नितान्त अकेला पड़ जाता। परिवर्तित स्थितियों में अब जब अनुशासन गाँवों में अपनी महत्ता खो बैठा है तो महानगरों में उसका कोई अपेक्षित प्रभाव सम्भव है, ऐसा सोचना ही अवैज्ञानिक होगा। क्योंकि जहाँ एक साथ करोड़ों लोग रह रहे हों, अलग-अलग जाति-धर्म और समाज के, वहाँ सामूहिकता के जीवन-मूल्य अनेक दबावों के चलते विभाजित हो गए हैं। व्यक्तिपरकता प्रमुख हो गई है। अत: कौन कहाँ क्या करता है, उससे किसी को समाज के ह्रास की चिन्ता नहीं सताती। दो-चार लोगों में, जैसेकि आज हम ही इस मुद्दे पर अर्थहीन बहस कर रहे हैं, ये बातें जरूर उठती हैं : कुछ में चिन्तास्वरूप, कुछ में समय बिताने के नाम पर शगल के रूप में, तो कुछ में परनिन्दा-परिचर्चा-सुख भोगने के विचार से। एक पक्ष यह भी है कि इसका बहुत सीधा सम्बन्ध वर्ग मानसिकता से भी है। समर्थता और सम्पन्नता से भी। संस्कारों से भी। खैर," उसने अर्थपूर्ण दृष्टि से तिलक की ओर देखा, "सामाजिक मूल्यों के ह्रास की चिन्ता अगर तिलक जी को इसी तरह सताती है, बेहतर होगा कि वे चिन्ता करना छोड़ दें।"

उसके चुप होते ही किरपेकर ने माइक का स्वाँग भरती अपनी मुट्ठी को अपने मुँह के करीब ले जाकर प्रश्न किया, "वो तो समझे, लेकिन कमरे में हुई फ्रीस्टाइल के विषय में आपने अपनी कोई प्रतिक्रिया नहीं दी?"

वह मुस्कुराई, "जो अविवेक कार्यालय में बॉबी ठाकुर ने बरता, वह सरासर क्षोभनीय है,..न यह समस्या से लड़ने का उचित तरीका है। मुझे तो लगता है कि गौरा जी को दोष देने के बजाय अगर वस्तुत: कोई दोषी है तो स्वयं उनके पति। उन पर अगर आपका वश नहीं चला या नहीं चल पा रहा तो किसी अन्य पक्ष को अपमानित या बदनाम करने का हक आपको नहीं मिल जाता। लड़ाई उन्हीं से लड़ी जानी चाहिए। ऐसे पुरुष जोकि स्त्री को मात्र जिंस समझते हैं...उन्हें ठुकराकर औरत को स्वयं यह जता देना चाहिए कि वह भी आत्मसम्मान रखती है।"

"तालियाँ!" किरपेकर के साथ मारथा समेत अन्य पुरुषों ने भी समवेत स्वर में मेजें पीटकर खुशी का इजहार किया।

तिलक अंकिता के कटाक्ष से तिलमिला आया। उसे अनुमान नहीं था कि अंकिता सीधे उसकी नीयत पर प्रहार करेगी। "आपकी लड़ाई का अपना तरीका हो सकता है अंकिता जी, मगर जरूरी नहीं कि हर पत्नी आपकी तरह पति को छोड़कर उसे चुनौती दे सके...कि अब मुझे तुम्हारी आवश्यकता नहीं..."

वह क्षुब्ध हो कुर्सी खिसकाकर उठ खड़ी हुई, "व्यक्तिगत आक्षेप होने लगे...मैं चलती हूँ।"

''चल क्यों दीं, जवाब देकर जाइए। आपने मेरी नीयत पर कीचड़ उछालकर मुझे निन्दक साबित करने की कोशिश की, अपने पर बात आई तो मैदान छोड़कर भाग लीं!''

''मैंने नीयत पर ही शंका की न! आपके निजी सम्बन्धों पर कोई छींटाकशी नहीं की...और अगर वाकई आप लोग नैतिक पतन से दुखी, विचलित और चिन्तित हैं, हिम्मत दिखाइए। मेरे मुँह पर तो आप मेरा उपहास उड़ा सकते हैं पर जाइए...बॉस का गिरेबान पकड़कर उसे धिक्कारिए कि सर! आप जो कुछ कर रहे हैं, वह अमानवीय है...घोर अनैतिक है...आप सामाजिक मर्यादाओं का उल्लंघन कर रहे हैं...हम इसे बरदाश्त नहीं कर सकते...कर सकेंगे? नहीं, बिना अनुमति के आप उनके कमरे का दरवाजा भी नहीं छू सकते, गिरेबान पकड़ना तो दूर की बात है। आप अच्छी तरह जानते हैं कि उनके दरवाजे को छूने मात्र से आपकी पक्की नौकरी मिनटों में कच्ची हो सकती है।'' मेज को एक उँगली से ठोंकते हुए पूरे आत्मविश्वास के साथ उसने अपनी बात आगे बढ़ाई, ''यहाँ आपकी नैतिकता की ठेकेदारी इसलिए चल रही है मि. तिलक, कि कोई नहले का दहला मौजूद नहीं...चटखारे लेनेवाले अलबत्ता मौजूद हैं और इसलिए आप बड़ी आसानी से हर लड़की की 'गोपनीय रपट' सरेआम लिखते रहते हैं...यह और कुछ नहीं, पुरुष की बीमार मानसिकता ही है जिसकी विरासत अब भी आप जैसे ओछी मनोवृत्ति वाले पुरुष ढो रहे हैं और मौका पाते ही दूसरों पर उलटी करने लगते हैं...''

तिलक एकाएक तमतमाकर उठ खड़ा हुआ। उसकी आक्रामक मुद्रा से स्पष्ट आभास हुआ कि अंकिता के स्थान पर इस वक्त अगर कोई पुरुष उसके सामने होता, वह उसकी गरदन पर सवार हो चुका होता। अंकिता के इस अप्रत्याशित तेवर से स्तंभित वह किसी प्रकार अपने को संयत करते हुए बोला, ''बैठिए-बैठिए...आपकी बात का जवाब दूँगा।''

''मुझे अब किसी जवाब की दरकार नहीं...दसअसल हम लोग स्वस्थ तरीके से बातें कर ही नहीं सकते।'' वह मुड़ी और तेजी से अपनी मेज की ओर बढ़ दी। दिमाग खराब हो गया। आना ही नहीं चाहिए था उसे...।

तिलक उसके अवहेलनापूर्ण व्यवहार से ताव खाकर रह गया। सहकर्मियों ने उसे आड़े हाथों लिया और बात खत्म करने के लिए बाध्य करने लगे कि अंकिता गलत नहीं है। बात जिनकी हो सीधी, उसे उन्हीं तक सीमित रहना चाहिए। उसकी अभद्रता के चलते बैठक का मजा किरकिरा हो गया। अंकिता के प्रति लोगों के मन में सौहार्दपूर्ण भाव था। तिलक को वे जानते हैं। पता नहीं, कहाँ से भेद-भादकर वह लोगों का गोपन खोज लाता है कि सुनकर वे दाँतों तले उँगली दबा लेते हैं। हालाँकि उन्हें यही लगता है कि उनकी एजेंसी का माहौल अन्य एजेंसियों की अपेक्षा आधुनिक और अधिक सौमनस्यपूर्ण है। किसके साथ कौन जा रहा है, आ रहा है, विशेष मायने नहीं रखता। फिर भी कभी-कभी कुछ बैठकों में असंगत बातें अनायास उठ खड़ी होती हैं और उनके बीच अनायास कटुता खिंच आती है।

अपनी कुर्सी तक पहुँचते-पहुँचते उसने लक्ष्य किया कि बैठक विसर्जित कर मुँह लटकाए सभी अपनी मेजों पर जा बैठे हैं। शायद बहुत दिनों से तिलक उसे सार्वजनिक रूप से उधेड़ने की ताक में ही था जैसाकि वह विभाग की अन्य लड़कियों को लेकर किसी-न-किसी बहाने करता रहता है। और अब तो उसकी धारणा और भी पुष्ट हो गई है कि जहाँ तिलक बैठा हो, ओखली में सिर देना है। स्वस्थ और तर्कपूर्ण वाद-विवाद वह पचा नहीं पाता। पचाने की उसकी मंशा भी नहीं होती, बहकने लगता है। बारीकी से सोचने पर पुनः उसकी पूर्व धारणा पुष्ट हुई है कि लोग उसके सामने खामोशी अपनाकर उसे बहकने ही नहीं देते अपितु बाकायदा उकसाते हैं कि वह बहके और खूब बहके। जैसे किसी को अन्धाधुन्ध पिलाने का मकसद यही होता है कि वह बेजान होकर अपनी तहों को उगल दे और लोग तमाशे का आनन्द उठाएँ। खिन्नता के बावजूद वह सन्तुष्ट भी है कि उसे दबा ले जाने की तिलक की दुराशा को उसने पूरा होने नहीं दिया। 'छोड़ो भी', वह मन-ही-मन बुदबुदाई। किस पचड़े में पड़ गई! नींद हराम हो उसकी, उसके दरबारियों की, वह क्यों अपना दिमाग खराब कर रही है? ज्यादा-से-ज्यादा यही होगा न कि वह उसके विरुद्ध बेलगाम हो जाएगा! क्या गारंटी है कि वह अब तक बेलगाम न रहा हो?

शेट्टी ने आकर उसे तीन नये विज्ञापनों की प्रतिलिपियाँ थमा दीं : एच.एस.सी. का नया उत्पादन मक्के का चिप्स...मक्के का हलवा पाउडर...मक्के का दही-बड़ा पाउडर।

''फटाफट हिन्दी अऊर अवधी में कॉपी करके देना है अंकूजी...ठीक?''

''ठीक!'' शेट्टी के शब्द को उसी के अन्दाज में दोहराते हुए उसने हँसकर मानस पर तारी खिन्नता को झटकने की कोशिश की।

''क्यों; हँसा क्यों?'' कृत्रिम रोष चेहरे पर लपेटकर शेट्टी ने उसे घूरा, ''मेरी हिन्दी ठीक नईं, इस वास्ते?''

''तुम्हारा जितना शुद्ध हिन्दी तो अपन भी नईं बोल पाते, शेट्टी!''

''तो फिर मेरा से सीखो...नो गुरुदक्षिणा!''

''सच?''

''नक्की।''

शेट्टी उसके मजाक को अन्यथा न ले हँसता हुआ आगे बढ़ गया।

विज्ञापन पढ़ा तो कतई कठिन नहीं लगा। एक-डेढ़ घंटे में निबटा लेगी। काम करने बैठ गई।

लगभग बारह बजे तक काम निपट गया उसका। काम शेट्टी के हवाले करते ही उसे हरीन्द्र के फोन की याद हो आई। डेढ़-दो घंटे से ऊपर हो रहा है उसे फोन किए, उसका फोन आया क्यों नहीं? उचित यही होगा कि वह और प्रतीक्षा का खतरा मोल लिये बिना ऑपरेटर से उसका नम्बर माँग ले। उसने वही किया।

ऑपरेटर सुलभा प्यारी लड़की है। उसके प्रति अतिरिक्त सौजन्यपूर्ण और उदार, जबकि औरों की शिकायत है कि वह थोड़ा नहीं, काफी ढीठ और नकचढ़ी लड़की है। नम्बर माँगो तो घंटों लटकाए रहेगी।

चोंगा क्रेडिल पर रख ही रही थी कि सामने से नीता प्रवेश करती दिखी। उसके अभिवादन पर वह मुस्कुरा-भर दी। पता नहीं, पुरानी सहजता और ऊष्मा कहाँ खो गई, जबकि उससे कोई मलाल नहीं रहा! हाँ, वैचारिक मतभेद हैं। मूल्यों की टकराहट भी।...और वह उन पर उससे खुलकर बात भी करना चाहती है। कब सम्भव होगा...पता नहीं। मगर करना जरूर चाहती है। बहुत असहमत है उसकी जीवन-पद्धति से।

निकट आते ही नीता ने सदैव की भाँति उसकी हथेली अपनी मुट्ठी में कस ली। गरमाहट से सिक्त, "हाय डियर...!"

गरमाहट ने उसे चौंकाया।

"हाय!" उसने सायास उत्साह प्रकट करने की कोशिश की।

"चाय पिएँ?"

"आई...जरा हरीन्द्र से बात कर लूँ...सुलभा से नम्बर माँग रखा है।"

"तो फिर आने पर मँगवाती हूँ," कहती हुई नीता अपनी कुर्सी की ओर बढ़ दी।

नीता के बढ़ते ही टेलीफोन की घंटी टुनटुना उठी। सुलभा ने सूचना दी कि नम्बर मिल गया है और वह हरीन्द्र से बात कर लें।

उसने सुलभा की तत्परता के लिए उसे धन्यवाद दिया और राहत-भाव से चोंगा कान से सटा लिया।

"हाँ...हाँ, बोलो अंकू। मिश्रा जी ने मुझे तुम्हारे फोन के बारे में बताया...मिनट-भर पहले अभी ही सीट पर आया हूँ...तुम्हें फोन करने जा ही रहा था कि अचानक तुम्हारा फोन आ गया...बोलो, क्या बात है?"

"मैं एक कठिनाई में फँस गई हूँ।"

"पुराना शौक़ है।"

"हरीन्द्र, तुम..." हरीन्द्र के परिहास पर वह खीज आई। फिर संयत स्वर में बोली, "ऐसा है...मुझे रात-भर के लिए एक ठिकाना चाहिए..."

"भई, जिन्दगी-भर की बात सोचो तो मैं मेहनत करूँ...।"

"हरीन्द्र, प्लीज...!"

"अच्छा, बताओ, मामला क्या है?" हरीन्द्र ने गम्भीरता ओढ़ी।

उसने मकान को लेकर सारी स्थिति बयान कर दी और परामर्श चाहा कि वही सुझाए कि वह क्या करे। चाहती थी कि हरीन्द्र उसका आशय भाँप स्वयं ही अपने घर रहने का प्रस्ताव रख उसे कुछ कहने की दुविधा से बचा ले।

"इसमें परेशान होने वाली क्या बात है?" हरीन्द्र ने विस्मित होकर प्रश्न किया, "तुम्हारी वो दोस्त है न परकटी...क्या नाम है उसका...वो नीता...उसके यहाँ गुजार लो एक रात।"

"नहीं..."

उसने 'नहीं' कुछ ऐसे उलझन-भरे स्वर में कहा कि हरीन्द्र ने 'क्यों' पर जोर न देना ही मुनासिब समझा, "तो फिर मेरे घर आ जाओ।"

"कोई दिक्कत तो नहीं होगी?"

''मुझे क्या दिक्कत हो सकती है...बल्कि अच्छा ही रहेगा, खूब गप्पें लगेंगी। अरसा हो गया साथ बैठे...''

''सविता ?''

''सविता को कैसा लगेगा...तुम तो जानती हो...तुम्हें लेकर वह हमेशा संदिग्ध रहती है...लाख समझाया कि हमारे सम्बन्धों में ऐसा कुछ भी नहीं है, जिसकी अटकलें वह लगाया करती है...मगर वही ढाक के तीन पात!...वैसे तुम्हारे सामने पड़ने पर तो शायद ठीक ही रहती है लेकिन तुम्हारे जाते ही झिकझिक शुरू, 'जब वे होती हैं, उन्हीं से चोंच डाले बतियाते रहते हो...मुझे भी बोलना-बतियाना आता है'—तुम नहीं आतीं तो...''

बात अधर में छोड़ हरीन्द्र का जोरदार ठहाका अचानक कानों को झनझना गया। कौतूहल से भरकर उसने चोंगे को देखा।

''तो क्या... ?''

''तो यह...'' हरीन्द्र ने अपनी अबाध हँसी को काबू करने का प्रयत्न किया, ''तुम नहीं आतीं...तब भी उसे चैन नहीं पड़ता। पिछले दिनों खूब ताने मारे उसने,'मुझे तो छोड़ो...मेरे बच्चे तक को देखने नहीं आईं आपके सगे दोस्त की जुझारू पत्नी...जब तक मतलब नहीं होगा, फोन नहीं खटकाएँगी।' सबकुछ ठीक है अंकू, लेकिन...अब तक वह अपनी कस्बई मानसिकता से उबर नहीं पाई है...मैंने भी अब ध्यान देना छोड़ दिया है...खैर, एक काम करो...तुम अभी ही घर का नम्बर लगाकर उस भवानी से कहो कि आज तुम मुन्ने को देखने आना चाहती हो और रात को वहीं ठहरोगी...तुम लोग कहीं जा तो नहीं रहे ? महत्त्व उसकी दुखती रग है। फूलकर कुप्पा हो जाएगी।...देखो, जाहिर यही करना कि तुम सीधे उसे ही फोन कर रही हो...हाँ, रात ठहरने की बात कहने में तुम्हें संकोच हो तो मत कहो। देर होने का बहाना गढ़कर मैं बात सँभाल लूँगा कि 'अब इतनी रात गए तुम्हारा अकेले लौटना उचित नहीं...सुबह यहीं से दफ्तर निकल जाना।' साँप भी मर जाएगा और लाठी भी नहीं टूटेगी।''

सुनकर वह उदास हँसी हँस दी, ''शादीशुदा स्त्रियों को...मुझसे डर क्यों लगता है हरीन्द्र ?''

''तुम मुझसे पूछ रही हो ?'' उसके प्रश्न पर हरीन्द्र को तनिक विस्मय हुआ, ''अपनी ग्रंथियाँ हैं। उन्हें लगता है कि जो स्त्री पति से अलग हो गई है, उसके साथ दाल में कुछ काला है। भले पति के साथ रहते हुए वह दाल को चाहे जितना काला-पीला करती रहे...मगर उस सामाजिक आड़ में सब नैतिक है...बहरहाल मुझे लगता है कि वे शंकालु इसलिए नहीं होतीं कि उनकी नजर में वे दुश्चरित्र हैं, बल्कि अवचेतन में वे ऐसी स्त्रियों के आत्मविश्वासी रवैये और स्वतंत्र व्यक्तित्व के समक्ष अपने बौनेपन की वजह से आतंकित रहती हैं। तुमने अक्सर अनुभव किया होगा कि अगर किसी स्त्री के विषय में वह यह सुन लें कि फलाँ के पति ने उसे छोड़ दिया...तो उस औरत के प्रति उनकी समस्त करुणा और संवेदना उमड़ पड़ती है कि हाय, नसीब की मारी के साथ बडा अनर्थ हुआ! बेचारी गऊ थी! लेकिन अगर वह सुन लें कि फलाँ-फलाँ स्त्री ने पति की ज्यादतियों के विरोध में साहसपूर्वक घर छोड़ दिया है और अपने पैरों

पर खड़ी आत्मसम्मानपूर्वक जीवन जीने का प्रयास कर रही है तो अचानक उनकी संवेदना सूख जाती है। क्यों ? इसीलिए कि वे वस्तुतः उस औरत के जुझारू व्यक्तित्व के समक्ष स्वयं को बौना महसूस करती हैं। स्त्रियाँ तुम्हें ऐसी भी मिलेंगी, जो परम्परागत दमन और संकीर्णता की सड़न के खिलाफ विद्रोह तो करना चाहती हैं मगर आत्मविश्वास की कमी या अन्य निजी मजबूरियों के चलते ज्यादतियों का प्रतिवाद नहीं कर पातीं...मगर जब किसी स्त्री को अपने पति के अमानवीय व्यवहार के विरुद्ध मोर्चा बाँधते पाती हैं तो खूब उत्प्रेरित होती हैं। उनकी प्रशंसा करते नहीं अघातीं क्योंकि वे उन स्त्रियों के संघर्ष में अपनी लड़ाई को मूर्त होता पाती हैं यानी अभी हमारी स्त्री को रूढ़ मानसिकता से मुक्त होना शेष है...'' बोलते हुए अचानक वह रुक गया, उधर से कोई प्रतिक्रिया नहीं उपजी। ''हलो...हलो अंकू ?'' हरीन्द्र उद्विग्न हो आया, ''चुप क्यों हो तुम ?''

''तुम्हें सुन रही थी।''

''मैं डर गया...''

''फोन पर... ?''

''तुम्हारी चुप्पी कहीं भी डरावनी लगती है...कहीं तुम...सविता वाली बात को लेकर अपमानित तो नहीं महसूस कर रहीं ?''

''अपने को मनाने की कोशिश करती हूँ हरीन्द्र कि मुझे...कुछ नहीं महसूस करना चाहिए...शायद! घर से बाहर हुई स्त्री को कुछ भी महसूस करने का अधिकार नहीं होता...उस पर हर व्यक्ति ढेला तान सकता है...हाँ, तुम्हारा तर्क मनोवैज्ञानिक आधार रखता है...समझती भी हूँ फिर भी प्रश्न अकुलाते हैं, टीसते हैं...मन सिर्फ मस्तिष्क नहीं हो पाता न!''

''स्वाभाविक है...लेकिन, तुमसे मैंने कह इसलिए दिया कि स्थिति की नजाकत को समझ लोगी तो यकीन है, कभी किसी बात को अन्यथा न लोगी...रही सविता की बात, तो मैंने जैसे पहले कहा तुमसे...वही दोहराता हूँ कि अब उस पर ध्यान देना मैंने छोड़ दिया है...हारा नहीं...कह सकती हो...बस, अपने को अलग कर लिया है यही मानकर कि उसके लिए निष्ठा के जो मापदंड हैं, उनसे सहमत न होते हुए भी वह सब कर लेने में हर्जा ही क्या है, जिन भ्रमों से घर की सुख-शान्ति बनी रह सकती है। मैं उसे खुश तो देखना ही चाहता हूँ...रखना भी चाहता हूँ...आखिरकार वह मेरे घर की भीति है।''

प्रतिक्रिया में पुनः खामोशी इर्द-गिर्द डबडबा आई। उसे तोड़ना निहायत जरूरी लगा।

''तुम्हें लेने आऊँ ? एक-आध मिनट के अन्तर से घर में दाखिल हो लेंगे...''

''इसकी जरूरत नहीं...''

''ठीक, शाम को मिलते हैं...बाय दि वे, मेरे बेटे के लिए क्या ला रही हो ?''

वह एकाएक हँस पड़ी हरीन्द्र के बचपने पर। वह यही चाहता था। उसकी हँसी से आश्वस्त हो आया कि चलो, अंकू कुछ सहज तो हुई।

''बताओ, क्या लाऊँ ?''

"अब हर मुसीबत में हमीं मदद करें?"

"मुसीबत खड़ी भी तो तुमने की है, वरना जो जी में आता, दे देती..."

"यह टालू पुड़िया मेरे बेटे के लिए नहीं चलेगी..."

"बड़े निर्लज्ज बाप हो!"

"हैं तो हैं...चलो, हल किए देता हूँ तुम्हारी समस्या...महँगी नहीं पड़ेगी..."

"उसकी चिन्ता न करो..."

"छोड़ूँ?"

"छोड़िए..."

"कोई नाम ढूँढ़ लाना बढ़िया-सा...तुम्हारे लिए ही छोड़ रखा था। अपनी नानी के घर से वह मुन्नू-मुनुआँ बनकर आया है।"

"सविता रखने देगी?..."

"यह तुम नहीं हो अंकिता! साधारण औरतों की भाँति ताने-तुक्के में बातें मत करो...वह उथली है मगर इतनी ओछी भी नहीं। फिर...हम तो रखेंगे!"

"अंशुल कैसा रहेगा?" उसका स्वर अचानक भावुक हो आया।

"वाह, बहुत बढ़िया!...मुन्नू पर फिट बैठेगा..."

"यह... ?" वाक्य अधूरा ही रह गया।

"बोलो...रुक क्यों गईं एकाएक?"

"..."

"बोलो भई...यह तुम्हारी बीच में बात गड़प कर जानेवाली आदत मुझे अच्छी नहीं लगती।"

"यह मेरे अजन्मे बेटे का नाम है हरीन्द्र!"

"सच?...तब तो मुन्नू के लिए यह नाम स्वीकार कर मुझे दोहरी प्रसन्नता होगी अंकू।"

"पता नहीं, कैसे उस अनिच्छित बच्चे के लिए...जो हमारे दरमियान पैदा हो गई कड़वाहटों के बीच दुःस्वप्न बन गया...यह नाम मेरे जेहन में आया था। हो सकता है, ब्याह से पूर्व मैंने अपने बच्चे की कल्पना को यह नाम दिया हो! पता नहीं, कब...'

"जो भी हो...अब मुन्नू का यही नाम होगा। सविता तो जुगलबन्दी-स्वरूप मनींद्र रखना चाह रही थी...हाँ, याद आया, एक बात जाननी थी तुमसे, हम अपने अखबार में हफ्ते में एक बार एक पूरा पेज महिलाओं की समस्याओं, उनकी आज की सामाजिक स्थिति पर देना चाहते हैं। तुम लिखोगी हमारे लिए? अब तुम्हें पारिश्रमिक की शिकायत भी नहीं होगी...पारिश्रमिक पुनर्संशोधित हुए हैं..."

"सोचूँगी...मिलने पर बात करते हैं।"

"ठीक," कहकर हरीन्द्र ने चोंगा रख दिया।

लंच का समय था। मारथा, नीता, किरपेकर, सलीम, सुभाष, अंकिता ने अपने-अपने खाने के डिब्बे खोले ही थे कि तभी अचानक फोन की घंटी भी घनघना उठी। सभी

के चेहरों पर झुँझलाहट दौड़ गई। तिलक फोन के करीब वाली मेज के पास ही बैठा कुछ लिख रहा था। आज खाने के बारे में उसने अनिच्छा जाहिर की थी। लोगों ने ज्यादा दबाव भी नहीं डाला। शायद वह अंकिता के संग पिछले दिन हुई मुठभेड़ की रंजिश के चलते उनमें सम्मिलित नहीं हो रहा था। लोगों का अनुमान था कि वही फोन उठा लेगा। मगर वह काम में कुछ इस कदर दत्तचित्त होने का बहाना बना कागजों में गरदन गड़ाए बैठा रहा, जैसे लगातार बजती फोन की घंटी की आवाज उसने सुनी ही न हो! आखिरकार खाने के डिब्बे के ढक्कन में हाथ का कौर पटक किरपेकर फोन की ओर लपका। खीज़भरी 'हलो' के होते ही अचानक किरपेकर की विस्मय और उत्तेजना से पूर्ण 'क्या?' सुनकर सबके कान खड़े हो गए। सभी ने देखा कि कान से चोंगा लगाए खड़े किरपेकर का चेहरा उस ओर की बात सुनते हुए उत्तरोत्तर सफेद पड़ता जा रहा है। उनके हृदय आशंका से भर उठे।

सलीम से सब्र न हुआ। वह उठकर किरपेकर के निकट जा पहुँचा। आहिस्ता से उसने जिज्ञासा के लिए किरपेकर का कन्धा छुआ लेकिन किरपेकर को जैसे उसके स्पर्श का भान ही नहीं हुआ! जैसे उसकी समस्त चेतना निचुड़कर टेलीफोन के चोंगे में समा गई थी! 'अच्छा! अच्छा! ओह...!' के काफी देर बाद उसने चोंगा रखा और प्रश्नों की बौछार झेलता हुआ अपने ढीले हो आए शरीर को लगभग ढोता उस मेज की ओर बढ़ा जहाँ अखबार बिछाए, डिब्बे खोले बैठे सभी आशंकित नजरों से उसकी बाट जोह रहे थे।

"क्या हुआ?...बोलते क्यों नहीं?" कई अधीर स्वरों ने उसे झिंझोड़ा।

तिलक भी उठकर उनके समीप आ खड़ा हुआ।

"बहुत दर्दनाक खबर है...मेहता की बीवी ने कल आधी रात अपने को फाँसी लगा ली..."

"क्या...? क्या कह रहे हो?" अविश्वास से सभी की आँखें फट पड़ीं।

"अभी लाश पोस्टमार्टम के लिए सेंट जार्ज अस्पताल गई हुई है...दो-ढाई के करीब वापस मिल जाने की उम्मीद है...लाश घर नहीं ले जाएँगे...अस्पताल से सीधा चर्नी रोडवाले विद्युत शवदाह गृह में ले जाकर जलाएँगे..."

"फोन किसका था?"

"मेहता के मामा के लड़के जयंत कापड़िया का...बेचारा घंटे-भर से अपनी एजेंसी का नम्बर लगा रहा है.." किरपेकर ने उदास स्वर में बात पूरी की।

सुनकर सभी के जर्द चेहरों पर अवाक् पीड़ा मँडराने लगी...।

किरपेकर ही संयत हो बोला, "बोलो, क्या करना है...?"

तिलक ने कलाई मोड़कर घड़ी पर निगाह डाली, "सवा के करीब हो रहा है और जयंत ने बताया है कि दो-ढाई तक लाश पोस्टमार्टम होकर मिल जाएगी। इसका मतलब है कि हम अगर दस मिनट के अन्दर यहाँ से निकल दें तो पौने दो तक अस्पताल हर हालत में पहुँच जाएँगे...वैसे यहाँ से शवदाह गृह भी जाया जा सकता है। लेकिन मुझे तो उचित यही लग रहा है कि हम सीधे अस्पताल ही पहुँचें तो ज्यादा

ठीक रहेगा। दो टैक्सियाँ कर लेते हैं...शेट्टी से कह देते हैं, वह बड़े साहब को भी खबर कर दे...''

नीता भोजन का डिब्बा बन्द करने लगी, ''तिलक ठीक कह रहा है, उठते हैं...''

''भई, मेरा एक और सुझाव है।'' सुभाष ने खुले भोजन पर दृष्टि थमाकर कहा, ''मेरे को लगता है, अपुन खाना खाकर निकलें तो अच्छा है। मैयत का मामला है...पता नहीं, कितना समय लगे...अभी जो हुआ, वो बोत अफसोस की बात है, लेकिन...''

''हाँ, यार...ठीक कह रहा है...पता नहीं, कैसी भागा-दौड़ी पड़ जाए...'' सलीम ने सुभाष के सुझाव का समर्थन किया।

''मेहता की हालत सोचकर अपने गले से खाना नहीं उतरेगा।'' बिना किसी ऊहापोह के किरपेकर अपना डिब्बा बन्द करने लगा।

सभी ने उसका अनुकरण किया।

तिलक जाकर शेट्टी को खबर कर आया। उससे पता चला कि बड़े साहब कब के लंच पर जा चुके हैं और अब उनके लौटकर आने की उम्मीद कम है।

शेट्टी ने पैसों की जरूरत पर जिज्ञासा की, तो तिलक ने कहा कि वैसे मेहता के परिवारवाले इसी शहर में हैं और उसकी जानकारी के मुताबिक खासे सम्पन्न लोग हैं। जरूरत-भर का इन्तजाम उन्होंने किया ही होगा। लेकिन कुछ पैसे प्रबन्ध करके अपने साथ लिये चलने में कोई हर्ज नहीं। कह नहीं सकते, विपत्ति के समय कब कैसी आवश्यकता पड़ जाए? वहाँ पहुँचकर मेहता से पूछना भी हमारा फर्ज बनता है।

नीता ने चपरासी चौधरी को फौरन दो टैक्सियाँ ले आने का आदेश दिया। ठीक ढाई-तीन मिनट के भीतर वे सब टैक्सी में बैठ रहे थे।

अस्पताल के प्रांगण में शवघर के सामने पूरा जमघट लगा हुआ था। उपस्थितों के चेहरों पर शोक के साथ-साथ इस कारुणिक घटना से उपजने वाली जटिलताओं की चिन्ता भी छलछला रही थी। मेहता गुमसुम बिजली के खम्भे के सहारे टिका खड़ा था। अस्त-व्यस्त दीर्घ कारावास से छूटे हुए कैदी सदृश। बाहरी दुनिया के लिए आँखों में शून्य भरे। किसी की हिम्मत नहीं पड़ रही थी कि आगे बढ़कर उसके सामने हो जाए। उसे दिलासा दे। साहस से काम लेने को प्रेरित करे कि होनी को कौन टाल सकता है। हिम्मत सलीम ने ही की। उसने आगे बढ़कर उसके कन्धे पर आत्मीयता से हाथ रख दिया। मेहता की सूखी आँखें सलीम की ओर घूमीं, अपने इर्द-गिर्द खड़े समस्त सहकर्मियों की ओर देखा, फिर अचानक वह कुल्हाड़ी खाए वृक्ष की तरह सलीम के कन्धे पर टूट पड़ा। किसी से कुछ कहा नहीं गया। कुछ पलों बाद स्वयं ही अपने को समेटता हुआ मेहता सलीम के कन्धे से अलग हो पुनः खम्भे से टिक गया।

अंकिता का हृदय विह्वल हो आया। मन किया कि आगे बढ़कर मेहता की हथेलियाँ बेझिझक अपनी अंजुरी में भरकर थपथपा दे। सम्भवतः एक वही है जो अनुमान लगा सकती है कि मेहता इस समय किस दोहरी मानसिक यंत्रणा से जूझ रहा है। कितने धैर्य से वह अपने हिस्से की कुरूप, कड़वी-ठंडी जिन्दगी के प्रहार पर प्रहार सहे जा रहा है, लेकिन आगे नहीं बढ़ पाई। कितनी कष्टप्रद और मर्मांतक होती है अपने को

बलात् संयमित रखने की चेष्टा! अलबत्ता उस पर दृष्टि पड़ते ही मेहता अपने आवेग को जब्त नहीं कर पाया। उसकी हथेलियों को अपने चेहरे से जकड़ फफककर रो पड़ा। वह सूखी आँखें लिये गले के भीतर उमड़ते ज्वार को घुटकती रही। कुछ भी नहीं कहा गया। कितना कुछ कहना चाहती है। वाक्शक्ति जैसे हथेलियों के नम शीतल स्पर्श में परिवर्तित हो आई और मेहता के दग्ध अन्तर्मन को अकेले ही धीरज बँधाने लगी, "जो कुछ तुम्हारे वश में था, तुम करते रहे। जो नहीं था, उसके लिए धैर्य करो...।"

तिलक ने सांत्वना से उसकी पीठ थपथपाई, "कमजोर बनने से काम कैसे चलेगा मेहता ?...कैसे हुआ यह सब ?" तिलक ने यही सोचकर उसकी वेदना के अंगारों पर फूँक मारी, जितनी तेज आँच वे धधकेंगे उतनी ही तेजी से उनकी आँच राख होगी।

रुँधे कंठ से रुक-रुककर मेहता ने बताया कि रात को जब वह पेशाब करने के लिए उठा, फ्रिज का दरवाजा खुला देख उसे अचम्भा हुआ। उसने सोचा, शायद पानी-वानी पीने के लिए कोकिला ने फ्रिज खोला होगा और नींद की बोझिलता में उसे बन्द करना भूल गई होगी। फ्रिज का दरवाजा बन्द कर यूँ ही कमरे की बत्ती का स्विच दबा दिया। लेकिन जो बीभत्स दृश्य उसने देखा, भय से उसकी आँखें फट पड़ीं, उसकी पत्नी कोकिला छत के पंखे से लटकी हुई थी। मेहता की नींद न उचटे शायद इस खयाल से कोकिला ने फ्रिज का दरवाजा खुला छोड़ उसकी मध्यम रोशनी के सहारे अपने इरादे को कार्यान्वित किया। एक छोटी-सी चिट्टी तकिये के नीचे लिखकर रख गई जिसमें उसने अपनी मौत के लिए जीवन के प्रति पैदा हुई वितृष्णा और विरक्ति को जिम्मेदार ठहराया...यह हत्या का मामला भी बनाया जा सकता था चूँकि उसके फूफा सहायक पुलिस कमिश्नर हैं, उन्होंने अनावश्यक तहकीकात और भागा-दौड़ी से बचने में उसकी मदद की और कोकिला की चिट्ठी को आधार बनाकर इस घटना को पूर्णत: आत्महत्या का मामला दर्ज किया इसीलिए केस अतिरिक्त उलझनों से बच गया, वरना मेहता के हाथों में हथकड़ियाँ होतीं। पत्नी के परिवारवाले भी चाहते तो केस बिगाड़ सकते थे मगर उन लोगों ने समझदारी और सहयोग-भरा रवैया अपनाया कि बेटी तो हमारे हाथ से गई, अब आप लोगों को दोष देने से भला क्या फायदा! लाश आठ-दस मिनट के भीतर मिल जाएगी। पोस्टमार्टम हो गया है। पोस्टमार्टम रिपोर्ट में कोई अन्य कारण नहीं निकला।

मेहता की शोक-सन्तप्त माँ ने उन्हें बताया कि रात में बहू के व्यवहार से उन्हें राई-रत्ती सन्देह नहीं हुआ कि उस निर्मम ने अपनी मौत का षड्यंत्र स्वयं रच रखा है।...हमेशा की तरह सहज भाव से उसने पूरे परिवार को खाना खिलाने में उनका हाथ बँटाया। सुबह के लिए दूध की बोतलें और पैसा निकालकर खाने की मेज पर रखा। बोई से रसोई साफ करवाई। सारे कामों में निपटकर सोने चली गई। क्या पता था कि रात बीतने भी नहीं पाएगी और हम बहू का मरा मुँह देखेंगे...मैं तो अब उस घर में नहीं रहूँगी...बेच दूँगी। नहीं तो निरन्तर आभास होता रहेगा कि अपने घर में नहीं, फाँसी-घर में रह रही हूँ...चौबीसों घंटे बहू घूमती रहेगी आँखों के सामने...परसों से नवरात्र शुरू हो रही है...साल-भर का हमारा त्योहार बिगड़ गया...हमेशा-हमेशा के लिए बिगड़

गया...कितने उत्साह से गरबा में सम्मिलित होती थी! पूरी-पूरी रात जागती रहती। मेहता की गरबा में रत्ती-भर भी रुचि नहीं थी, शामिल ही नहीं होता था। खूब लड़ती थी इससे कि पूरा मोहल्ला इकट्ठा हो जाता है, सिर्फ आप नहीं उतरते अपने माले से।...अब सब खत्म!

वह दुख और निराशा से कातर हो आईं। आगे बढ़कर नीता ने उन्हें सँभाला। तभी अस्पताल के ब्वाय ने आकर सूचना दी कि लाश तैयार है। मेहता को जरा हस्ताक्षर करने होंगे। एम्बुलेंस का पैसा भी भरना होगा।

लाश स्ट्रेचर पर आई तो मेहता की सास पछाड़ खाती मृत बेटी की देह पर ढेर हो गईं। लोगों ने बड़ी कोशिश करके उन्हें सँभाला और खींच-खाँचकर शव से अलग किया।

एम्बुलेंस में छह-सात लोगों से ज्यादा नहीं बैठ पाए। बाकी लोगों ने टैक्सी से जाना तय किया। कुछेक लोग अपनी गाड़ी लेकर आए थे। वे अपने सम्बन्धियों के साथ निकल गए। अंकिता ने कहा कि वह श्मशान नहीं जाएगी। उनके यहाँ स्त्रियाँ शवदाह स्थल पर नहीं जाया करतीं। खैर, इस रूढ़ि में उसका विश्वास नहीं लेकिन सच तो यह है कि वह दाह-संस्कार प्रत्यक्ष देख पाने का साहस नहीं जुटा पाएगी।

नीता की इच्छा थी, लेकिन पुरुष सहकर्मियों ने भी यही सुझाव दिया कि बेहतर यही होगा कि वे घर लौट जाएँ, साथ चलकर भी क्या होगा!

उनकी दुविधा देख मेहता की माँ ने भी निकट आकर स्पष्ट किया कि उनकी रिश्तेदार महिलाएँ भी यहाँ से सीधे घर जा रही हैं। वहीं से पुरुषों की वापसी की प्रतीक्षा करेंगी। तुम लोग भी जाओ।

लिली, नीता, मारथा और अंकिता स्टेशन की ओर चल दीं। मारथा और लिली कुछ दूर जाकर टैक्सी से उतर गईं। वे सीधे घर न जाकर किसी से मिलते हुए जाना चाह रही थीं। नीता ने सुझाव दिया कि क्यों न अंकिता उसके घर चली चले। वहीं दोनों स्नान-शुद्धि भी कर लेंगे और संग रहने से थोड़ा मूड भी ठीक रहेगा।

नीता का प्रस्ताव उसे रुचा। वाकई मन बड़ा अस्थिर है। मगर आज वह सीधा घर इसलिए जाना चाहती है कि जब तक वह घर नहीं पहुँचेगी, परब वहाँ से नहीं टलने वाला। घर की बात याद आते ही उद्वेलित मन:स्थिति के बावजूद वह अपने कमरे की दुरवस्था की कल्पना कर बेचैन हो आई। चार बच्चे हैं परब के, उनमें से दो बच्चे छोटे हैं।

छोटेवाले ही उसे खूब ऊधमबाज लगे। उसकी उपस्थिति से बेखौफ कैसे उन्होंने पलंग पर कूदा-कादी शुरू कर दी थी! मन में आया था, परब से नि:संकोच कह दे कि वह बच्चों को उसके पलंग पर बिलकुल न चढ़ने दे। उसे गंदगी से सख्त चिढ़ है। लेकिन कह सकने का साहस नहीं जुटा पाई। यही सोचकर कि वे मकान मालिक हैं और वह उनकी किराएदार। उनकी प्रसन्नता-अप्रसन्नता बहुत मायने रखती है। मान लो, वह हिम्मत कर कह ही डालती तो क्या गारंटी थी कि परब की पत्नी सावधानी बरतेगी ही? अगर उसकी पत्नी ने रात सोने के लिए उसके ही बिस्तर का इस्तेमाल किया होगा तो समझ लो, बिस्तर का सत्यानाश। बच्चों के मूत की हीक

भगाने के लिए गद्दों को धूप दिखानी होगी। इसके लिए उसे अपनी पड़ोसन की चिरौरी करनी होगी। पड़ोसन की बालकनी लम्बी-चौड़ी ही नहीं है, धूप भी वहाँ खुलकर आती है।

पड़ोसन के इस छोटे से अहसान के पीछे उसे हफ्तों उनकी बची-खुची सब्जी, कस्टर्ड या आइसक्रीम अपने फ्रिज में रखनी होगी। बस, इसी चक्कर से वह घबराती है। मगर चिन्ता करने से समस्या का निवारण होने से रहा! अब तो जितना कबाड़ा होना था, हो चुका होगा। इस वक्त समस्या यह है कि नीता के आग्रह को कैसे टाले कि नीता उसके इनकार को अन्यथा न ले। कोई ठोस कारण गढ़ना होगा। मकान की समस्या से उसे अवगत इसलिए नहीं कराना चाहती कि उसे पूरा पुराण खोलकर सुनाना होगा और यह भी बताना होगा कि वह उसके यहाँ रहने क्यों नहीं आई और क्यों उसने रात हरीन्द्र के यहाँ गुजारी। बच्चे को देखने जाने का तर्क नीता के गले नहीं उतरेगा। हो सकता है, उसके इस आचरण को वह मैथ्यूवाले प्रकरण की प्रतिक्रिया मान ले...जो वह नहीं चाहती। बीती बातें उसे महीनों उद्विग्न बनाए रखती हैं किन्तु उन पर बिसूरते रहने से वह बचती है, बचना चाहती है।

'उफ्, घर!...बेघर लोगों पर घर ज्यादा ही सवार रहता है शायद! वरना अवसाद में आकंठ डूबा हुआ मन कई पटरियों पर दौड़ता?'

उसने कपड़ों की दिक्कत जाहिर की।

नीता ने दुबारा आग्रह नहीं किया। समझ गई कि इस वक्त अंकिता की साथ चलने की इच्छा नहीं है, वरना कई दफे वह ज्यों की त्यों उसके संग चल पड़ी है, घर रही है। और उसके कपड़ों का इस्तेमाल बेझिझक कर चुकी है। मन का न होना स्वाभाविक है। मेहता उसका गहरा मित्र है। मेहता पर टूटी आकस्मिक विपदा से वह विचलित हो उठी है। हो सकता है, उचाट मानसिकता में वह नितान्त एकान्त में रहना चाहती हो!

स्टेशन पहुँचकर नीता ने ठंडा पी लेने का आग्रह किया। उसने सूचनापट्ट की ओर उँगली उठा दी। बोली, "पौने तीन की यह विरार लोकल छूट गई तो फिर लगभग दस मिनट अगली गाड़ी की प्रतीक्षा करनी होगी...।"

"हड़बड़ी क्या है...प्रतीक्षा कर लेंगे!" नीता ने उसके सूखे उतरे चेहरे पर दृष्टि गड़ाई।

जवाब में वह मौन हो आई। नीता की हर बात काटना उचित नहीं। सीधे घर जाना है तो पन्द्रह-बीस मिनट में आसमान नहीं फट पड़ रहा। नीता के सदैव स्निग्ध दिखाई देने वाले चेहरे पर खिंचे तनाव से स्पष्ट जाहिर है कि वह इस समय अकेले होने की कल्पना मात्र से घबरा रही है। मानसिक अस्वस्थता वह भी अनुभव कर रही है और अगर नीता के संग जाने की रत्ती-भर भी गुंजाइश होती, वह निश्चित ही चल देती।

वे प्लेटफार्म के बीचोबीच स्थित एक टी-स्टाल पर आ खड़े हुए।

"मुखाग्नि मेहता को ही देनी पड़ेगी और कपाल-क्रिया भी उसे ही करनी होगी?"

"देनी होती अगर वे लाश को लकड़ियों से जलाते...विद्युत शवदाह गृह में मिनटों में लाश जलकर भस्म हो जाती है।"

"यह बढ़िया तरीका है।" वह जैसे अपने-आप से बुदबुदाई, "माँ बताती हैं कि डैडी की कपाल-क्रिया बड़ी हृदयविदारक थी। सब जल गया मगर... भाई बड़ी कोशिश के बाद कपाल फोड़ पाए..."

सोच नहीं पाई कि प्रतिक्रिया में क्या कहे।

"मैं तो वसीयत कर जाऊँगी कि मरने के बाद मुझे विद्युत शवदाह गृह में ही जलाया जाए। मरने के बाद की छीछालेदर...उफ्, कम भयानक नहीं होती, नहीं?"

उसने करुण दृष्टि से नीता की ओर देखा।

नीता का चेहरा एक अनजानी दहशत से जर्द हो किसी शून्य में टँगा हुआ प्रतीत हुआ। किसी के मरने पर हम भी जैसे मृत्यु से साक्षात्कार करने लगते हैं... !

कोकिला ने ऐसी बीभत्स मौत क्यों चुनी? उनके बीच मेहता की पत्नी को लेकर यह पहली चर्चा थी, "कुछ खा-खूकर सो सकती थी...यंत्रणा से बच जाती।"

"कुछ लोग मौत के बहाने दंड देना चाहते हैं स्वयं को...उनके लिए मौत कठिन हो या आसान—क्या मायने रखती है?"

"अपने को या अपने लोगों को?"

"शायद अपने को...वह जीना नहीं चाहती थी..."

"जीना तो बहुतों के हिस्से में नहीं होता अंकू !...फिर भी वे लड़ना नहीं छोड़ते।"

"हाँ, अगर जीने की शर्तें और सीमाएँ हों..."

नीता उसकी बात का इशारा समझ भी नहीं सकती। वह एक ऐसे अन्तर्द्वंद्व से गुजर रही है, जहाँ खेत की समतल भूमि में प्रश्न नुकीले ठूँठों की भाँति पग को लहूलुहान करते सिर उठाए खड़े हैं।

"तुम्हें नहीं लगता कि अपने लिए इतनी अमानवीय मौत चुनना अपनी आत्मिक ऊर्जा के चूक जाने के परिणामस्वरूप अपनाया गया विकल्प नहीं है, बल्कि सम्बद्ध लोगों से प्रतिकार लेने का क्रूरतम प्रयास है? क्या मात्र...चन्द शब्द लिख देने-भर से कि 'मैं अपनी मौत के लिए स्वयं जिम्मेदार हूँ...' वह अपरोक्ष रूप से उन्हें पूरा जिम्मेदार नहीं ठहरा गई? क्या उनके सिर पर उसकी विकृत लाश प्रतिपल नहीं झूलती रहेगी? उन्हें अपराध-बोध की मानसिकता से नहीं ग्रसित रखेगी?"

क्या नीता को कोई अनुमान है? हो भी तो वह उस अनुमान को कोई साक्ष्य नहीं देगी।

"मुझे नहीं मालूम कि उसने किन कारणों से अपने लिए ऐसी मौत चुनी...मगर पता नहीं क्यों...उसके इस निर्णय के प्रति मैं तनिक भी उद्वेलित या सहानुभूति नहीं महसूस कर रही...सच कहूँ तो क्षुब्ध हूँ कि उसने जिन्दगी के प्रति सतत् संघर्षशील लोगों का उपहास उड़ाया है...हाँ, मुझे दुख हुआ है लेकिन वह दुख मेहता की मानसिक यंत्रणा और जीवनपर्यंत लग गए लांछन के कलुष का है...हालाँकि वह तुम्हारा मित्र है और बावजूद इसके हम दोनों एक-दूसरे को कभी बहुत पसन्द नहीं कर पाए..."

"शायद तुम ठीक हो...कारण चाहे जो भी रहे हों..."

अचानक गाड़ी के आने की उद्घोषणा ने दोनों के मध्य संवाद का सिलसिला भंग कर दिया। दोनों ने चौंककर उस छोर की ओर देखा। दूर, एक बिन्दु एक धब्बे

की शक्ल में परिवर्तित होते-होते लोकल के रूप में प्लेटफार्म छूने लगा। वे हड़बड़ाकर उस ओर बढ़ दीं, जहाँ महिलाओं का डिब्बा आकर लगता था।

पूरे रास्ते उनके बीच ट्रेन की घड़घड़ाहट गूँजती रही। वे पास सटे अपने-अपने में गुम-सी बैठी रहीं—अपरिचित यात्रियों की तरह। बांद्रा पहले पड़ता है। वह उतरने के लिए उठी तो उसने धीरे से नीता के कन्धे छू दिये।

''कल सुबह मेहता के यहाँ चलना है?'' नीता की आवाज कहीं दूर से आती हुई प्रतीत हुई।

''दफ्तर में तय कर लेंगे,'' कहकर वह हड़बड़ाती हुई दरवाजे की ओर बढ़ दी।

मेहता के लिए अकेले बैठकर पत्रिकाएँ पलटना दूभर हो उठा। रसोई में पहुँचकर वह अंकिता के दक्ष हाथों को फुर्ती से साबूदाने के पापड़ तलते देखने लगा।

''बस करो, बहुत हैं।'' उसने उसे लगातार पापड़ तलते देख बेसब्र हो टोका।

''तुम्हें तो बहुत पसन्द हैं?''

''पसन्द हैं लेकिन...''

''लो, बन्द किए देती हूँ,'' कहकर उसने स्टोव बन्द कर दिया।

चाय पहले ही केतली में बनी टीकोजी से ढकी रखी थी। दोनों चीजें ट्रे में रखकर वह कमरे में आ गई। पीछे-पीछे मेहता भी।

प्याला बनाते हुए मेहता की दुर्दशा पर मन उदास हो आया। दाढ़ी बढ़ आई है। बाल शायद पूरे समय उँगलियों से ही सँवारे गए लगते हैं। चेहरा मलिन और उदास। आँखों में कुछ देखते हुए भी न देखने का-सा भाव। आवाज लगता है कि उसकी अपनी नहीं रह गई, कोई पार्श्व स्वर दे रहा है...।

''शक्कर देख लो, ठीक है...?'' उसने प्याला मेहता की ओर बढ़ा दिया।

''ठीक ही होगी।'' एकाध चुस्की भर मेहता अचानक अपने में कहीं डुबकी लगा गया।

उसने बिहँसकर छेड़ा, ''भई, हम अकेले तो रोज ही चाय पीते हैं।''

सुनकर वह लगभग चौंकते हुए सकुचा आया, ''कुछ कहा तुमने?''

''कहना चाह रही हूँ...'' मेहता की आँखों में जिज्ञासा खिंच आई। ''सुझाव है मेरा, दाढ़ी हरगिज न बनवाना। दो ही पर सूट करती है। तुम पर और मेरे बकरे पर।''

मेहता उसके परिहास पर अचानक हो-हो करके हँस दिया। लेकिन दूसरे ही पल एक जर्द उदासी ने उसे घेर लिया मानो वह हँसकर किसी गलत पटरी पर चला गया हो!

''तुम अनुमान नहीं लगा सकतीं अंकू, घर से निकलने की इच्छा ही नहीं होती। सिगरेट के लिए भी नीचे उतरता हूँ, पास-पड़ोस की सन्देह-भरी दृष्टि देह से खाल उकेलती हुई अनुभव होती है...कि तुम निर्दयी हो।...अमानुष हो। अपनी पत्नी के हत्यारे।...उफ्! उनके अफसोस में कटाक्ष की बू आती है...दिमाग साँय-साँय करने लगता है। लगता है, घर से बाहर खदेड़ दूँ एक-एक को—कह दूँ, मुझे तुम्हारी सहानुभूति की आवश्यकता नहीं, आत्मदया में ढकेलती है मुझे तुम्हारी यह सहानुभूति और मैं—

और मरना नहीं चाहता...आज रहा नहीं गया तो एकदम से तुम्हारे पास चला आया...माँ ने आपत्ति भी की कि दो-चार रोज ठहरकर आना-जाना करो। तेरहवीं हो जाए तब...पर मैंने उन्हें यह कहकर निरुत्तर कर दिया कि कुछेक खानापूरियों की खातिर पुलिस और डॉक्टरों के यहाँ भागा-दौड़ी चल ही रही है न...''

उसने नि:श्वास भरा, ''यह अपमान...तुम्हें बरदाश्त करना ही पड़ेगा मेहता। जो कुछ सामने है, वही लोगों के लिए सच है।''

चाय का कप ट्रे में सरकाते हुए मेहता ने कुरते की जेब से रूमाल निकालकर मुँह पे रगड़ा फिर एकाएक बेचैन-सा हो आया।

''ठीक कह रही हो।...कहीं बाहर चलते हैं...बाहर ही खाना खाएँगे चलकर...चहल-पहल से जुड़ना चाहता हूँ...कुछ पीना चाहता हूँ...यहाँ तुम्हारे घर में वह सम्भव नहीं...तुम्हारी लक्ष्मण रेखाओं से परिचित हूँ।''

''लक्ष्मण रेखाएँ पत्थर की लकीर नहीं।''

''जानता हूँ। घर से निकलते ही मुख्य सड़क पर आते-आते मन किया कि व्हिस्की का एक अद्धा खरीदकर जेब में डालता चलूँ...फिर उचित नहीं लगा...कोई बात नहीं, बाहर चलते हैं...''

मेहता के प्रस्ताव पर उसे तनिक भी दुविधा नहीं हुई कि इस वक्त घड़ी सात बजा रही है और बाहर जाने का मतलब होगा कि वह ग्यारह बजे से पहले हरगिज घर नहीं लौट पाएगी। कोई और दिन होता, स्थितियाँ अलग होतीं तो निश्चित ही देर रात तक बाहर रहना, और मेहता की पीने की इच्छा को सम्मान देना उसके लिए सम्भव न हो पाता।

''बस, अभी तैयार हुई।''

''मैं तब तक टैक्सी ले आऊँ?''

''फिजूल मीटर चढ़ेगा और कम-से-कम पाँच मिनट मुझे तैयार होने में लगेंगे ही। बस अड्डे पर इस समय आराम से टैक्सी मिल जाएगी।''

अलमारी से कपड़े निकालकर वह रसोई में बदलने चली गई।

अंकिता ने ठीक ही कहा था, बस अड्डे पर कई टैक्सियाँ खाली खड़ी दिखाई दीं। टैक्सी में बैठने से पहले तय कर लेना जरूरी था कि आखिर उन्हें जाना कहाँ है, टैक्सीवाले को बताना होगा। अंकिता ने सुझाव रखा कि 'गजेबो' चलते हैं।

मेहता ने प्रश्न किया, ''कौन से वाले में?''

''लिंकिंग रोड।''

''चाइनीज खाना हो तो हिल रोड चलना ज्यादा ठीक रहेगा...''

''हूँ,''...अंकिता ने अनिच्छा से सिर हिलाया। ''एक तो वह रेस्तराँ बेहद छोटा है तिस पर भीड़ गाड़ियों में बैठी हुई मेजें खाली होने की प्रतीक्षा करती रहती है। कौन झेलेगा बोरियत?''

लिंकिंग रोड ही जाना तय हुआ। इटालियन 'पीजा' खाना भी। वे टैक्सी में बैठ गए।

अंकिता ने ठीक ही सुझाया था। वहाँ उन्हें बैठने के लिए अपना मनपसन्द कोना मिल गया। भीड़ से अलग करता, भीड़ से घिरा, रह-रहकर पीठ को छूती खुसपुस

खिलखिलाहटें। कुएँ की छाती से टकराती छलकती एक भरी बाल्टी ऊपर खिंच रही है...।

"वाइन ले सकती हो?"

वह कभी कुछ नहीं लेती, वह जानता है।

"नहीं, मैं कोई सॉफ्ट ड्रिंक ले लूँगी...जब तक तुम पियोगे, उसी से साथ देती रहूँगी।"

मेहता ने ऑर्डर दे दिया। जिद नहीं की। वह मनोद्वंद्व में फँस गई। एकाध 'पैग' वाइन ले लेती! चिन्दी-चिन्दी हुई खाली मुट्ठी-सी मन:स्थिति में वह चाहता तो अपनी पीने की इच्छा को किसी पुरुष मित्र के संग बाँट सकता था। बाहर निकलने का मन हुआ तो सीधे उसी के घर आया। बहुत लोग आस-पास होते हैं मगर उस भीड़ में जब किसी को अपने नितान्त अन्तरंग का साझीदार बनाना होता है, अपना भुक्त बाँटना होता है—शायद कोई एक ही होता है। उसके पास आकर मेहता ने उसकी मित्रता को विश्वास दिया है। यह भी नहीं कि उसने कभी कुछ चखा नहीं हो। सुधांशु की जिद पर उसने बाकायदा एक रोज बियर पी थी किन्तु सुधांशु के साथ रहते ही उसे इन चीजों से भयंकर घृणा हो गई। ऐसा भी नहीं कि वह शुरू से पीने को लेकर दुराग्रही रही हो। बड़े भैया को उसने यदा-कदा ले लेते देखा था। लेकिन एक पैग से अधिक नहीं। गजब का संयम है उनमें। उनका कहना था, शराब बड़ी खूबसूरत चीज है बशर्ते आप उसे कायदे से लें। और यही सुधांशु नहीं कर पाया...।

"दरअसल कुछ दिनों के लिए बल्कि कहूँ तो महीने-भर के लिए यहाँ से बाहर चला जाना चाहता हूँ..." गिलास होंठों से सटाए मेहता ने उसकी ओर देखा।

"इससे क्या होगा?"

"उबर सकूँगा।"

"कहीं और घिर गए तो?"

"सम्भव है। लेकिन हर हालत में इन दोनों ही स्थितियों से अपने भीतर ही लड़ना होगा...हो सकता है, क्रूर घटित की भयावह स्मृतियाँ मुझे अकेला पाकर पूरी शक्ति से अपने जबड़े में दबोच लें। मैं और अधिक असन्तुलित हो उस खाई में धँसता चला जाऊँ जहाँ हाथ-पैर मारने के काबिल भी न रहूँ। मगर...भीतर मौजूद जो संघर्ष-शक्ति है और जो निश्चित ही है—उसको खोजना है...पाना है...पैना करना है। उसका कोई सिरा किसी तरह हाथ आ गया तो मेरे लिए अपने भीतर उसे उसी अति तक मजबूत कर पाना आसान हो जाएगा, जहाँ दो विपरीत शक्तियाँ आपस में भिड़कर अन्तत: किसी एक का आधिपत्य स्वीकार कर लेती हैं। तब ही शायद मैं जी भी पाऊँगा...।"

वह अपलक मेहता को देखती रही। ठीक ही तो कह रहा है। लड़ना उसे स्वयं अपने से है। अपने से लड़ सकेगा तो बाहर की हर लड़ाई छोटी और अर्थवान हो उठेगी।

मेहता ने दूसरा पैग मँगवाया। "और बताऊँ, शायद मेरे दूर जाने से घर का वातावरण भी सहज हो सकेगा..."

वह समझी नहीं। गहरी प्रश्न-भरी दृष्टि से उसे टटोला।

मेहता किसी उलझन में गोते लगाने लगा। भरे गिलास को आगे-पीछे खिसकाते हुए छलाँग लगाने से पूर्व की बटोरन। एक गहरा घूँट भरते हुए बोला, "तुम अनुमान नहीं लगा सकतीं कि...मैंने बहुत संक्षेप या शायद संकेतों में अपने दांपत्य के विषय में तुम्हें कभी बताया था..."

"कछ जिक्र किया था...यही कि पत्नी के सम्बन्ध..."

"महीने भर पहले की बात है...माँ ने भाई का रिश्ता तय कर दिया। चटपट भाई की मँगनी हो गई। हमारे यहाँ रिवाज है कि मँगनी तय होते ही लड़की लड़के के घर आने-जाने लगती है...लड़के के साथ घूमने-फिरने की भी उसे छूट होती है...मैंने शायद तुम्हें भाई की मँगनी-उत्सव में आने के लिए आमंत्रित भी किया था... ?"

"हूँ..." उसने सहमति से सिर हिलाया। उसे लगा कि मेहता प्रसंगों के स्मरण दिलाने के बहाने शायद अपने भीतर सचाई प्रकट करने की रह-रहकर हिम्मत सँजो रहा है।

"मँगनी होते ही एकाएक भाई का मन कोकिला की ओर से विरक्त होने लगा...वह बहुत कोशिश करती उसे घेरने की...मगर भाई को शायद यह भान हो चुका था कि उन दोनों के दरमियान चले आ रहे यौन-सम्बन्ध अब उसके सुखमय भविष्य की राह में रोड़ा हैं। मैंने भी यह महसूस किया कि भाई ने जिस अनिच्छा और दबाव में आकर मँगनी स्वीकार की थी, अब वह अनिच्छा-भाव तिरोहित होने लगा है और वह उस लड़की से धीरे-धीरे भावनात्मक लगाव जीने लगा है...कोकिला को उसका विमुख होना सहन नहीं हुआ। उसने एक दिन उस लड़की को खरीदारी के बहाने बुलाकर अपने भाई के यौनाचार की कहानी कह सुनाई और उसे धमकाया कि वह भाई से विवाह भले कर ले, लेकिन उन दोनों के बीच की प्रगाढ़ता किसी हालत में कम न होगी। प्रमाण के लिए उसने अपने नाम लिखे गए भाई के सहेजे कुछ प्रेम-पत्र रुचिरा को दिखाए। उसे सलाह दी कि बेहतर यही होगा कि वह समय रहते चेत जाए और मँगनी तोड़ दे। जीवनपर्यंत डाह की भट्ठी में होम होने से तो अच्छा है कि वह अपनी जिन्दगी का रास्ता बदल ले...देवर की उससे शादी की कतई इच्छा नहीं है, माँ के दबाव में आकर उसने यह सम्बन्ध स्वीकारा है..."

मेहता फिर ठहरा। गिलास की बची हुई शराब को उसने एक लम्बे घूट में खत्म किया और बैरा से तीसरा पैग तैयार कर लाने को कहा। उससे पूछा भी कि क्या बैरा को खाना लाने को कह दे ?

उसने इनकार में सिर हिला दिया, "ड्रिंक खत्म कर लो पहले अपना।"

नये पैग से घूँट भर उसने बातों का सिलसिला आगे बढ़ाया, "लड़की उसकी धमकी से परेशान हो आई। एक रोज उसने हिम्मत कर भाई से सब जानना चाहा। भाई ने लड़की से सचाई कबूल ली और यह भी स्वीकारा कि जब से रुचिरा उसके जीवन में आई है, वह ऐसी अनैतिक हरकतों से कोसों दूर है। शादी होते ही वह अलग घर ले लेगा। भाई ने एक रोज मौका पाकर पूरे घर के सामने, मैं भी था और इत्तिफाक से उस शाम कोकिला का अपना छोटा भाई भी घर आया हुआ था—झिझकते हुए कच्चा

चिट्ठा खोल डाला। कोकिला ने उसकी मंगेतर को इसी सम्बन्ध में एक धमकी-भरा पत्र लिखा था, वह भी माँ को पढ़वाया। मैं कोकिला के इस अधम कृत्य पर पगला उठा...जो कुछ जितना था, जहाँ तक था, उसे वह वहीं तक रखती और भूल जाती तो भी क्षम्य थी, मगर...अपनी कामांधता के पीछे वह सारी मान-मर्यादा को पीकर नंगे नाच पर उतर आई...मैं उस रोज अपने पर नियंत्रण नहीं रख पाया। पहली बार...मैंने उस पर हाथ उठाया...और उसके तीन दिन बाद ही उसने...पता नहीं क्या हो गया था मुझे...मैं अब तक न अपने को समझ पा रहा हूँ अंकू...न समझा पा रहा हूँ। मैं इस बात को काफी अरसे से जानता था। तुमसे स्वीकारा भी था कि शायद...मैं उसे यौन-सन्तुष्टि नहीं दे पा रहा हूँ और...इसी हीन-भावना ने मुझे उसके काम-सम्बन्धों के प्रति उदार बनाया। लेकिन अब लगता है कि मेरी समझदारी और बराबरी का हक दिये जाने की भावना को उच्छृंखलता के रूप में अपनाकर वह अनजाने अपनी ही आग में भस्म हो गई...भाई का भी दोष है मगर उतना नहीं। भाई को सहवास के लिए प्रवृत्त करने की सदैव उसी की कुचेष्टा रही। कॉलेज खत्म कर नई-नई नौकरी पर लगे युवक की यौन-उत्सुकता की कल्पना तुम कर सकती हो...मैं, मैं ही दोषी हूँ, उसे इतनी छूट न देता तो...शायद...मैं अपने को माफ नहीं कर पा रहा...''

अचानक मेहता ने गिलास को माथे से इस कदर सटा लिया कि वह आशंका से काँप उठी। कहीं ऐसा न हो कि थोड़ा और दबाव बढ़ते ही गिलास तिड़क जाए और उसकी हथेली लहूलुहान हो उठे, लेकिन इस वक्त न उसे सावधान करना चाहती है, न और कुरेदना; जिस अन्तर्द्वंद्व में वह तिल-तिलकर मथ रहा है...ग्लानि और तनाव से तार-तार हो रहा है...स्वयं लड़कर ही कोई रास्ता खोज पाएगा। खोजना चाहता भी है। बस, उसे छूकर मात्र आश्वस्त करना चाहती है कि लड़ाई तो अकेले ही लड़नी होती है...लेकिन ऐसा जरूर होता है, जब हम स्वयं अपने साथ होते हैं तो कुछ कन्धे आहिस्ता से साथ आ खड़े होते हैं...।

गिलास पर जकड़ी मेहता की उँगलियों पर वह हौले-से अपनी एक हथेली रख देती है...।

तीन

घर का दरवाजा खोलते ही फर्श पर बिखरी पड़ी हुई डाक पर नजर पड़ी उसकी। चेहरा खिल आया। दरअसल पत्र अगर अन्तरंगों के हों तो उन्हें प्राप्त कर वह इस महानगर में अपने को उन कुछेक घरों के सान्निध्य-सुख से प्लावित अनुभव करती है जिनका अभाव उसे यहाँ अक्सर अकेला और उपेक्षित महसूस कराता रहता है। पत्र उठा उन्हें गौर से उलट-पलटकर देखने लगी। ये...मेहता का है। ये...भिंडवाली बड़ी भाभी का और...ये...दिमाग पर काफी जोर डालने के बावजूद लिखावट पहचानने में असमर्थ रही। छोड़ो, होगा, जिसका भी होगा। इतनी माथा-फोड़ी की जरूरत भी नहीं। बस,

अपने लिखावट-विशेषज्ञ होने के गुमान पर खिसियाहट अवश्य हुई। यही लगता रहा और प्रमाणित भी होता रहा कि एक बार जिस लिखावट से वह गुजरी है, उसे पहचानने में कभी गलती नहीं की। यह भी हो सकता है कि यह पत्र सर्वथा अनजाने व्यक्ति का हो...व्यक्ति अपरिचित न भी हो तो पत्र वह उसे पहली बार लिख रहा है। सम्भावना यही लग रही है। घर का पता उन्हीं लोगों के पास होता है, जिन्हें देना वह मुनासिब समझती है...।

...पढ़कर न देख ले? उतावली क्या है? इत्मीनान से पढ़ेगी। हड़बड़ी में या सरसरी तौर पर पत्र पढ़ना उसे पत्रों के हक में अवहेलना प्रतीत होती है। जानती है, पत्र लिखना कितना कष्ट-साध्य है...। मुँह-हाथ धोकर तनिक तरोताजा हो ले, तब पढ़े। थकान से देह अनमना रही है। रास्ते-भर बस में खड़ी-खड़ी आई है। एक बार तो मन में आया भी कि खड़े होकर झूलते हुए जाने से तो बेहतर है कि अगली बस की प्रतीक्षा कर ले। परिवहन व्यवस्था इतनी चुस्त है कि घर पहुँचने में दसेक मिनट से ज्यादा का अन्तर नहीं पड़ेगा। कम-से-कम आराम से बैठकर तो जाएगी। लेकिन अपनी बारी आते ही इरादा बदल गया। जितनी जल्दी घर पहुँच जाएगी, क्लान्ति से मुक्त हो सकेगी। चाहे उस घर की दीवारों के अलावा वहाँ कोई उसकी प्रतीक्षा में न हो...।

कपड़े बदलकर हीटर पर चाय चढ़ाने रसोई की ओर बढ़ दी। बस, यही अखर जाता है। लस्त-पस्त देहरी पर पाँव देते ही बनी-बनाई चाय के प्याले की ललक अक्सर घर पहुँचने के सुख को बड़ी बेरहमी से कुचल देती है। दफ्तर छोड़ने से पहले अमूमन नीता का आग्रह होता है, कॉफी या चाय के साथ कुछ नाश्ते के लिए मँगवा लें, या...कहीं बाहर चलकर बैठें। घर पहुँचते ही तुरन्त चाय की खटपट अपने वश की नहीं। नीता का मन रखने के लिए भले ही वह उस वक्त उसका आग्रह रख ले, किन्तु प्रतिवाद करने के चक्कर में अनेक बार उलझ चुकी है कि दफ्तर में या कहीं और चाहे जितने कप चाय पी ली जाए, घर पहुँचने का जो एक राहत-भरा अहसास वहाँ की एक कप चाय से होता है, उसे इन विकल्पों से नहीं भरा जा सकता...।

'यह कोरी भावुकता है।'

'नहीं, यह भावुकता नहीं...घर का मतलब होता है।'

'व्यक्ति के बिना?...हाँ, इस अर्थ में मतलब जरूर होता है—चोर-उचक्कों से सुरक्षा...भेड़ियों से बचाव के लिए एक आड़...'

कहना चाहकर भी पता नहीं, किस संकोचवश उससे कह न सकी—सचमुच, व्यक्ति के साथ दीवारों का कोई अर्थ होता है, किन्तु व्यक्तिविहीन होकर भी कभी-कभी उसके अस्तित्व का आभास अपनी निर्जीवता-बोध की परतें निकालकर सहसा आपके सामने प्रकट हो आपके अकेलेपन को आश्रय ही नहीं देता, अपने साथ होने के गहरे बोध से भी सम्पन्न करता है। नीता की तरह वह गोमती की माँ को भी नहीं समझा पाई थी जब उसने उसके शयनकक्ष की खिड़की से सटे हुए कदम्ब के पेड़ को लेकर दुश्चिन्ता प्रकट कर, 'तुम इसकी डाल काय कू नई कटवा देता? बोत खतरनाक है, कोई पन पेड़ पे चढ़के तुम्हारा खिड़की तोड़के भीतर घुसने को सकता अक्सर...?'

वह उसकी सरल हित-चिन्तना सुनकर प्रत्युत्तर में मुस्कुराकर रह गई थी। यही सोचकर कि गोमती की माँ समझ नहीं सकती—पेड़-पौधे से रिश्ते की बात...उस बिन्दु तक, जहाँ वे मानवीय संवेगों को अपनी कोंपलों, पत्तों की देह पर खिंची कोशिकाओं, रंगों की विविधताओं, आलोड़नों से उत्पन्न सरसराहटों से—अनकहे ही बाँटने आगे बढ़ आते हैं और मात्र इस आशंका से खिड़की से सटी उस डाल को कैसे कटवाकर फिंकवाया जा सकता है कि वह उसके घर की असुरक्षा का कारण हो सकती है? जब भी कभी उद्विग्न होती है, घंटों खिड़की के सीखचों से सटी टुकुर-टुकुर टहनियों का डोलना देखती रहती है...कोंपलों को फूटता महसूस करती है...हाथ बढ़ाकर पत्तों को छूती है...प्रत्युत्तर में वे अपनी स्पर्श-ऊष्मा से उसे आलोड़ित कर देते हैं, कभी आश्वस्त...हम हैं...।

कैसी अजीब गन्ध है! लगता है, किसी के यहाँ कुछ जल रहा है—रबड़ जैसी कोई चीज। लेकिन इतनी तीव्र गन्ध? जबकि घर के खिड़की-दरवाजे सब बन्द हैं...बाहर से या उसी के घर से? हीटर पर चाय का पानी चढ़ाकर तनिक सुस्ताने की मंशा से लेटी थी, कहीं वही तो...उफ्! तन्द्रा उड़नछू हो गई। झपाके से उठकर वह रसोई की ओर लपकी। भीतर का दृश्य दिल दहला गया। पल-भर विलम्ब से उठती तो निश्चित ही हीटर की दहकती सलाखें पतीले के पोर-पोर को पिघलाती न जाने किस अनर्थ की सृष्टि करतीं। क्षणांश किंकर्तव्यविमूढ़ हो आई। लपककर पहले हीटर का बटन बन्द किया, फिर अंगारा हुआ पतीला नल के नीचे रखकर नल खोल छटककर रसोई के दरवाजे से टिक गई। छन्नाटे के कर्ण-भेदी शोर के साथ भाप का एक बवंडर छत की ओर उछला। भय से पीली पड़ गई। कुर्सी पर ढेर होते हुए अपने पर बेतरह क्रोध हो आया। इस तरह की असावधानियाँ अब उसकी आदत होती जा रही हैं। कभी प्रेस लगी छोड़ देगी, कभी रॉड लगाकर पानी की बाल्टी...। किसी रोज ऐसी ही असावधानी के चलते वह अपने को दुर्घटनाग्रस्त कर लेगी। लोग अटकलें लगाएँगे—आत्मघात किया है उसने! और इसी बात से उसे सख्त नफरत है...ऐसा समझे जाने से भी। कठिन-से-कठिन परिस्थिति में भी उसने कभी इस तरह के विचार को प्रश्रय नहीं दिया। जीने को सदैव चुनौती के रूप में ग्रहण किया। किसी अन्य कारण के चलते, ऐसा समझा जाए, कितना विक्षुब्ध करने वाला होगा! जो वह नहीं रही, वह साबित करना। कितना कोसती है अपने को! आइन्दा इस तरह की लापरवाही कदापि नहीं होने देगी...!

याद हो गया। ऐसी लापरवाहियाँ पुराने खातों में भी दर्ज हैं। अम्माँ चौके से बाहर चूल्हे पर दूध की कड़ाही चढ़ा, चैलों के निकट पानी से भरा कटोरा रख चेतावनी देकर उसे बैठा देतीं कि दूध उफान पर आए तो तुरन्त कड़ाही उतार लेना। उतारने में दूध गिरने का भय हो तो उफान पर ठंडे पानी के छींटे दे उफान पटक लेना। दूध गिरने न पाए। निरन्तर चैलों की लपलपाती लपटों को देखना या दूध की गाढ़ी पड़ती सतह को घूरना उसे बड़ा उबाता। वह किसी उपन्यास के पृष्ठ खोलकर बैठ जाती। बीच-बीच में सतर्क दृष्टि कड़ाही पर भी डालती चलती। शर्तिया आँख चूक नहीं सकती।

बावजूद इसके ध्यान उचटता उफान की धार से बुझते हुए चैलों की छुनछुनाहट से। अम्माँ आपे से बाहर हो उठतीं, 'रोज-रोज दूध का गिरना और कुछ नहीं, दलिद्दर की पैठारी है, बिट्टी !...बिना वेद-पुराण पढ़े कोई काम पूरा नहीं हो सकता तुम्हारा ?'

...इधर कुछ अधिक ही बेमानी में जीने लगी है। टोकने के लिए अम्माँ भी तो पास नहीं हैं... !

चाय की तलब ढिठा रही है लेकिन पुनः हीटर सुलगाने का साहस नहीं जुट रहा। स्टोव जलाती तो यह कांड न घटता है। उसकी कर्कश भर्राहट निश्चित ही उसे तंद्रिल न होने देती...मुश्किल यह है कि घर में घुसते ही स्टोव जलाने में बेहद आलस आता है। आलस को बढ़ानेवाली परेशानियाँ कई हैं। इधर मिट्टी का तेल सोनचिरैया हो गया है। राशनकार्ड की सुविधा उसके पास है नहीं कि आवश्यकता-भर को वहीं से उपलब्ध हो जाए। लीटर के ऊपर पाँच रुपए ब्लैक में देना बड़ा अखरता है। अनेक परिवारों ने मजबूरन कोयले की सिगड़ी जलानी शुरू कर दी है। थोड़ा-बहुत मिट्टी का तेल जो उसने सँजोकर रख छोड़ा है, वह यही सोचकर कि किसी समय हीटर धता बता दे तो उसे हाथ पर हाथ रखकर न बैठना पड़े। हालाँकि नीता ने आश्वासन दिया है कि वह कुछ दिनों में उसका राशनकार्ड बनवा देगी। अस्थायी पते के बावजूद।

'बम्बई में रहना है तो यह तुरप हाथ में रखना होगा...बिना कार्ड के गैस मिलने से रही...आगे चलकर हाउसिंग स्कीम आदि में घर के लिए आवेदन करना होगा तो कार्ड के बिना वह भी सम्भव नहीं।'

'तब ?' उसने परेशान होकर नीता को देखा।

'तब क्या ? राशन ऑफिस में एक पेपरवेट है...फार्म भी वही लेकर आएगा...जाँच आदि की खाना-पूरी भी वह स्वयं करवा लेगा...बहन के ब्याह के सिलसिले में इधर घर गया हुआ है, आते ही हाजिरी लेते हैं उसकी।'

'ऐसा न करें, ऊपर जाकर गोमती के घर चाय पी आएं ?' उसे घर आया देख किसी को प्रसन्नता हो न हो, गोमती किलककर लिपट जाएगी। अक्सर मचलती रहती है—आंटी, हमारे घर चलो न ! वह उसके बालसुलभ हठ को प्यार से चपतियाकर बहला देती है। जाएगी तो वहाँ कुछ देर बैठे बिना काम नहीं चलेगा। अँधेरा हो रहा है। गोमती के पिता के लौटने का समय है यह। जाना उचित नहीं होगा। इतना बिसूरने की क्या जरूरत है ? जो हो गया सो हो गया। जरूरी नहीं कि उसी लापरवाही की पुनरावृत्ति हो... !

स्टोव के सामने से हटेगी नहीं, यही तय कर रसोई की ओर बढ़ दी।

इत्मीनान से पढ़ने के चक्कर में अब तक पत्र ज्यों की त्यों पड़े हुए हैं। नहीं जानती कि भैया ने घर की राजी-खुशी के बारे में क्या लिखा है...विशेष रूप से अम्माँ के विषय में। मेहता को बम्बई छोड़े हुए महीने-भर से ऊपर हो रहा है। वह मनाली से कब तक लौटने की सोच रहा है ? लौटना चाहता भी है या नहीं ? पिछले खतों से यही ध्वनित हो रहा है कि पहाड़ों के शान्त, सुरम्य, नैसर्गिक वातावरण के सुकून-भरे सान्निध्य से अपने को अलग कर लेने की कल्पना मात्र से वह व्यग्र हो उठता है...बड़ी

भाभी के पत्रों के प्रति उसके मन में किसी प्रकार का कोई भावात्मक आलोड़न नहीं उठता। बेहद ठंडा नातेदारी का भाव जो आम तौर पर फर्ज अदाएगी के दबावों से ग्रस्त होता है, उनके पत्रों की प्रतिक्रिया में उपजता है। खतों में कुछ होता भी नहीं। सिवाय स्वयमेव अन्वेषित की गई नये-नये रोगों की कष्ट-गाथा के। टिन्नी, मिन्नी कैसी हैं, उनकी पढ़ाई-लिखाई एवं अन्य रुचियों की कैसी प्रगति है—खत में कोई जानकारी नहीं होगी। बड़े भैया का मधुमेह, और एंजाइना नियंत्रित है या नहीं, ये सारी आवश्यक सूचनाएँ उन्हें महत्त्वहीन लगती हैं। या अपनी कष्ट-गाथा के समक्ष नगण्य।

चाय का प्याला ट्रे में रख वह बिस्तर पर आ बैठी। सामने रखा हुआ प्याला अपनी उपस्थिति मात्र से उसमें स्फूर्ति संचारित कर रहा है...कोई तो बात होती है चाय में। उफ्! उसने फौरन दाँतों से अपना निचला होंठ चबा लिया। मानो अनजाने कोई कसम तोड़ने जा रही हो! अब चाय-प्रकरण कतई नहीं। बहुत हो गया। उसने अपने-आपको लगभग धमकाया और प्याला उठा होंठों से लगा लिया।

''मैं कहता हूँ, तुम लिखो...''

''लिखती नहीं हूँ...''

''लिखने से मेरी मुराद है...देखो, मात्र कभी-कभार स्त्रियों के सामाजिक संघर्ष पर टिप्पणी या किसी समाज-शास्त्री या समाज-सुधारिका, सुधारक से साक्षात्कार कर लेने से बात नहीं बनती, अंकू! बात बनती है किसी राष्ट्रीय मुख्य पत्र में...राजनीतिक पत्रिका में नियमित स्तम्भ लिखने से। जरूरी नहीं कि वह स्त्रियों की दशा-दुर्दशा का रोजनामचा हो, ऐसा भी हो तब भी कोई हर्ज नहीं...किन्तु नोटिस तभी लिया जाता है, जब व्यवस्था के भीतर जोड़-तोड़ में लगी निरंकुश शक्तियों पर प्रहारात्मक कटाक्ष हो, उन्हें उधेड़कर रख दिया जाए...''

''ठीक है हरीन्द्र लेकिन राजनीतिक लेखन में न मेरा दखल है, न रुचि...''

''रुचि नहीं है तो रुचि पैदा करो...वैसे मुझे ऐसा नहीं लगता।...तुम सोचती हो, सोच के पीछे दृष्टि है, किसी भी मसले पर तुम्हारी तीव्र प्रतिक्रिया होती है...फिर लिखना क्या मुश्किल है? और अंकू, सचाई यही है कि आज की कोई भी सामाजिक समस्या सामाजिक न रहकर राजनीतिक हो गई है...तुम्हें नहीं लगता, वोट की राजनीति पूरे षड्यंत्र के साथ रूढ़ियों, संकीर्णताओं, परम्पराओं और धर्मांधता को समुदायगत विशेषता और धर्म--निरपेक्षता की आड़ में अक्सर और आवश्यकतानुसार उसकी रक्षक बनने का ढोंग रचकर, अपना उल्लू सीधा कर रही है? और ये भ्रम...जहरीली सड़ाँध से जनसाधारण को मुक्त करने, उसे आगे बढ़ाने के बजाय वहीं के वहीं बनाए हुए हैं...।''

''चाय और दूँ...?''

''एक केतली और मँगवाए लेते हैं।''

''अभी इसमें से एक कप के करीब निकल आएगी।'' उसने ट्रे अपनी ओर खिसकाते हुए केतली का ढक्कन उठाकर भीतर झाँका।

"छोड़ो, ठंडी हो गई होगी...कड़ी भी।"

"हाँ, कुछ...मगर तुम तो चाय शर्बत बनाकर पीते हो..."

"तुम तो नहीं... ?" हरीन्द्र ने निकट से गुजरते हुए बैरे को आवाज लगाकर तुरन्त एक केतली ताजी चाय दे जाने को कहा, फिर उसकी ओर मुड़कर पूछा, "अब तक भूख लग आई होगी...खाना चाहोगी तो मँगाऊँ कुछ?"

" 'रेशम भवन' खाने के लिए सिवा बिस्किट्स-बेफर्स के अन्य कोई चीज नहीं रखता।"

"चलो, छोड़ो..." हरीन्द्र ने जेब से सिगरेट का पैकेट निकालकर इत्मीनान से एक सिगरेट सुलगा ली और विचारमग्न हो लम्बे-लम्बे कश भरने लगा।

हरीन्द्र के तर्क ने अंकिता को गहरे उद्वेलित कर दिया। वह निरपेक्ष नहीं रह पाई, "स्थितियाँ वाकई क्षुब्ध करनेवाली हैं! परसों की बात है, बाम्बे हॉस्पिटल में किरपेकर की माँ की गुर्दे की शल्यक्रिया हुई है। हालत चिन्ताजनक है उनकी। उन्हें देखकर लिफ्ट से बाहर निकल रही थी कि अहसास हुआ, कोई सरदार सज्जन बगल से गुजरे हैं...किन्तु उस उदास, खिन्न मन:स्थिति में अगल-बगल देखने की न इच्छा हुई, न होश ही था...किरपेकर का उतरा हुआ चेहरा आँखों के समक्ष डोल रहा था...कुछ कदम आगे बढ़ी होऊँगी कि ठीक अपने सामने किसी को रास्ता रोकते हुए पाकर चौंक उठी—'यकीन कीजिए...मैंने इंदिरा गांधी को नहीं मारा...बन्दे को सरदार सुखविंदर सिंह कहते हैं।' विस्मित दृष्टि उठी तो लज्जा और ग्लानि का बोझ वहन नहीं कर पाई। ठीक सामने सुप्रसिद्ध गायक सरदार सुखविंदर सिंह अपनी चिरपरिचित सरस मुद्रा में हाथ जोड़े खड़े हुए थे। सच, माफी माँगने और सफाई देने के लिए भी जुबान बल नहीं जुटा पाई कि उनसे कह पाती—कोई उपेक्षाभाव नहीं था मन में, न दुर्भावना, न समुदायगत विद्वेष, न प्रतिशोधात्मक प्रतिक्रिया...बस, अवसादपूर्ण मन:स्थिति के चलते अनजाने उपेक्षा हो गई उनकी..किन्तु प्रत्युत्तर में हाथ जोड़ इतना ही कह पाई—'क्षमा नहीं करेंगे...' हो सकता है हरीन्द्र! यह जुमला उन्होंने कटाक्षस्वरूप न कहा हो, न मुझे छोटा करने के लिए...मगर उनके भीतर की तकलीफ उन शब्दों में अपना चेहरा नहीं छिपा पाई जो किन्हीं दो व्यक्ति की नादानी और विश्वासघात के चलते पूरे समुदाय को प्रतिक्रिया में झेलनी पड़ती है और झेलनी पड़ रही है...वहाँ से निकलकर कोलाबा 'सुरभि' में पहुँचना था मुझे। नीति मेरा लिखा एक जिंगल रिकॉर्ड कर रही थी मगर...जा नहीं सकी...तीस अक्टूबर उन्नीस सौ चौरासी के बाद के काले दिन सोच की सतह पर नुकीली कंकड़ी से चुभते रहे। क्यों ऐसी भावना घर कर गई है हमारे दिल-दिमाग में कि हमारी संवेदनाओं में अविश्वास और अनिश्चितता का मकड़-जाल डंक फैलाए बैठा है...न जाने कैसी अलंघ्य दूरी हमारी सहजता के बीच व्यापती जा रही है कि एक मामूली-सी अनदेखी कितनी कड़वी होकर हमें अपने-अपने कठघरों में कैद कर देती है...!"

बोलते हुए अंकिता के चेहरे पर एक विद्रूप खिंच आया। विदीर्ण उदास स्वर में उसने हरीन्द्र से सहमति जताई, "तुम ठीक कह रहे हो...यही हुआ है, यही हो रहा

है...गहरे जुड़ने से पूर्व ही इस्तेमाल की राजनीति ने लोगों को बँटकर जीना सिखा दिया है...वे बँटकर जीने को ही अपनी पहचान मानने लगे हैं...स्वतंत्रता की ललक ने जिस एक सूत्र में हमें आबद्ध किया था, वह उत्तराधिकार की निरंकुशता ने खंड-खंड करके रख दिया है...पता नहीं, जनता कब चेतेगी...कब शोषण के विरुद्ध सिर उठाएगी ?''

''यह बहुत स्वाभाविक है अंकू ! एक व्यक्ति की आँखों पर सालों तक पट्टी बाँधे रहिए तो वे पट्टी खुलने के बावजूद चौंधियाहट से ग्रस्त हो एकाएक देख पाने में असमर्थ हो उठती हैं। उन्हें अपनी दृष्टि-क्षमता को पुन: विकसित करने और अभ्यस्त बनाने हेतु धीरे-धीरे आँखें खोलना होता है...आज जनता के सन्दर्भ में यही सत्य है और जरूरत है, उन्हें कुरेदने और समर्थ बनाने की कि वह अपनी दृष्टि से सबकुछ देखने की आदी बनें। इसीलिए तो कह रहा हूँ—अपना फेमिनिस्ट होने का लबादा उतार पहले व्यवस्था-दोषों के मकड़जाल को तोड़ने का प्रयास करो...माध्यम चुनकर...तब जाकर कहीं कुछ सही होने की भूमिका बनेगी...वरना शाहबानो को न्याय न मिल जाता... ?''

हरीन्द्र के भीतर जैसे कोई ज्वाला सुलग रही है सर्वहारा की चिन्ता में। नहीं जानती कि अचानक सी.पी.एम. की सक्रिय सदस्यता से वह क्यों अलग हो गया और क्यों अचानक सत्ताच्युत कुछ लोगों से उसकी पटरी बैठने लगी ? कई दफे हरीन्द्र का पूरा व्यक्तित्व बड़ा रहस्यमय प्रतीत होता है लेकिन लिखता अब भी वह उतनी ही बेबाकी से है, जिसे पढ़ते हुए लगता है कि वे शब्द नहीं, हथौड़े की चोट हैं... !

''अच्छा, सुनो, आज तुम्हें यहाँ बुलाने का मकसद यह नहीं है, कि तुम बेसिर-पैर के जिंगल्स लिखना बन्द कर दो...जब तक कोई बेहतर विकल्प नहीं मिल जाता, मैं तुमसे ऐसा आग्रह कदापि नहीं करूँगा...लेकिन चाहता हूँ कि तुम मात्र इन्हीं चीजों में अपनी रचनात्मक ऊर्जा जाया न करो...तुम बहुत बढ़िया लिख सकती हो...उसका उपयोग होना चाहिए...मैंने सी.पी. सिंह से बात की है, उनके साप्ताहिक 'आरम्भ' में तुम्हारे नियमित स्तम्भ की। शीर्षक उन्हीं का तय किया हुआ है—'आईना'। पहले यह तय हुआ था कि इसे किसी उपनाम से लिखवाया जाए लेकिन मैं चाहता हूँ कि नाम से लिखने में क्या हर्ज है, क्यों ?''

''हाँ, मगर उपनाम से लिखने में दबावमुक्त रहने की अधिक गुंजाइश है...''

''नाम से लिखने के आग्रह के पीछे मेरा एक और उद्देश्य है। इधर महाराष्ट्र मंत्रिमंडल में जबरदस्त फेरबदल होने की सम्भावना है। पूरी उम्मीद है कि युवा तुर्क दिनेश पाटिल गृह मंत्रालय के साथ-साथ आवास-निर्माण विभाग भी सँभालेंगे...दिनेश बड़ी इज्जत करता है अपनी। विरोधियों द्वारा भिवंडीवाले दंगों में उसे जिस तरह फँसाया जा रहा था, मेरी रिपोर्टिंग ने उसे निर्दोष साबित किया है। तब से अक्सर वह कहता रहता है कि कोई काम हो तो नि:संकोच बताना यार...स्तम्भ शुरू कर दो...सी.पी. सिंह से मैं तुम्हारे नाम एक लेटर ले लूँगा...उनके साप्ताहिक से सम्बद्ध होने का और कोशिश करूँगा कि महाराष्ट्र हाउसिंग बोर्ड से पत्रकारों के लिए मकान का जो कोटा निर्धारित है, उसमें तुम्हारे नाम एक छोटा फ्लैट अलाट हो सके।''

कप से चुस्कियाँ भरता हुआ उसका चेहरा एक अचरज-भरी खुशी से नरमा आया। बम्बई में अपने घर की कल्पना किसी के लिए भी जीवन का सबसे खूबसूरत सपना हो सकता है...उसके लिए भी है...कभी न सच होने वाला सपना! लेकिन क्या सचमुच वह उम्मीद के डोरों पर पग धरती वह रास्ता बन सकती है जो उसे अपने घर की दीवारों तक ले जाएगा? वह छत, जिसे ग्यारह महीने का मोहताज नहीं होना पड़ेगा... ? कोई शिवराम, करीम, परब उससे आकर यह नहीं कह सकेगा कि 'ए बाई!...अभी अपने को मकान खाली मँगता है...तुम किदर दूसरा जागा अपना इन्तजाम कर लो।'

"मकान मात्र उन्हें ही अलाट होते हैं न, जो एक्रीडैटेड पत्रकार होते हैं?..."

"ठीक समझ रही हो तुम, लेकिन अकल को तनिक और एड़ दो अंकू...अगर ऐसा होता तो फिर दिनेश पाटिल के पौवे की किसे दरकार थी! कैसे क्या होगा, यह चिन्ता मुझ पर छोड़ो...तुम सिर्फ स्तम्भ के लिए विषय सोचो।"

"इधर तुम आदमी नहीं, पौवा हो गए हो। तुम्हारे सोच और आचरण में बहुत अन्तर आता जा रहा है, नहीं?" उसने मन में उठी हिलोरों को एक ओर झटकते हुए हरीन्द्र का मजाक बनाया।

"अन्तर के पीछे कोई अनुभव नहीं होता? खैर, छोड़ो, जो मैं कह रहा हूँ, मजाक में मत लो। इधर साड़ियाँ-वाड़ियाँ खरीदना कुछ दिनों के लिए बन्द कर पैसे जोड़ना शुरू कर दो। अभी से पैसे जोड़ना शुरू नहीं करोगी तो मकान का पैसा जुड़ने से रहा...वैसे मैं लोन आदि का इन्तजाम भी करवा देता यदि तुम किसी पक्की नौकरी में होतीं...देखेंगे, कैसे क्या हो सकता है। बहुत वक्त है अभी। वक्त आने पर सारे इन्तजाम हो जाते हैं। लाओ, अपने हाथ से तुम्हें चाय बनाकर पिलाऊँ।"

बैरे द्वारा रखी गई ट्रे को अपनी ओर खिसकाते हुए हरीन्द्र ने सारी बातें ठीक-ठीक हो जाने की सरसता में डूबकर पहल की।

"कभी-कभी तुम मनई होते हो।"

"लो, और सुनो...भई, हम तो हमेशा के ही मनई हैं...अब तुम्हारे पल्ले राक्षस पड़ते रहे हैं तो तुम्हें मनई की पहचान कहाँ... ?"

किसी ने उसके चेहरे पर जैसे खौलते पानी की बाल्टी उँडेल दी। अपमान से हृदय विदीर्ण हो उठा। आँखें कोशिश के बावजूद पिघलती चली आ रही अवमानना के आँसू पी नहीं पाईं। हरीन्द्र को जो भी कटाक्ष करना है, सीधे उस पर क्यों नहीं करता? सुधांशु के बहाने हमला करने की क्या जरूरत है? वह दोनों के ही निकट रहा है और उस पारिवारिक अन्तरंगता को वह सुधांशु से अलग हो जाने के बावजूद उतनी ही आत्मीयता और जिम्मेदारी से निबाह रहा है जितनी कि तब निबाहता था। इतने बड़े शहर में वह इस आत्मीयता पर भले ही निर्भर न करती हो किन्तु उसे अपने लिए सम्बल अवश्य महसूस करती है। वह समय भी नहीं भूल सकती...इस शहर की शुरुआत में वह हरीन्द्र पर निर्भर भी रही है बल्कि सचाई तो यह है कि उसके संघर्ष को परिवेश-परिवर्तन का अवसर देकर नये सिरे से जीवन जीने का साहस भी हरीन्द्र ने ही बँधाया...हरीन्द्र अनभिज्ञ नहीं है, उसे कोई बात अतिरिक्त गहरे चोट करती है तो वह है—किसी भी

सन्दर्भ में सुधांशु का जिक्र। उसे विश्वास है कि इस कटाक्ष के मूल में हरीन्द्र की मंशा उसे आहत या अपमानित करने की कोशिश कतई नहीं रही होगी किन्तु जो सावधानी वह इस परिप्रेक्ष्य में उसकी भावनाओं को लेकर बरतता रहता है—कभी-कभी इतना असावधान और निर्मम क्यों हो उठता है?

क्षण-भर पूर्व अंकिता के चेहरे पर थिरक आई शरारत घुली चहक एकाएक उदासी में परिवर्तित हो क्षुब्ध हो आई है, यह हरीन्द्र की सजग दृष्टि ने तत्काल भाँप लिया। सुधांशु से अलग होने के बाद से कुछ अधिक ही संवेदनशील और भावुक हो उठी है अंकू, वरना उसकी बात के मर्म को अन्यथा न लेती। तकलीफों की शायद यही कसौटी होती है, वह व्यक्ति की संवेदना को अपार सहिष्णु और अधिक व्यापक बना देती है या फिर भोंथरा! विपन्न! लेकिन अंकू का संघर्ष उसे इस खतरे से बाल-बाल बचा ले गया है। कभी-कभी अवश्य महसूस होता है कि बाहर से जो कुछ सधा, उबरा, निथर आया अनुभव हो रहा है, उसके भीतर की तहें अब भी गीली हैं...बड़ा स्वाभाविक है। सुधांशु सिर्फ उसका पति ही नहीं था, प्रेमी भी था, जिसे पाने के लिए उसे उन दुर्गम पगडंडियों से गुजरना पड़ा जो जाति, धर्म, परम्परा और मान्यताओं के पहरों से गुजरती हैं...। उसके अपने घरवालों ने आगे चलकर उसे क्षमा ही नहीं किया, अपनाया भी किन्तु सुधांशु के परिवारवालों ने उसे सदैव प्रताड़ित, लांछित किया कि उसने उनके लड़के को प्रेम के चक्कर में फाँसकर उसका भविष्य ही नहीं नष्ट किया, उनके सपनों पर भी बेरहमी से गाज बरसाई है। ऐसी विषम परिस्थितियों में वह अपना सन्तुलन बनाए रखती—अगर सुधांशु की अप्रत्याशित उच्छृंखलताओं ने उसे भीतर से बीन-बीनकर न कुचला होता, न पीसा होता। अंकू से जब पहली बार सुधांशु ने उसे मिलवाया था, मन में पहली प्रतिक्रिया उपजी थी कि इस लड़की के भीतर जो सर्वाधिक आकर्षित करने वाला गुण है, वह है उसके सलोने व्यक्तित्व के रोम-रोम से फूटता हुआ आत्मविश्वास! और एक ऐसी स्निग्ध अन्तर्मुखी खामोशी जो अपने मौन की भाषा में इतनी मुखर है कि उससे संवाद स्थापित करने के लिए सामने वाले को उतना ही गहरा, सूक्ष्म और समर्थ होना आवश्यक है...।

अनायास निकल गए एक परिहासपूर्ण वाक्य के चलते अच्छी-खासी संध्या तनावपूर्ण हो उठी। उसने अंकू को दृष्टि-भर देखा और उसे उबारने के ध्येय से लज्जित स्वर में कहा, "तुम्हें आहत करने का आशय नहीं था मेरा..."

प्रत्युत्तर में न अंकू ने उसकी ओर चेहरा उठाया, न बोली ही। गरदन झुकाए चाय की अन्तिम चुस्कियों के सहारे स्वयं को संयत करने की चेष्टा करती अवश्य प्रतीत हुई।

"तुम...अब इन बातों को मजाक में ही लिया करो...विगत से अलग नहीं हुआ जा सकता। मगर उसे वर्तमान बनाए रखकर भी तो जिया नहीं जा सकता...?"

ट्रे में रखा बिल उठा वह भुगतान के लिए जेब से पर्स निकालने लगा। "कहीं और जाना है?"

साड़ी के पल्लू से कन्धा ढँकती हुई अंकू ने इनकार में हलके से सिर हिलाया, फिर कुर्सी खिसकाकर उठती हुई बाहर की ओर बढ़ दी।

''तुम्हें चर्चगेट छोड़ते हुए दफ्तर निकल जाऊँगा, ठीक... ?''

''अंशुल कैसा है... ?'' फुटपाथ पर संग चलते हुए अंकू ने गरदन उसकी ओर मोड़कर पूछा।

स्वर काफी सहज था। उसे तसल्ली हुई।

''खूब दुष्ट हो गया है...मजेदार बात बताऊँ? मैं चाहे किसी भी वक्त घर पहुँचूँ, मेरी आवाज सुनते ही पट्ठा फट से उठकर बैठ जाएगा और अंकू, जब तक मैं उससे घंटे-डेढ़ घंटे खेल नहीं लेता, सोता नहीं...।'पापा' कहना सीख गया है...छोटे-छोटे फूले हुए-से होंठों को सप्रयास गोल बनाकर वह इस तरह से 'पापा' पुकारता है कि लगता है, एक-एक 'पा' होंठों के कोनों से रिसती हुई लार के संग अब फिसला, तब फिसला...पूरी दिनचर्या में शायद...शायद उतना ही समय नितान्त मेरा होता है जब मैं अंशुल के साथ खेल रहा होता हूँ...तुम आकर देखो न उसे...अरे हाँ, तुम खूब मजाक उड़ाती थीं न मेरा कि यह क्या चुन्नू, मुन्नू, घुन्नू लगा रखा है तुमने, उसे नाम से पुकारा करो वरना चार बच्चों का बाप बनकर भी वह चुन्नू-मुन्नू ही बना रहेगा...अब उसे मैंने 'अंशुल' कहकर पुकारना शुरू कर दिया है...मेरी देखा-देखी सभी उसे नाम से पुकारने लगे हैं...सिवा उसकी नानी के...उन पर मेरा कोई वश नहीं चलता। उनके लिए वह 'मुन्नू' ही बना रहेगा।''

उसने स्पष्ट लक्ष्य किया कि प्रतिक्रिया में उसकी ओर उठी अंकू की दृष्टि में हर्षमिश्रित ललक-भरा भाव सजग हो आया।

स्टेशन की सीढ़ियों के नीचे पहुँचकर वह रुक गया, ''चलूँ...आजाद मैदान लाँघकर दफ्तर निकल जाऊँगा...तुम स्तम्भ के लिए गम्भीरता से सोचना आरम्भ कर दो। और हाँ, चार-पाँच किस्तें एक साथ लिख के देनी होंगी, साप्ताहिक का मामला है। तुम्हारे हाथ के लिखे तीनेक फुलस्केप काफी होंगे...अच्छा...''

कुछ कदम आगे नहीं बढ़ा होगा कि एकाएक कुछ याद हो आने की-सी मुद्रा में पलटकर पुकारा उसे। अंकू के तेजी से उठते पाँव जहाँ के तहाँ ठिठक गए। अगल-बगल गुजरती भीड़ की परवाह किए बगैर वह उतावली से भरा हुआ एकदम उसके निकट हो आया, ''न तुमने जिज्ञासा प्रकट की, न मुझे ही बताना याद रहा...पारिश्रमिक को लेकर तुम्हें अक्सर शिकायत हुआ करती है, सी.पी. सिंह से स्पष्ट बात हो गई है...प्रति स्तम्भ साढ़े तीन सौ रुपये मिला करेंगे तुम्हें...फिलहाल ठीक ही है...कम-से-कम कहीं बेहतर जगह घर ले सकती हो...''

विदा की मुस्कुराहट में अब उसके होंठ पूरी तरह खिंच आए...।

वहम नहीं है, किसी ने सचमुच उसका नाम पुकारा है...। बच्चों के एकदम नये शुरू हुए पौष्टिक बिस्किट्स को लेकर जिंगल्स रचने में पंक्तियों को तोड़ता, गाँठे देता दत्तचित्त मन उचटा तो गरदन उठाकर उसने इधर-उधर देखा। किरपेकर की खाली मेज पर हाथ में चोंगा उठाए शेट्टी वहीं से इशारे से उसे बुला रहा था कि तुम्हारा फोन है, फौरन आकर सुनो...।

किसी का भी हो, इस वक्त फोन आना उसे अखर गया। काफी कठिनाई के उपरांत कहीं जाकर पंक्तियों की जोड़-गाँठ बैठ रही थी कि अचानक आए इस फोन ने किया-धरा मिट्टी कर दिया। लोग असमय फोन क्यों करते हैं? एक वह है, किसी को फोन करने से पहले दस बार सोचेगी, करे कि न करे। कहीं ऐसा न हो कि अगला किसी जरूरी काम में उलझा हुआ हो और उसका फोन पहुँचते ही औपचारिकतावश अपना नुकसान कर ले! उसका उस वक्त बतियाने का मूड है भी या नहीं...यही वजह है कि उधर से हलो होते ही उसका सबसे पहला जुमला होता है—'तुम व्यस्त हो तो मैं फिर कभी फोन कर लूँगी...' या 'जरूरी बात करनी है आपसे...एकाध मिनट से ज्यादा नहीं लूँगी...' और यह शेट्टी क्या घपला करने लगा है? वह सीट पर होना चाहेगी या नहीं, पूछे बगैर वह कभी किसी व्यक्ति को उसके होने की जानकारी नहीं देता...।

चोंगे पर हाथ रखते हुए उसने शेट्टी को झिड़का, "काम कर रही थी न...",

"बाप रे...सिद्धा पी.एम. हाउस से फोन है। मैं कइसा झूठ बोलेगा...?"

उसकी झिड़की की परवाह न करते हुए शेट्टी ने परिहास-भरे स्‍ में चुटकी ली और हँसता हुआ अपनी मेज की ओर बढ़ गया।

उसकी 'हलो' को परे ढकेलता हुआ उस ओर का उत्साह से तरंगित स्वर अचानक कानों में किलक-भरी प्रसन्नता की सृष्टि कर गया, "अंकू...मैं न फोन करूँ तो इस शहर में मेरी कोई खोज-खबर रखने वाला नहीं है कि मैं मर रही हूँ कि जी रही हूँ...।"

"भई, शहर ने तो खबर दी थी कि वह तुम्हारे वियोग में बिलख रहा है?" अपनी अधीर होती प्रसन्नता को उसने कटाक्ष में बदलने का नाटकीय प्रयास किया।

"यानी कि मैं लावारिस नहीं हूँ...?"

"जी, यानी कि उलटा चोर कोतवाल को डाँटे...जब भी फोन किया, पता चला, मैडम नीता श्रीदेवी हो रही हैं...अभी शूटिंग से वापस नहीं लौटीं...और तुम जानती हो, 'आब्जर्वेशन' फोन करते हुए मैं कितने संकोच से गुजरती हूँ...तुम्हारी मेज पर का फोन गलती से यदि वह कठफोड़वा वर्मा उठा लेता है तो मुझे अपना परिचय छिपाना पड़ता है कि मैं उसकी कोई सहेली बोल रही हूँ...सन्देश क्या दूँ...दुबारा फोन कर लूँगी...एकाध बार वह मेरी आवाज पहचान गया और छूटते ही बोला,'अंकिता जी बोल रही हैं?'...उस बदमाश से बोलते चिढ़ छूटती है...मैथ्यू के लिए अवश्य अब मन में कोई मलाल नहीं रहा हालाँकि...चाहती हूँ कि उसे 'हलो' कर लूँ लेकिन सम्भव नहीं हो पाता। सम्बन्ध भी अजीब चीज हैं! अपने टूटने-जुड़ने को कभी-कभी आपके संकेतों की निरंकुशता पर नाचते हुए जीने की बजाय, जिद्दाए हुए बच्चे की तरह मटककर बैठ जाते हैं। कोई तर्क, कोई उद्वेलन उन्हें अपनी जगह से टस से मस नहीं कर पाता।"

प्रत्युत्तर में लम्बी हँसी के झोंके उसकी ओर उमड़ आए : उन्मुक्त! पारदर्शी! "चलो, उस कठफोड़वे को झेलने की इल्लत से तुम्हें मुक्ति देती हूँ..."

"यानी? यानी कि मैं 'आब्जर्वेशन' छोड़ रही हूँ..."

"क्यों? क्या मूर्खता कर रही हो...मॉडलिंग के पीछे बड़ी मुश्किलों से हासिल पक्की नौकरी छोड़ दोगी"?"

'तिकड़मों' शब्द का उपयोग वह शालीनतावश नहीं कर पाई।

नीता ने उसे आगे बोलने नहीं दिया, "मॉडलिंग के पीछे नहीं माई डियर...बेहतर सुविधाओं के साथ बेहतर पद पर जा रही हूँ...छलाँग भरने का खतरा उठाए बिना प्रगति का मोल-भाव सम्भव नहीं। 'पूर्णा' 'आब्जर्वेशन' की टक्कर की ही एजेंसी है। जिस तेजी से पिछले दो सालों में उसने अपनी कार्यकुशलता से उत्पादकों को आकर्षित किया है, आश्चर्यजनक है।...तुम्हें मालूम है न, 'टिप-टाप' शीतल पेय का 'फिल्मरस' में कितना जबरदस्त खाता था...पिछले साल बाजार में दूसरे पेयों की प्रतिस्पर्धा में उसकी माँग उपभोक्ताओं में इतनी तेजी से गिरी है कि इस वर्ष उन्होंने 'फिल्मरस' से अपना खाता वापस लेकर 'पूर्णा' को 'टिप-टाप' का 'प्रचार अभिनय' सौंप दिया है...'पूर्णा' के प्रबन्ध निदेशक मि. सुधीर गुप्ता से 'आम्रपाली' की शूटिंग के दौरान ही मुलाकात हुई...दिलचस्प व्यक्ति लगे—मेधावी और सजग।"

"बधाई...धाँसू खबर है..."

"है न!...अच्छा, तुम्हारे 'संवाद' वाले साक्षात्कार का क्या हुआ?"

उसका स्वर व्यंग्यपूर्ण हो आया, "वहाँ 'राजेन्द्रप्रसाद भास कम्यूनिकेशन' से कॉपी राइटिंग का डिप्लोमा करके निकली सुश्री शिल्पा भार्गव को रख लिया गया है..."

"कैसे? क्या तुमने 'टिस्को टॉर्च' के मि. भोजराज को फोन नहीं किया था?"

"नहीं..."

"उफ्! यही तो गड़बड़ी करती हो तुम...क्यों नहीं किया?"

"तुम्हारी बात जँची नहीं...अपने साथ कोई सिफारिश नत्थी नहीं करवाना चाहती थी...आखिर जब उन्होंने साक्षात्कार के लिए आमंत्रित किया था तो उन सारे ब्यौरों से भी गुजरे होंगे जो मेरी कार्य-क्षमता के विषय में दिये गए थे? विज्ञापन-जगत में हैं वे लोग...जरूर जानते होंगे कि हिन्दी में उत्पादन की खूबियों को रेखांकित करते कुछ मेरे जिंगल्स बच्चे-बच्चे की जुबान पर हैं..."

"फिर वही गलती!" नीता बिगड़ पड़ी, "पहली बात...मि. भोजराज तुम्हारी सिफारिश करते भी तो किसी व्यक्तिगत कारण से नहीं...तुम न उनकी प्रेमिका हो, न मित्र, न सम्बन्धी...तुम मात्र उनके लिए एक बेहतर कॉपी लेखक हो...उनके उत्पादन के लिए तुमने इतनी बढ़िया कॉपियाँ तैयार की हैं कि बाजार में उनके उत्पाद की खपत बढ़ी है। यह भी सत्य है कि 'फिल्मरस' से जब भी उन्होंने दुबारा, तिबारा विज्ञापन बनवाना चाहा, निदेशक मि. गुहा से निजी तौर पर तुम्हारी सराहना ही नहीं की बल्कि आग्रह किया कि उनके जिंगल्स तुमसे ही लिखवाए जाएँ। वे प्रतिभा पारखी हैं...अपवाद हो सकते हैं, लेकिन अगर तुम 'संवाद' में स्थायी नौकरी के साक्षात्कार के विषय में बताकर उनसे मात्र इतना कह सकतीं कि वे एक बार मि. शास्त्री से तुम्हारी क्षमता का जिक्र-भर कर दें तो निश्चित ही मि. शास्त्री के लिए यह संकेत काफी होता..."

क्षणांश मौन रहने के बावजूद नीता अपनी खीज संयमित नहीं कर पाई।

"मैंने तुम्हें पहले ही सावधान कर दिया था कि तुम 'संवाद' जाने से पूर्व इस सिलसिले में मि. भोजराज को फोन अवश्य कर लेना...तुम भोजराज से 'भाषा विभाग'

में अनेक बार मिल चुकी हो—व्यस्त और भले आदमी हैं। मि. शास्त्री और वे कॉलेज के दिनों के मित्र हैं। कोई कारण नहीं था कि काम न बनता...हर वक्त संकोच की तख्ती गले में टाँगे मुँह सिए बैठी रहती हो...व्यर्थ ही...''

वह कानों से चोंगा सटाए नीता का क्षुब्ध होना झूलती रही।

''तुम नहीं जानतीं अंकू, नौकरी और प्रतिभा दो अलग-अलग चीजें हैं...कभी-कभी वे दोनों को एक साथ, एक मंच पर होने का अवसर और सम्मान देते हैं लेकिन अक्सर नहीं। वे खरीदार हैं। उन्हें मालूम है। वे जब चाहें, जैसे चाहे, बुद्धि और प्रतिभा खरीद सकते हैं...उसके लिए उन्हें किसी को स्थायी नौकरी देने की जरूरत नहीं है। स्थायी नौकरी पर वे मित्र, प्रेमिका, सम्बन्धी या लेन-देन के आधार पर किसी को भी रखकर किसी को कृतज्ञ कर सकते हैं, किसी पर दया...न जाने कितने प्रतिभाशाली फ्रीलांसिंग करते हुए उनकी दयादृष्टि का मोहताज हो अधर में लटके अनिश्चय में सड़ रहे हैं और महत्त्वपूर्ण पदों को वे लोग सुशोभित कर रहे हैं जो सिर्फ ग्लैमरस हैं। यह ग्लैमर की दुनिया है अंकू...। यहाँ जीने की, जी पाने की पहली शर्त है—विशिष्ट दिखना, विशिष्ट करना, विशिष्ट होना, विशिष्ट बनना—जो वास्तविकता नहीं है। बहुत कड़वी बात कह रही हूँ...तुम्हारी भावनाओं को ठेस पहुँचाने के ध्येय से नहीं...यह मेरा कटु अनुभव है...।

''सुन रही हो न अंकू!...बहस हो सकती है...लेकिन, जिन्दगी और स्थितियाँ अमूमन इसका अवसर नहीं देतीं। तुम सोचती हो, लड़ाई सिर्फ हवा में हाथ-पैर मारते हुए लड़ी जा सकती है? नहीं अंकू, नहीं, अपने को कुछ लचीला बनाओ। व्यवस्था का भागी हुए बिना उससे नहीं लड़ा जा सकता। उसमें पहुँचकर ही, उसका हिस्सा बनकर उसके तिलिस्म को भेदना होगा। ऐसी लड़ाई के कोई मायने नहीं हैं...तुम कगार पर खड़ी हुई पानी में उतरने से इसलिए नहीं कतरा रहीं कि पानी की गहराई से भयाक्रांत हो, तुम मगरमच्छों से आशंकित हो...मगर कूदो पानी में, मगरमच्छों से बच सको तो अपने को बचाते हुए मंझाओ उसे...आखिर मछलियों और पानी के अन्य जीव-जन्तुओं ने उनके साथ रहने का साहस किस तरह जुटाया होगा...?''

चोंगे को भेदता अचानक एक उन्मादपूर्ण ठहाका उठा और तीव्र प्रतिक्रिया से अदहन हो रहे उसके मस्तिष्क को स्तब्ध कर गया। ठहाका धीमा हुआ अवश्य किन्तु बलखाती हुई सर्पाली हँसी में परिवर्तित हो गया।

''अंकू! पढ़ा ही होगा तुमने, इधर हमारी सरकार...मगरमच्छों की दुर्लभ होती जा रही प्रजाति के विषय में भीषण चिन्तित है...नाम नहीं याद आ रहा कि किस स्थान पर लेकिन कहीं वह इनकी नस्ल को जीवित बनाये रखने के लिए इनका प्रजनन करवा रही है...है न मजेदार बात...!'' हँसी अब भी नहीं रुक पा रही थी।

उसने अपने अगल-बगल एक चौकन्नी दृष्टि दौड़ाई कि कहीं कोई उसे सुन तो नहीं रहा? फिर धीमे स्वर में इतना ही बोली, ''जानती हूँ अपने लिए तुम्हारी चिन्ता को, लेकिन मेरे और तुम्हारे सोचने के तरीके में फर्क है...तुम जिस लचीलेपन की बात कर रही हो, उसमें से समझौते की बू आ रही है...न उसका कोई आदि है, न अन्त...।

मैं इसे बुद्धिमत्ता नहीं समझती कि संघर्ष के नाम पर आप अपने-आपको जान-बूझकर मगरमच्छों के हवाले कर दीजिए...''

''मानती हूँ...'' नीता उसके आक्षेप से अंशत: सहमत हुई मगर अपने तर्क के लिए गुंजाइश रखती हुई, ''लचीलेपन की कोई सीमा नहीं होती...पानी की सतह पर तैरती देह को देखते ही मगरमच्छ लार टपकाने लगते हैं लेकिन...बचपन में एक कहानी तुमने भी पढ़ी होगी, बन्दर और मगरमच्छ की कि मगरमच्छ की बदली हुई नीयत को बन्दर अपनी बुद्धिमत्ता से किस तरह मात देता है और उससे सुरक्षित बच निकलता है... ?''

''तुम्हारी इस बात में दम है, किन्तु स्त्री-पुरुष सम्बन्धों का मसला बड़ा नाजुक है...पुरुष उसके लचीलेपन को सुविधा बनाकर जिस तरह लाभ उठाना चाहता है—स्त्री के लिए वह उसकी भावना, इच्छा-अनिच्छा, छवि और आत्मसम्मान का प्रश्न है...गूढ़ विषय है और जैसाकि तुमने स्वयं स्वीकारा, बहस की जबरदस्त गुंजाइश रखता है। मिलने पर खुलकर बात हो सकती है...तुम क्या दफ्तर से बोल रही हो?'' वह अब तक नीता के वैचारिक आतंक से मुक्त हो चुकी थी।

''दफ्तर में बैठकर इतना खुलकर बोल सकती हूँ? सुनो, एक जरूरी बात रही जा रही है—कल ढाई बजे 'प्रयोग' में आधुनिक पोशाकों की सुविख्यात निर्माता कम्पनी 'आम्रपाली' की विज्ञापन-फिल्म का शो है। तुम्हें यह शो जरूर देखना है। मैं उसमें एकमात्र प्रमुख मॉडल हूँ—छह पुरुष मॉडलों के संग। 'आम्रपाली' के लिए 'पूर्णा' ने एक साथ तीन विज्ञापन फिल्में निर्मित की हैं—विभिन्न कोणों से...''

''मैं भी मिलना चाहती हूँ...''

''चाहती-वाहती हूँ नहीं...मिलना ही है...ढाई बजे 'प्रयोग' में मैं तुम्हारी प्रतीक्षा करूँगी...कोई बहाना नहीं चलेगा...शो के बाद चलकर कहीं बैठेंगे...अपनी सफलता तुम्हारे साथ उत्सवित करना चाहती हूँ...और हाँ, 'आरम्भ' में तुम्हारा स्तम्भ 'आईना' देखा। किसी ने खजुराहो में चर्चा की तो मैंने तुरन्त नया अंक मँगवाया...पहली ही किस्त है न शायद। 'बलात्कार सम्बन्धी कानून और स्त्री की स्थिति'—भारतीय दंड संहिता की धारा 365 और आपराधिक कानून संशोधन अधिनियम, 1983 को लेकर तुमने न्याय-विधान की अच्छी बखिया उधेड़ी है...बधाई!...तो कल मिलते हैं...पक्का!''

''ठीक...'' फोन यथास्थान रख वह अपनी सीट की ओर प्रफुल्लचित्त बढ़ दी।

महीने-भर से अपने को बड़ा अनमना महसूस कर रही है। मेहता अब तक मनाली में ही रमा हुआ है। उसके पत्रों की दार्शनिकता से आशंका हो रही है कि कहीं वह पत्नी के आत्मघात की ग्लानि के चलते मन की शान्ति की खोज में साधु-सन्तों के फेर में न पड़ जाए! जिस मानसिक आघात और सामाजिक अवमानना की बिंधन से वह गुजरा है—बहुत स्वाभाविक है उस दिशा में प्रवृत्त होना। नीता भी इधर 'आम्रपाली' की शूटिंग के सिलसिले में पूरी, खजुराहो घूमती रही है। उनकी अनुपस्थिति में उसने बड़ी शिद्दत से अनुभव किया है कि नये सिरे से मित्र बनाना उसके लिए सम्भव नहीं, न चाय-कॉफी के प्यालों के संग हुआ उठना-बैठना मित्रता की हदें छू सकता है। उन

लोगों पर उसे हैरत होती है, जो मित्रों की जमात नित नये बदलते फैशन की तर्ज पर अपनाते-त्यागते रहते हैं। किसी भी स्वीकार-अस्वीकार के पीछे मानसिक प्रक्रिया की कोई संवेगी गोड़ाई-बुनाई नहीं होती!

घर पहुँचकर सबसे पहला काम करेगी भैया और मेहता को खत लिखने का। इधर भैया का पत्र बहुत दिनों से नहीं आया। अम्माँ के स्वास्थ्य को लेकर निरन्तर मन चिन्तित बना रहता है। पिछले खत में भैया ने उसे एक ऐसी खबर दी थी कि पढ़कर वह उद्विग्न हो उठी। भैया ने लिखा था : हरिकिशन अस्पताल वालों ने सन्देह प्रकट किया है कि अम्माँ के पेट में निरन्तर बना रहने वाला दर्द शायद लीवर कैंसर है। डॉ. गुप्ता ने एक के बाद एक अनेक परीक्षण लिख दिये हैं। हफ्ता-भर लग जाएगा सारे परीक्षणों का परिणाम प्राप्त करते। जैसी भी स्थिति होगी, वह उसे तत्काल सूचित करेगा। ज़रूरत होगी तो वह उन्हें बम्बई लाकर टाटा कैंसर अस्पताल में दिखलाएगा। मुश्किल यह है कि अम्माँ ने निरन्तर बने रहने वाले पेटदर्द को कभी गम्भीरता से नहीं लिया, न उन लोगों को गम्भीर होने दिया। रीना का कहना है कि उन्हें हर बीमारी का इलाज वैद्य भोलानाथ की चूरन की पुड़िया लगती रही...और अब भी उनका यही विश्वास है कि उन्हें कुछ नहीं हुआ, हम लोग बेमतलब दिक्क हो रहे हैं। अजीब बात यह है कि तुम्हारे बिना मोतियाबिन्द का ऑपरेशन न करवाने की ज़िद ठाने रहने वाली अम्माँ ने सभी को सख्त ताकीद कर दी है कि कोई भी बिट्टी को उनकी बीमारी के सन्दर्भ में कुछ न लिखे। छुट्टी लेने से उसका नुकसान होगा...पर खुद टुन्नी से कहती रहती हैं, 'टुन्नी, अपनी बुआ को चिट्ठी न लिखिहो ?' टुन्नी महाशय फौरन आज्ञाकारी हो रीना से कागज-पेंसिल माँगकर उस पर चील-बिलौटे बनाने लगते हैं, फिर कागज अम्माँ की ओर बढ़ाकर तुतलाते हुए कहते हैं—'बूबू त्तित्ती...'

'आरम्भ' का तुम्हारे स्तम्भवाला अंक अपने सिरहाने दबाए रखती हैं। घर पर हर आने-जाने वालों को बड़े गर्व से खोलकर दिखाती हैं, 'देखो हमारी बिट्टी की तसवीर अऊर लेख छपा है...फोटा मा तनिक इबर लागि रही है न ?' आने वाला अगर उनकी बात काट देता है कि ऐसा तो नहीं लग रहा अम्माँजी...तसवीर से तो यही प्रतीत हो रहा है कि इधर अंकिता कुछ मुटा गई, तो सुनकर बड़ी आनंदित होती हैं। एक मजेदार बात बताऊँ बिट्टी, अम्माँ के कमरे में मैं उनके निवाड़ के पलंग के निकट आरामकुर्सी डाले कॉलेज का कोई जरूरी काम कर रहा था कि तभी दालान में अपनी तिपहिया गाड़ी ठेलते हुए टुन्नी महाशय को अम्माँ ने अपने पास बुलाया। आकर बच्चू कोकाबेली की तरह मुँह फाड़कर खड़े हो गए। अम्माँ ने पूछा, 'टुन्नी, तुम बड़े होइके बुआ कि देख-भाल करिहो ?' टुन्नी ने जैसे अम्माँ का आशय समझ लिया, गम्भीरता से छूटते ही जवाब दिया, 'बूबू चित्ती...' और जो हम लोगों का हँस-हँसकर बुरा हाल हुआ, न पूछो। अम्माँ ने टुन्नी से बुआ को चिट्ठी क्या लिखवाई कि हर मर्ज का इलाज 'बूबू त्तित्ती' हो गया है...।

पत्र पूरा नहीं पढ़ पाई थी। आँखों में उग आई सावन-भादों की झड़ी ने दृष्टि और पत्र के मध्य धुंध की एक ऐसी अपारदर्शी दीवार निर्मित कर दी थी कि प्रतीत हुआ

था, जैसे पत्र पानी की सतह के नीचे संतरण कर रहा हो! बड़ी मुश्किल से भावनाओं के आवेग को नियंत्रित कर पाई थी। तर्क और कारणों की घुट्टी स्वयं को पिलाकर। अकेली है इस शहर में...और मित्र, जिनके ऊपर वह समय-कुसमय भरोसा और विश्वास कर सकती है, हरीन्द्र को छोड़कर शहर से बाहर हैं। कहीं पुरानी इल्लत नर्वस ब्रेकडाउन का दौरा पड़ गया तो स्वयं को सँभालना दूभर हो उठेगा। धैर्य से काम लेना होगा। डॉक्टरों ने मात्र शंका व्यक्त की है। उनकी शंका निर्मूल भी सिद्ध हो सकती है। डॉक्टरों का क्या है, सही बीमारी का अनुमान लगा पाने के अभाव में एक साथ कई रोगों के सन्देहों से घिरकर वे परीक्षण पर परीक्षण लिख देते हैं...लेकिन सारे तर्क-वितर्क, आश्वासनों और साहस को मुट्ठी में कसे रहने के बावजूद हृदय अनेक अशुभ कल्पनाओं से उद्विग्न हो उठा था। मन तो इस कदर उतावला हो रहा था कि वह न कुछ सोचे, न विचारे। टिकट कटाए और फौरन गाड़ी में बैठ जाए...बस, किसी प्रकार अम्माँ के पास पहुँच जाए...!

सहिष्णुता से काम लो...भैया ने लिखा ही है कि परीक्षण परिणाम प्राप्त करते ही वह तुम्हें तुरन्त लिखेगा...इतनी कमजोर न बनो अंकू!...उसके अन्तर से किसी ने उसे चेतावनी-सी दी। अपने को संयत रखो...हो सके तो किसी मित्र की मार्फत पता लगाओ कि 'टाटा मैमोरियल' में क्या उनका किसी डॉक्टर से परिचय-प्रगाढ़ता या जरिया आदि है, जो अम्माँ के डॉक्टरी परीक्षण और इलाज में सुविधा दिला सके? पहले से सारी जानकारियाँ हासिल कर लोगी तो आवश्यकता पड़ने पर किसी प्रकार की कठिनाई से नहीं गुजरोगी। तुम्हारी पूरी कोशिश होनी चाहिए कि अम्माँ सुचारु इलाज प्राप्त कर सकें। बड़े भैया और भैया खर्च से पीछे नहीं हटेंगे। मँझले दद्दा के राग-वाग थोड़ा निराले हैं। उनसे किसी प्रकार की कोई उम्मीद रखना निरर्थक होगा...और...और...तुम भी समर्थ हो, अपनी सीमाओं और स्थितियों में...।

भीतर से उठी आवाज ने उसे संयत ही नहीं किया, परिस्थितियों के विरुद्ध जूझने के लिए उसमें साहस और नई शक्ति का भी स्फुरण किया। अम्माँ की बहुत पहले कही गई बातों में कितना सार है, यह ऐसी संकटग्रस्त मन:स्थिति में बहुत गहरे से महसूस कर रही है वह!...भीतर इतना कुछ अमूल्य पोटलियों में गठियाया हुआ पड़ा रहता है, जिसे उस भीतर को सौंप, स्मृतियों में सीलकर विस्मृत कर देते हैं हम...कि इन चीजों का अब जीवन या जीने से क्या वास्ता!...कभी अनायास किसी और प्रयोजन से किसी अन्य सूत्र को टटोलती हुई उँगलियाँ अचानक जब इन पोटलियों में से किसी एक से टकरा जाती हैं और...उसकी गाँठ अनायास ढीली पड़ जाती है...तब, उसके कुछ होने का अहसास आँखें खोलता है...भूमि में सुरक्षा की दृष्टि से गाड़कर बिसार दी गई उस अमोल निधि की मानिन्द, जिसके सहसा हाथ लग जाने से ऐसा महसूस होता है कि न जाने कितनी दुविधाओं, दुश्चिन्ताओं और कष्टों से मुक्ति के द्वार खुल गए हैं...।

उसने अम्माँ से कहा था, बम्बई डंक नहीं मारता...अजगर की भाँति पूरा का पूरा निगल लेता है...बचने की किसी भी गुंजाइश से परे, लेकिन उस शहर में उसकी दो जोड़ी आँखें ही नहीं...उसकी लड़ाई में कई जोड़ी आँखें पल-प्रतिपल चौकन्नी उसकी

चौकसी में इर्द-गिर्द बिछी रही हैं। हरीन्द्र, मेहता और एक सीमा तक नीता, वरना हिम्मत न जाने कब की थक-टूट अँधेरे में ढकेल उससे मुँह मोड़ बैठी होती और...।

सुनकर सरौते से महीन सुपारी कतरने में संलग्न अम्माँ की सधी उँगलियाँ अचानक ठिठक गई थीं। उनके झुर्री-भरे मुख पर एक दीप्ति-दृढ़ता अँकुआ आई थी। 'मजबूती अपने अन्तरमन में ही होती है बिट्टी! कोई उसे किसी को दे नहीं सकता। हाँ, उसका मनोबल सींचकर वह उस दृष्टि को विकसित करने में अवश्य सहायक सिद्ध हो सकता है...जो भीतर की अदृश्य शक्ति को अन्वेषित कर व्यक्ति को चुनौतियों का सामना करने का साहस और आत्मविश्वास प्रदान करती है। जिनमें वह शक्ति अन्वेषित नहीं हो पाती, वे संघर्ष से पलायन कर आत्मघात को प्रवृत्त होते हैं या समझौते को...।'

यह अम्माँ हैं! सुनकर अचरज से उसका मुँह खुला रह गया था। जिस स्त्री को अपने जीवन में शिक्षा के नाम पर टाट-पट्टीवाले मदरसे का मुँह देखना भी नसीब न हुआ हो, 'रामायण' और 'कल्याण' पढ़ने की ललक में हठपूर्वक जिसने चार जमात पढ़कर आई हुई घर की सबसे पढ़ी-लिखी बहू का श्रेय ओढ़, बड़ी अम्माँ से सूनी दोपहरियों में ककहरा ज्ञान प्राप्त किया हो, उस स्त्री की जीवन-दृष्टि सचमुच अचम्भित करने वाली थी। लगा था, कागज की इबारतें जीवनानुभवों की पोथियों के समक्ष कितनी सीमित और उथली हैं...!

हरीन्द्र ने अम्माँ की अस्वस्थता की बात सुनकर वही बात दोहराई थी, 'चिकित्सकों का क्या! मजे से जाँच पर जाँच लिख देते हैं। आदमी महीनों दौड़ता रहे तब भी खबर नहीं लग पाती कि असली मर्ज क्या है। जब तक जाँच रिपोर्ट न आ जाए, आलतू-फालतू बातें दिमाग में न पालो। रही टाटा में दिखाने की बात, तो निश्चय ही कोई-न-कोई परिचय निकल आएगा। वैसे तुम मि. गुहा से बात क्यों नहीं करतीं?'

'वे मदद कर सकते हैं?'

'जरूर कर सकते हैं। कुछ वर्ष पहले, जैसाकि मुझे याद पड़ता है, 'फिल्मरस' में अन्य विज्ञापन एजेंसियों के साथ मिलकर कैंसर पीड़ितों की सहायतार्थ किसी फिल्म का प्रीमियर शो रखवाया था...।'

'ऐसा है तो...मिल लेने में कोई हर्ज नहीं।'

'बिलकुल...बल्कि मैं तो कहता हूँ कि तुम आज ही बात कर लो उनसे।'

मि. गुहा बड़ी सौजन्यतापूर्वक मिले उससे। तुरन्त कॉफी मँगवाई उसके लिए उन्होंने। 'टाटा मैमोरियल' में सर्जरी के प्रोफेसर डॉ. कुलकर्णी से तत्काल फोन पर बात की। डॉ. कुलकर्णी ने यही सलाह दी कि वहाँ बायप्सी आदि के चक्कर में समय न जाया करके जितनी जल्दी हो, उन्हें यहाँ लाकर दिखा लेना उचित होगा। एक तो मरीज की उम्र काफी है। रोग किस सीमा तक पहुँच चुका है, इस पर भी मरीज के स्वस्थ होने की बात निर्भर करती है।

'सात की सुबह मैं हफ्ते-भर के लिए बंगलौर जा रहा हूँ...सुविधा के लिए एक पत्र डॉ. कुलकर्णी के नाम लिखे दे रहा हूँ, ताकि अचानक आवश्यकता पड़ने पर उन्हें जाँच करवाने या दाखिल करवाने में तुम्हें परेशानी न उठानी पड़े। डॉ.

कुलकर्णी से मैंने कह दिया है, वे मेरे बड़े अच्छे मित्र हैं और वैसे भी, रोगी के प्रति वहाँ अन्य अस्पतालों की बनिस्बत अच्छा व्यवहार होता है...चिन्तित होने की कोई बात नहीं अंकिता।'

वह उठ खड़ी हुई। विचित्र जरूर लगता है मगर ऐसा होता जरूर है। पूर्व-प्रचलित धारणाओं से आक्रांत जब हम उस व्यक्ति से मिलते हैं तो अनायास उसकी सौजन्यता की ओट में उन अवशेषों के चिह्न उसके प्रत्येक हाव-भाव, स्वर के उतार-चढ़ाव में खोजने लगते हैं, जिनके चलते वह व्यक्ति नहीं, लार सदृश होता है—सिर्फ लार!

'पत्र मैं शेट्टी के हाथ से भिजवाए दे रहा हूँ...'

'आभारी हूँ सर।' कृतज्ञता प्रकट कर वह अपनी मेज पर वापस लौट आई।

ठीक पाँच मिनट बाद शेट्टी डॉ. कुलकर्णी के नाम मि. गुहा का पत्र उसे एक बन्द लिफाफे में दे गया।

बस, उसे भैया की चिट्ठी की प्रतीक्षा है। घर और दफ्तर—दोनों जगह पहुँचते ही वह सबसे पहले चिट्ठियाँ देखती है। भैया दफ्तर के पते पर पत्र नहीं लिखता, बावजूद इसके उसका दिल नहीं मानता। उसे लगता है, शायद यह सोचकर भैया उसे दफ्तर के पते पर भी खत लिख सकता है कि अक्सर 'शो' आदि के चक्कर में वह घर देरी से पहुँचती है। पर पता नहीं, अब तक उसका पत्र क्यों नहीं आया! भैया गैर-जिम्मेदार बिलकुल नहीं है। हो सकता है कि अब तक जाँच के नतीजे उसे न मिले हों, या कुछ और परीक्षण डॉक्टर ने लिख दिये हों और वह सोच रहा हो कि किसी नतीजे पर पहुँचने के बाद ही उसे लिखे।

दिन में एक बार हरीन्द्र को भी फोन कर लेती है कि हो सकता है, भैया ने उसे फोन पर कोई सूचना दी हो! दिन में भैया उसके दफ्तर फोन कर सकता है लेकिन रात-बिरात जरूरत पड़ने पर सिवा हरीन्द्र के कहाँ फोन करेगा? ऐसी बेचैनी में फोन की अहमियत का अहसास होता है। अपने घर पर उसकी कमी खटकती है, भैया पर भी खीज हो आती है कि कभी उसने घर पर फोन लगवाने की बात सोची क्यों नहीं? दरअसल फोन अब सम्पन्नता की नहीं, आवश्यकता की श्रेणी में आ गया है। घर पर फोन लग गया होता तो वह अम्माँ की आवाज सुनकर ही अपने मन को तसल्ली दे लेती।

''कितना काम करता है तुम बाबा!'' शेट्टी ने उसकी आँखों के नीचे एक 'सूचना' किस्म का कागज सरकाते हुए उसे झिड़की-सी दी, ''कभी इधर-उधर भी देखना चइये न कि...दूसरा लोग काम करता है कि मस्ती मारता है?''

''ठीक है, कल से तुम्हारे ऊपर नजर रखूँगी मैं...।'' उसने शेट्टी की नकल की।

''पेले तुम ये कागज पे नजर डालो।''

''कौन-सी मुसीबत लेकर आए हो?''

''थियेटर में तीन बजे शो है : 'कछुवा छाप अगरबत्ती' का...मेहरबानी करके उसका कॉपी चैक करना है आपको...।''

''कुछ और भी लिखा है इसमें...?''

''लिखा है न...लन्दन से कोई 'विकटो एडवरटाइजिंग' का डायरेक्टर आया है...आप सब लोगों के वास्ते प्रसाधन सामग्री पे अपना एकदम नया फिल्म ले के...वो पन देखना है और उसके बाद चाय-कॉफी का रंगारंग कार्यक्रम...।'

यानी छह से पहले फुरसत नहीं मिलने वाली। वह नहीं रुक सकती इतनी देर तक। घर पहुँचने के लिए वह बहुत बेचैन होती है। हो सकता है, घर पर भैया का कोई खत सुबह या दोपहर की डाक से आया पड़ा हो...!

एक के बाद एक स्टेशन पीछे छूट रहे हैं। फास्ट ट्रेन धड़धड़ाती हुई गुजरती चली जा रही है...लोकल ट्रेन न होती तो बम्बई का क्या होता? हजारों व्यक्तियों को ये ट्रेनें कुएँ से लगातार पानी उलीचते रहट की भाँति बस्तियों से खींचकर उन्हें उनके गंतव्यों की ओर उलीच देती हैं जबकि बसों की भागीदारी कम नहीं। इकमंजिली, दुमंजिली बसें कलिंगड़ों लदी बैलगाड़ी-सी मनुष्यों के ढेर रात-दिन ढोती रहती हैं। देखकर आशंका से हृदय काँप उठता है कि सड़क पर भार से तिरछी हुई दुमंजिला बस कहीं उलट गई तो...? हालाँकि तेजी से आगे बढ़ती चली आ रही प्रत्येक बस उसे लुढ़कती हुई प्रतीत होती है। मगर कुछ नहीं होता। अन्देशे कुलबुलाते रहते हैं। मौत कन्धों पर झुलाते लोग भागते रहते हैं। अनुशासित। इतनी भीड़ किसी अन्य शहर की छाती रोयाँ-रोयाँ रौंध रही होती तो निश्चित ही मनुष्य जमीन पर नहीं, एक-दूसरे पर पाँव रखता हुआ आगे बढ़ता। फिर भी आबादी है कि बढ़ती ही जा रही है। अरब सागर को लगातार पीछे ठेलते हुए। दलदल के बीच थूनियों के पखौरों पर झोंपड़े खड़े हो रहे हैं। यही रफ्तार रही तो एक दिन लोग यहाँ के पेड़-पौधों को भी नहीं बख्शेंगे। उन पर पक्षियों के घोंसलों की बजाय आदमी के घरौंदे झूल रहे होंगे और उनमें पक्षियों के कलरव की जगह आदमी के बच्चे लंगूरों-से चिंचिया, खौंखिया रहे होंगे...।

अक्सर सोचती रही...यह शहर बेमुरव्वत क्यों नहीं हो जाता? क्यों नहीं यह विद्रोह कर देता कि अब बस करो? मेरी देह इतना बोझ सहन नहीं कर सकती? मेरी साँसें अवरुद्ध हो रही हैं? मैं धँस रहा हूँ...धँस गया तो? लेकिन किसी को कुछ सुनाई नहीं देता...लोग हैं कि भागे चले जा रहे हैं गूँगे-बहरे! क्योंकि यह शहर उन्हें फुटपाथ पर सुलाता जरूर है मगर ऊसल पावे खिलाकर।

और आज लगता है, शहर बेमुरव्वत होता जा रहा है। शायद इसकी सहन-शक्ति जवाब दे रही है। अजगर होता शहर! जब जिसे चाहे लील ले और लोग हैं कि ऊसल पावे के चक्कर में निरन्तर उसका ग्रास बन रहे हैं...। क्यों अजगर होने को अभिशप्त हो उठा है यह शहर? शहर के प्रति न जाने क्यों मन करुणा से प्लावित हो आया...हमेशा इस शहर को कोसती रही है मगर...पता नहीं क्यों, इस शहर के प्रति कभी मुरव्वत से न भरा मन आज इसके मानव से दानव होती प्रक्रिया के प्रति संवेदनशील हो उठा है...यह शहर और कुछ भले ही दे न दे...आदमी को असल पाँव और छत के नाम पर आसमान अवश्य देता है...उसे स्वयं नहीं मिला है यह आसमान। कैसे मन तड़फड़ाया था शुरू-शुरू में! इच्छा होती थी कि टिकट कटाए और यहाँ से भाग ले। यहाँ की

रफ्तार-भरी जिन्दगी उसकी मुट्ठी में नहीं आ सकती...वह नहीं दौड़ सकती इस शहर के साथ...या तो उसकी उखड़ी हुई साँसें उसे पथरा देंगी या भागते तलुवों से एक शून्यता जहर की भाँति ऊपर संचरण करती बढ़ेगी और वह अचेत होकर कहीं ढेर हो जाएगी।

हरीन्द्र ने सरस्वती कॉलेज में उसकी नियुक्ति की सूचना देते हुए बड़े उत्साह से बम्बई के मौसम का कसीदा पढ़ते हुए लिखा था : 'बम्बई का मौसम हर समय भीगे गुलाबों की खुशबू से सुवासित रहता है। न गरमी की तपिश, न हाड़ कँपा देने वाली ठिठुरन...तीन ओर सागर से घिरे बम्बई की हवाओं में ही नमक नहीं है, यहाँ की पहाड़ियों, घाटियों, हरियाली और चेहरों पर भी उसकी आब महसूस की जा सकती है। यह कतई अलग बात है कि निरन्तर बढ़ती जद्दोजहद ने चेहरों के नमक को सोख उसे लोन लगी दीवारों में तब्दील कर दिया है जो एक सीमा के बाद उसे खोखला करने लगता है, उसकी मजबूती चूस लेता है...।'

यहाँ आने पर एक संझा व्यंग्य से उसने हरीन्द्र को ताना मारा था, 'कैसा शहर है यह हरीन्द्र—न इसका कोई रंग है, न तेवर...!'

'यह शहर तनिक जिद्दी प्रकृति का है अंकिता जी...जल्दी किसी से घुलता-मिलता नहीं...लेकिन जब किसी को यह अपना लेता है, अपने रंग और तेवरों से उसे ऐसा सम्मोहनबद्ध करता है कि इसके समक्ष सारे शहर फीके, विपन्न, अनुशासनहीन और ऊष्मारहित प्रतीत होने लगते हैं।'

ट्रेन की रफ्तार के संग प्रतिपल पट-परिवर्तन करते दृश्यों से क्या वह ऐसा ही रिश्ता नहीं महसूस करने लगी है इधर...?

शायद इसी आत्मीयता ने रात उसे कुछ और अहसासों से भी जोड़ा है। नीता की बात ने उसे अपनी धारणाओं और सोच की दिशाओं को फिर से खँगालने को विवश किया है। उसका कहना है कि मि. भोजराज तुम्हारी सिफारिश करते भी तो किसी व्यक्तिगत कारण से नहीं...तुम न उनकी प्रेमिका हो, न मित्र, न सम्बन्धी...तुम मात्र उनके लिए एक बेहतर कॉपी लेखक हो और...और। एक बात उसे अवश्य महसूस हो रही है कि 'संवाद' में अपने आवेदन को लेकर वह उन्हें फोन करती न करती, नये वर्ष की शुभकामना देते हुए एक औपचारिक फोन तो कर ही सकती थी। नीता अतार्किक नहीं है कि भोजराज जी अत्यन्त शालीन और अतिव्यस्त उद्योगपति हैं, बावजूद इसके वे जब भी 'फिल्मरस' आते हैं, उससे विशेष रूप से मिलने भाषा-विभाग अवश्य आते हैं। शीघ्रता में होते हैं तब भी उसकी किसी से खैरियत तलब करना नहीं भूलते। एक वह है...सभी धान ढाई पसेरी की लीक पर चलते हुए उनके संग भी वैसा ही व्यवहार करती है जैसाकि औरों के संग। शायद मि. मैथ्यू के छद्म व्यवहार से क्षुब्ध हृदय सभी के प्रति आशंकित और अविश्वासी हो उठा है...हालाँकि नीता ने मन में मैथ्यू के प्रति पड़ी उस फाँस को निकालने और मामले में उसकी मजबूरी को स्पष्ट करने की भी कोशिश की थी किन्तु यह मलाल अब तक वह अपने मन से नहीं खदेड़ पाई है कि अपनी मजबूरी को मैथ्यू उसके साथ नहीं बाँट सकता था। उनमें आपसी समझ और संवाद की कमी नहीं थी। तब शायद वह न भ्रम का लक्ष्य होती, न उसे गलत समझती। जब भी कहीं

किसी जगह मैथ्यू से संयोगवश सामना हो जाता है, वे पुरानी सहजता से एक-दूसरे से मिल नहीं पाते। मैथ्यू अव्यस्तता के बावजूद व्यस्तता का नाटक रचने लगता है...और वह भी उसी बहाव में बँधकर इस रस्म का हिस्सा बनने लगती है...।

हर्ज ही क्या है मि. भोजराज से कुशलक्षेम जानने के बहाने उन्हें फोन कर लेने में ? कोई हर्ज नहीं। अपने संकोच को बस तनिक ताक पर रखने की जरूरत है। हर समय उसे ओढ़े-बिछाए आशंकित बने रहना कि कोई उसके व्यवहार को किन अर्थों और सन्दर्भों से जोड़कर नजर गहरी कर लेगा या तिरछी—व्यर्थ की द्विविधा है। व्यावहारिकता अपनी सीमारेखा में दोष नहीं। अधिक-से-अधिक यही होगा, वे आइन्दा वह उन्हें फोन करने की बात भूल जाएगी।

किरपेकर को अपनी मेज पर बैठा हुआ देखकर उसे सुखद आश्चर्य हुआ। माँ के क्रियाकर्म के सिलसिले में वह अपने गाँव कोल्हापुर गया हुआ था। सिर पर बँधा हुआ रूमाल, कागजों पर झुकी हुई गरदन, विभाग में व्याप्त नीरवता—कुल मिलाकर कुतरती हुई एक बोझिल उदासी की सृष्टि कर रहे थे। चुभने वाली बात थी किरपेकर की विभाग में मौजूदगी और मौजूदगी के बावजूद सन्नाटा। पल-पल व्यंग्य-विनोद की सरस फुलझड़ियाँ छोड़ने वाला किरपेकर अपनी जगह कोई अन्य वजूद प्रतीत हो रहा है...उससे मिल लेने की उत्कंठा दबा नहीं पाई। हालाँकि तय करके आई थी कि दफ्तर पहुँचकर सबसे पहले 'आईना' की दो अग्रिम किस्तें लिखकर भिजवा देगी। रात घर पर मच्छरों के उत्पात ने कलम हाथ में पकड़ने ही नहीं दी। फ्लिट का डिब्बा खतम हो चुका था, बाजार जाकर नया खरीद लाने की हिम्मत नहीं जुटी। ढूँढ़-ढाँढ़कर कछुआ छाप अगरबत्ती के कुछेक टूटे टुकड़े उलटी कटोरी की पीठ पर सुलगाकर राहत का जतन किया, मगर मन जो एक बार उचटा, फिर लिखने में नहीं रमा।

मिल ही ले। पर्स और धूप का चश्मा दराज के हवाले कर वह किरपेकर की मेज की ओर बढ़ी।

''कैसे हो...कब लौटे ?'' स्वर में उत्साह घोलने की जबरन कोशिश की।

''परसों ही...बैठो।''

वह कुर्सी खींचकर बैठ गई। ''यहाँ कौन-कौन है अब ?'' उसने अफसोस प्रकट नहीं किया, कुरेदना ही होता न!

''बाबा को गाँव छोड़ आया हूँ...कुटुम्बीजनों के साथ थोड़ा मन बहल जाएगा। कुछ दिनों त्र्यंबकेश्वर भी रहने की इच्छा है उनकी। मंगला और बेबी साथ लौट आए हैं...बेबी बहुत हुड़कती है...पूरे घर में खोजती फिरती है माँ को...'आजी कुठे गेली ?' यदा-कदा बुखार रहने लगा है। कितना कठिन है बच्चे को बहलाना...!''

''सचमुच कठिन है।'' उसका स्वर भारी हो आया। दूसरे पल चेती। यह क्या कर रही है...इस तरह दरका सकती है उसके हृदय पर चढ़ी हुई आघात शिलाओं को ?

''हमें लगता है...बच्चे नादान होते हैं, भूल-भाल जाते हैं बड़ी जल्दी...खूब समझते हैं वे...डेढ़ साल के बित्ते-भर के भतीजे साहब हैं हमारे टुन्नी मियाँ...जो जी में आता

है, कागज पर खिंचा-खुँचूँ चिट्ठी लिखते हैं जनाब हमको। लिखते ही नहीं, दिखाते फिरते हैं सभी को। कुप्पा हो—'बुबू त्तित्ती। बुबू त्तित्ती' —मजेदार बात यह है कि उन्हें भूल से भी कहीं कोई कागज का टुकड़ा दिख जाए, बस...लपककर दावा ठोंकने लगते हैं—बुबू त्तित्ती...'' बताते हुए आनन्दविभोर हो भाड़ में खिलते लावों-सी हँसी चटखी तो पलों तक उसे अपनी गिरफ्त में बाँधे रही।

अगले ही पल अपनी बचकानी हरकत पर झेंप-सी हुई।

मगर किरपेकर पर अनुकूल असर हुआ। भारी मन छटा, उदास निर्मल स्मित होंठों पर खिंच आया। ''बच्चों की दुनिया बड़ी निश्छल होती है।''

''सचमुच...'' सहज करती-सी। ''एक स्तम्भ शुरू किया है, 'आरम्भ' में...'आईना' शीर्षक से।''

''अच्छा! कब से?''

''पिछले दिनों ही। आज उसकी किस्त भेजने की डेड लाइन है और...अब तक लिखना शुरू नहीं किया...चलती हूँ मगजमारी करने।''

''पिछले अंक देना, पढ़ूँगा...।'

''जरूर...पाठकों की बड़ी किल्लत है साहब।''

किरपेकर ने उपस्थिति जताने वाले अन्दाज में फौरन हाथ ऊपर उठा दिया, ''एक ग्राहक पक्का। वैसे हिन्दी पढ़ने में अपन को मुश्किल नहीं होती, फकत तुम जैसे बड़े लेखकों की हिन्दी जरा कम समझ में आती है फिर भी हिम्मत नहीं छोड़ेंगे...देना।'' घटाटोप से मुक्त होते आसमान-सा किरपेकर का वही पुराना अन्दाज था।

''मैदान न छोड़ना...हिन्दी से मराठीवाली डिक्शनरी अंकों के साथ होगी।''

अवसाद की परत कुछ और दरक गई। किरपेकर दबी हँसी हँस दिया।

''फिकर न करना, तुम जैसे लोगों का साहस बढ़ाने के लिए उसका भी इन्तजाम है अपने पास...।''

लोग आने शुरू हो गए थे। किरपेकर पर दृष्टि पड़ते ही संवेदना प्रकट करने की मंशा से वे इस ओर बढ़ते दिखे। रुकी तो पाँच-दस मिनट और फँस जाएगी। एकदम से बीच में से उठना अटपटा लगेगा। उठ खड़ी हुई, ''अच्छा...।''

''अंक देना...।''

''कल...पक्का।''

अपनी मेज पर पहुँचकर अचानक समय का खयाल हो आया। कलाई मोड़कर घड़ी पर दृष्टि डाली। ग्यारह होने को हैं। लिखने में दत्तचित्त हो गई तो फिर बीच में काम रोककर मि. भोजराज को फोन कर पाना सम्भव नहीं होगा। नीता ने बताया था, उनसे सम्पर्क करने का उपयुक्त समय ग्यारह से एक के बीच का है। लंच के बाद वे कहाँ होंगे, कोई बता नहीं सकता। हो सकता है कि तुम इस अवधि में फोन करो, फिर भी वे उपलब्ध न हों। मगर यह तो सम्भव है कि तुम उनकी सेक्रेटरी से अगले किसी दिन उनसे फोन पर मुलाकात करने का समय माँग लो।

आज नहीं कर पाई तो निश्चित ही कल फोन कर पाना सम्भव नहीं होगा। मुश्किल से मन बना पाई है। वही उसे औपचारिक नहीं होने देता। इन लटकों से भी तनिक घबराहट होती है। तनिक क्या, पूरी। पहले सेक्रेटरी को हुलिया दर्ज करवाओ! वह समय दे। दिन दे। बात करवाने की कृपा करे, तब बात हो सकती है।

ऊहापोह में क्यों पड़ रही है? करना चाहती है तो अभी का मतलब है बस, इसी क्षण। ठीक! उसने पर्स में से डायरी निकाली। डायरी में मि. भोजराज का नम्बर ढूँढ़ा। खाली टेलीफोन और खाली मेज के लिए इधर-उधर दृष्टि दौड़ाई। सलीम की मेज दोनों ही शर्तें पूरी कर रही है। उठी और सलीम की मेज की ओर बढ़ गई। फ्रीलांसर को मेज-कुर्सी, कागज, पेंसिल सब मुहैया हैं—टेलीफोन नहीं। किसी का फोन इस्तेमाल करते हुए पहले बड़ी झिझक महसूस होती थी, अब भी होती है मगर पहले जैसी नहीं।

नम्बर मिलने में दिक्कत नहीं हुई। उधर से शायद सेक्रेटरी थी। मृदुभाषी। चुस्त। महीन स्वरवाली, "बात हो रही है उनकी किसी से...प्रतीक्षा कीजिए। नाम जान सकती हूँ आपका?"

"अवश्य...अंकिता, 'फिल्मरस' से।"

"धन्यवाद...होल्ड कीजिए।"

मस्तिष्क द्वंद्व में उलझ गया। मि. भोजराज सहज हुए तब भी बात कैसे शुरू कर पाएगी कि यह अचानक आज उसे फोन की कैसे सूझी? न कोई कारण, न सन्दर्भ, न अवसर, न प्रयोजन!

"लीजिए, बात कीजिए मैडम...सर लाइन पर हैं।" सेक्रेटरी की मृदु आवाज ने उसे चिकोटी-सी काटी।

"हलो यंग लेडी...कैसी हैं आप?" अप्रत्याशित उत्साह।

हौसला बढ़ा, "बढ़िया भोजराज जी...आप कैसे हैं?"

"बहुत, बहुत बढ़िया।"

"संकोच हो रहा है फिर भी सोचा, विलम्ब से ही सही, नववर्ष पर अपनी शुभकामनाएँ आप तक पहुँचा दूँ...।" तुरन्त बात बनाई—बात आगे बढ़ाने का संकट झेलते हुए।

"स्वागत...!" स्वच्छ हँसी का झोंका लहराता उसकी ओर बढ़ आया, "आभारी हूँ अंकिता जी...संकोच न कीजिए, तकरीबन दो महीने से मैं देश से बाहर था—लौटकर ब्याज समेत शुभेच्छाएँ हथिया रहा हूँ...कैसा विचित्र संयोग है...!"

"संयोग...?"

"जी, कल ही आपकी चर्चा अपने सहयोगियों से कर रहा था...और आज आप फोन पर स्वयं उपलब्ध हैं, सुखद संयोग नहीं है यह?"

वह सतर्क हो आई।

"चर्चा! कैसी चर्चा?"

"पहले यह बताइए, इन दिनों क्या कर रही हैं आप?"

"आप कुछ संदिग्ध बातें कर रहे हैं...?"

"घबड़ाइए नहीं, कोई मुकदमा दायर करने नहीं जा रहा मैं आपके खिलाफ। बस, आपको जरा घेरना है।"

"तो...फ्रीलांसर को बेरोजगार ही कहना चाहिए न?"

प्रत्युत्तर में हँसी उन्मुक्त हो आई। साधने की कोशिश में बात झकझोले खाती-सी पहुँची उस तक, "चुटकियों में बात कहने की कला कोई आपसे सीखे।"

"स्कूल खुलवा दीजिए...टाट-पट्टी में भी काम चला लूँगी।"

"मुकर तो नहीं जाइएगा... ?"

"बस, यही काम नहीं सीख पाए हम।"

"समझिए, काम हो गया।"

वह खिन्नता-भरी हँसी हँस दी।

"आपको विश्वास नहीं हो रहा अंकिता जी? दरअसल...हमारी एक हाउस एजेंसी खोलने की योजना है...काफी पुराना विचार है। बहुत से फायदे हैं उसके...यही कि तकरीबन तीन-साढ़े तीन लाख का वार्षिक बजट है। हमारे अनेक उपकरणों के प्रचार अभियान का...हम स्वयं अपने लिए काम करेंगे तो एक फायदा यह होगा कि हम अपनी विज्ञापन-फिल्में स्वयं निर्मित करेंगे, 15 प्रतिशत कमीशन बचेगा, आर्ट वर्क आदि के खर्चे अलग से...कुछ खाते हम बड़ी आसानी से अपने लिए प्राप्त कर सकते हैं, कुछ के लिए कोशिश हो सकती है...मुझे उम्मीद है कि डटकर प्रयत्न किया जाए तो बहुत शीघ्र एजेंसी अपने पाँव पर खड़ी हो सकती है...।" वे ठहरे। उसकी प्रतिक्रिया टोहते से।

"योजना बुरी नहीं है...।"

"बुरी नहीं है तो सहयोग कीजिए।"

"मैं... ?" वह सुनकर सकते में आ गई। कानों पर अविश्वास-सा हुआ। खट्, खट्, खट्, खट्! बातों के सूत्र जुड़ते चले गए। क्या सचमुच मि. भोजराज ऐसा सोच रहे हैं? सचमुच?

"आपसे सम्पर्क करने ही जा रहे थे हम अंकिता जी, हम पैसा लगा सकते हैं, सुविधाएँ जुटा सकते हैं, विपिन्न हैं तो अनुभव में...समयाभाव दूसरा कारण है...अपनी इस योजना को कार्यान्वित करने के उद्देश्य से हम विज्ञापन के माध्यम से जुड़े हुए अनुभवी और समर्थ व्यक्तियों का अपहरण करना चाहते हैं और...आप उनमें से एक हैं...।"

उसके उत्तर की प्रतीक्षा किये बिना दन्न से उन्होंने अलग प्रश्न किया, "फुरसत में होंगी इधर?"

वह स्तब्ध-सी हो आई। भूखे के सामने अचानक मोदक-भरा थाल!

"विस्तार से बात करनी है...परसों सुबह ग्यारह के करीब सम्भव है?"

"मिल सकते हैं...।" सौजन्यता ही भूल रही है वह।

"दफ्तर आना पसन्द करेंगी या कहें तो मैं आपके दफ्तर आ जाऊँ... ? कहीं बाहर भी मिल सकते हैं?"

"आपका दफ्तर ही ठीक रहेगा।"

अपने यहाँ बुलाना उसे उचित नहीं लगा। एक तो यहाँ निःसंकोच सविस्तार बातचीत सम्भव नहीं। दूसरे, मि. भोजराज छोटे-मोटे व्यक्ति नहीं हैं। एक उद्योगपति का विशेष रूप से उससे मिलने आना लोगों के लिए कानाफूसी का विषय हो सकता है। अटकलें जन्म लेने लगेंगी। चलो, उसकी परवाह न भी करे मगर खुद ही नहीं चाहती कि जब तक बातचीत कोई परिणाम हासिल न कर ले, अटकलों को जन्म देना मुनासिब नहीं, राजनीति से भी बचना होगा। पता नहीं कब, कौन, किस विधि उसका अहित कर जाए!

"तो परसों मिलते हैं...हाँ, ठीक ग्यारह बजे गाड़ी आपको लेने 'फिल्मरस' पहुँच जाएगी...।"

"औपचारिकता में क्यों पड़ते हैं...?"

"औपचारिकता कैसी...? यह तो हमारा स्वार्थ है...आप नहीं जानतीं, हमारे उत्पादनों के लिए आप बड़ी भाग्यशाली हैं...। आपसे पहले बहुतों ने हमारे लिए कॉपियाँ तैयार की हैं, जिंगल्स लिखे हैं...लेकिन वे हमारी बिक्री में इजाफा नहीं कर पाए...वेस्ट ऑफ लक अंकिता जी...।"

"धन्यवाद!" वह कृतज्ञ हो आई।

"तो मिलते हैं...परसों सुबह...!"

फोन रखकर क्षण-भर को वह किंकर्तव्यविमूढ़-सी हो उठी। सचमुच भाग्य नाम की कोई चीज होती है शायद, कि अचानक कोई छप्पर फटता है और आप पल-भर में वह नहीं रह जाते, जो होते हैं...।

धैर्य, धैर्य! बहुत फुदकने की जरूरत नहीं है अभी। तेल देख ले, तेल की धार देख ले। कहीं मैथ्यू के आश्वासन की भाँति यह प्रस्ताव भी उसके लिए मृगमरीचिका न साबित हो। हालाँकि मैथ्यू की अपनी मजबूरी थी और अगर मि. भोजराज की भी ऐसी कोई मजबूरी आड़े आ गई तो...? सही बात का पक्ष लेने का साहस जब खाते में परिवर्तित हो उठता है, वह चुनौती स्वीकार करने के बजाय गले में मजबूरी का फंदा कसकर आत्मघात को प्रवृत्त हो उठता है। ऐसे में किसी के साथ न्याय कैसे हो सकता है! हो क्यों नहीं सकता? जरूर हो सकता है। प्रतिकार करने की हिम्मत सँजोनी होगी। मुकाबले को कटिबद्ध होना पड़ेगा। विज्ञापन का व्यापक बाजार है। सक्सेना जैसे खातों की कमी नहीं है। कमी है, जी-तोड़ परिश्रम की, उन्हें खोजने की। मगर परिश्रम की रीत ही खत्म हो गई है। यहाँ कूटनीति और जोड़-तोड़ इस उद्योग की शिराओं में बहने लगी है। झपटो, मारो, खाओ उसका स्वभाव हो गया है। इन्हीं दुर्बलताओं का लाभ उठाकर स्त्री को वस्तु समझनेवाले सक्सेना जैसे कामुक-कुटिल खाते एजेंसियों को अपनी उँगलियों पर नचाते हैं और स्त्रियों का शोषण करते हैं। जब तक इनके एकाधिपत्य को छिन्न-भिन्न नहीं किया जाएगा, शोषण कुचक्र से मुक्ति सम्भव नहीं...।

लेकिन यह करेगा कौन?

मि. मैथ्यू जैसे लोग कर सकते हैं। मैथ्यू चाहता तो सक्सेना जैसे कामुक खाते पर लात मार देता।

मगर किसलिए मार देता?

मित्रता के नाम पर? प्रतिभा की कद्रदानी और प्रतिष्ठा के नाम पर?

नहीं! नारी के लिए। उसके आत्मसम्मान के लिए...। मैथ्यू जागरूक है। बुद्धिमान है। समर्थ है।

होगा! ऐसे लोगों से यह दुनिया पटी पड़ी है। उनकी समस्त जागरूकता प्रदर्शन है। प्रभावित करने का हथकंडा! ऐसे पलायनवादी कुरीति से कैसे लड़ सकते हैं? जो स्वयं उस व्यवस्था के हिस्से हैं? हानि-लाभ का गणित जो चलता रहता है उनके मस्तिष्क में!

ठीक है...लेकिन कड़वी सच्चाई यही है कि आप अगर आत्मसम्मान से न जीना चाहें तो कोई उसे जीने नहीं देगा। न कोई आपको वह 'जीना' दे सकता है। उसे अर्जित करने का संघर्ष आपको स्वयं झेलना होगा...और वह...आत्मसम्मान से जीना नहीं छोड़ सकती...।

अगर मि. भोजराज की भी ऐसी कोई मजबूरी हुई तो उस सन्दर्भ में भी उसका यही निर्णय होगा; वह इस्तेमाल नहीं हो सकती।

किन द्वंद्वों में फँस जाती है! बाल की खाल निकालने की अपनी आदत से अब उसे उबर आना चाहिए। एक स्वस्थ वातावरण में जो सपना जन्म लेने जा रहा है, उसके प्रति इस सीमा तक आशंकित होकर सोचने की क्या जरूरत है? आखिर...सुधांशु, सक्सेना, वर्मा, मैथ्यू, तिलक, सरस्वती कॉलेज के प्रधानाचार्य मि. ललित ही तो जीवन का सम्पूर्ण अनुभव नहीं हैं?

चार

'प्रयोग' के सहन में एकत्र अच्छी-खासी भीड़ देख उसे अनुमान हो गया कि 'शो' में कॉफी लोग आमंत्रित हैं। भीड़ के मध्य उसके भीतर असमंजस-भरी ऊबन अकुलाने लगती है। उसे लाँघते हुए 'हलो', 'हाय' की औपचारिकता निबाहना असमय हो रही परीक्षा में बैठकर प्रश्न-पत्र हल करने-सा कष्टकर प्रतीत होता है। तिस पर यह अजीब प्रचलन कि एकाध मुलाकातों में ही आलिंगनबद्ध हो एक-दूसरे को चूम-चामकर यूँ दर्शाना, जैसे वे वर्षों पुराने अन्तरंग हों और लम्बे बिछोह के बाद एक-दूसरे से मिल रहे हों—उसे बड़ा नागवार गुजरता है। वितृष्णा होती है इन चोंचलों से। संकोच के मारे वह नजरें बचाती फिरती है। लेकिन सम्भव कहाँ हो पाता है बचना! अपनी नजर बचा लेने मात्र से, दूसरों की नजरों से बचकर निकला जा सकता है कहीं? मन मारे अभिवादन करती और स्वीकारती वही परिचितों से कटने को—'माफ करिएगा'—जुमला दोहराती हॉल की ओर यूँ तेजी से बढ़ी मानो भीतर सीट पर बैठा कोई उसकी प्रतीक्षा कर रहा हो और उसे पहुँचने में विलम्ब हो गया हो...!

अक्सर भीड़ के प्रवाह में उसे धक्कम-पेल से बचाने के उपक्रम में अनायास मेहता की बाँह उसकी देह को अपने घेरे में ले लेती है...जो छुअन न तरंगित करती है, न

चौकन्ना...बस, कँटीले तारों की बाड़ का-सा सुरक्षा-भाव आहिस्ता से उसे अपने आलिंगन में कस लेता है। वह सोचती है, भीड़ बहाना नहीं हो सकती है...भीड़ में मित्रता की यह बाड़ कितनी जरूरी महसूस होती है, क्यों?

हॉल के दरवाजे के एक ओर खड़ी हुई किसी पुरुष के संग बतियाने में मग्न, अंग्रेजी की महिला पत्रिका 'धारा' की फीचर सम्पादिका शोभना जगदीप से अचानक उसका चेहरा घूमते ही दृष्टि मिल गई। उपेक्षा कर आगे बढ़ना मुमकिन नहीं था।... तो प्रेस भी आमंत्रित है?

दरअसल नीता का कोई काम प्रदर्शन और कामना से मुक्त नहीं होता। वह उस चपला बच्ची के समान है, जिसकी प्रत्येक लीला उपस्थितों से प्रतिक्रिया में अपने लिए विशेष ध्यान ही नहीं चाहती, उसकी दृष्टि में अपने भिन्न होने का प्रशंसात्मक भाव और महत्त्व भी अर्जित करना चाहती है। वह ऐसे अवसरों पर टिप्पणी किये बिना नहीं रह पाती, 'लोगों को घेरना नहीं हुआ यह?'

'घेरना जरूरी नहीं, अंकू?'

'कम-से-कम मुझे नहीं लगता...'

'क्या लगता है तुम्हें?'

'यही कि...कुछ विशिष्ट हुआ है तो लोगों को स्वाभाविक रूप से उस ओर आकृष्ट होने देना चाहिए...।'

'विज्ञापनबाजी में आकंठ डूबे हुए इस माहौल में यह सम्भव है?'

'असम्भव भी नहीं।'

'असम्भव ही है। पुरानी बात है लेकिन आज भी उतनी ही कि प्रासंगिक...बच्चा न रोए तो उसे अपनी माँ भी दूध नहीं पिलाती...फिर, सही समय पर सही मूल्यांकन प्रतियोगिता में प्रतियोगी की सामर्थ्य और संघर्ष को चुनौती ही नहीं प्रदान करता, उसे जूझने की अकूत शक्ति से भी सम्पन्न करता है...वरना वही निहाद होती है : जंगल में मोर नाचा किसने देखा...!'

''हाय, अंकिता!'' शोभना ने उत्साहपूर्वक आगे बढ़कर उसकी दोनों हथेलियाँ मुट्ठी में कस लीं। उलाहना धीरे से उसकी ओर सरकाया गया, ''कभी फोन नहीं करोगी न!''

उससे झूठ नहीं बोला गया, ''पढ़कर खूब याद करती रहती हूँ।''

''मैं पढ़कर फोन भी करती हूँ। सीट पर मिलो न मिलो, यह अलग बात है।'' शोभना ने तुनकने का असफ़ल अभिनय किया। फिर एकाएक लज्जित होती हुई पास खड़े व्यक्ति से उसका परिचय कराने लगी, '' 'वीकली' के सेनगुप्ता साहब हैं...मिली होगी पहले?''

आदिवासी इलाकों पर अक्सर उनके विस्तृत फीचर वह पढ़ती रही है। कुछ अच्छा लगा। पढ़े-लिखे व्यक्तियों से मिलने जैसा अहसास।

सेनगुप्ता भद्र पुरुष लगे। उसकी आँखों में सीधे देखते हुए विनम्र स्वर में बोले, ''गोष्ठियों और पार्टियों में शायद देखा जरूर है...परिचय पहली बार हो रहा है।''

वह हाथ जोड़ती हुई मुस्कुराए बिना नहीं रह सकी। "हो सकता है...वैसे गोष्ठियों और पार्टियों में कम ही जाना होता है मेरा। मुझे ऐसा लगता है कि...आपको मैंने शायद 'जैन हाउस' में देखा है...।"

"अरे हाँ...यह सम्भव है सेन साहब, अंकिता आपके यहाँ से निकलने वाले 'आरम्भ' साप्ताहिक में बाकायदा स्तम्भ लिखती है...।"

सेनगुप्ता ने विस्मय-भरी प्रसन्नता जाहिर की, "अच्छा!"

"जी," शोभना ने आँखें चमकाईं, "और बहुत बढ़िया लिख रही है...कभी-कभार हिन्दी भी पढ़ा करिए न!"

सेनगुप्ता ने शोभना की टिप्पणी पर अधिक ध्यान न देते हुए सीधे उससे सवाल किया, "एक बात बताइए अंकिता..." वे उसका सरनेम जानने की आशा से नाम के आगे 'खाली स्थान भरो' वाली मुद्रा में वाक्य अधूरा छोड़कर उसे प्रश्नवाचक दृष्टि से देखने लगे।

उनका आशय भाँपते उसे देर नहीं लगी, "सिर्फ अंकिता!"

"बढ़िया...हाँ, तो अंकिता जी, यह बताइए कि अंग्रेजी के समान हिन्दी में साहसिक रिपोर्टिंग या निर्भीक स्तम्भ लेखिकाएँ क्यों नहीं हैं?"

"गौरतलब प्रश्न है। एक पक्ष यह लगता है कि इस पेशे के हक में जिस निर्मम ईमानदारी, पैनी दृष्टि, वैचारिक सम्पन्नता, साहसिक पहल, खोजी प्रवृत्ति और तटस्थ अभिव्यक्ति की दरकार होती है, वह वस्तुत: शिक्षा और परिवेश से आती है और..."

"आपका मतलब कि हिन्दी-भाषियों में यह वातावरण अनुपस्थित है?"

"दुर्भाग्य से अनुपस्थित ही है लगभग...क्योंकि अन्य प्रदेशों की तुलना में हिन्दी प्रदेश स्त्रियों के मामले में अनेक कुप्रथाओं और रूढ़ियों से गहरे जकड़ा हुआ है...इस पिछड़ेपन और संकीर्णता के ऐतिहासिक, सामाजिक कारण हो सकते हैं लेकिन ये सारी चीजें निश्चित ही उसके लिए सीमाएँ बन गई हैं। आपको क्या बताना!" उसका स्वर विक्षुब्ध हो तनिक भावुक हो आया, "जहाँ आज भी स्त्री का आधी रात के अलावा पति से मिलना वर्जित हो, वहाँ इस चुनौतीपूर्ण पेशे में उसकी उपस्थिति असम्भव नहीं तो कुछ वर्षों पहले तक अपवाद अवश्य थी।...वैसे, इधर आप अवश्य महसूस कर रहे होंगे कि शिक्षा के चलते वातावरण में जागरूकता का प्रवेश हुआ है...कुछ लड़कियाँ इस क्षेत्र में आई ही नहीं हैं, बाकायदा अपनी उपस्थिति का आभास भी करा रही हैं...मगर स्थिति बहुत उत्साहवर्द्धक नहीं है—ऊँट के मुँह में जीरे के समान।"

"प्रतिशत का प्रश्न मैं नहीं उठा रहा।" सेनगुप्ता उसके विचारों से अंशत: सहमत होते हुए बोले, "मेरा तात्पर्य उनसे है, जो बाकायदा पत्रकारिता कर रही हैं और प्रतिष्ठित अखबारों में हैं...उनका प्रस्तुति-स्तर इतना उथला क्यों है...?"

"उन्हीं गुणों का अभाव...अपने परिवेश से वे निकल अवश्य आई हैं, किन्तु मानस पर पड़े उन गहरे प्रभावों से इतनी जल्दी मुक्त कैसे हो सकती हैं? उनमें वह एक्स-रे दृष्टि विकसित नहीं हो पाई है जो व्यवस्थागत कुचक्रों के व्यूह को भेद उन षड्यंत्रों पर से साहसपूर्वक परदा खींच सके, जो जनसाधारण की हित-चिन्तना की आड़ में

परम-कुशल नटों द्वारा सतत खेली और खिलाई जा रही है। दूसरा पक्ष, जो मुझे आज बड़ी शिद्दत से महसूस हो रहा है, वह है कि स्त्रियों में जागरूकता आ भी जाए मगर मुश्किल उसके महत्त्व की है—वह अपनी जागरूकता का इस्तेमाल कहाँ करे? स्थिति कुछ व्यक्तियों से नहीं बदलती—पूरे परिवेश की मानसिकता बदलने से बदलती है। दुख यही है कि हम स्त्रियों के जागरूक होने की बात तो सोच रहे हैं मगर उस पूरक हिस्से के जागरूक होने की बात बिलकुल नहीं उठा रहे जिसके बिना सार्थक परिवर्तन की कल्पना अधूरी है। खैर, इस बात को यहीं छोड़ें तो कहना चाहूँगी कि वास्तव में...स्थिति इतनी निराशाजनक नहीं है जितनी कि आप चिन्ता कर रहे हैं मि. सेनगुप्ता...। जरा मेरी बात पूरी हो लेने दें...'' उन्हें कुछ कहने के लिए उद्यत पाकर उसने उन्हें बरजा, ''बहुत कुछ ऐसा भी है जिस पर आप लोगों की नजर नहीं पड़ पाती...आप इस धारणा से भी जकड़े हुए हैं कि हिन्दी पत्रकारिता चाहे पुरुषों द्वारा की जा रही हो या स्त्रियों द्वारा, वह दोयम दर्जे की चीज है...यह भेदभाव प्रतिष्ठानों द्वारा भी बरता जाता है...। अपने यहाँ से निकलने वाली पत्र-पत्रिकाओं की ओर देखिए...उन्हें मिलने वाली सुविधाओं और पारिश्रमिक को देखिए...एक लेख पर जितना पारिश्रमिक अंग्रेजीवाले को मिलता है...क्या हिन्दीवाले को दिया जाता है? हिन्दी में पत्रकारिता के साथ बँधुआ मजदूरों जैसा ही सुलूक हो रहा है, कि उसे उतना ही भोजन दो कि वह हर वक्त पेट की आग से ग्रस्त पराश्रयी बना रहे और अपने पैरों पर कभी खड़ी न हो सके...। सच कहूँ तो...अंग्रेजी-वाले उस महिला के समान हैं जो स्लीवलेस पहनकर अपने को परम आधुनिक समझने का भ्रम पाल लेती है...यही वजह है कि हिन्दी में अगर कुछेक महिलाएँ तमाम असुविधाओं और अपने परिवेशगत संकोचों के बावजूद बेहतर लिख रही हैं तो उनकी लेखनी को बाकायदा 'हिन्दीवाली' मानकर उपेक्षा की जाती है और...''

''आप रिएक्ट कर गईं अंकिता जी...मैं हिन्दी और अंग्रेजी के लफड़े में नहीं पड़ना चाहता...न उनके बीच के भेदभाव को उठाना मेरा आशय था।''

बहस के इस मोड़ ने अब तक मौन साधे उन्हें सुन रही शोभना को भी उकसाया। वह हस्तक्षेप किये बिना नहीं रह पाई। अपनी खामोशी तोड़ती हुई बोली, ''अंकिता के इस तर्क में दम है सेनगुप्ता साहब! यह हिन्दी और अंग्रेजी का लफड़ा नहीं है...भाषा की अस्मिता का प्रश्न है। इस बात से तो आप भी सहमत होंगे कि पर्याप्त सुविधाएँ और सहयोग व्यक्ति की परिश्रम-क्षमता और उसकी विचारशक्ति को अधिक ऊर्जावान, गहन और पैना बनाती हैं। आपने हिन्दी की स्तम्भकार आकांक्षा पांडे का नाम सुना होगा...कुछ समय तक हम अपनी पत्रिका में उनका स्तम्भ अनुवाद कराके नियमित छापते रहे हैं...मैं साक्षी हूँ...वे लगातार विरोध प्रकट करती रहीं कि उन्हें फीचर और स्तम्भ का उचित पारिश्रमिक नहीं दिया जा रहा...वे दिये जानेवाले पारिश्रमिक से घोर असन्तुष्ट हैं, मगर हमारी सम्पादिका के कान पर जूं तक नहीं रेंगी, जबकि...''

''इसमें भेदभाव कहाँ से आ गया शोभना? उनके लेखों की गुणवत्तानुसार तुम्हारी सम्पादिका को जो उचित प्रतीत हुआ होगा, देती रही होंगी या देती हैं...।''

"आपने शोभना की बात पूरी नहीं होने दी सेनगुप्ता साहब!" उसने उनके तर्क पर ध्यान न देते हुए किंचित् मुस्कुराते हुए टोका।

सेनगुप्ता का खिंचता हुआ चेहरा अचानक ढीला हो आया, "कहो, कहो शोभना, क्या कहना चाह रही थीं तुम?"

"लगता है, आप अन्यथा ले बैठे।" शोभना ने कटाक्ष किया।

"दो पाटों के बीच में इसकी गुंजाइश है?" सेनगुप्ता सहज होने की मजबूरी में झेंप मिटाते हुए 'हो-हो' करके हँस पड़े।

"तो मैं आपकी बात पर लौटती हूँ..." शोभना ने अवसर खोना उचित नहीं समझा, "अंग्रेजी में ख्यात वनिता सिंह भी हमारे यहाँ निरन्तर लिखती हैं, उनके और आकांक्षा पांडे के पारिश्रमिक में दुगने का अन्तर है, क्यों? जबकि आकांक्षा जी के लेखन में अधिक वैविध्य और समस्याओं का परिवेशगत सूक्ष्म मनोवैज्ञानिक अध्ययन है...वह अध्ययन सेनगुप्ता साहब, न कल्पना में रची गई दुनिया का है, न अखबारों में रेखांकित उसकी त्रासदी से उधार लिया गया...आपको शायद मेरी बात खिन्न कर रही होगी, पर मैं स्वयं यह महसूस करती हूँ कि अगर आकांक्षा जी को उचित पारिश्रमिक प्रदान किया जाए तो सम्भवत: वह उन स्थानों पर भी जाकर वहाँ की समस्याओं और घटनाओं को हमारे लिए विश्लेषित कर सकेंगी जो अनेक असुविधाओं के चलते उनके लिए सम्भव नहीं। वे बहुत प्रतिबद्ध हैं। 'नवजागरण' उन्होंने छोड़ा ही इसीलिए कि वे बाकायदा चुनौती के साथ पत्रकारिता कर सकें, 'यह लिखो, वह लिखो' के दबाव से मुक्त होकर। इस उदाहरण में न परिवेशगत संकोच की कमी है, न साहस की, न आत्मविश्वास की...जिन सीमाओं की चर्चा अंकिता ने की, वे भी यहाँ लागू नहीं होतीं...वे ठेठ बिहारी हैं और बिहार के ही किसी पिछड़े इलाके से आकर पत्रकारिता के इस मुकाम पर पहुँची हैं...लेकिन जब भी महिला पत्रकारों की चर्चा चलेगी, उनके महत्त्व की बात उठेगी—वनिता सिंह का नाम ऊपर होगा, अंजना देव की बात होगी, सुलभा देसाई की तारीफ होगी...आकांक्षा पांडे की नहीं, गलत कह रही हूँ मैं?"

अचानक भीड़ में पैदा हुई खुसफुसाहटों के कारण उनके दरमियान छिड़ी उत्तेजक बहस का सिलसिला उचाट हो उस ओर उन्मुख हो उठा। अंकिता की दृष्टि उठी तो अगवानी में आगे की ओर सिमटती जा रही भीड़ को फलाँगती हुई सहन में प्रवेश करती नीता पर टिकी। काठियावाड़ी शैली में सिले हुए विपरीत रंगों के अति-आकर्षक चूड़ीदार कुरते में सुसज्जित नीता एक अलग ही सलोनी आभामंडित दृष्टिगत हो रही थी। कद में कुछ ठिंगने किन्तु चुस्त सुदर्शन पुरुष के साथ, नीता लगभग उससे सटी हुई, लोगों का अभिवादन स्वीकार करती किसी सिनेमा स्टार की दर्प-भरी चाल से आगे बढ़ रही थी। आज 'शो' की नायिका नीता थी न! साथ में यह कौन हो सकता है? इच्छा हुई कि शोभना से पूछ ले। पर इस तरह जिज्ञासा प्रकट करना विवेकसम्मत नहीं लगा। कुछ अनुमान हो रहा है। शायद वह सही भी हो कि हो-न-हो वे साथवाले महाशय 'पूर्णा' के प्रबन्ध निदेशक मि. सुधीर गुप्ता हों? लोगों में उमड़ती गर्मजोशी यही आभास पुख्ता कर रही है...कि विशिष्ट व्यक्ति, विशिष्ट पद मंच पर चल रहे दृश्य की नियति

चुटकी में बदल देता है। कल तक नीता कितनी सामान्य थी, और आज नम्बर वन मॉडल! 'आम्रपाली' का अनुबन्ध प्राप्त करते ही लोगों की दृष्टि में मंच का दृश्य बदल गया। नीता का रुतबा बालिश्त-भर ऊँचा उठ आया है...।

कुहनी से टहोका मारते हुए शोभना उसके कानों की ओर झुक-झुककर अर्थपूर्ण भाव से खुसफुसाई, जैसे कोई राज की बात बताने जा रही हो, "पूरे तीन साल का अनुबन्ध हुआ है 'आम्रपाली' के साथ।"

नीता पर से दृष्टि हटाकर उसने शोभना को विस्मय से देखा। यह वही शोभना है—हिन्दी और अंग्रेजी के बीच बरते जाने-वाले भेदभाव को लेकर सेनगुप्ता से दृढ़ता से भिड़ जाने वाली? 'तीन साल' को उसने जिस वजन और संदिग्धता के साथ रेखांकित किया, उससे हलकेपन की बू आ रही है। एक छिछला संकेत। क्या हो जाता है एकाएक विचारशील और परिपक्व नजर आने-वाली इन महिलाओं को? कुछ क्षणों पूर्व कितनी प्रसन्न हो रही थी नीता की प्रगति से, अचानक प्रपंचियों की भाँति बाल की खाल निकालने उद्यत हो आई...? कब मुक्त होगी स्त्री अपने छोटे-मोटे ईर्ष्या-द्वेषों से...?

बॉबी ठाकुर और गौरा प्रभाकर वाले प्रकरण के सन्दर्भ में उसे तिलक का कटाक्ष स्मृत हो आया, 'न मानिए...पर आपके मानने न मानने से सचाई बदल जाएगी स्त्री-समाज की? स्त्री-स्वातंत्र्य की आड़ में स्त्री व्यर्थ ही पुरुषवर्ग को शोषक बनाकर 'मारा', 'मारा' का हल्ला मचा रही है...स्त्री की वास्तविक लड़ाई स्त्री से है...उसकी असली शत्रु! कहीं वह सास बनकर शोषण कर रही है तो कहीं माँ बन चौकीदारी तो कहीं ननद बनकर जासूसी, तो कहीं प्रेमिका बनकर सीनाजोरी। इसके बीच में ही सारे घपले घट रहे हैं...आन्दोलन करना है तो स्त्री को, स्त्री की संकीर्णताओं और क्षुद्रताओं के विरुद्ध करना चाहिए। उसकी सामाजिक स्थिति में तभी परिवर्तन आ सकता है...बेचारा पुरुष बेभाव मारा जा रहा है...।'

'किसी हद तक तिलक, लेकिन उसके लिए भी स्त्री नहीं, व्यवस्था दोषी है, जो उसे समाज ने दी है और उस व्यवस्था को बनाया पुरुषों ने ही है। बेभाव का रोना रोने की जरूरत नहीं!'

'फिर पुरुष...?'

'जी, पुरुष ही...गौर कीजिए, स्त्री ही क्या, किसी भी व्यक्ति को आप एक कमरे में सालों-साल बन्द रखिए, मात्र उसे खाना-पानी देते रहिए। खुली हवा-पानी-प्रकृति से वंचित वह व्यक्ति एक रोज निश्चित ही असन्तुलित हो उठेगा...उसकी संवेदना कुंद हो जाएगी, उसकी निर्णय-क्षमता छीज जाएगी...वह सिर्फ अपने बारे में सोचेगा। या उस कमरे में दाना-पानी पहुँचाने वाले के विषय में। उसकी पूरी दुनिया सिमटकर उस कमरे तक सीमित हो उठेगी...वही हाल स्त्री का हुआ है। उसे सदियों से एक कमरे में बन्द रखा गया है...अब जब नाममात्र को दरवाजे-खिड़कियाँ खोली जा रही हैं—आप उससे एकदम कैसे उम्मीद कर सकते हैं कि वह अपनी दुनिया कमरे की हदें तोड़ वहाँ तक विस्तृत कर ले जहाँ तक पुरुषों के लिए वह उपलब्ध है...?'

'यानी कि आप स्वीकारती हैं—स्त्री के मस्तिष्क के कल-पुर्जे ढीले हैं?'

'कसे हुए होते तो तिलक, बोलती बन्द होती आपकी! यह जो कतरनी-सी जबान अनाप-शनाप बहकती रहती है न—खूँटे से बँधी होती, खूँटे से...यह न भूलो कि बन्द नहीं होगी...समय जरूर लगेगा मगर सीमाएँ हटेंगी—भोग्या और देवी के बीच पिसती हुई स्त्री के लिए आत्मसम्मानपूर्ण समाधान खोज ही लेगी।'

'छोड़ो, छोड़ो—एकपक्षीय बातें मत करो...जिन सीमाओं की बात तुम कर रही हो, उनके पीछे समाहित ऐतिहासिक कारणों पर भी नजर डालो। पुरुष ने वे सीमाएँ स्त्री के सम्मान और सुरक्षा हेतु तय की थीं, अपने स्वार्थ...'

'स्त्री न हुई, गाय-भैंस हो गई! खतरे अवश्य रहे होंगे पर उन खतरों से सुरक्षित बने रहने के लिए पशुओं की भाँति उसे बाड़े में कैद करने के बजाय, परिस्थितियों का सामना कर आत्मरक्षा का साहस क्यों नहीं प्रदान किया पुरुष ने? नहीं बना सकता था उसे समर्थ... ? उसका राजपाट छिन जाने की आशंका थी!...उसकी निरंकुशता पर अंकुश लग जाने का भय था...!'

'घोर स्त्रीवादी हो तुम...' तिलक उसके निर्भीक प्रत्युत्तरों से तिलमिला आया और छिछले स्वर में उपहास उड़ाता हुआ बोला, 'चलो भई, चलो, स्त्री जाग रही है...अब तो पुरुषों की जगह कानीहौद ही है! कोई बात नहीं, लो राजपाट!...मुक्त होकर भोगो स्वच्छंदता!'

'बहस व्यर्थ है तुमसे...छिछले होने में विलम्ब नहीं लगता!' तिलक के उपहास से विचलित न होती हुई बोली वह, 'मैं स्त्री और पुरुष की समान साझीदारी की पक्षधर हूँ किन्तु उसके अहंवादी शोषण स्वरूप की नहीं...पुरुष को उसे बाड़े से मुक्त कर बराबरी का दर्जा देना होगा...नहीं देता तो स्त्री को घर, परिवार और समाज के आतंक से आतंकित न होकर खोखली दीवारों से सिर पटक-पटककर प्राण देने की बजाय, बाहर निकलने का साहस जुटा आत्मनिर्भर हो नये सिरे से जीवन जीने के विकल्पों को खोजना चाहिए...।'

''जो भी हो...अलका गिरिराज ग्लैमरस अवश्य है मगर उसके चेहरे पर भारतीय लावण्य नहीं, कुछ फिरंगी तराश लिये हुए नहीं है उसका चेहरा... ?''

शोभना की टिप्पणी पर उसने कोई प्रतिक्रिया प्रकट नहीं की। स्कोर बोर्ड पर घटते-बढ़ते अंक कितने निर्मोही होते हैं! यही शोभना है, 'फिल्मरस' आकर कितनी मिन्नतें किया करती थी अलका की, अपने 'फैशन कोना' स्तम्भ के अन्तर्गत नई शैली की पोशाकों की मॉडलिंग के लिए! एक बार मजाक-मजाक में अलका ने उसे झटका दिया कि अब वह मुफ्त में मॉडलिंग नहीं करती। वह अपनी पत्रिका से कहे कि पहले पारिश्रमिक की बात तय कर ले, तभी वह कैमरे के सामने खड़ी होगी अन्यथा नहीं। सुनकर शोभना का मुँह लटक गया था...हालाँकि अलका गिरिराज के प्रति उसके हृदय में कोई लगाव शेष नहीं है। है तो मात्र विक्षोभ, जो उसके दर्पीले आचार-व्यवहार की खिन्नतास्वरूप उपजा किन्तु इस समस्त कार्य-व्यापार की यह परिणति अत्यन्त दारुण है कि व्यक्ति सीढ़ियाँ चढ़ते समय बिसर जाता है कि सीढ़ियाँ सिर्फ उसके लिए नहीं बनी हैं...।

परदे पर तेजी से बदलते हुए दृश्यों के साथ नीता द्वारा प्रदर्शित मनमोहक पोशाकों पर अचानक कैंची चलने लगती है...बरसोवा तट पर स्लो मोशन में कुलाँचे भरते हुए श्वेत घोड़े के साथ वह टूपीस बिकनी में केश लहराते हुए पंजों के बल उड़ती हुई-सी दौड़ रही है...पार्श्व में किलोल करती-सी खिलंदड़ी लहरें अपनी कलाइयों में चाँदी की फेनिल कँगनें खनकाती छुआ-छुई खेल रही हैं... ।

'समय की रफ्तार है आम्रपाली!'

'आपका शृंगार है आम्रपाली!'

'अनूठी!...अनोखी!'

'निराली है 'आम्रपाली'... ।' वातावरण में स्वप्निल मादकता की सृष्टि करता हुआ उद्घोषक महेश शर्मा का अनुगूँज-भरा सम्मोहित करता स्वर।

हॉल में अचानक पैदा हुई रोशनी ने उपस्थित लोगों को मानो किसी कल्पना-लोक से अपहरण कर धरती पर ला पटका। करतल ध्वनि से उन्होंने विज्ञापन का स्वागत किया। पता नहीं, नीता कहाँ, किस कोने में बैठी हुई है! लग रहा है कि तालियों के इन्द्रधनुषी गुब्बारे उसे ढूँढ़ते मँडरा रहे हैं। इस क्षण वह उसे देखना चाहती है। निकट से। उसके चेहरे की भंगिमा को पढ़ते हुए कि तालियों के नतीजे उसके चेहरे पर कौन से रंग बुन रहे हैं...रंग चुगलखोर होते हैं...न उनकी महक छिपती है, न कड़वाहट, न मजबूरी...अनुमान पाना मुश्किल है कि वह किस ओर होगी।

नीता के इर्द-गिर्द सरकते हुए घेरे को तोड़कर उससे मिल लेने की इच्छा इतनी विवश नहीं हो पाई थी कि वह घेरे को तोड़ उससे मिलकर ही हॉल में दाखिल होती... ।

हॉल अचानक अँधेरे में डूब गया। पल-भर को कड़ी धूप से एकदम छाँह में पहुँचकर जैसे आँखों में लाल, हरी, नीली, पीली गेंदें डबडबा आती हैं—ठीक वैसी ही गेंदें डबडबा आईं। अगले ही पल ये अँधेरे की अभ्यस्त हो परदे पर टिकी हुई थीं।

दृश्य शुरू हो गया है... ।

परदे पर मोमबत्ती की काँपती हुई नन्ही-सी लौ उभरती है और वायलिन के मन्द सुरों के साथ पूरे परदे पर फैलने लगती है। दीप्ति सागर की स्वर-माधुरी में कपड़ों से मनुष्य के रिश्ते की बात करती हुई गीत की पंक्तियाँ कहीं दूर...पहाड़ों के ढलानों में सरसराते चीड़ों के रेशमी चेहरों को छूकर आती हुई महसूस होती हैं। कैमरा खजुराहो के मंदिरों की भित्तियों पर घूमता हुआ अचानक प्रेमी के समक्ष शृंगाररत-प्रिया की देहयष्टि दर्शाता ठहरता है कि सहसा मूर्ति सजीव हो उठती है। और एकाएक नीता में परिवर्तित हो मन्दिर के प्रांगण में उतर आती है...सलवार-कुरते के अनेक परम्परागत और आधुनिक लुभावने नमूने परदे पर उभरने लगते हैं...नीता के साथ प्रेमी के रूप में है सुप्रसिद्ध पुरुष मॉडल विवेक साहनी...कैमरा अचानक पीछे लौटता है और पुनः भित्ति शिल्प पर घूमते हुए एक रूपसी के साथ दो प्रेमियों की आकृति को अपने फ्रेम में ले लेता है...रूपसी का चेहरा आहिस्ता से विलीन हो नीता की मोहक मुद्राओं में परिवर्तित होने लगता है। दृश्य फिर बदलता है। विवेक साहनी और विक्रम बत्तरा नीता के साथ-साथ टहल रहे हैं, उसके लिए आँखों में मुग्ध-भाव समेटे हुए और गर्वीली

नायिका-सी नीता मुद्राएँ बदलती कभी किसी भित्ति से टिक जाती है तो कभी सीढ़ियों पर बैठकर विचारमग्न हो उठती है...तो कभी निरभ्र आकाश में पक्षियों की उड़ती हुई पाँत को ताकने लगती है।

कैमरामैन कौन हो सकता है? बेशक नितिन मेहता! अनुमान गलत नहीं हो सकता। शर्त बद सकती है वह! कैमरे की तूलिका का जादूगर चितेरा!...मामूली-से-मामूली चीज को इतने मोहक कोणों से प्रस्तुत करने की कला-कुशलता हासिल है उसे कि विज्ञापन, विज्ञापन न प्रतीत होकर किसी कविता का प्राणवान दृश्यीकरण महसूस होने लगता है...अद्‌भुत! सुन्दर! और यूँ भी उसे अच्छा लगा कि नायिका की देह पर चढ़ती-उतरती पोशाकें इतनी छोटी नहीं होती गईं कि अचानक सलवार-कुरते की डिजाइनें वल्कल वस्त्रों में परिवर्तित हो उठें...।

नीता इतनी सुन्दर है, इसक़ा अहसास उसे ही क्या, परिचित दर्शकों को भी शायद पहली बार ही हुआ हो। जो दर्शक विज्ञापन में पहली बार देखेंगे, वे कुलीन सौंदर्य की प्रतिमा-सी लगने वाली इस मॉडल से अभिभूत हुए बिना नहीं रह सकेंगे। निर्देशक के बारे में कतई अनुमान नहीं हो रहा। वैसे 'पूर्णा' के लिए अधिकांशत: वासुदेव ही निर्देशन करते रहे हैं मगर वासुदेव ने अपनी स्थूल प्रस्तुतियों के चलते, विज्ञापन मात्र वस्तु को प्रचारित करने के माध्यम के अलावा कलात्मक अभिव्यक्ति भी हो सकता है—महसूस नहीं करवाया। काश! विज्ञापनों के साथ उन लोगों का नाम देना भी सम्भव हो पाता जो विज्ञापन की शर्तें पूरी करते हुए उसे सृजन में बदल देते हैं...।

तीसरी फिल्म शुरू हो गई है...।

दर्शक चाँदनी में भीग रहे मरुस्थल में पहुँच गए हैं...।

रेत की सीढ़ियों पर पायल पहने दो नंगे पाँव अपने पद-चिह छोड़ते हुए मंथर गति से आगे बढ़ रहे हैं...।

एकाएक कैमरा पाँवों से हटकर ऊपर उठता है और एक तन्वंगी को अपनी गिरफ्त में ले लेता है :

—चिह्न पीछे छूट रहे हैं...।

—परिधान बदल रहे हैं...।

—दृश्य बदलता है...।

—तन्वंगी रेत पर लेटी हुई है—ऊँची स्कर्ट और अत्यन्त खुले गले का ब्लाउज पहने हुए—गले में पहनी हुई हँसुली के बीच से वक्षस्थल की रेखाएँ स्पष्ट फूट रही हैं...।

—दृश्य बदलता है...।

—तन्वंगी उठकर घुटनों पर चेहरा टिकाए हुए रेत के विस्तार को आँखों में भर रही है...।

—देह पर है मात्र...वक्षस्थल को ढँकता हुआ अँगोछे-सा कोई कपड़े का टुकड़ा और घुटने के नीचे तक फैली हुई लहँगा स्कर्ट...।

—लड़की की निर्वस्त्र पीठ कैमरे की आँखों में है...।

उफ्...! वह वितृष्णा से भरकर आँखें मूँद लेती है। ये कैसी पोशाकें हैं? कपड़े होते हुए भी नग्न...!

हम किसे पहनाना चाहते हैं ये पोशाकें फैशन और आधुनिकता की आड़ में? इन्हीं का असर है कि पार्टियों में उसने युवतियों को बाकायदा होड़ करते पाया है कि आज की शाम कौन कम-से-कम कपड़े पहनकर लोगों की दृष्टि में आकर्षण का केन्द्र बनेगी? लोगों की दृष्टि में आकर्षण का केन्द्र या गिद्ध दृष्टियों के बीच मांस का टुकड़ा?

कुछ उबलता-सा अनुभूत होता है अन्तर्मन की दीवारों के बीच...ऐसा क्यों होता है कि किसी को कम कपड़ों में देखकर अचानक अपनी देह से कपड़े उतरते महसूस होते हैं...? शायद यह अपने सोचने की बात है वरना सभी तो बैठकर देख रहे हैं। तन्मय! उजाला होते ही तालियों से अभिनन्दन होगा। नंगेपन को कलात्मकता का आवरण पहना! नि:संकोच बधाइयाँ प्रेषित होंगी। वह उजाला बरदाश्त कर पाएगी? अचानक बाथरूम जाने का-सा भ्रम देती हुई धीरे से सीट पर से उठी और शोभना कोई प्रतिक्रिया व्यक्त करे, इसके पूर्व ही तेजी से दरवाजे की ओर बढ़ दी। यह सही नहीं है। उद्दंडता है। अपने को जबरन थोपने जैसा। विवेक से काम लेना चाहिए उसे। नीता की यह पहली बड़ी सफलता है। उसे बिना बधाई दिये यूँ उठकर चल देना धृष्टता नहीं तो और क्या है? मानती है और यह भी मानती है कि जितना अधिकार उसे अपनी तरह से जीने का है, सोचने का है, करने का है—औरों को भी है। उसे आपत्ति नहीं होनी चाहिए। हो तो उसे अपने तक ही सीमित रखे। नहीं, ये तर्क कन्नी काटने की सहूलियतें हैं। स्वयं को लालीपॉप थमाकर बच्चे की भाँति बहलाने का उपक्रम! ताकि नागरिक जिम्मेदारी से बचा जा सके। वह कोई कार्य निजी नहीं होता जो सार्वजनिक हित-अहित को प्रभावित करता है। प्रतिक्रिया प्रकट करने का उसे पूरा अधिकार है...और करना चाहिए...अपने कमरे के भीतर आप नंगे रहिए, कौन झाँकने, टोकने जाता है? किसे आपत्ति हो सकती है? मगर घर से बाहर आप मात्र एक व्यक्ति नहीं होते—समाज होते हैं...।

"तुम...?" दरवाजा खोलते ही वह नीता को सामने खड़ा पा तनिक विस्मित हो आई।

"इतनी सुबह देखकर...अचरज में पड़ गईं?"

"बैठो...कैसे उम्मीद कर सकती हूँ, नौ से पहले तुम्हारे कमरे में सूरज जो नहीं उगता!" कहने के बाद महसूस हुआ कि नीता के व्यंग्य के जवाब में वह कुछ अधिक ही रूखी और कटखनी हो आई है। विज्ञापन की कड़वाहट दिमाग से निकाल इस समय उसे इतने-भर से खुश होना चाहिए कि नीता महीनों बाद घर आ रही है। शायद आखिरी बार वह माँ के साथ खाने पर घर आई थी। नीता ने माँ से उसके द्वारा बनाए जाने वाले भरवाँ करेलों की खूब तारीफ की थी। वह मिलने गई तो माँ उससे विधि पूछने लगीं।

उसने उन्हें खाने पर आमंत्रित कर लिया, 'सुनी-सुनाई बात पर भरोसा न करें माँ, पहले आकर खाइए, फिर विधि भी लिख दूँगी...बड़ौदा ले जाकर बनाइएगा।' सोचा,

इसी बहाने माँ का घर से निकलना हो जाएगा। नीता को तो इतनी भी फुरसत नहीं कि वह उन्हें मुंबा देवी के दर्शन करा लाए...!

"पानी आ रहा है... ?" पलंग पर पाँव उचकाते हुए नीता ने जानना चाहा।

निगाह मेज पर रखी घड़ी की ओर उठ गई, "आ रहा है। पौने आठ तक रहेगा...नहाना चाहती हो ?"

नीता ने असमंजस-भरी दृष्टि ऊपर उठाई।

"दुविधा कैसी, नहा लो फटाफट...मैं गाउन निकाल दे रही हूँ।"

"नहा ही लेती हूँ...रात बड़ी देर से सोना हुआ, आलस से देह टूट-सी रही है...कहीं जाना भी है...यहीं से सीधा निकल जाऊँगी...तीन-चार रोज से सोच रही हूँ कि कहीं तुमसे मुठभेड़ हो जाए..."

पलंग से उतरकर वह स्नानघर की ओर बढ़ी, "तौलिया है भीतर ?"

"सब है।" वह उसके 'मुठभेड़' शब्द पर मुस्कुराए बिना नहीं रह पाई।

"इसमें मुस्कुराने की क्या बात है ?...गाउन दो अपना एक।" नीता ने देख लिया था।

"नाराज मैं भी हूँ बल्कि खिन्न।" अलमारी से गाउन निकालकर उसकी ओर बढ़ाते हुए वह तनिक तेज स्वर में बोली, "मगर मुठभेड़ के लिए तरकश कसे हुए नहीं घूम रही थी।"

"चलो, चाय चढ़ाओ...मैं अभी आई।"

उसे कुछ और भी बुरा लगा। उसने नहीं पूछा कि आज शनिवार है और उसको यहाँ से 'सीधा' कहाँ जाना है! शनिवार को उसकी ही छुट्टी नहीं होती, नीता की भी होती है। इधर एजेंसियों के अपने निजी कायदे-कानून बन गए हों तो और बात है। यही अच्छा नहीं लगता उसे। एक तनावपूर्ण हड़बड़ी प्रति पल नीता को घेरे रहती है। यहाँ आई है तो यहीं के लिए नहीं...।

उदासी को उसने ढीठ नहीं होने दिया।

चाय के संग आलू के पराँठे बना ले ? भरोसा नहीं महारानी का कि चाय पीते-पीते उनकी क्षुधा जाग्रत हो आए! देर रात तक जगी होगी तो खाना क्या खाया होगा! कैसा मलिन चेहरा हो रहा है! विश्राम की कमी से कुम्हलाया। उसे सन्देह है, इधर जब से 'पूर्णा' के सुधीर गुप्ता के संग मित्रता-सीमाओं के प्रति उद्दंड हुई है—नीता ने यदा-कदा की बीयर और सिगरेट को नियमित बना लिया है...।

पनीर सैंडविच भी पसन्द है उसे...वही न बना ले ? नहीं, आलू के पराँठे ही ठीक हैं। यह आसान काम वह स्वयं भी कर लेती है। खाना बनाने में रुचि जो नहीं है। नाश्ते के सिवा शायद ही घर में कभी कुछ बनता हो। मगर घर के खाने के लिए ललकती अवश्य है। बड़ौदा से जब भी माँ उसके पास रहने आती हैं, उनके आने की खुशी उसे सिर्फ एक बात से होती है—माँ की उपस्थिति के बन्धन के बावजूद—खाना घर का मिलेगा।

यूँ तो निकलना उसे भी है। शाम पौने चार के करीब। चार बजे मेहता पश्चिम एक्सप्रेस से दादर पहुँच रहा है। छह-साढ़े छह के बीच लिंकिंग रोड पर 'नीलम' में

मि. भोजराज से मिलना तय हुआ है। दादर से मेहता खार जाएगा ही घर! टैक्सी में वह मि. भोजराज से अब तक हुई बातचीत की संक्षिप्त चर्चा कर लेगी। आज उसे हर हालत में एजेंसी सँभालने के उनके प्रस्ताव पर अन्तिम निर्णय ले लेना है। फाउंटेन में दफ्तर आदि की व्यवस्था उन्होंने कर दी है। वहाँ उसकी हैसियत पर भी उनमें पर्याप्त चर्चा हुई है। अन्य लोगों के चुनाव के विषय में भी। उसकी इच्छा है कि मेहता बहुत अनुभवी है। वे मेहता के अनुभवों से लाभान्वित होना चाहें तो उससे विचार-विमर्श कर सकते हैं। 'फिल्मरस' में वह मुख्य कॉपी लेखक के पद पर है, और वे अगर वास्तव में उसका अपहरण करने में दिलचस्पी रखते हैं तो निश्चित ही 'फिल्मरस' से बेहतर प्रस्ताव उसके सामने प्रस्तावित करना होगा। इस दिशा में वह पहले स्वयं मेहता का मन टटोलना चाहेगी। कहीं ऐसा न हो कि मि. भोजराज कोई पहल करें और मेहता उन्हें गम्भीरता से न ले! मेहता संक्षिप्त जरूर रहता है लेकिन अपनी पसन्द-नापसन्द के प्रति बहुत कठोर है, सन्देहशील भी। कुछ नितान्त नये प्रतिभाशालियों के नामों का भी उसने जिक्र किया है, जिनके कार्य और उपलब्धियाँ विशेष उल्लेखनीय नहीं हैं मगर अवसर और सुविधा प्राप्त होने पर वे बेहतर परिणाम दे सकेंगे, इसमें सन्देह नहीं। प्रतिक्रिया में उसने महसूस किया था कि मि. भोजराज चुनाव के विषय में उस पर बहुत निर्भर नहीं होना चाहेंगे, जबकि एक अनुभवी और कुशल टीम उनका उद्देश्य है।

अपेक्षाकृत वह कई कारणों से प्रसन्न है। कल शाम भैया की चिट्ठी आई है कि अम्माँ का स्वास्थ्य इधर बेहतर है। वे प्रसन्नचित्त और पूर्ववत् फुर्तीली हो रही हैं। कुछ और परीक्षण डॉक्टर ने सुझाए हैं। उसके बाद ही बम्बई लाना सम्भव होगा। तुम्हारे लिए मुंगौड़ियाँ तुड़वाकर रख ली हैं रीना से, मिर्च भी भरवा रही हैं। कह रही थीं कि सत्तू वह खुद ही चकिया पर पीसेंगी जाने से पहले। छँगुआ की दुकान पर भी अब उन्हें भरोसा नहीं रहा...पराँठा पलटते हुए अचानक तवे से उँगली छू गई। उसने झट से उँगली मुँह में डाल ली।

मेहता की प्रतीक्षा में ही थी। इस विषय में उससे अच्छा परामर्शदाता अन्य नहीं हो सकता। पत्र न डालती तो शायद वह अब भी लौटने का मन न बना पाता। पत्र क्या था, मुश्किल से दो वाक्यों की एक छोटी-सी चिट—'संयोग से एक ऐसे अवसर से जुड़ने जा रही हूँ जिससे जुड़ते हुए एक सुलझे पथ-प्रदर्शक मित्र की आवश्यकता बड़ी सघनता से अनुभव हो रही है। बस, चल ही दो। तुरन्त। प्रतीक्षा में हूँ—अंकू!'

मेहता के लम्बे-लम्बे अन्तर्द्वंद्वपूर्ण खतों के उत्तर में वह छोटी-छोटी चिटें ही लिख पाई है। कभी एकाग्र हो विस्तार से पत्र लिखना उसकी कमजोरी थी। पर अब संघर्ष से निथरकर व्यक्तित्व का प्रौढ़ पक्ष जो उसके होने के साक्षी के रूप में स्वयं अपने महसूसने में है, वह उन बेवजह आदतों और उसके अल्लड़ सुखों से वंचित हो उठा है कि जिसके साथ होने से एक प्रकार का सरसता-बोध जीने को सुवासित किए रहता है...भले वे कुशलक्षेम के विस्तृत ब्यौरों से अटे हुए पन्ने में या कुछ अपने को बाँट लेने की तीव्रता में रह-रहकर झरते हरसिंगार-से शब्द! परिपक्वता इतनी निर्मम क्यों होती है? सीमाएँ तोड़ने के उपक्रम में सीमाबद्ध होती! कचोटता है भीतर कुछ...वे

दिन लौटते नहीं। वे दिन उसके हाथों से उस गेंद की भाँति छटक गए हैं जो अब उसकी पकड़ की सामर्थ्य से बाहर है...।

लगता है, नीता बाल धोने लगी है...चाय का पानी उबल रहा है...।

हरीन्द्र मि. भोजराज के प्रस्ताव से खुश नहीं है। उसकी स्पष्ट मंशा है कि वह शनैः-शनैः पत्रकारिता को अपनी आत्मनिर्भरता का अवलम्बन बनाए जो बनिस्बत अधिक प्रतिष्ठित पेशा है, 'तुम्हारे स्तम्भ के पैनेपन ने लोगों का ध्यान तुम्हारी ओर आकृष्ट किया है...एक अनुकूल बात यह है कि दिल्ली के 'सन्देश टाइम्स' वाले अगले कुछ महीनों के भीतर बम्बई से बम्बई संस्करण प्रकाशित करने जा रहे हैं। मुझे पूरी उम्मीद है कि उस अखबार में तुम्हारी नियुक्ति मुश्किल नहीं होगी...महेश झा को प्रभारी सम्पादक बनाकर बम्बई भेजा जा रहा है। अच्छा दोस्त है। उससे बात कर रखी है मैंने।'

'उम्मीद ही है न?'

'पूरी। अगर प्रधान सम्पादक विनोद चतुर्वेदी ने ऐन मौके पर कोई अड़ंगा न लगाया...पुराना जनसंघी है...'

'लगाया तो मामला लटक भी सकता है?'

'लटक सकता है मगर देश के सारे अखबार बन्द नहीं हो रहे!'

'स्थायित्व की बहुत जरूरत है मेरे लिए...' उसने प्रतिवाद किया, 'विकल्पों की सुविधा नहीं है मेरे पास कि जैसे रहना चाहूँ, उसे चुन सकूँ।'

'लेकिन अंकू...'

'मेरी बात पूरी होने दो हरीन्द्र! चाहती रही कि पढ़ाऊँ, पढ़ाती रहूँ और एक रोज प्रोफेसर, हेड होकर अवकाश ग्रहण करूँ...सम्भव हो पाया वह? तीन वर्ष हो रहे हैं लगभग अधर और अनिश्चितताओं में लटके हुए...मुझे लेकर पूरा घर चिन्तित रहता है...ऐसे में मि. भोजराज के प्रस्ताव ने चुनौती रख दी है मेरे सामने...मैं अब इस प्रस्ताव पर सोचने लगी हूँ कि हो सकता है, मैं उन दबावों के बीच कोई ऐसा रास्ता तलाश कर पाऊँ जो मुझे अपनी शर्तों पर काम करने की गुंजाइश ही न दे, वह वातावरण निर्मित करने में भी सहायक हो जहाँ प्रतिभा और कार्यकुशलता को प्रतिनिधित्व मिल सके। मैं यहाँ के रीति-रिवाजों में फिट नहीं हूँ। सही कहूँ तो विक्षुब्ध हूँ। मगर यह मानने लगी हूँ, जैसाकि नीता ने कहा और बाद में मैंने स्वयं भी महसूस किया कि...'

हरीन्द्र नीता का जिक्र सुनते ही उखड़ गया, 'उसका जिक्र किये बिना बात आगे नहीं बढ़ सकती?'

'महज इसलिए उसका नाम लेना छोड़ दूँ?'

'बिलकुल नहीं...अब जब उससे गंडा बँधवा ही लिया है तो जरूर लो नाम उसका...पर एक हितैषी मित्र के नाते यही सुझाव दूँगा, और जो मैं अक्सर कहता रहा हूँ। भले इस दिशा में मैं अपनी पूरी कोशिश के बावजूद तुम्हारी कोई ठोस सहायता नहीं कर सका, फिर भी नहीं चाहता कि तुम्हारी प्रतिभा और आत्मविश्वास का इस्तेमाल इन टुच्चे कामों के लिए न हो—जिसका कि रचनात्मकता और सामाजिक सरोकारों से दूर-दूर का नाता नहीं...और अगर आर्थिक दृष्टिकोण है इस सबके पीछे तो निश्चित

ही यह पहल तुम्हारे लिए 'खुल जा सिम-सिम' साबित हो सकती है...लेकिन वे तरीके तुम नहीं अपना सकोगी। तो फिर कुछ दिन और संघर्ष कर लो अंकू।'

'ईमानदारी से काम नहीं हो सकता?'

'नहीं।'

'तुम इतने पूर्वग्रहग्रस्त क्यों हो रहे हो...?'

'इसलिए कि तुम अपनी बुद्धि-विवेक को ताक पर रख धैर्यपूर्वक नहीं सोच रहीं...'

'जरूरी नहीं कि तुम्हारी हर बात से सहमत हुआ जाए?'

'बेशक जरूरी नहीं।'

'बेशक...वैसे हरीन्द्र, जो आरोप तुम मुझ पर लगा रहे हो, स्वयं अपने विषय में सोचकर देखो...। क्या तुम नहीं सोचते कि छिछले और अविवेकपूर्ण विज्ञापनों का कुप्रभाव कोमल मन-मस्तिष्कों को दूषित कर रहा है? उन्हें अतिशयोक्तियों की चकाचौंध से भरमा रहा है? क्या यह आवश्यक और महत्त्वपूर्ण नहीं कि विज्ञापनों का प्रचलित मनोविज्ञान बदला जाए? उन्हें स्तरीय और कलात्मक बनाया जाए? यह समस्या नहीं है? समाज से इसका कोई सरोकार नहीं है? कोई भी क्षेत्र मात्र इसलिए त्याज्य और अप्रतिष्ठित है, क्योंकि वह ग्लैमर का मारा है, अतिमहत्त्वाकांक्षी प्रकृति है उसकी?'

हरीन्द्र उसकी बातों से शायद अधिक ही क्षुब्ध हो उठा। बोलते हुए अंकू रुकी तो प्रत्युत्तर में उस ओर से कोई प्रतिक्रिया प्रकट नहीं की गई।

'हरीन्द्र...खूब सोचा है, झेला भी है, यह उद्योग...उद्योग ही कहूँगी मैं इसे—शॉर्टकट की दुर्बलताओं से आपादमस्तक डूबा हुआ है और तुम भी जानते हो कि इस कार्यक्षेत्र में मैं मजबूरीवश ही आई हूँ मगर फिर दोहरा रही हूँ कि अगर आ ही गई हूँ तो अब यह मेरे लिए चुनौती और प्रतिष्ठा का प्रश्न है कि इसे इसके गुण-दोषों के साथ स्वीकार करूँ...तुम्हारी चिन्ता लिखने को लेकर है—लिखना मैं बन्द नहीं करूँगी, लिखना ही शायद मेरा बोलना है, प्रतिक्रिया देना है और मैं रिएक्ट करना चाहती हूँ, एक जागरूक व्यक्ति की भाँति।'

'बस, बस, अंकू...दूरभाष पर ताली नहीं बजा सकता वरना घंटे-भर तक हथेलियाँ पीटता रहता...क्रान्ति करने की सोच रखी है तुमने, लेकिन खतरा यही है कि क्रान्ति की सोचते-सोचते कहीं तुम भी उस व्यवस्था के कल-पुर्जों में परिवर्तित हो उठो...बहरहाल, मैं तुम्हें शुभकामनाएँ नहीं दे सकता...अम्माँ के क्या हाल हैं? चिट्ठी आई भैया की...? यहाँ लाने में देर नहीं करना चाहिए उसे...' हरीन्द्र ने जानबूझकर विषयांतर किया या उसे लगा।

'आई है। अम्माँ की तबीयत पहले से बेहतर है। कुछ और परीक्षण लिख दिये हैं डॉक्टर ने...पर मेरी भी समझ में नहीं आ रहा कि वह यहाँ आने में विलम्ब क्यों कर रहा है? परीक्षण यहाँ भी हो सकते हैं बल्कि बेहतर हो सकते हैं। मि. गुहा ने डॉ. कुलकर्णी के नाम एक अच्छा-सा खत दे दिया है...'

'मैं फोन करूँगा...मगर विचित्र पड़ोसी हैं तुम्हारे...तीन-चार बार फोन लगाकर मैंने भैया को या घर में से किसी को भी बुला देने का आग्रह किया उनसे, लेकिन साफ मुकर गए—यहाँ इस नाम का कोई व्यक्ति नहीं रहता आस-पास।'

'पिछवाड़े की जमीन को लेकर सम्बन्ध बिगड़ गए हैं...'

'यहाँ तक...'

'शायद...इसीलिए हमारे दुख-सुख से उन्हें कोई वास्ता नहीं रहा।'

हरीन्द्र अम्माँ के हाल-चाल पूछने तक आते-आते कितना औपचारिक-सा हो आया, महसूस हुआ।

चोंगा रख देने के बाद घंटों तक उसके कानों में यह औपचारिक सुर ऊधम मचाता रहा था...।

हरीन्द्र एकाएक इतना रूखा क्यों हो आया?...बड़े कटु बहस-मुबाहसे उनके दरमियान हुए हैं...कभी नहीं महसूस हुआ कि वह उसके प्रति उदासीन हो आया है। खिन्न वह अक्सर हो उठता है, पर...।

हरीन्द्र को शायद आत्मनिर्भरता की दिशा में उसका अकेले बिना उसकी सहायता की याचना किये आगे बढ़ना रुचिकर नहीं लगा। शायद वह उसके सम्बन्ध में इस बात का आदी हो चुका है कि वह पहले ही की तरह उसके परामर्शों और निर्णयों पर निर्भर करे। निर्भर न भी करे तो भी प्राथमिकता उसी को दे। हो सकता है कि हरीन्द्र भी ऐसा न सोचता हो, परन्तु आदत बड़ी टुच्ची प्रक्रिया होती है जिस भी चीज की पड़ जाए। मनुष्य उसके लिए दुर्बल ही नहीं हो उठता, मानकर चलने लगता है कि उसका आधिपत्य-क्षेत्र असीमित है। क्यों यह आभास दिया हरीन्द्र ने या...उत्साह और सफलता के मद में वह स्वयं असहिष्णु हो रही है? लेकिन अपने तईं या सत्य नहीं लग रहा रियायत के बावजूद...।

स्नानघर का दरवाजा खुला, सीलकर फूला हुआ। न चटकनी से बन्द होता है, न खुलता। एक चिंघाड़ती हुई कर्कश ध्वनि सूचित करती है कि कोई अन्दर गया या बाहर आया। कितनी बार उसने परब से शिकायत की है कि किसी मिस्तरी को भेजकर किनारों पर रंदा मरवा दे। परब है कि किराये से मतलब है उसे। घर उसे सरकार ने दिया है, रंदा भी सरकार ही मरवाए। परब क्यों पैसा खर्च करे? गोमती की माँ से कहकर किसी रोज मिस्तरी बुलवाकर स्वयं मरवा देगी। अमूमन तो कोई घर आता नहीं, जब आता है, पूरे घर को हिलाती-सी यह आवाज दिमाग में दर्द पैदा कर देती है। वैसे इन बातों में खपाना छोड़ ही दे अपने को—भोजराज जी की एजेंसी में कार्यरत होते ही वह किसी बेहतर जगह पर रहना चाहेगी। जगह यह बुरी नहीं है। बेहतर जगह से इसका तात्पर्य खुली जगह से है। जाएगी भी तो बांद्रा से आगे-पीछे नहीं, अँधेरी में थी तो चर्चगेट पहुँचने के लिए उसे लोकल बदलनी पड़ती थी।

''ड्रायर है...?'' तौलिये से बाल रगड़ते हुए नीता उसके निकट आ खड़ी हुई।

''अलमारी के ऊपरवाले खाने में देखो...''

चाय की ट्रे ले वह उसके पीछे-पीछे कमरे में चली आई।

"चाय पी लो पहले...एकदम गीले बालों में ड्रायर का इस्तेमाल नुकसानदेह होता है।"

ड्रायर मेज पर रखकर नीता बालों में तौलिया लपेटकर बिस्तर पर जा बैठी।

उसने चाय का प्याला नीता की ओर बढ़ाया। नीता विचारमग्न-सी घूँट भरने लगी। आई थी अंकू से लड़ने। 'प्रयोग' के 'शो' के बाद से वह एक तरह से खौखियाई हुई बैठी हुई है कि अंकू न शो खत्म होने के बाद उससे मिली, न दूसरे रोज उसने उसे फोन ही किया। सभी लोगों ने 'आम्रपाली' का अनुबन्ध प्राप्त करने के लिए उसे हार्दिक बधाई दी। परिचित-अपरिचित—दोनों ही ने। कितना आहत हुई है अंकू के अप्रत्याशित व्यवहार से! ऐसा क्यों होता है कि भीड़ की जय-जयकार से घिरे हुए होकर भी किसी एक की अनुपस्थिति इतनी महत्त्वपूर्ण हो उठती है कि वह उत्तेजना के ऊपर उठते हुए गुब्बारे को सिगरेट की सुलगती टीप-सी छू देती है... ?

"शो के बाद तुम अचानक गायब कहाँ हो गईं?" नीता से अब और अधिक धैर्य नहीं रखा गया। चुभी फाँस खींचनी जरूरी है।

अंकू खामोशी से चाय की चुस्कियाँ भरती रही असमंजस में दाखिल हुई-सी। वाद-विवाद की उत्तेजक अप्रियता के प्रति कतई निरुत्साहित। उसके मौन में नीता को अपने प्रति एक किस्म का उपेक्षा-भाव खिलखिलाता महसूस हुआ।

"मैं नहीं मानती कि उस रोज तुम्हें जल्दी थी...कहीं जाना था...अगर ऐसा होता तो तुम अपने कार्यक्रम के विषय में अवश्य बतातीं। मैंने तुमसे यह भी आग्रह किया था कि अपनी इस सफलता को मैं तुम्हारे संग उत्सवित करना चाहती हूँ—मैं, तुम और सुधीर..."

उसने निर्निमेष दृष्टि से उसे देखा।

"सुधीर जी की उपस्थिति का संकोच था या मेरी सफलता हजम नहीं हो पाई, या कोई और कारण और... ?"

"कारण था।" खाली हुए कप ट्रे में सरकाती हुई वह बिस्तर पर से उठने लगी।

"ट्रे बाद में भी उठाई जा सकती है...मैं दीवारों से बतियाने नहीं आई हूँ अंकू! न हाँ-हूँ में जवाब सुनने..."

उसे अनुमान हो गया कि बात को आई-गई करना मुमकिन नहीं। यही सोचकर अब तक क्रोधाग्नि दबाए रही थी कि समयावधि उसके भीतर की भभक को अपने-आप शमित कर देगी। तय था कि अगर वह औपचारिकता निबाहने फोन पर उँगलियाँ रखती या मिलती—औपचारिक हो न पाती और स्वयं को संयमित रख पाना कठिन हो जाता। कोई चीज उसे सिर्फ 'अच्छी' या 'बुरी' नहीं लगती। 'अच्छी' 'बुरी' है तो क्यों 'अच्छी' 'बुरी' है—उसकी मीमांसा जरूरी प्रतीत होती है। नीता सफलता और प्राप्ति की जिस सीढ़ी पर जा खड़ी हुई है, उसकी कोई भी विवेकसम्मत बात उसे ईर्ष्या प्रतीत हो सकती थी। वह अन्यथा ले सकती थी। उसे गलत समझ सकती थी। ऐसे में सम्बन्ध मनोमालिन्य तक ही नहीं, टूटने की हद तक खिंच सकते थे। सफलता का मन बड़ा नादान होता है। असहिष्णु। शायद...सफलता का उद्दाम एक अवधि तक जी लेने के बाद उतरती बाढ़ के नग्न सत्य-सा, मनुष्य अपनी तलछटी की ओर दृष्टि

टिका सकता है। तटस्थ हो अनुभव कर सकता है चेहरे के छद्म। टटोल सकने में समर्थ हो सकता है उन मुखौटों को जिन्हें वह अपनी पहचान की शोध-यात्रा के दौरान असली के भ्रम में एक के बाद एक चढ़ाता चलता है...।

लेकिन लगता है, नीता 'शो' से अब तक बाहर नहीं निकल पाई—किसी चीज पर कुंडली मारे बैठे सर्प-सी सारा ध्यान उसी पर एकाग्र किये। वरना यह अशिष्टता कभी न कर पाती कि जो मुँह में आया, बक दे। कई दफे लगता है, उसके और नीता के दरमियान एक अलंघ्य खाई खुदी हुई है—वैचारिक, जिसे वे गहरे अनुभूत करते हुए भी पाट पाने में असमर्थ हैं।

"नाश्ता अभी लोगी?" उसने फिर भी बचना चाहा।

बालों को कंघे से सुलझाती हुई नीता ने हाथ रोककर उसे घूरा, "कारण जानने के बाद...बहलाने की कोशिश व्यर्थ है...मैं आहत हुई हूँ।"

"जानने के पश्चात् क्या उस बात का तुम्हारे लिए कोई महत्त्व होगा?"

"बिना जाने कैसे बता सकती हूँ?" कंघा एक ओर रखकर नीता पुनः तौलिये से गीले बालों को रगड़ने लगी।

"लेकिन मुझे अनुमान है।"

"अन्तर्यामी कब से हो गईं?"

"कोई विश्लेषण सम्भव नहीं।"

"पहेलियों में बातें मत करो अंकू..."

"ठीक, छोड़ दीं पहेलियाँ।"

..." 'आम्रपाली' का अनुबन्ध प्राप्त करने की शर्त कपड़े उतारकर सागर-तट पर दौड़ना था क्या?"...

"ऐसी कोई शर्त नहीं थी।"

"नहीं थी तो आखिर इस सीमा तक कपड़े कम करने की कौन-सी विवशता टकरा गई तुमसे? तुम खूबसूरत हो, सेक्सी हो, यह कपड़ों के बावजूद छिप नहीं पाता...जरूरी है रातों-रात नम्बर वन का दर्जा हासिल करने के लिए वह सब करना जो एक स्त्री के लिए ही नहीं, सम्पूर्ण स्त्री-समाज के लिए अशोभनीय और लज्जा का विषय है? किन जीवन-मूल्यों को जीना चाहती हो तुम? किनकी वकालत कपड़े उतारकर कर रही हो तुम? आपादमस्तक ढँकी हुई वह इस समाज में इज्जत से रह नहीं पा रही...कपड़ों में न देखकर उनकी लोलुपता अधिक बलात्कारी नहीं हो उठेगी? लोगों की दृष्टि में लपलपाती उत्तेजना तुम तालियों की गड़गड़ाहट में महसूस नहीं कर पाईं।...महसूस कर पातीं तो शायद...लज्जित होकर अपनी ही बाँह में मुँह गड़ा लेतीं कि उन दृष्टियों को चीरकर न जाने कितनी जोड़ी उँगलियाँ लपककर उन तनियों का फुँदना खींच लेने के लिए विकल हो रही थीं, जो नाममात्र को ही सही, तुम्हारी देह के उभारों पर आड़ बनाये हुए थीं...मैं नहीं झेल पाई...नहीं झेल सकती। लगा था कि हॉल में उजाला होते ही कहीं ये लोलुप उँगलियाँ मेरी देह पर फुँदने न टटोलने लगें..."

"हूँ! कुछ ज्यादा ही भावुक हो रही हो तुम उन फिल्मों को लेकर..."

"भावुक?" उसकी भौंहों पर बल सिमट आए।

"भावुक ही...। उन कपड़ों को पहनकर जब मैं किसी प्रकार संकोच और अश्लील-भाव से ग्रस्त नहीं होती या मेरी तरह की अनेक स्त्रियाँ—तुम क्योंकर ऐसा महसूस कर रही हो, समझ पाने में असमर्थ हूँ। न लज्जा, न अभद्रता, न प्रदर्शन! न स्त्री की अस्मिता की नीलामी, न उसकी सामाजिक छवि को दूषित करने की कुचेष्टा—कोई मन्तव्य नहीं था मेरा ऐसा...। दरअसल, तुम उन छद्म महिला सामाजिक संगठनों जैसी दकियानूसी भावना और भावुकता से आक्रांत हो जो अपने स्वार्थ, पुजाने और नेतई स्थापित करने की फिराक में बिकनी और मिडी से झाँकती टाँगों से स्त्री की अस्मिता खतरे में पड़ता हुआ महसूस करती हैं...हाथों में तख्तियाँ ताने नारे कसती हुई पोस्टरों पर कालिख पोतने निकल पड़ती हैं...धरने देती हैं—स्वयं अन्तर्विरोधों में जीती हुई किसे बहला रही हैं ये...?

"तय है, खतरा इधर नहीं है अंकू...खतरा जिधर है, यह उधर से ध्यान हटाने की साजिश का एक अंग है...। सच तो यह है अंकू, नारे लगाने वाली ये महिलाएँ...स्त्री की अस्मिता की चिन्ता में दुबली होती ये भगिनियाँ...घरों में अपनी हुकूमत का भ्रम पोसे रहने के लिए न जाने किन-किन सम्बन्धों के मुखौटों में स्त्री को वे सामान्य मानवीय अधिकारों से वंचित रखने से नहीं हिचकिचातीं जिनकी वकालत का दावा है उनका...मैं ऐसे छद्म पर थूकती हूँ...। यह हमें कहीं नहीं पहुँचाएगा...जब तक कि हम अपनी संकीर्णताओं से मुक्त नहीं होंगे—स्त्री की इज्जत, प्रतिष्ठा मोम की भाँति मामूली-सी आँच पाकर पिघलती रहेगी..."

"इतना अवैज्ञानिक दृष्टिकोण है तुम्हारा?"

"अवैज्ञानिक नहीं, अनुभवजन्य है..."

"यह समझने की कोशिश नहीं है...अरसे पूर्व तिलक से इसी विषय पर किसी सन्दर्भ में जमकर विवाद हो चुका है मेरा...दुख तो इस बात का है कि स्त्री होकर तुम स्त्री के प्रति इतनी भ्रान्त धारणाओं से ग्रस्त हो...! जो कुछ ऊपर से दिखाई दे रहा है, क्या वही और उतना ही सत्य है? स्त्री की संकीर्ण मनोवृत्ति के पीछे आधारभूत मनोविज्ञान को परखने-पढ़ने की कोशिश कभी की है तुमने कि वह ऐसी क्यों है?"

नीता की तीखी ठहरी हुई दृष्टि में उपहास का भाव छलछलाया। मगर उपहास-भाव से विचलित न होती हुई अंकू ने बात आगे बढ़ाई, "जाहिर है कि उसकी कुंद दृष्टि और प्रतिद्वंद्वी मानसिकता के पीछे सदियों पुराना वह दासीत्व-भाव है जो उसे सुरक्षा, सम्मान, 'पूजित' जीवन जीने के भ्रम में झुनझुना-सा पकड़ा दिया गया ताकि वह संकीर्णताओं के कुहासों में जकड़ी हुई कृतज्ञ और समर्पित-सी पुरुष के सामन्ती इरादों के चक्रव्यूह में फँसी घुटती रहे...जिसके दिल-दिमाग को घर की चहारदीवारी तक ही व्यापक और गहरा होने दिया गया—उस औरत से तुम एकदम से क्या उम्मीद करती हो? यह...जागरूकता की नन्ही-सी लौ उम्मीद बँधाने और आश्वासन करने के लिए काफी नहीं है कि वह कुछेक तनी मुट्ठियों में संगठित होकर, समाज में अपने अस्तित्व की लड़ाई लड़ने निकल पड़ी है?

"सोचो...आधुनिकता की जिस परिभाषा को तुम जी रही हो, जीना चाहती हो, क्या तुमने अन्वेषित और अर्जित की है? नहीं! दरअसल, वह परिभाषा-अधिकार, आधुनिकता, समता और स्वतंत्रता के नाम पर पुरुषों द्वारा ही अखबारों, पत्रिकाओं, विज्ञापनों, फिल्मों, पोस्टरों, स्लाइड्स के माध्यम से स्त्री को सौंपी जा रही है...बड़ी चतुरता से कायाकल्प के बहाने जिंस को जिंस बनाये रखने का षड्यंत्र! स्पष्ट है, स्त्री को आगे भी अपने अधीन बनाये रखने के सामन्ती इरादों को वह इन हथकंडों से सिद्ध कर रहा है...क्या यही स्त्री को चाहिए? यही आधुनिकता-बोध स्त्री को चेतनापूर्ण बनाएगा? कुरीतियों से भिड़ने की ताकत देगा? स्त्री अब भी इस्तेमाल हो रही है और तथाकथित भद्र, सम्पन्न, महत्त्वाकांक्षी आधुनिक कहलाने का शौकीन एक शिक्षित स्त्रीवर्ग, ठीक तुम्हारी तरह, इन परिभाषाओं को आत्मसात कर पुरुषों से बराबरी का दम्भ जी रहा है...।

"दुख तो यह है, आज का अधिकांश पढ़ा-लिखा विचारशील होने का दावा करता हुआ स्त्री-समाज स्त्री-स्वातंत्र्य, स्त्री-समानता और उसके अधिकारों की लड़ाई लड़ता हुआ भी नहीं जानता कि वे अधिकार वस्तुत: क्या हैं, कैसे होने चाहिए, किस रूप में चाहिए, उसकी सामाजिक छवि कैसी हो?

"इन दो चरम स्थितियों के बीच आँखें खुली रखकर समाज से अपने रिश्ते की बात तय करनी है, मैंने यह नहीं कहा—तुम्हारे कम कपड़े पहनने से स्त्री की सामाजिक छवि धूमिल होगी। मैं तो मानती हूँ, अब तक स्त्री की कोई सामाजिक छवि है ही नहीं...संघर्ष ही सारा यही है, चिन्ता भी कि उसकी सामाजिक छवि होनी क्या चाहिए...मैं जब ऐसा कहती हूँ तो मेरा तात्पर्य सिर्फ तुम्हारी विचारशीलता के बन्द किवाड़ों पर दस्तक देना-भर है ताकि इस्तेमाल की राजनीति को तुम समझ सको। सावधान हो सको—क्योंकि तुम निश्चित लड़ने में समर्थ हो...दृष्टिपूर्ण संघर्ष में मेरी आस्था है।

"सच नीता, मेरा वश चले तो मैं इन व्यवसायियों पर मुकदमा दायर कर दूँ और सभी को बरसों जेलों में सड़ने के लिए डलवा दूँ ताकि..."

"यह तुम्हारे दिमाग का फितूर है—कोई किसी का इस्तेमाल कर सकता है। कल क्या था, आज वह कितना है, इसे मैं कतई नहीं ओढ़ती-बिछाती और मैं सोचती हूँ, औरों को भी यही करना चाहिए। आखिर लड़कियाँ इतनी छुईमुई क्यों हैं...? क्यों वे सेक्स से आक्रांत हैं? इस देश में हालत यह है अंकू, कि किसी लड़के का किसी लड़की को गहरी नजर से देख-भर लेने मात्र से उसकी पवित्रता नष्ट होने लगती है। क्यों? पुरुष उसे क्या दे रहा है, वह किन चीजों की हकदार है—यह कटोरा लेकर भिक्षाटन से नहीं प्राप्त होगा। उसे सबसे पहले अपने भीतर की कुंठाओं से मुक्त होना है—दृष्टि परिमार्जित करनी है यानी सेक्स से पवित्र-अपवित्र होने की भावना से स्वयं मुक्त होना है; तभी, केवल तभी वह समाज में मनुष्य की तरह जीवित रह सकती है—बराबरी पर। आखिर इसी समाज में पुरुष वर्जनाहीन जीवन कभी बिसूरता नहीं कि वह नष्ट हो गया। किसी को मुँह दिखाने के लायक नहीं रहा—समाज में अब उसका

कोई स्थान नहीं। स्त्री क्यों नहीं मुक्त होती इन फरेबी मर्यादाओं से? जिस दिन वह कुंठाओं से मुक्त होगी, उसके सारे कष्ट कट जाएँगे। वह नये आत्मविश्वास से परिपूर्ण होगी। निर्भीक विचरण कर सकेगी। यह हौवा जब उसके मन-मस्तिष्क से दूर हो जाएगा, पुरुष के हाथों से वे सारे काड्‌र्स निकल जाएँगे, जिनके बूते पर वह स्त्री को घर, खेत, खलिहान, गली, मोहल्ले, स्कूल, दफ्तर और समाज में दबोचने को उद्यत रहता है, जीवन के हर क्षेत्र में उसे दोयम दर्जे की मानसिकता में जिलाता है...बस, इतना होने की भयंकर जरूरत है, तब तुम पाओगी, पुरुष अपनी औकात पर पहुँच गया है।

"स्त्री की सामाजिक छवि को दूषित करने के लिए तुम हम जैसी आधुनिकाओं को कोस रही हो, पुरुषों को कोस रही हो, उस स्त्री को क्यों नहीं कोसतीं जो फेरे लेते ही तोला-भर सिन्दूर के रूप में पति को खोपड़ी पर बाकायदा बैठाए, दासीत्व-भाव को जीने में गौरव अनुभव करती है? अनपढ़ औरत को छोड़ भी दें तो विश्वविद्यालय से डिग्रियाँ लेकर निकलीं ये छोकरियाँ माँग में पुरुष को सजाकर बैठाए रखने को इतनी आतुर क्यों होती हैं? पुरुष से स्वतंत्र होना है तो पहले उन्हें सिन्दूर पोंछना होगा! बिछुए त्यागने होंगे! दासीत्व के प्रतीक चिह्न! यह इस्तेमाल अधिक खतरनाक है। उससे तो पहले मुक्त कर लो उन्हें!

"यह हल नहीं है। इसकी आवश्यकता किसी हद तक है, मगर वर्जनाहीनता के रूप में नहीं और तुम्हारी दूसरी बात कुछ जरूर सोचने पर विवश करती है। चलो, औरों की छोड़ो, बात मुझ पर हो रही थी, मैं उसी पर लौटना चाह रही हूँ और उसका जवाब भी देना चाह रही हूँ। तुमने जो कम कपड़ों की विवशता पर प्रश्नचिह लगाया है, कोई विवशता नहीं थी मेरी। हाँ, बिकनी पहनने की बात आई, मुझे आपत्ति नहीं हुई। आखिर मैं जब भी तरणताल में तैरने जाती हूँ, धोती पहनकर नहीं तैरती। जब मैं निजी जीवन में तैरने के लिए वन पीस तरण पोशाक या बिकनी का उपयोग करती हूँ तो तैरने के किसी भी दृश्य को उसी पोशाक में देने में मुझे क्या आपत्ति हो सकती है? हाँ, जिन्हें इस तरह के दृश्यों को करने में संकोच अनुभव होता है, शोषण महसूस होता है, इस्तेमाल की बू आती है, वे विज्ञापनों में सिर्फ प्रेशर कुकर, जाम, जेली, मैगी और शर्बत बेचें। कोई मजबूरी नहीं है कि वे बिकनी पहनें। अगर वे इसे मजबूरी के रूप में बयान करती हैं, तो निश्चय ही यह अवसरवादिता है। छद्म है। और यह तो मैं पहले ही कह चुकी हूँ कि इन दृश्यों से स्त्री का कुछ नहीं बनता-बिगड़ता!

"फिर तुमने उस फिल्म के कलात्मक पक्ष को एकदम नजरअन्दाज कर दिया?"

"शायद।" उसने बहस से कटने के मूड में हाथ खींचे।

नीता की भौंहें चढ़ गईं, "यह जवाब नहीं है।"

"कला और अश्लीलता के मध्य विभाजन-रेखा क्या है? जटिल मुद्दा है। और हम निरपेक्ष होकर इस विषय पर बात नहीं कर सकते।"

"मेरी समझ पर संशय है?"

"अधैर्य तो है। तुम जो कुछ करती हो, सामान्यजन के सन्दर्भ में उसे सोचने-समझने का कतई प्रयत्न नहीं करतीं—यह व्यक्तिवादी रवैया है नीता। तुम्हें जो कुछ पहनकर अश्लील नहीं लगता, तरणताल की सुविधा का तर्क उसके साथ जुड़ा होने के बावजूद मुझे अश्लील लगता है। वह सब अश्लील होता है कि जिसे देखकर मन में अश्लील प्रतिक्रिया हो...इरादों की कलात्मकता की आड़ में छिप पाना या छिपा पाना कठिन है...अभिव्यक्ति बड़ी पारदर्शी होती है...तलहटी का रोम-रोम सतह-सा आँखों की सीमा में पसर आता है—चाहे जितनी अवधारणाएँ रचते-परोसते रहो...हाँ, फिर दोहरा रही हूँ, तुम्हारी खजुराहोवाली दूसरे नम्बर की फिल्म सचमुच कलात्मक विज्ञापन-फिल्म है—परिपूर्ण। अपने उद्देश्य में पूर्णतः सफल।...ऐसी फिल्में नहीं कर सकतीं तुम? इस बात को सोचकर ही हँसी आ रही है कि पोशाकों के प्रचार हेतु बनाई गई फिल्म में पोशाकें ही अदृश्य हैं...।"

अगले ही पल अंकिता का स्वर अवसाद से टूटता हुआ प्रतीत हुआ, "स्त्री के अस्तित्व की तलाश तब तक पूरी नहीं होगी नीता, जब तक वह वर्गों में बँटकर निजी स्वार्थों और सुविधाओं में उलझी विभाजित होकर जीती रहेगी..."

नीता ने गहरी क्षुब्ध दृष्टि से उसे देखा। अबोले ही उठी और ड्रायर का प्लग लगा अलमारी के शीशे के सामने खड़ी हो बालों के गुच्छे मरोड़-मरोड़कर उनका गीलापन सुखाने लगी किसी आकार में ढालती-सी।

जब भी सामने होते हैं, सामने होते ही बहुत कम हैं, लेकिन...जब भी होते हैं, इधर ऐसा ही होने लगा है कि उसकी भीतर की ऊष्मा पक्ष-विपक्ष में बँटने लगती है...लगता भी है उसे, नीता का अपना जीना है, जीवन-शैली है। उसमें असन्तोष का कोई सिरा झाँकता नहीं नजर आया कभी। उसे छद्म लगता रहे तो लगे। नीता उससे रत्ती-भर नहीं दरकती...।

बहरहाल इस असुखद संवाद से बचना था उसे। सम्भव नहीं हो पाया; जानते हुए कि खूँटे से बँधे रहकर न स्वस्थ बहस हो सकती है, न सही-गलत का सूक्ष्म स्वीकार्य विवेचन। जो मनवाए भले न, एक परिणाम अवश्य निचोड़कर रख दे। कुछ भी नहीं हुआ।

...एक बदलाव भीतर जन्म ले रहा है। दबे पाँव अपने-आप। हस्तक्षेप दखल नहीं प्रतीत होता अब उसे।

फिर... ?

यही कि ये हस्तक्षेप और कुछ नहीं...कन्धे पर हाथ के स्पर्श से उसे अपने होने की अनुभूति से गुजरने देना है...।

आगे कोई बात नहीं हो सकती और अब मि. भोजराज के प्रस्ताव के विषय में बताने का न उत्साह मन में शेष है, न औपचारिक सूचना दे पाने की सामान्यता।

वह जानती है कि इस सूचना से नीता को हार्दिक खुशी होती। असीम। विजयमिश्रित खुशी। मि. भोजराज से सम्पर्क के संकोच को उसी के आग्रह से तो निरस्त किया था।

बाद में विदित होने पर आहत होगी। आखिर छुपाई क्यों उससे इतनी बड़ी बात?

पाँच

प्लेटफार्म टिकट खरीदकर उसने ठीक सिर के ऊपर लगे हुए विशाल सूचनापट्ट पर नजर डाली। पश्चिम एक्सप्रेस के आने का समय चार बीस दिया हुआ था। वह चार समझे बैठी थी। पूछताछ काउंटर पर जाकर यह भी पता कर ले कि गाड़ी सही समय पर आ रही है या नहीं। आम तौर पर पश्चिम एक्सप्रेस नियत समय पर ही आती है, पर पूछ लेने में हर्ज ही क्या है?

कुर्सी की पीठ से टिका हुआ व्यक्ति कुछ ऊबा-सा बैठा हुआ है। काँच के कटाव के करीब गरदन झुकाकर उसने पश्चिम एक्सप्रेस के विषय में जानना चाहा।

"पश्चिम एक्सप्रेस ठीक समय पर आ रही है?"

उबासी भरते हुए उसने बगल में रखे हुए ब्लैकबोर्ड पर लिखी हुई इबारत की ओर उँगली उठा दी। खड़िया से लिखी हुई इबारतें इतनी धुँधली हो रही थीं कि कोशिश के बावजूद न वह उन्हें पढ़ पाई, न अनुमान ही लगा पाई कि क्या लिखा हो सकता है। मजबूरन काँच के कटाव से पुनः उसने अपना चेहरा सटा दिया।

"मेरी दृष्टि कमजोर है जरा...पढ़कर बताने का कष्ट करेंगे?"

"करेंगे...कौन-सी गाड़ी मालूम करनी है आपको...आने वाली कि जाने वाली?"

"गाड़ी का नाम भी भूल गए आप?"

"पचासों गाड़ियाँ आती-जाती रहती हैं मैडम, किन-किनका नाम याद रखें? कष्ट न हो तो फिर से बता दीजिए..."

"पश्चिम एक्सप्रेस।" उसकी बेहूदगी पर बेतरह क्रोध हो आया।

"आधा घंटा लेट है।"

"कारण...?"

"दुर्घटना..."

एकाध लोग उसके पीछे आ खड़े हुए थे। सुनकर वे चौंके। एक साथ जिज्ञासाएँ उछलीं, "दुर्घटना!...कैसी? कहाँ?"

"पक्की खबर नहीं। मगर उड़ते-उड़ते पता लगा है कि एक आदमी गाड़ी के नीचे कटकर मर गया..."

"ओह!...फिर गाड़ी और लेट हो सकती है।"

"आदमी मरा है, टक्कर थोड़े ही हुई है..."

किसी ने कहा तो सुनकर उसके रोएँ खड़े हो गए। एक सिहरन-सी कौंधी देह में। तत्काल हट दी वहाँ से।

कितनी विचित्र बात है! दारुण सत्य! आदमी के लिए आदमी की मौत एक खबर-भर है! सामान्य! महत्त्वपूर्ण है गाड़ी का विलम्ब होना! चिन्ता का विषय है गाड़ी का देरी से पहुँचना! यह भी कि आदमी के कटने से गाड़ी नहीं रुकती। चलती रहती है। रुकती है तो पटरी से मात्र लाश उठने तक। यात्रियों ने सुना होगा। स्तब्ध हो पल-भर फिर चौंके होंगे...मरने के लिए कोई अन्य जगह नहीं सूझी हतभागे को? कुछ

चेहरे करुणा विगलित हो दरवाजों पर लटक आए होंगे। कुछ उतरकर पटरियों पर उचकने लगे होंगे। कुछ खिड़की के सीखचे तोड़कर ठीक पटरी पर पड़ी हुई लाश तक पहुँच जाना चाह रहे होंगे। कुछ को बियाबान परेशान कर रहा होगा। कुछ को स्टेशनों पर प्रतीक्षारत स्वजनों की याद सताने लगी होगी। कुछ घटना की तह तक जाने को उद्विग्न हो उठे होंगे—हत्या है या आत्महत्या? ऐसा भी होता है। होता नहीं, हो रहा है। मारा ससुरों ने और लाके पटक दिया पटरियों पर...।

गाड़ी ने सीटी दे दी अचानक। चेहरों पर राहत और खुशी दौड़ गई...।

किसी को फुरसत नहीं कि जो चिंघाड़ती चली आ रही गाड़ी के पहियों के नीचे कुचला गया, उनमें से ही कोई एक था! बल्कि कोई और नहीं, वह स्वयं! उसने अपने लिए ऐकांतिक मृत्यु न चुनकर, जीवन से हारकर जीवन के प्रवाह तले ही कुचलकर मरना मंजूर किया। पटरियों पर जीवन की अनवरत यात्रा का स्पन्दन अनुभव करते हुए...।

उद्घोषणा ने उसकी तन्मयता भंग की।

प्लेटफार्म पर हलचल थिरकने लगी। गाड़ी आ रही है। शायद। इतनी जल्दी? प्लेटफार्म के बीचोबीच थाल-सी टँगी घड़ी की ओर उसने अविश्वास से देखा। विलम्ब की सूचना के मुताबिक गाड़ी बीस मिनट पहले ही पहुँच गई। काउंटर पर बैठे हुए व्यक्ति ने झूठ तो नहीं बोला? हो सकता है, गाड़ी ने कवर कर लिया हो! किसी कुली से न पूछ ले? घबड़ा उठी कि उसे गाड़ी आने पर जिस जगह खड़ा होना चाहिए था, खड़ी नहीं हो सकी और गाड़ी अचानक आ गई। तेजी से पीछे जाते हुए एक कुली को उसने टोका, ''पश्चिम एक्सप्रेस है भैया?''

''नई...सौराष्ट्र मेल है बाई...पश्चिम एक्सप्रेस इसका पीछे आएगा।''

जान में जान आई।

धक्का-मुक्की से बचने के खयाल से वह पीछे हो ठीक दीवार के निकट जाकर खड़ी हो गई और ऊपर लगे पोस्टरों को एक सिरे से देखने लगी—उफ्, 'हर नाइट्स'! कितना अश्लील पोस्टर है! फिल्म कैसी होगी, यह पोस्टर से अनुमान लगाया जा सकता है।

बॉडी का बटन खोलकर खड़ी हुई लड़की और बगल में नंग-धड़ंग लेटा हुआ कामुक पुरुष! जागरूक औरतें विरोध में इन पर कोलतार न पोते तो क्या करें? देखने में सभी को यह नंगा नाच! सिर्फ इसलिए क्योंकि स्त्रियों के एक वर्ग को अपनी बॉडी का बटन खोलकर खड़े होने में कोई संकोच नहीं होता? छिः, कैसी समझ है यह...!

अचानक उसे आभास हुआ कि वह 'हर नाइट्स' के पोस्टर पर ही कब से निगाह गड़ाये खड़ी हुई है और कुछ लोग उसे देख नहीं रहे बल्कि घूर रहे हैं। अजीब तरह से! वह पोस्टरों के पास से हटकर टहलने-सी लगी। कनखियों से उसने इर्द-गिर्द देखा। हाँ, लोग उसे देख रहे हैं अब तक। हर किस्म के लोग यहाँ आते हैं। शायद औरतें भी...।

सौराष्ट्र मेल अभी आई है, कहीं ऐसा न हो कि पश्चिम एक्सप्रेस और लेट हो जाए? वैसे समय कम नहीं है उसके पास। व्यर्थ में आशंकित हो रही है। साढ़े छह

तक 'नीलाम' पहुँचना है उसे, आराम से पहुँच जाएगी। दादर से खार है ही कितनी दूर? अलबत्ता टैक्सीवाले अवश्य झिक-झिक में आठ-दस मिनट डकार सकते हैं। मामूली बात है। उनसे निपटना विकट समस्या हो गई है। निकट की सवारियों में उनकी कोई रुचि नहीं होती। दूर की सवारी फँसाने की फिराक में रहते हैं वे ताकि यात्रियों से मनमाना पैसा ऐंठ सकें। अधिकांश के मीटर बिगड़े हुए होते हैं। न भी बिगड़े हुए हों तो भी न जाने कौन-सा दंद-फंद करते हैं कि मीटर में अनुमान से तिगुने पैसे होते हैं। नजदीकवालों को टैक्सी पकड़ने अक्सर पैदल चलकर मुख्य सड़क तक आना पड़ता है। दुर्गति ही समझो। हल्ला मचा तो कुछेक दिनों तक मामला पुलिस चौकसी में रहा। पुलिस की ढील हुई नहीं, फिर वही ढाक के तीन पात। बम्बई में टैक्सीवालों को दिल्ली की यह छूत देखते-देखते लगी है, वरना स्थिति वाकई इतनी निरापद थी कि आँख मूँदकर गाड़ी में बैठ जाइए, किसी प्रकार का कोई घपला नहीं होगा...। सौराष्ट्र मेल प्लेटफार्म बुहार चुकी है। गहमा-गहमी को चुंबक से खींच लिये गए लोहे के बुरादे की भाँति कहाँ खड़ी रहे?

जहाँ सोचा था।

सोचा था कि पीछे जाकर खड़ी हो जाएगी और सामने से आगे बढ़ते हुए प्रत्येक डिब्बे पर नजर रखेगी। अब यह विचार नहीं जम रहा। हो सकता है, मेहता दरवाजे पर न खड़ा हो? प्लेटफार्म के सामने वाली किसी खिड़की पर भी न बैठा हो? मेहता को कतई उम्मीद नहीं होगी कि वह उसे लेने स्टेशन आएगी, अपने पहुँचने की सूचना भेजने के बावजूद। उसके आग्रह पर आ रहा है, इसीलिए उसने पहुँचने का तार भेज दिया। दरवाजे और खिड़की पर वही व्यक्ति सतर्क हो बाहर झाँक रहा होता है जिसे प्रतीक्षा होती है कि कोई उसे लेने स्टेशन पहुँच रहा होगा...।

तब...?

यात्रियों के निकलने के मुख्य द्वार पर खड़ी रहे। टैक्सी वहीं से मिलती है। मेहता भी वहीं से निकलेगा। जितने डिब्बों पर वहाँ खड़े रहकर नजर डाली जा सकती है—देख लेगी। डिब्बे-डिब्बे दौड़ना उसके वश का नहीं। किसी को छोड़ने जाना जितना वेदनामय लगता है, लेने जाना उसी बिन्दु तक कष्टकर। मि. भोजराजवाले मुद्दे पर मेहता से तत्काल बात करना जरूरी न होता, तो शायद वह स्टेशन उसे लेने न आती। वह अवश्य चाहती रही है कि अन्तिम निर्णय करने से पूर्व मेहता जैसे अनुभवी व्यक्ति से परामर्श कर ले। मेहता कल पहुँच रहा होता तब यह लाभ उसे प्राप्त न होता।

यह अलग बात है कि मेहता से सहयोग की उम्मीद उसे हर हाल में है। निन्यानवे प्रतिशत निर्णय मन-ही-मन हो चुका है। बस, मेहता की स्वीकृति की 'हाँ' की दरकार है उसे। एक यह भी बात होती है कि आपके निर्णय को कोई छोटी-सी 'हाँ' उचित होने का प्रमाणपत्र दे दे तो आपका आत्मविश्वास मीलों लम्बा सफर तय कर लेता है। दरअसल लोग दुर्बल अधिक बनाते हैं। दुर्बल न भी बनाएँ, उचित-अनुचित, अनुकूल-प्रतिकूल के तर्कों में उलझाकर दुविधाग्रस्त अवश्य कर देते हैं। हरीन्द्र ने यही नहीं किया...?

कितना भयावह होता है अपनी ही दुनिया की उपहास में तनी उँगलियों की कानाफूसी को झेल पाना! यातना की इस पगडंडी से वह भी गुजरी है। दिन, महीनों नहीं—बरसों। पगडंडी के सीने में अटे पड़े भटकटैया पर पग रखते हुए...मगर टीसते काँटों की फाँसों को किसी से न बाँटकर वह उनसे मुक्ति की खातिर स्वयं हाथ में सुई लेकर अपने तलवों से बीनने बैठ गई थी...।

मेहता और उसके बीच अन्तर है तो सिर्फ स्थितियों का, किसी को किसी के पलायन का मूल्य चुकाना है और उस जैसों को आत्मसम्मान की माँग का...।

—वरना उससे उसका घर छूटता!

—सरस्वती कॉलेज की लेक्चररशिप से वंचित होती!

—'आब्जर्वेशन' से दूध में पड़ी मक्खी की भाँति निकालकर फेंक दी जाती!

—'फिल्मरस' में सदैव अस्थायी बनी रहती!

कोई एक लड़ाई इस सीमा तक विखंडित नहीं करती...उसके प्रहारों का प्रतिरोध कर लेता है व्यक्ति। झेल जाता है उसकी मार को। मगर भीतर-बाहर एक साथ खुल गए मोर्चा पर लड़ पाना इतना आसान नहीं होता। मेहता के भीतर संघर्षरत यह व्यक्ति आकर्षित करता है उसे।

"क्या दूँ मेमसाब?"

पता नहीं, कब वह बुक-स्टॉल पर आ खड़ी हुई।

"नया 'धर्मयुग' दूँ?"

उसने इनकार में सिर हिला दिया।

"सारिका?...फेमिना?...इंडिया टुडे?"

वह पत्रिकाएँ निकाल-निकालकर उसके सामने डालता जा रहा है। संकोच उमड़ आता है। उलटने-पलटने का अर्थ है—कोई एक पत्रिका खरीदना। आगे बढ़ दे? खरीदकर क्या करेगी? अंग्रेजी-हिन्दी की अधिकांश पत्र-पत्रिकाएँ एजेंसी में देखने-पढ़ने को मिल जाती हैं। नियमित आती भी हैं—एजेंसी के विज्ञापनों के चलते। वह तो ठीक है, मगर समय कैसे कटे? गाड़ी दस मिनट के करीब और लेट हो गई है। अब और लेट नहीं होगी। स्टेशन मास्टर से वह मिल आई है। उसका कहना है कि गाड़ी विरार स्टेशन छोड़ चुकी है और लगभग बीस मिनट में दादर पहुँच रही है।

न होगा, 'आरम्भ' का पिछला अंक ही खरीद लेगी। नया अंक मंगल तक आएगा। वैसे घर पर पिछले अंक की दो प्रतियाँ पड़ी हुई हैं। नहीं, शायद एक ही है, फाइल की हुई! एक वह बाजार में आते ही खरीद लेती है। अंक को तुरन्त देख पाने की लालसा का सँवरण नहीं कर पाती। अपना स्तम्भ पढ़ लेने का भी कि कैसा छपा है! कहीं कुछ काटा-कूटा तो नहीं? पिछली बार कुछ सामग्री बढ़ गई थी, स्थानाभाव के चलते काटना आवश्यक हो गया होगा। मगर जिस भी उप-सम्पादक ने उसे सम्पादित किया, इतनी निर्ममता से काटा कि लेख से उसका विचारपक्ष ही उड़ा दिया। पढ़ते ही उसका माथा घूम गया। क्रोध से आगबबूला हो उठी। तत्काल विरोध में सम्पादक के नाम एक लम्बा खत लिख डाला कि आइन्दा इस बात का खयाल रखा जाए कि सम्पादन के अधिकार

का अर्थ यह नहीं होता कि लेख जहाँ से जी में आए, काट दो। सम्पादक सी.पी. सिंह जी का तुरन्त उत्तर आया था, 'वे पता लगा रहे हैं कि किसने यह मूर्खता बरती है...इस हरकत के लिए उन्हें वाकई खेद है।'

दूसरी प्रति मानार्थ 'आरम्भ' के कार्यालय से आ जाती है।

हाँ, याद आया, दूसरी प्रति घर में इसलिए नहीं है कि वह उसने दफ्तर में किरपेकर को पढ़ने के लिए दी थी। चलो, कोई बात नहीं। एक और हो जाएगी तो हर्ज ही क्या है!

" 'आरम्भ' का पिछला अंक होगा?" उसने कुछ खरीदने की तसल्ली का झुनझुना स्टॉलवाले की ओर बढ़ाया।

"हाँ, मैडम, है...आजकल हिन्दी का 'इंडिया टुडे' खूब बिक रहा है।"

वह उसका आशय समझ गई। 'इंडिया टुडे' लगता है, इन्हें अच्छा कमीशन देता है। कमीशन अच्छा देता है तो निश्चित ही उसे बेचने में इनकी दिलचस्पी अधिक होगी।

"मुझे 'आरम्भ' ही चाहिए।"

वह 'आरम्भ' की प्रति पत्रिकाओं के ढेर से निकालने लगा।

उसने इत्मीनान से मनचाही पत्रिकाएँ पलटनी शुरू कर दीं...।

मि. भोजराज की अब तक बातचीत से यही आभास हो रहा है कि वे उसे अपनी एजेंसी में मुख्य कार्यकारी अधिकारी के पद पर रखना चाहते हैं। जिस समय अनुबन्ध-पत्र हस्ताक्षरित होगा, सबसे ज्यादा अम्माँ की याद आएगी। उनकी अनुपस्थिति खलेगी। यह सम्भव होता कि अनुबन्ध-पत्र लेकर सुबह उड़ती और उन्हें दिखाकर उनके चेहरे की रोशनी अपनी आँखों में भरकर संध्या को पलट पड़ती...वह सचमुच उड़ जाती! एकदम उन्हें अचरज में डालती। कहतीं नहीं, परन्तु मन-ही-मन सभी महसूस करते रहते हैं कि अप्रकट में वे उसी की चिन्ता में दिन-रात घुलती रहती हैं। पिछले वर्षों में देखते-देखते उनकी काठी दीमक लगे तने-सी खोखली हो आई है। बस, दो ही प्रबल इच्छाएँ हैं उनकी शेष, कि किसी साधु-सन्त, देवी-देवता, पीर-फकीर की अनुकम्पा से वह अपने जीवन में स्थापित हो जाए। पूर्णत: आत्मनिर्भर—तो वे उसे मृगछाला और कमंडलु दान करेंगी, उसे चुनरी चढ़ाएँगी, नारियल फोड़ेंगी, दरिद्रों को जिमाएँगी, कथा रखवाएँगी...ब्याह को लेकर उनकी जिद लगभग समाप्त ही हो गई है। शायद मन में इच्छा अब भी सिर उठाती हो, प्रकट में वे न जिद ठानती हैं, न दबाव डालती हैं। शायद यह सोचकर कि वे अगर ऐसी जिद ठानेंगी तो सम्भव है, परिवार का प्रत्येक सदस्य बिट्टी पर मानसिक दबाव बन जाए। अम्माँ में आया यह परिवर्तन घर में सभी को चित किए हुए है। हालत यह है कि अब इस सन्दर्भ में न कोई उससे जिक्र करता है, न परामर्श देता है, न छेड़ता ही है।

एक काम कर सकती है। अनुबन्ध-पत्र की फोटो-स्टेट कॉपी करा उसे त्वरित डाक सेवा से भैया के पास भिजवा देगी कि यह कॉपी वह अम्माँ के हाथ में दे दे और कॉपी के साथ उनकी तत्काल खींची हुई तसवीर उसे भेज दे—उनके चेहरे के भावों को दर्शाती हुई।

भैया उन्हें इलाज की खातिर ला क्यों नहीं रहा ? काश, वह उन्हें बम्बई ले आए। उसकी यह अदम्य इच्छा प्रत्यक्ष पूरी हो सकती है। अनुबन्ध-पत्र सीधे लाकर उनके हाथों में पकड़ा देती, 'लो अम्माँ! नौकरी का पक्का रुक्का। अब खुश ? छोटी-मोटी नौकरी नहीं है तुम्हारी बिट्टी की—पूरे साढ़े चार हजार नकद...सुविधाएँ ऊपर से। अब न तुम्हारी बेटी को अनुवादों की मजबूरी झेलनी होगी, न शब्द गिनकर आलू और प्याज के मोल-तोल की तरह अनाप-शनाप कॉपियाँ! और सुनो अम्माँ! तुम्हारी सबसे बड़ी इच्छा पूरी हो गई...अब मैं अपनी इच्छाएँ पूरी करूँगी...ना-नुकर नहीं चलेगी।'

अम्माँ की चिपड़ी आँखों में झल-झल सन्तोष पनिया आएगा, 'तुम्हरेऊ कऊनो इच्छा हय बिट्टी ?'

'है तो।'

'सुनीं भला...'

'एक तो ये कि तुमको अब मैं हवाई जहाज की यात्रा जरूर करवाऊँगी। अपने पैसे से। भले इन्दौर से बम्बई या बम्बई से इन्दौर...'

'अई ना...' विस्फारित नेत्रों से अम्माँ ने उसे देखा।

'क्यूँ ना ?'

'हम न बइठब हवाई जहाज म...हमका डर लागी...'

'लो, डर कैसा ?'

'काहे...मनई उलट-पुलट नहीं होई जात वहिमा ?'

वह ठठाकर हँस पड़ी।

'हँसेक का बात हय ? सीधे तीर की नाई नहीं धँसत चला जा हय आसमान म ?'

'धुत्त...कहीं उलटा-पुलटा नहीं होता। भ्रम है तुम्हारा यह...अरे फर्क ही नहीं कर पाओगी कि गद्देवाली बस में धँसी बैठी चली जा रही हो या हवाई जहाज में उड़ रही हो...'

'सच्ची ?'

'और क्या!'

'चलो, फिर हिम्मत कइ लेब।' आखिरकार अम्माँ ने उसकी जिद के आगे हथियार डाल दिये।

'अच्छा! डरने का नाटक रचकर तुम हमें उल्लू बना रही थीं ?'

'दूसर इच्छा सुनी ?' अम्माँ अचानक चिबिल्ली किशोरी में परिवर्तित हो उसकी आपत्ति के प्रति अनसुनी हो आईं।

'द्वारिकाजी और सेतुबन्ध रामेश्वरम् की यात्रा करना चाह रही थीं न तुम... ?'

'इच्छा तो हय...तौ ?'

'तो क्या ?' उसने उकसाया।

'मतलब जौन कुछ मनई सोचत हय...सब पर होई जात हय का ?'

'पूरा होगा...जरूर पूरा होगा।'

'ईश्वर जाने!' चिबिल्ली किशोरी एकदम बुढ़ा आई।

'होगा अम्माँ, होगा...मैं पूरा करूँगी...संकल्प है यह मेरा...बस, तुम फटाफट स्वस्थ हो जाओ...बम्बई से गुजरात है ही कितनी दूर?...चलो, ऐसा करेंगे, बम्बई से मद्रास हवाई जहाज से ले चलूँगी तुम्हें। वहाँ से हम बस से चले चलेंगे सेतुबन्ध रामेश्वरम्...ठीक रहेगा न?'

पश्चिम एक्सप्रेस आने की उद्‌घोषणा ने सोच पर जैसे हथौड़े से प्रहार किया। हाथ की पत्रिका यथास्थान रख वह पर्स से पैसे निकालने लगी।

''कितने देने हैं 'आरम्भ' के?''

''छह मैडम!''

छह ही तो देने होते हैं। जानती है कीमत। फिर भी पूछ बैठी बेभान-सी।

भैया को अभी तक उसने मि. भोजराज के प्रस्ताव के विषय में नहीं लिखा, यही सोचकर कि पहले अनुबन्ध हो जाए, फिर वह अम्माँ और उसकी प्रतीक्षा में भी तो है।

डिब्बे एक के बाद एक आँखों के सामने से गुजर रहे हैं। मेहता कहीं नहीं दिख रहा। फिजूल आँखें गड़ाने से फायदा! वह मुख्य द्वार पर ही अपने को केन्द्रित रखे। कहीं ऐसा न हो, वह यहाँ से वहाँ हो और वह निकल जाए।

मेहता के घरवाले कितने खुश होंगे! सभी उसे लेकर चिन्तित हैं। माँ विशेष रूप से। बम्बई छोड़ने के दस-पन्द्रह रोज तक मेहता की कोई कुशलक्षेम नहीं पहुँची तो माँ ने घबराकर उसे दफ्तर फोन किया। कोई खबर उसके पास भी नहीं थी। नहीं आई थी तो उसे किसी प्रकार की चिन्ता नहीं हुई थी। उचित ही लगा था उसके जाने का निर्णय। शायद मानसिक विश्राम कहीं ढूँढ़ ले! पर माँ के फोन ने चिन्तित कर दिया था।

माँ ने कहा था, 'उसके लौटने तक हम ये घर बेच देना चाहते हैं...। इतनी अच्छी जगह...मुख्य सड़क के ठीक सामने...वो सब सुख-सुविधा है पर...वन्दना का ब्याह भी करना है न!'

'अफ्रीका से जो परिवार...श्री और श्रीमती ठक्कर उसे देखने आने वाले थे न, उनका क्या हुआ?'

'सबकुछ ठीक-ठीक चल रहा था, अचानक अंजना बेन ने पूछा—बहू ने कौन से कमरे में आत्मघात किया था?'

'उससे कुछ कहा नहीं गया?'

'इसलिए मैं यहाँ उसके लिए लड़का नहीं देख रही...आखिर हमारा समाज है ही कितना बड़ा...कोई यह भी नहीं सोचता कि बहू के आत्मघात से वन्दना के ब्याह का क्या लेना-देना!...वन्दना कैसे दोषी हो गई उस सबके लिए?'

'वन्दना कहाँ है?'

'मामी के पास बड़ौदा गई है, फोन आया था कल शाम...वहीं रहकर कम्प्यूटर-प्रशिक्षण लेने का इरादा है उसका...कैसे रोकूँ, बताओ उसको? छोकरी मुँह नहीं खोलती मगर मैं माँ हूँ—बच्चे के मन की पीड़ा नहीं महसूस कर पाऊँगी... ?

'अब मेरे से भी बरदाश्त नहीं होता यह घर...दुख है तो इस बात का बेटा, यह घर वन्दना के पापा का खरीदा हुआ है...सोचा था कि आँख मूँदे ही इस घर को छोड़ पाऊँगी। पीछे बच्चे चाहे साथ रहें, चाहे बेचकर अलग-अलग घर ले लें...इतनी कीमत मिल ही जाएगी दोनों भाइयों को...वन्दना का क्या है...जो हाथ उठाकर दे दें...बड़े जमाई और सुधा को अफ्रीका में अपने कारोबार से ही फुरसत नहीं...तीन-चार बरस में आते हैं देश...वहाँ भी सरकार ने उनका जीना हराम कर रखा है। परेशान हैं वे लोग। पिछले खत में सुधा ने लिखा था कि वे लोग ब्रिटिश नागरिकता पाने की जोड़-तोड़ में हैं...उनका बबलू लंदन में ही पैदा हुआ था न...!'

क्या कहती माँ से ? अजीब से असमंजस ने घेर लिया। जो कुछ वे सोच रही थीं, शायद वह किसी हत्यारी गुफा से सुरक्षित बाहर निकलने जैसा कोई सुराग सुझा दे उन्हें...शायद नये सिरे से उनका परिवार जीवन जीने के आयाम अर्जित कर ले ! अर्जित करना ही होगा...आदी बनाना होगा स्वयं को उसके लिए, वरना क्रूर अतीत जोंक की भाँति उन सभी का रक्त चूस-चूसकर फूलता रहेगा और तृप्त होकर जब गिरेगा, निर्मम किसी और को इन देहों के स्वाद का पता दे देगा...।

कोई अन्त होगा इस सिलसिले का... ?

अभी हफ्ते-भर पहले उसने स्वयं माँ को फोन किया। ग्लानि से आक्रांत होकर अपनी व्यस्तता के चलते वह इस बीच न माँ को देखने जा पाई, न फोन पर ही खैर-खबर ले पाई। हालाँकि फोन करते समय बराबर आशंकित थी कि यह नम्बर नदारद मिलेगा। कटा हुआ। अब तक वे लोग कहीं और स्थानांतरित हो गए होंगे। 'न्यू बाम्बे' में कहीं। यही आभास दिया था माँ ने अपनी बातचीत में। मेहता के छोटे भाई की नौकरी भी उसी तरफ है। बर्मा शेल में। काफी सहूलियत हो जाएगी उसे आने-जाने में। माँ ने यह भी आभास दिया था कि मकान का पैसा वे मकान में ही लगाएँगी। अत: उनकी पूरी कोशिश है कि वे एक ही बिल्डिंग में एक ही माले पर लगे हुए दो फ्लैट खरीद लें। विनोद की बीवी शायद अधिक दिन उनके साथ गुजर न कर पाए।

'यह तो आप ठीक ही कर रही हैं...अपने रहते हिस्सा देकर...।' उसे माँ की यह व्यवहार-कुशलता बुद्धिमत्तापूर्ण लगी थी। 'अपने न रहने पर पारिवारिक कलह का बीज बनने से बेहतर है कि अपने सामने अपनी उन चीजों को टुकड़ों में देखने का माद्दा पैदा कर लेना, जिन्हें बनाने में उसकी पूरी जिन्दगी होम हो गई हो।'

फोन लग गया था।

'कौन ?...वन्दना ?' वन्दना की ही आवाज प्रतीत हुई उसे। वन्दना ही थी। वन्दना को फोन पर पाकर विस्मय हुआ उसे।

'कब आईं तुम... ?'

'परसों ही दीदी।'

'छुट्टी पर ?'

'छुट्टी ?'

'क्यूँ, तुमने बड़ौदा में कम्प्यूटर-प्रशिक्षण में दाखिला नहीं लिया ?'

'सोचा था दीदी।' वन्दना का स्वर अनायास भारी हो आया।

'क्या मतलब ? अच्छा इरादा था तुम्हारा, भविष्य में काम आता, कर क्यूँ नहीं लिया ?'

'नौकरी के चक्कर में...बड़ौदा में कम्प्यूटर के प्रशिक्षण के लिए फार्म आदि सब भर दिया था कि अचानक माँ ने हैंडलूम हाउस से आया मेरा नियुक्ति-पत्र भेज दिया...अक्तूबर में साक्षात्कार दिया था मैंने...बस, मजे-मजे में ही...क्या पता था कि चुन ली जाऊँगी।'

'ज्वाइन कर लिया हैंडलूम हाउस ?'

'कब का!'

'तुमने फोन क्यों नहीं किया मुझे ?'

''किया था दीदी...आप थीं नहीं अपनी कुर्सी पर...सन्देश देना उचित नहीं लगा...सोचा, फिर फोन कर लूँगी...दुबारा भी वही हाल हुआ।'

'चलो, बधाई...हालाँकि कम्प्यूटर कोर्स कर लेतीं तो निश्चित ही आगे चलकर अच्छी नौकरी का डौल बैठता...'

'ठीक कह रही हैं...वह तो करूँगी...इरादा नहीं बदला है मेरा...पता लगा रही हूँ, कहीं संध्या कक्षाएँ लगती हों तो तुरन्त दाखिला ले लूँगी।'

'माँ कहाँ हैं ?'

'घाटकोपर बड़ी मामी के घर गई हुई हैं...लौट आना चाहिए था अब तक उन्हें...'

'घर बदला नहीं अब तक... ?'

'शायद कुछ दिनों और रुकना पड़े...'

'कोई अड़चन... ?'

'खरीददार बयाना देकर मुकर गया...'

'बयाना देकर! मतलब... ?'

'उसने यह फ्लैट खरीदने का इरादा बदल दिया...कहकर कि यह घर अपशकुनी है...'

सुनकर वह धक्क-सी हो उठी, 'कैसी बात कर रही हो...इस जमाने में...जहाँ लोग श्मशान तक भूमि हथियाकर बहुमंजिली इमारतें खड़ी कर देते हैं...'

'सब होता है दीदी...जब भाग्य विपरीत होता है, बने हुए काम बिगड़ जाते हैं...'

'मेहता का खत आया... ?' उसने बात पलटी।

'तभी आया था जब आपको भी लिखा था, माँ बता रही थीं...'

' 'हैंडलूम हाउस' मेरे दफ्तर से अधिक दूर नहीं है, वन्दना...'

'जानती हूँ दीदी...'

'चुप कैसे हो गईं... ?'

'मैं खुद ही आपके पास आना चाह रही हूँ...जरूरी बात भी करनी है एक...हमारे यहाँ लंच एक से दो तक रहता है। आप... ?' स्वर में दुबकी उलझन ने हौले से चेहरा उचकाया।

'तू फोन करना...नि:संकोच। मैं खाली होऊँ, न होऊँ, तेरे लिए जरूर समय निकाल लूँगी...साथ चाय पीने चलेंगे कहीं।' उसे भाँपते देर नहीं लगी कि वन्दना कुछ परेशानी में है।

'धन्यवाद दीदी...'

'बस, बस...माँ को प्रणाम कहना... 'और सुन,' चोंगा रखते-रखते उसने पुनः वन्दना को टोका, 'कम्प्यूटर-प्रशिक्षण की संध्या कक्षाओं का जरूर पता लगा लो...',

चौंकी, अपने कन्धे पर किसी स्पर्श का गहरा दबाव महसूस कर। कौतूहल से भरकर मुड़ी तो वन-मानुष जैसे हुलिए में किसी व्यक्ति को सामने खड़े पाया। बढ़ी हुई खिचड़ी दाढ़ी, सिर पर उतने ही झंखाड़ हुए केश। देह से तिगुना ढीला खादी का कुरता, टाँगों में मुचड़ा हुआ-सा पाजामा। गले में रुद्राक्ष की असली या नकली माला। पाँवों तक उसकी दृष्टि उतर नहीं पाई। उतरती तो वह उनकी बदहाली देखकर सिहर उठती। डबल रोटी से सूजे हुए पाँव। लग रहा है कि अथाह रेगिस्तान का तपता सीना मँझाते हुए वह व्यक्ति यहाँ तक पहुँचा है...।

"मैं... ?" उसकी आँखों में तिर आए प्रश्नों से हताहत विस्मय ने क्षणांश उस व्यक्ति को अवाक् स्थिर कर दिया।

"तुम!" उसके स्वर में सदमे की-सी चीख थी, "ऐसे..."

"पहचानने में अड़चन हुई न!"

"यही ध्येय था न तुम्हारा..."

"सिर्फ मैं ही जिम्मेदार हूँ इस अड़चन के लिए... ?"

उसने कोई उत्तर नहीं दिया। एकदम से किसी विचित्र मनःस्थिति में घिरकर निकल पाना अपने हाथों में नहीं होता। उससे घिर जाना अवश्य एकदम से ही होता है। सिर्फ उसने दोनों कन्धों पर लदे एयरबैग्स को देखा। हाथ बढ़ा दिया।

"एक दे दो..."

"बहुत भारी है..."

"उठा सकती हूँ..."

"टैक्सी तक ही तो चलना है...और तुम खामखाह परेशान हो रही हो।"

वह नहीं मानती, "जानती हूँ।"

सचमुच एयरबैग भारी है, "व्यास से गोटे-वोटे नहीं भर लाए कहीं ?"

"लाना चाह रहा था..."

वह हँस दी। रोते बच्चे-सी।

"तुम्हारी आशा नहीं थी...अचानक ही निगाह पड़ गई तुम पर..."

जवाब हो सकता है इसका। लेकिन कुछ जवाब अनायास मिट्टी पर पड़े पानी से सोख जाते हैं। पर्स खोलकर वह अपना प्लेटफार्म टिकट खोजने लगी। बड़ी देर तक मुट्ठी में दबाए रही थी। पसीजने लगा तो पर्स में डाल लिया। खामोशी टैक्सीवालों तक उनके बीच चली आई—एक रिसती हुई खामोशी...जो भेंट के सुख के कन्धों पर अनपेक्षित घटे से मर्माहत हो अचानक हिलक पड़ती है...

प्रकृतिस्थ होना जरूरी है, "खार चलेंगे सरदार जी... ?"

सरदार जी के अधर इनकार की शिष्टता बरतने को ही हुए कि उसने दाना फेंका, "ले चलिए...पाँच रुपए अतिरिक्त दे देंगे...सामान के अलावा।"

डिक्की खुल गई।

"ऐसा करिए...धारावी से ले लीजिए।"

शिवाजी पार्क से माहिम तक के भयंकर यातायात से उसने बचना चाहा। बस, एकाध रुपए का फर्क पड़ जाता है इधर से। पेट्रोल और डीजल के धुएँ से आँखें जलने से बच जाती हैं। दम घुटने से भी। हालाँकि खाड़ी की बदबू अलग किस्म की उबकाई पैदा करने लगती है, मगर उसे सहन हो जाती है।

वह खिड़की से बाहर न जाने कहाँ उलझ गया है... !

बात शुरू करनी है, कहाँ से शुरू करे ?

बीयर मग से लम्बा घूँट भरते हुए मिस्टर भोजराज ने उसे गौर से देखा। उन्होंने महसूस किया कि अंकिता तनिक उद्विग्न है। कुछ कहना चाह रही है, मगर संकोचवश कहने से कतरा रही है। उसकी हिचक टूटनी चाहिए, वरना आपस में संवाद की निर्भीक, स्पष्ट मंच की कल्पना असम्भव सिद्ध होगी।

"मुझे लग रहा है कि आप संकोच के कवच से बाहर नहीं निकल पा रहीं..." वे अंकिता को टोके बिना नहीं रह पाए। "हम लोग साथ काम करने जा रहे हैं। इस तरह के अवरोध कार्य-कुशलता के लिए व्यवधान साबित हो सकते हैं। मैं बेबाकी का कायल हूँ—निर्ममता की सीमा तक..."

बात सही है। जो बात वह उनके समक्ष रखना चाह रही है, आगे-पीछे उठानी ही पड़ेगी। अभी कर ले तो निश्चित है, अनिश्चय और तनाव से मुक्त रह सकेगी। नियुक्तियाँ उसके आने से पूर्व हो चुकी होतीं, उस स्थिति में बात और थी। अब जब हर काम में निश्चय में उससे निरन्तर विचार-विमर्श हो रहा है, उसे अपनी पसन्द-नापसन्द प्रकट करने का पूरा हक है। और यह कार्य अन्यथा हरकत भी नहीं होगी। अन्तिम निर्णय का अधिकार भले मि. भोजराज के हाथों में है किन्तु जब तक निर्णय नहीं हुआ है, वह उन्हें अपनी राय से अवगत करा सकती है, आखिर उन्हीं के साथ उसे काम करना होगा, और लेना भी।

मि. भोजराज तनिक दबावों से प्रभावित लग रहे हैं। अनभिज्ञ भी। स्वाभाविक है। इस दुनिया से वे बस उसी सीमा तक जुड़े हुए हैं, जो उनके उपकरणों के प्रचार-प्रसार के उद्यम में रत है। वे कुटिल व्यापारी हो सकते हैं। दो का चार बनाने में माहिर। जरूरी नहीं कि प्रत्येक क्षेत्र में उनका यही गणित अपेक्षित परिणाम दे ?

'शिप्रा' के लिए सिनेमेटोग्राफी करने वाले शैलेन्द्र का नाम अवश्य बाजार में अपना सिक्का जमा चुका है, मगर इधर उसकी अनाप-शनाप व्यस्तता ने काम के प्रति उसके शुरुआत के लगाव को कम ही नहीं किया, लगभग समाप्त कर दिया है। दो दिन का शेड्यूल भी वह अपने सहकर्मियों के कन्धों पर पटककर गायब हो जाता है। सहकर्मी

फिल्म कर रहे हैं, इस बात से उसे विशेष आपत्ति नहीं है। आपत्ति का कारण है सहकर्मियों के प्रति उसका आचरण। स्पष्ट शब्दों में उनका शोषण। शैलेन्द्र उन पर प्रतिक्षण यह मानसिक दबाव बनाए रखता है कि वे जो काम कर रहे हैं, उसके प्रताप और प्रभाव का सुफल है। उसका नाम बिकता है। नाम बिकता है, इसीलिए काम धड़ाधड़ मिल रहा है और उन्हें इस बात के लिए उसका कृतज्ञ होना चाहिए कि वे उसकी वजह से इस उद्योग में अपनी रोटी-दाल चला रहे हैं। अधिकांश फिल्मों में वह कैमरे में से झाँककर भी नहीं देखता। मगर सहायकों को उतने ही पैसे देता है, जितने कि वह उन्हें शुरू में दे रहा था। आठ साल के अन्दर उसने वरसोवा बीच पर तीन कमरों का फ्लैट खरीद लिया, दो-दो गाड़ियाँ बना लीं और उसके सहायक हैं कि हर ग्यारह महीने बाद घर खाली करने की नियति से पीड़ित हैं...। शराब वह घड़ियाल की तरह पीता है। हाथों में कम्पन्न शुरू हो गया है। चार साल के भीतर हश्र यह होगा कि वह कैमरा संचालित करने में पूर्णतः असमर्थ होगा...पर इस बात की न उसे परवाह है, न चिन्ता।

इस चुनाव के वह एकदम विरुद्ध है कि शैलेन्द्र उनकी फिल्में करे। इससे तो बेहतर है कि वही लड़के क्यों न स्वतंत्र रूप से उसकी फिल्मों का दृश्यांकन करें, जिनके बूते पर शैलेन्द्र मठाधीशी कर रहा है और दोनों हाथों से पैसे उलीच रहा है... ?

वैसे वह अकारण ही इतना संकोच कर रही है। मि. भोजराज ने उसे पहले ही कह दिया था कि हम विपन्न हैं तो अनुभव में...।

साहस निथर आया, "शैलेन्द्र जी के चुनाव से मैं सहमत नहीं हूँ..."

मि. भोजराज लगभग चौंके। उसने स्पष्ट लक्ष्य किया।

"कारण... ?" उनका लहजा अनपेक्षित स्थिति की खिन्नता से रुक्ष हो आया, बावजूद सहजता की कोशिश के।

क्षण-भर को वह विचलित-सी हुई। सोचकर कि उसके समक्ष कोई मित्र या सहकर्मी नहीं बल्कि उसका बॉस बैठा हुआ है। एक उद्योगपति व्यापारी, जिसकी भौंहों का मामूली-सा उठाव उसे दूध में से मक्खी की भाँति निकाल फेंकेगा। वह अपने जीवन का हाथ आया सबसे सुनहरा अवसर खो देगी। सामने होगी फिर वही अनिश्चितता की विकराल अंधी खोह...खोह की आँतों में जीवन से रिसते सारे सम्पर्क...लेकिन, जो उसकी चेतना को कचोटता हो, उन्हें स्वीकार कर जीवन से सम्पर्क की कामना पाले... ?

"कारण अनेक हैं..."

"जैसे ?"

"शैलेन्द्रजी अतिव्यस्त हैं..."

"यह कोई अवगुण नहीं!"

"अवगुण बन चुका है..." ठहरकर वह तनिक अपने को सँजोने लगी। जैसे लक्ष्य साधने के पूर्व गुलेल की रबड़ को शक्ति-भर पीछे खींचते हैं, "उनके पास न पहले जैसा परिश्रम है, न परिणाम, न कल्पनाशीलता। हमारी एजेंसी को अभी अपनी प्रतिष्ठा बनानी है। बाजार में उत्कृष्टता का विश्वास अर्जित करना है। प्रतिष्ठा एक बार बन

जाए तब उन्नीस-बीस का फर्क महत्त्व नहीं रखता लेकिन शुरुआत में यह जोखिम नहीं उठाया जा सकता। प्रत्येक चीज पर गौर किया जाता है। फिल्म नहीं...क्लाइंट्स को एक करिश्मा चाहिए। वह करिश्मा हम नाम से नहीं, काम से पैदा कर सकते हैं।'' उसने सीधा मि. भोजराज की आँखों में देखा, ''...और शैलेन्द्र जी यह करिश्मा पैदा करने में सर्वथा असमर्थ हैं...कहाँ उनके वज्रदंती, सन्दल, पोंड्स की विज्ञापन फिल्में, कहाँ 'खरगोश छाप अगरबत्ती' का सतही सपाट दृश्यांकन! फिलहाल निर्णय सुरक्षित रखें... विचार करें इस मुद्दे पर...पता नहीं, नितिन मेहता पर आपकी दृष्टि कैसे नहीं गई...''

वे शैलेन्द्र की बात पर प्रतिक्रिया न देकर उसके नितिन मेहता के जिक्र पर अर्थपूर्ण मुस्कान मुस्कुराए बिना नहीं रह सके, ''नितिन मेहता में आपको व्यक्तिगत दिलचस्पी है?''

सवाल उसे अच्छा नहीं लगा, ''उनके काम की मुरीद हूँ...आपने उनकी 'लाइटोरियल' आदि विज्ञापन फिल्में...''

मि. भोजराज ने उसकी बात पूरी नहीं होने दी, ''हो सकता है, नितिन मेहता बड़े समर्थ सिनेमेटोग्राफर हों...शैलेन्द्र के मुकाबले का न वे नाम हैं, न काम। मैं उनकी सम्भावना से इनकार नहीं करता...न कोई दुराग्रह पाले हुए हूँ। फिलहाल, शैलेन्द्र से मेरी बात हो गई है। वह हमारी फिल्मों को यथेष्ट समय देगा...अंकिता जी, शैलेन्द्र पहला व्यक्ति है, जिसने आपके विषय में मेरे निर्णय की सराहना की...''

''की होगी...'' उसका स्वर कड़वा हो आया।

अलका गिरिराज के साथ उसकी अभद्रता स्मरण हो आई। पंचगनी की घटना है। आधी रात को धुत्त हो शैलेन्द्र उसका दरवाजा खटखटाने लगा था और अलका के दरवाजा खोलते ही भीतर से उसने लॉक चढ़ा दिया था। बगल के कमरे में उसकी पत्नी सो रही थी...शोर सुनकर सबसे पहले पत्नी की नींद उचटी। पूरी यूनिट के लोग एकत्र हो गए। पत्नी ने आँखों में उमड़ते अपमान के आँसू घुटकते हुए अलका से पति के उद्दंड आचरण के लिए क्षमा माँगी थी...।

''वैसे, आपने चर्चा चलाई है तो मैं इस सन्दर्भ में सोचूँगा...आपके इस तर्क से मैं सहमत नहीं हूँ अंकिता जी कि...शुरुआत में लोग नाम नहीं, काम देखते हैं बल्कि स्थिति बिलकुल विपरीत है। शुरुआत में लोग काम नहीं, नाम देखते हैं। वे नाम जो बेहतर काम की गारंटी साबित हो चुके हैं और भविष्य की गारंटी देते हैं...''

प्रतिक्रिया के लिए उन्होंने उसकी ओर देखा। वह उन्हें ध्यान से सुनती हुई-सी लगी।

''बहुत मायने रखती है यह बात कि...आपकी टीम कैसी है...कौन-कौन लोग हैं उसमें...जाहिर है कि वे नाम खातों को आश्वस्त करते हैं कि उनका पैसा और उद्देश्य उनके हाथों में सुरक्षित है। खातों के हृदय की यह तसल्ली, खातिरी उन्हें हमारी ओर आकर्षित करेगी, नहीं लगता आपको?''

इस बात का उत्तर न दे, उसने प्रतिप्रश्न किया, ''इस विचार से तो मैं आपकी टीम में अनुपयुक्त हूँ।''

मि. भोजराज उसका आशय भाँप गए। तरकश से निकले तीरों को सहेजना भी उन्हें आता था, ''आप छोटा नाम नहीं...''

''यह ढँकने की बात है...''

''चलिए, स्वीकारे ले रहा हूँ कि आप उतना बड़ा नाम नहीं हैं,'' मि. भोजराज हाथ लगे जेबकतरे की भाँति खिसियाए, जिसकी हाथ की सफाई का हुनर अचानक बेपर्द हो रँगे-हाथ धर लिया जाता है, ''लेकिन...एक पूर्वाभास होता है...एक ट्यूनिंग-सी महसूस होती है...नहीं, शायद यह भी, आप हमारे लिए भाग्यशाली साबित हुई हैं। यह धारणा हमारे हृदय में घर कर गई है कि आपने जब भी हमारे लिए कॉपी तैयार की, मीडिया में उसके आते ही उत्पाद की रातों-रात माँग में वृद्धि हुई और...''

''इतना ही काफी है...'' वह अपनी कटाक्ष-भरी हँसी नहीं रोक पाई, ''बहुत फुटेज खाते हैं आप असली बात पर आने में...वास्तव में आप भाग्यवादी हैं...''

''विश्वास है मेरा...'' मि. भोजराज ने उस कटाक्ष को अन्यथा नहीं लिया।

हालाँकि यह प्रश्न उसने उन्हें उनके ही तर्क से काटने का खतरा उठाकर किया था कि भले ही मि. भोजराज इस तरह की हिमाकत को अपना अपमान समझें या उद्दंडता, वह परिणाम भोगने के लिए तैयार रहेगी। सिर नवाकर अनीति या गलत को स्वीकार कर लेना उसकी प्रकृति नहीं। शैलेन्द्र जी उसे सही व्यक्ति नहीं लगते तो नहीं लगते। वह मि. भोजराज को अपने चुनाव के लिए सोचने को अवश्य बाध्य करेगी।

''आप रिलैक्स्ड हुई हैं कुछ।''

''शायद आप भी...''

उन्होंने मुस्कुराते हुए स्वीकृति में सिर हिलाया। प्रशासनिक कुटिलता की कितनी तीव्र घ्राणशक्ति है! शिकारी कुत्ते-सी!

''कुछ बजट के विषय में चर्चा करना चाह रही थीं न?''

''जी, मैं चाहती हूँ कि आप एक वर्ष की अवधि के लिए अपने विज्ञापन बजट में बढ़ोतरी कर दें...एजेंसी के हक में बहुत बड़ी मदद होगी।''

''क्यों...? हम इधर बजट कम करने की सोच रहे हैं?''

''कृपया अभी ऐसा न करें। समस्या सुन लें पहले। 'फिल्मरस' में आपका चार लाख का खाता रहा है, वह ज्यों-का-त्यों हमें दे दीजिए—एक लाख के खाते की हमें तत्काल आवश्यकता होगी...अगर आप अपना बजट पाँच कर देंगे...हम अपनी एजेंसी के एक्रीडेशन हेतु दिल्ली, 'आई.ई.एन.एस.' दौड़ लगा देंगे...एक्रीडेशन के बिना हम बाज़ार में साधिकार खड़े नहीं हो सकते...बड़े खातों का विश्वास प्राप्त करने की बात तो दरकिनार रही, लल्लू-पंजू खाते भी घास नहीं डालेंगे...आखिर उनके विश्वास के लिए कोई आधार तो होना ही चाहिए...''

''हूँ...'' मि. भोजराज व्यक्ति से अचानक व्यवसायी हो आए।

उसने उनकी 'हूँ' के दबाव पर विशेष ध्यान नहीं दिया, अपनी बात आगे बढ़ाई, ''एक्रीडेशन प्राप्त होते ही एजेंसी को वे तमाम सहूलियतें और सुविधाएँ प्राप्त होनी

आरम्भ हो जाएँगी, जो उसे आत्मनिर्भर बनाने के लिए आवश्यक हैं। कई जगहों से हमें उधार की सुविधा मिल जाएगी...अखबारों आदि में कमीशन सुरक्षित होगा...हमारे दफ्तरीय खर्चे आराम से निकल आएँगे...मगर यह होगा तभी, जब हम कम-से-कम पाँच लाख का व्यापार कागज पर दिखा सकेंगे..."

मि. भोजराज विचार-मग्न हो उठे। मुट्ठी पर ठुड्डी टिकाये वे कुछ पल इधर-उधर ताकते रहे। बैरा के निकट आते ही उन्होंने उसे एकदम ठंडी बीयर लाने का आदेश दिया। फिर उसकी ओर मुड़े, "रस और मँगवा लीजिए...।"

उसे भी आवश्यकता महसूस हो रही थी! अब जाकर वे मुख्य मुद्दे पर आए हैं, "अनन्नास का रस ले सकती हूँ।"

"सोमवार की सुबह फोन कर सकेंगी?"

"क्यों नहीं..."

"विजया से कहिएगा कि वह आपको मि. बनर्जी--सिमला सिगरेट्स के फोन नम्बर दे दे। निजी, दफ्तर और घर—दोनों का ही...और 'शिल्पा इलेक्ट्रोनिक्स' के मि. अनिरुद्ध रोहतगी का भी।...मि. बनर्जी सिमला सिगरेट्स के जनरल मैनेजर हैं...उनसे मेरी बात भी हो गई है..."

उसने उन्हें बीच में टोका, "सिमला सिगरेट्स का प्रचार अभियान तो 'पूर्णा' वाले कर रहे हैं?"

" 'पूर्णा' वाले ही कर रहे हैं...मैं क्या कह रहा था?"

"सॉरी सर! मैंने आपको बीच में टोक दिया।" मि. भोजराज उसे उद्भ्रांत से हो आए प्रतीत हुए। उसने उन्हें स्मरण करवाया कि वे उसे मि. बनर्जी से उनकी हुई किसी बातचीत के विषय में बताने जा रहे थे शायद।

" 'सर' की आवश्यकता नहीं है..."

"लेकिन सर...!"

"फिर 'सर'? 'भोजराज जी' काफी होगा...हाँ, तो मैं कह रहा था कि आप मि. बनर्जी को मेरा हवाला देकर फोन कर लीजिए...नया वर्ष शुरू होनेवाला है...वे 'पूर्णा' के काम से बहुत सन्तुष्ट नहीं हैं। अच्छा अवसर है...आप 'माध्यम' की ओर से 'पनामा' और 'विल्स फिल्टर' की प्रतिद्वंद्विता को ध्यान में रखते हुए 'सिमला सिगरेट्स' को अगर बेहतर बेस लाइन दे सकती हैं तो उनसे तत्काल उसका लिट्रेचर मँगवा लीजिए और एक प्रेजेंटेशन बनाकर उन्हें भेज दीजिए...'पूर्णा' में उनका क्या खाता है, यह पता लगाना मुश्किल नहीं...। कमीशन कुछ लचीला कर सकती हो। प्रचार-अभियान बजट भी। हाँ, मि. बनर्जी को राजी करना आपका काम है..."

"मेरी पूरी कोशिश होगी।"

"इसी उत्साह की आवश्यकता है। सिमला सिगरेट्स का खाता छोटा-मोटा खाता नहीं है...यह खाता आपके हाथ में आते ही 'माध्यम' बाजार में पाँव जमाना शुरू कर देगा।...वैसे 'पूर्णा' का वार्षिक टर्नओवर क्या है?"

"लगभग चालीस लाख..."

"काम आपको बहुत जुटकर करना पड़ेगा..."

"जी, मैं चुनौतियों से नहीं घबराती।" उसका स्वर कुछ दृढ़ हो आया, "आप एक्रीडेशन वाली बात को पीछे छोड़ आए हैं, उस बात को लेकर किसी निर्णय पर पहुँचना बहुत जरूरी है। शुरुआत की बात है।" उसने गाड़ी पटरी पर लानी चाही।

बीयर का असर नजर आ रहा है उन पर लेकिन बहुत सजग हैं, "उसी बात पर आ रहा हूँ।" भोजराज जी के चेहरे पर प्रशंसात्मक भाव तिर आया, "सिमला सिगरेट्स का खाता अगर 'माध्यम' के पास आ जाता है, मान्यता का मामला बड़ी आसानी से हल हो जाएगा..."

"उसमें समय लग सकता है।"

"ठीक है," उन्होंने एक पल में जैसे कोई निर्णय ले लिया, "तब ऐसा करिए, दो-तीन रोज के भीतर एक बढ़िया प्रेजेंटेशन हमारी बाजार में शीघ्र आ रही है बिजली की स्वचालित कपड़ा धोने की मशीन को लेकर, तैयार कर डालिए। गृहिणियों की सुविधा के लिए देश में सिर्फ हम, सिर्फ हम इसे पहली बार बना रहे हैं। भारतीय गृहिणियों की आवश्यकतानुसार! पूर्णत: स्वचालित! बस, प्रोग्रामिंग करके रख दीजिए। कपड़े धुलेंगे, निचुड़ेंगे और अस्सी प्रतिशत सूख जाएँगे, गृहिणियाँ आराम से अपने कामकाज के लिए निकलकर बाहर जा सकती हैं...खैर, मशीन का लिट्रेचर आपके पास सोम को पहुँच जाएगा, आप हमें प्रेजेंटेशन दीजिए कि उसकी बेस लाइन क्या होगी, उसे अखबारों, पत्रिकाओं, बोर्डों, रेडियो, दूरदर्शन, हिन्दी, अंग्रेजी और अन्य भारतीय भाषाओं में किस तरह प्रस्तुत किया जाएगा...हम खाता बढ़ा देंगे..."

उसके चेहरे पर मैदान मार लेने वाला विजित भाव छलक आया, "बहुत बढ़िया रहेगा सर!"

"दरअसल हमारे इस उपकरण को बाजार में आने में लगभग छह महीने और लग सकते हैं। हमारी पूरी कोशिश है कि तीन-चार महीनों की अवधि में मशीन बाजार में आ जाए। उसमें सफलता मिलती है या नहीं, यह और बात है...मगर पूर्व-प्रचार में कोई हर्ज नहीं बल्कि यूँ फायदा हो सकता है अगर प्रचार के साथ हम आरक्षण की बात भी जोर-शोर से प्रसारित करें। मशीन की कीमत साढ़े दस हजार होगी। हम उपभोक्ताओं से बड़े आराम से हजार रुपए अग्रिम आरक्षण के नाम पर जमा करवा सकते हैं, और उसी क्रम में आगे चलकर उन्हें डिलीवरी देना शुरू कर सकते हैं..."

सुनकर वह स्तंभित हो उठी। पर सत्य यही है। जेब से रकम लगाये वह व्यापारी कैसा? तनिक वितृष्णा-सी भी हुई। इसी सबमें उलझने जा रही हैं। कोई चारा भी नहीं। एक व्यक्ति अपनी ईमानदारी के चलते घूस नहीं खाता। किसी भी प्रलोभन से अविचलित...नैतिकता से टस से मस नहीं मगर कोई प्रमाण है कि जो रोटी उसके पेट में तनख्वाह के रूप में जा रही है, वह सफेद पैसों की है...?

"मेरा विश्वास हवाई नहीं है अंकिता जी।"

"मैं समझी नहीं सर?"

"यही कि आप चुटकियों में क्लाइंट्स को राजी कर सकती हैं।"

वह फीकी हँसी हँस दी, ''किसी को पटने तो दीजिए।''

उन्होंने अँगूठे से अपनी ओर संकेत किया, ''एक तो पट गया...''

उसकी हँसी का फीकापन अचानक झेंप में परिवर्तित हो उठा। बैरा को बिल देने से पूर्व उन्होंने उससे खाने के लिए पूछा। उसने विनम्रता से मना कर दिया। बैरा के लौटने तक वे बताने लगे कि मंगलवार को उनकी वृद्धा माँ का जन्मदिन पड़ता है। वे चाहते हैं कि पारिवारिक स्तर पर होम आदि सम्पन्न करके उसी रोज 'माध्यम' का औपचारिक उद्घाटन हो जाए। सोमवार को दोपहर वह 'पंचोली हाउस' जाकर कार्यालय का निजी तौर पर निरीक्षण कर ले। उन्हें सूचना दे दी गई है कि उसका केबिन टेलीफोन और वातानुकूल से सुसज्जित कर दिया गया है। स्टाफ हॉल में अवश्य थोड़ा-सा काम अधूरा है। कोशिश होगी कि सोम तक वह भी पूरा हो जाए। मुख्य एकाउंटेंट मि. शर्मा के बैठने की व्यवस्था ठीक से नहीं हो पाई है। उनके लिए ग्यारहवीं मंजिल पर एक साँझे का केबिन ले लिया गया है। थोड़ी दिक्कत होगी इससे, मगर उनका प्रयास है कि महीने-डेढ़ महीने के भीतर उसी मंजिल पर उनका कोई सुचारु इन्तजाम हो जाए। शेष वे सारी व्यवस्थाएँ हो जाएँगी जिनकी आवश्यकता उसे महसूस होगी। उसका अनुबन्ध पूजा के बाद ही हस्ताक्षरित होगा। सुबह नौ-बीस का समय उनके पारिवारिक पुरोहित ने प्रवेश का निकाला है। पूजा ठीक प्रवेश के बाद होगी। उसे ठीक नौ-दस पर वहाँ पहुँच जाना होगा। वे विजया जी से उसके लिए गाड़ी भेजने को कह देंगे।

''कोई और सेवा मैडम?'' वे अपने स्थान से उठते हुए बेतकल्लुफ हो आए।

''लज्जित कर रहे हैं आप।''

''नहीं, आप इसकी अधिकारी हैं।''

वह विनम्र हो आई, ''प्रमाणित कर सकूँ तो मेरा अपना ही आत्मविश्वास बढ़ेगा...।''

वे साथ-साथ बाहर की ओर बढ़ दिये।

''अन्य भाषाओं के कॉपी राइटरों की सूची मैंने बना ली है। शुरू में हम अंग्रेजी और हिन्दी को छोड़कर शेष भाषाओं के लिए स्वतंत्र कॉपी राइटर्स को अनुबन्धित करते रहेंगे, नाम आपको दे दूँ... ?'' वह पर्स में रखी नामों की सूची निकालने लगी।

उन्होंने हौले से बरज दिया।

''उनके विषय में आप स्वयं निर्णय करें...हाँ, मेहता जी को टटोला आपने?''

''वे फिलहाल 'फिल्मरस' नहीं छोड़ सकते...काफी अरसे से हैं वहाँ...अपने लगाव की भी बात है।''

''तब?''

''उड़ान के अत्रे को ही फाइनल कर लेते हैं।''

''यही ठीक रहेगा...''

''जाएँगी कैसे... ?'' उन्होंने कलाई मोड़कर समय पर दृष्टि डाली, ''पन्द्रह-बीस मिनट का समय है, आपको घर छोड़ दूँ?''

"औपचारिकता में न पड़ें। साढ़े आठ तक आपको 'सन एंड सन' पहुँचना है न! बस, आप निकल जाइए...मैं घर से बहुत करीब हूँ।"

वे गाड़ी का दरवाजा खोलते हुए पुनः संकोच से घिर आए, "टैक्सी मिलने में परेशानी तो नहीं होगी?"

"आराम से...असल में मुझे कुछ खरीदारी भी करनी है। दुकानें बन्द होने में अभी समय है। सोच रही हूँ, इस तरफ आई हूँ...यह काम भी निपटा हूँ..."

"बाजार थोड़ा आगे है...आइए, वहाँ उतार देता हूँ।"

अधिक तर्क-वितर्क उसे बेअदबी लगी। 'ए टू जेड' के सामने उन्होंने स्वयं गाड़ी रोक दी। नमस्कार करती हुई वह तेजी से गाड़ी से नीचे उतर आई। पार्किंग न होने से वहाँ चालान की आशंका रहती है।

दरअसल उसे कोई बड़ी खरीदारी नहीं करनी। मात्र घर में पहनने के लिए एक-आध झग्गा खरीदना है। झग्गा बेचने वालों की दुकानें 'नीलम' से लगी दाहिनी सड़क को पार करते हुए शुरू हो जाती हैं। 'ए टू जेड' से उसे पीछे लौटना पड़ेगा। काफी चलकर। संकोचवश वह उनसे कह नहीं पाई। इसलिए नहीं कि फुटपाथ पर से झग्गा खरीदने में उसे उनकी दृष्टि में अपने स्तर के गिर जाने की आशंका हुई। इन बातों की उसके लिए कोई अहमियत नहीं। यही सोचकर इस प्रसंग को टाल गई कि कहीं ऐसा न हो, औपचारिकतावश मि. भोजराज उसके साथ हो लें। और वह भाव-ताव करने में हिचकिचा जाए। भाव-ताव के बिना इस फुटपाथिए बाजार में खरीदारी सम्भव नहीं। दुगुने दाम बताकर, मोल-भाव की झिक-झिक के बाद पौने दामों में बेचकर ग्राहक को मूरख बनाना इनके बाएँ हाथ का खेल है। अनभिज्ञ व्यक्ति बड़ी आसानी से चँगुल में फँस जाता है। और इस गुमान में फूला हुआ घर पहुँचता है कि उसने दुकानदार को लूट लिया। बड़ा कुशल खरीदार है वह। लेकिन नहीं जानता कि कितनी कुशलता से दुगुने दामों को पौना कर दुकानदार ने उसे चूना लगाया है...।

अब इत्मीनान से घूम सकेगी। समय रहा तो टुन्नी और हरीन्द्र के बेटे अंशुल के लिए सिले-सिलाए बाबा सूट भी देख लेगी। अंशुल का शायद अगले महीने जन्मदिन भी होगा। याद नहीं रहता। घर पहुँचकर डायरी में देखेगी। सविता इस मामले में बड़ी संवेदनशील है। उसकी तरफ से हुई लापरवाही हरीन्द्र के लिए ताने हो उठती है। वैसे भी उसने सोचा हुआ है, पहली तनख्वाह में से वह सविता के लिए एक साड़ी अवश्य खरीदेगी। उसके लिए हरीन्द्र की चिन्ता और भागा-दौड़ी उसे नागवार गुजरती है, लेकिन उसने अक्सर महसूस किया है कि जब भी वह सविता के सामने होती है, वह बड़े आदर से पेश आती है। इधर उसने एक और परिवर्तन अपने सन्दर्भ में उसके व्यवहार में अनुभव किया है। अचानक ही सविता ने उसे 'आप-आप' कहने के बजाय 'दीदी' कहकर सम्बोधित करना शुरू कर दिया है। कभी-कभार उसे फोन भी कर लेती है। मन को गहरे छूता है यह सब। सविता के हृदय में उसके प्रति कितना दलदल रहा है कि वह हरीन्द्र के घर जाने में कतराने लगी थी...।

बात सँभल ही गई, वरना शैलेन्द्र जी को लेकर उनके दरमियान तनाव निश्चित था। टैक्सी में मेहता ने उसे समझाया था कि जहाँ तक सम्भव हो, परस्पर वाद-विवाद में उलझने से बचना चाहिए। मालिक मनुष्य बने रहने की कोशिश में रहता है और कभी-कभी मनुष्य हो भी जाता है, लेकिन उस कोशिश से उद्भ्रांत हो उसे मनुष्य नहीं समझ लेना चाहिए...।

एजेंसी की मान्यता के प्रश्न पर मेहता का तर्क था, 'इतना आसान नहीं है खातों को अपने हक में राजी कर लेना...।'

मेहता ने दो टूक शब्दों में कहा था कि तुम अपनी बात पर डटी रहोगी तो थोड़े से वाद-विवाद के पश्चात् वह बजट-वृद्धि के लिए सहमत हो जाएँगे...काला पैसा सफेद कौन नहीं करना चाहेगा; आखिर अपनी 'हाउस एजेंसी' खोलने की जहमत वह क्यूँ उठाना चाह रहे हैं? एक संस्थान शुरू करने में न जाने कितने खटकर्म करने पड़ते हैं। पैसा लगाने से लेकर श्रम देने तक...नित नई समस्याओं से सामना एक और टेढ़ी खीर है...सोचो, एजेंसी किसलिए शुरू कर रहे हैं भोजराज जी? तुम्हारी प्रतिभा से प्रभावित होकर? पैसा कमाने के उद्देश्य से?...नहीं, यह छद्म इसलिए नहीं! पैसा अथाह कमा रहे हैं वे। तीनों भाई करोड़ों की सम्पत्ति के भागीदार हैं। मि. कमल भोजराज को अपनी ससुराल में 'पंचोली हाउस' मिला हुआ है। उनकी प्रमुख चिन्ता है कर-चोरी। काले पैसों को किस तरह सफेद किया जाए। खैर, इस पचड़े से हमें कोई लेना-देना नहीं। वी. आई. पी., विमल आदि सभी ने अपनी 'हाउस एजेंसियाँ' खोल रखी हैं। उद्देश्य पर भी नहीं जाना है। पूरा विज्ञापन उद्योग ही काले धन पर टिका हुआ है। तुम पूरी लगन से काम में टिक जाओ...।

मेहता ने अचानक यह सवाल किया था, 'मि. भोजराज ने तुमसे कोई भागीदारी की भी बात की है?'

उसने अस्वीकार में सिर हिला दिया, 'ऐसा क्यों पूछ रहे हो?'

'इसलिए कि सारी मेहनत तुम्हारी होगी। अक्सर ऐसे मामलों में यह समझ भी होती है...पैसा आप लगाइए, मेहनत पूरी मेरी...लाभ आधा-आधा!'

'नहीं, ऐसी कोई बात उठी ही नहीं।'

'उठानी चाहिए थी तुम्हें...।'

'वैसे, ऐसी कोई बात दिमाग में आई ही नहीं...आती भी तो शायद मेरे लिए ऐसी शर्त रख पाना सम्भव न होता।'

'साहनी से परिचित हो तुम?'

'कौन साहनी?'

' 'वन्दना वाशिंग पाउडर' के मामले में जो एजेंसी आता रहता था...अरे, वही...पिछले वर्ष मि. गुहा के जन्मदिन की पार्टी में जो पीले गुलाबों का लगभग मीटर-भर सघन बुके लाया था उपहारस्वरूप और पीकर वहीं ढेर हो गया था?'

'हूँ! याद आया...।'

'वह तुम्हें छोटे खाते बड़े आराम से दिलवा सकता है।'

'उसकी खासियत... ?'

'दलाली...।'

वह चौंक गई थी, 'यह भी होता है ?'

'क्यों, अचरज में क्यों पड़ गईं ? इतने अरसे से काजल की कोठरी में हो, यहाँ के तौर-तरीकों का अध्ययन नहीं किया ?'

'हो भी तो मेरी कार्य-पद्धति यह नहीं हो सकती।'

'लेकिन मुझे यह गलत नहीं प्रतीत होता...इसे पारिश्रमिक ही मानना चाहिए। व्यक्ति आखिर इतनी मेहनत क्या सोचकर करेगा ? आपका श्रम और समय उसी अनुपात में बचता है...।'

'कैसी दलीलें दे रहे हो...भ्रष्टाचार नहीं है यह ?...कमीशन की रकम क्या किये गए श्रम का उचित मूल्य होती है ?'

'फिर काम भी यह छोटा-मोटा नहीं होता—हजारों-लाखों का वारा-न्यारा होता है।'

'होता होगा...मैं किसी भी मामले में सीधे सम्पर्क रखना पसन्द करूँगी...'

मेहता ने उसकी उग्रता को अन्यथा लिये बिना उत्तर दिया, 'सम्भव है, इस रूप में तुम सफल होओ ! इधर तेजी से विकसित हुई बिचौलिया-संस्कृति से लोग आतंकित हैं। आकंठ डूबे हुए। वे भी नहीं चाहते कि अपनी कठिन मेहनत, सूझ-बूझ और कार्य-कुशलता के बावजूद इन दलालों पर निर्भर रहें। विवशता है ! हो सकता है, तुम्हारी कार्यनिष्ठा और परिश्रम लोगों का विश्वास अर्जित करने में सफल हो ! उसका उचित मूल्यांकन हो ! और चकाचौंध से चौंधियाई विज्ञापनों की यह दुनिया ताजी हवा के कुछ झोंकों से सचेत हो सके...स्वस्थ हो सके...तुम्हारे साथ यहाँ कम लोग नहीं हैं।'

एक नुकीली कनी भीतर उतरती चली गई।

मेहता ने यह सब क्यों बताया उसे ? मस्तिष्क में चक्की-सी चलने लगी थी। उद्देश्य ! मन्तव्य ! क्या वह चाहता है कि वह व्यापार-वृद्धि के लिए उसूलों की पोर छोड़कर नम्बर दो का मार्ग अवलम्बित करने में संकोच न करे ? कि यह अपरोक्ष रूप से उसके विवेक को चेतावनी है कि भ्रष्टाचार के दलदल में धँसे बिना उसकी निष्पत्ति नहीं ?...यूँ उसे मानसिक रूप से भयाक्रांत कर निर्बल बनाने का अभिप्राय ? उठते निष्कर्ष हाथों में तने हुए उस छाते से औंधे हो उठे थे, जो अचानक आई आँधी-पानी के प्रचंड वेग का मुकाबला करने में असमर्थ हो उठता है...।

हरीन्द्र और मेहता...द्वंद्व का उठता बवंडर...!

इर्द-गिर्द कसता संशय का दुष्चक्र ! और उस दुष्चक्र में बूँद-बूँद गलती वह स्वयं !...पिघलती हुई...बेचैन ! इतनी प्रकंपित क्यों... ? यह एक तटस्थ सोच की स्थितियों की मीमांसा भी तो हो सकती है ? सिक्के के दूसरे पहलू के सत्य से अवगत कराने की चेष्टा...!

इधर दृष्टि घुमाकर क्यों नहीं देखना चाह रही...क्यों नहीं महसूस कर पा रही कि मेहता उसे उन दाँव-पेचों के दंगल में इसीलिए ले जाने की धृष्टता बरत रहा है ताकि वास्ता पड़ने पर वह अनपेक्षित परिस्थितियों से उचाट होकर निकल न भागे। उसे चुनौती

के रूप में ग्रहण करे। बहुत कुछ यहाँ ऐसा है जो स्त्री की सक्रिय भागीदारी के बावजूद उसके अनुभव-जगत का नग्न सत्य नहीं बन पाया। वह सतह के सत्य से भिन्न है! सतह के भीतर का संसार देख पाने के लिए उसे पानी में स्नाकल्स पहनकर कुशल गोताखोरों की भाँति तल तक पहुँचना होगा। शायद यह स्नाकल्स ही है जो मेहता उसे सतर्कता और सावधानी के नाम पर देना चाह रहा है। सतह के नीचे के सत्य से परिचित होने के लिए...।

"यह फुल साइज है बहन जी! देह से लगाकर देखिए...।"

लम्बाई ठीक है। उठंग झग्गे पहनना उसे तनिक नहीं सुहाता। उससे झाँकता हुआ पेटीकोट तो और भी फूहड़ लगता है। लम्बाई उसे पूरी चाहिए। खादी पर सांगानेरी छपाई आकर्षित कर रही है उसे।

"दाम?"

"एक ही दाम...पैंतालीस। पूरे बाजार में आपको ऐसा दूसरा नग नहीं मिलेगा।"

एकदम पारा चढ़ गया, "तुम क्या नये खड़े हुए हो बाजार में?"

"बहन जी...चीज पर भी तो निगाह डालिए...बेजोड़ नग है। आपको साठ बताकर पैंतालीस में थमा देता तो चुपचाप लेकर चल देतीं न! अब सही दाम बोल दिये तो नाराज हो रही हैं। आप ही सोचिए, नग पीछे दो रुपये भी न कमाएँ तो घर लौटकर बाल-बच्चों को सत्तू फँकाएँ?"

बहुत बोल रहा है। मोह छोड़ना पड़ेगा। इतना बोलना उससे सह्य नहीं होता। झग्गा ढेर पर पटक वह आगे बढ़ दी। दो कदम बाद ही झग्गेवाला चिल्लाया, "क्या देंगी बहन जी? कुछ बोलेंगी भी?"

"तीस...एक ही दाम।"

"बोहनी करने जा रहा हूँ आपसे,...चलिए, पैंतीस दे दीजिए।"

रात के आठ बजे तक कोई बोहनी नहीं हुई? झूठा कहीं का! उसके पहले दो महिलाएँ मोल-भाव करके उसके सामने ही दो झग्गे ले गईं। नहीं पटने का। वह चलने के लिए उद्यत हुई कि वह फिर चीखा, "चलिए, ले जाइए...आपको पसन्द है, अपनी खोट ही सही!"

वह पर्स खोलकर उसे पैसे देने लगी निःशब्द। गड़बड़ दोनों ओर हैं। न ये ईमानदार रहेंगे, न ग्राहक को रहने देंगे। कैसे सोचने लगी है वह!

लगे हाथों दोनों बच्चों के बाबा सूट भी खरीद ले। मन थक गया है, घर की ओर धकेल रहा है। इस ओर आने की सोचती रहती है। समय ही नहीं निकाल पाती। अभी खरीद लेगी तो ले भी लेगी, वरना हरीन्द्र के बच्चे को पैसे थमाने पड़ेंगे। मन-ही-मन कार्यक्रम बनाती रहेगी। यह लेकर रख लेगी। उसके लिए वह लेकर रख लेगी। और 'यह-वह' का मौका उस दिन तक भी नहीं आ पाता जिस दिन अंशुल के पास पहुँचना होता है उसे।

पिछली दीवाली पर टुन्नी के लिए पॉलियस्टर पर चिकन की कढ़ाई का कुरता-पाजामा ले गई थी। बित्ते से नापकर। अनुमान गलत निकल गया। रीना ने नहला-

धुलाकर पहनाने का चरका देकर उसे कपड़ों के बीच छिपा दिया। सोचकर कि टुन्नी को होने से रहा। किसी छोटे बच्चे को देने-दिलाने के काम आ जाएगा। अचानक एक रोज पड़ोस के बच्चे को टुन्नी ने वैसा ही चिकन का कुरता-पाजामा पहने देख लिया तो उन्हें अपना कुरता-पाजामा याद हो आया। बस! उस बच्चे का कुरता धर लिया और लगे चीख-पुकार मचाने कि. यह मेरा कुरता-पाजामा है, उतारो इसे! पूरे घर में हड़कम्प मच गया। किसी तरह उन्हें समझा-बुझाकर लाया गया कि यह तुम्हारा करता-पाजामा नहीं है। तुम्हारा घर पर रखा है। पता नहीं, किन कपड़ों के बीच रीना ने उसे छिपाकर रख दिया था कि तत्काल उसे ढूँढ़े नहीं मिल रहा था। सारी अलमारियाँ खंगोल डालीं उसने। तब कहीं किसी पेटी में कपड़ों के नीचे दबा कुरता-पाजामा बरामद हुआ। कुरता-पाजामा देखते ही उनकी बाछें खिल गईं। सुड़सुड़ाती नाक और मुँह धुलवाकर टुन्नी कुरता-पाजामा पहनकर खड़े हुए तो कुरता-पाजामा बिलकुल सुथन्ना हो रहा था। मगर टुन्नी एकदम खुश थे—'बुआ, कुत्ता...बुआ, कुत्ता' उच्चारते हुए। 'बुबु' से अब वह 'बुआ' कहने लगे हैं।

अपनी चीज बिलकुल नहीं भूलता दुष्ट। उसकी दी हुई तो विशेष रूप से...।

ड्राइवर ने आगे बढ़कर दरवाजा खोल दिया। नीचे उतर उसने गरदन उठाकर क्षण-भर 'पंचोली हाउस' पर नजर डाली। पूरी ऊँचाई पर दृष्टि नहीं पहुँच सकी। बाईस मंजिल की ऊँचाई कम नहीं होती। कल भी वह इस इमारत में आई थी, बारहवीं मंजिल पर स्थित अपने कार्यालय का निरीक्षण करने। काम बहुत तेजी से और सुरुचिपूर्ण तरीके से हुआ है। पूरे कार्यालय की सज्जा का दायित्व 'हिना फर्नीचर' वाले को सौंपा गया था। महँगे अन्त:सज्जाकारों में से एक हैं 'हिना फर्नीचर' वाले। स्पष्ट लक्षित हो रहा है कि चार-साढ़े चार लाख से कम रकम नहीं खर्च हुई होगी सज्जा में। कॉरीडोर्स में सुजाता बजाज के विभिन्न प्रदेशों की रईस महिलाओं के पुराने पहनावे-ओढ़ावों से सुसज्जित तैल चित्र लगे हुए हैं। छह बाई छह के विशाल तैल चित्र। फर्श पर दीवारों से सटे चुल्लूवाले मुरादाबादी हंडों में खूबसूरत रबड़ के पौधे लगाये गए हैं। एकदम विचित्र प्रजाति का कैक्टस चिह्न के विशाल गमले में दूर से रखा हुआ यूँ प्रतीत हो रहा है, जैसे एक साथ कई नर-कंकालों को आपस में उलझाकर छोड़ दिया गया हो!...सहन के उस कोने से सटा हुआ ही कार्यालय का प्रवेश-द्वार है और उस हिस्से में रोशनी इतनी मध्यम है कि वहाँ आदमकद रखा हुआ केस मानस पर एक अजीब-सी सिहरन-भरी दहशत की सृष्टि करता है।

सज्जा का सिर्फ इतना और यह पक्ष उसे बिलकुल नहीं रुचा। पता नहीं, ऐसे बीभत्स संयोजन के पीछे कौन-सी सौंदर्यानुभूति की अभिव्यक्ति उद्देश्य होती है!

"आइए..." किसी अनजान व्यक्ति ने उत्साहपूर्वक उसकी अगवानी की।

अन्दर हॉल में खासी भीड़ दृष्टिगत हुई। मगर महसूस हुआ कि अधिकांश परिवारजन ही एकत्रित हैं। अजनबी चेहरे! वेदी पर मि. भोजराज पत्नी के संग बैठे हुए पंडित जी के आदेशानुसार पूजा का कर्मकांड करने में संलग्न नजर आए। परिचित

वातावरण! मगर अजनबीयत से संकुचित करता हुआ-सा। पूजा-पाठ का यह पारिवारिक दृश्य किसी भी परिवार में आम है, लेकिन जब परिवार ही परिचय की सीमा से कोसों दूर हो, तब उन सबके बीच पैदा होते संकोच और एकाकीपन के भाव से निस्पृह किस प्रकार हुआ जा सकता है! उसने कुर्सी पर बैठते हुए अपने असमंजस को व्यावहारिकता से कसने की कोशिश की। जो कुछ हो रहा है, यह तुम्हारे जीवन में भी जुड़ने जा रहे नये अध्याय की शुरुआत है। ऐसा न महसूस करो...लेकिन अपने मस्तिष्क के दिये अनुशासन में कब बँधता है मन!

चीफ एकाउंटेंट शर्मा जी ने पास आकर उसे मौन अभिवादन किया तो उनकी उपस्थिति ने उसे आश्वस्त किया। विजया जी भी दिखीं। आँखों ही आँखों में उनसे भी नमस्ते हुई। अत्रे, शैलेन्द्र जी, स्टेनो टाइपिस्ट सुगन्धा—एक-एक कर 'माध्यम' से जुड़े कई सहयोगी आते गए...अपरिचित वातावरण की अनमनाहट आहिस्ता-आहिस्ता परिचय की आत्मीय सुगन्ध से सुवासित होने लगी।

हवन शुरू हो गया था। पुरोहित की अच्छी गति थी। सहनीय। 'माध्यम' से जुड़े लोग दबी जुबान से उपस्थितों के बीच सम्बन्धों की कड़ियाँ परस्पर अनुमान और अटकलों के जरिये बिठाने की कोशिश कर रहे थे। पास बैठी विजया ने इस सन्दर्भ में उनकी मदद की। जब तक हवन समाप्ति पर पहुँचा, वह अधिकांश के नामों और सम्बन्धों से परिचित हो उठी थी। विशेष रूप से मि. भोजराज के कौटुंबिक जनों से। दूसरी कम्पनी के न तो कोई अधिकारी वहाँ आमंत्रित थे, न विशिष्ट परिचित।

आरती लेने लगे लोग। मि. भोजराज पुरोहित जी से मुक्त हो इधर-उधर तनिक बोलते-बतियाते उस पर निगाह पड़ते ही उसकी ओर बढ़ आए, "देर कैसे हो गई आपको...गाड़ी समय पर पहुँच गई थी?"

"एकदम।" उसने अभिवादन में हाथ जोड़ दिये, "आपेरा हाउस के आसपास की भीड़ से आप परिचित ही होंगे!"

"हाँ, खूब...आइए...अपनी माता जी से मिलवाऊँ..." वे बड़े अपनत्व से उसे कन्धे से घेर, फिर तुरन्त हाथ हटा, उससे अलग दाहिनी ओर कुर्सी पर बैठी हुई धवल-वस्त्रधारिणी वृद्धा की ओर बढ़ दिये।

"बा, अंकिता जी हैं...'माध्यम' की मुख्य कार्यकारी अधिकारी।"

वह हाथ जोड़ उनके घुटने तक आशीषयाचित करती हुई-सी झुक आई। पता नहीं क्यों, एकाएक आँखों में कुछ नम-सा हो आया, जैसे भोजराज जी की बा नहीं, सामने अम्माँ कुर्सी पर बैठी हों!

"उन्नति करो बेटी...।"

वह आशीष ग्रहण करती दुबारा प्रणाम की मुद्रा में झुक आई। 'अम्माँ ही तो हैं।'

सभी परिवारजनों से भोजराज जी ने परिचय करवाया। पत्नी उषा के समेत। सभी ने उसे 'माध्यम' के शुभारम्भ पर शुभकामनाएँ दीं। उसने विनम्र भाव से स्वीकार किया। क्षणांश वह उन लोगों के दर्परहित सौजन्यशील व्यवहार से अभिभूत हो उठी। बिलकुल साधारण परिवार-सा निश्छल व्यवहार! आडम्बर रहित! घंटे-भर पूर्व की धारणाओं

को मिथ्या साबित करता। मि. भोजराज ने बताया, ''यह बा के त्याग और संस्कारों का असर है। बचपन में ही अकस्मात् पिता का साया परिवार पर से उठ जाने के बाद बा ने स्त्री होकर भी जिस साहस और कार्य-कुशलता से सारा कारोबार सँभाला, वह एक मिसाल है हम सबके लिए। बा के चलते हमारे परिवार में स्त्रियों का समान सम्मान है...।

''उषा जी...'' उन्होंने किसी से बातचीत में संलग्न दूर खड़ी पत्नी की ओर संकेत किया, '' 'सुविधा इलेक्ट्रॉनिक्स' की प्रबन्ध निदेशिका हैं...बहन रक्षा 'भोजराज पेंट्स' की चेयरमैन हैं। हालाँकि 'भोजराज पेंट्स' उन्हें उनके हिस्से के रूप में प्राप्त हो चुका है, लेकिन ब्याह के पूर्व से ही वह 'भोजराज पेंट्स' का कामकाज देखती रही हैं और अब भी पूरी कुशलता से सँभाल रही हैं। मियामों इंस्टीट्यूट, लंदन, से उन्होंने बिजनेस मैनेजमेंट का विशेष अध्ययन किया है...वैसे मेरी इच्छा है कि आप स्वयं मास कम्यूनिकेशन का अध्ययन लन्दन से करें...बड़ा उपयोगी साबित होगा इस दिशा में।'' कहने के बाद वे स्वयं अपनी बात पर कटाक्ष करते हँस दिये, ''कितनी खतरनाक सलाह दे रहा हूँ, नहीं ?''

प्रतिक्रिया में वह विद्रूप-भरी मुस्कान से मुस्कुरा दी, ''खतरा कैसा! खयाली पुलाव पकाने में कोई हर्ज नहीं...''

भोजराज जी कोई जवाब देने को उद्यत हुए ही थे कि तभी पुरोहित जी के बुलाने पर वे उसे छोड़कर उनकी ओर बढ़ दिये। पुरोहित जी से कुछ बातें हुईं। वे बा की कुर्सी की ओर बढ़े। उनसे कोई परामर्श हुआ। फिर मुड़कर 'माध्यम' परिवार का ध्यान अपनी ओर आकृष्ट करते हुए बोले, ''बा 'माध्यम' के शुभारम्भ पर रिबन काटकर हमें अपना आशीष देंगी। आइए...''

उसकी धड़कनों की गति जैसे उचकी और...तेज हो गई। परीक्षा-भवन में प्रवेश करने जैसी हौक...खिंचती हुई-सी...उत्सुकता और उत्तेजना घुली। केबिन के द्वार पर रिबन बँधी हुई थी। बा मंथर गति से तोरण लगे केबिन की ओर बढ़ीं। विजया जी थाली लिये उनके साथ-साथ। उषा जी ने थाली से कैंची उठाकर बा की ओर बढ़ाई और दरवाजे पर बँधी रिबन की ओर इशारा कर बोलीं, ''आशीष दीजिए बा।''

बा ने इधर-उधर दृष्टि घुमाई। उस पर दृष्टि पड़ते ही उसे संकेत से अपने निकट बुलाया और कैंची से रिबन के दो टुकड़े कर दिये। तालियों से हर्ष-ध्वनि कर सभी ने उद्घाटन का स्वागत किया। बा ने ही सर्वप्रथम भीतर प्रवेश किया...फिर सभी। सारे लोग शायद केबिन में समा भी नहीं सकते थे। उसने देखा, कुर्सी के ठीक पीछे कुछ ऊपर बा की एक विशाल विहँसती हुई तसवीर टँगी हुई है—दया, करुणा की प्रतिमूर्ति-सी।

साक्षात् प्रेरणा उसके शीश पर वरदहस्त रखे हुए होगी...।

विजया थाली रखकर तुरन्त एक फाइल न जाने कहाँ से निकाल ले आई और मेज पर रखते हुए उसने सप्रश्न भोजराज जी की ओर देखा, ''सर... ?''

उसका आशय समझ भोजराज जी आगे बढ़े आए और कलम विजया जी के हाथ से लेकर उसकी ओर बढ़ाते हुए मुस्कुराए, ''हस्ताक्षर कीजिए अंकिता जी।''

कलम उनके हाथ से लेकर वह फाइल पर झुक आई। यह सब थोड़ा नाटकीय लगा। विजया जी ने आगे बढ़कर हस्ताक्षर का स्थान बताकर उसकी मुश्किल हल की कि हस्ताक्षर आखिर किस जगह करना है।

उसके हस्ताक्षर करते ही उपस्थितों ने तालियों से हर्षध्वनि प्रकट की। मि. भोजराज ने अनुबन्ध की एक प्रति उसकी ओर बढ़ा दी, "बधाई अंकिता जी...बहुत-बहुत बधाई!"

इस क्षण वह अभिभूत हो आई। कुछ कहा नहीं जा सका उससे। बस, हाथ जोड़ दिये कृतज्ञ-भाव से। अब तक जो नहीं मिला था—अधिक उत्तरदायित्व के साथ उसके कन्धों पर है। आगे बढ़ उसने बा के चरण-स्पर्श कर लिये...अम्माँ होतीं, झट पाँव पीछे कर लेतीं, 'हटो हो...नरकमा भेजिहौ का!'

हॉल के एक कोने में नाश्ते की मेजें लग गई थीं। लोग उस ओर बढ़ दिये। उषा जी अपनी प्लेट के साथ उसके निकट आ खड़ी हुईं। वह पुनः संकोच से घिर आई कि उनके संग कहाँ से और कैसे बात शुरू करे...।

"आपकी बाजार में आ रही स्वचालित कपड़ा धोने की मशीन का हम एक रफ प्रेजेंटेशन तैयार कर रहे हैं...दो-एक रोज में आपके पास उसे भिजवाएँगे...यह 'माध्यम' का सबसे पहला कार्य होगा उषा जी!"

"स्वागत है..." उषा जी ने चहककर उसका उत्साह बढ़ाया, "मैं आपको विदेशी पत्रिकाओं के कुछेक अंक...कल...नहीं, परसों सुबह भिजवाती हूँ। उसमें कैलविनेटर ऑटोमेटिक वाशिंग मशीन और सेमी ऑटोमेटिक के विज्ञापन हैं। आपको उससे कुछ आइडिया मिल सकता है..."

"जरूर भिजवाएँ...कुछ हमारे काम आ सकेगा तो हम उससे लाभान्वित ही होंगे..."

"क्यों नहीं...कुछ और नहीं ले रहीं आप?"

वह झिझक छोड़कर मेज की ओर बढ़ दी। प्लेट में कुछ वेफर्स डालकर वापस उषा जी के सम्मुख आ खड़ी हुई।

निःसंकोच उनसे बोली, "वैसे तो मैं स्वयं कोशिश करूँगी कि लन्दन और न्यूयॉर्क से हम उन पत्रिकाओं को सीधे अपनी एजेंसी के लिए मँगवा सकें, जो विज्ञापनों से भरी हुई होती हैं...लेकिन इस दिशा में कुछ और सुझा सकेंगी आप तो..."

"क्यों नहीं...मैं आपके पास कुछ जापानीज स्लाइड्स भिजवाऊँगी। प्रोजेक्टर की व्यवस्था हो गई है आपकी एजेंसी में...?"

"अभी नहीं, शायद..."

उषाजी ने मि. भोजराज जी को वहीं से खड़े-खड़े पुकारा। मि. भोजराज सिनेमेटोग्राफर शैलेन्द्र जी से बातों में तन्मय दिखे। सुनते ही इधर बढ़े तो उनके साथ शैलेन्द्र जी को भी इस ओर आता हुआ देख उसके मुँह में कुनैन घुल गई। मन-ही-मन उसने अपने को डपटा। व्यावहारिकता भी कोई चीज होती है और उसकी रस्म उसे इस पेशे में रहकर कदापि नहीं भूलनी चाहिए।

"प्रोजेक्टर की व्यवस्था नहीं हुई अब तक... ?"

"कल आ रहा है...वैसे 'माध्यम' का अपना एक मिनी थियेटर होना निहायत जरूरी है...शैलेन्द्र जी का सुझाव है..."

भोजराज जी और उषा जी को बातों में उलझा पाकर शैलेन्द्र जी ने निकट जाकर उसे अस्फुट शब्दों में बधाई दी।

उसने उन्हें धन्यवाद दिया और सहजता दर्शाती हुई पति-पत्नी की परस्पर चर्चा की ओर उन्मुख हो गई।

मि. भोजराज उषा जी से कह रहे थे कि वे महीने-भर के भीतर मिनी थियेटर की व्यवस्था भी कर देंगे। स्थान की समस्या है। कुछेक लोगों को उन्होंने कार्यालय खाली करने की चेतावनी दिलवाई है। इन कामों में समय तो लगता ही है। सम्भव है, कानूनी कार्यवाही के बिना खाली भी न करा सकें। अभी उनका पूरा ध्यान प्राथमिक आवश्यकताओं पर अधिक है, जिनसे काम की सुचारुता में अड़चन आ सकती है, "क्यों अंकिता जी?" भोजराज जी ने उसकी ओर देखा।

"लेकिन यह भी सही है कि आप जब तक देश में हैं जितना काम हो सकता है, करवा ही लेना बेहतर है, वरना आप हाथ नहीं आते..." अपने मतलब की बात उसने इसी बहाने कह दी। उसकी इच्छा थी कि शेष काम भी लगे हाथों पूरा हो जाए तो बेहतर है।

"नहीं, ऐसी बात नहीं है..." भोजराज जी ने सफाई दी।

"ऐसी बात नहीं क्या?...आप ठीक कह रही हैं अंकिता जी...एकदम ठीक नस पकड़ी है आपने...विदेश इन्हें ज्यादा प्रिय है।" 'प्रिय' पर उषा जी ने कुछ ऐसे जोर दिया कि सभी उनकी चुटकी पर हँस पड़े।

"ऐसे खतरे भला क्यों उठाती हैं आप?" शैलेन्द्र जी ने उन्हें उकसाने की कोशिश की।

"खतरा इन्हें नहीं साहब, हमें है। जब मैं भारत में होता हूँ, ये मुझे छोड़कर विदेश चल देती हैं..."

भोजराज जी के इस जवाब पर इतना जबरदस्त ठहाका उठा कि वातावरण अगले कुछ पलों तक सरस बना रहा। भला लगा उसे। मालिक और नौकर की सीमाओं से मुक्त।

अतिथि विदाई की अनुमति चाह रहे थे। समय बारह से ऊपर हो रहा था। उषा जी और मि. भोजराज उन्हें विदा करने लगे। 'माध्यम' के सहयोगी भी साथ आ खड़े हुए।

बा भी जाने के लिए तत्पर हुईं। कुछ अस्वस्थ महसूस कर रही थीं वे। उषा जी और मि. भोजराज के संग वह भी बा को नीचे तक छोड़ने जाए? अनिश्चय में पड़ गई। फिर महसूस हुआ कि कहीं उसके इस व्यवहार को उनके परिवार के संग अधिक मेल-जोल बढ़ाने की पहल न समझी जाए! लोगों को बातें बनाते देर नहीं लगती। कुचर्चाओं को हजम करना उसके लिए दूभर हो उठेगा। यह भी लगा कि उसका इस तरह से सोचना वाजिब नहीं। वे दोनों पति-पत्नी बड़ा सहज और आत्मीय व्यवहार

कर रहे हैं। सभी के संग। विशेष रूप से उसे कतई यह अहसास नहीं होने दे रहे हैं कि वे मालिक हैं और वह नौकर...मगर, मर्यादा और अनुशासन अपनी जगह है, उसे नहीं भूलना चाहिए...।

वह बा को प्रणाम कर कार्यालय के कामकाज के सम्बन्ध में अत्यन्त उत्साहपूर्वक मि. शर्मा से विचार-विमर्श करने लगी। मि. शर्मा अनुभवी व्यक्ति लगे। पूर्वापेक्षा धीरे-धीरे खुलते हुए। अधिक सहज होते। शैलेन्द्र जी ने आकर उनकी बातचीत में व्यवधान डाला। अपनी जेब से परिचय-कार्ड निकालकर उसकी ओर बढ़ाते हुए बोले, "इसे रख लें अंकिता जी...मैं आपको कल फोन करूँगा...यहीं..."

फिर पलटे, "हफ्ते-भर तक मैं बम्बई में हूँ...तय करके विस्तार से बात करता हूँ..."

"निश्चित..." उसने शालीन होने का प्रयास किया।

"बाय...बाय मि. शर्मा..." शैलेन्द्र जी गरदन को झटका देते हुए कुछ कदम पीछे हुए, फिर तीव्रता से मुड़कर लिफ्ट की ओर बढ़ दिये।

वह मि. शर्मा के साथ हॉल की कुर्सी-मेजों की व्यवस्था देखने लगी। मि. शर्मा ने उसे एक और उत्साहवर्धक सूचना दी है कि अगर वे चाहें तो वह वडाला में आकाशवाणी वाली कॉलोनी में उसे मकान दिलवा सकते हैं। पूरा फ्लैट। दो शयनकक्ष और एक बैठक। हालाँकि वडाला हॉरबर ब्रांच पर पड़ता है और वहाँ से चर्चगेट आने के लिए उसे कठिनाई होगी। वैसे तो वी.टी. से भी वह फाउंटेन पहुँच सकती है। फाउंटेन में ही उसका यह कार्यालय है; किन्तु अधिक सुविधाजनक उसे पश्चिम रेलवे ही पड़ेगा। चर्चगेट से पैदल रास्ता काफी कम है। फिर अनिच्छा यूँ भी होती है कि एक बार जो पश्चिम बम्बई रह ले, उसे पूर्व बम्बई में रहना कतई नहीं भाता। विवशता की बात और है। अनुबन्ध उसके हाथों में है। पर्स में सुरक्षित अनुबन्ध न होकर जैसे वह कुबेर का खजाना है और इस खजाने के उसके पास रहते वह सपने देखने के लिए उन्मुक्त है...।

मजा आ जाए अगर वह चौदह को अम्माँ के आने से पूर्व किसी बढ़िया फ्लैट में स्थानांतरित हो जाए। अपना पलंग वह अम्माँ के लिए एक कमरे में डाल देगी। सलीम द्वारा उपहार में दिया गया लकड़ी का वह खूबसूरत लम्बा टेबल लैंप पलंग के कोने में लगवा देगी। स्विच अम्माँ के सिरहाने रखा रहेगा। रोशनी के लिए उन्हें बिस्तर से उठना न पड़े, न उतरना...।

भैया के लिए दूसरे बेडरूम में नीचे गद्दा डालकर खादी भंडारवाले मसनद निकालकर लगा देगी...बगल में किताबोंवाला रैक। तरस गई है किताबों की अलमारी खरीदने को। अलमारी वह जब चाहे तब खरीद सकती थी मगर स्थानाभाव उसकी मनोकामना पूरी ही नहीं होने देता। एक जस्ते की पेटी, जिस पर उसने पतला गद्दा तहा के वहाँ बैठने के लिए छोटा-सा दीवान बना रखा है—किताबों से ही भरी हुई है। किताबें भी खरीद सकती है अब मनचाही...।

घंटी! उसके दरवाजे की...?

हाँ, भ्रम नहीं है यह...।

इतनी रात गए... ?

हलकी-सी थपथपाहट भी हुई...फिर रुककर टोहने की प्रतीक्षा-सी कि गहन निद्रा में निमग्न व्यक्ति तक वह पहुँची भी या नहीं। लेकिन अर्ध-रात्रि को उसके घर के किवाड़ों पर थपकी देने वाला कौन हो सकता है ? प्रयोजन... ? कहीं अचानक गोमती की तबीयत तो नहीं बिगड़ गई ? इस इमारत में, इतने रहने वालों के मध्य एकमात्र वही बच्ची ही तो है जिससे उसका प्रगाढ़ परिचय है। किसी अन्य के घर कोई दुर्घटना... ? पर उसका दरवाजा आज तक किसी ने नहीं थपकाया। सभी जानते हैं कि वह अकेली रहती है और भला किसी की क्या सहायता कर सकती है ?

थपथपाहट फिर हुई। अपेक्षाकृत तीव्र, तनिक सतर्क भी कि उतनी ही तीव्र कि भीतर वाले तक पहुँच जाए। शोर से आसपास के घरों की नींद न उचटे। उठकर कमरे की रोशनी जला दी उसने। झग्गे की सलवटें झाड़ते हुए किवाड़ों के निकट पहुँचकर उद्विग्न हो पूछा, "कौन ?"

"अंकू..."

'हरीन्द्र ?' चौंक उठी वह। भड़ाक से किवाड़ खोल दिये उसने। सामने हरीन्द्र और सविता खड़े थे। वह अचम्भित, अवाक् उन्हें देखती रह गई। टहनी से टूटे निर्जीव पत्तों की भाँति उनके चेहरे इतने पीले शुष्क होकर क्यों आए हैं उसके पास ? ढाई बजे रात में...जोगेश्वरी से ? कहीं अम्माँ... ?

आगे बढ़कर सविता ने उसे कन्धों से पकड़कर एकाएक भीतर की ओर मोड़ा। हरीन्द्र ने फुर्ती से किवाड़ों के कपाट बन्द कर दिये।

उसे बैठाकर उसके निचुड़े चेहरे को...सुन्न होते ठंडे चेहरे को सविता ने एकबारगी अपने अंक में भर लिया। शिशुवत्। आरी-सी काटती हुई एक दारुण चीख उठते ही सप्रयास भींच लिये गए होंठों में घुटकर 'आँ-हं-हुं-हुं-हं' में परिवर्तित हो पछाड़ें खाते रुदन में फूट पड़ी...।

"नहीं दीदी, नहीं...साहस न छोड़िए..." ढाढ़स बँधाता सविता का अकुलाया स्वर कंकड़ी की चुभन से चिर उठी पानी की सतह-सा थर्रा आया। कैसा क्रूर परिहास नियति का ! प्रतिपल परीक्षार्थी-सा जीवन ! अनुभव कर रही है अब। किन शब्दों में सांत्वना दे उसे ? अंकू के उलझे बालों को सहलाता उसका करुणार्द्र स्पर्श अस्फुट से शब्दों में कुछ कह पाने का साहस सँजोने लगा, "घंटे-भर पहले ही फोन आया।...फोन लगातार आ रहा था...उठाते ही कट जाता...।

"बल्कि...मैंने इनसे कहा भी कि लगता है, फोन की लाइन खराब है...नींद में व्यवधान पैदा होता रहेगा...प्लग निकालकर रख देते हैं...इन्होंने बरज दिया, 'यह भी हो सकता है कि कोई नम्बर पाने की निरन्तर कोशिश कर रहा हो और उसे नम्बर न मिल रहा हो !...ऐसा करो, तुम परले कमरे में अंशुल को लेकर सो जाओ...मेरी नींद उचट ही गई है...मैं बैठकर कुछ पढ़ता हूँ...' मैंने यही उचित समझा कि अंशुल को लेकर दूसरे कमरे में सो जाऊँ कि तभी दुबारा फोन की घंटी बज उठी...।

"आवाज साफ नहीं आ रही थी...उधर से भैया बोल रहे थे—इन्दौर से...इनको पूछा, फोन मैंने इनके हाथ में पकड़ा दिया...अम्माँ...।

"रीना आठ-सवा आठ के करीब उन्हें दलिया खिलाने कमरे में गई...झकझोरती रही...उठतीं कहाँ से अम्माँ! उनके प्राण-पखेरू तो इस मायाजाल से सदैव के लिए मुक्त हो चुके थे...कष्टमुक्त...जंजालमुक्त...घबराकर उसने भैया को पुकारा...।" सविता का कंठ रुँध आया।

अचानक उसे भान हुआ कि अंकिता की सिसकियाँ थककर निढाल नहीं हो आईं बल्कि उसे गहरी मूर्च्छा जकड़ रही है। घबराकर उसने कमरे में उद्विग्न टहलते हुए हरीन्द्र को पुकारा। हरीन्द्र ने अंकिता को उसके अंक से अलग कर एक और तकिया सिरहाने लगा आहिस्ता से बिस्तर पर लिटा दिया। सविता फ्रिज से एक गिलास ठंडा पानी ले आई और अधीर-सी उसके चेहरे पर छींटे देने लगी।

हरीन्द्र चिन्तित हो आया। उसके बालों को सहलाते हुए पुकारने लगा, "अंकू! ऐ अंकू!...आँखें खोलो अंकू! इस कदर असहाय हो जाना शोभा नहीं देता तुम्हें...उठो, सोचें कि ऐसे गाढ़े वक्त में क्या करना है...समय नहीं है...अंकू...!"

लगा कि उसकी चेतना लौट रही है...क्षण-भर बाद उसने आँखें खोल दीं। उन दोनों की ओर कातर दृष्टि से देखा। फिर उठकर अधलेटी-सी हो गई। आँखें पुन: मुँद गईं। अस्फुट-से गीले शब्द होंठों से टूटने लगे, "कमजोर कौन होना चाहता है हरीन्द्र...पर...सतत परीक्षा बूँद-बूँद संचित कर जुटाए गए आत्मबल को इतनी निर्ममता से सोखती चली जाती है कि लगता है...भीतर कुछ शेष नहीं बचा...आह! आज ही तो...अनुबन्ध-पत्र की फोटोस्टेट...स्पीड पोस्ट से भिजवाई है...अम्माँ देख तो लेतीं उसे...कल सुबह तक...प्रतीक्षा नहीं कर सकीं...इतनी जल्दी क्या थी उन्हें...कुछ नहीं दे सकी उन्हें...कुछ नहीं हरीन्द्र..."

हरीन्द्र के कन्धों पर टिका हुआ चेहरा अचानक सूख आया था...अकाल में दरकी भूमि-सा...जिसके अतल गर्भ में छिपी अजस्र धाराएँ भी बाहर सूखे का सामना करते-करते एक बिन्दु पर पहुँचकर वाष्प होने लगती हैं और बाहर का सूखा...भीतर रेत होने लगता है...।

"दीदी, घूँट-भर पानी पी लीजिए..." सविता गिलास उसके अधरों के निकट ले आई। रो-रोकर आँखें ही नहीं, होंठ कैसे सुझा आए हैं!

आँखें खोलीं। हरीन्द्र के कन्धे से अपने को अलग किया। सविता की ओर देखा।

कितनी अलग-सी हो आई है वह! अपनी जड़ों की खोज में संलग्न...करुणामयी नारी...!

गिलास पर जमीं सविता की उँगलियों पर उसकी मुट्ठी कस गई। जल नहीं, जैसे वह अनायास प्राप्त द्रव हुई शक्ति पी रही हो! पी गई। कुछ चैतन्य हुई।

"अंशुल...?"

"पड़ोस की श्रीमती सक्सेना की बड़ी बिटिया मंजुला को उसके पास सुला आए हैं।"

उच्छ्वास भरा उसने...सूखा! सियाह! पीड़ादग्ध!

"चौदह को भैया उन्हें ला रहा था बम्बई...चिट्ठी में लिखा था, शायन सर्किल पर साढ़े सात बजे सुबह उतरूँगा...विलम्ब भी हो सकता है...तुम घर पर रहकर ही प्रतीक्षा करना...मैं और अम्माँ पहुँच जाएँगे..."

"क्या करोगी यह सब याद करके..."

"हरीन्द्र, उन्हें..."

वह उसका आशय समझ गया।

"भैया कह रहा था कि अम्माँ की इच्छा थी कि उनकी मैयत को बर्फ लगाके दुर्गति न की जाए...सुबह दस बजे मुखाग्नि दी जाएगी उन्हें। भिंडवाले बड़े भैया के पास फोन से खबर हो गई है...शायद, सीधे बात भी हो गई है उनसे...वे सुबह या हो सकता है, आज रात्रि में ही घर पहुँच जाएँ...मँझले बस्तर गए हुए हैं दौरे पर...अग्निदाह तक...उनका पहुँचना मुमकिन नहीं...चौथा तक शायद वे भी पहुँच जाएँ...सुदूर में सूचना का कोई उपयुक्त जरिया भी नहीं है...तुम... ?

"मैं सोचता हूँ...नई नौकरी है तुम्हारी...क्या स्थिति है, कह नहीं सकता।" हरीन्द्र ने उसकी प्रतिक्रिया की प्रतीक्षा किये बिना ही बात आगे बढ़ाई, "यह हो सकता है कि तुम दो बजे दोपहर वाली वायुदूत सेवा से निकल जाओ...आधा दिन कार्यालय में बिताकर और...सुबह सवा सात वाली उड़ान से वापस चल दो..."

"कैसी बातें कर रहे हैं...तेरहवीं तक दीदी वहाँ नहीं रुकेंगी?" सविता ने हस्तक्षेप किया।

"रुकना चाहिए...परिस्थितियाँ अनुकूल हों तो..."

"ऐसे में...लोगों के मुँह कैसे बन्द होंगे?"

"जिसने कभी स्वयं लोकापवाद की चिन्ता नहीं की, उसकी मृत्यु पर उसके आत्मीयजन इसकी परवाह करें, उचित है? क्या रखा है इन प्रपंचों में... ? ऐसा है तो तेरहवीं के दिन अंकू फिर वहाँ पहुँच जाए और इसी प्रकार सुबह वहाँ से चल दे, ताकि काम का नुकसान न हो। नजदीक है नहीं इन्दौर...तुम क्या सोचती हो अंकू...क्या चाहती हो तुम? तुम जो भी निर्णय लोगी, उसी अनुसार मैं तुम्हारा टिकट सुबह निकलवा लूँगा..."

वह सिकुड़ी-बिछली दृष्टि से सामने की दीवार ताकती रही, जैसे दीवार किताब का कोई पन्ना हो!

"भैया ने कहा...बिट्टी से कह दीजिएगा...अपनी सुविधानुसार ही आने का कार्यक्रम बनाए...अब जो हो गया सो हो गया...धैर्य ही विकल्प है।" हरीन्द्र ने भैया की बात को कुछ गहरे रेखांकित करते हुए कहा ताकि अपने और परायों के विवाद की चिन्ता अंकू के मानस को अधिक न उलझाए।

"भोजराज जी से बात करना चाहोगी... ?"

दीवार से टिकी दृष्टि उसकी ओर मुड़ी मगर हरीन्द्र की आँखों तक नहीं उठ पाई। अलबत्ता होंठ कुछ उच्चारने को काँपे अवश्य, पर खुलते-खुलते चिपककर रह गए।

हरीन्द्र ने हाथ बढ़ाकर उसकी नम शीतल हथेली छू ली, "अंकू...कुछ सोचना है...कुछ निर्णय लेने हैं तुम्हें...सिर्फ तुम्हें..."

उसने चेहरा हिलाकर स्वीकार किया।

"फिर..."

"उन्हें सुबह फोन करूँगी..."

"घर ले चलें अभी तुम्हें...सुबह वहीं से उन्हें फोन कर लेना।"

"यहीं से कर लूँगी।" स्वर अपने को सँजोता हुआ-सा प्रतीत हुआ।

"दोपहर का टिकट निकलवा लूँ..."

"निकलवा लो...वापसी का भी...यहीं से कन्फर्म्ड।"

"ठीक है...मैं ठीक बारह बजे मय टिकट तुम्हारे दफ्तर पहुँच जाऊँगा...वहाँ से एयरपोर्ट छोड़ दूँगा...एकाध कपड़े एयरबैग में डालकर साथ ही लिये आना...घर लौटकर लेने का समय नहीं रहेगा...हालाँकि घर रास्ते में ही है मगर समयाभाव हुआ तो एकाध मिनट नष्ट करना भी दूभर होगा।"

"मेहता को खबर करनी होगी। नीता यहाँ है नहीं।"

"कर दूँगा...निश्चिन्त रहो, और किसी को भी फोन करना है?"

"मेहता से कहना, दफ्तर ही आ जाए...और कौन है?...चैक..."

वह उसका आशय भाँप गया, "चिन्ता न करो, काम चल जाएगा।"

"दिक्कत नहीं होगी?..."

"होती तो झिझक कैसी?..."

सविता इस बीच चाय बना लाई थी।

उसकी सूखी आँखें अचानक डूबने लगीं।

"पी लो दीदी..."

कहा कुछ नहीं गया। इनकार में सिर हिलाया उसने।

"थोड़ी-सी...जी ठीक हो जाएगा।" सविता ने मनुहार किया।

गालों पर नहरें खुद आईं...।

आवाज किसी कुएँ से आती लगी।

"अभी अम्माँ घर पर ही होंगी...जब तक मैं घर पहुँचूँगी...उन्हें देख भी नहीं पाऊँगी...सविता..."

"जिन्हें हम बहुत प्यार करते हैं, वे हमारे मन से कब दूर होते हैं!"

"तुम...ठीक कह रही हो...मगर शरीर कितना प्रिय है..."

"माध्यम जो है...किसी के होने का आकार-प्रकार...उसे मूर्त करता...उसे महसूस करवाता..."

हरीन्द्र ने उसके कन्धे थपथपाए, "आराम कर लो थोड़ा...ऊपर से गोमती की माँ को बुला दूँ...अकेलापन कम होगा थोड़ा।"

"शायद...शायद किसी के दूर किये नहीं दूर होता..."

"सच यही है...हम चलें?"

''हाँ...''

''लौटकर कुछ दिनों आप हमारे पास ही रहेंगी दीदी...''

भरी-भरी दृष्टि ने सविता को सहलाया...।

उन्हें छोड़ने दरवाजे तक आई।

सविता ने उसकी हथेलियों को अपनी हथेलियों में ले स्नेह से थपथपाया...ढाढ़स बँधाती ऊष्मा!

उन्हें छोड़कर पलटी तो घर अचानक भुतहा हो आया...।

छह

रीना ने उसे उठा दिया, ''पीठ अकड़ गई होगी बिट्टी। ऊपर चलके टुन्नी के पास पड़ रहो...''

विरोध नहीं किया उसने। पाँव सुन्न हो रहे हैं। देह से अलग होते-से। जब से आई है, इसी कमरे में बैठी है। अम्माँ के होते घर में स्वागत भी अलग तरह से होता था। नाउन काकी को वे पहले से बुलवा भिजवातीं। पलंग पर बैठते ही नाउन काकी पानी-भरी परात में उसके दोनों पाँव खींच लेतीं और लाख ना-नुकर के बावजूद एड़ियाँ रगड़-रगड़कर पाँव पखारतीं। आँचल से पोंछतीं। वह अम्माँ का पकड़ाया सिक्का और काँधे में डाले गए चावल धीरे से नाउन काकी के आँचल में डाल देती। अम्माँ से घोर तर्क-वितर्क होता। सामन्ती रीति-रिवाज हैं ये। खत्म होने चाहिए अब। लज्जा आती है। मगर अम्माँ टस से मस न होतीं। यह तो नाउन का नेग है। नाउन से पाँव पखरवाने में उसे आपत्ति हो तो वे स्वयं पखारेंगी। नहीं तो घर की बहुएँ। यह आदर ही नहीं है, वैज्ञानिक कारण है इस परम्परा के पीछे। तब न हवाई जहाज थे, न वातानुकूलित गाड़ियों की सुविधापूर्ण यात्राएँ, लड़िहा में विदा-विदाई, आना-जाना होता था। ऊसर-बंजर-भरे कच्चे रास्ते। गोइयों की दनक-भरी दौड़। देहरी पर पाँव धरते-धरते देह का जोड़-जोड़ टीसने लगता। तपते दिनों में शीतल जल से पाँव-प्रक्षालन यात्रा की थकन को सोख लेता। जाड़ों में कुएँ का ताजा खिंचा पानी गुनगुने धाम-सा शिथिल देह को ऊष्मा से भर देता।

बोलते-बोलते अम्मा का स्वर ताव से भर उठता, जब तक हम जीवित हैं, संस्कृति नहीं बदलेगी। मुल्ला, किसी के प्रति जबराई हो रही हो, वह टोक दे। मजाल कि वे कानों को हाथ न लगाएँ, इनमें आधुनिकता न खोजें! न टोकें कि शुभ कारज पर ढोलक न बजे, गवनई न हो, बिटिया, बहुरियन के पाँवों में आलता न लगे...!

एक अम्माँ के न होने से कमरा अपनी पहचान खो बैठा है। कितने क्षण ठिठकी रही थी। कमरे में घूमती स्तब्ध दृष्टि से विदीर्ण। बाईं ओर की खिड़की से सटा उनका निवाड़ का पलंग पड़ा रहता था। पलंग से सटी उनकी न जाने किस जमाने की अलमारी। कहती थीं कि बर्मा के जंगलों की लकड़ी है। बाबूजी नौकरी छोड़कर आए थे, इसे अपने संग लाए थे। अब ऐसी मजबूत लकड़ी मिलने से रही। छत से लगभग सटे,

दीवार पर देवी-देवताओं के आगे को लटके हुए बड़े-बड़े चित्र। इस छोर से उस छोर तक। प्रत्येक चित्र के कोनों में अगरबत्तियों के खुँसे हुए ठूँठ। ज्यों के त्यों। जिन्हें खोसने के लिए अम्माँ को पंजों के बल उचकना पड़ता था। जेठ शुरू होते ही उनके पलंग के निकट उनकी सुराही और गिलास रखी रहती। उसे याद है, टुन्नी के चलना-फिरना सीखते ही सुराही की जगह बदल दी गई थी। उसकी पहुँच से बाहर। टुन्नी की तिपहिया गाड़ी भी वहीं पड़ी रहती थी। उसे गाड़ी के सहारे पग धरना सिखाती थीं अम्माँ, 'ठुमक चलत रामचन्द्र बाजे...'

अब...फर्श के इस कोने से उस कोने तक दरियाँ बिछी हुई हैं। जगह-जगह से बटुरी हुई। पलंग का उतना हिस्सा छोड़कर वहाँ गोबर और गेरू से लीपकर बड़ा-सा दीया रख दिया गया है—नन्ही लपट-सी काँपती हुई लौ में थर्राता...।

कौन आया, कौन गया, उसे नहीं पता। 'कब आई बिटिया?' उससे प्रकट की गई अनेक जिज्ञासाओं को रीना निपटाती रही। अम्माँ की मृत्यु पर संवेदना प्रकट करने से अधिक वे उसके अकेले हो जाने पर ज्यादा विचलित प्रतीत हुए। जैसे अम्माँ ने प्रत्येक से अपनी चिन्ताएँ बाँटी हों! एक बार और उसका घर-बार बस जाता। वे चैन से मरतीं...चारों धाम हो जाते।

घुटे सिर पर रूमाल बाँध भैया किसी धरा-उठाई के बहाने कमरे के अनेक चक्कर लगा चुका। औरतों के कटाक्षों की भनक लग गई है उसे शायद। भिंडवाली भाभी को संकेत कर चुका है कि बिट्टी को अधिक देर तक न बैठाएँ उनके बीच। कब तक ऐसी बैठी रहेगी? बीमार पड़ जाएगी। ऊपर ले जाओ। औरतें हैं कि उनके प्रश्न ही नहीं खत्म होते। काकी घुटना पकड़ लेती है।

तेरहीं तक रुकोगी न बिटिया?''

''मुश्किल है काकी...पूरा दफ्तर बिट्टी के जिम्मे है।'' रीना मजबूरी सामने रखती है।

''दुलहिन, दफ्तर-फफ्तर तो भैया, रोज-रोज का खट्राग है...महतारी का रोज-रोज सरगै जाति है?'' काकी उससे चेहरा मोड़कर दूसरों के उत्सुक चेहरों की ओर उन्मुख होती है, ''महतारी-बाप के मरे-जिए की यही कीमत बची है कलिजुग में...किरया-करम निबटाने को भी समय नहीं पेट-जायों के पास...''

''ठीक कह रही हो दिदिया! पाखंड परतीत होता है इन लोगों को यह सब!''

''जो भी लगे भैया, कौन देखने को बैठी हैं वे...''

''महेश नहीं दिख रहे...?''

''दौरे पर हैं वे...दुलहिन आई है बिनकी...देखी नई तुमने?''

''नई तो...?''

''हतीं...तिवारिन की बगल में बैठी हतीं...बाल कटवाए लिये हैं बिनने मरदन की नाईं...''

''हमारी नजर नाय पड़ी...भिंड बारी?''

''वे बैठी हैं।'' कोटरों से दो जोड़ी आँखें उचकीं।

''छोटी पे बड़ी जिम्मेदारी आय पड़ी।''

"उनने ही उठाईं...बोई कामकाज भी निबटाएँगी..."

टुन्नी ने उसके बगल में लेटते ही आहट से उचटकर पल-भर को आँखें खोलीं, अपनी नन्ही बाँह उसके गले में डाली और छाती से चिपककर पुन: चिया गया, जैसे नींद में भी उसके आने की प्रतीक्षा कर रहा हो! उसका हृदय विह्वल हो आया। कुछ खाया-पिया भी है बच्चे ने या नहीं? रीना को दम मारने की फुरसत नहीं है। जो भी आया है, अतिथि की भाँति आया है। कहाँ क्या है, किसी को कुछ पता नहीं। कहाँ सुध होगी उसे टुन्नी की? खिचड़ी बनी है शायद चौके में। शायद बनती है। किसी ने क्या मुँह जुठारा होगा... ?

गले से टुन्नी की बाँह एकाएक सरक गई है, नींद में शिथिल होकर। उसने उसकी बाँह को झुककर चूम लिया। फिर आहिस्ता से उठाकर अपने गले में डाल लिया। सम्बल-सी दे रही है यह नन्ही बाँह। जब से देहरी पर पाँव रखा है, टुन्नी ने उसकी उँगली नहीं छोड़ी। अम्माँ के कमरे में भी घंटों उसके घुटनों से सटा बैठा रहा। तब तक, जब तक वह थककर नींद में लुढ़क नहीं गया। सभी को अचरज हो रहा था कि घड़ी-भर को भी टिककर न बैठने वाला बच्चा कैसे सहमा हुआ बुआ से चिपका बैठा हुआ है! उसके आँसू बहने लगते तो फौरन गोद में सरक अपना रुआँसा चेहरा उसके पेट में गड़ा देता।

उसे किरपेकर की बिटिया की बात स्मरण हो आई थी, बेबी सहम गई है। घर-भर में आई को खोजती फिरती है...पूछती है कि वे कहाँ गईं। टुन्नी तुतलाता है। ठीक से अपनी बात कह नहीं पाता। मगर उससे अम्माँ के बारे में पूछ चुका है। मन-ही-मन गहरे महसूस कर रहा है कि अम्माँ को कुछ हो गया है। उन्हें कहीं ले गए हैं। कहाँ? नहीं समझ पा रहा है...।

अचानक उसने टुन्नी को सीने में भींच लिया। रह-रहकर जो अब तक घुमड़ती रही है, लगा कि आर्तनाद के संग अपने को बहा दे, 'अम्माँऽऽऽ...!'

पायताने आहट हुई। कोई आकर बैठा है। कौन हो सकता है? उसने गरदन उठाकर देखा। बड़े भैया हैं। वह हड़बड़ाई-सी उठने लगी। टुन्नी कुनमुनाया। उसकी बाँह गले से अलग कर थपकियाती हुई उठ बैठी—बड़े भैया के आग्रह के बावजूद कि लेटी रहो। वे तो वैसे ही उसे देखने ऊपर चले आए। भीड़ में उससे मिलना ही नहीं हो पाया। लोग हैं कि चले आ रहे हैं। बाबूजी के मरे इतना आदमी नहीं जुटा होगा। अम्माँ का व्यवहार ही ऐसा था।

वह अबोली-सी घुटनों पर ठुड्डी टिकाये बैठ गई है।

"नींद में खलल डाल दी... ?"

"नींद कहाँ...थकन है...टिन्नी, मिन्नी को भी संग ले आते आप!" उसने अम्माँ की चर्चा से बचना चाहा।

"परीक्षाएँ करीब हैं...अभी हमने उन्हें अम्माँ के विषय में बताया भी नहीं है...अम्माँ से खूब हिलगी हुई थीं। खूब किस्से-कहानियाँ सुना करती थीं...उन्हें अक्सर याद करती रहती हैं...धीरे से बताएँगे उन्हें। टुन्नी नहीं कैसा सहमा-सहमा-सा घूम रहा है?"

''परीक्षाएँ कब खत्म होंगी... ?''

''मई के पहले सप्ताह में...''

''बम्बई आइए...''

''कई दफे सोचा...समुद्र देखने को दोनों ही लालायित हैं...तुम घर बदल रही हो न?''

''जी...'माध्यम' अच्छा किराया देने को तैयार है...गाड़ी आदि भी शायद दें...''

''खुश हो जाएँगी तब तो...वैसे मौसम कब अच्छा रहता है?''

''दिसम्बर। गुलाबी जाड़ा होता है...मई असहनीय है। क्रिसमस की छुट्टियों में ले आइए उन्हें...गोवा भी हो आइएगा...आपको तो अवकाश यात्रा-भत्ता मिलता ही है...निकला करिए न!''

''देखो...'' बड़े भैया दुविधापूर्ण हो आए।

किसी ने सीढ़ियों के पास आकर उन्हें पुकारा। वे एकदम से उठ खड़े हुए अनिच्छापूर्वक।

उसने महसूस किया, बरसों हो गए उन्हें एक-दूसरे के साथ ही नहीं, पास बैठे हुए। उनसे उनकी तबीयत के विषय में जानना चाहती है। अचानक मधुमेह इतना बढ़ क्यों गया? वह परहेज नहीं रख पाते क्या? जबकि घर पर किसी को रहा नहीं...।

''ठहरोगी न?'' बड़े भैया को शायद पता नहीं चला।

''सुबह निकलना है...''

किसी ने फिर पुकारा।

बड़े भैया बिना कोई प्रतिक्रिया प्रकट किए सीढ़ियों की ओर बढ़ गए।

अम्माँ कहती थीं, बड़े भैया हूबहू बाबूजी की प्रतिछाप हैं—चाल, ढाल, बोलना, देखना...सब! रीना ने पिछली बार चिन्ता प्रकट की थी। बहुत पीने लगे हैं इधर बड़े भैया। उसे अचरज हुआ था। बड़े भैया ही तो थे जो कहा करते थे, 'शराब बड़ी खूबसूरत चीज है, बशर्ते आप उसे कायदे से लें।' वही असंयमित हो इतनी पीने लगे हैं कि उनका पीना चिन्ता का कारण बन गया है।

विचित्र लगता है! सोचती है, कितने घुले-मिले हुए थे वे! बड़े-छोटे के भेद से मुक्त। अब एक-दूसरे के दुखों-सुखों से दूर...असम्पृक्त। स्मरण करने को है कैशोर्य...वह छोटा-सा जीवन का हिस्सा ही उनके दरमियान सम्बन्धों का पर्याय है। उसके जाग्रत होते ही मन सरस हो उठता है। फूलों लदी टहनी-सा आलोड़ित, महमहाता...!

कौन-सा कीड़ा कुतर रहा है बड़े भैया की जिजीविषा को... ?

रीना हिलाकर जगा रही थी उसे। आँखें कड़ुआती हुई-सी खुलीं।

''नीचे आओ जरा बिट्टी।''

''मुझे भूख नहीं है...'' उसे लगा कि रीना शायद उसे खाने के लिए बुला रही है।

''पहले आओ तो...''

रीना उसे उत्तेजित-सी कुछ तनाव में लगी। जिद से भरी। हटी नहीं उसके उठने तक। उठना ही पड़ा। टुन्नी पर तकिया रखकर पलंग से उतर आई। उसने महसूस किया था कि नींद में वह अचानक चौंक पड़ता है। सीढ़ियों पर नीचे से झाँक रही रोशनी से फटा हुआ अँधेरा था। अँधेरे के अभ्यस्त पाँवों को भी उलझाता हुआ। कितनी सीधी सीढ़ियाँ हैं! तब नहीं लगता था। अब हृदय आशंकित हो आता है कि एक उतार भी गलत हुआ नहीं कि मुँह के बल सीधे आँगन में। अनेक बार उसने भैया से कहा है कि सीढ़ियों पर एक बल्ब लटकवा दें। खुद उन्हें दिक्कत नहीं होती चढ़ते-उतरते? मगर भैया की 'हाँ', 'हूँ' उसके जाते ही व्यवस्था में घिरकर उपेक्षित हो जाती है।

"भैया को सोते बहुत देर हो जाएगी...तुम अपने केशव को कह देना कि वह अलार्म लगाकर सोए ताकि सुबह मुझे अपने स्कूटर से हवाई अड्डे समय से पहुँचा दे..."

"कह दिया है..." रीना तिनकी हुई है।

"क्या बात है?"

"खुद ही चलकर देख लो...इसे कहते हैं—उधर चिता की आग ठंडी नहीं हुई कि इधर लोगों को हिस्से-बाँट की पड़ गई...।"

स्तब्ध हो उठी, "पगला गई हो...?"

"हुई नहीं हूँ, हो जाऊँगी..."

भैयावाले कमरे में पूरा खानदान जुड़ा हुआ बैठा था। गुना की बुआ जी, कमला मौसी, लश्करवाले ताऊ जी, डबरावाली दिद्दा।

उसके कमरे में प्रवेश करते ही बतिकहाव की गरमी में सन्नाटा व्याप गया। उग्र सन्नाटा!

"बैठो बिट्टी...सुबह जा रही हो, हमारे पास भी बैठ लो तनी।...घर पहुँचकर खूब सो लेना।'

अनुमान नहीं हुआ कि बुआ ने यह बात कटाक्ष में कही या मायावश।

"ऐसा है बिट्टी! मँझले महेश के अलावा छुट्टन (बाबूजी) का पूरा कुटुम्ब मौजूद है...महेश की दुलहिन उपस्थित है ही...मौका बड़ा नाजुक है," कहते हुए ताऊ जी ने कन्धे से अंगोछा उतारकर झुर्री-भरे चेहरे पर पसीना पोंछने वाले अन्दाज में फिराया, "सबका आग्रह है कि तुम्हारे रहते छोटी बहू की सम्पत्ति का बँटवारा हो जाए तो बेजा नहीं...सबकी साक्षी जरूरी है..."

वेदना से शिथिल गात को जैसे हजारों सुइयों का दंश पीड़ित कर गया। वह अवाक् हो उठी। यह कैसी विडम्बना! क्या होने जा रहा है? अम्माँ के फूल तक नहीं सिराए गए हैं अभी और यहाँ बँटवारे की बात शुरू हो गई? जिन्होंने जीते-जी अम्माँ की कभी फिक्र नहीं की, उनके सुख-दुख में साझीदार नहीं हुए, अवसान पर फकत लोक-लाज निभाने आ गए, वे किस अधिकार से उनके घर में प्रधानी कर रहे हैं? किसने उन्हें प्रधानी दी? विक्षुब्ध हो आई वह।

''ताऊ जी, यह मौका इन बातों का नहीं है...''

''मौके की तूने भली कही बिटिया!'' ताऊ जी उसकी धृष्टता पचा नहीं पाए, ''अब तो यही मौके रह गए हैं कुटुम्ब जुड़ने के...''

''मेरे खयाल से ताऊ जी, उद्दंडता न मानें तो इस मसले को यहीं छोड़ दें। घर का मामला है, भाई-भाई आपस में समझ लेंगे।'' अपने साहस पर उसे विस्मय हुआ।

''भली कही बिटिया...होना यही चाहिए, घर के बासनों की खटक चौके तक बँधी रहे तो गनीमत...मगर हमने कोई दखल नहीं की...हमसे मँझली बहू ने आग्रह किया कि ताऊ जी, घर जुड़ा है, बुजुर्ग उपस्थित हैं, उनकी आँखें पंच और हाथ तराजू...अपने सामने बँटवारा कर दो घर, जगह-जमीन का पीछे होता रहेगा...।''

सुनकर वह चौंकी। यानी यह मामला ताऊ जी के मन की कोई उपज नहीं है? घर के भेदी का उकसाया हुआ है--मँझली भाभी! उसने बड़े भैया और बड़ी भाभी की ओर निरीह प्रश्नदृष्टि से देखा कि शायद वे घर की मर्यादा की बहाली हेतु हस्तक्षेप करें, घर के सबसे बड़े पुत्र होने के नाते। अम्माँ नहीं रहीं, उनकी जगह वे ही तो हुए। वे दोनों मौन थे। ताऊ जी के समर्थन में सिर झुकाए। उन्हें आपत्ति होती और वे उसके विरोध से सहमत होते तो उसकी बात का समर्थन न करते? नहीं टोक देते कि मँझली नादान है, बहककर ऐसा आग्रह कर बैठी है? आप चिन्ता न करें, हम आपस में समझ लेंगे?

क्यों नहीं बोल रहे बड़े भैया? कारण? शायद अविश्वास! आशंका! कि भैया और रीना उनके पीछे अम्माँ की चीजें इधर-उधर न खिसका दें! विद्रूप गहरा आया उसके उद्विग्न मुख पर। काहे का बँटवारा? अम्माँ के पास था ही क्या? दो-चार बाबा आदम के जमाने के लकड़ी की नक्काशीदार पेटियाँ, पेटियों में सहेजे हुए पुराने बरतन-भाँडे, चाँदी के दो-ढाई सौ रुपए, आजी की बित्ते-भर की झुलनी लगी नथ, जो उन्होंने अम्माँ को मुँह-दिखाई में दी थी, भाँवरों की पिटारी और विदा-विदाई की लहँगा-ओढ़नी, घर, जमीन आदि के कागजात...।

रीना से चाभियाँ माँगी गईं। तमतमाई रीना ने चाभियों का गुच्छा ताऊ जी की ओर बढ़ा दिया। मन किया कि उद्दंड हो चाभियाँ झपट ले : सदैव अम्माँ के सिरहाने दबा रहने वाला चाभियों का गुच्छा। रीना को इस अप्रिय प्रकरण से वितृष्णा हो रही है। स्वाभाविक है। अम्माँ के जीवित रहते न किसी बहू को उनकी कभी चिन्ता हुई, न आवश्यकता होती तब भी अम्माँ कौन अपनी देहरी छोड़तीं! न वे रुपयों-पैसों की मोहताज थीं, न देखभाल की। बाबूजी की पेंशन नियमित आती थी, दो दुकानों का किराया ऊपर। सेवा-टहल के लिए नाउन-बारिन सिर में तेल ठुकवाने से लेकर हाथ-पाँव भींजवाने तक। बड़े और मँझले भैया शहर छोड़कर भविष्य सँवारने अन्य शहरों को मुड़ गए। अम्माँ की इच्छा थी कि वे अपनी देहरी पर बने रहते। मगर उनकी उन्नति को सोचकर उन्होंने कभी कोई जिद नहीं ठानी। एक भैया ही बचा जो शुरुआत में रीना की कलह के बावजूद घर छोड़कर बाहर नहीं गया। इस तर्क के साथ कि जैसी नौकरी वह करना चाहता है, यह शहर उसे दे रहा है और सिर्फ अलग रहने के मकसद से

दूसरे शहर की ओर बढ़ना व्यर्थ की जद्दोजहद है। छोटे शहर की मान-प्रतिष्ठा बड़े शहर की बनिस्बत बड़ी होती है। यह उसने स्पष्ट शब्दों में कह दिया था कि ये सारे तर्क उतने महत्त्वपूर्ण और वजनदार इसीलिए भी हैं कि वह अम्माँ को छोड़कर बाहर नहीं रह सकता। बीतते समय ने रीना को उस घर का हिस्सा बना लिया। सभी ने महसूस किया कि अम्माँ धीरे-धीरे उत्तरदायित्व-मुक्त होने लगी थीं। दक्ष गृहिणी की भाँति रीना ने जैसे पल-पल का हिसाब अपनी मुट्ठियों में बाँध लिया। कौन आ रहा है, कौन जा रहा है, किसे कब क्या विशेष पसन्द है, अम्माँ के मुँह से सुनकर उसने स्मृति में ऐसे सँजो लिया था कि बड़े भैया संध्या को घर पहुँचते नहीं कि चाय के साथ उनके सामने गरम-गरम गुलगुलों की तश्तरी आ जाती और कटहल के अचार के संग मुंगौड़े—चाहे बड़े भैया के घर में पाँव रखते ही उसे गरम पानी में मूँग की दाल भिगोनी पड़ी हो... !

पेटियाँ उठवाकर कमरे के बीचोबीच लाकर रख दी गईं। जिस कोठरिया में पेटियाँ रखी थीं, वह बड़ी सँकरी है। एक संग इतने लोगों को वहाँ खड़ा हो पाना या बैठ पाना सम्भव नहीं था। समवेत निर्णय लिया गया कि सामान यहीं उठा लाया जाए।

ताला खोलने ताऊ जी सरके तो मन एक बार फिर विद्रोही होने लगा। अधिकारपूर्वक बरज दे उन्हें। खबरदार जो उन्होंने अम्माँ की सहेजी चीजों को छुआ! यही व्यक्ति है, यही...जिसने बाबूजी के आँख मूँदते ही अम्माँ के साथ अनगिनत छल किए। बाबूजी की बर्मा की समूची कमाई हड़प गए। कैसे पैसे ? कैसा सोना ? कौन-सा घर ? मैंने हजारों रुपए फेंक दिये दीवारें पक्की करवाने में। आधी रकम गिन दो तब देहरी में पाँव देना। अम्माँ हिम्मती थीं। आजी ने साथ दिया। कई घर बदलने के पश्चात् पाई-पाई जोड़कर किराये के इस मकान को उन्होंने मकान मालिक से खरीद लिया, वरना वे कहाँ होते आज, कौन जाने! दर-दर की ठोकरें खाकर भी इन लोगों के आगे आँचल न फैलाने वाली उसी स्वाभिमानी स्त्री के बच्चे आज...कितनी असहाय हो रही है वह... ! क्या हो गया इन्हें ? क्यों इनकी जुबानें तालू से चिपक गई हैं ? यही दुर्गति करनी थी इन्हें अम्माँ की सँजोई गई चीज-वस्तुओं के साथ ? पथरा गई हैं संवेदनाएँ...।

दीवार से टिककर उसने आँखें भींच लीं। कानों में गीदड़ों की चीखें गूँज रही हैं...सिर पर चीलें मँडराती महसूस हो रही हैं...बच नहीं सकती। एक अरराहट के साथ पेटी का ढक्कन खुल गया है। बोलती क्यों नहीं वह ? नहीं बोल सकती कि ताऊ जी, अपने अपवित्र हाथों से अम्माँ की चीजों को स्पर्शित न करो...न करो! ये अमानत हैं... ! होंठ अचानक तपने से लगे। अब खुले...अब...नहीं, यह उसका घर नहीं है। भाइयों और भावजों का है। ये स्वतंत्र हैं। जो चाहे सो करें। उसे दखल देने का अधिकार नहीं है। उसकी भावना को हस्तक्षेप माना जाएगा। दिमाग में फटती उत्तेजना आँखों में पिघलने लगी है। कहीं मन स्वीकारता है कि अब यह घर उसका घर नहीं है। अम्माँ ने भी तो एक बार कहा था, 'बिटिया, बेटार की खातिर घर की देहरी तबै तक, जबै तक महतारी, बाप जियत हैं अऊर अब तो महतारी ही महतारी बची है... ।'

हिस्से लग रहे हैं...।

कमला मौसी ने कुछ कहा है शायद। लहँगा-ओढ़नी के विषय में कि लहँगा-ओढ़नी बिट्टी को दे दो...जीजी की आंतरिक इच्छा थी कि बिट्टी की जयमाला के लिए मैं खूब गोटेदार बनारसी लहँगा-ओढ़नी बनवाऊँगी। नहीं बनवा पाऊँगी तो उसे अपनी ही पहना दूँगी। किसी ने कोई प्रतिक्रिया नहीं प्रकट की।

कपड़े बँटे, बरतन बँटे, छोटी-छोटी डबुलियाँ बँटीं। शीशे, कंघे, चोटीला, क्रोशिया के परदे, पेटीकोट की लेस...!

आभूषणों की पोटली भी खुली। सोने की, चाँदी की, चाँदी के रुपयों की। नथ देख ताऊ जी खिन्नता नहीं छिपा पाए। किसी ने जिज्ञासा प्रकट की कि कितने तोले की होगी। वे फट से बोल पड़े, पक्का आठ तोले की। नथ न हथिया पाने का अब तक उन्हें रंज है। उनका वश चलता तो वे अन्य जेवरों की भाँति इसे भी डकार लेते। मटरमाला, बाजूबन्द, दस्तबन्द, सीतारामी, हँसुली, गुलूबन्द, लच्छे-झाँझ-कड़े, पाजेब—वजन के हिसाब से तीनों बहुओं के हिस्से लगने लगे।

अचानक रीना ने आगे बढ़कर करधनी और बुंदे एक ओर खिसका दिये, "ये नहीं बँटेंगे..."

कई जोड़ी भौंहें सिकुड़ गईं। पच्चीस तोले की करधनी, डेढ़-दो तोले के बुंदे, क्यों नहीं बटेंगे?

ताऊ जी ने रीना की ओर भौंहें चढ़ाकर देखा।

"ये अम्माँ ने बिट्टी के लिए रखे थे।"

मँझली बहू तर्राकर उठ खड़ी हुई, "तुम्हारे कह देने से?"

"अम्माँ कोई वसीयत लिख गई हैं?" बड़ी भाभी भी टिप्पणी किये बिना नहीं रह पाईं।

"कह के गई हैं और सभी से जब-तब कहती रही थीं...बिट्टी के ब्याह के लिए रखी थीं ये चीजें...उनके मुँह के कहे को भी कोर्ट का स्टाम्प चाहिए?"

"नये-नोखे की तुम्हीं दुलारी बहू थीं एक उनकी! तुम्हीं से कह गईं सब...हम लोगों से तो कभी कोई जिक्र नहीं किया...क्यों भिंड वाली जीज़ी?"

"और क्या, ऐसे कोई भी कुछ कह दे..."

"कुछ भी कैसे भिंड वाली जीजी? रात-दिन जिसका संग था, उसी से कहतीं न अम्माँ!"

"हमारे चक्कर नहीं लगते रहे घर पर? हमें नहीं विश्वास!...ये सुहाग की चीजें हैं! पुश्त-दर-पुश्त चली आईं...सास की इन चीजों पर बहुओं का अधिकार होता है..." मँझली बर्रइया हो उठी।

"होता होगा...बहुओं को चढ़ाए में नहीं चढ़ा?...मुँह-दिखाई में नहीं मिला? एक करधनी ही तो थी, जो हम सभी के चढ़ाव में गई, मगर अम्माँ ने उसे वापस ले लिया। हो सकता है, उनके मन में उसे बिट्टी को देने की ही बात रही हो...एक करधनी...किस-किसको खुश करतीं?...तुड़वाने के वे सदैव खिलाफ रही हैं..."

"अच्छी धाँधली है! उनकी देने की मंशा होती तो अपने सामने न दे जातीं? हाथ पकड़ लेता कोई उनका?"

"हाथ तो न पकड़ लेता मँझली जीजी! बिट्टी स्वयं ले जाने को तैयार नहीं हुई...बैठी हैं सामने, पूछ लीजिए...हजारों बार अम्माँ ने कहा कि ये दोनों जेवर तुम्हारे ब्याह के लिए रखे थे, संग ले जाओ—चाहे रखो, चाहे तुड़वाओ...बिट्टी ने हर बार यही उत्तर दिया—जैसे मेरे पास, वैसे तुम्हारे पास..."

"हुँह...अब ये दावे हो रहे हैं मिलीभगत में...हक लेना था बिट्टी को तो बेटी की तरह लेती! अम्माँ से ही क्यों, भाइयों-भौजाइयों से भी मिलता...घर की नाक कटाकर किसी को कोई हक मिलता है... ?"

धैर्य उफनकर दूध सदृश बहने लगा। सीमा होती है सहने की। वह उठकर भागने को हुई। स्टूल पर टिके बैठे अब तक मूक दर्शक बने भैया न लपककर उसे घेर लिया, "हिम्मत थी तो अम्माँ के सामने यूँ करता कोई...मेरी इकलौती बहन की बेइज्जती करने वाले की जुबान खींच लूँगा मैं...इस घर में उसका भी हिस्सा है और...यह मैं सभी के सामने बता देना चाहता हूँ, घर अम्माँ के नाम था। वे घर और जमीन की वसीयत कर गई हैं...बहुत पहले...ऊपर वाले सारे कमरे बिट्टी के नाम लिख दिये हैं उन्होंने...दुकानों में भी हिस्सा दिया है...अम्माँ के कहे हुए शब्दों की इज्जत अगर आप लोगों के मन में नहीं है तो ये करधनी और बुंदे आप दोनों मिलकर बाँट लीजिए...मुझे कानी कौड़ी नहीं चाहिए इसमें से...धन्य है मँझली भाभी जी आप! आपके चरण धोकर पीने की इच्छा हो रही है..." भैया क्षुब्ध हो अमर्यादित-सा हो आया, "जिसकी सास कुटुम्ब की प्रतिष्ठा पर आँच न आने देने की लड़ाई पूरे जीवन-भर लड़ती रही, आज सम्बन्धियों के सामने उन पैबन्दों को उधेड़कर आपने अपनी ननद को नंगा नहीं किया भाभी जी, स्वयं को अनावस्त्र किया है। इतना दंद-फंद बुनने की क्या जरूरत थी? चुपचाप कान में कह देतीं...आप अम्माँ की मृत्यु का शोक मनाने नहीं, बँटवारा लेने आई हैं...हम बेधड़क पेटियों की चाभी आपको सौंप देते...कम-से-कम उन बातों की रक्षा तो हो सकती थी, जिनकी परवाह अम्माँ को जीवन-भर रही।..."

"तुम जरा ठहरो...हिसाब-किताब मैं यहीं सबके सामने पूरा करूँगी...न भरपाई करूँ तो अपने बाप की जाई नहीं..."

रणचंडी हो रही रीना के मुँह पर उसने लपककर हाथ रख दिया। अनुनय-भरे स्वर में बोली, "बात क्यों बढ़ा रही हो..."

रीना आपे में नहीं थी। उसने हाथ झटक दिया, "हटो बिट्टी...कष्ट इस बात का नहीं है कि तुम्हें नंगा किया गया...कौन नहीं जानता कि तुमने अपने मन की की थी? दुख इस बात का है, आज उनके मुँह में जबान इठला रही है, जिनकी दो-दो बहनें विजातियों के संग भाग गईं...एक अम्माँ ही थीं कि किसी की मजाल थी, उनके सामने कोई उनकी बहू के सगे-सम्बन्धियों पर छींटाकशी कर जाए? और तब तो अम्माँ के सामने तुम्हारे लिए इनके मुँह से कैसे प्रेम के नदी-नाले फूटा करते थे...अब करधनी और बुंदे की खातिर अचानक इनकी लाड़ली ननद इनके लिए डाकुनी हो उठी?"

वह भावावेग में फूट पड़ी, ''मुझे क्षमा कीजिए...मैं यहाँ हिस्सा-बाँट लेने नहीं आई...सुबह जा रही हूँ। आप लोग इज्जत देते तो अम्माँ के न रहने के बावजूद मेरे लिए देहरी बनी रहती...''

''दीन बनने की जरूरत नहीं...बिट्टी। अम्माँ दूरंदेशी थीं। सूँघ लिया था उन्होंने आने वाले खतरों को कि उनकी आँखें मूँदते ही उनके बेटे-बहू उनकी बेटी के संग कैसा क्षुद्र व्यवहार करेंगे।''

धैर्य छूट गया—अचानक कुएँ की घिरनी से छूटी रस्सी की तरह। ऊपर आकर सोते हुए टुन्नी को अंक में भरकर फफक पड़ी। महसूस हुआ, टुन्नी नहीं...सूखे वक्षस्थल लिये अम्माँ की छाँह-भरी छाती है...जिनकी गदराहट छीजी पसलियों में बरगद की सघन शाखाओं सदृश सुरक्षा-भाव था...।

यही घर है...सुधांशु से अलग होने पर, जिसने उसे असुरक्षा के गहरे मनोद्वंद्व से मुक्त किया था, आज वही स्वार्थ-प्रेरित हो उस शक्ति-पुंज बनी धारणा की निर्मम हत्या करने को उद्यत है...।

नीचे भयंकर वाद-विवाद छिड़ा हुआ है। उत्तेजित कटूक्तियाँ फदकते तेल-सी कानों में टपक रही हैं। मान-मर्यादा, शालीनता जैसे शब्द मिथ्या साबित हो रहे हैं। दोपहर जब उसने देहरी पर पाँव धरा था, रोने, कलपने के समवेत आर्तनाद ने उसके सँजोए हुए साहस को निचोड़ लिया था। शोक-सन्तप्त परिजन! एक-से व्यथा-सूत्र में आबद्ध। विपन्न-भाव से बँधे। अब वही...कुत्ते-बिल्लियों सदृश एक-दूसरे पर खौखियाते...यही हैं वो?

देहरी पर किसी जीप के रुकने की कर्कश घरघराहट ने अचानक विवाद के मुँह पर ताला-सा डाल दिया। गाड़ी रुकी तो उनकी ही देहरी पर है। इतनी रात गए? बारह का समय हो रहा होगा! शायद और ज्यादा ही! कौन आ सकता है उनके घर? आ क्यों नहीं सकता? गमीवाला घर है। कोई रिश्तेदार, बन्धु-बान्धव! हो सकता है, मँझले भैया दौरे से लौट पड़े हों!

''जीजा आए हैं...जीजा!...'' अधीर उत्तेजित स्वर—यह बुआ जी के लल्लन का लग रहा है।

'जीजा? कौन से जीजा?' आँचल से उसने अपने अश्रु-भीगे चेहरे के अवसाद को पोंछा और बुदबुदाई। होंगे कोई रिश्तेदारी में! लल्लन के स्वर में गहरी परिचय गन्ध थी! उफनती! कौतूहल पगी। ताऊ जी के दामाद हो सकते हैं। सुना है, मांडू के आसपास ही कहीं है राजकिशोरी जिज्जी। खबर पहुँची होगी तो सोचा होगा कि हो आएँ जाकर। गमी की चिट्ठी इतनी जल्दी मिलनी असम्भव है। अरसा हो गया राजकिशोरी जिज्जी से सम्पर्क छूटे हुए। ताऊ जी की तिकड़मों के चलते ही पारिवारिक सौहार्द को एक अदृश्य तनाव विभाजित करता गया, वरना अम्माँ ने उसके और जिज्जी के बीच कभी कोई अन्तर नहीं बरता...।

''जिज्जी,...बिट्टी जिज्जी!...जीज़ा आए हैं...'' सीढ़ियों पर छलाँगें भरता हुआ एक स्वर झपाटे से उसके निकट पहुँच जाना चाहता है।

''जीप...में...अभी-अभी...'' तेजी से सीढ़ियाँ चढ़ने के कारण लल्लन हाँफ रहा था।

वह विस्मित हो आई, ''कौन से जीजा...कहाँ से आए हैं?''

''आँख़िनकिरिया जिज्जी! जीजा ही आए हैं...आप वाले जीजा...''

वह धक्क से हो उठी, ''कौन, सुधांशु?''

''वही, वही! सफारी पहने हैं...चश्मा लगाए हैं...''

''पगला तो नहीं गया लल्लन?'' उसे विश्वास नहीं हुआ।

''मानो जिज्जी...बड़े भैया, ताऊ जी, हमरी अम्माँ—सब बैठक में उनके पास बैठे हैं...''

अविश्वास खलबला रहा है। लल्लन सुधांशु को भली-भाँति पहचानता है। मसें भीग रही हैं उसकी। शहरी टीम-टाम से असम्पृक्त किशोर मन नासमझ नहीं। गलत नहीं हो सकता। घर में अचानक खिंच आया सन्नाटा भी इस बात की पुष्टि कर रहा है कि कोई अप्रत्याशित व्यक्ति ही आया है, वरना हिस्से-बँटाई का जो नंगा नाच कमरे में चल रहा था, निर्बाध चलता रहता। लेकिन...अचानक सुधांशु यहाँ? पिछले दिनों कहाँ रहा, कहाँ है, यह भी नहीं पता उसे। कोशिश नहीं की पता लगाने की। आवश्यकता ही नहीं महसूस हुई कभी। समाप्त अध्याय को संस्पर्शित करने की। इस तरह से आने का अभिप्राय, संवेदना प्रकट करने की औपचारिकता! घावों पर नमक छिड़कने का पर-उत्पीड़न सुख! कि कौन शेष है तुम्हारा इस दुनिया में...! अनाथ...अस्सहाय...पंख विच्छिन्न पखेरू—हुँह!

अचानक सीढ़ियों पर भारी जूतों की पदचाप ऊपर आती हुई सुनाई दी। संग रोशनी की उछलती गेंद-सा प्रकाशवृत्त! कोई बच्चा टॉर्च दिखाते हुए साथ है। उफ्! कहीं सुधांशु ही तो ऊपर नहीं आ रहा? कैसे विषम संयोगों से गुजर रही है वह! अविश्वसनीय! दारुण! सामान्य मन:स्थिति में संयोग इतने विचलित नहीं करते जितने कि असामान्य विपद स्थितियों में। कैसे सामना करेगी? अम्माँ के वियोग से आतप्त हृदय...भौजाइयों के कलहपूर्ण व्यवहार से मर्माहत...कैसी व्याकुल होकर भागी थी उन लोगों की ओर!...किसी प्रकार अम्माँ के अन्तिम दर्शन हो जाते! न सही, पर यही सोचकर दौड़ी आई थी, अभी उस घर में अम्माँ के अन्तिम स्पर्शी की गरमाई शेष होगी...भाइयों, भौजाइयों के संग मन की व्यथा बाँट-बूँट लेगी! लौटेगी तो मन पर शिलाएँ ही शिलाएँ होंगी...तिरस्कार से अवहेलित अपमानित दंशित भावनाएँ...जो दूर होते हुए भी उसके एकाकीपन को सदैव अवलम्बन दिये रहीं कि बिट्टी, तुम अकेली नहीं हो...सब हैं। तुम्हारा कुटुम्ब! तुम्हारे आत्मीय परिजन! अब...?

सुधांशु ही है। एक क्रूर अटपटा क्षण मुँह-बाए उनके मध्य आ खड़ा हुआ। वह पलंग पर जैसे बैठी थी, बैठी रही। अविचल। अंजुरी में बँधी हुई-सी अपनी हथेलियों को ताकती हुई। टुन्नी जग रहा होता तो शायद उनके मध्य संवाद का कोई सूत्र निर्मित होता। न भी होता तब भी किसी और की उपस्थिति का अहसास उन्हें अपने कठघरों से कुछ तो बाहर लाता। सीढ़ियों तक रोशनी दिखाकर गया बच्चा ही ऊपर ठहर जाता।

धूमिल उजाला कितना निर्मम होता है। न चीजों को स्पष्ट कर पाता है, न एकदम आकाररहित। कभी ऐसी ही मुक्ति की कामना होती है कि सबकुछ अपारदर्शी धुँधलके में डूब जाए।

'टिक, टिक, टिक'—ऊपर के इस धन्नियोंवाले उसके कमरे में कोई घड़ी नहीं है और यह टिक-टिक की ध्वनि कहाँ से आ रही है? कुबेरिया को घर पहुँची है, हो सकता है, किसी आले में घड़ी कहीं रखी ही हो!

उसे सम्बोधित किया गया है...नहीं, कुछ कहा जा रहा है...वहम! उहूँ, वहम नहीं, सच है।

"भोपाल हूँ इन दिनों...मँझले भैया महेश के कार्यालय में एक मित्र अचानक टकरा गए...उन्होंने ही बताया।

"जानता हूँ...अम्माँ के जाने का सबसे ज्यादा दुख तुम्हें होगा..."

न गरदन उठी, न मौन टूटा। पूरी देह गरदन पर क्यों सिमट आती है?

"अभी हो न?"

"..."

"तेरहवीं तक रुकोगी?"

"सुबह..."

"सुबह ही...?"

विस्मय छिप नहीं पाया। सभी को हो रहा है। घरवालों की बात अलग है। वे उसकी समस्या से अवगत हैं।

" 'फिल्मरस' में ही हो?"

चेतना को जैसे करंट छू गया।

उसका चौंकना सुधांश से छिपा नहीं रहा। "बम्बई गया था...महीनों पहले...हरीन्द्र से मुलाकात हुई थी। रात उसी के घर ठहरा। बहुत बातें होती रहीं..."

अचानक उठा तनाव कनपटियों में बटुर एक बिन्दु पर धबधबाने लगा यानी सारी सूचनाएँ हैं!

हरीन्द्र ने बताया नहीं! भूले से भी जिक्र नहीं किया! क्यों? उससे इतना दुराव?' मर्म पर एक और दंश!

'बताना जरूरी था?'

'जरूरी ही।'

'उसे नहीं लगा होगा?'

'यह छल है।'

'छल कैसे? सुधांशु उसका मित्र है। 'रहा' और 'है' के झगड़े को छोड़ दे। एक रात उसके घर ठहर नहीं सकता? वैचारिक विरोध होना अलग बात है, इससे मित्रता में फर्क पड़ भी सकता है, नहीं भी पड़ सकता है...निर्भर करता है सम्बन्धों की गहराई पर। चीजों को सोचने-समझने के तरीकों पर। उससे हुए दुर्व्यवहार की प्रत्यक्ष भर्त्सना की है हरीन्द्र ने, वरना वैमनस्यता के भय से वह मित्र-पत्नी की सहायता का जोखिम

उठाता ? क्या पड़ी थी उसे ओखली में सिर देने की ? सम्बन्ध उसी दिन, उसी क्षण समाप्त हो सकते थे, जिस क्षण उसने सुधांशु का घर छोड़ा। अनगिनत मित्र थे सुधांशु के। सभी से उसके सौजन्यपूर्ण सम्बन्ध थे। नहीं छूट गए सुधांशु के छूटते ही ? मानस-सम्बन्धों को गहन संवेदना से जीना, उन्हें रक्त-सम्बन्धों से कहीं अधिक गरिमा देना, कौन दे पाता है ? निबाहना शर्तों में बँधकर कहीं हुआ है ? हरीन्द्र को वह शर्तों में क्यों बन्धक रखना चाहती है ? उसने अकारण मनोद्वंद्व में उलझने से उसे बचाया ही है। मित्र के प्रति ऐसा व्यवहार स्वाभाविक है। किया ! कौन बरत पाता है आचार-व्यवहार में इतना सन्तुलन ? और स्वयं सन्तुलित हो पाता है नाजुक सन्दर्भों में ?'

"चलूँ...आराम करो।" स्वर की उदासी छिप नहीं पाई।

उसके मौन से खिन्नता हुई होगी। कोई गमी में संवेदना प्रकट करने आया है और सामान्य शिष्टाचार भी नहीं निबाह रही। भोपाल निकट नहीं है...।

"बम्बई में मिल सकता हूँ ?...मिलना चाहता था पिछली बार भी..."

"आवश्यकता शेष है ?"

नहीं सोच पाई कि ऐसा कहना चाहिए था उसे या नहीं। कहने के बाद लगा कि उसके लिए जो वास्तविकता है, वही कहने का साहस कर डाला है उसने। गलत भी नहीं।

लल्लन तभी हाँफता हुआ ऊपर आया और निकट आकर खड़ा हो गया, "जीजा, जीजा, बप्पा नीचे बुला रहे हैं आपको। कुछ खा लीजिए चलकर।"

गहरा उच्छ्वास पीछे छूट गया। सीढ़ियों से उतरती जूतों की भारी पदचाप मध्यम होती आँगन में विलीन हो गई। कितने अजीब संस्कार हैं ! व्यक्ति से कट जाने...सदैव के लिए सम्बन्ध समाप्त हो जाने के बावजूद, सम्बोधन नहीं कटते...भाई-बहनों के लिए सुधांशु अब भी जीजा है। ताऊ जी आदि के लिए इस घर का जमाई...।

आँखें पिरा रही हैं। आँखों पर कोहनी रखकर वह टुन्नी की बगल में धीरे से लेट गई।

मिलना चाहता था पिछली बार...क्यों ?...किसलिए ?...

कभी सोचा होगा सुधांशु ने...देह और मन का बनवास...उसकी चाहनाओं के विरुद्ध उसे विरक्त करना...तप-सा असाध्य उसे साधना सहज है। आखिर वह भी मानवीय है...उसके भीतर की स्त्री में किसी रोमिल छाती की सुदृढ़ सघन छाँव की ललक नहीं सिर उठाती ! माँगा था मात्र...भीतर की उस स्त्री का सम्मान। अस्तित्व का स्वीकार। और...इस्तेमाल से विद्रोह।

बहुत सोचा था, वैचारिक मतभेद उनके दांपत्य की ऊष्मा को चाटता घुन नहीं था, घुन था उसका जबरन आरोपण ! सुधांशु के भीतर के अहंकारी पुरुष की निरंकुश प्रवृत्ति, जो उसकी भावनाओं को चुटकी पर धरे सिक्के की भाँति उछालती, चित भी मेरी, पट्ट भी मेरी के खिलवाड़ में आनन्द पाती रही...।

तलुवों के छालों से रिसता पानी अब सूख चुका है...पड़े हुए डट्ठों को सुई से कुरेद वह उन्हें मवाद से क्यों भरना चाहती है... ?

नहीं चाहती, इसीलिए तो पाषाण हो आई है स्वयं अपने लिए कवच बनती...।

सुबह...।

टुन्नी को जगाने रीना बढ़ी कि उसने विह्वल हो बरज दिया, "इसे छोड़ना मुश्किल हो जाता है..."

सभी की उपस्थिति में रीना ने एक पैकेट उसकी ओर बढ़ा दिया—अश्रुपूरित, "अम्माँ ने बम्बई की तैयारी के समय खादी सिल्क की साड़ी खरीदी थी तुम्हारे लिए...मौका नहीं है मगर लिये जाओ।...उनका आखिरी तोहफा है...फाल तक मुझसे लगवा ली थी कि पहुँचते ही पहनाऊँगी बिट्टी को।"

पैकेट के सिरे पर कसी उसकी उँगलियाँ काँप रही हैं...।

"यह हँसुली और...मँझली और बड़ी जिज्जी के हिस्से कर दिये गए हैं, शेष...माफ कर देना...अम्माँ के कहे की रक्षा नहीं कर पाई मैं..."

वह आरी से कटे तने-सी रीना के कन्धे पर लुढ़क गई, "मुझे इस घर से अलग न करो...सिर्फ यही तो घर है मेरे पास...क्या करूँगी यह सब लेकर, बोलो... ?"

बड़ी मुश्किल से संयत हो, वह दूर खड़ी बड़ी भाभी के निकट पहुँची थी, "बड़ी भाभी, गहने-गुरियों का प्रश्न नहीं, भावना का प्रश्न है...टिन्नी, मिन्नी को इस तरह कभी अपने से अलग न करना...लड़की समाज में इसीलिए उपेक्षित, निरीह रही है क्योंकि...अपने घर में वह मात्र कर्तव्य होती है—कर्तव्य से उऋण हो उसे पराया मान लिया जाता है...मगर जीवन-संघर्ष में आत्मविदग्ध होकर भी मैं इसीलिए बच गई क्योंकि अम्माँ ने...इस घर ने मुझे कभी कर्तव्य से उऋण नहीं समझा...हर उस लड़की का आत्मबल प्रखर होता है, जिसे मायकेवाले पराया नहीं मान लेते, लेकिन आज..."

कागजात का लिफाफा और गहनों की पोटली उसने रीना के हाथ में ही थमा दी साधिकार, "रखो इसे...जो करना है, करो...मैं तुम लोगों के इस षड्यंत्र को सफल नहीं होने दूँगी...मैं घर से अलग नहीं हो सकती।"

देहरी पर माथा नवा ठिठक गई। अम्माँ को भेंटने के लिए उसने कितना झुकना पड़ता था और उसका माथा चूमने के लिए उन्हें कितना उचकना! 'विद्रोहिणी'—यही तो पुकारती थीं उसे लाड़ में।

बड़े भैया उसे वक्ष से चिपका बस इतना ही बोले, "रीना जब तक जीवित है..तेरे लिए यह घर कभी नहीं मरेगा बिट्टी...हम तो जीवित ही मृत हैं।"

बड़े भैया अपने मन की भावनाओं को कभी अधिकार नहीं दे सके। गली में जीप खड़ी देख वह दुख और अवसाद के घोर क्षणों में भी चौंकी।

भैया उसके चेहरे के बदले रंग को तुरन्त भाँप गया। सफाई देता हुआ-सा बोला, "रात सुधांशु जी को लौटने से सभी ने रोक लिया...रास्ता ठीक नहीं है...सुबह निकलना...उठते ही उन्होंने स्वयं प्रस्ताव रखा कि वे तुम्हें एयरपोर्ट छोड़ते हुए निकल जाएँगे...साथ न जाना चाहो तो...मैं स्कूटर निकाले ले रहा हूँ।"

व्यथा से कातर हृदय किसी भी नाटक के लिए प्रस्तुत नहीं हुआ। टालना था तो पहले ही टाल जाना था, जिस क्षण सुधांशु ने प्रस्ताव रखा था? शायद...भैया भी

वातावरण की नज़ाकत से आक्रांत हो आया हो! उसे सुधांशु की अप्रत्याशित उपस्थिति किसी षड्यंत्र का हिस्सा नहीं लग रही। भैया उसे खूब अच्छी तरह जानता है। शायद इसका भी उसे आभास हो गया है कि वातावरण के दबाव से उत्पन्न सुधांशु के प्रस्ताव को मान लेने की उसकी विवशता बिट्टी को गहरे तक असहज कर गई है। भैया के स्वर का सहमापन उसके भीतर डोल रहे संकोच को स्पष्ट ध्वनि दे रहा है...कुछ गलत हो गया है स्वाभाविक-अस्वाभाविक।

जीप ने गति पकड़ ली है। सुधांशु के लिए न यह शहर अपरिचित है, न रास्ते अजनबी...वे मौन हैं। उनके बीच कुछ है तो सिर्फ जीप की रफ्तार...!

सात

इंटरकॉम किंकियाया। सुगन्धा थी, ''मैडम, 'सिमला सिगरेट्स' के जनरल मैनेजर मि. बनर्जी फोन पर हैं।''

''फौरन दो।'' वह चकित थी।

आज अचानक मि. बनर्जी स्वयं फोन पर? शुरुआत में उनसे हुई औपचारिक बातचीत के उपरांत उन्होंने सिगरेट्स के प्रचार अभियान के मामले में सारी बातचीत की जिम्मेदारी कम्पनी के प्रचार अधिकारी मि. बसु को सौंप दी थी कि आप इस सम्बन्ध में पूर्णतः उन्हीं से सम्पर्क रखें। यह उन्होंने अवश्य इंगित कर दिया था कि 'माध्यम' में भेजा हुआ विज्ञापन-प्रस्तुतीकरण उन्हें आकर्षक लगा है। मि. बसु भी उसकी योजना से प्रभावित हैं। बीच में उसे ऐसा महसूस हुआ कि मि. बसु की दिलचस्पी 'माध्यम' में कम है। उसने निःसंकोच मि. बनर्जी से मिलने का समय माँगा था और उन पर अपना मनोभाव प्रकट भी कर दिया। बनर्जी साहब उसे स्वभाव से संक्षिप्त और तनिक गूढ़ व्यक्ति लगे। उन्होंने सीधे ही उसकी सामर्थ्य तौलनी चाही, ''अंकिता जी, हम मॉडल के रूप में सिनेमा जगत के सदाबहार हीरो मि. अजय को लेना चाहते हैं। मि. बसु का कहना है कि 'माध्यम' के लिए मि. अजय को मॉडलिंग के लिए राजी कर पाना मुश्किल ही नहीं, दुष्कर कार्य है। वह राजी नहीं होंगे...एक से एक स्थापित एजेंसियों—विमल फेब्रिक्स, गरवारे, दिग्जाम—ने उनको पाने के लिए जी-तोड़ कोशिश की है, मगर सभी अपने उद्देश्य में असफल रहे। लेकिन उन्होंने घास नहीं डाली। बता देना मुनासिब होगा, 'पूर्णा' ने हमारे लिए पूरा जोर लगा दिया...अब तक के किसी भी बड़े-से-बड़े हीरो मॉडल को लाख से ज्यादा पारिश्रमिक नहीं मिला है। हमने अजय साहब के लिए ब्लैंक चेक रखा हुआ है...फिर भी बात बन नहीं रही...'

'हमें मौका दें, सर।'

'अजय जी से बात कर लीजिए...'

वह समझ गई। सिमला सिगरेट्स का खाता उनकी एजेंसी की कार्य-कुशलता के लिए चुनौती है। खाता पाने का सारा दारोमदार अजय साहब पर निर्भर है...अजय

साहब उनके लिए घुड़दौड़ के मैदान का वह घोड़ा हैं, जो उन्हें विजय का सेहरा ही नहीं पहनाएगा, 'जैकपॉट' दिलवाकर बाजार में उनकी आर्थिक जड़ें भी मजबूत करेगा। 'महीने-भर बाद मैं आपको फोन करूँगी सर।' वह मि. बनर्जी के दफ्तर से बाहर निकल आई थी। चुनौती से भरी। दृढ़। उनकी बात उसे बुरी नहीं लगी। आखिर वे अपनी जगह सही हैं। प्रश्न यह है कि 'माध्यम' जैसी सर्वथा नई एजेंसी उन्हें ऐसा क्या अनोखा दे रही है, दे सकती है, जो वे उसे अपना लाखों का खाता सौंप दें...सिर्फ मेहनत?

अजय साहब के 'मिलती रहा करो' को उम्मीद बनाए वह उनसे आठ मुलाकातें कर चुकी हैं...वे उसे आदर से बैठाते हैं, 'माध्यम' की प्रगति और उसके नवीन कार्यक्रमों के विषय में बतियाते हैं। फिल्म-जगत में चल रहे आर्थिक और मानसिक शोषण के विषय में खिन्नता प्रकट करते हैं। समाप्त होते जा रहे अनुशासन पर चिन्ता प्रकट करते हैं। देश की राजनीतिक और सामाजिक अवनति से दुखी होते हैं। अपनी नई फिल्म, जिसकी शूटिंग्स में वे इधर निरन्तर व्यस्त हैं, की विस्तृत जानकारी देते हैं। नई नायिका के सौंदर्य और प्रतिभा-क्षमता की प्रशंसा करते हैं—कई-कई बार कॉफी पिलाते हैं और स्त्रियों को आदर देने में अपनी ख्याति के अनुकूल उसे उठकर सेट के बाहर तक छोड़ने आते हैं लेकिन...उसके आखिरी सवाल पर उनका वही पुराना उत्तर होता है, 'शेर कितना ही दुबला हो जाए, घास थोड़े ही खाने लगेगा! मॉडलिंग-वॉडलिंग में हमारी कतई दिलचस्पी नहीं...लोग क्या कहेंगे अंकिता!...अजय साहब के इतने बुरे दिन आ गए हैं कि अब जीवन-यापन के लिए उन्हें मॉडलिंग का आश्रय लेना पड़ रहा है...नहीं, असम्भव...अभी तक अपने इस इरादे पर मैं दृढ़ हूँ...मिलती रहा करो...'

"बात कीजिए मैडम...सर दूसरी लाइन पर व्यस्त थे थोड़ा।" सुगन्धा ने उसे पुन: स्मरण करवाया।

"हलो मिस अंकिता! कैसी हैं आप?" गाँठ-सा कसा हुआ स्वर।

शालीनता के बावजूद सतर्क होती-सी वह विनम्र हो आई, "दुआ है सर!"

इस संकोच से और भी दुहरी होती कि मि. बनर्जी से अजय साहब के सन्दर्भ में बड़े आत्मविश्वास के साथ ताल ठोंककर आई थी कि वह उन्हें महीने भर बाद फोन करेगी मगर बात उठने पर वह उन्हें जवाब देने की स्थिति में नहीं है। हाँ, उम्मीद उसने अब भी नहीं छोड़ी है। हफ्ता नहीं गुजरता कि अजय साहब का आखिरी जुमला उसे उनसे अगली भेंट के लिए उकसाने लगता है, शायद...इस बार वे उसके प्रस्ताव पर विचार करें।

"जरा जल्दी में हूँ...आपको बधाई देना चाहता हूँ...कल शाम जे.के. की पार्टी में अचानक अजय साहब से मुलाकात हो गई...परिचय होते ही उन्होंने छूटते ही कहा—'बनर्जी साहब, मैं आपकी फिल्म कर रहा हूँ...और इसका श्रेय अंकिता को जाता है...अद्भुत लड़की है...उसके धैर्य और उत्साह ने मुझे बाध्य कर दिया...पटकथा भी पसन्द आई...कुछ संशोधन अपने अन्दाज को लेकर मैंने उसे सुझाए हैं...मुझे विश्वास है कि वह कर लेगी...' "

"सर!..." खुशी और उत्तेजना से उसकी आवाज चीख में परिवर्तित होते-होते बची। अगले ही पल अपने लड़कपन पर झेंपी, "माफी चाहती हूँ सर! कुछ अधिक ही उत्तेजित हो उठी मैं।"

"स्वाभाविक है, खुशी की बात ही है भई, असम्भव को सम्भव कर दिखाया है आपने...हम आपकी इस सफलता को शीघ्र उत्सवित करेंगे...थ्री चियर्स टू यू अंकिता!"

"आभारी हूँ सर!" दबी हुई उत्तेजना अभी भी स्वर में काँप रही थी।

"भोजराज जी के मिजाज... ?"

"बिजनेस सेमीनार के सिलसिले में हांगकांग हैं इन दिनों।"

"एक बार फिर बधाई। मि. बसु आपसे कल मिल रहे हैं...।"

"बहुत-बहुत धन्यवाद, सर।"

सन्तोष और विश्वास छलक आया उसके चेहरे पर। इस अपार खुशी को बाँटना चाह रही है। तुरन्त! इसी क्षण! उसने सुगन्धा को सम्बोधित किया।

"यस मैडम?"

"जरा मेहता का नम्बर मिलाओ...और हाँ, अत्रे को अन्दर भेज दो।"

अजय साहब से जब तक वह स्वयं मुलाकात न कर ले, इस खुशी को अपने तक ही सीमित रखे, मेहता की बात और है।

अत्रे आया तो उसने 'सिमला सिगरेट्स' की फाइल निकालकर, अजय साहब को ध्यान में रखकर विशेष रूप से तैयार की गई कॉपियों को उनके सुझावों के अनुसार संशोधित कर डालने के लिए कहा, "कॉपियाँ टंकित भी करवा लें..."

"अन्य भाषाओं में भी तैयार करवाना है?"

"अजय साहब के कॉपियों के ओ.के. कर देने के बाद।"

अत्रे उठकर जाने लगा तो पुन: इच्छा बलवती हो आई कि क़िला फ़तह की यह खुशखबरी वह उसे सुनाकर आनंदित कर दे। अत्रे को बरज देगी तो किसी को कानों-कान खबर नहीं होगी। मगर सतर्कता उस पर हावी हो उठी। इतना बलबलाने की जरूरत नहीं। विज्ञापन-जगत में खबरें आग की तरह फैलती हैं और स्पर्धा की राजनीति कब किसकी हवा फुस्स करने में लग जाए, कौन जाने! जब तक सारी बात कागजों पर न उतर आए, गोपनीय ही रहनी चाहिए। कागजी कार्यवाही पूरी होते ही वह स्वयं 'प्रेस रिलीज' भिजवा देगी। उसके भविष्य के लिए यह उपलब्धि मील का पत्थर साबित होगी।

इंटरकॉम फिर किंकियाया।

"बोलो सुगन्धा...नम्बर मिल गया मेहता का?"

"मिला रही हूँ मैडम!...मैडम, आज बारह बजे का समय आपने उत्तरा वीडियोटेक वाले मि. पंकज शर्मा को दिया है...वे आ चुके हैं।"

उसने घड़ी पर दृष्टि डाली, "भेज दो उन्हें।"

मेहता का नम्बर मिल गया।

"कहिए..."

"याद आ गई आखिर ?"

"भूले ही कब थे..."

"हाँ, आज हमारी बोलती बन्द हो सकती है..."

"बन्द ही रखिए...सिर्फ हमारी ही सुनिए..."

"करते क्या आए हैं अब तक !"

"अच्छा ?"

"चलो, छोड़ो...चित भी तुम्हारी, पट भी तुम्हारी।"

"आज हम बहुत-बहुत-बहुत खुस्स हैं..." मेहता के कटाक्ष को उसने परे ढकेल दिया।

"मुबारक..."

"बस...कारण नहीं पूछिएगा ?"

"तुम्हारी लहक-भरी आवाज चुगली खा रही है...कोई बहुत बड़ा तीर मारा है तुमने।"

"एक मिनट... ।" उसने चोंगे पर हाथ रखा, "प्लीज...आइए, आइए पंकज जी, बैठिए..."

" 'तीर' जानना नहीं चाहोगे ?"

" 'खुशबू' में बैठते हैं..."

"चाय बेकार होती है वहाँ की।"

"आयरिश कॉफी पसन्द आएगी तुम्हें..."

"साढ़े पाँच ?"

"छह रख लो...काम कुछ ज्यादा है और कल पर टालना सम्भव नहीं..."

"रखती हूँ..."

उसने फोन रख दिया। पंकज जी के सम्मुख हो मुस्कुराई, "क्या लेंगे... ?"

"चाय आपके यहाँ अच्छी मिलती नहीं।"

ठहाका फूट पड़ा उसका, "आयरिश कॉफी ?"

"वह आपके यहाँ मिलेगी नहीं।"

"ओह, चौकन्ना रहना पड़ेगा आपसे...खूब कान देते हैं आप !" हँसी नहीं रोक पाई, "तब... ?"

"तब क्या, चाय पर ही गुजर करेंगे साहब...जहाँ तक चौकन्ना रहने का सवाल है, घबराने की जरूरत नहीं है। बस, जरा मतलब की बात पर कान दे लेते हैं..."

"उसके बगैर गुजर नहीं..." उसने घंटी बजाकर हरीराम को बुलाया।

लपकती मुद्रा में हरीराम प्रकट हुए, "जी, मैडम जी।"

"चाय," उसने पंकज जी की ओर संकेत किया, "जरा अच्छी-सी..."

"यह कोडवर्ड है ? कहीं ऐसा तो नहीं कि आप ग्राहक देखकर पुड़िया बाँधती हो... ?"

वह खिसिया आई, "नहीं साहब...नहीं...अच्छा, यह बताइए, संशोधित पॉयलट ले आए हैं... ?"

''बिलकुल,'' पंकज जी अपना ब्रीफकेस खोलने लगे, ''लीजिए'' उन्होंने कैसेट उसकी ओर बढ़ाया।

''मंडी हाउस से कोई सूचना आई?''

''मि. धीर से कल रात फोन पर बात हुई अंकिता जी...आज दोपहर कमेटी संशोधित पॉयलट देख रही है...''

''यानी प्रतिक्रिया आपको रात में मिल जाएगी... ?''

''जी।''

''नीलमणि इंडिया के मि. सरकार से 'जीवन-चक्र' के विषय में विस्तृत चर्चा हुई है...''

''ठीक है तो 'पॉयलट' दिखा दीजिए उन्हें...''

''नहीं...मंडी हाउस की प्रतिक्रिया जानने के बाद ही मैं उन्हें पॉयलट दिखाना चाहूँगी...कल सुबह मुझे फोन पर बता सकेंगे?''

''अवश्य...''

''बस...अगले ही किसी रोज मैं उनसे समय तय करके शो रख लूँगी...इससे नेगोशिएशंस में फर्क पड़ सकता है...मान लीजिए, मंडी हाउस फिर किन्हीं कारणों से पॉयलट को अधर में लटका देता है, बावजूद इसके सरकार साहब पॉयलट को पसन्द कर लेते हैं तो हमारी यह मुश्किल भी हल हो सकती है...आपको पता ही होगा, चोपड़ा ब्रदर्स की 'खून का रंग' फँसी हुई है। वे उन्हें कुल व्यय का पचास प्रतिशत अग्रिम दे चुके हैं...चार एपीसोड का जो कैप्स्यूल मंडी हाउस को पिछले दिनों अवलोकनार्थ भेजा गया था, तीसरे में उन्होंने फिर संशोधन लगा दिये हैं...जबकि आपत्तिजनक जैसा कुछ भी नहीं है...साम्प्रदायिक विषय है 'खून का रंग' का—बस, यही मुसीबत है...इधर 'फिल्मरस' वालों ने 'खून का रंग' के लिए नौ बजे रात का समय जी-तोड़ कोशिश करके प्राप्त कर लिया है—काम पर काम निकलता जाएगा तो वह भी हाथ से जाएगा... प्रदर्शन आठ-दस महीने के लिए फिर टल जाएगा...खैर, 'जीवन-चक्र' इन बावेलों से मुक्त है...''

''चाय पीजिए...''

''कहाँ मुक्त है...निम्न वर्ग पर उच्च वर्ग के अमानवीय शोषण को लेकर ही तो उन्हें आपत्ति है कि अतिवादिता से ग्रस्त है पॉयलट।''

''हूँ...'' उसने चाय का घूँट भरा।

वास्तव में तमिल के सुप्रसिद्ध उपन्यास 'जीवन-चक्र' में उसकी व्यक्तिगत रुचि है। लगभग दो-ढाई वर्ष पूर्व उसने उपन्यास पढ़ा था। हफ्तों पढ़कर उद्वेलित रही थी। उपन्यास उसके पास है। शायद ज्ञानपीठ ने उसे प्रकाशित किया है। अपने प्रकाशन के साथ ही 'जीवन-चक्र' हिन्दी के सुधी पाठकों और समीक्षकों में चर्चा का विषय बन गया। इतना कि लोगों ने यहाँ तक कहा कि पिछले दो दशक में किसी भी भारतीय भाषा में ऐसा सशक्त उपन्यास नहीं आया है। अमृतलाल नागर के 'मानस का हंस' के बावजूद। हालाँकि इस स्थापना से वह सहमत नहीं रही मगर इस बात से अवश्य सहमत है कि स्त्री की संघर्ष-गाथा को उकेरती 'जीवन-चक्र' समाज के नैतिक मूल्यों

पर प्रश्नचिह लगाने वाली चुनौतीपूर्ण कृति है। 'जीवन-चक्र' निम्न वर्ग की एक ऐसी विधवा स्त्री की संघर्ष-कथा है, जो गाँव के पटेल की कामांधता का लक्ष्य बन उसके बेटे की जननी बनती है। पटेल के गुंडों द्वारा भ्रूण नष्ट करने के दबावों से लेकर् डरा-धमकाकर गाँव छोड़ देने की कोशिशों के बावजूद पूरी जीवटता से वह विपरीत परिस्थितियों का सामना करते हुए उसी गाँव में रहकर पटेल के बच्चे का भरण-पोषण करती है...सामन्ती इरादों से शोषित, प्रताड़ित तिन्नमा की जिजीविषा सचमुच प्रेरणाप्रद नारी-छवि के रूप में उपन्यास में उभरती है।

चाय का कप उसने नीचे रखा, " 'आब्जर्वेशन' से आप अप्रसन्न क्यों हैं पंकज जी ?"

"ऐसा है अंकिता जी, विषय पास होते ही प्रायोजक प्राप्त करने के उद्देश्य से कई एजेंसियों से सम्पर्क साधा था हमने। 'आब्जर्वेशन' हमें विश्वसनीय और अनुकूल लगी...उन्होंने 'सिपला टूथपेस्ट' वालों से हमारी बातचीत करवाई...एक लाख पचास हजार प्रति एपीसोड पर बात पक्की हुई। हमारे पास पॉयलट बनाने के लिए पैसा नहीं था...तय हुआ कि 'आब्जर्वेशन' एक एपीसोड का अस्सी प्रतिशत रकम बयाना के रूप में हमें दिलवा देगा...कुछ अपनी ओर से मिलाकर हम पॉयलट शूट कर लेंगे...हमने पॉयलट शूट कर लिया है। दूरदर्शन ने कुछ आपत्तियों के साथ उसे लौटा दिया। अर्थाभाव के कारण दुबारा शूटिंग करना हमारे लिए कठिन हो गया। आउटडोर बहुत था। हमने 'आब्जर्वेशन' से प्रार्थना की कि वह प्रायोजक से बातचीत करके लगभग पचास प्रतिशत और दिलवा दें ताकि हमारी मुश्किल हल हो जाए," बोलते हुए पंकज जी आवेश से भर उठे।

उसने स्पष्ट महसूस किया, मगर उन्हें बीच में टोकना उसे मुनासिब नहीं लगा। आवेश में ही वस्तुस्थिति उघड़कर सामने आ सकती है...वह जानना उसके लिए जरूरी है।

"सोचिए...हमारा पॉयलट अस्वीकार नहीं हुआ था...फकत कुछ आपत्तियाँ थीं दूरदर्शनवालों को। 'सिपला टूथपेस्ट' वालों के लिए ऐसे में जोखिम दस प्रतिशत से अधिक नहीं था। मेरी प्रार्थना विचारणीय थी उनके लिए, मगर..."

"एक चाय और मँगवाऊँ कोडवर्ड के साथ... ?"

पंकजी जी हँस पड़े, "कह दीजिए...जरूरत महसूस हो रही है।"

"फिर... ?"

व्यवधान के बाद उसने उन्हें पटरी पर लाना चाहा।

"तीन महीने तक उन्होंने मुझे 'सोच रहे हैं' का झुनझुना पकड़ाकर अन्त में हाथ खींच लिया—पॉयलट आपको अपने बूते पर ही दुबारा शूट करना पड़ेगा—मैं ब्याज और क्रेडिट से पहले ही परेशान था...उनका यह अप्रत्याशित आचरण शुद्ध रूप से उम्मीद बँधाकर धता बता देने वाला था। मेरे तो हाथ-पाँव फूल गए..."

पंकज जी कुछ पल ठहरे अपने साथ हुए दुर्व्यवहार के प्रति क्षुब्ध से। उत्तेजना को संयमित कर उन्होंने आगे कहना शुरू किया, "आपको क्या बताना...आप बाजार

में हैं। 'हम लोग', 'एक कहानी' आदि धारावाहिकों की जबरदस्त लोकप्रियता से प्रायोजकों की रुचि अच्छे धारावाहिकों में बढ़ी है। अलका चटर्जी, अनवर बेग, शमीम अहमद आदि के स्तरहीन धारावाहिक भी अच्छी कीमत पा रहे हैं। मैंने एक अप्रतिम कृति पर भयंकर मेहनत की है। दक्षिण के गाँवों में जाकर उसे चित्रित किया है...वास्तविकता की चाह में...कि एक महान कृति के साथ न्याय हो सके...। शूटिंग्स के अधिक खर्चों के बावजूद लाचारी में 'सिपला टूथपेस्ट' से डेढ़ लाख प्रति एपीसोड का अनुबन्ध कर लिया...। उनकी कुटिलता देखिए, वे बढ़ी हुई कीमतों की परवाह न करके मुझे परेशानी में डाले हुए हैं। पॉयलट पास होते ही उनकी पाँचों उँगलियाँ घी में और मैं, बढ़े बाजार भाव के बावजूद, नुकसान में..."

"फायदा वे पूरा उठाना चाहते हैं, जोखिम नहीं। जोखिम सिर्फ मैं उठाऊँ... 'आब्जर्वेशन' को दोनों ओर से केवल अपनी दलाली से मतलब।"

"चाय आ गई...चाय पीजिए पहले..."

पंकज जी को बाकायदा तंग किया गया है, उनका क्षुब्ध होना स्वाभाविक है।

पंकज जी ने कप अपनी ओर सरकाया।

"आप... ?"

"सुबह से पर्याप्त हो गई है।"

मेज पर रखे पेपरवेट को फिरकी की भाँति नचाते हुए उसने सधे लहजे में कुशल दुकानदार की तरह अपनी बिरादरी की कठिनाइयाँ उनके सामने रखीं, "आपका अंसतोष बड़ा स्वाभाविक है पंकज जी, लेकिन उन समस्याओं की ओर भी जरा गौर कीजिए, जिनसे दूरदर्शन के इधर अधिक सख्त हुए रवैये के कारण विकासशील एजेंसियाँ ही नहीं, स्थापित एजेंसियाँ भी त्रस्त हैं। एक तो दूरदर्शन उन्हीं एजेंसियों को मान्यता देता है जो एक लाख की बैंक गारंटी दे सकें...जिनकी पेडअप पूँजी दो लाख ही हो और दूरदर्शन को वह कम-से-कम बारह लाख का व्यापार दिला सकें...टेलीकास्ट चार्जेज पैंतीस हजार से बढ़ाकर एकदम से डेढ़ लाख कर दिये गए हैं...हालाँकि आपकी समस्या का इससे कोई ताल्लुक नहीं मगर...कहीं-न-कहीं, किसी-न-किसी रूप में ये समस्याएँ एजेंसियों की कार्य-क्षमता को प्रभावित कर रही हैं...प्रायोजक को भी।"

"मानता हूँ...पर रिस्क कहाँ नहीं है? समस्याएँ कहाँ नहीं हैं?...और लाभ भी तो उसी अनुपात में दुगुना-तिगुना मिलता है। मि. मैथ्यू 'सिपला टूथपेस्ट' वालों पर दबाव नहीं डाल सकते थे कि वे मेरी कठिनाई पर उदार दृष्टिकोण अपनाएँ।

"अंकिता जी...मि. मैथ्यू की चतुराई सुनेंगी तो दाँतों तले उँगली दबा लेंगी। जनाब न प्रायोजक से पैसा दिलवा सकते हैं, न उनकी एजेंसी कोई अन्य मदद कर सकती है। हाँ, वे अन्य साधनों से मुझे पैसे दिलवा सकते हैं—पचास प्रतिशत ब्याज पर। यह मजबूर को लूटना नहीं है?"

" 'माध्यम' से आप क्या उम्मीद करते हैं... ?" वह मतलब की बात पर आई,' "मेरा मतलब है, किन शर्तों पर आप हमसे अनुबन्ध करना चाहेंगे?"

"कम-से-कम प्रति एपीसोड दो लाख..."

"और... ?"

"टोटल का पचास प्रतिशत अग्रिम।"

"और... ?"

"पुनः शूटिंग्स और रद्द किये गए एपीसोडों का नुकसान आधा-आधा।"

"तीसरी शर्त...मुझे सन्देह है, मगर फिर भी मेरी कोशिश होगी पंकज जी कि आप उचित सौदे से लाभान्वित हों...'नीलमणि इंडिया' वालों से बात नहीं बनी तो उस स्थिति में मेरे पास अन्य प्रायोजकों की भी गुंजाइश है, जिनका आग्रह अच्छे धारावाहिकों को लेकर है...बहरहाल हफ्ते-भर के अन्दर हम किसी नतीजे पर होंगे।

" 'नीलमणि इंडिया' वालों को ही पटाइए अंकिता जी।" वह 'नीलमणि इंडिया' वालों के प्रति अपना उत्साह अप्रकट नहीं रख पाए। अर्थपूर्ण मुस्कान उनके अधरों पर खेल गई।

"आपकी शर्तों का भी तो ध्यान रखना है पंकज जी... !" पाँसा फेंककर उसने सौदे के लचीलेपन को भाँपना चाहा।

"वे खरीदने को तैयार हों तो शर्तें लचीली हो सकती हैं...।"

धीरे-धीरे पंकज जी पटरी पर आ रहे हैं। भला कौन नहीं चाहता कि उनके धारावाहिक को गोदरेज, ब्रुकबांड, कोलगेट, मदुरा कोट्स, नीलमणि इंडिया वालों का प्रतिष्ठित बैनर मिले? बाजार में बहुत मायने रखता है कि कौन, कहाँ, किसके साथ खड़ा हुआ है। अगले सौदों में उसकी स्थिति सुदृढ़ ही नहीं, एकाधिपत्यपूर्ण हो उठती है। यह सौदा उसके हाथ से नहीं सरक पाएगा...।

"घर का नम्बर दे सकेंगी?"

"नोट कीजिए...—452139..."

"माहिम..."

"जी, वहीं हूँ।"

"कब तक कर सकता हूँ..."

"दस से पहले...पढ़ने के समय व्यवधान मुझे पसन्द नहीं।"

"ठीक...धीर साहब का फोन समय रहते आ गया तो मैं आपको निर्णय की सूचना रात में ही दे दूँगा..."

"सुबह कर लीजिए, कोई दिक्कत नहीं।"

"चलूँ?" पंकज जी ने उठते हुए गर्मजोशी से अपना हाथ उसकी ओर बढ़ाया। उसने विनम्रता से हाथ जोड़ दिये।

पंकज जी को गए हुए दस-पन्द्रह भिनट भी नहीं गुजरे थे कि इंटरकॉम ने पुनः हल्ला बोल दिया उस पर।

"हाँ, सुगन्धा?"

"मैडम, विश्वनाथन के घर से सूचना आई है कि आज रिकॉर्डिंग वे नहीं कर पाएँगे।"

"क्या कह रही हो?" वह अविश्वास से भर आई, "कब फोन आया वहाँ से?"

"अभी कुछ देर पहले।"

"बात क्यों नहीं करवाई मुझसे?"

सुगन्धा उसके स्वर की तेजी से सहम उठी, "मैडम, मैंने फोन करनेवाली महिला से बहुत कहा कि वे सीधे आपसे बात कर लें...वे मानीं ही नहीं। बोलीं, इसकी जरूरत नहीं है, बस, मैं आपको सूचना दे दूँ।"

"सुगन्धा, तुम जानती हो कि आज दो बजे हम एल.के. सीमेंट की कमेंटरी रिकॉर्ड कर रहे हैं, रिकॉर्डिंग थियेटर बुक है...तुमने कारण पूछा?"

"बहुत पूछा मैडम...अजीब थीं वह महिला, कुछ सुनने के लिए तैयार ही नहीं थीं। कहने लगीं—मुझे पता नहीं कि कहाँ व्यस्त हैं विश्वनाथन..."

"उफ्!" परेशान हो उसने अपना माथा पकड़ लिया।

धोखा है यह, सरासर धोखा! ऐन मौके पर यह तमाशा क्यों किया विश्वनाथन ने? पूरी फीस दे रही थी वह। कोई रियायत नहीं चाहती कलाकारों से। फिर? अंग्रेजी, हिन्दी, पंजाबी, मराठी, तमिल, तेलगू आदि भाषाओं में एक साथ कमेंटरी रिकॉर्ड होनी है। विश्वनाथन तमिल की कमेंटरी देने वाला था। उसने वादा किया था कि वह ठीक ढाई बजे संगीता डबिंग थियेटर, वरली पहुँच जाएगा। कितनी सौजन्यता से बोल रहा था! रत्ती-भर हवा नहीं लगी कि वह उसे ऐसी सांसत में डाल सकता है। एल.के. सीमेंटवाले तुरन्त कैसेट चाहते हैं। चाहते हैं कि दूरदर्शन, रेडियो, थियेटर द्वारा सभी प्रदेशों में उनको विज्ञापन एक साथ प्रदर्शित हो...एकदम से वह कहाँ से लाए नया कमेंटेटर? आसान है तुरन्त किसी अच्छे नाम को जुगाड़ पाना? हफ्तों पूर्व समय लिया जाता है, तारीखें तय होती हैं तब कहीं जाकर एक काम पूरा होता है। एक साथ सारी भाषाओं के कमेंटेटर को इकट्ठा कर पाना तो और भी कठिन काम है। समयानुकूल तारीखें एकत्र कर पाना तो और दुष्कर! कर पाई तो इसीलिए कि सभी से उसका साफ-सुथरा व्यवहार है...।

बुकिंग रद्द कर दे...?

मन में आया कि विश्वनाथन के घर फोन करके उस महिला को आड़े हाथों ले। पूछे कि आखिर यह क्या घपला है? क्यों अधर में लटका दिया गया है उन्हें? अपनी मनःस्थिति सोचकर बौखलाई। आवेश को दबाया। उस स्त्री का दोष नहीं। उसे जो, जैसा कहा गया होगा, उसने किया। उसकी बातों और उसके कतराने से स्पष्ट जाहिर है कि वह उसका सामना करना नहीं चाह रही। व्यर्थ होगा फोन करना। क्रोध से उबल रही है। कहीं आवेश में उलटा-सीधा सुना बैठी तो स्वयं कई दिनों तक अशालीन-भाव कचोटता रहेगा। क्रोध का समय नहीं है। असंयम का भी। किसी से सम्पर्क करना होगा। जो उपलब्ध ही नहीं हो, आवाज से जादू बुनने वाला भी हो।

बुकिंग रद्द करना सम्भव नहीं। नादानी होगी। एक व्यक्ति के पीछे सभी को परेशान करना। और अगले पन्द्रह दिनों तक सचिन भीमाणी के विषय में तो भूल ही जाए। उस जैसा प्रतिष्ठित, लोकप्रिय, कार्य-कुशल कमेंटेटर हाथ आने से रहा। रिकॉर्डिंग रद्द करके उसका कोपभाजन बनना हमेशा के लिए रंजिश मोल लेना होगा। उठा सकती है उसकी नाराजगी? घंटी पर अँगूठे का दबाव पड़ा।

"हरीराम, भाषा विभाग से नारायण साहब को भेजो।"

महेश्वरन भी तो हैं? महेश्वरन से सम्पर्क साधा जा सकता है। मगर अगले ही पल झूले के एक ओर से खुल गए रस्से की भाँति लाचारी उसके चेहरे पर लटक आई। दो घंटे के अन्दर कोई कैसे उपलब्ध हो सकता है? कोई संयोग घट जाए तो अलग बात है, वरना दो घंटे उसे खोजने में ही खर्च हो जाएँगे कि वह कहाँ, किस स्टूडियो या डबिंग थियेटर में व्यस्त है। फिर भी कोशिश कर देखने में हर्ज ही क्या है? आज नहीं हो सकी तो अलग से कमेंटरी रिकॉर्ड करने में दस हजार का चूना निश्चित है।

सुगन्धा से उसने महेश्वरन का नम्बर प्राप्त करने के लिए कहा। जहाँ कहीं भी हो।

नारायण उसे तनाव में देख परेशान हो आया, "बात क्या है मैडम? बोत परेशान दिखतीं!"

"परेशानी की न पूछो नारायण..." वह क्षुब्ध हो बोली, "विश्वनाथन ने लटका दिया है...उसके घर से फोन आया है कि वह आज कमेंटरी नहीं पढ़ सकेगा।"

"क्यों...क्यों नई पढ़ सकेगा?"

"इसका जवाब मेरे पास होता तो फिर दिक्कत ही क्या थी..."

"समझा...मेरे को लगता...वो बंगलूर गया कल, हिन्दी सीरियल 'सुबह होगी' में एक्टिंग करने को। उसके तीसरे अऊर चौथे एपीसोड में उसका रोल हय...ये सीरियल ने बोत काम खराब करके रखा है।"

"जहन्नु..." उसने सचेत हो जबान काटी अपनी।

"अटकलें लगाने से कोई फायदा नहीं नारायण जी! अब अचानक सिर पर टूटे इस पहाड़ से कैसे रक्षा हो, उपाय सोचिए। मैंने सुगन्धा से महेश्वरन को खोजने के लिए कहा है। जरूरी नहीं कि वह मिल जाए, मिल भी जाए तो, हमारे लिए खाली ही बैठा हो!"

"चिन्ता नई मैडम...महेश्वरन को मिलने दो...नई बात बनी तो पीछे में राघवन को बुलाएगा। वो फिल्म डिवीजन में हाय...एत्रुंड आवाज हय...तमिल में बोत अच्छा कमेंटरी पढ़ता वो।"

"आप ऐसा करिए..." उसने अपना निजी फोन नारायण की ओर उठाकर सरकाया, "राघवन को पकड़ने की कोशिश करिए अभी, इसी वक्त। राघवन मिल जाता है तो मैं महेश्वरन से बात नहीं करूँगी। महेश्वरन की उम्मीद मुझे पाँच प्रतिशत भी नहीं है...विश्वनाथन को मैं बाद में समझूँगी..."

नारायण ने हरीराम से अपनी डायरी मँगवाई और राघवन का नम्बर लगाने लगा।

"मैं इन बड़े और प्रतिष्ठित नामों के चक्कर में पड़ना ही नहीं चाहती।" वह जैसे स्वतः बड़बड़ाई, "एक-से-एक अच्छी आवाजें पड़ी हुई हैं...थोड़ी-सी मेहनत की जरूरत है उनके साथ, चुटकियों में काम निपटा सकते हैं वे, मगर...खाते हैं कि उनकी सुई अटक जाती है, फलाँ से ही करवाइए—कमेंटरी! बड़े नामों के पीछे दीवाने हैं... कितनी बार समझाने की कोशिश की है...कि शीलकुमार, अमीन सायानी, विश्वनाथन आदि पिछले तीस सालों से बोलते चले आ रहे हैं साहब, वही

एक अन्दाज, घिसे रिकॉर्ड-सा, चाहे वह उद्घोषणा कर रहे हों, कमेंटरी पढ़ रहे हों, संगीत की संध्या सम्बोधित कर रहे हों, किसी से साक्षात्कार! कोई नवीनता शेष नहीं रही। कौन सुनता है?''

सुनवाएगी। चाहे कितने ही पापड़ बेलने पड़े। प्रतिष्ठित नामों के एकाधिपत्य से मुक्त होकर रहेगी। मेहनत करेगी। प्रशिक्षित करेगी उन्हें। अपेक्षित प्रभाव अर्जित करने के लिए! फीस कम होगी नयों की। उन पैसों को रिकॉर्डिंग व्यय में जोड़ेगी क्योंकि उनके अकुशल होने से रिकॉर्डिंग पर अतिरिक्त खर्च होगा। होने दो, स्थिति निश्चित बदल सकती है...प्रयत्न करने का साहस भी तो नहीं जुटा पाते हैं लोग। अपेक्षित प्रभाव के साथ अगर खातों के सामने कमेंटरी प्रस्तुत की जाए...वे राजी हो सकते हैं।

इंटरकॉम ने सम्बोधित किया।

सुगन्धा ने बताया कि महेश्वरन् अजंता आर्ट्स में डबिंग कर रहे हैं। शाम छह तक वहाँ हैं। उसके बाद फुरसत में होंगे। अजंता आर्ट्स में सम्पर्क किया जा सकता है उनसे।

''ठीक है...बाहर हरीराम से कहो कि अत्रे को तुरन्त भेज दे।''

महेश्वरन अजंता आर्ट्स में है और छह के बाद फुरसत से है, इस बात ने उसे तनिक राहत दी। राघवन से बात नहीं बनी तो अगली बुकिंग वालों से प्रार्थना करेगी कि वे बीच में थोड़ा-सा समय दे दें। उसका खर्च वह बर्दाश्त कर लेगी। छह के बाद महेश्वरन उन्हें उपलब्ध हो ही सकता है।

''अत्रे, बलराजजी (पंजाबी) और शिंदे (मराठी) को सुबह आपने आज की रिकॉर्डिंग की याद दिला दी थी?''

''वे आ रहे हैं।''

वह कटाक्षपूर्ण हो आई, ''और विश्वनाथन?''

''उन्हें भी किया था मैडम।''

''तब?''

''उनके घर किसी ने टेलीफोन ही नहीं उठाया।''

''और आप लोग चिन्तामुक्त हो गए?''

अत्रे ने मौन साधना ही उचित समझा। लापरवाही उनसे हुई है। नियम है रिकॉर्डिंग या शूटिंग से पहले प्रत्येक व्यक्ति से दुबारा पुष्टि कर लेने का। मैडम का क्रोध स्वाभाविक है। उसने यही सोचा था कि विश्वनाथन दंपती कहीं गए हुए हैं और कुछ देर बाद वह उन्हें दुबारा फोन कर लेगा।

''कैसेट्स आदि ध्यान से रख लीजिए।''

''जी।''

राघवन से बात हो गई नारायण की। उसका चेहरा खिला हुआ था, ''रिलैक्स मैडम! राघवन बोला, वो वरली संगीता डबिंग थियेटर पौंच जाएगा—दो बजे...''

दीर्घ उच्छ्वास छूट गया, ''पक्का?''

''एकदम पक्का।''

''लंच निपटाइए आप लोग...कष्ट के लिए माफी चाहती हूँ।''

कुर्सी की पीठ से टिककर उसने थकन से जलती हुई आँखें मूँद लीं। सुबह की उत्फुल्लता चेहरे से धूप खाकर उड़ी हुई हल्दी के रंग-सी तिरोहित थी। किस सीमा तक उखड़ता है मन! उद्भ्रांत, विक्षुब्ध, संत्रस्त? संचित ऊर्जा को रेत पर पड़े जल-सा सोखता...लोगों की अप्रत्याशित वणिक वृत्ति! न अपने शब्दों की कीमत, न किसी के संकट की परवाह। बस, एक दौड़!...भागे जा रहे हैं लोग...आत्मविस्मृत... पाँवों में स्केट्स बाँधे...तीव्र...जिनकी गति उन्हें मंजिल तक नहीं पहुँचाती, मंजिल की एक तसवीर तक ले जाती है। कागज पर उकेरी हुई तसवीर!

वितृष्णा सिर उठाने लगती है स्वयं को कठघरे में खड़ा कर। तनी उँगली से प्रश्न भाले हो उठते हैं। शनैः-शनैः उसकी ओर बढ़ते...यहाँ सुधार की उम्मीद है? नख से शिख तक स्वार्थ में डूबे हुए लोग! जहाँ न भावना का मूल्य है, न संवेदना को जगह! मोटी चमड़ी...असंवेदनशील! व्यक्ति नहीं, आँकड़े हो उठे इन्हीं संकल्पहीनों के मध्य काम करने की ठानकर आई है?

हरीन्द्र कितना उग्र हो आया था बहस में...।

'किस दुनिया की बात कर रही हो...जिनके लिए परिवर्तन और क्रान्ति हेब्बार या हुसैन की भुखमरी और गरीबी की सजीव कलाकृतियों की भाँति बैठक में सजावट का अंग है? उस संसार की, जहाँ इतना दलदल निर्मित किया है उन्होंने स्वयं—स्वर्गिक परिभाषाओं से मंडित कर कि अब वही परिभाषाएँ उनकी समझ, सोच, स्पन्दन, कर्म, भावनाएँ हो उठी हैं और उसी दलदल में सूअरों की भाँति लोटते पड़े हुए मस्ताते वे, उसे ही जीवन का सत्य और सत् मान रहे हैं...तुम संकल्पबद्ध होकर भी कहाँ से लाओगी वे हथौड़े, वह छेनी जो उनकी खुली आँखों की दृष्टि-शून्यता को भेद सके...खंडित कर सके...?

'अंकू! किसे जगाने की सोच रही हो? यह आँखें खोले हुए लोगों का खेल है। तुम लड़ना चाहती हो संक्रामक रोग-सी फैलती हुई विज्ञापन-संस्कृति के घातक कीटाणुओं के विरुद्ध, जो लोगों को अपने विष-दंश से 'व्यक्ति' से वस्तु में परिवर्तित करती जा रही है! ऐसा नहीं है कि मैं इसे खतरा नहीं मानता और इसके कुपरिणामों से आगाह नहीं हूँ। देखकर रोष उपजता है। मस्तिष्क कुछ कर गुजरने की चेतना से सन्नद्ध भी हो उठता है। प्रश्न उठता है, प्राथमिकता क्या है और इस सन्नद्धता को हम कहाँ खर्च करें और किस पर?...हमें इन सियारों की बनिस्बत उन्हें जागरूक करना है, जो अनजाने ही चकाचौंध के मकड़जाल में फँसकर उनका ग्रास बनते जा रहे हैं। वे सावधान हो जाएँगे तो इन सियारों का ग्रास बनने से स्वयं इनकार कर देंगे...और अपनी जेबें खाली करने से भी...'

वही पुरानी बात तनाव के क्षणों में साँप के फन-सी तनने लगती है कि इस व्यवस्था के लिए वह सर्वथा अनुपयुक्त है। थकने लगी है। नहीं, अन्तर्मन विक्षोभ की आँच में उत्तप्त हो सुर्ख अवश्य हो उठता है, गलता नहीं। गलता नहीं या उसे स्वीकारती नहीं, जो एक लक्ष्य साधा है उस संकल्प के चलते? अहं से पगी कि जिसके प्रकट होते ही उसे अपने नंगे हो जाने का भय सताने लगता है?...ऐसा नहीं है। संकट के क्षण

उसे गहरे निष्क्रिय कर देते हैं—विरक्ति की सीमा तक...उनका धर्म है! लेकिन कुछ तो है जो भागने के लिए तत्पर होते पाँवों में अनायास बेड़ी-सा कस जाता है। कुछ तो कर पाई है इन्हीं के बीच अपनी नीति-रीति अनुसार...धारा के विरुद्ध संघर्ष करते हुए। आखिर 'माध्यम' को इस क्षमता तक पहुँचा ही दिया है कि वह अपने पाँवों पर खड़ी हो सके...खड़ी है...तराजू लेकर बैठी जरूर है हाट में, लेकिन डंडी मारकर लूट के लाभ से इस खड़े होने को सुदृढ़ नहीं कर रही। और इस बात को भी रेखांकित किया जा रहा है कि प्रचार ध्येय जरूर है उनका, मगर उसकी भाषा, कहने का तरीका पहले की अपेक्षा स्तरीय हुआ है। यह उपलब्धि नहीं है... ? अंजुरी-भर ही सही...आखिर यह जमीन कहाँ से आई जो उसके पाँवों के नीचे है... ?

चप्पल उतारकर नंगे पाँव उसने जमीन को अनुभव करना चाहा। गुदगुदा गलीचा तलुवों के नीचे सुरसुरा आया। चौंककर पाँव उठा लिये उसने। कैसी गुलगुली-सी छुअन! साँप की देह-सी! ये गलीचे जमीन पर क्यों बिछा दिये जाते हैं—मनुष्य को अपनी ठोस जमीन से वंचित करने के लिए? उसे अपने-आप से...अपने होने के बोध से काटने के लिए? वह हटवा देगी इन्हें... हरीराम से कहकर... ।

चर्नी रोड से ऑपेरा हाउस तक...नहीं, ताड़देव के वृत्ताकार चौरस्ते तक...हाजी अली से मुड़ते ही सागर की हिलोरों से दुलराई ताजी हवा का झोंका उसे चैतन्य कर गया...कैसा गुत्थमगुत्था हुआ यातायात! चींटियों सदृश रेंगता। चाहे सामने देखो या अगल-बगल, गाड़ियाँ ही गाड़ियाँ...जलता हुआ डीजल, पेट्रोल...धुआँ...बदबू के भभके। आँखों में दीर्घ रुदन-पश्चात् की किरकिरी-भरी जलन...गाड़ी लेकर निकलना उसे इंग्लिश चैनल पार करने जैसा लोमहर्षक संघर्ष प्रतीत होता है...बहुत कम लेकर निकलती है। कभी अपने ड्राइविंग के शौकवश विवश हो उठती है। अन्यथा माहिम चर्च से सेवेन लिमिटेड बस पकड़कर आराम से एजेंसी पहुँचना अधिक सुविधाजनक लगता है...सीट पर आँखें मूँदे बैठे रहना, कोलाहल से असम्पृक्त। चढ़ती-उतरती आहटों से अनजान।

वे 'खुशबू' से जल्दी ही उठ दिये थे। मेजों को टोहती-सी भीड़ चुभने लगी थी। मेहता ने भी ऐसा ही अनुभव किया। भीड़ से उठे, भीड़ में समा गए से... ।

''लगता है...कभी दृष्टि नितान्त कार्य-मुक्त हो...फुरसत में जहाँ चाहे वहाँ देखने को स्वतंत्र हो इर्द-गिर्द...अपने अन्दर-बाहर...किसी की आँखों की राह उसके हृदय-प्रकोष्ठ की सीढ़ियाँ उतरती, फलाँगती उसमें झाँक सके...''

''लगता है अंकू, तुम्हें ही नहीं...किसी और को भी लगता है कि तुम अपनी प्रतिपल चौकन्नी, मार्ग बेधती दृष्टि को विश्राम दो...वह बन्धन-मुक्त उद्देश्य रहित होकर जो देखना चाहे, देख सके...वह अनदेखा भी...किसी के हृदय-प्रकोष्ठ की सीढ़ियाँ उतर...उसके भीतर झाँक...उसे पहचाने, समझे...महसूस करे कि कोई...''

''मेहता... !''

उसने स्टियरिंग पर जकड़ी उसकी हथेली पर अपना स्पर्श रख दिया। सड़क पर टिके उसके चेहरे की ओर देखा...मेहता की आँखें चौकन्नी थीं—सड़क पर मार्ग बेधती... ।

'सुधांशु तुमसे मिलना चाहता है बिट्टी...मिल क्यों नहीं लेतीं?' भैया ने लिखा है, 'निरन्तर उसके पत्र आ रहे हैं। पत्र क्या हैं, अपने में खोए हुए मनुष्य की तलाश...पश्चात्ताप का प्रलाप!...शिद्दत से स्वीकारोक्ति! अलगाव के दीर्घ अन्तराल ने उसे अपने अन्तर्मन में झाँकने-समझने के लिए बाध्य किया है। उसने महसूस किया है, वह आदमी कोई और था, उसकी शक्ल में कोई प्रेतात्मा, जिसने तुम्हारी कोमल भावनाओं को छला...तुम्हें तोड़ा, शृंखला की कड़ियों की तरह एक-एक साँकल को विलग कर...वह तुमसे क्षमा चाहता है, तुम्हें विस्मृत नहीं कर पा रहा...।

'बी.बी.सी. में उसकी उद्घोषक की नौकरी लग गई है। दो वर्षों का अनुबन्ध है...आगे अनुबन्ध की अवधि बढ़ाई भी जा सकती है सिलसिला जम गया तो...आठ मार्च को उसकी लंदन की उड़ान है। उसकी गहन इच्छा है कि जाने से पूर्व किसी प्रकार तुमसे मुलाकात हो जाए। मैं उसके पश्चात्ताप को दुराग्रह-मुक्त हो निःसंग भाव से देख रहा हूँ...बावजूद इसके कि यह नितान्त दो व्यक्तियों के बीच का निजी मामला है। पर बिट्टी, आत्मविश्लेषण, आत्मस्वीकारोक्ति विवेक-जाग्रत व्यक्ति ही कर सकता है।'

टाँगों के पीछे से झाँकते हुए ढीठ बच्चे-सा यही भाव भैया की चिट्ठी से निःसृत हो रहा है कि यह सुरक्षा जो उसने अर्जित की है—आर्थिक, शायद उनकी दृष्टि में पूर्णतः सुरक्षा नहीं है। पूर्णतः तभी होगी जब वह एक अदद पुरुष की निगरानी में हो। सामान्य सोच यही है। सामाजिक दृष्टिकोण से भी पूर्णतः सुरक्षा की यही व्याख्या है। वह पुरुष कोई भी हो सकता है। लौट-घूमकर सुधांशु भी। होना जरूरी है पर...उसके लिए सामाजिक सुरक्षा की परिभाषा है—आत्मनिर्भरता। स्त्री आत्मनिर्भर होती तो आज सुरक्षा की परिभाषा उसके हिस्से में कुछ और ही होती।

मन की बात और है। वह कोना न आत्मनिर्भर होकर लहलहाता है, न पराश्रयी होकर उजड़ता है। उसे कुछ और चाहिए...संवेदनाओं का संवेग। संग! सोच! जीना! समझना! परस्पर सम्मान! न मिले प्रतिदान तो क्या जीवन का यह नितान्त अलग पक्ष है? उसकी अपनी दुनिया। इस अन्तर्निहित दुनिया के आबाद हुए बिना भी जिया जा सकता है। जी नहीं रही वह? दुष्कर है। इसलिए कि इस छोर से उस छोर तक सन्तुलन सूत्र अनुपस्थित होता है। लेकिन असन्तुलन व्यवधान नहीं बोता? इस जटिलता से स्त्री को गुजरना ही है, असन्तुलन के शून्य को सिर्फ इसलिए भर लेना उसके लिए जरूरी नहीं कि बिना पुरुष के सम्पूर्ण सुरक्षा-भाव पूरा नहीं होता...।

एक विद्रूप-भरा अट्टहास उसके अन्तर प्रकोष्ठ को कँपा गया। कुछ भी कह देना कितना सहज होता है...सहज होता है झंझावात के ईंट-ईंट रौंद जाने के बाद भग्न बस्ती को तिनके-तिनके सँजोना?

"स्तम्भ लिखना क्यों बन्द कर दिया?"

चौंकी, "कुछ कहा तुमने...?"

"यही कि...स्तम्भ लिखना तुमने क्यों बन्द कर दिया?"

सवाल ने असमंजस में खींच लिया उसे।

''हरीन्द्र भी नाराज है मुझसे...''

''उचित ही नाराज है...वह तुम्हारे व्यक्तित्व का वैचारिक पक्ष है। उसके बिना तुम अपने-आपमें अपूर्ण लगती हो...चूहा दौड़ का हिस्सा बनती-सी...''

''शायद,'' प्रतिवाद नहीं किया उसने।

''हाथ उठा देना है यह...''

''मेहता...यह आरोप है।''

''उत्तर... ?''

''समयाभाव और...आत्मसम्मान को बचाये रखने के लिए आर्थिक सुरक्षा जरूरी थी।''

''आत्मनिर्भर होने के लिए... ?''

''आत्मनिर्भर होकर ही तो आत्मसम्मान की रक्षा हो सकती है।''

''अपनी ओर देखो अंकू! कितने अन्तर्विरोधों में जी रही हो तुम!''

''व्यक्ति की नियति है यह...''

''नहीं, अपने को नियति की आड़ में भ्रम देना है...''

''किसी सीमा तक भ्रमों में शक्ति है...''

''जीवन-शक्ति... ?''

वह अनुत्तरित हो आई। गाड़ी मुड़कर शिवाजी पार्क की ओर बढ़ रही है। साँवली संध्या को सहसा जगमगा आए लट्टुओं की रोशनी ने और गहरा कर दिया है। 'ठाकरसी फरसाण', 'बाम्बे क्लाथ स्टोर', 'जे. जे. कैमिस्ट', 'डी.सी.एम.', 'एशियन पेंट्स', अपनी रोशनी से चौंधियाती भव्य दुकानें—एक के बाद एक गुजर रही हैं...तेजी से पीछे छूटती हुई दुकानों की कतारों को देखकर अचानक उसे महसूस हुआ कि गाड़ी की गति कुछ ज्यादा तीव्र है। यातायात कम है इधर, फिर भी...।

''जल्दी नहीं है मेहता!...''

मेहता ने गाड़ी धीमी कर दी है...।

अम्माँ के विछोह से सन्तप्त वह घर से बम्बई लौटने की सुबह थी...जीप की गति उसे धीमी लगी थी। कलाई मोड़कर उसने समय देखा था। चिन्तित हो बोले बिना नहीं रह पाई थी, बोलने की इच्छा न होते हुए भी, 'इस गति से मैं उड़ान नहीं पकड़ पाऊँगी।'

कुछ पल की खामोशी के बाद जीप की उछाल के साथ सुधांशु का अस्फुट-सा स्वर उस तक बह आया था, 'ठीक कह रही हो...मैं इस फासले को बरसों में तय करना चाहता हूँ...'

'मैं नहीं...' वह रुक्ष हो आई थी।

प्रतिक्रिया में जीप ने अचानक गति पकड़ ली थी...।

''माँ ने फोन किया था तुम्हें ?''

सुनकर वह अपने में लौटी, ''हो सकता है, किया हो; दो बजे से संगीता डबिंग थियेटर में थी...कुछ कहा था क्या उन्होंने तुमसे ?''

''ग्यारह तारीख पक्की कर दी है वन्दना के ब्याह की।''

''यानी वन्दना की जिद के आगे घुटने टेक दिए उन्होंने... ?''

''नहीं...घुटने नहीं टेके...कुटुम्ब की प्रतिष्ठा के लिए सौदा किया है शायद...मुझे ऐसा लग रहा है अंकू कि वन्दना और हरीश का रिश्ता भी सिर्फ इसलिए स्वीकार किया है माँ ने कि वे कोकिला की आत्महत्या के कलंक को परिवार के माथे से पोंछ सकें...मुक्त कर सकें उस अभिशाप से सभी को—वन्दना को, विनोद को, स्वयं को, और मुझे...यह न वन्दना की इच्छाओं को सम्मान देना है, न अपनी; उन्हें वन्दना के लिए हरीश कतई पसन्द नहीं...वन्दना को भी तो शायद...''

''जानती हूँ...। अफ्रीकावाले सम्बन्ध के लिए लालायित थी वह।''

''तब वन्दना ने क्यों... ?''

मेहता ने नि:श्वास भर उसकी उस बात का कोई उत्तर नहीं दिया।

''मुझे ऐसा नहीं लगता...''

''क्या नहीं लगता ?''

''यही कि माँ वन्दना और हरीश के ब्याह के प्रस्ताव को मात्र इसलिए स्वीकार कर रही हैं कि इस सम्बन्ध के माध्यम से वे कुटुम्ब पर लगे कलंक को धो सकें...यह भी तो हो सकता है...वह सोचने लगी हों, बेटी के सुख में उनका भी सुख है।''

''मैं गलत महसूस नहीं कर रहा। वे बिरादरी को मुँह-तोड़ जवाब देने के लिए ही इस सम्बन्ध को स्वीकार कर रही हैं कि देखो, तुम क्या समझते हो, तुम्हारी लगाई-बुझाई के चलते मेरे घर में ब्याह-शादी नहीं होगी ? मेरी बेटी कुँआरी बैठी रहेगी जीवनपर्यंत ? यही पीड़ा है...यही, अन्यथा तुम भी जानती हो, वन्दना के लिए उनके मन में एक-से-एक योग्य वर की कल्पना रही है...।

''हरीश तुलना में एक साधारण क्लर्क ही तो है... ! यह भी सत्य है कि माँ कटिबद्ध हो जाएँ तो शायद वन्दना अपनी जिद से उखड़ जाए !''

उसके चेहरे पर यातना बटुर आई।

''मेरे पास ऐसा सोचने के लिए कारण है...''

''क्या ?''

''अचानक माँ के मुँह से निकला वाक्य—'वन्दना का ब्याह हुआ जा रहा है, अब चिन्ता नहीं...तेरे ब्याह के लिए भी लड़कियों के प्रस्ताव आने लगेंगे'...''

''ओह !'' वह विमूढ़ हो आई।

''हॉल आदि बुक हो गया है...''

''कहाँ... ?''

'' 'वनिता समाज', दादर। खार के खार में मिल जाता तो सुविधा होती...चलो, यह भी ठीक है...दो तले हैं...ऊपर की मंजिल में लड़केवाले हो जाएँगे, नीचे हम...''

उनके दरमियान खामोशी ने फिर कुंडली मार ली ।

कितने निरासक्त भाव से मेहता ब्यौरेवार बताए चला जा रहा है !

जैसे वह अपने घर के विषय में नहीं, किन्हीं अन्य लोगों की चर्चा कर रहा हो ! कलमदानी में सूख गई स्याही-सा सन्ताप, जिससे कलम नहीं चल सकती।

वे शिवाजी पार्क पहुँच रहे थे।

"पेट्रोल पंप की बगल से गाड़ी गली में लिये ले रहा हूँ...तुम घर लिये जाओ...मैं यहीं उतरकर टैक्सी पकड़ लूँगा।"

"घर चलो।"

मेहता ने दुविधाग्रस्त हो एक पल के लिए उसे देखा। फिर न जाने क्या सोचकर गाड़ी उसने गली में बढ़ा दी।

वह उसकी दिक्कत समझ रही थी। "कॉफी-वॉफी पीकर तुम गाड़ी घर लिये जाना...कहाँ टैक्सी के चक्कर में पड़ोगे!"

वह फिक्क से उदास हँसी हँस दिया।

गाड़ी के भीतर सड़क की रोशनी से फटकर मटियाले होते अँधेरे में उसने मेहता का चेहरा पढ़ना चाहा। दो-चार रोज से न बनाई गई दाढ़ी उसके चेहरे पर उठते भावों को रहस्यमय बना देती है। शायद...उजाला भी होता तो उस रहस्यमयता को भेद-उन्हें पकड़ना दुष्कर ही होता। शायद...रहस्यमयता भ्रम है। मनोभावों का आंतरिक ज्वार भीतर ही उठकर भीतर ही दफन हो जाता है। बाहर नहीं आता। घर लिये जाने के भय से उसकी ऊपर की बेतरतीबी लोगों को छकाती है। रहस्यमयता का पुट दे, वह उसी में उलझकर रह जाती है। सूत्र खोजती व्यग्र, चिन्तित, अधीर।

मनाली से लौटकर वह ऐसी बन्द मुट्ठी-सा हो गया है, जिसे पूरी शक्ति लगाकर खोलने की कोशिश भी अक्सर व्यर्थ हो जाती है।

घर से इतनी छीजी हुई-सी लौटी थी कि अकेले रहने में भय लगने लगा था। अपने-आपसे भय! नीता को घर बुलाना चाहा था एकाध रोज के लिए। नीता ने उन दिनों सुधीर गुप्ता के संग रहना शुरू ही किया था। सुधीर गुप्ता अपने बीवी-बच्चों को छोड़कर नीता के नये फ्लैट में उसके साथ आकर रहने लगे थे। फोन पर आया जयंती ने बताया कि 'मैडम और साब परसों गोवा घूमने को गया है...अगले हफ्ते लौटेगा...कुछ सन्देश-विदेश होए तो बोलो? मैडम का फोन कभी आता है रात कू'...क्या सन्देश देती! क्या बताती कि कैसी मन:स्थिति से गुजर रही है? एक शाम सचिवालय से बस में बैठी तो पता ही नहीं चला कि कब शिवाजी पार्क निकल गया और वह जुहू चर्च पहुँच गई, जहाँ बस खत्म होती थी। कंडक्टर का ध्यान भी चढ़ती-उतरती भीड़ की वजह से उसकी ओर नहीं गया, वरना वह खुद उसे टोक देता। अपनी बेमानी पर लज्जित होते हुए उसने अतिरिक्त टिकट के पैसे कंडक्टर की ओर बढ़ा दिये थे। कंडक्टर ने पैसे लौटा दिये, 'तबीयत बरोबर नई दिखता आपका वांदा नई!' सविता के आग्रह पर दो दिन उसके पास रह आई। सोचकर कि उनका आत्मीय व्यवहार सम्भवत: स्वजनों के तिरस्कार पर मलहम साबित हो। क्षोभ शमित हो। लेकिन उद्विग्नता कम नहीं हुई। निच्चाट-विरक्त मन! काम का बोझ और प्रश्नाकूल जिन्दगी! घाटियों के बीच भाँय-भाँय हहराती बावली हवा-सी किसी ठौर ठहरने में असमर्थ!

मेहता ने महसूस किया, काम ही उसे उबार सकता है...सहसा कुएँ में जा गिरे बरतनों को काँटे में फँसाकर बाहर निकालने का-सा यत्न।

उसने उसे समय देना शुरू कर दिया। वह बैठता तो उसे बैठना ही पड़ता। मन लगाने की कोशिश में मन उबरने लगा, काम में दत्तचित्त हो। लंच के बाद वह अक्सर उसके पास होता। कई प्रस्तावों के बजट तैयार करवाए उसने। कॉपियों को संशोधित करवाया। शूटिंग्स में साथ रहा। प्रचार-अभियान की आधारभूत आवश्यकताओं से अवगत कराया। शैलेन्द्र जी से व्यावसायिक समझदारी निर्मित करने में मदद की, वरना उनके बीच बढ़ती कटुता उसके और मि. भोजराज के दरमियान गले में फँसी हड्डी-सी कष्टप्रद हो उठी थी। लेकिन यह सब वह सघन निरपेक्ष-भाव से करता रहा। अपने में डूबा हुआ...यंत्रवत्! सक्रिय!

''क्यों, हँसे क्यों?''...खिन्न हँसी...उसने कुरेदा।

''यूँ ही।''

''यूँ ही तो नहीं...कोई बात जरूर है। याद है, एक बार तुमने मुझ पर यह आरोप लगाया था कि तुम मुझे इस काबिल नहीं समझतीं कि मैं तुमसे कुछ शेयर कर सकता हूँ, बाँट सकता हूँ। सारा कुछ अपने भीतर ताला लगाके बन्द रखने का शौक है तुम्हें...आज तुम्हारी बात मैं तुम्हारे सन्दर्भ में ही दोहराना चाहती हूँ...ऐसा लगता है। मेहता, मित्रता को जितने साधिकार और सहज भाव से मैं जीती हूँ...तुम नहीं जीते उसे...शायद यह तुम्हारा संकोच नहीं, मेरी ही अक्षमता हो सकती है...मुझे इस ग्लानि से मुक्त नहीं कर सकते...'' वह अनायास भावुक हो आई।

''ऐसी बात नहीं।''

''बात कुछ जरूर है...''

''कोई खयाल आ गया था...अचानक।''

''कह तो सकते हो...''

''विचित्र लगेगी मेरी बात मगर माँ आजकल अक्सर समझ से बाहर हो उठती हैं...छोटी-सी बात है। घर में कोकिला के होने की एकमात्र निशानी उसके गहने हैं...सोना था शायद इसलिए माँ उन्हें फेंक नहीं सकीं...उन्हें बेचकर नये गहने खरीदना चाह रही हैं...वन्दना के लिए...मुझे लगता है कि उन्हें बेचा न जाए, ज्यों के त्यों वन्दना अपने साथ ले जाए...माँ को मेरा यह आग्रह खल गया। वे सोच रही हैं, मैं इसी बहाने उन्हें इंगित कर रहा हूँ कि वे गहने मेरी सम्पत्ति हैं...बहुत महसूस किया है उन्होंने, लेकिन मेरा कहना है, जो व्यक्ति जीवन का अंग बना, उसकी चीजें फेंककर या नष्ट कर उसकी स्मृति को...उसको स्लेट की भाँति पोंछा जा सकता है? फिर वह वस्तु के रूप में भी मौजूद रहे तो क्या हानि...?''

''माँ से तुम वैरागियों जैसी निरपेक्षता की उम्मीद क्यों करते हो? कटूक्तियाँ, ताने, लांछन, बहिष्कार बिना किसी दोष के झेलते, सहन करते उनका असहिष्णु हो उठना स्वाभाविक है। कोकिला उनकी पहली लाडली बहू थी...उनकी भावनाओं को समझने का ही नहीं, सहने का भी धैर्य पैदा कर लो...अपने में। जब व्यक्ति ही नहीं रहा तो निर्जीव वस्तुओं में उसकी उपस्थिति खोजने का मोह व्यर्थ है...'' कहते हुए उसका हृदय काँप गया। अन्धड़ में कोंपल-सा। क्यों उसे वह सब समझाने की चेष्टा

कर रही है, जिसे वह स्वयं अपने को नहीं सौंप पा रही? आले में रखा अम्माँ का चश्मा सबकी आँखें बचाकर नहीं उठा लाई थी...?

अम्माँ का ध्यान आते ही सहसा उसे उनके चित्र का खयाल हो आया जिसे हफ्ते-भर पहले उसने लेमिनेट करवाने के लिए माहिम चर्च के निकट मित्रा स्टूडियो में दे रखा है। बनकर पड़ा होगा।

मेहता से उसने गाड़ी मुख्य सड़क पर मोड़ लेने के लिए कहा। मेहता ने विस्मित दृष्टि से उसे देखा, मगर जिज्ञासा प्रकट नहीं की कि घर के निकट पहुँचकर अचानक वह गाड़ी किसलिए मुड़वा रही है।

आठ

कारमाइकल रोड!

चौकन्नी दृष्टि कभी सड़क पर, सड़क छोड़ फुटपाथ से सटी दुकानों पर। दुकानों से भी ऊपर संजीवन प्रसूतिगृह का बोर्ड तलाशती। माँ ने कहा था कि ठीक 'विमल फेबरिक्स' की मिल की दुकान के एकदम बगल में हैं संजीवन की सीढ़ियाँ। विशाल दुकान है। दूर से ही बोर्ड दिख जाता है। ढूँढ़ने में कठिनाई नहीं होगी। वह कछुआ चाल से आगे बढ़ रही है। कहीं बोर्ड आँखों की पकड़ से चूक न जाए। छूट गया तो बहुत आगे जाकर गाड़ी मोड़ पाएगी। बीच में कहीं 'यू टर्न नहीं है। मील-भर का चक्कर लगाकर लौटेगी तो दुकानों पर पुन: आँखें गड़ाए रखने की परेड! वह...वह रही विमल की दुकान! बाहर 'शोरूम' में विमल की खूबसूरत साड़ियों में लिपटी निर्जीव तन्वंगियाँ...और ठीक ऊपर सटा हुआ संजीवन प्रसूतिगृह का बोर्ड। गाड़ी कहाँ खड़ी करे? फुटपाथ से लगाकर खड़ी करना उचित नहीं। पता नहीं, कितना समय लग जाए! इस बीच कहीं क्रेन से गाड़ी उठ जाए तो? गाड़ी बन्द कर किसी दुकानवाले से पूछ न ले कि कहीं आसपास पार्किंग के लिए कोई सुरक्षित जगह है या नहीं? सड़क से सटी हुई गगनचुंबी इमारतें हैं। लोग-बाग रहते हैं। कार्यालय भी होंगे ही। कहाँ खड़ी करते होंगे वे अपनी गाड़ियाँ?

"आगे बेन...वो बगीचा है न नगरपालिका का, उसके बगल मेंच पार्किंग है...सिद्ध जाओ।"

"वो आगे चौराहेवाली लालबत्ती पार करके...?"

"बरोबर, बेन, बरोबर..."

"ओह!" गाड़ी की चाभी घुमाते ही उच्छ्वास निकल गया। जिस मुसीबत से बचना चाह रही थी, किसी-न-किसी रूप में गले आ ही पड़ी। इतनी दूर ले जाकर गाड़ी पार्क करनी होगी? वापस संजीवन पहुँचने के लिए उसे कम-से-कम पाँच-छह मिनट चलना पड़ेगा। नहीं, समय नष्ट नहीं करेगी। पीछे एक पतली-सी गली पर अकस्मात् नजर पड़ी थी। फलों आदि की दुकानें हैं वहाँ शायद। उपयुक्त कोना ढूँढ़कर वहीं गाड़ी खड़ी कर देगी। चालान भरना उसके भाग्य में बदा होगा तो भरेगी। वैसे

ही विलम्ब से पहुँची है। मि. सरकार से मिलकर कार्यालय लौटी कि सीट पर बैठी भी नहीं थी कि सुगन्धा ने स्वयं भीतर आकर उसे माँ का सन्देशा दिया। आशंकाएँ हृदय में बिलबिला रही हैं।

तेजी से सीढ़ियाँ फलाँगती हुई वह पहले माले पर स्थित संजीवन में दाखिल हुई। भीतर कितना विस्तृत है! बाहर से देखकर यह अनुमान ही नहीं होता कि छोटे से बोर्ड के पीछे एक बेहद साफ-सुथरा अस्पताल डैने फैलाए हुए है। यही प्रतीत होता है कि चार-पाँच कमरों का कोई मामूली-सा 'प्रसूतिगृह' है यह। दालान में सम्बन्धित चिकित्सकों की सूची खासी प्रभावशाली है। उसकी उड़ती दृष्टि ने यह भी भाँप लिया।

"कमरा नम्बर ग्यारह?" हँफनी-सी छूट रही है।

नर्स ने उसे व्यस्त भाव से देखा, "ये बाजू से सिद्धा जाना..."

नर्स से पूछ ले कि कमरा नम्बर ग्यारह की गर्भिणी की हालत कैसी है? रुकी नहीं। अधैर्य हृदय शीघ्रातिशीघ्र नीता को देखना चाह रहा है। प्रत्यक्ष। सुगन्धा ने बताया था कि उनकी माँ का स्वर भर्राया हुआ था। स्थान निर्देश देने के उपरान्त वह इतना ही कह पाई थीं कि अंकू को बोल देना, नीता याद कर रही है...लौटते ही ताबड़-तोड़ भेज देना उसको।

कमरे का द्वार खोलते ही स्पन्दन तीव्र हो उठा। खिले गुलमोहर-सा उद्दीप्त नीता का व्यक्तित्व किस असहाय अवस्था में पाएगी! बगुले के पंखों-सा श्वेत पलंग खाली दिखा। स्टैंड में ग्लूकोज और रक्त की खाली बोतलें झूल रही थीं। माँ दरवाजा खुलने की आहट से लगभग चौंकती हुई-सी सोफे से उठकर उसकी ओर लपकीं और उससे लिपटकर बच्ची-सी फूट पड़ीं—अस्पताल के अंकुशों से सतर्क स्वर भींचे। बड़ों से सान्त्वना पाती रही है, देने में सर्वथा अनभिज्ञ! शब्द कहाँ से लाए उन्हें सान्त्वना देने को? न जाने कितनी प्रसूतियाँ देखी होंगी माँ ने। स्वयं की, बहुओं की, नाते-रिश्तेदारों की! भयंकर संकट-क्षणों की साक्षी वे आज अचानक इतनी दुर्बल हो आई हैं...विद्रोहिणी पुत्री को सदैव कोसने वाली माँ! ऊपर छितरी विरल दूब की गहरी जड़ों-सी! मिट्टी से गहरे आबद्ध...!

उसका हृदय विह्वल हो आया। सतर्क हुई। सँभली। माँ के अलावा अन्य कोई नहीं है पास...उसे उद्वेलित नहीं होना चाहिए। वह कातर हो उठेगी तो माँ का छूटा साहस कैसे बँधेगा?

"नीता कहाँ है...?"

"लेबर रूम में ले गए उसको...अंग्रेजी में कुछ बोल रहे हैं...मुझे कुछ समझ में नहीं आ रहा..."

"सुधीरजी...?"

माँ उसका संकेत समझ गईं, "कुछ देर पहले आए थे...उसकी हालत देख परेशान हो उठे...जरूरी मीटिंग में जाना था उनको। बोलकर गए...घंटे-भर में काम निपटाकर आ रहा हूँ..."

"लेबर रूम किधर है?"

"ऊपर वाले माले पर...मुझे बाहर खड़े नहीं रहने दे रहे..."

माँ को कन्धे से थपकाकर वह कमरे से बाहर निकलने लगी। माँ भी संग चलने को उद्यत हो आईं। मुड़कर उसने समझाया, वे इतना व्याकुल न हों...चिकित्सकों की सूची पर उसकी दृष्टि गई है...सभी नामी और अनुभवी चिकित्सक हैं। वे धैर्यपूर्वक कमरे में ही बैठें। जैसा भी होगा, वह तुरन्त सूचित करेगी। निढाल माँ को सोफे पर बैठाकर वह कमरे से बाहर निकल आई।

लेबर रूम के दरवाजे को फलाँगता हुआ एक चरम चीत्कार उसका दिल दहला गया। नीता का स्वर है यह? पीड़ादग्ध! उफ्...!

दरवाजा ठेलकर बाहर आती नर्स ने उसके कुछ पूछने से पूर्व ही उसे सवालिया दृष्टि से टटोला, "इदर नहीं खड़े रहने का...कमरे में जाके बइठो।"

नर्स की बात अनसुनी कर उसने अधैर्य हो प्रतिप्रश्न किया, "ग्यारह नम्बरवाली नीता से मिल सकती हूँ...मैं अंकिता हूँ...उसकी..."

नर्स का रवैया अचानक बदल गया, विनम्र हो आई, "अंकिता! आप पहले रजिस्टर में साइन करो...नीता मैडम ने बोला, उनका ऑपरेशन का अनुमति आपसे लेना...सिर्फ आपसे...आइए।"

नर्स बाईं ओर बने एक केबिन का दरवाजा ठेलकर भीतर गई और तत्काल हाथ में रजिस्टर लिये हुए बाहर आई, "इधर...नीचे।"

वह सोच में पड़ गई। कायदे से सुधीर जी या माँ को हस्ताक्षर करने चाहिए। नीता ने मना क्यों कर दिया? उसके हस्ताक्षर कैसे मान्य होंगे? कानूनन वह...हो सकता है, अस्पताल के अधिकारियों को नीता ने लिखके दिया हो! ऐसा ही होगा। नर्स की भंगिमा से यही परिलक्षित हुआ कि जैसे वह उसके आने की प्रतीक्षा ही कर रही थी। सच्चाई जो भी हो, विवाद का समय नहीं है। रजिस्टर से चेहरा उठाकर उसने नर्स की ओर देखा, "मैं उससे मिल नहीं सकती?"

"केस बोत नाजुक है...डॉ. चन्द्रा ऑपरेशन के वास्ते नीचे आ रही हैं...कैसे जाने को देगा मैं?"

क्या करे! नर्स की विवशता अपनी जगह है। अनुशासन कैसे भंग कर सकती है वह? नीता को शल्य-क्रिया कक्ष में ले गए हैं। वहाँ तो सम्बन्धित नर्सों के अलावा बिना अनुमति के अन्य नर्सों का प्रवेश भी निषिद्ध है. । तब उसे कैसे जाने दिया जा सकता है? संक्रामकता के भय से! मगर उसका मन किसी दलील में नहीं बँध रहा। क्षण-भर के लिए ही सही, उसे नीता को देख लेने दें। छू लेने दें। उसे जता-भर दे वह कि मैं आ गई हूँ। साहस न खोना।

तभी सामने से एक पुरुष और एक महिला डॉक्टर आते हुए दिखाई दिये। शायद वे महिला ही डॉक्टर चन्द्रा हैं। पूछ देखने में हर्ज क्या है? शल्य-क्रिया कक्ष में नर्सों की आवाजाही में अचानक सरगर्मी आ गई है। मामला नाजुक है। डॉ. चन्द्रा के निकट आते ही वह संकोच झटकते हुए उनसे कुछ कहने को उद्यत हुई कि अनुशासन की घोर पाबन्द डॉ. चन्द्रा ने उसे रुखाई से झिड़क दिया, "आप यहाँ क्या कर रही हैं?

"डॉ. चन्द्रा... ?"

"जी...कहिए?" डॉ. चन्द्रा का स्वर तनिक लचीला हुआ।

उसका स्वर दीन हो आया। चिरौरी करता-सा, "मैं अंकिता हूँ...नीता की मित्र! वह जीवन-मरण के संघर्ष में है...शायद मुझसे मिलके वह अपने भीतर का रिसता साहस सँजो सके डॉक्टर! एक झलक-भर... ! जानती हूँ कि नियम-विरुद्ध है मगर..."

डॉक्टर पल-भर को विचारमग्न हुईं, फिर पता नहीं क्या सोचकर उन्होंने सामने से आती हुई एक नर्स को संकेत किया, "इन्हें नीता जी से मिलवा दीजिए...वह इनका जिक्र कर चुकी हैं।"

शल्य-क्रिया कक्ष में अस्त-व्यस्त नीता को दो नर्सों ने सँभाल रखा था। उस पर दृष्टि पड़ते ही चरम पीड़ा से विकृत मुख लिये नीता ने विह्वल हो बिस्तर से उठने का प्रयास किया। उसने बरज दिया। माथे पर चिपके बालों को छुड़ाकर उँगलियों से बालों को सुलझाया। पपड़ियाए होंठों पर हथेली फेरी। जैसे हफ्तों बाद माँ अपने दुधमुँहे बच्चे से मिल रही हो! उसकी दुरवस्था से विचलित अकुला रही आँखों को जबरन मुस्कान से भरने की चेष्टा की।

"माँ बनना स्त्री का अधिकार है...तुम तो स्वयं यह सौभाग्य चाहती थीं...हिम्मत न हारो..."

"कुछ नहीं हो सकेगा...चाहने-भर से...न मैं बचूँगी, न बच्चा..." नीता की भिंचती आँखों से हताशा ढुलक आई।

आँखों के संकेत से नर्स ने उसे बाहर जाने का इशारा किया। उसने झुककर नीता का माथा चूमा, भीतर-ही-भीतर गीली होती, "मैं यहीं हूँ...इस दरवाजे के बाहर...माँ भी हैं, सुधीर जी भी।"

"दैट बास्टर्ड...उसने मुझे छला है...प्रेम-व्रेम कुछ नहीं...काम-सम्बन्धों का भूखा भेड़िया...आई हेट हिम..."

बाँह पकड़कर नर्स ने उसे झकझोरा, "गुस्सा नई होने का इतना...ठीक नई आपके वास्ते...ब्लडप्रेशर अऊर बढ़ेगा।"

"चलती हूँ...ठीक कह रही है नर्स, ऐसे उत्तेजित होना ठीक नहीं..."

माथा थपकाकर वह मुड़ने को हुई कि विचलित नीता शक्ति-भर उसकी हथेली अपनी मुट्ठी में कस, प्रसव-वेदना के भीषण बवंडर को होंठों में भरसक भींचती चीत्कार कर उठी, "छोड़ के न जाओ अंकू...बचूँगी नहीं...नहीं बचूँगीऽऽ..."

बड़ी मुश्किल से हथेली छुड़ाई अपनी। गूँगा हो आया मन। उसकी आँखों में लपटें मारती-सी मृत्यु-पूर्व की कातरता...कक्ष से झपटती हुई-सी बाहर निकल आई। वहाँ एक भी पल और खड़े रहकर उसे झेल पाना कठिन हो उठा। निकलते हुए डॉ. चन्द्रा से टकराई। वे भीतर दाखिल हो रही थीं। युद्धस्त मुद्रा! देह पर सफेद झंगोला, सिर पर सफेद टोपी, मुँह पर सफेद पट्टी, "चिन्ता न करिए...सब ठीक होगा...रक्तचाप ने चिन्तित कर रखा है...बच्चे में सरवाइकल बैंड है...हमारी पूरी कोशिश होगी, दोनों..."

''मेरी शुभकामना...'' गला गीला हो ही आया।

''धन्यवाद।''

लेबर रूम के बाहर के लम्बे सहन में माँ को उद्विग्न टहलता हुआ पाया। पहाड़ होते पल उनकी आँखों में स्थिर हो आए थे...।

''कमरे से क्यों चली आईं आप? चलिए, चलकर कमरे में बैठिए। चिन्ता की कोई बात नहीं...बात हो गई है मेरी...डॉ. चन्द्रा के हाथों में यश है...कोई केस उनके लिए जटिल नहीं होता...फिर रक्तचाप ऐसे में सभी को हो जाता है...नीता को कुछ ज्यादा है...तिस पर खून की कमी है...''

किसे समझा रही है. ? आशंका से उसका हृदय नहीं धुकपुका रहा है? नर्स ने कन्धे उचकाकर दुविधा नहीं प्रकट की थी,'माँ अऊर बच्चा...दोनों को खतरा है...'

माँ बड़बड़ाती हुई संग चल रही हैं, ''सात बोतल ग्लूकोज चढ़ा चुके उसको, एक बोतल खून...दूसरी चढ़ा रहे थे कि अचानक उसकी हालत बिगड़ने लगी...पूछो तो कोई ठीक से जवाब ही नहीं देता...'ठीक है', 'ठीक है'—ठीक है तो खून-वून क्यों दे रहे हैं इतना?''

''सोफे पर लेट जाइए आप...''

''क्या लेटूँ, बुद्धू बना रहे हैं...औरत हूँ, समझती नहीं मैं?...अक्खा मछली जैसी छटपटाती रही छोकरी। सहा नहीं गया तो पीछे ऊँघती नर्स से डॉक्टर को बुला देने को कहा...कहने लगी, जचकी की पीड़ा है...सहनी पड़ेगी...वो तो मैं जिद पकड़ गई...डॉक्टर ने आकर तपासा...रक्तचाप बहुत बढ़ा हुआ था...नींद की सुई दी, दवा दी...पूछने लगीं मेरे को, तनाव का कारण क्या है...''

सुनकर वह ग्लानि से भर आई, ''माँ, अकेले सारी परेशानी झेलती रहीं, मुझे फोन कर देतीं?''

''किया था बेटा, किया था...घंटी बजती रही।'' माँ के मुँह से वाक्य नहीं, आह-सी फूटी।

''आठ से पहले किया होगा?''

''घर से चलने से पहले किया...समय ध्यान नहीं...जब से तकलीफ शुरू हुई है, तेरी रट लगा रखी है इसने।'' माँ का गला पुनः अवरुद्ध होने लगा, खुसफुसाहट में बदलता, ''सुधीर जी को तो पास फटकने ही नहीं देती...जयंती ने बताया...साहब इधर नहीं रहते अब...'' माँ क्षणांश मौन हो आईं। लगा कि उनके हृदय का गुबार असमंजस के तटबंध तोड़ बाहर आने को व्याकुल है। बोलीं, ''कायदे से चलती—सुख-दुख में कुटुम्ब खड़ा हो जाता। एक बात और सुनी है मैंने—सुधीर जी की बीवी ने हाजी मलंग बाबा के उधर रहने वाले किसी फकीर से इसके लिए मरण अनुष्ठान करवाया है...तब से मन...सच्चाई ईश्वर ही जाने।''

जी में आया, कह दे, सब वाहियात की बातें हैं, आप क्यों इन फिजूल की बातों को सुनती-सोचती हैं? मगर उन्हें टोकना उचित नहीं लगा। गाँठें खुलने ही दे, खुलने से अवरोध टूटते हैं...।

''चार-पाँच रोज पहले सुबह अचानक इसका बड़ौदा फोन पहुँचा। पूजा पर बैठी थी। भाभी से बात हुई। उसी ने बताया कि 'बा, नीता का फोन है—आपको बम्बई बुला रही है कि बा से कहो, फौरन मेरे पास चली आएँ'...समझ गई, छोकरी परेशान है...वरना कभी बुलाने की खातिर फोन किया है उसने? वह तो मेरा मन उसे देखने को ललकने लगता तो जबरन बम्बई चली आती...सुधीर जी के संग रहने लगी तो आने में संकोच होने लगा...क्रोध भी था उसके ऊपर...बहुत मनमानी की है...प्रण करके बैठी थी कि उसके पास नहीं जाऊँगी मगर...''

उसने जबरन माँ को सोफे पर सीधा लिटा दिया। तनिक पलक झपका लेंगी तो स्वस्थ हो छीजा मनोबल सँजो सकेंगी। हौले-हौले माँ का माथा दबाने लगी। आराम मिल रहा है उन्हें। आँखें उन्मीलित हो रही हैं उनकी। अस्फुट स्वर में बुदबुदाई। वे-भर सुन सकें, ''ईश्वर पर अगाध विश्वास है न आपको! उसी पर छोड़ दीजिए सबकुछ...अनिष्ट से वही रक्षा करेगा...''

माँ का ध्यान कर वह उनके पास बैठी अवश्य है, किन्तु मन ऊपर लेबर रूम के दरवाजे से कान सटाए चौकन्ना खड़ा है...आशंकित!

नीता ने तीखे होकर जवाब दिया था, 'सुधीर शादी-शुदा है, दो बच्चों का पिता है, उसकी पत्नी है तो क्या?...पत्नी...या मात्र एक व्यवस्था? माता-पिता द्वारा सौंपी गई व्यवस्था—जो उन्हें सास-ससुर बनने के सन्तोष से ही नहीं पूरती, तथाकथित कौटुम्बिक और उसके सामाजिक दायित्व से भी उऋण करती है। जितनी खोखली रीति-नीति, उतनी ही आडम्बर-पुती उसकी महत्ता! ऊपर से पुष्ट, भीतर से पोली। सात फेरों के स्वाँग में रची-बसी। वास्तविक अर्थों में अर्चना उसकी पत्नी होती तो वह पर-स्त्री में साथ ढूँढ़ता? आकर्षित होना अलग बात है, साथ ढूँढ़ना—वह असन्तुष्टि है, अनुपलब्धि है, बोध है जिसकी सघन ललक उसे अनायास मेरी ओर खींच लाई है। जानती हूँ—सुधीर के मन-प्रांगण का वह कोना सर्वथा रिक्त है और मैं पत्नी नहीं, सहचरी बनना चाहती हूँ। उस कोने को ढेरों फूलों से भरती उसकी जीवन-सहचरी! 'पत्नी' शब्द में मुझे दासीत्व की बू आती है...इस शब्द ने हमारे समाज में अपनी गरिमा खो दी है।

'हम प्रेम करते हैं। हमारा प्रेम मात्र आवेग नहीं है, न क्षणिक उन्माद। यह परस्पर संवाद है। परिपक्व! परिपक्व मानसिक जुड़ाव! हम वर्जनाहीन होकर जिएँगे!...बन्धनहीन होकर बँधेंगे!..रूढ़िमुक्त हो मानसिक वरण!'

'यह आसक्ति है...कृतज्ञता-ज्वार से उपजी।'

'अगर मैं कहूँ कि तुम प्रेम की परिभाषा से ही अनभिज्ञ हो?'

चप्पल के तलुवे को भेदता एक तीखा काँटा 'घुप्प' से पाँव में आ चुभा। छटपटाहट घुटकने की कोशिश की उसने, 'किसी सीमा तक सही हो सकती हो तुम! लेकिन तुम्हारी समझ पर भी मुझे सन्देह है...सुधीर जी ने तुम्हें वह छलाँग भरने में मदद की है नीतू, जो तुम्हारे लिए सपना थी...एक संघर्षहीन प्राप्ति! तुम रोमांचित हो आईं...अपनी सफलता से अभिभूत...और...'

'कुछ भी सोच सकती हो...कोई किसी के मन-मस्तिष्क के संवेगों का महज अनुमान लगा सकता है...सतह भेद सकने की उसकी अक्षमता उसे अन्तर्धाराओं के सत्य से वंचित कर देती है।'

'सीमा की बात मैंने पहले ही स्वीकार की है...कहना सिर्फ इतना चाहती हूँ कि इस तरह से रहना उचित नहीं—कुचर्चा का केन्द्र बनकर। माता-पिता के दबाव का तर्क फिजूल है। उन लोगों की बात समझ में आती है, जिन्हें मसें भीगने से पूर्व ही लग्न-वेदी पर बैठा दिया जाता है...सीधी-सी बात है, सुधीर जी अगर अपनी पत्नी से असन्तुष्ट हैं, तुममें उनकी 'साथ' की तलाश पूरी होती है तो पत्नी से अलग हो जाएँ...। नहीं जानती, पत्नी का दोष कहाँ तक और कितना है! है भी या नहीं! दोनों ही स्थितियों में यह अन्याय है...। बच्चे पैदा किए हैं उन्होंने...बावजूद इसके तुमसे जुड़ने का साहस दिखाया है तो थोड़ा साहस और करें—खुल्लमखुल्ला अपने अन्याय को स्वीकृति दें...सम्बन्धों के प्रति ईमानदार होने के लिए...। अविश्वास के नरक से किसी एक को तो मुक्ति मिले—चाहे वह मुक्ति प्राणलेवा ही हो। दोनों हाथों में लड्डू बनाये रखने की कामांध चतुरता अनैतिक नहीं?'

'मैं अपने और उनके सम्बन्धों में इसकी आवश्यकता नहीं समझती।'

'और सुधीर जी...?'

'जानना नहीं चाहा...'

'जिस वर्जनाहीन समाज की परिकल्पना की तुम वकालत कर रही हो या तुम्हारी तरह विचारशील होने का दम्भ भरती अनेक अन्य आधुनिकाएँ—क्या तुम्हें नहीं लगता कि इन थोथे तर्कों की आड़ में तुम पुरुष को वह छूट दे रही हो कि वह अनुत्तरदायित्वपूर्ण होकर आत्मसुख को किसी भी सीमा तक भोगने के लिए स्वतंत्र है और उसकी इन उच्छृंखलताओं के लिए स्त्री स्वयमेव उसे उपलब्ध है? वैसे समाज में पुरुषों के लिए यह ता़बीज नया नहीं है...समाज में यह औरत पहले भी मौजूद रही है और अब भी मौजूद है। अन्तर है तो सिर्फ इतना कि तब इस तरह का जीवन जीने के लिए वह अभिशप्त थी, किसी-न-किसी विवशता के चलते। रखैल शब्द से लांछित, तिरस्कृत, बहिष्कृत...तब उसके पास अपने को नैतिक सिद्ध करने के लिए ये कौशलपूर्ण तर्क नहीं थे। न वह आत्मनिर्भर थी कि परिवार और समाज के विरोध के बावजूद समाज में तनकर खड़ी रह सके...। सोचो, सदियों पूर्व के वर्जनाहीन जीवन से, वर्जनापूर्ण सामाजिक व्यवस्था को अंगीकार करने के पीछे आखिर कोई गूढ़ चिन्तन रहा होगा...वर्जनाहीन जीवन के परिणामों की ओर भी आँखें खोलकर देखो...तुम आत्मनिर्भर हो, इसलिए तुम्हें उस विशेषण से भले ही मंडित नहीं किया जाएगा, परन्तु...'

'मंडित किया भी जाए तो किसे परवाह है? ये रूढ़ि-विचार ही स्त्री-स्वतंत्रता में बाधक हैं...मैं इस बात को सचमुच जीना चाहती हूँ...इसी समाज में पुरुष सर्वदा अपने मन को जीता आया है...आज भी जी रहा है...पुरुष अपने मन को जी सकता है, स्त्री नहीं?'

'तुम मुझे गलत समझ रही हो। औरत जरूर अपने मन को महत्त्व दे, लेकिन मर्द बनकर नहीं...तुम्हारा स्त्री-समानता का दृष्टिकोण मर्द बनना है...मर्दों की भाँति रहना...वे समस्त आचार-व्यवहार, व्यवस्थाएँ अपनाना...यही समानता का दृष्टिकोण है ? स्त्री को समाज में समान अधिकारों के नाम पर इन्हीं उच्छृंखलताओं और अनुशासनहीनता की चाह है ? प्रश्न उठता है नीतू...जब ये अव्यवस्थाएँ मर्दों के लिए अनैतिक, अमानवीय, दुराचरण और निरंकुशताएँ हैं तो स्त्री के लिए उचित कैसे हो सकती हैं और इन्हें अपनाकर वह समाज में बराबरी का दर्जा कैसे हासिल कर सकती है ? यह प्रतिक्रिया में उपजी प्रतिशोधात्मक कार्यवाही है...गलत दिशा की ओर उन्मुख होते डग...जो कुछ दिनों उसे खूबसूरत भ्रम में बाँधे रहने के पश्चात् एक ऐसी विभ्रम मानसिक उद्विग्नता में झोंक देंगे जहाँ अकेलेपन के संत्रास के अतिरिक्त उसे कुछ हाथ नहीं लगेगा। इसका मतलब यह नहीं कि मैं खूँटे की समर्थक हूँ...दोष भयंकर हैं। आते गए हैं। और आज वे स्त्री के गले का फंदा बन बैठे हैं...। उन्हें सहना किसी भी स्त्री के लिए अपराध है लेकिन लड़ाई उन दोषों से है। लड़िए! पुरुष वह आत्मसम्मान नहीं देना चाहता तो उसे ठेंगे पर रखिए, लेकिन उपचार यह नहीं है, जो तुम सोच रही हो...मैं 'वैवाहिक' व्यवस्था को दो व्यक्तित्वों के साथ और आत्मसम्मानपूर्ण साझेदारी के रूप में देखती हूँ। ये स्त्री-स्वतंत्रता के पश्चिमी मापदंड हैं...हमारी संस्कृति, हमारे सामाजिक परिवेश के लिए सर्वथा अनुपयुक्त! ये भ्रम वहाँ भी टूट रहे हैं...दोहरे शोषण से गुजर रही है वहाँ की स्त्री...खैर, यह बहस कभी खत्म नहीं होने की...मैं तो विशेष रूप से इस बात को रेखांकित करना चाहती हूँ कि स्त्री मर्द बनकर समाज में समानता चाहती है, स्त्री बने रहकर क्यों नहीं ?...स्त्रीत्व के गुणों को बरकरार रखते हुए...संघर्ष का यह गलत मोड़ है नीतू! चेतने की जरूरत है...स्त्री को स्त्रीत्व से मुक्ति नहीं चाहिए। उन रूढ़ियों से मुक्ति चाहिए जिन्होंने उसे वस्तु बना रखा है...। तुम वर्जनाहीनता के तर्क से लैस होकर पुरुष की उसी पिपासा को सन्तुष्ट करने जा रही हो, जो स्त्री को भोग की वस्तु मानकर उसे इस्तेमाल करता आया है और कर रहा है। यह शुद्ध काम-सम्बन्धों की सुविधा है—क्या तुम कभी मातृत्व को जीना नहीं चाहोगी ? चाहोगी तो क्या नाम दोगी उसे ? अपनी भावनाओं, मान्यताओं को जीने के लिए उसे त्रिशंकु के मनोद्वंद्व से मंडित करोगी ?'

लगातार बोलते हुए वह लगभग तैश में आ चुकी थी। यह जानते हुए कि नीता सुधीर जी के साथ रहने का निर्णय ही नहीं कर चुकी, बल्कि उनके साथ डंके की चोट पर रहने भी लगी है। विज्ञापन-जगत और पत्र-पत्रिकाओं में उनकी इस पहल पर खूब चटखारे लिये जा रहे हैं। जहाँ भी वह बैठती है, नीता के आचरण-औचित्य पर उठते विवाद से स्वयं को काटकर रखना कठिन हो जाता है।

'इतनी विचारशून्य क्यों हो रही हो ?' उसने सीधे नीता के विवेक पर चोट की, 'जो पुरुष ग्यारह वर्ष के वैवाहिक जीवन पर लात मारकर तुम्हारे साथ रहना शुरू कर सकता है, वह तुम्हें छोड़कर अन्य किसी के संग नहीं जुड़ सकता है... ?'

अविचलित नीता ने उँगलियों तक सुलग आई सिगरेट का आखिरी कश भरा और धुआँ उगलते हुए दृढ़ता से उसकी ओर देखा, 'ऐसा नहीं होगा।'

'विश्वास का कारण?'

'इसलिए कि नीता अर्चना नहीं है...वैसे अंकू, अन्यथा न लो तो...जिस सामाजिक व्यवस्था की तरफ़दारी में तुम मुझे घंटे-भर से कुनैन पिला रही हो, उससे तुम क्यों अलग हुईं?'

सवाल सुनकर चौंकी। पहली बार नीता ने उसके और सुधांशु के सम्बन्ध में कोई प्रत्यक्ष प्रश्न किया था। स्पष्ट अनुभव हुआ कि प्रश्न अपने को कठघरे में खड़ा कर दिये जाने के अन्यथा-भाव से प्रेरित है, फिर भी उत्तर से बचना चाहा, 'हरगिज अलग न होती...अगर मुझे कोल्हू का बैल समझकर आँखों पर पट्टी बाँधे रहने पर मजबूर न किया जाता...। मेरे लिए घर की व्यवस्था का अर्थ है...अब भी है...विश्वास करो, अपनी सामर्थ्य और सहिष्णुता की अन्तिम सीमा तक मैं घर बचाने के लिए हाथ-पाँव मारती रही...सहन नहीं हुआ तो अलग हो जाना ही जी पाने का एकमेव विकल्प लगा...कारण न दूसरी औरत थी, न आर्थिक तंगी, न सन्देह, न ईर्ष्या-द्वेष...जीने नहीं दे रही थी तो सुधांशु की निरंकुश प्रवृत्ति।...उसने सदैव अपने को थोपने की कोशिश की...उसकी निरंकुशताएँ घर के अर्थ को भ्रष्ट करने लगी थीं...।

'नीता, तुम्हारी भावनाओं को ठेस पहुँचाना मेरा मकसद नहीं। यह जरूर चाहती हूँ कि जीवन में हम जब भी कोई निर्णय लें, सामाजिक सरोकारों से कटकर नहीं...जीवन-मूल्यों को निजी तौर पर ध्वस्त करना आसान है, मगर उन्हें संशोधित करना चुनौती-भरा संघर्ष।'

'स्तम्भ लिखना तुमने व्यर्थ ही बन्द कर दिया।' नीता ने होंठों से लगी नई सिगरेट सुलगाने के लिए खट से लाइटर जलाया, सिगरेट का गहरा कश भरा, फिर तनिक उपहास उड़ाते स्वर में बोली, 'दरअसल तुम्हारे विचारों से बहुत-सी बहनजियों का हृदय परिवर्तन हो सकता है, लेकिन तुम्हारे इन थोथे तर्कों का मुझ पर कोई असर नहीं होने वाला अंकू, इसलिए कि ये तर्क किसी की भावनाओं का उपहास उड़ाने हेतु सायास गढ़े गए हैं, न कि ईमानदारी से उसे समझने के लिए। तुम जो मेरे प्रेम को आसक्ति या कृतज्ञता-ज्वार से विभूषित कर उसे चुटकियों में उड़ा रही हो, वह तुम्हारे सन्दर्भ में नहीं लागू होती? शायद...तुम भी मि. भोजराज के प्रति कृतज्ञ होओगी...उन्होंने भी तुम्हें वह छलाँग मारने में मदद की है अंकू, जो तुम्हारे लिए महज एक सपना थी—उनके प्रति तुम्हारा कृतज्ञ-भाव प्रेम हो सकता है?'

वह नीता के चतुराई-भरे पेच पर फिक्क से हँस दी।

'जरूर हो सकता था अगर मैं उसे प्रेम समझने का भ्रम जीती।'

नीता उसके इतने सहज उत्तर पर कटकर रह गई। उसे पछाड़ने को यह आखिरी तीर था उसके तरकश का। उसे विश्वास था कि वह अपने इस तीर से अंकू को चित कर देगी।

'और...न मि. भोजराज ने ऐसा कोई दावा किया। हम पूर्णत: व्यावसायिक आचरण से बँधे हुए हैं। तुम्हारी सलाह मैंने गाँठ बाँध रखी है जो तुमने बन्दर और मगरमच्छवाली कहानी के माध्यम से चेताई थी...बहरहाल अभी बन्दरवाली चतुराई का उपयोग करने

की नौबत नहीं आई है। आएगी तो अवश्य उसका उपयोग करना चाहूँगी। तब भी काम करना मुश्किल हुआ तो नौकरी छोड़ना मेरे हाथ में है...'

'खच्च!' अचानक लेबर रूम का दरवाजा खुला और एक नर्स दरवाजे से बाहर आती दिखाई पड़ी। चेहरे पर सैकड़ों प्रश्नों का जाला लिये वह नर्स की ओर लपकी। ढाई-पौने तीन घंटे की असह्य प्रतीक्षा! माँ भी पीछे-पीछे।

''बधाई! छोकरी हुआ...आठ पौंड का...''

उसने कौतूहल-भरी खुशी से अवाक् हो नर्स का हाथ अपने हाथ में दबा लिया। पल-भर बाद होंठ खुले, ''नीता... ?''

''वो पन अच्छा है,'' कहते हुए नर्स संकोच झेलती-सी अटकी, ''अच्छा बोलेगा तो ऑपरेशन ठीक से हुआ...ब्लडप्रेशर का बोत तकलीफ है...अब्बी भी खतरा...बोत देखभाल अऊर आराम मँगता उसको।''

सुनकर माँ का चेहरा उदास हो आया, ''देख नहीं सकते?''

नर्स ने लाचारगी दर्शाई, ''होश में नई...होश में आने को डेढ़-दो घंटा लगेगा...पीछे कमरे में लाएगा, हाँ, पाँच मिनट बाद आप छोकरी को देखने को सकता...बच्चे के सामान का लिस्ट दिया था न माताजी?''

माँ हड़बड़ाईं, ''सब लाई हूँ...कमरे में रखा है।''

''उसको ड्राप्स, पाउडर, साबुन, कपड़ा, बिपड़ा—सब लाके देना।''

उसने सामान लाने माँ को ही जाने दिया। उसे ढूँढ़ना पड़ता। माँ के कदम शिथिल हो रहे हैं। उसे अनुमान होता कि नर्स प्रत्युत्तर में क्या कहने जा रही है तो वह संकेत से उसे बरज देती है—'वो पन अच्छा है' को सुनकर माँ की आँखों में जो अचानक चमक फूटी थी, वह वाक्य के पूरा होते-न-होते अधर में झूल गई। बच्ची के प्रति वे विशेष उत्सुक नहीं दिखाई दीं या शायद नीता को देखने की उनकी चरम विकलता ने उस उत्सुकता को दबा दिया हो!

''ये इंजेक्शन लाना है, अभी अपने पास से दिया...कोर्स पूरा करना है...'' नर्स ने अपनी फ्रॉक की जेब से एक पर्ची निकालकर उसकी ओर बढ़ाई।

उसने पर्ची पर दृष्टि डाली और लिखी हुई इबारत पढ़ने की असफल कोशिश की। लिखावट उसे आज तक पढ़ने में नहीं आई।

''नीचे मिल जाएँगे?''

''मिलेगा न...आप कौन-सा भी वार्ड बॉय को पैसा देके भेज दो।''

उसने स्वीकृति में मुंडी हिला दी, ''बच्ची को देखने के बाद भेजें?''

''चलेगा, रात के वास्ते माँगता।''

माँ सामान लेकर आ गई थीं। माँ के हाथ से बच्ची का सामान लेकर नर्स लेबर रूम में चली गई। तभी डॉक्टर चन्द्रा एक अन्य डॉक्टर के साथ लेबर रूम के दरवाजे से बाहर निकलती दिखाई दीं। उसके निकट पहुँचते ही उन्होंने तपाक से उसे बधाई दी। विनम्र मुस्कुराहट के साथ उसने नीता के स्वास्थ्य के विषय में पूछा।

'खतरा टल गया...तनावमुक्त होने की जरूरत है', कहती हुई डॉक्टर व्यस्त-भाव से आगे बढ़ गईं।

नर्स ने लेबर रूम के दरवाजे से उन्हें भीतर आने का संकेत किया। एक लम्बी मेज पर से कपड़े में कसी हुई बच्ची को उठाकर वह उनके निकट आई और आगे बढ़कर उसने बच्ची को माँ की गोद में डाल दिया। गुलाबी ऊन के नरम गुलगुले गोले-सी बच्ची। आँखें मींजती, खोलती, बेदुर काढ़ती, कसी होने के बावजूद अलसाहट तोड़ती। सिर पर पोर-भर रेशम-से काले-काले बाल।

वह मुग्ध स्तब्ध-भाव से उसे देखती रह गई। कैसे मोती-सी आँखें इधर-उधर टँग रही हैं...कुछ खोजती हुई-सी!

अम्माँ कहती थीं कि पूर्वजन्म की तीखी-मीठी स्मृतियाँ बच्चे को हँसाती, रुलाती, चिढ़ाती हैं...।

'यह नादानी है...मूर्खतापूर्ण...'

नीता ने उत्तर न देकर आँखों में कटाक्ष-भरी मुस्कुराहट उँडेलते हुए उसे देखा था।

'अपनी बहक का लक्ष्य बच्चे को न बनाओ तो बेहतर होगा। यह इतना आसान नहीं है जितना कि तुम सोच रही हो। जिस रोज उसका कोमल मानस इन कचोटते प्रश्नों से जूझेगा, अस्थिर हो उठेगा। सोचो, जिसे तुम मानती-समझती हो, उसे मानने-समझने को वह क्यों बाध्य हो ?...बाध्यता यहाँ भी आ जाएगी और जिन रूढ़ियों के विरुद्ध तुम लड़ने का बिगुल बजाने जा रही हो, थोपे हुए विरोध में अपनी मान्यताओं को इस तरह से बच्चे पर थोपना एक तरह से रूढ़ि नहीं होगी ?'

'रूढ़ि कैसे ? मैं उस पर अपने को थोप नहीं रही हूँ, उलटा उसे किसी भी बाध्यता से मुक्त कर रही हूँ—वह मुक्त मनुष्य होगा...'

'इस मुक्ति के मायने ? जो खुले आसमान में उड़ने का अभ्यस्त नहीं, उसे पिंजड़े से बाहर कर तुम कहीं भी गिरकर कुत्ते-बिल्ली का ग्रास बनने के लिए नहीं छोड़ रहीं ?'

'कैसी बातें कर रही हो ?' नीता उसके क्रूर उदाहरण से अनायास ही क्षुब्ध हो आई, 'मुक्त मनुष्य अनाथ नहीं होगा। समाज के रूढ़ि नियम-धर्म के घोर अनुशासन में आबद्ध होकर क्या जीना इतना ही क्रूर, अमानवीय नहीं है ? तब अगर जीना कठिन होगा उसके लिए तो वह मनुष्य के अस्तित्व की स्वायत्तता का संघर्ष होगा...कम-से-कम वह पिंजड़े की दारुण अपेक्षाओं से तो मुक्त होगा, जो वर्तमान समाज में व्यक्ति को अपने होने की कीमत के रूप में रोज-दर-रोज मरते हुए चुकानी पड़ती हैं। तुम व्यर्थ ही इतनी चिन्ता कर रही हो...तुम्हें उसके होने के प्रमाण-पत्र के रूप में एक अदद नाम की आवश्यकता है न!...बाप का न सही, माँ का नाम उसके साथ होगा...'

और वही हुआ जिसका उसे शक था। छह महीनों से वे दोनों अलग रहने लगे हैं। उसने कारण नहीं जानना चाहा, मगर अफवाहें तैरते गुब्बारों-सी आसमान में फूट रही हैं। नीता को रंगरेलियाँ करते हुए सुधीर जी ने पकड़ा या सुधीर जी को नीता ने।

सुधीर जी अचानक अपने बीवी-बच्चों के पास वापस लौट गए हैं। कभी-कभी उसके पास आते हैं...सुधीर जी की पत्नी ने उसे फोन करके दर्प-भरे स्वर में कहा था, 'तुम सिर्फ उनके लिए एक फिल्म थीं—सिर्फ एक फिल्म।...और जो गहरा लगाव एक संवेदनशील निर्देशक को चरम संवेदना के साथ अपनी फिल्म-निर्माण के दौरान फिल्म से होता है...वह फिल्म सोचता है, फिल्म खाता है, फिल्म पीता है, फ़िल्म ओढ़ता है, फिल्म सोता है, फिल्म चलता है और फिल्म ही रति करता है...तुम वही और उतनी ही हो और फिल्में बनाना उनका शौक है।'

नीता मानसिक उद्विग्नता से अशान्त अपने में कैद-सी हो आई। अविश्वास और चरमराई आस्था से कुंठित! फोन करो तो घंटी बजती रहेगी। घर में होते हुए भी घर में नहीं है। कोई मिलने पहुँच जाए तो जयंती से कहलवा देगी कि वह घर में नहीं है। 'पूर्णा' की नौकरी उसने छोड़ दी थी। सुधीर जी से सम्बन्ध कटते ही 'आम्रपाली' का अनुबन्ध भी समाप्त हो गया। अगला अनुबन्ध छाया गुप्ता के साथ हो चुका था। विज्ञापन-जगत में बैनर व्यक्ति की कीमत और महत्त्व को तय करते हैं, वरना जीवन-भर विज्ञापनों में पाँच सौ एक बार और विजय वाशिंग पावडर से कपड़े धोते रहिए! लोग कपड़े धुलवाने के प्रस्ताव लेकर आपके पास दौड़ते रहेंगे।

नीता की स्थिति फिर भी हाथी मरा तो सवा लाख वाली थी। उसके पास अपेक्षाकृत बेहतर प्रस्ताव आ रहे थे। दरअसल 'आम्रपाली' से अलग होकर नीता अब कहीं भी काम करने को स्वतंत्र थी, मगर कइयों की शिकायत थी कि नीता बददिमाग हो गई है और हामी भरने के बावजूद शूटिंग पर नहीं पहुँचती।

अचानक एक संध्या उसने फोन किया था, 'अंकू! किसी अच्छे मनोचिकित्सक को जानती हो... ?'

'क्यों...इसकी क्या जरूरत आ पड़ी?'

'जरूरत है...'

'किसे दिखलाना है... ?'

'अगर मैं कहूँ कि स्वयं अपने को...'

'तुम्हारा दिमाग तो नहीं चल गया?'

'इसीलिए दिखलाना चाहती हूँ। विश्वास करो अंकू, मैं...'

उसे अचरज हुआ। यह हताश आत्मविश्वासहीन स्वर नीता का है?

'मैं बस पाँच मिनट में कार्यालय छोड़ रही हूँ और सीधा तुम्हारे पास आ रही हूँ...'

'नहीं, तुम घर न आओ...मुझसे तुम्हारी दृष्टि बरदाश्त नहीं हो पाएगी...सिर्फ किसी मनोचिकित्सक से समय ले लो मेरे लिए। वहाँ भी मैं अकेली ही जाना चाहूँगी...सुनो, 'उल्का एडवरटाइजिंग' का नियुक्ति-पत्र मेरे हाथ में है, प्रस्ताव मुझे पसन्द है, 'पूर्णा' जैसी सुविधाएँ नहीं हैं, फिर भी करने के लिए नौकरी बुरी नहीं। लेकिन पता नहीं क्यों, काम करने की इच्छा ही नहीं हो रही...'

उसने दूसरे दिन सुप्रसिद्ध मनोविशेषज्ञ डॉ. कथूरिया से नीता के लिए समय ले लिया और फोन करके उसे सूचित कर दिया कि वह उनसे जाकर मिल ले।

नीता डॉ. कथूरिया से मिल आई। मिलकर वह अपेक्षाकृत प्रसन्न थी। रिपोर्ट? वह पलों तक व्यंग्य-भरी हँसी से दोहरी होती रही।

'डॉक्टर का कहना है अंकू कि मैं बड़े-बड़ों का दिमाग खराब करने की कुव्वत रखती हूँ, मेरा कैसे खराब हो सकता है? और किस माई के लाल में दम है, जो मेरा दिमाग खराब कर सके?...मैं एकदम ठीक हूँ। स्वस्थ, प्रसन्न, सक्रिय। ये जो पेट में डोल रहा है न दुष्ट, यह खुद तो ओलंपिक दौड़ रहा है, बस, मुझे पस्त किये हुए है। उखड़ेपन का यही कारण है। मैं इसकी चुनौती स्वीकार कर रही हूँ। कल से मैं 'उल्का' जाना शुरू कर दूँगी।'

'मेरे पास भी तुम्हारे लिए एक खुशखबरी है।'

'सच! जल्दी बताओ अंकू...मैं डॉक्टर से मिलने के बाद बहुत उत्साहित हूँ।...एक पते की बात गाँठ बाँध लो, ज्यादा समझदार औरत को किसी मनोचिकित्सक से ही ब्याह करना चाहिए...मुश्किल यह है कि बच्चों के बापों में अब मेरी कोई दिलचस्पी नहीं रही।'

उसने नीता के मजाक पर ध्यान न देते हुए वाक्य का आखिरी सिरा पकड़ लिया, 'ब्याह करना चाहिए न!'

'मैं सवाल ठीक से नहीं हल कर पाई, इससे गणित गलत नहीं हो जाता!'

'गणित ही गलत है नीतू, वरना सवाल तुम जरूर हल कर लेतीं।'

'हाँ', 'माध्यम' को 'पौंड्स' का खाता मिल गया है...।' उसने अप्रिय स्थिति को टालना चाहा।

'वाकई?'

'सौ टक्के।'

'वॉऊ! मैदान मार लिया तुमने...बधाई अंकू...बहुत-बहुत बधाई!'

डॉ. कथूरिया के प्रति कृतज्ञता अनुभव हुई उसे। अपने स्वर को हठीली किशोरी की भाँति तनिक गालों में फुलाती हुई बोली वह, 'यह बधाई अधूरी है।'

'अधूरी... ?' नीता उसका आशय नहीं भाँप पाई।

'जी, अधूरी। एकदम अधूरी...'

'चलो, तुम जहाँ कहोगी, मैं इस खुशी को उत्सवित करने के लिए तैयार हूँ।'

'पक्का?'

'पक्का।'

'तो 'माध्यम' का अनुबन्ध स्वीकार कर लो।'

'अनुबन्ध! कैसा अनुबन्ध?'

''माध्यम' तुम्हें पौंड्स प्रसाधनों के विज्ञापनों के लिए अपनी मॉडल बतौर चाहता है...पौंड्सवालों से मेरी बात हो चुकी है...वे सहमत हैं...'

नीता अचानक खामोश हो आई।

'तुम मुझे निराश नहीं करोगी...यह हमारी व्यावसायिक उपलब्धि होगी।

'गर्भिणी होने की चिन्ता न करना, नितिन मेहता से विस्तृत चर्चा हुई है...मातृत्व की दीप्ति से उद्भासित जो तुम्हारा चेहरा है...इतना खिलकर आएगा पर्दे पर कि तुम स्वयं अपने सौंदर्य पर मुग्ध हो उठोगी...नितिन मेहता के छायांकन-कौशल से तुम परिचित नहीं हो...!'

नीता गर्भिणी है। छठा महीना चल रहा है। संक्रमण मन:स्थिति में उसे ही नहीं, गर्भस्थ शिशु को भी तनाव के कुप्रभावों से बचाना आवश्यक है और मूसल-सी निरन्तर कूटती कुंठा से उबरने के लिए एकमात्र यही उपाय सूझ रहा था उसे कि अगर कोई चीज नीता का खोया मनोबल पुन: अर्जित कर सकती है तो वह है किसी बड़े विज्ञापन का उसके सामने प्रस्ताव। उसके महत्त्वाकांक्षी मन को पराजय-बोध से मुक्त करता। इस समय वह एक नहीं, दो अलग मोर्चे पर जूझ रही है। वह जानती है, नीता असहाय नहीं है, न असमर्थ! सच तो यह है कि सुधीर को उसने सचमुच चाहा है अपनी अस्थिर प्रकृति के विरुद्ध! मन की गहराइयों में डूबकर! वरना कैरियर के गिरते पारे को सँभालने में वह पूरी तरह से दक्ष रही है और अब भी सँभल लेती। मुश्किल यही है कि इन दिनों वह अपने में नहीं है...उसका यह रूप स्वयं उसके लिए विस्मयकारी है...।

उसे अपने तर्कों से सहमत करवाने के लिए लम्बी बहस से गुजरना पड़ा।

'एक निश्चय और किया है...'

'कैसा...?'

'यही कि एकाध पैग ही सही...शराब, सिगरेट बिलकुल बन्द...डॉक्टर चन्द्रा ने निरीक्षण के समय पूछा, तो झूठ नहीं बोल सकी अंकू...रक्तचाप बहुत बढ़ा हुआ है...। उनका कहना है कि ये चीजें बच्चे के विकास के लिए नुकसानदेह हैं।'

'बधाई! किसी की सलाह तुम्हारे गले तो उतरी!'

'सलाह बहाना बन जाती है। सच तो यह है...जब तक अपने भीतर से कोई निश्चय न उठे, मानना मुश्किल होता है...अब देखो न, भीतर ही तो था जिसने...कितनों से शारीरिक सम्पर्क हुआ...कभी देह को मन के साथ जोड़कर नहीं जिया...सुधीर के साथ मन और देह दोनों का समागम हुआ, मगर...'

प्रसव-वेदना से विह्वल एक स्त्री को दो महिलाएँ सँभाले हुए धीरे-धीरे कमरे की ओर ला रही हैं।

''इसको ज्यादा समय नहीं लगेगा...पेट एकदम नीचे आ गया है...''

माँ ने प्रतिक्रिया व्यक्त की तो उसने मुड़कर गौर से प्रसव-विह्वला की ओर देखा। घंटों पूर्व बेटी की चिन्तनीय हालत से कुंद हुआ माँ का अनुभव-स्रोत अब सहज गति धारण कर रहा है। इतनी घबरा गई थीं वह कि उन्हें देखकर उसे यही महसूस हुआ कि जैसे माँ इस मामले में पूर्णत: अनभिज्ञ हैं और पहली बार किसी की जचकी झेल रही हैं।

नर्स आकर बता गई, ''नीता होश में आ गई। वार्ड बॉय उसे कमरे में ला रहे हैं। होश में आते ही उसने बच्चे के बारे में पूछा, 'वो ठीक हय न'?''

नौ

लंच के बाद अचानक हरीन्द्र का फोन आया। इधर-उधर की लम्बी बतकही के उपरांत अत्यन्त सतर्कतापूर्वक उसने सुधांशु की चर्चा छेड़ दी। हालाँकि अंकिता को अनुमान था कि इन्हीं दिनों सुधांशु को बम्बई में होना चाहिए और सम्भवत: वह इस बार भी हरीन्द्र के घर ही ठहरेगा। शायद हरीन्द्र पहले की भाँति उसे सुधांशु के शहर में होने और वह भी अपने घर में होने की भनक न लगने देता, अगर उसको यह जानकारी न हो गई होती कि भैया ने उसे सुधांशु की उड़ान के विषय में विस्तार से लिख दिया है। यह भी कि वह उससे मिलने की उत्कट इच्छा रखता है...।

''शाम क्या कर रही हो ?'' हरीन्द्र की चतुराई पर वह क्लांति के बावजूद मुस्कुराए बिना नहीं रह सकी।

''बहुत व्यस्त हूँ...तीन बजे से बाम्बे लैब में सम्पादन के लिए मेज आरक्षित है...क्यों ?''

''छोड़ो, अपने सम्पादक को निपटाने दो सम्पादन का काम। कुछ जरूरत से ज्यादा ही परिश्रम करती हो तुम!''

''पैर जमाने के लिए करना आवश्यक नहीं ? और ऐसे पेशे में जहाँ लोग-बाग ताक में ही बैठे रहते हैं कि कब किसी की नजर चूके और वे उसके हाथ से काम झटक लें...यह विज्ञापन फिल्म मेरे कैरियर का महत्त्वपूर्ण मोड़ है...अजय साहबवाली फिल्म है। यह...इस फिल्म का करिश्मा सुनोगे ? इस फिल्म के हाथ में आते ही विज्ञापन बाजार में 'माध्यम' की हैसियत बदल गई है हरीन्द्र! पहले हम लोगों के पास काम माँगने जाते थे, अब काम हमारे पास चलकर आ रहा है...''

''आना तो तुम्हें जरूर है...''

''बात क्या है ?''

''सविता की इच्छा है कि आज रात तुम घर पर खाना खाओ...''

''सविता फोन नहीं कर सकती थी ?''

''हो सकता है, किया हो उसने।''

''पैरवी कब से करने लगे सविता की ?''

''तुम्हें तो पता है, फोन करने में उसे कितनी झिझक होती है...तुम्हें तो और भी...और जहाँ तक पैरवी करने का सवाल है, बुढ़ापे में अक्ल ठिकाने आ रही है...''

''तभी मैं सोचूँ कि यह अचानक तुम अक्ल की बातें कैसे करने लगे!''

''समझ में आ गया न ?...आने के विषय में बताओ...''

''कैसे सम्भव होगा ?''

''कैसे होगा, तुम जानो। काम कब तक निपट जाने की उम्मीद है ?''

''साढ़े आठ, नौ तक।''

''तब दिक्कत कैसी...काम खत्म करके आ जाओ।''

"बहुत देर हो जाएगी और इतनी देरी से पहुँचने का क्या मतलब?"

"मतलब है..."

"मैं समझी नहीं... ?"

"आज आठ तारीख है अंकू...रात सुधांशु की उड़ान है...वह घर पर है और तुमसे मिलना चाह रहा है..."

वह तत्काल कुछ नहीं बोल पाई। बातों का सिलसिला भी उसे उस जिक्र का सामना करने के असमंजस से नहीं उबार पाया। यह विपरीत दुविधा है। प्रगाढ़ता से भिन्न हुए सम्बन्धों की।

"क्या होगा मिलकर...मिल भी चुकी हूँ..." विरक्ति छिपा नहीं पाई।

"एक बार और मिल लो...वह सम्बन्धों को पुनर्जीवित करना चाहता है..."

"अब सम्भव नहीं।...तुमने स्पष्ट नहीं किया... ?"

"किया है मगर...मुझे लगता है कि मिलना इसलिए भी जरूरी है कि उसे आभास हो जाए कि अब मिलना-मिलाना व्यर्थ है।"

"इसकी भी जरूरत नहीं महसूस हो रही..."

"अपने से आतंकित न होओ।"

"ऐसा नहीं है हरीन्द्र..."

"ऐसा ही है अंकू...स्थितप्रज्ञ नहीं हो पाई हो अब तक तुम। न अपने में वह दृष्टि विकसित कर पाई हो, जो आरोप-प्रत्यारोपों के विद्वेष से अशेष स्वयं अपने अतीत को किनारे खड़े होकर निरपेक्ष भाव से देख सके...उसे जीते रहने में प्रवाह अवरुद्ध होता है...किनारे खड़े होकर देखने से अपने भीतर बहुत कुछ सुलझता ही नहीं है, बेहतर मनुष्य की कद-काठी हममें विकसित होने लगती है...अंकू, अब तक तुम अपने अतीत के साथ जीती स्वयं को देखती रही हो...किनारे खड़े रहकर सुधांशु को भी देख सकोगी...शायद अपने अतीत के किनारे खड़े होकर उसने अपने भीतर के मनुष्य को कद-काठी दी हो? मैं तुमको तुमसे अधिक जानता हूँ...मुझे सदैव यह लगता रहा है कि किसी चीज से कटने के लिए उससे पलायन के बजाय सामना अधिक तटस्थ करता है...मैं गलत भी हो सकता हूँ।"

"नहीं...किसी हद तक तुम ठीक लग रहे हो...मैं पहुँच जाऊँगी।"

"चाहो तो मैं लेने आ सकता हूँ..."

"काफी साहसी हो गई हूँ..."

"वह तो तुम शुरू से ही रही हो..."

"कटाक्ष सहने की सामर्थ्य भी पैदा हो गई है..."

"बस, नीता का जिक्र झेल पाना मुश्किल होता है...क्यों?"

"नीता ही क्यों...मैं किसी भी स्त्री को हलके से लेना बरदाश्त नहीं कर पाती—उससे सहमति-असहमति के बावजूद..."

"इसके लिए क्या वह व्यक्ति स्वयं जिम्मेदार नहीं होता? स्त्री-पुरुष के भेद का मसला छोड़ दें तो..."

"व्यक्ति को ही जिम्मेदार ठहराया जाना चाहिए, लेकिन...भेद दोहरे मानदंडों के रूप में मौजूद रहा है और है...स्त्री किसी भी अमर्यादित कृत्य से कुलच्छिनी होती है, उसे चुल्लू-भर पानी में डूब मरना चाहिए...पुरुष के लिए ऐसा कोई विधान नहीं ? उसके अमर्यादित आचरण के लिए शुद्धियाँ हैं...गोमूत्र पीकर, ब्राह्मण खिलाकर प्रायश्चित्त सम्भव है...वह भी न हो तब भी उसकी इज्जत-आबरू की सींगें नहीं कटतीं..."

"तुम देख नहीं सकतीं...मैं कानों को हाथ लगा रहा हूँ..."

"जरूर लगाओ...लगाना ही चाहिए...जिक्र तुमने छेड़ा है।"

लैब में काम खत्म होते-होते रात के दस बज गए। थकन अनुभव होने लगी मगर परिणाम से सभी प्रफुल्लित हैं। जोगेश्वरी के लिए निकलने से पूर्व उसने निर्देशक-सम्पादक रोमेन्द्र जी से पूछ लेना मुनासिब समझा कि वह उन्हें कहाँ उतार दे।

रोमेन्द्र जी गांधी नगर बांद्रा पूर्व में रहते हैं। उन्हें घर तक छोड़ने की औपचारिकता में उसे गाड़ी बांद्रा हाइवे पर मोड़नी पड़ेगी। हालाँकि हाइवे पकड़कर भी वह जोगेश्वरी पहुँच सकती है। अँधेरीवाले पुल से पश्चिम में आ जाएगी, मगर दस बजे रात में उसे हाइवे पर से अकेले गुजरना उचित नहीं लग रहा। रात में सामान से लदे हुए ट्रक चलते हैं और उस पर चालक नशे में 'धुत्त'। आए दिन कोई-न-कोई गाड़ी सड़क पर उलटी पड़ी दिखाई पड़ती है।

रोमेन्द्र जी ने उसे धर्मसंकट से उबार लिया, यह कहकर कि वह उन्हें बांद्रा मस्जिद के सामने उतार दे, वहाँ से वह घर तक तिपहिया कर लेंगे। तिपहिया न भी मिला तो उन्हें घर पहुँचने में कोई दिक्कत नहीं होगी। हर दस मिनट में स्टेशन से कॉलोनी के लिए बसें छूटती रहती हैं और रात एक बजे तक आने-जाने के लिए यह सुविधा उपलब्ध है। वह चिन्ता न करे।

मस्जिद के सामने फलों की दुकानें खुली हुई थीं। अंशुल को अनन्नास बहुत पसन्द है। चेरी भी। गाड़ी रोककर उसने दोनों फल तुलवाए। अचानक रोमेन्द्र जी के बच्चों का खयाल हो आया। उन्हें न दिलवाना अनुचित होगा। उतने ही फल उसने और बँधवाए और संकोचपूर्वक थैलियाँ उनकी ओर बढ़ा दीं।

"बच्चों के लिए लेते जाइए..."

रोमेन्द्र जी हँस दिये, "बहुत छोटा है अभी...बच्चे की अम्माँ को खिलाने पड़ेंगे अंकिता जी..."

"तब तो बच्चों का बाप भी खा सकता है..."

"फलों की दुकान पर बग्गूगोशा भी दिखा। उठाकर देखा, भाव पूछा। मन में आया कि तुलवा ले। सुधांशु को बग्गूगोशा बेहद पसन्द है। फिर कुछ सोचती हुई-सी उसे झाबे में लुढ़काकर गाड़ी की ओर बढ़ दी। सम्बन्ध सामान्य हों तो अधिकांश क्रिया-कलाप अरेखांकित रहते हैं। सौजन्यता का हिस्सा बन, भग्न हुए सम्बन्धों में पसन्द-नापसन्द का खयाल अचानक अर्थपूर्ण हो किसी भूमिका की सृष्टि करने लगता है।

आज...बरसों बाद कटु अतीत के रूप में जीवन से खारिज घर का एक सामान्य-सा असामान्य हो उठा दृश्य होगा—वह...सुधांशु...हरीन्द्र...।

सभी उसकी प्रतीक्षा कर रहे थे। यहाँ तक कि अंशुल जग रहा था। उसके जगे होने की उसे कतई उम्मीद नहीं थी। अचरज-मिश्रित प्रसन्नता हुई। उसे देखते ही वह दौड़कर उसकी टाँगों से लिपट गया और अपने को गोदी में उठा लेने के लिए मचलने लगा। बड़ी अनिच्छा से फलों की थैली अंशुल ने सविता की ओर बढ़ा दी, जैसे उसे सिर्फ उसकी गोदी में चढ़ने की ललक है, वह उसके लिए क्या लेकर आई है, इसमें कतई दिलचस्पी नहीं। सविता डपटती रही कि दीदी को तनिक साँस लेने दे, हाथ-मुँह धो लेने दे, थकी हुई आई हैं, मगर अंशुल डाँट से बेअसर उसकी गोदी से उतरने को तैयार ही नहीं हुआ। हारकर उसे गोदी में उठाए-उठाए ही उसने वाश-बेसिन पर किसी प्रकार झुककर अपना चेहरा धोया। कील पर से तौलिया खींचकर मुँह पोंछने को हुई कि अंशुल ने फुर्ती से तौलिया उसके हाथों से झपट लिया और लड़ियाते हुए अपने नन्हे हाथों से उसका मुँह पोंछने की कोशिश में उसके बालों को रगड़ने लगा। अंशुल की इस हरकत पर सभी खिलखिला पड़े। उसने कनखियों से देखा—सुधांशु भी अपनी हँसी नहीं रोक पाया। बैठक का माहौल हठात् परिवर्तित हुआ। शायद पहले सहज रहा हो...!

ट्रे में 'ओल्ड मोंक' की बोतल रखी थी। प्यालियों में काजू और कतरा हुआ प्याज। सुधांशु की विशेष पसन्द! कुछ भी रख दो, कतरे हुए प्याज के बिना सब अपर्याप्त।

सविता ने उससे ठंडे पेय या चाय-कॉफी के विषय में पूछा तो उसकी ओर से तपाक से पसन्द प्रकट की अंशुल ने गालों में हवा भरकर, "कॉप..."

सविता ने अंशुल को चुप रहने के लिए डपटा।

हरीन्द्र ने प्रतिवाद किया, "क्यों डाँट रही हो फिजूल में! एक तो बिचारा अपनी आंटी की पसन्द याद किए हुए है, जो तुम्हें आज तक याद नहीं हुई, ऊपर से डाँट रही हो...कहाँ की भलमनसाहत है यह, हाँ?"

"बस-बस, रहने दीजिए...बड़ा याद-वाद है उसे! जो मुँह में आए सो बक देता है और आप लगते हैं उसकी व्याख्या करने?"

"बिलकुल याद है! फिर पुछवाए देता हूँ।" अंशुल की ओर उन्मुख हो हरीन्द्र ने पुचकारते हुए पूछा, "बेटे! तुम्हारी आंटी को क्या पसन्द है—चाय या कॉफी?"

अंशुल के गालों में फिर से हवा भर गई, "कॉप!"

"रट्टू तोता!" सविता ने अपनी झेंप मिटाई।

सभी हँसी से दोहरे होने लगे।

"घर में दो ही तो बुद्धिमान हैं।" सविता हँसी के बावजूद तुनकी।

"मैं और मेरा बेटा...और फिर मैं भी क्या..."

सभी की प्रशंसा दृष्टि बटोर अंशुल कुछ ज्यादा ही जोश में आ गया। फौरन प्रस्ताव पेश किया उसने, "थानी थुनाऊँ आंती?"

"सुनाओ, सुनाओ!" सुधांशु की उपस्थिति का दबाव मस्तिष्क से छँटने लगा था।

''एत लादा था...''

''हाँ, एक लादा था।''

''च...लादा नई, लादा...'' अंशुल ने झुँझलाकर उसे सुधारना चाहा।

''हाँ, हाँ, लादा।'' उसने कोशिश दर्शाई।

हताश हो अंशुल ने मुंडी को झटका दिया। फिर और जोर देकर दोहराया, ''लादा नहीं, लादा...''

''लादा...''

खीजकर 'चट' से अंशुल ने उसके गाल पर अपनी नन्ही हथेली जड़ दी।

सविता उसकी इस धृष्टता पर रसोई के दरवाजे से लपकी, ''दुष्ट ढीठ हो गया है...''

उसने सविता को बरज दिया। बच्चा है, वह मजा लेने की खातिर ही रिझा रही है।

''कितना धैर्य रखे...तब से बिचारा भगीरथ प्रयत्न कर रहा है कि अंकू सही उच्चारण करना सीख जाए...नहीं कर रही तो उसे गुस्सा नहीं आएगा?''

''उद्दंड बना देंगे आप इसे। अपने लोगों की बात अलग है...किसी बाहर वाले के संग ऐसी अभद्रता करेगा तो वह बुरा नहीं मानेगा?'' भुन्नाती हुई सविता उनके लिए कॉफी लाने रसोई की ओर बढ़ दी।

अच्छी लग रही है यह पारिवारिक नोक-झोंक। जीवन से भरपूर। टुन्नी जब भी उसके निकट होता है, उसे ऐसी ही सरसता महसूस होती है।

''लीजिए दीदी, शान्ति से कॉफी पीजिए...उतरो अंशुल गोदी से!''

''अपने लिए नहीं लाईं तुम?''

''यह पीने नहीं देगा दीदी...एक बार इसी चक्कर में इसका हाथ जला चुकी हूँ।''

''क्यों अंशुल, मम्मी को हमारे साथ कॉफी नहीं पीने दोगे?''

आज्ञाकारी की भाँति अंशुल ने सहमति में सिर हिलाया।

''ले आओ।''

सविता के उठते ही उसने अंशुल को प्रलोभन दिया, ''कॉफी पी लेने के बाद हम तुम्हारी कहानी पूरी सुनेंगे, ठीक?''

''तीक!'' अंशुल ने उदारता दिखलाई। फौरन उसकी गोदी से उतरकर अलग बैठ गया।

यह देखकर वह अचम्भित हो उठी कि कॉफी पीने के दौरान अंशुल अपने वादे के मुताबिक उनसे अलग हटकर फर्श पर बित्ते-भर की जीप दौड़ाता रहा, लेकिन कप रखने की खनक सुनते ही खेल से उचटकर उसकी गोदी में वापस आ चढ़ा।

उसने उसे प्यार से अंक में भींच लिया, ''हाँ, अब तुम्हारी कहानी सुनेंगे। सुनाओ! अबकी हम ध्यान से सुनेंगे और बिलकुल गलती नहीं करेंगे, ठीक?''

''एक लादा था...''

उसने तत्परता से उसका अनुकरण किया, ''एक राजा था।''

अंशुल मारे खुशी के ताली बजाते हुए गोद में ही उचकने लगा, जैसे उसे कारूँ का खजाना हाथ लग गया हो!

"लादा बोत गलीब था।"

"क्या?" उसकी हँसी छूट गई। छूटी तो उसे गोद से उतारकर पेट पकड़ लेने की नौबत आ गई।

हरीन्द्र और सुधांशु ने अपनी मग्नता से चौंककर उनकी ओर देखा।

हरीन्द्र ने टिप्पणी की, "भई अंकू, गुरु बनने का नशा ही कुछ और है, बच्चा हो या बूढ़ा।"

सविता ने फुर्ती से अंशुल को गोद में भींच लिया और उसे बेतहाशा चूमने लगी, "मैं सुलाकर आती हूँ, वरना यह रात-भर आपको परेशान करता रहेगा।"

शयनकक्ष से कुछ देर तक अंशुल के जिद्दियाने की आवाजें आती रहीं, फिर लगा कि वह औंघने लगा है। कुछ देर बाद शायद वह सो गया। वह अचानक अकेली हो गई...।

"यहाँ आ जाओ अंकू!" हरीन्द्र ने उसे पास बुलाया।

अनिच्छा के बावजूद उठना ही पड़ा। सविता होती तो बच सकती थी। लगता है कि अंशुल को सुलाते हुए वह स्वयं भी झपकी लेने लगी है...।

हरीन्द्र कोई किताब लाने के बहाने अचानक उनके बीच से उठ गया।

कितनी बचकानी लगती हैं ये हरकतें! संवाद की उम्मीद में! सुधांशु सामने रखे हुए गिलास में तैर रहे बर्फ के टुकड़े को उँगली से डुबाने की कोशिश कर रहा है। बर्फ का टुकड़ा है कि डूबने के साथ ही वापस सतह पर सिर उठा लेता है...।

आने में जो संकोच हो रहा था, अब गायब है। लेकिन बात दोनों में से कोई नहीं शुरू कर पा रहा। ऐसा नहीं लग रहा कि कोई बात किसी भी सिरे से शुरू हो जाए तो उसमें भागीदारी सम्भव नहीं। पूछे, बिजी कैसी हैं? पिंकी दीदी के सबसे छोटे वाले मिक्की की सूखी टाँगों में जान आई या नहीं? कानपुर में हुए दंगों के दौरान गुड्डो बहन जी के सरदार जी का तो कोई नुकसान नहीं हुआ? सामान्य शिष्टाचार...निभा भी ले तो क्या करेगी उन लोगों के विषय में जानकर जिनसे सम्पर्क टूटे हुए बरसों हो गए...?

स्वयं को अजीब लग रहा है कि कोई सामने बैठा हुआ है और वह पत्रिका के पन्ने उलट रही है।

अम्माँ की मृत्यूपरान्त की भेंट एक विशेष मन:स्थिति में हुई मुलाकात थी। अप्रत्याशित। निस्सहाय मन। शेष सबकुछ खो बैठने जैसा विपन्न अहसास। किसी भी संयोग को सन्तुलित दृष्टि से सोचने-समझने में असक्षम। तब सुधांशु व्यक्ति न होकर सिर्फ वह काला पन्ना ही लगा था, जिस पर कोई भी अन्य रंग आधार रंग बनकर नहीं चढ़ सकता था। पति के अलावा भी तो उस व्यक्ति का कोई परिचय हो सकता है और उस परिचय को ग्रहण किया जा सकता है! इस तरह तो वह जीवन-भर अलग होकर भी सुधांशु की पत्नी ही बनी रहेगी और सुधांशु उसका पति...।

सुधांशु ने काजू की थाली उठाकर उसकी ओर बढ़ाई। उसने आहिस्ता से एक काजू उठा लिया।

शायद वह ऐसा कर पाती...उससे एक व्यक्ति के रूप में सहज हो पाती, अगर यह महसूस होता कि उसका मन्तव्य उससे महज एक व्यक्ति के रूप में मिलना ही है। उस समय उसकी उपस्थिति से ऐसी कोई गंध आभासित न भी हुई हो, मगर अवचेतन में सम्भवत: कोई ऐसा तार अवश्य रहा होगा, जिसने उसे सहज नहीं होने दिया और बाद में...भैया की चिट्ठी में वह तार कहीं प्रमाणित भी हुआ कि सुधांशु का अम्माँ की मृत्यु-शोक में सम्मिलित होना निष्प्रयोजन नहीं था। एक निमित्त सूत्र था, जो एक ऐसे अवसर की खोज में था, जहाँ से मृत सम्बन्धों को पुनर्जीवित करने का सिलसिला शुरू हो सके। वह पत्र भी लिख सकता था। मगर पत्र डालने के परिणाम का उसे अनुमान रहा होगा कि उस मन्तव्य पर सिर्फ एक वाक्य से पूर्णविराम लग सकता था और...।

सुधांशु ने कुछ कहने के लिए उसकी ओर चेहरा घुमाया ही था कि तभी अचानक लौटते हुए हरीन्द्र ने उसके तनिक खुल रहे होंठों पर संकोच का ताला डाल दिया। उसके जी में आया भी कि वह पूछ बैठे कि आप कुछ कहना चाह रहे थे शायद, किन्तु एकदम हरीन्द्र के समक्ष यह प्रश्न उसे अटपटाहट में डुबो देगा, यही मानकर मौन साधे रही। हरीन्द्र के हाथों में सोल्झेनित्सिन का 'कैंसरवार्ड' का हिन्दी अनुवाद था, जिसे आते ही उसने सुधांशु के अवलोकनार्थ उसकी ओर बढ़ा दिया। शायद उसी के सन्दर्भ में उनके दरमियान कोई चर्चा पहले से ही छिड़ी हुई थी।

"कैसा अनुवाद है?"

सुधांशु के प्रश्न पर हरीन्द्र के मुख पर उपहासात्मक भाव तिरछा हो आया, "इधर अनुवादों का स्तर सुधरा है, मगर जितने बेहतर अनुवाद अंग्रेजी में उपलब्ध हैं—मूल पढ़ने का-सा रस देते हुए—हिन्दी में दुर्लभ हैं। अनुवाद को हमारे यहाँ बड़ी देर बाद गम्भीरता से लिया गया...यही कारण है कि स्थिति कछुआ-चाल से बदल रही है...फिर भी रास्ते के लिए बुरा नहीं होगा—शायद ठीक ही लगे क्योंकि तुमने अंग्रेजी में नहीं पढ़ा है...'

'ऐसा करो, अंग्रेजी का ही दो...सोल्झेनित्सिन जैसे विवादास्पद लेखक को पहली बार पढ़ूँगा। आनन्द नहीं आया तो उन्हें आगे पढ़ने में रुचि नहीं होगी।"

"कहाँ से दूँ यार...जिसे पढ़ने को दो, वही किताब डकार जाता है...याद किसे रहता है कि कब किसे दी थी..." हरीन्द्र ने झुँझलाकर कहा।

"चलो, छोड़ो, इसे ही पढ़ूँगा...हाँ, तुम पत्रकारिता पर आई किसी विशेष पुस्तक का जिक्र कर रहे थे न, नाम दे दो उसका...मैं पहुँचते ही भेजने की कोशिश करूँगा..."

"उसी खत के साथ रख दिया है...स्टेट्समैन के मि. मेननवाले...कुछ किताबों के और नाम हैं। सुविधानुसार भेज देना...यहाँ थोड़ी मुश्किल होती है।"

"आप कोई विशेष किताब मँगवाना चाहेंगी... ?" सुधांशु का पहला वाक्य मौके का लाभ उठाकर।

"मैं किताबें स्वयं खरीदकर पढ़ती हूँ...यहाँ वी.टी. पर 'स्टैंडर्ड' में यूरोपियन साहित्य भरा पड़ा है...वैसे, अंग्रेजी पढ़ने में विशेष रुचि नहीं रही...हरीन्द्र की बात और है। हरीन्द्र के भीतर क्रान्ति का जोश सदैव विदेशी खाद-पानी से लहलहाता रहा है। साहित्य और भाषा के मामले में वह उन्हीं दबावों से ग्रस्त रहा है। जहाँ तक अनुवाद का सवाल है, इधर रघुवीर सहाय जी के अनूदित नाटक मैंने पढ़े हैं। वही प्रवाह जो अंग्रेजी पढ़ते हुए महसूस हुआ। यह इसलिए कह पा रही हूँ कि मैंने कुछेक नाटक दोनों ही भाषाओं में पढ़े हैं। लोर्का का 'द हाउस ऑव बरनाडा', एल्बा का 'बिरजिस कदर का कुनबा', आदि—गलत कह रही हूँ?" कटाक्षपूर्ण होकर उसने हरीन्द्र की ओर देखा, "किताबें एकत्र करना, उन्हें अलमारी में सजाकर रखना, मित्रों में उनकी चर्चा करना, बड़े-बड़े नामों से उन्हें आतंकित करना...बिना पढ़े...तुम्हारा पुराना शौक है, नहीं?"

"चलिए, यही सही..." हरीन्द्र ने उसके कटाक्ष का आनन्द लेते हुए पलटकर उस पर प्रहार किया, "क्यों भई, स्तरीय की पक्षधरता गुनाह है? रही बात किताबें सजाने की, कम-से-कम हम कहाँ क्या लिखा जा रहा है, इसके सम्पर्क में तो होते हैं...कुछ लोग सुधी पाठक होने का जबरदस्त दावा करते हैं, मगर देश और भाषा के दड़बे में बन्द होकर...रचनाएँ इसीलिए छोटी हो जाती हैं उनकी दृष्टि में क्योंकि वे अंग्रेजी, फ्रेंच, जर्मनी में लिखी गई होती हैं और इसीलिए उन्हें पढ़ा भी नहीं जाना चाहिए...। जिन लोगों का अब पढ़ने-लिखने से ताल्लुक नहीं रहा, भला वे क्यों बिदक उठते हैं अंग्रेजी और फ्रेंच के नाम पर? हम उन्हें तो आतंकित नहीं करते...उनसे तो हमने किताबों की चर्चा ही छोड़ दी है..."

शुरुआत का आनन्द लेने वाला भाव एकाएक तिरोहित हो विक्षोभ से कटु हो आया। आहत होने से बच नहीं पाई। उसके न लिखने को लेकर हरीन्द्र पचासों बार उसे लताड़ चुका है। कभी बुरा नहीं लगा। लेकिन इस क्षण यही प्रतीत हुआ कि हरीन्द्र ने सुधांशु के समक्ष यह तीखा प्रहार उसे नीचा दिखाने की मंशा से ही किया है। विशेष रूप से उसी दुराग्रह से प्रेरित होकर, जिसके तहत वह उसके विज्ञापन के पेशे में होने को असम्मानजनक पेशे में होना साबित करता रहा है...।

हरीन्द्र का ध्यान उसने उसके आचरण से ध्वनित हो रहे इस पक्ष की ओर दिलाया था। अपना अपमानित अनुभव करना भी। हरीन्द्र ने दो टूक होकर उत्तर दिया था, "मैं तुम्हारे इर्द-गिर्द लल्लो-चप्पो की राजनीति नहीं जी सकता। मैं तुम्हारा शुभचिन्तक हूँ। हृदय से। तुम्हें बुरा लगे, लगता रहे। जो कुछ मुझे सही लगता है, लगता रहे। उसे कहना मैं इसलिए बन्द नहीं कर दूँगा कि उससे अब तुम्हारा हाजमा बिगड़ने लगा है। कम-से-कम मुझसे ऐसी उम्मीद न तुमने कभी की है, न अब करना। तुम लिखना दुबारा शुरू कर अवश्य मेरी धारणा को लचीला बना सकती हो और मैं तुम्हारी आवश्यकता के अर्थशास्त्र को समझने के लिए अपने में थोड़ा धैर्य पैदा कर सकता हूँ कि रचनात्मकता अभी उतनी सक्षम नहीं हो पाई है इस देश में कि वह लेखक को आत्मसम्मानपूर्वक जीने का अवसर दे सके।"

इस वक्त उलझना ठीक नहीं। इन्हें पीने दे। बतियाने दे। वह रसोई में चलकर देखे। कुछ करना हो तो सविता की मदद ही करे। रसोई से खटर-पटर की ध्वनियाँ आ रही हैं। सविता किसी काम में लगी हुई है।

वह उठने को हुई कि हरीन्द्र ने फट से टोक दिया, ''कहाँ चलीं?''

''देख लेती हूँ जरा सविता क्या...''

हरीन्द्र ने वाक्य पूरा नहीं होने दिया, ''बैठो-बैठो, कुछ नहीं कहूँगा...''

''इसलिए नहीं...''

''तो फिर बैठो...अच्छा, मकान का क्या किया?'' हरीन्द्र को सहसा कुछ खयाल आया।

''मकान... ?''

''वही अम्माँ जो तुम्हारे नाम... ?''

''ओह, हाँ...वकील के माध्यम से इकरारनामा भिजवा दिया है कि मैं स्वेच्छा से अपना अधिकार भाइयों के हक में छोड़ रही हूँ...''

''वे यही सोचेंगे कि तुमने प्रतिक्रिया में यह कार्रवाई की है।''

''सोचने दो...''

''सम्बन्ध बिगाड़ने वाली बात होगी।''

''गलत सोच रहे हो। जर, जोरू, जमीन—सदैव झगड़े की जड़ें होते हैं। यह सम्बन्ध बनाये रखने की पहल है...रंजिश मोल लेकर मैं अधिकार नहीं भोग सकती। लिखते समय अम्माँ को सम्भवत: इस बात की कल्पना नहीं रही होगी कि उनकी यह कार्रवाई मेरे और भौजाइयों के दरमियान कलह का कारण बनेगी...जा ही कितना पाती हूँ...भैया और रीना वहाँ हैं ही...घर बँट भी जाएगा तो उनके हिस्से में जब चाहूँ, जितना चाहूँ, रह सकती हूँ। घर तो वही होता है, जहाँ चैन से रहा जा सके...अपने अधिकार में ऊपर का हिस्सा बनाये भी रखें, तो क्या वहाँ अब एक रात भी निश्चिन्त होकर सो सकूँगी?''

उसके स्वर के भारीपन से अनायास वातावरण में बोझिल ठहराव घुल आया—फर्श पर पड़े अंजुरी-भर पानी की मानिन्द, जो न इधर बह सकता है, न उधर...बहने के लिए थोड़ी और तरलता चाहिए उसे...।

सविता ने आकर ठहराव को तोड़ा—खाना लगाने की बात कहकर। हरीन्द्र के भीतर चोर-से दुबके ग्लानि-भाव को भी। विषयांतर की भावना से वह जिस प्रसंग को उठाने की भूल कर बैठा, निश्चित ही अंकू को कष्ट पहुँचाने जैसा ही है, वह भी सुधांशु की उपस्थिति में। बिसर गया कि वे एकान्त में नहीं हैं। न इन निजी समस्याओं पर अंकू स्वयं उससे परामर्श को इच्छुक थी। उत्तर देती हुई अंकू फिर भी संयमित रही—जिक्र के बावजूद। ऐसे ही क्षणों में उसके भीतर की संवेदनशील आत्मसंयमी स्त्री आकर्षित करती है उसे।

''चाहो तो थोड़ा और ठहर जाओ।'' खाना लगाने की बात पर वह सविता से उन्मुख हुई, ''गिलास खत्म कर लें ये लोग...कितने बजे की उड़ान है?'' सहज हो पाने की चेष्टा करता हुआ उदास स्वर।।

उत्तर सुधांशु ने दिया, ''तीन-बीस...ढाई घंटे पूर्व रिपोर्ट करना होगा...''

''ढाई घंटे पूर्व यानी...?'' बुदबुदाते हुए उसने कलाई मोड़कर घड़ी पर निगाह डाली, ''इसका मतलब है, आप लोगों को ठीक बारह बजे निकल जाना होगा...आधा घंटा रास्ते का रख लें तो...फिर तो सविता, तुम खाना लगाना शुरू ही कर दो...''

''च, बीस मिनट से अधिक नहीं लगेगा एयरपोर्ट पहुँचने में।'' गिलास में बची-खुची शराब एक घूँट में खाली करते हुए हरीन्द्र ने प्रतिवाद किया।

उसने कोई उत्तर नहीं दिया।

सविता आज्ञाकारी की भाँति उनके बीच से उठ दी। अच्छा नहीं लग रहा उसे। जब भी आती है, उसके पास बैठ ही नहीं पाती। अंशुल और रसोई! लाख समझाने का प्रयास करती है उसे कि वह उसके पास सिर्फ खाना खाने के उद्देश्य से ही नहीं आती, बोलना-बतियाना भी चाहती है, मगर सविता एक नहीं सुनती। अम्माँ के दिवंगत होने के बाद से तो वह उसका विशेष ध्यान रखने लगी है। खाने-पीने का ही नहीं, सुख-सुविधा का भी। ठीक रीना की भाँति...।

हरीन्द्र सुधांशु के लिए नया गिलास बनाने लगा। उसकी नजर घूमी तो वह बेसाख्ता टोक बैठी, ''चौथा नहीं चलता इन्हें...क्या घपला कर रहे हो तुम हरीन्द्र?''

हरीन्द्र का हाथ,जहाँ का तहाँ ठहर गया। विस्मित दृष्टि से उसने अंकिता की ओर देखा। बरसों पूर्व की हठीली अंकू सहसा उनके मध्य सजीव हो आई। बरजती हुई।

सुनकर सुधांशु भी चौंक पड़ा।

''रहने दो...खाते हैं चलकर।'' सुधांशु का स्वर अनायास उदास हो आया। उसने भरा गिलास उठाकर ट्रे में रख दिया।

स्तब्ध हो उठी वह अपने कृत्य पर। अनजाने कैसी अनहोनी कर बैठी! यह कैसा अधिकार-प्रदर्शन? क्यों, आखिर क्यों?...बचपना, मूर्खता, भावुकता...क्या था यह? अनजाने अपने ही हाथों अन्तर्मन के जंगल में तीली पड़ गई।...कहाँ कौन-सा कोना अपने में लीलती...कितने दिनों झुलसाती रहेगी...अनुमान है उसे?...क्या सोचेगा हरीन्द्र? सुधांशु के मन में क्या धारणा उपजेगी? नहीं महसूस करेगा वह कि उसके मन का कोई कोना उसके लिए अभी भी संवेदनशील है? शायद वह एक सहज चिन्ता को भावावेश में अधिक तूल दे रही है, जो और कुछ नहीं, स्थितिजन्य दबावों से उत्पन्न होकर अचानक उसके चेतन पर सवार हो उठी। बात चाहे समयाभाव की रही हो या तीन पैग पी लेने के बाद सुधांशु के अनियंत्रित हो उठने की, या शायद...उस एक आदत का कोई हिस्सा सहसा जेहन में कुनमुना आया हो, जो बरसों पूर्व के ऐसे दृश्यों में ऐसे ही हुड़क उठता था। उलटा इस क्षण उसका असहज हो उठना अवश्य विभ्रम का वातावरण निर्मित कर सकता है। कह गई तो कह गई। जितनी सहजता से कह गई, उतनी ही सहजता से उसे ले भी।

होंठों पर पलों तक मन में आते सोचा हुआ अटपटाया ठिठका रहा...।

''खाने चलें...?''

"हाँ, आँ..." सुधांशु उठा तो महसूस हुआ कि अब तक वह एकदम होश में था। अभी अचानक वह गहरे नशे में हो गया है...!

हरीन्द्र के मेज की ओर बढ़ते ही वह आहिस्ता से उसके निकट ठहर गया, "तुम मेरे बारे में...दुबारा नहीं सोच सकतीं...?"

वह उसे अनसुना करती हुई तेजी से बढ़कर मेज से प्लेट उठाने का उपक्रम करने लगी।

सुधांशु की ओर हरीन्द्र ने लगी-लगाई प्लेट बढ़ा दी...प्लेट हाथ में लिये हुए वह पुनः उसकी ओर बढ़ आया, "जवाब नहीं दोगी...?"

मुँह में जाता कौर अचानक मुँह के बाहर ठिठक गया, "सुधांशु जी, औरत बोनसाई का पौधा नहीं है...जब जी चाहा, उसकी जड़ें काटकर उसे वापस गमले में रोप लिया...वह बौना बनाये रखने की इस साजिश को अस्वीकार भी तो कर सकती है।"

इंटरकॉम किंकियाया अचानक।

" 'आब्जर्वेशन' से मि. मैथ्यू बात करना चाहते हैं, मैडम।"

वह क्षणांश अविश्वास से भर उठी। मैथ्यू और उससे बात करनी है? यह अचानक सूरज पश्चिम से कैसे उग रहा है? एक साथ कई प्रश्न कुलबुलाए जेहन में। उन्हें रौंदते हुए सुगन्धा से उसने बात करवाने के लिए कहा। दरअसल बहुत थकी हुई है। मन से। देह से। वातावरण से। इच्छा हो रही है कि घर जाकर आँखें मूँदकर पड़ रहे। निश्चेष्ट। निरासक्त। जाना सम्भव नहीं, रोमेन्द्र जी की प्रतीक्षा है। आवश्यक चर्चा करनी है उनसे। बिजली-सा एक सूत्र मस्तिष्क में कौंधा। मि. मैथ्यू का फोन कहीं पंकज जी के धारावाहिक 'जीवन-चक्र' के सौदे के सन्दर्भ में तो नहीं है?

"अंकिता जी, बधाई! दिन-दूनी रात-चौगुनी उन्नति कर रही हैं आप।"

"बहुत-बहुत धन्यवाद मैथ्यू साहब...वैसे इस बात से अधिक खुशी हो रही है कि आप मेरी उन्नति से खुश हुए।" वह अनजाने कटाक्षपूर्ण हो आई। निरुद्देश्य।

"प्रतिकार की भाषा बोल रही हैं आप।"

"यह मेरा स्वभाव नहीं...इस दोहे की कायल हूँ—बीती ताहि बिसार दे, आगे की सुधि लेहु।"

"गतिविधियाँ यह आभास नहीं देतीं..."

"शिष्यत्व में कहीं कोई कमी रह गई लगती है...आदेश दीजिए, 'माध्यम' आपकी क्या सेवा कर सकती है?" वह एकाएक रुक्ष और औपचारिक हो आई।

सम्भव नहीं, सौजन्यता बनाये रखना। तब, जब अगला खोखियाया हुआ ही बैठा हुआ हो झपटने को।

"वह तो आप कर चुकीं..."

"वाकई?"

"स्मरणशक्ति कमजोर नहीं आपकी?"

"कमजोर हो भी तो बहुत बातें ऐसी होती हैं—भुलाए नहीं भूलतीं।"

"यह भी हो सकता है, अपने मतलब की बात छोड़कर आपको कुछ याद ही न रहता हो ? ट्रेड में यही नहीं होता अंकिता जी...कुछ उसूल होते हैं, सौजन्यता होती है बिरादरी की..."

"समझी नहीं कि आप क्या कहना चाह रहे हैं ?"

"समझना भी नहीं चाह रहीं आप...पीठ पीछे छुरा भोंकने के लिए न समझना ही अधिक सुविधाजनक होता है।"

"वैसे मि. मैथ्यू, मुझे मशविरे की आवश्यकता नहीं महसूस हो रही...आप मतलब की बात पर आ जाएँगे तो बात हो सकेगी आपसे।"

"आपने हमारे क्लाइंट पंकज जी को हमारे खिलाफ बरगलाया ही नहीं, बल्कि हमारा सौदा रद्द करवाकर उसे अपने हक में ले लिया...यह पीठ पीछे छुरा भोंकना नहीं ?"

"मि. मैथ्यू ! 'माध्यम' उनके पीछे उनसे काम माँगने नहीं गया...व्यर्थ का आरोप लगाना उचित नहीं..."

"चलिए, माने ले रहा हूँ कि वे स्वयं 'माध्यम' के पास चलकर आए, मगर जब आप जान गई थीं कि 'आब्जर्वेशन' से उनका सौदा पहले ही पक्का हो चुका है...आपने व्यावसायिक उसूलों को ताक पर रखकर दिलचस्पी क्यों ली ? आपने दिलचस्पी ही नहीं ली, पूरी कोशिश की क्लाइंट को तोड़ने की...जानती हैं, आपकी इस टुच्ची हरकत के चलते 'आब्जर्वेशन' को तेरह लाख की चपत लगी...प्रायोजकों की दृष्टि में उसकी प्रतिष्ठा गिरी...विश्वसनीयता पर आँच आई...कल यही सुलूक मैं 'माध्यम' के साथ करूँ तो ?"

"शौक से...। रही बात व्यावसायिक उसूलों की तो उसका कसीदा पढ़ने का अधिकार आपको नहीं है...प्रतिष्ठा का रोना भी छोड़ दीजिए...बेहतर होता, हमारे मध्य लिहाज का परदा बना रहता...लाभ के लोभ में आप कितना नीचे गिर सकते हैं, रेखांकित करने की जरूरत नहीं है। उसूल कायम हो सकते हैं, अवश्य हो सकते हैं, अगर आप जैसे समर्थ लोग व्यवसाय में आ समाएँ...दुर्गुणों के प्रति सचेत हो उनके समक्ष घुटने न टेकें...सचमुच इस व्यवसाय के माथे पर लगा लांछन मिट सकता है कि यह ग्लैमर की दुनिया है और यहाँ का समस्त कार्य-व्यापार बेईमानी और सेक्स के बूते पर चलता है...मि. मैथ्यू ! मुश्किल यही है कि दुर्गुण होकर उसका हिस्सा बन बैठते हैं...। बोलिए, 'लिली प्रेशर कुकर' वाले मि. सक्सेना का खाता आपके लिए इतना बड़ा और महत्त्वपूर्ण था कि उनकी ओछी हरकत जानते हुए भी आपने एक संघर्षशील लड़की के भविष्य को खाई में ढकेल घुटने टेक दिये ? किन उसूलों की बात कर रहे हैं आप... ? मैं साक्षात् प्रमाण हूँ उस शोषण का। नीता ने बताया था मुझे...बाद में इसके सबूत भी उपलब्ध हुए कि आप खातों को मुट्ठी में रखने के लिए मजबूर लड़कियों की मजबूरी का फायदा उठाकर उन्हें उनके मनोरंजन के लिए परोसा करते हैं...जब तक मैं इस व्यवसाय में पूरी तरह से अंग नहीं बनी थी, बहुत-से चेहरों पर चढ़े मुखौटों से वाकिफ नहीं थी...आप भी उनमें से एक थे। मैं उन लड़कियों से भी परिचित हूँ, जिनका इस्तेमाल आप

आवश्यकता पड़ने पर करते रहते हैं। मि. मैथ्यू, कुछ परिश्रमी और ईमानदार लोग भी इस उद्योग में हैं, जो मूल्यों के प्रति सचेत ही नहीं हैं, उन्हें आचरण में भी जीते हैं...मैं भी काम कर रही हूँ...मगर आपकी तरह पाँच सितारा होटलों में कमरे आरक्षित कर खाते नहीं जुटा रही...आइन्दा आप मुझे फोन नहीं करेंगे...''

क्रोध के मारे उस ओर से फोन खट से रख दिया गया।

''अशिष्ट!'' उसने शब्दों से हिकारत थूकी और राहत की लम्बी साँस ली।

एक बोझ था मन-मस्तिष्क पर। मेहता से पूर्व विज्ञापन-जगत में किसी पुरुष से आपसी समझ का गुमान था तो वह मैथ्यू ही था। एक दिन सामना होना ही था। कब तक शालीनता की ओट में मस्तिष्क में बजबजा रहे घूर को उगलने में संकोच किये रहती? शायद वह इतनी कटु न होती, इतनी ओछी भी...कुरेदा मैथ्यू ने ही।

सफलता की बधाई देने के बहाने मैथ्यू को उसे फोन करना ही नहीं चाहिए था। व्यवसाय में यह होता ही रहता है : कुछ जोड़-तोड़, कुछ असन्तुष्टियाँ। खाते इधर से उधर होते रहते हैं। 'आब्जर्वेशन' के बहुत-से खाते टूटकर बहुतों के पास गए होंगे। बहुतों के उसके पास आए होंगे। कोई एजेंसी किसी को इस तरह से फोन करके दबाव डालने की कोशिश नहीं करती। वह औरत है, व्यवसाय में स्वतंत्र रूप से काम सँभाले हुए अभी उसे बहुत दिन नहीं हुए—यूँ फोन करके उसे धमकाया जा सकता है? धमकी ही तो थी! यह तो उसने उसे बोलने का मौका न देते हुए पहले ही तरिया लिया, वरना मैथ्यू के स्वर की तड़क हावी होने जैसी ही थी। पता नहीं, लोगों की मानसिकता कब बदलेगी! स्त्री चाहे जितनी क्षमतावान हो, श्रमशीला हो, कुशल हो, प्रतिष्ठित पद पर पहुँच चुकी हो, मैथ्यू जैसे पुरुषों को सदैव यही लगता रहता है कि पुरुष की हुंकार मात्र से काँपती हुई अपने ही आँचल में दुबक जाएगी...।

रोमेन्द्र जी के आने में अभी समय है, कॉफी पीने की इच्छा हो रही है। अकेले पीना मुश्किल होगा। सुगन्धा को बुलाये ले रही है। चाहती है, इस समय टपकते दिमाग से मुक्ति मिले।

सुगन्धा बड़ी स्निग्ध लड़की है। चुस्त। उसे सुझाव दिया है कि वह बेहतर भविष्य की सोच सेंट जेवियर्स कॉलेज में मास मीडिया की पढ़ाई कर ले। सांध्यकालीन कक्षाएँ लगती हैं। सुविधा की आवश्यकता हुई तो वह देने के लिए तैयार है—आर्थिक मदद भी, लेकिन उसने महसूस किया है कि अपनी क्षमता और चुस्ती के बावजूद सुगन्धा में भविष्य के प्रति उत्साह का अभाव है। हर वक्त किसी गहरी उलझन में डूबी हुई-सी प्रतीत होती है। अक्सर सोचा है, कभी बुलाकर इत्मीनान से एकान्त में बात करेगी उससे। जानने की कोशिश करेगी कि आगे बढ़ने की इच्छा क्यों नहीं जोर मारती उसमें! कोई पारिवारिक बाधा है उसके साथ या कोई निजी समस्या? मगर समयाभाव उसकी मंशा के आड़े आता रहा है और कार्यालय में निजी बातें करना कभी उसे उचित नहीं प्रतीत हुआ।

हरीराम कॉफी के प्याले रख गया। सुगन्धा की ओर उसने प्याला बढ़ा दिया, ''लो, पियो सुगन्धा।''

धन्यवाद देते हुए सुगन्धा ने विनीत-भाव से प्याला उठा लिया। मैडम उद्विग्न हैं, तनाव की विसाँध कमरे में तैर रही है। वह पूछना चाहकर भी पूछ नहीं सकती। उद्विग्नता को मौन भाव से ही बाँटना पसन्द है मैडम को, कुरेदना नहीं। वह खामोशी से घूँट भरती रही।

विजया का नम्बर माँगा उसने।

विजया को अब उसने 'विजया जी' कहना छोड़ दिया है। भोजराज जी उसे 'जी' लगाकर सम्बोधित करते हैं। बहुत अच्छा लगा था। बहुत छोटी है वह। अचानक अनुरोध किया था उसने, मुझे छोटों-सा दुलार ही दीजिए मैडम। भोजराज जी द्वारा 'जी' लगाकर सम्बोधित किये जाने से महीने तक वह स्वयं में अटपटा महसूस करती रही। बाद में अनुभव हुआ, महिलाओं के प्रति उनका दृष्टिकोण अत्यन्त सम्मानजनक है। उसे ही नहीं, सभी अधीनस्थ महिला कर्मचारियों को वे सम्मान देकर ही बुलाते हैं। पद-भेद से मुक्त होकर। माँ के सम्पन्न-समर्थ व्यक्तित्व से वे बहुत प्रेरित हैं।

धुन्ध की एक परत और छँटी थी...अपवाद ही सही।

सुगन्धा ने सूचना दी कि विजया जी फोन पर हैं। पहले मन में आया था कि वह नितान्त निजी नम्बर से बात कर ले। केबिन में हुए तो बात सम्भव हो जाएगी। फिर उचित नहीं लगा। उसे मालूम है कि अपना निजी नम्बर वह जिन्हें चाहते हैं, उन्हें ही देते हैं। उससे कह रखा है कि कभी कोई बेहद जरूरी बात करनी हो, तो वह उन्हें उस नम्बर पर तत्काल सम्पर्क कर सकती है। निःसंकोच। यह अलग बात है कि उनके द्वारा दी गई इस सुविधा के उपयोग की कभी नौबत ही नहीं आई।

विजया ने विस्मय प्रकट किया, "संयोग देखिए मैडम, सर आपसे तुरन्त बात करना चाह रहे हैं...कुछ देर पहले मैंने आपका नम्बर पाने की कोशिश की थी...सुगन्धा ने बताया, आप कहीं गई हुई हैं। घंटे-डेढ़ घंटे में लौट रही हैं।"

"बात करवाओ।"

"अब आपको घंटे-डेढ़ घंटे प्रतीक्षा करनी पड़ेगी मैडम...सर एक जरूरी मीटिंग में व्यस्त हैं।"

वह हँसी।

विजया हँसी का आशय भाँप गई, "परसों भी यही हुआ था, उन्होंने आपका नम्बर माँगा। आप आई ही नहीं थीं।"

"और मेरे कार्यालय से उठने तक वे मीटिंग से लौटे नहीं थे।" उधर से उठी दबी-दबी शिष्ट हँसी ने जुगलबन्दी की।

"आज आप उम्मीद कर सकती हैं.... ।"

"उम्मीद ने आज तक साथ नहीं छोड़ा।"

उठती हँसी नियंत्रित कर ली गई। "मीटिंग से सर के लौटते ही मैं आपसे सम्पर्क करती हूँ।"

रात उसने घर पर फोन किया था। साढ़े दस तक वे पहुँचे नहीं थे। अलबत्ता उषा जी से मुलाकात हुई। सोने ही जा रही थीं। अन्यथा नहीं लिया उन्होंने। उसके काम के प्रति

वे उत्साहित और सन्तुष्ट नजर आईं। 'माध्यम' के निजी मिनी थियेटर की प्रगति के विषय में जानना चाहा। उनकी दिलचस्पी से उसका हौसला बढ़ा। अपनी खिन्नता छिपा नहीं पाई कि थियेटर की कुछ महत्त्वपूर्ण तकनीकी व्यवस्थाएँ अभी पूरी होनी शेष हैं। योजना को मुख्य रूप से देख रहे मि. ढोलकिया की सक्रियता में उसे कुछ ढिलाई नजर आ रही है। वह चाहती है कि मि. ढोलकिया को तनिक स्मरण करवा दिया जाए ताकि काम समय से पूरा हो सके। उसकी अभिलाषा है कि अजय साहबवाली विज्ञापन फिल्म के प्रदर्शन से ही थियेटर का शुभारम्भ हो और स्वयं अजय साहब के हाथों उद्घाटन।

इस अवसर पर वह अखबारवालों को भी आमंत्रित करना चाहती है। थियेटर का काम पिछड़ता है तो एक दिक्कत आड़े आएगी। अजय साहब महीने-भर के लिए शूटिंग के सिलसिले में विदेश होंगे और उनके प्रयोजन के लिए उपलब्ध नहीं होंगे। व्यावसायिक दृष्टिकोण से भी नुकसान हो रहा है। थियेटर प्रारम्भ होते ही प्री-रिव्यू आदि के लिए आरक्षण शुरू हो जाएँगे...।

उषा जी से हुई बातचीत का सुपरिणाम दूसरी सुबह ही नजर आने लगा। उम्मीद है कि कल तक सारी व्यवस्थाएँ पूरी हो जाएँगी। कम-से-कम थियेटर इस स्थिति में अवश्य हो जाएगा कि उद्घाटन का कार्यक्रम सम्पन्न हो सके। अन्य कमियाँ प्रयोग होने के पश्चात् ही दृष्टिगत होंगी।

घंटे-भर बाद ही विजया का फोन आ गया।

''कैसी हैं अंकिता जी!''...चिर-परिचित उत्साह-पगा स्वर—मानस पर छाई क्लांति की परतों को पानी काटते हुए कुशल तैराक की भाँति काटता हुआ—गायब था।

''बढ़िया हूँ सर!''

''कैसे याद किया?''

''यही मैं आपसे जानना चाह रही थी।''

''आप अपनी बात कर लीजिए...'' उनका स्वर अचानक उदासीन हो आया।

वह मि. भोजराज से बात कर रही है? अजनबी-सा यह व्यक्ति! उसके उत्साह पर घड़ों पानी पड़ गया। वह संक्षिप्त हो आई, ''सर, आपने कहा था कि आप चार्टेड एकाउंटेंट मि. आहूजा से बात करके मुझे बताएँगे कि शर्मा जी उनसे कब मिलें?''

''हूँ...''

'हूँ' ने उसे फिर निचोड़ा।

''समयाभाव की वजह से शायद आपसे सम्पर्क न हो पाया हो...अनुमति हो तो मैं स्वयं उनसे इस सन्दर्भ में बात कर लूँ? काम पिछड़ रहा है..रिटर्न्स जाने हैं। हम वैसे ही चेतावनी में चल रहे हैं...मि. वकील की ओर से सूचना आई है, मद्रास में उन्हें हफ्ता-भर और लग सकता है। उनके आने तक रुकना उचित नहीं...''

''हूँ...ऐसा है, मैं विजया जी से कहकर आपको मि. आहूजा का नम्बर दिलवाए दे रहा हूँ...ठीक सोच रही हैं, आप स्वयं सम्पर्क कर लें उनसे...''

वह किसी भी क्षण फोन रख सकते हैं। प्रत्येक 'हूँ' के साथ संवाद खत्म होता महसूस हो रहा है। उनके फोन रखने से पहले सारी जरूरी बातें कर लेना चाह रही है। भीतर

उठते प्रश्न टाइपराइटर पर उँगलियों से फिसल रहे हैं, ''सर, अजय साहबवाली फिल्म के विषय में परामर्श करना चाह रही हूँ...हमारे मिनी थियेटर 'मालविका' का उद्घाटन और उनकी विज्ञापन-फिल्म का प्रदर्शन उन्हीं के हाथों करवाने की योजना है...आप कब समय दे सकेंगे? अजय साहब अगले हफ्ते शूटिंग के सिलसिले में विदेश होंगे। उन्होंने आश्वासन दिया है कि वे आपकी सुविधानुसार समय निकालने में सहयोग देंगे...''

''मेरे बिना काम नहीं चल सकता?''

पानी सिर के ऊपर से गुजर रहा है, ''नहीं चल सकता सर!''

''विजया जी से पूछकर बताता हूँ...''

वह कानों से चोंगा सटाए उनके उत्तर की प्रतीक्षा करती रही।

''शनिवार की सुबह?''

''उचित रहेगा सर! हमें पर्याप्त समय मिल जाएगा। प्रेस को कल ही आमंत्रण भिजवाती हूँ। अजय साहब स्वयं शनिवार का प्रस्ताव रख रहे थे। मुझे आशंका थी, कहीं ऐसा न हो, दो अतिव्यस्त महारथियों के मिलने में समयाभाव आड़े आ जाए...धन्यवाद सर!''

अचानक उधर से फोन रख दिया गया।

वह हतप्रभ हो उठी। उपेक्षा का कारण? क्या हो गया है भोजराज जी को? विश्वास नहीं हो रहा कि वह क्षणों-पूर्व उन्हीं से बतिया रही थी। बतिया उन्हीं से रही थी। वही गहरा स्वर! बोलते हुए सोचते चलने की अन्त:प्रक्रिया का आभास देता हुआ। अवशता और खीज ने उसकी उत्तेजना को चरम पर पहुँचा दिया। कहीं ऐसा तो नहीं कि वे अस्वस्थ हों? परेशान हों?...स्वाभाविक है, इतने बड़े उद्योगपति हैं। रोज-ब-रोज पैदा होने वाली पचासों किस्म की समस्याओं से जूझ रहे होंगे। मनुष्य ही हैं, मशीन नहीं कि उद्वेलित न हों! मगर समस्याओं से घिरे रहने की उन्हें आदत हो गई है। उनके चलते वे कभी आचार-व्यवहार में असन्तुलित हुए हों, उसे याद नहीं पड़ता। कभी स्वर ऊँचा होते नहीं सुना। स्वर ऊँचा हो सकता है, शायद इस वर्ग के जीव किसी सीमा तक अपने मातहतों के प्रति निर्मम हो सकते हैं, उनके संग कुत्ते-बिल्लियों-सी दुरियाहट बरत सकते हैं, लेकिन जिस व्यक्ति ने अपने वर्ग की इन विशेषताओं को कभी अपने आचार-व्यवहार में समाविष्ट न किया हो, उसका यह परिवर्तित रूप विस्मित करने वाला ही नहीं है, आहत करने वाला भी है। आखिर अचानक बदले इस रवैये के पीछे कोई तो बात होगी? वे उससे रुष्ट हैं, असन्तुष्ट हैं, असहमत हैं, उन्हें किसी किस्म की कोई शिकायत है...उससे स्पष्ट बात कर सकते हैं। सहसा मानसिक आघात पहुँचाने के बजाय...!

कोई काम नहीं कर पाएगी। ऐसी विचलित मन:स्थिति में जानना चाहती है—अपना दोष। वह दुबारा फोन करेगी। विजया के माध्यम से नहीं। नहीं मिलना चाहेंगे तो मना करवा सकते हैं। बहाना गढ़ देगी विजया। उन्हें सीधे फोन करेगी। निजी नम्बर पर। भावुक होकर उन्होंने ही किसी वक्त कहा था—हम मित्र हैं, सिर्फ मित्र, मालिक और मातहत नहीं और उसने उस सीमा का कभी अतिक्रमण नहीं करना चाहा कि वह उनकी मातहत नहीं, मित्र है।

फोन उन्होंने ही उठाया, ''जी...''

''सर! आप मुझे इस तरह प्रताड़ित नहीं कर सकते...''

''मेरे विचार से अंकिता जी, मैं इतना अशालीन नहीं हूँ...''

''अशालीन हुए बिना भी किसी को प्रताड़ित किया जा सकता है।''

''सम्भव नहीं।''

''सर, अपना दोष जानने का अधिकार मुझको है...''

एक पल की खामोशी के उपरांत वे बोले, ''आपके विरुद्ध शिकायतें हैं...''

''शिकायतें... ?''

''वैसे 'दियरा' वालों के 'महक' साबुन की विज्ञापन-फिल्म का प्रस्ताव आपने किस खुशी में छोड़ दिया ?''

स्तब्ध मौन ने उसे अचानक दबोच लिया।

''आपके 'माध्यम' के एक सहयोगी का कहना है, वह खाता शैलेन्द्र जी की वजह से 'माध्यम' को मिल रहा था और उसमें...आपके नफे के लिए कोई गुंजाइश नहीं थी...''

'झूठ!' वह चीखना चाहती है, चीख नहीं पाती।

''ढाई लाख का नुकसान मामूली नुकसान है ? उस एजेंसी के लिए, जो बाजार में अपने पाँव टिकाये रखने के लिए जी-तोड़ जुटी हुई है ?''

''उस सहयोगी का नाम जान सकती हूँ?'' अपने को समेटने की कोशिश की उसने।

''इसकी आवश्यकता नहीं महसूस करता मैं।''

''मैं दबावों में नहीं जी सकती सर!''

''दबाव... ?''

''जी। शैलेन्द्र जी मुझ पर यह दबाव नहीं डाल सकते कि 'दियरा' वाले मॉडल को झरने के नीचे नंगा करना चाहें तो मुझे कोई आपत्ति नहीं होनी चाहिए। मैं अश्लीलता का आश्रय लेकर उत्पाद को बेचने के विरुद्ध हूँ। 'दियरा' की जिद के आगे मैंने झुकने से इनकार कर दिया। नफा-नुकसान की बात किसी के चिढ़ का परिणाम हो सकती है...हो सकता है, उसका स्वार्थ न सिद्ध हुआ हो ?''

वह समझ गई, यह आग किसने लगाई है। उसने मन-ही-मन निश्चय कर लिया कि अगर भोजराज जी ने इस विषय पर कोई अगला सवाल किया तो वह उनसे स्पष्ट कहने में गुरेज नहीं करेगी कि वह शैलेन्द्र जी के साथ आइन्दा काम नहीं कर सकेगी।

मेहता के समझाने पर उसने अपने को संयत रखने की हरचन्द कोशिश की थी, लेकिन अब लगता है, कुछ लोग जीवन में सिर्फ बिच्छू होते हैं, वे किन्हीं भी परिस्थितियों में अपनी प्रकृति नहीं भूल पाते।

भोजराज जी ने 'दियरा' वाले प्रसंग को आगे नहीं कुरेदा, लेकिन उनका अगला प्रश्न खौलते तेल-सा अचानक उस पर छलका।

'' 'आब्जर्वेशन' के मि. मैथ्यू का आरोप है कि आपने 'जीवन-चक्र' के निर्माता मि. पंकज और प्रायोजक 'नीलमणि इंडिया' के मध्य हुए सौदे में दस प्रतिशत बतौर

दलाली खाई है। 'माध्यम' की प्रतिष्ठा की बनिस्बत आप अपने निजी स्वार्थों पर अधिक ध्यान दे रही हैं..."

"मुझे उम्मीद नहीं थी कि वे नीचता की इस हद तक उतरेंगे। वैसे ऐसी उम्मीद उस व्यक्ति से करनी नहीं चाहिए थी, मगर तकलीफ इस बात की है कि उस व्यक्ति पर विश्वास करने से पूर्व मुझसे यह प्रकरण आप जान लेते तो बेहतर होता। जहाँ तक दलाली खाने का प्रश्न है सर, इस तरह से पैसा कमा रही होती तो महाराष्ट्र गृह-निर्माण की ओर से पत्रकार कोटा में जो छोटा-सा मकान मेरे नाम आबंटित हुआ है, उसकी तीसरी किस्त लटकी पड़ी हुई न होती। खैर, यह मेरी निजी समस्या है...आवेशवश इसका जिक्र कर गई...आरोप से इसका कोई लेना-देना नहीं, वह अपनी जगह है। प्रश्न विश्वास का है। और आपकी खिन्नता से स्पष्ट है कि हमारे दरमियान विश्वास खंडित हुआ है।"

"मैं आपसे फिर बात करूँगा...इस समय आप आवेश में हैं..."

फोन फिर रख दिया गया।

धैर्य जवाब दे रहा है। आत्मसम्मान आहत हो विद्रोह पर उतर आया। सबकुछ बरदाश्त है उसे—अविश्वास नहीं। किसलिए वह बेसिर-पैर के आरोपों के समक्ष गरदन झुकाए? स्वयं अपने निर्दोष होने की पैरवी करे? शैलेन्द्र जी जैसे चरित्रहीन व्यक्ति के लिए, जिसके लिए स्त्री मात्र भोग्या है? कितने तिलमिलाकर उसके केबिन से बाहर निकले थे वे, जब उसने उन्हें खदेड़ दिया था, ' 'माध्यम' चकला नहीं है शैलेन्द्र जी, नारी की देह की नुमाइश पर वह अपने लिए रोटी नहीं सेंक सकती! आप जा सकते हैं!'

'दियरा' वाली घटना के अलावा उनके मन में अजय साहबवाली विज्ञापन फिल्म भी फाँस-सी गहरे उतरी हुई है। उनकी मंशा थी कि वह फिल्म वह स्वयं करें, नितिन मेहता नहीं। नितिन क्या है, 'तमंचा पकड़ने तक की उसे तमीज नहीं और आप उसे तोप पकड़ा रही हैं?'

रही 'जीवन-चक्र' वाले सौदे की बात तो क्या किसी योजना के प्रस्ताव में दिलचस्पी लेना और स्वयं उस व्यक्ति की पहल के बिना पर अपराध है? वह न मि. पंकज से परिचित थी, न उन्हें 'माध्यम' की ओर आकर्षित करने के लिए उसने कोई व्यूह-रचना की। प्रस्ताव उनकी ओर से आया। उसे अच्छा लगा। विशेष रूप से साहित्यिक कृति के चलते उसकी रुचि गहराई। यह भी लगा कि उन लोगों को इस दिशा में अतिरिक्त प्रोत्साहन मिलना चाहिए जो प्रतिबद्ध किस्म के हैं और धारा के विरुद्ध कुछ करने का जोखिम उठा रहे हैं। प्रोत्साहन यही हो सकता है कि उनके लिए वह महत्त्वपूर्ण प्रायोजक जुटा सके—जो अच्छी कीमत ही न अदा करे, अपने बैनर की प्रतिष्ठा देकर भविष्य के लिए उन्हें उत्साहित भी बनाये रखे।

ऐसा नहीं है कि उसने मि. मैथ्यू के अन्यथा लेने के विषय में तनिक भी न सोचा हो। मगर मि. पंकज दृढ़ थे कि 'अगर आप सौदा नहीं दिला सकतीं तो कोई बात नहीं, बाजार के दरवाजे बन्द नहीं हैं। मैं कहीं और विनिमय का प्रयास करूँगा। बहरहाल

'आब्जर्वेशन' ने मुझे धोखा दिया है। मैं उनके सौदे को रद्‌द कर रहा हूँ।'' 'आब्जर्वेशन' अभी से हाथ पीछे खींच रहा है, आगे उसका क्या रवैया होगा, कौन जाने! बीती बातों को बिसूरने से फायदा... ? किसी भी व्यवसाय में सफलता की पहली कुंजी होती है उसमें ली गई गहरी दिलचस्पी! कल अगर वह 'माध्यम' को व्यवसाय लेकर न दे तो क्या भोजराज जी घाटा सहकर उसे बनाये रख सकते हैं? बनाये भी रखेंगे तो कब तलक? सिर्फ अपने उद्योगों के उपकरणों की विज्ञापन- फिल्मों के आधार पर? यह एक प्रकार की दखलअन्दाजी है...उसके आत्मसम्मान पर चोट! वे उस पर विश्वास प्रकट कर मि. मैथ्यू और शैलेन्द्र जी को मुँह तोड़ जवाब दे सकते थे! ऐसे वातावरण में कार्य नहीं कर सकती...वह खुलकर साँस नहीं ले पाएगी...उनकी कृतज्ञ है। उन्होंने उसे दायित्वपूर्ण अनुभव का सुअवसर प्रदान किया--जीवनपर्यंत ऋणी रहेगी उनकी किन्तु दुम हिलाते हुए नहीं...।

वह त्यागपत्र लिखने लगी। लिख लेने के पश्चात् उसने हरीराम को बुलाया और उसे लिफाफा 'आवश्यक' लिखकर भोजराजी के कार्यालय जाकर विजया को पहुँचा देने का आदेश दिया।

उठने लगी कि अचानक किसी गहरे सोच में डूबती हुई कुर्सी के हत्थों के सहारे अध-उठी-सी हो आई। सीधे होते कई पल महीनों-से हो उठे। अन्त:करण की उथल-पुथल से हाथापाई करते। फिर एक दीर्घ नि:श्वास भरकर कुर्सी पर निढाल होते हुए उसने आँखें मूँद लीं।

ऐसे नहीं...उठने से पहले मिनी थियेटर 'मालविका' के उद्‌घाटन और अजय साहबवाली विज्ञापन-फिल्म के शो के सम्बन्ध में आवश्यक हिदायतें दे दे। कार्यक्रम अव्यवस्थित नहीं होना चाहिए। बड़े मनोयोग से तैयार किया है उसने। समय कम है। आज ही आमंत्रण-पत्र का प्रारूप तैयार हो जाना चाहिए। प्रकाशन हेतु आज ही भिजवाना होगा ताकि कल सुबह वे प्रमुख हस्तियों, अखबारवालों, विज्ञापन-जगत और विशिष्ट खातों को साग्रह निजी तौर पर पहुँचाए जा सकें। 'अँगीठी' के भीमसिंह जी से उसकी बातचीत हो चुकी है। अतिथियों के चाय-नाश्ते की समस्त जिम्मेदारी उन पर है। कहीं कोई त्रुटि नहीं रहनी चाहिए। जितनी बड़ी उपलब्धि, उतना ही भव्य आयोजन। 'माध्यम' की ओर से यह पहला उत्सव है...।

कल दोपहर अजय साहब के पास फिल्म पूर्वावलोकन हेतु भिजवानी है। फिल्म लेकर उसे स्वयं उनके पास जाना था। 'पौंड्स' वालों के संग भी एक नई विज्ञापन-फिल्म के विषय में विचार-विमर्श होना है। कोल्ड क्रीम पर वे विशेष रूप से नया विज्ञापन तैयार करवाने के इच्छुक हैं। मॉडल के रूप में नीता को नहीं दोहराना चाहते। किसी सुप्रसिद्ध सिने तारिका को अनुबंधित करने की उनकी इच्छा है। हाँ, कॉपी विशेष रूप से उत्तर भारत की बर्फीली सर्दी को ध्यान में रखकर तैयार करनी होगी।

मेज के दाहिनी ओर रखा पानी का गिलास उठाकर कुछ घूँट भरे उसने। फिर गिलास को यथास्थान रख सुगन्धा से अत्रे को भीतर भेज देने के लिए कहा। अत्रे को कोई कठिनाई नहीं होगी। सुगन्धा से उसे भरपूर सहयोग मिलेगा।

"स्वास्थ्य ठीक नहीं लग रहा आपका।" अत्रे ने उसके उतरे चेहरे को देखकर चिन्ता प्रकट की।

"नहीं, ऐसी कोई बात नहीं...ठीक ही हूँ..." सहज होने की चेष्टा की उसने।

सहज बने रहने की कोशिश करना और सहज दिख पाना कठिन ही नहीं, गहरी अभिनयपटुता की माँग करता है। और यही कमी है उसमें। अपनी टसुए बहाने लगती। संवेदनशीलता के विरुद्ध अक्सर मन विद्रोह से भर उठता है। उसका चेहरा इतना पारदर्शी क्यों है? क्यों वह मनोद्वंद्व को उन देहरियों को लाँघने देता है, जिन्हें लाँघते ही उसकी पीड़ा सार्वजनिक सहानुभूति के शरों से घायल होने लगती है?

कोशिश निष्फल नहीं गई। काफी कुछ प्रकृतिस्थ हो पाई। आवश्यक बातों को दर्ज करती हुई अत्रे की पेंसिल दौड़ने लगी।

'पौंड्स' की कॉपी वह दोपहर तक तैयार कर लेगा। निश्चित अद्‌भुत कल्पनाशीलता है उसकी। वहीं बैठे-बैठे जो ताना-बाना उसने दृश्यों में बुनकर उसे सुनाया, सुनकर वह दंग रह गई। आमंत्रण-पत्र घंटे-भर के भीतर प्रेस में छपने चले जाएँगे। सब हो जाएगा। जैसा वह चाहती है, जिस तरह से चाहती है, समय पर। आश्वस्त रहे। जरूरत होगी तो वह उसे कहाँ सम्पर्क करे? ठीक है, शाम के छह के बाद घर पर ही बात कर लेगा। स्वस्थ न हो तो कल भी आने की जरूरत नहीं। वह देख लेगा। आराम करे।

आराम ही नहीं करती वह। शारीरिक और मानसिक—दोनों तरह के विश्राम की जरूरत है उसे। पूर्णरूप से इतना बड़ा स्टाफ है, छोटी-से-छोटी चीज भी स्वयं देखेगी, रुचि लेगी, पहल करेगी। क्यों, इतना परिश्रम किसलिए? यह सही है कि 'माध्यम' की प्रगति के साथ उन सभी का भविष्य जुड़ा हुआ है। उसकी प्रतिष्ठा से उन्हें भी विज्ञापन-जगत में एक पहले दर्जे की एजेंसी में कार्यरत होने का गौरव प्राप्त होता है मगर निजी सुख-दुख, इच्छा-अनिच्छा, सामाजिक सक्रियता—इनका भी जीवन में उतना ही अधिकार है, जितना कि कर्तव्य के प्रति निष्ठा।

गाड़ी में चाबी लगाते ही हाथ उसे घुमाने से ठिठक गया। गाड़ी उसे एजेंसी ने दी है। एजेंसी से नाता तोड़कर जा रही है। अब इस सुविधा का उपयोग करने का अधिकार उसका नहीं। फीकी मुस्कान होंठों पर आते-आते सहसा लुप्त हो गई। कठिन सुविधाएँ छोड़ना नहीं होता, उस लगाव से स्वयं को तोड़ना होता है, जिसके सूत्र किसी निर्जीव काया के भीतर संवेगों की ऊष्मा जीने लगते हैं। उतरकर गाड़ी बन्द की। चाबी? चाबी लिफ्टमैन को देकर उसे कार्यालय में सुगन्धा को पहुँचा देने के लिए कह देगी। यह सूचित करने के लिए भी कह देगी कि गाड़ी मैडम अपने संग नहीं ले गई हैं, वहीं खड़ी है जहाँ खड़ी होती है।

गरदन उठाकर उसने पलांश पंचोली हाउस को गहरी नजरों से देखा और तेजी से गेट की ओर बढ़ दी। टैक्सी की खोज में।

दरवाजा खोलते ही लालजी उसे जल्दी घर लौटा पाकर हकबका आया, "आप बीबी जी...एतना जल्दी?"

लालजी को उसी दशा में छोड़कर वह अपने शयनकक्ष की ओर बढ़ी, ''चाय चढ़ा दो जरा...''

लालजी अब तक चाय बनाना नहीं सीख पाया। कितनी दफे उसे समझा चुकी है, सिखा चुकी है कि पानी खौलने लगे तब चाय की पत्ती डाल। दूध वह स्वयं डाल लेगी मगर वह ऐसा बौड़म है कि कुछ सीखने के लिए तैयार ही नहीं। पानी उबला नहीं कि तुरन्त शक्कर और पत्ती डाल काढ़ा बनाकर केतली में भर लाएगा। पता नहीं, कौन-सी हड़बड़ी होती है उसे! रखना नहीं चाहती थी, मेहता की माँ ने जबरन भेज दिया। उनके घर कोई राजबीर यादव दूधवाला आता है, उसी का छोटा भाई है। यह कहकर कि किशोर है, ढाल लेना अपने तौर-तरीकों में। तुम्हें सहारा हो जाएगा। सहारा तो काफी है। बाहर चाहे कितना दौड़ा लो—खुशी-खुशी दौड़ता रहेगा। टेलीफोन का भी खूब शौक है। घंटी बजी नहीं कि लपक लेगा चोंगा, 'लालजी बोल रहे हैं हम...' 'हम' पर उसका विशेष जोर होता है। नाम, नम्बर लिख लेना बड़ी मुश्किल से आया है। सन्देश वह मुँहजबानी सुना देता है। भूल भी जाता है। डाँट खाकर खीसें निपोरने लगता है, 'कल जो भी फोन आएगा, हम बरोबर याद रखेंगे—वो क्या सन्देश दिये हैं आपको...'

चाय की ट्रे लालजी ने बिस्तर पर ही खिसका दी।

''कोई फोन तो नहीं आया... ?''

''आया बीबीजी...''

''किसका... ?''

''वो सनेश दिये हैं कि शाम को साढ़े सात-आठ के बीच आपसे मिलने घर आएँगे।''

''मगर कौन दिये हैं ?'' वह कोशिश करके भी अपनी खीज नहीं दबा पाई।

''हमने उनका नम्बर पूछा...''

वह अधीर हो आई, ''लिखके रखा... ?''

''वो उन्होंने नहीं बताया...वो बोले कि वो खुद ही मिलने आ रहे हैं।''

''कोई नाम तो बताया होगा ?''

''बोले, हम खुद ही मिलने आ रहे हैं।''

''ओफ!'' वह उमड़ती किचकिचाहट को पीकर रह गई। अनुमान लगाने की कोशिश की उसने, ''मेहता का तो नहीं था ?''

''उनको तो हम खूब जानते हैं...वो हमको लालजी भाई बोलते हैं।''

''अच्छा, जाओ...सुधरोगे नहीं तुम।''

मेहता संध्या को घर पर फोन करेगा भी नहीं। उसे पता है कि साढ़े सात से पहले वह घर नहीं पहुँच पाती। अत्रे ने छह बजे फोन करने को कहा था। अभी पौने छह हो रहे हैं। कार्यालय नहीं छूट पा रहा उससे। कितनी कोशिश की थी स्वयं को परदे से उलझाने की!

फिल्म देखी नहीं गई—'परफेक्ट मर्डर...'

तय नहीं कर पाई थी—घर जाए या कहीं और। अकेले नहीं होना चाहती थी। कभी अकेला होना अच्छा लगता था। अपने साथ होने के लिए मन छटपटाता था...।

टैक्सी में बैठने के बावजूद तय नहीं कर पाई कि घर न जाए तो कहाँ जाए? नीता के घर हो ले? नीता सम्भवत: घर पर न हो! जयंती होगी, गुड़िया होगी। माँ इन दिनों बड़ौदा गई हुई हैं, शायद शनिवार तक लौट आएँ। गुड़िया से खेलेगी। उसे देखने जाना चाह रही थी। बीच में उसे बुखार भी आ रहा था। टीकों की वजह से। नीता से भेंट हो गई तो और भी अच्छा लगेगा, लेकिन ऐसी उद्विग्न मन:स्थिति में अपने अवमानित हृदय के विषाद को उससे छिपा सकेगी? अकेली वह नहीं रहना चाहती मगर अपनों का सामना कर पाने का साहस भी उसमें नहीं है। वह कोई ऐसी जगह हो सकती है, जहाँ अपरिचित चेहरों का घिराव हो। वे उसे नहीं, वह उन्हें देखे और उन्हें पढ़े। इतना कि अपने चेहरे पर उग आए चुगली खाते भाव अचानक बेसाथ-बेसहारा रह जाएँ, "'रीगल' ले लीजिए..."

टिकट उसने ब्लैक में खरीदा। जीवन में पहली बार किसी थियेटर में वह अकेली ही नहीं पहुँची, अकेले फिल्म देखने सीट पर भी जा बैठी। पढ़ते हुए...हँसते, खिलखिलाते, चुहल में झेंपते, कानों ही कानों में खुसपुसाते...एक-एक कर भीतर दाखिल होते चेहरे। फिल्म दिलचस्प थी। नसीर उसका मनपसन्द अभिनेता है, मधुर जाफरी भी उसे अत्यन्त पसन्द है। लेकिन अचानक अनुभव हुआ था, जो कुछ उसने किया है, अपनी ही दृष्टि में बेहूदगी प्रतीत हो रही है। अकेले बैठे हुए वह तनिक भी सहज अनुभव नहीं कर रही। उसे लग रहा था कि अँधेरे में डूबे चेहरे परदे से विमुख हो सिर्फ उसे देख रहे हैं। लगातार। उचाट हो वह उठकर अँधेरे से उजाले में आ गई...बाहर निकलकर उसे अच्छा लगा।

शिवाजी पार्क स्थित 'अल्ट्रा मॉडर्न हाउसिंग सोसाइटी' का यह घर बहुत सुन्दर है...लेकिन परबवाले घर की तरह नहीं। प्रत्येक कमरे में कम-से-कम दो-दो खिड़कियाँ हैं, लेकिन किसी खिड़की से कोई पेड़ नहीं सटा खड़ा हुआ। कोई शाख नहीं आलिंगन करती हुई, जो उसकी खिड़की की ग्रिल को बाँहों में भरने को व्यग्र हो और जिसे ग्रिल से हाथ बढ़ाकर वह जब चाहे तब छू सके...। वह वृक्ष उसे कितना बाँटता था! घंटों वह खिड़की से सटी अपलक उसे देखा करती थी। गोमती की माँ ने सयानों-सी सलाह दी थी, 'कटवा दीजिए इसे, खतरा है आपके घर के लिए। चोर आराम से घुस सकते हैं कमरे में...'

वृक्ष से मिलना चाहती है...गोमती के घर जाएगी। उससे मिलेगी। उस घर में भी जाएगी, जो भी रह रहा होगा, उससे कहेगी—भीतर आकर वह खिड़की से सिर्फ उन टहनियों को छूना चाहती है...।

घंटी उसने भी सुनी। चौंककर उठ बैठी। हाथ बढ़ाकर बिजली का बटन दबाया। कौन हो सकता है? शायद वही। बड़ी अव्यवस्थित-सी हो रही है। लालजी के सूचना देने से पहले मुँह-हाथ धोकर तनिक बाल सँवार ले। कपड़े मुचड़ रहे हैं, वैसे घर में हैं तो चल भी सकते हैं। लेकिन शायद स्वयं को ही अटपटा महसूस होता रहेगा।

मुँह धोने बाथरूम में घुसी ही थी कि परदे की ओट से ऊँचे स्वर में लालजी ने सूचना दी, "फोनवाले साहब आए हैं बीबीजी!"

"आती हूँ।" उसने धीमे से उत्तर दिया। लालजी-भर सुन सके, उतने धीमे।

कपड़े बदल ही लिये। जरूरी लगे तब जबकि अनभिज्ञ है कि न जाने कौन मिलने आया है। अत्रे से उसकी बात हो चुकी है। अगर वह उसे फोन पर उपलब्ध न होती तो सम्भव था कि अत्रे घर आ जाता। माथे पर छोटी-सी बिन्दी चिपकाकर वह खुले बालों को उँगलियों से सुलझाती हुई-सी बैठक की ओर बढ़ी।

कमरे में दाखिल होते ही अकस्मात् सामने भोजराज जी को खड़ा पाकर स्तब्ध हो उठी। नमस्कार में हाथ जुड़ गए। कुछ बोल नहीं पाई। न स्वागत में, न अविश्वास में।

उन्होंने ही उसे बैठने का संकेत किया। स्वयं बैठते हुए।

"चाय पिलवाएँगी न?" यह स्वर वह नहीं था, जिससे सुबह मुलाकात हुई थी।

"जरूर..." उसने वहीं से लालजी को पुकारकर चाय बना लाने को कहा। अगले ही पल स्वयं उठ खड़ी हुई, "चाय बहुत खराब बनाता है यह...बस, मैं अभी आई।"

"आपके प्रशिक्षण के बावजूद?"

वह बोल नहीं पाई। मुँह में एक तीखा कटाक्ष घुमड़कर रह गया।

"बैठिए...जैसी भी बनाएगा...उसे ही बनाने दीजिए..."

वह बैठ गई। समझ गई कि भोजराज जी शीघ्रता में हैं।

उन्होंने सफारी की जेब से आहिस्ता से एक लिफाफा निकाला और उसकी ओर बढ़ा दिया।

उसने सप्रश्न भोजराज जी की ओर देखा।

"खोल लीजिए..."

लिफाफे पर उसका नाम टंकित था।

"खोलिए न... !"

खोलना ही पड़ा। न खोलना अभद्रता होती। पत्र उसे सम्बोधित था। उसके त्यागपत्र के सन्दर्भ में कि उसका त्यागपत्र मंजूर नहीं किया जा रहा।

पत्र को मोड़कर लिफाफे में रखते हुए वह बोली, दुविधामुक्त हो, "अविश्वास और दबावों के बीच मैं काम नहीं कर सकूँगी भोजराज जी..."

"आप क्या, कोई भी निष्ठावान व्यक्ति नहीं कर सकेगा अंकिता जी।"

"मजबूरी में बहुत-से लोग करने को बाध्य होते हैं..."

"मेरा तात्पर्य आपको ठेस पहुँचाना नहीं था। मैं जिस जगह पर हूँ, किसी भी प्रकार के आक्षेप के प्रति मेरा कर्तव्य हो जाता है, उस पर ध्यान दें...कार्रवाई करूँ...हो सकता है, बातचीत के दरमियान मैं कुछ अधिक ही कठोर हो उठा होऊँ..." वे कुछ सोचते हुए से ठहरे, "कारण था, कनाडा से आयात की हुई हमारी एक अत्यन्त महत्त्वपूर्ण मशीन कस्टम के चक्करों में फँसी पड़ी हुई है...सरकारी रवैया क्षुब्ध करने वाला है।" चाय का घूँट भरते हुए उन्होंने अपनी बात आगे बढ़ाई, "दरअसल किसी भी जिम्मेदार

व्यक्ति को किसी भी आक्षेप से विचलित नहीं हो उठना चाहिए, तब्र जब कोई बात दूसरे पक्ष को जानने के आशय से की जा रही है, न कि संशय की दृष्टि से। यूँ अपने अधिकार छोड़कर चल देना स्वाभिमान की रक्षा करना नहीं है, संघर्ष करना उसकी रक्षा की लड़ाई है...इस तरह से तो आप जिन मूल्यों की लड़ाई लड़ रही हैं, उनके हंताओं के समक्ष घुटने टेकना होगा—वे अपने उद्देश्य में सफल हो जाएँगे...।

"अंकिता जी! मैं न अविवेकी हूँ, न कान का कच्चा। उद्योगपति अवश्य हूँ, लेकिन जो कुछ मिला है, वह परिश्रम की कमाई है...माँ की प्रेरणा और लगन का परिणाम। मनुष्यता मुझसे छूटी नहीं है, छूटेगी भी नहीं...। एक बेहद निजी सत्य उद्घाटित करने जा रहा हूँ। सिर्फ इसलिए कि आप मुझे समझ सकें। मैं माँ का अपना पुत्र नहीं हूँ...माँ ने मुझे अनाथालय से गोद लिया था...। मुझे गोद लेते ही उनके अपने बच्चे भी हुए...लेकिन माँ और बाऊजी ने कभी मुझे यह अहसास नहीं होने दिया कि उनका अपना पुत्र नहीं हूँ...मनुष्यता की घुट्टी पीकर ही मैं बड़ा हुआ हूँ...और...यह मैं पहले भी कह चुका हूँ, आज फिर दोहरा रहा हूँ...भाग्य पर उतना ही विश्वास है मेरा, जितना कर्म पर...। आप दोनों तरह से हमारे अनुकूल हैं...साथ ही मेरा यह दृढ़ विश्वास है कि स्त्रियाँ अधिक कर्मठ और ईमानदार होती हैं और किसी भी उत्तरदायित्व को वे अधिक निष्ठा और लगन से अंजाम देती हैं..." चाय का प्याला तिपाई पर सरकाते हुए भोजराज जी सहसा उठ खड़े हुए, "चलता हूँ...यह रही आपकी गाड़ी की चाबी...गाड़ी बाहर खड़ी है...।"

"सर...!"

"दुविधा से उबरिए, अपनी जिम्मेदारी सँभालिए।"

"सोचने की मोहलत दें..."

"जिम्मेदारी निभाते हुए भी सोच सकती हैं आप।"

अधिक जिद ठीक नहीं। मोर्चे पर डटना होगा। रास्ते ऐसे ही तय होंगे शायद—बाधा-व्यवधानों को फलाँगते हुए। कल छोड़ना चाहेगी तो कौन रोक पाएगा उसे? एक जिम्मेदार व्यक्ति कहीं यह अहसास कर रहा है कि उससे कठोरता हुई है जाने-अनजाने, तब सिर्फ अपने ही मान-अपमान की परवाह गठियाए हुए टस से मस न होना शोभा देता है? फिर कहाँ-कहाँ से पीठ दिखाती भागेगी आत्मसम्मान के नाम पर? हाथ बढ़ाकर गाड़ी की चाबी उनसे ले ली। सुदृढ़ होती हुई।

"अपने अधैर्य से शायद मैंने आपको कष्ट पहुँचाया है..."

उन्होंने उसकी बात पूरी नहीं होने दी, "निश्चित।"

"सॉरी सर...दरअसल मैंने आहत महसूस किया और आवेश में..."

"आवेश बड़ा जटिल रोग है अंकिता जी! लगभग सौ से ऊपर लोग आपके नीचे काम कर रहे हैं, अधैर्य आपको शोभा नहीं देता। किसी बात पर शान्त मन से सोचिए-समझिए, तब कदम उठाइए...। मैं पसन्द करूँगा कि थोड़ा ठहरकर मुझसे बात की जाए...हो सकता है, मैं गलत होऊँ, बावजूद इसके त्यागपत्र पलायन है...भागना है। एक अधिकारी होने के नाते मजबूत बनें, मजबूत बनाएँ...।"

बहुत-सी बातें मन में घुमड़ रही हैं, लेकिन समझ गई कि इस क्षण उन्हें कह नहीं पाएगी। आवेश के सन्दर्भ में दिये गए तर्क से वह सहमत है, लेकिन इतनी नादान भी नहीं है कि स्वर के उतार-चढ़ाव को पहचानने में अक्षम हो।

उन्हें छोड़ने उनके साथ-साथ घर से बाहर आई। ड्राइवर के गाड़ी खोलने से पहले ही वह दरवाजा खोलने आगे बढ़ दी। अदब से।

"अच्छा, अंकिता जी..."

उसने देखा, बैठते ही वे क्लांत से सीट पर अधलेटे हो गए।

यानी उसकी गाड़ी उनका ड्राइवर चलाकर लाया है और अपनी वे स्वयं। जबकि उनका कहना है कि उनकी आधी जिन्दगी यात्रा और टेलीफोन के मत्थे होम हो गई। इतनी अधिक व्यस्तता कि अब तो उन्हें आदत हो गई है, कहीं भी पहुँचने से पहले वे गाड़ी में ही झपकियाँ मार लेते हैं और वही उनका विश्राम होता है। पता नहीं, कब बिस्तर नसीब हो और वे निश्चिन्त हो निद्रा का आस्वाद ले पाएँ... !

घर लौटते ही मन हुआ कि बाहर सड़क पर थोड़ा टहल ले। हवा में नमी का भारीपन है। ताजगी-भरा। हवा अक्सर इस ओर सुखद होती है लेकिन उसकी नमकाहट उसे उबाती है। दस-बारह मिनट चल लो तो शिवाजी पार्क का सागर-तट है। भीड़-भरा। तट करीब होने के बावजूद वहाँ टहलने का उसे कोई आकर्षण नहीं होता। सुबह भी नहीं। सुबह रेत दिखाई ही नहीं देती। हर पग पर बिखरे होते हैं भेल के चीकट कागज, नर-मुंडों-से खाली नारियल, फूटे गुब्बारे, आइसक्रीम की डंडियाँ, पन्नियों की रंग-बिरंगी फिरकियों की चिंधियाँ, स्टालों को धोते-सफाई करते उनके मालिक और दौड़ाते कुत्तों के पीछे घिसटते बूढ़े... !

कई दफे मस्तिष्क को प्रश्न कुरेदता है कि वे उसके प्रति इतने मृदु, उदार और सहिष्णु क्यों हैं ? सर्वथा विपरीत अनुभव। उद्योगपति के लिए उसके मन में एक शोषक की तसवीर है। इस पुष्ट धारणा को किसी ने हिलाया है तो भोजराज जी ने। दुराग्रह की कई परतों को उनके प्रखर व्यक्तित्व ने मैली हो आई स्लेट की भाँति अपने कुरते से पोंछकर साफ करने की कोशिश की है। अपने अस्तित्व के सत्य को उद्घाटित करना कम साहस का काम नहीं। मनुष्यता का गुण उन्होंने आत्मसात ही नहीं किया, उसे औरों को समझने-बूझने का माध्यम भी बनाया है, जो अक्सर लोग नहीं कर पाते और शायद यही भाव उनके हृदय में उसके लिए भी सक्रिय है। यह माताजी का दिया हुआ संस्कार है। माताजी को उसने सिर्फ देखा-भर है, उस छोटी-सी भेंट को वह देखना ही मान सकती है, मगर उनकी स्त्रीत्वपूर्ण गरिमामयी छवि को वह कभी नहीं भुला सकती। उनके जीवन का यह पक्ष उनके प्रति उसे और श्रद्धावनत कर गया... ।

घोर व्यस्तता के बावजूद भोजराज जी की चौकन्नी दृष्टि कहाँ क्या घटित हो रहा है—बराबर देखती रहती है। हालाँकि त्यागपत्र हरीराम के द्वारा विजया के पास भिजवाया था। मगर विजया के पास पहुँचने का अर्थ था सीधे उनके पास पहुँचना, पर गाड़ी की चाबी सुगन्धा के पास थी। इसका मतलब है कि त्यागपत्र पाते ही उन्होंने तुरन्त सुगन्धा से सम्पर्क किया होगा। उसके विषय में पूछताछ की होगी। घर पर वह

पौने छह बजे के करीब लौटी है। लालजी ने पहुँचते ही उसे सूचना दी थी कि उसके लिए किन्हीं साहब का फोन आया था। वह साहब और कोई नहीं, स्वयं भोजराज जी थे। यह तत्परता अचरज में डालने वाली ही है। प्रतिक्रिया जो भी होती, कम-से-कम आज उनसे मुठभेड़ होने की उम्मीद उसे नहीं थी। उम्मीद हो भी नहीं सकती थी। कैसे सोच सकती थी कि अतिव्यस्तता के बीच भोजराज जी उसका पत्र पढ़ने का समय निकाल लेंगे और उस पर तुरन्त कार्रवाई शुरू कर देंगे? उन्हें सामने खड़ा देख वह एक पल के लिए भौंचक्की ही नहीं हो उठी थी, अविश्वास से भी भर उठी थी कि भोजराज जी, और उसके घर में? सँभलते काफी वक्त लगा था।

दरअसल त्यागपत्र हरीराम के हाथों भिजवाने के पीछे क्या उसकी यह मंशा नहीं थी कि वह उनके हृदय में अपने लिए सुरक्षित मृदु कोने पर प्रहार करे? वे भागे हुए आएँ और उसे मनाएँ? वरना पत्र वह सुगन्धा को भी देकर आ सकती थी। वह पहुँचा देती उन्हें।...नहीं, ऐसा कोई ध्येय नहीं था उसका। विचलित मन:स्थिति में यह सब सोचने-समझने का समय ही कहाँ था कि वह चतुराई से इस तरह बिसात बिछाए कि साँप भी मर जाए और लाठी भी न टूटे! कैसी बावली हो उठी थी! सिर्फ एक बात निरन्तर खदक रही थी मन-मस्तिष्क में कि उस पर अविश्वास किया गया है—अविश्वास! वह भी ऐसे व्यक्तियों के चलते, जो उसके विरुद्ध घात लगाये बैठे हुए थे कि कब मौका हाथ लगे और वे उस पर झपटें।

...अपनी एजेंसी खोलने की बात क्यों नहीं सोचती? काफी आगे निकल आई थी। अचानक वापस लौट चलने के लिए उद्यत होते हुए उसके मस्तिष्क में बिजली-सा विचार कौंधा। अपने विचार पर मुस्कुराए बिना नहीं रह सकी। क्या हो जाता है अचानक उसे कि वह आकाश-पाताल के कुलाँचे भरने लगती है? सहज है एजेंसी खोल पाना? सहज कुछ भी नहीं है। सहज बनाने के लिए जिस परिश्रम और लगन की दरकार होती है, कमी नहीं है उसमें। योजना बनाने में हर्ज ही क्या है? कुछ करने की सोचेगी तभी कदम उठा पाने में सक्षम हो पाएगी। सम्पर्कों और सम्बन्धों के मामले में वह काफी सम्पन्न है। सहयोग की उसे पूरी उम्मीद है...फिर?

लेकिन 'माध्यम'...? छोड़ने नहीं जा रही अभी। अभी तो उसे बहुत अनुभव अर्जित करना है। मगर इस दिशा में गम्भीरता से सोचेगी जरूर। अधीनस्थ होकर कार्य करने और स्वायत्त होकर कार्य करने में जमीन-आसमान का अन्तर है...मेहता से परामर्श करेगी।

दस

साँवले पड़ते बादलों को कन्धों पर उठाये हवा अचानक उग्र हो उठी...।

वे वरसोवा तट के बिलकुल आखिरी छोर पर हैं। सटे हुए मछेरों के गाँव के निकट। रेत में पाँव धँसाते हुए आगे बढ़ते हवा प्रतिरोध करती-सी उन्हें पीछे ढकेल रही है।

हवा में एकाएक उमड़ी नमी का भारीपन रेत में आ समाया है और उसकी भुरभुराहट शीतल आर्द्रता में परिवर्तित होने लगी। धँसाहट उन्हें जरूरी भी लग रही है। वे अपने पाँवों के पंजों से रेत को पकड़ते-से चल रहे हैं। आशंकित। कहीं अन्धड़ का चोला पहनती तेज हवाओं के झोंके उन्हें उड़ाकर हहराती लहरों में न उछाल दें... !

गाड़ी बहुत दूर खड़ी है। 'सन एंड सी' की बहुमंजिली रिहायशी इमारत के सामने। सड़क से दूसरी ओर, यहाँ से डेढ़-दो मील के फासले पर। वहाँ तक मौसम से बचकर निकल पाना सम्भव नहीं। बरसात किसी भी क्षण शुरू हो सकती है। आसमान छूने को लालायित सीधे खड़े नारियल के वृक्षों की सघन शृंखलाएँ अन्धड़ के झोंकों से विवश दूर जाती माँ की ओर नन्ही भुजाएँ पसारे बिलखते बालक-सी बाईं ओर को रेत छूती-सी टूटी पड़ रही हैं। नुकीली पत्तियों की कुछ क्षणों पूर्व की मीठी सरसराहट विचित्र-सी कर्कश ध्वनि में बदल गई है—सिहरन पैदा करती।

पेड़ों की कतारों से दूर जाकर कहीं बैठना होगा। भय लग रहा है। उनके कदम और तेज हो उठे। किसी भी क्षण कोई पेड़ उखड़कर उनको अपनी चपेट में ले सकता है।

अंकिता की साड़ी बेइंतहा फड़फड़ा रही है...कंठ पर बढ़ते दबाव से बेचैन छूट भागने को छटपटाते पक्षी-सी...एक पल पीछे ठहरकर वह सचेत-सी साड़ी को देह पर कसती है। फिर मेहता की ओर कदम बढ़ा देती है।

वे पेड़ों की कतारों से बाहर निकल आए...कहाँ बैठें? मुँह और आँखों में भरती रेत को हथेली से झाड़ते हुए मेहता ने आसपास दृष्टि दौड़ाई। सागर की गजों ऊपर उछलती सर्पाकार उन्मादी लहरें टूट-टूटकर फेन उगलती तट को लीलने दौड़ी चली आ रही हैं—विकराल, हहराती!

"वहाँ...उस बँगले के पिछवाड़े बैठें चलकर... ?"

वे रेत का चढ़ाव चढ़ने लगे। चढ़ना दूभर हो रह है। मेहता ने सहारे के लिए अपना हाथ उसकी ओर बढ़ा दिया। अचानक बूँदें टपटपानी शुरू हो गईं—झोंकों में हिलोरें लेती हुई।

"यहाँ बैठे-बैठे भीगने से अच्छा है, चलते-चलते भीगें... । बारिश शुरू हो गई है और जल्दी रुकने के आसार नहीं हैं।"

मेहता को अंकिता की बात सही लगी। सिर छिपाने के लिए कोई जगह नहीं दिखाई दे रही आसपास। पुराने बँगलों की दूर दिखती पीठें हैं और वे भी काई खाई हुई भसकी चारदीवारियों में कैद। उन्हें फाँदकर आश्रय लेने नहीं जाया जा सकता।

"अन्धड़ का वेग कम हो रहा है, कुछ और शान्त होते ही निकल देंगे...तब तक बैठे-बैठे ही भीगें...बैठो।" रेत पर बैठते हुए मेहता ने टिप्पणी की, "अचानक ही मौसम बदल गया।"

"आधा जून बीत चुका है...बम्बई में अब तक मानसून को आ जाना चाहिए था—अचानक कैसे?" अंकिता ने प्रतिवाद किया।

वह नथुनों पर झूलती हुई बूँदों को सिर हिलाकर झाड़ता हुआ हँसा, "ठीक कह रही हो तुम। चीजें पकती रहती हैं भीतर...उनके सामने आते ही पता नहीं क्यों यही

अनुभूति होती है कि अचानक इसी क्षण घटा है जबकि वह उसके प्रकट होने की एक क्रिया मात्र है..."

किस ओर इंगित कर रहा है मेहता? आँखों पर अवरोध उत्पन्न कर रहे बालों को उँगलियों से सरियाते हुए उसने मेहता की ओर देखा। मेहता उसे ही देख रहा है। अनझिप। वह नहीं देख पाई उन आँखों में। वह भेदती दृष्टि नहीं है। अपने को खोलती दृष्टि है। खुली किताब-सी। किसी का भीतर निचुड़कर जब उसकी आँखों में सिमट आता है, शब्द रचता...उसका सामना करने के लिए उसी साहस और गहनता की आवश्यकता होती है, जिसके सहारे वह स्वयं आँखों की सीमा के भीतर अपने सत्य पर से सारे कपड़े उतार पाने में समर्थ होता है...।

वह बगल की नम रेत को मुट्ठी से चाँपकर लड्डुओं का आकार देने लगी है। उस दृष्टि का सामना कर पाना आसान है?...उसकी मुट्ठी पर अचानक मेहता की हथेली आ कसी है। मुट्ठी में रेत का एक लड्डू कैद हो उठा है—नम रेत! सूखी होती तो निश्चित ही उँगलियों की साँधों से भुरभुराती हुई बहने लगती...। वह कहना चाह रही है—मेरी आँखों में यही किताब खुलने दो मेहता, पृष्ठ-दर-पृष्ठ—अपने को उँडेलती हुई ताकि वह जुड़ाव मैं अपने से अन्वेषित कर सकूँ, जो तुम्हारे लिए मित्रता की कृतज्ञता से दीन न हो...इस तरह से आगे बढ़ना बेईमानी होगी और मैं तुम्हारे प्रति बेईमान नहीं होना चाहती...विश्वास की सीमा तक विश्वास हुआ है तुम पर।

"सर्दी लग रही है...?" उसे हवा की तेजी से सिहरता हुआ देख मेहता ने प्रश्न किया।

"भीगने के कारण..."

"वैसे अब चल सकते हैं...चलें? घर पहुँचकर एक क्रोसिन जरूर ले लेना।"

"पहली बौछार में भीगना नुकसानदेह नहीं होता।"

"बौछार में न..."

वह कँपकँपाहट के बावजूद खिलखिला पड़ी। खिले घाम-सी।

"बौछार की कल्पना बम्बई में सम्भव नहीं...मूसलाधार वर्षा शुरू हो जाती है तो दिनों तक नहीं खुलती...। इन्दौर में जिस दिन झड़ी लग जाती है, ऐलान हो जाता है कि आज कोई कहीं नहीं जाएगा...सभी आराम से घर पर बैठें...सरसों के तेल में गर्मागर्म पकौड़ियाँ छनेंगी और चाय के दौर चलेंगे..."

"यहाँ भी हो सकता है...चलकर माँ से फरमाइश करते हैं...आज वन्दना भी घर पर मिल जाएगी..."

प्रस्ताव सुनते ही आँखों में भभकी चमक एकाएक दुविधा में डूब गई, "इस लिथड़ी हालत में...?"

"हाँ, ऐसे जाना ठीक नहीं...उन लोगों को शायद कुछ भी न लगे—तुम्हें संकोच होगा। हालाँकि ऐसा नहीं है कि बारिश सिर्फ यहीं हुई हो...वहाँ न हुई हो!"

"पहले शिवाजी पार्क चलकर कपड़े बदल लेते हैं..."

"और मैं?" मेहता ने अपने कपड़ों की ओर बेचारगी से देखा।

"कोई मदद नहीं कर सकती तुम्हारी...तुम्हें खार उतरना ही पड़ेगा।"

"यानी कि साथ में एक कप चाय पीना भी अपने नसीब में नहीं ?"

"इस बात का मुझे भी दुख होगा।"

"गोली मारो जी कपड़ों को...हम भीगे कपड़ों में ही बैठे रहेंगे, लेकिन चाय पिए बगैर नहीं लौटेंगे।"

उनके कदम कुछ तेज हो उठे। चप्पलों में लफुंद गई रेत की वजह से चलने में कुछ अड़चन अनुभव हो रही थी। अंकिता ने दुबारा चप्पलें उतारकर हाथ में लटका लीं। अब अपेक्षाकृत ठीक लग रहा है।

"लगता है, चाकरी अपने वश की नहीं..."

"कोई खटपट हो गई भोजराज जी से... ?"

"खटपट नहीं, मामूली-सी गलतफहमी, मि. मैथ्यू के चलते...बहुत जल्दी दूर भी हो गई, भोजराजजी की पहल से..."

"और हमेशा की तरह तुम तनावपूर्ण हो उठी होओगी ?"

"स्वाभाविक नहीं ?"

"देखो, गलतफहमियाँ पैदा इसी ध्येय से की जाती हैं। इन बातों को लेकर सतर्क रहने की आवश्यकता है, उत्तेजित होने की नहीं...। वैसे मैथ्यू से तुम्हारा कुछ छत्तीस का आँकड़ा चल रहा है, नहीं ?"

उसकी हँसी छूट गई, "मुझे भी विश्वास होने लगा है...लेकिन मैंने आँकड़ा निरस्त कर दिया है। पानीदार होगा तो इन टुच्ची हरकतों से बाज आएगा। चमड़ी मोटी हुई तो फिर कोई-न-कोई तिकड़म भिड़ाकर दुबारा पंगा लेने की कोशिश करेगा...और मैं असावधान नहीं हूँ।...इस अनुभव ने दिमाग के बहुत-से जाले साफ किये हैं।"

"चाकरी को लेकर क्यों चिन्तित हो ?"

"अचानक ही खयाल आया मेहता ! अपनी एजेंसी नहीं खोल सकते हैं हम ?"

"खोल क्यों नहीं सकते..."

"किसी रोज बैठकर सोचते हैं गम्भीरता से..."

"बिलकुल सोचो..."

"सहयोग करोगे... ?"

"लगता नहीं कि तुम्हें इसकी जरूरत होगी...किसी काम को शुरू करने से पहले तुम जरूर एक प्रकार की मानसिक हिचक से गुजरती हो। जब उसमें उलझ जाती हो तो इतने मनोयोग से जुट जाती हो कि देखकर महसूस ही नहीं होता कि तुम अनुभवहीन हो, यह क्षेत्र तुम्हारे लिए नया है, यहाँ के रागबाग से तुम अपरिचत हो..."

"बहलाओ नहीं मेहता...कोई अच्छा-सा अर्थवान नाम सोचो पहले...मामला कुछ जम जाए तो मैं 'माध्यम' छोड़ दूँगी...भोजराज जी किसी संकट में नहीं पड़ेंगे। अत्रे सक्षम है सँभालने में...वे कोई और विकल्प सोचें तो और बात है..."

"यह उनकी चिन्ता का विषय होगा..."

वे गाड़ी के निकट पहुँच गए थे।

सात बँगला पार करते हुए सहसा उसे गुहा साहब का खयाल हो आया था, "गुहा साहब का स्वास्थ्य कैसा है अब? अस्पताल में ही हैं अभी?"

"कल शाम घर आ गए हैं...लेकिन विशेष जाँच-पड़ताल के लिए सम्भवत: अगले हफ्ते अमरीका जाएँ।"

"देखने जाना चाहती हूँ उन्हें..."

"जाना चाहिए...मेरे साथ चलना चाहो तो कल शाम चली चलो।"

"चलूँगी...बड़े दिनों से सोच रही हूँ, बस, तय नहीं कर पाई। इसीलिए तुमसे जिक्र नहीं किया...मन में अब तक उनकी बॉसवाली छवि हावी है।"

"गलत सोच रही हो...उलटा वे खुश होते हैं उन लोगों से मिलकर जो 'फिल्मरस' से कहीं भी गए हैं और उन्होंने खूब तरक्की की है। कभी उन लोगों का जिक्र चलता है तो बड़े गर्व से स्वीकार करते हैं कि फलाँ हमारे स्कूल का है..."

"पहला दिल का दौरा है... ?"

"दूसरा..."

"कभी सुना नहीं...गुहा साहब और अजय साहब के स्वास्थ्य को देखकर वाकई ईर्ष्या होती है, उम्र चुराकर बैठ गए हैं ये लोग। गुहा साहब की मैं बहुत आभारी हूँ...हरीन्द्र के आग्रह पर अम्माँ के इलाज के सिलसिले में मिली थी उनसे...तपाक से मिले। तुरन्त डॉ. कुलकर्णी के नाम पत्र लिखकर दिया, जबकि मैं झिझकती हुई गई थी।"

गाड़ी अन्धेरी स्टेशन के निकट से गुजर रही है। फुटपाथ पर दुकानें सजाये दुकानदार सामान पर से पोलीथिन की चादरें हटा रहे हैं।

"गौरा जी बड़ी विचलित होंगी..."

"बहुत...और यह देखकर अचरज हुआ, जरीना जी नियमित अस्पताल आती रहीं उन्हें देखने, घर पर भी आ रही हैं। वैसे गौराजी की प्रशंसा करनी होगी, वे बॉबी ठाकुर की तरह बदमिजाज नहीं हैं, न अहंकारी। बड़ी इज्जत करती हैं जरीना जी की।"

"लड़का भी आता है साथ?"

"वह यहाँ कहाँ है! ब्राउन शुगर की लत ने उसे बरबाद कर दिया...गोवा में है। पणजी के किसी मनोरोग चिकित्सालय में इलाज हो रहा है उसका।"

"यह बड़ा दुखद पक्ष है। ऐसे वातावरण में बच्चे अक्सर दिशाहीन हो जाते हैं।"

"नीता कैसी है... ?"

"शरीर से... ?"

"मन से वह कैसे अस्वस्थ हो सकती है?"

"वह मन से ही अस्वस्थ है..."

"विश्वास नहीं होता... !"

"क्यों, वह पत्थर है?"

"न हो...मुझे दिलचस्पी नहीं...मैं तो उसकी शारीरिक चोट के विषय में ही जानना चाह रहा हूँ...तुम बता रही थीं न कि उसकी बाईं टाँग पर प्लास्टर चढ़ाया गया है?"

"घुटने की हड्डी खिसक गई है थोड़ा..."

''घुटने की ?''

''कोई शॉट दे रही थी चट्टान पर खड़ी होकर...कमाल की सहनशक्ति है उसकी। पाँव फिसलने के बावजूद तुरन्त लड़की ने उठकर अगला शॉट दिया और...ओ.के. होते ही दर्द से बिलबिलाती हुई जहाँ की तहाँ ढेर हो गई।''

''जीवट की कमी नहीं उसमें।''

''सुनकर खुशी हुई, उसके किसी गुण को तो स्वीकारा तुमने। कहाँ उतारूँ तुम्हें—कम्पाउंड के बाहर या गाड़ी कम्पाउंड के अन्दर ले लूँ ?''

''बाहर ही उतार दो...गाड़ी लौटाकर मोड़नी पड़ेगी...''

''खैर, यह तकलीफ मैं उठा सकती हूँ, बस, एक ही भय है—बालकनी में अगर माँ खड़ी हुईं और खुदा न खास्ता उनकी तेज नजर गाड़ी पर पड़ गई तो...उनके सामने जाते हुए सचमुच झिझक महसूस होगी।''

''यहीं रोक लो...खतरा गेट के सामने गाड़ी खड़ी करने से भी पैदा हो सकता है...''

उसने ब्रेक पर पाँव दबा दिये।

''गुहा साहब के घर जाने के लिए तुम मेरे दफ्तर आओगे या मैं 'फिल्मरस' आ जाऊँ ?''

''फोन करूँगा...''

''लंच के बाद करना...लंच से पहले एक मीटिंग है...''

गाड़ी आँखों से ओझल होने तक मेहता वहीं खड़ा रहा, फिर गेट की ओर बढ़ दिया।

नायर हॉस्पिटल की ओर बढ़ते हुए स्टीयरिंग पर कसे उसके हाथ काँप रहे हैं...।

उसके वरली पहुँचने से पहले सुधीर जी घर पहुँच चुके थे। आया जयंती ने सुबकते हुए बताया, सुबह बड़ी देर तक हिलाने के बाद भी जब मैडम की नींद नहीं टूटी तो वह घबराई हुई माँ के पास दौड़ी। माँ कुछ देर पहले ही नहा-धोकर पूजा पर बैठी थीं। पूजा अधूरी छोड़ माँ ने नीता को जगाने की बहुत कोशिश की, लेकिन उसे गहरी अचेतावस्था में पाकर उनका माथा ठनका। शाम को 'उलका' से लौटकर उसने माँ से कहा था कि वह पाँच बजे सुबह का अलार्म लगाकर सोएगी। फिर से योगाभ्यास शुरू करेगी। गुड़िया की जचकी के बाद उसे उसकी देहयष्टि का अनुपात बिगड़ गया है, उसे सानुपात करेगी। माँ को उसका निश्चय अच्छा लगा था। वे हँसी थीं—चलो, सुबह देखते हैं। तू अपने निश्चय पर कितनी अडिग रहती है! नीता ने भी हँसकर माँ की चुनौती स्वीकार की थी कि अव्वल तो वह निश्चय करती नहीं, जैसा भी चल रहा है, चलता रहता है लेकिन जिस क्षण से वह कोई निश्चय कर लेती है, पत्थर की लकीर होती है। माँ सुबह उसे गहरी निद्रा में निमग्न देख उसकी सोवाई का आनन्द लेती हुई मन-ही-मन मुस्कुराई थीं कि उठते ही वह उसकी खबर लेंगी—यही पत्थर की लकीर-सा तुम्हारा निश्चय है ? और चुपचाप अपने नित्य-कर्म में लीन हो गई थीं।

माँ ने दुश्चिन्तित होकर सुधीर जी को फोन किया था। उनके बीच चाहे जो चल रहा हो, आखिर नीता ने उन्हें अपना जीवनसाथी चुना था। सुधीर जी ने उसी इमारत

के आठवें माले पर रह रहे नायर हॉस्पिटल के डॉ. रघुवीर का फोन नम्बर और फ्लैट नम्बर उन्हें नोट करवाया। उन्हें आश्वस्त किया कि वे डॉ. रघुवीर को तत्काल बुलवा लें और उन्हें नीता को दिखा लें। चिन्तित न हों, वे बस पहुँच ही रहे हैं। उन्हें पहुँचने में उतना ही समय लगेगा, जितना रास्ता तय करने में लग सकता है।

डॉ. रघुवीर अस्पताल से काफी रात गए घर लौटे थे और उस वक्त सो रहे थे। फोन उनकी पत्नी ने उठाया, मगर सूचना पाते ही डॉ. रघुवीर तुरन्त नीचे आए। नीता की जाँच की और माँ को सलाह दी कि नीता को तुरन्त अस्पताल ले जाना उचित होगा। उसने नींद की गोलियाँ खा ली हैं। और उन्हें शक है कि काफी मात्रा में खाई हैं...उसके प्राणों को खतरा है। वे नायर हॉस्पिटल में आपातकालीन कक्ष को फोन किए दे रहे हैं। माँ उसे लेकर वहाँ पहुँच जाएँ। उन्हें किसी प्रकार की कोई दिक्कत नहीं होगी। डॉ. शेवाले उनकी प्रतीक्षा में होंगे।

माँ की समझ में नहीं आया कि नीता को किस प्रकार ले जाएँ। गाड़ी नीचे है, मगर उसे नीता स्वयं चलाती है। अचेत नीता को उठाकर टैक्सी तक ले जाना भी समस्या थी। निरुपाय माँ ने दुबारा सुधीर जी के घर का नम्बर मिलाया।

फोन पर सुधीर जी की पत्नी मिली। छूटते ही उसने माँ को जली-कटी सुनानी शुरू कर दी कि जीते-जी उनकी बेटी ने सुख-चैन नहीं लेने दिया, अब आत्महत्या का नाटक रचकर उसके परिवार को जेल की हवा खिलाना चाह रही है?

माँ इस अनपेक्षित व्यवहार के लिए प्रस्तुत नहीं थीं। अपमान का घूँट पीकर रह गईं। मुँह से बस इतना ही निकला—किसने किसको बरबाद किया बेटी, वह ईश्वर ही जाने, मगर यह समय हिसाब-किताब बराबर करने का नहीं है। सुधीर घर पर हो तो उसे तत्काल यहाँ भेज दे। नीता की हालत बहुत नाजुक है।

माँ के संयम ने शायद उसकी पत्नी अर्चना के विवेक को कुरेदा कि वाकई यह अवसर परस्पर कटूक्तियों का नहीं है क्योंकि अगले ही क्षण उसका रवैया बदला हुआ था, 'उन्हें घर से निकले हुए दस-बारह मिनट से ऊपर हो रहे हैं, बस, आप लोगों के पास पहुँच ही रहे होंगे।'

विकट परिस्थितियों से घिरी माँ चारों ओर से स्वयं को असहाय महसूस कर रही थीं। क्या करें, कैसे करें? किसी पड़ोसी से नीता का मेलजोल है नहीं कि सहायता के लिए उसका दरवाजा खटखटाएँ। संकट की इस घड़ी में दरवाजा खटखटा सकती हैं, लेकिन पता नहीं, कौन कैसा व्यवहार करे! उनका बड़ौदा होता तो एक गुहार पर पूरा मोहल्ला टूट पड़ता। निर्मोही बम्बई में किसी को किसी से कोई मतलब नहीं। अचानक उन्हें उसका ध्यान हो आया। दूरभाष निर्देशिका के तीसरे पृष्ठ पर लिखे नम्बरों में से माँ ने उसका नम्बर ढूँढ़ निकाला। वह नींद में थी। माँ की घबराई हुई आवाज ठीक से पहचान नहीं पाई। साफ सुनाई भी नहीं दे रहा था। कान गड़ाकर इतना-भर सुन पाने में सफल हुई कि नीता को अस्पताल ले जाना है। वह शीघ्र पहुँच जाए।

उसे विश्वास नहीं हुआ कि जो कुछ उसने सुना, वह सत्य है या किसी की शरारत। संशय का समय नहीं था। सूचना चाहे किसी की शरारत ही हो, नीता के घर जाकर

देखना ही होगा। संशय में झूलती हुई वह हाथ पर हाथ धरे बैठी नहीं रह सकती। शंका निवारण के लिए उसने तत्काल नीता का नम्बर भी मिलाया। नम्बर मिला ही नहीं। यही आभास हुआ कि फोन गलत ढंग से रखा हुआ है।

मेहता को सूचना देकर वह तुरत-फुरत घर से निकल दी।

नीता के फ्लैट पर पहुँची तो सहमी हुई जयंती ने रुआँसे स्वर में बताया कि पड़ोसियों की मदद से माँ नीता को टैक्सी तक ले गईं। घर में कोई मर्द नहीं, अकेली माँ सँभालने वाली...बुढ़ापा, तिस पर यह सदमा! साहब अभी कुछ देर पहले ही पहुँचे। नायर हॉस्पिटल गई हैं माँ। आपके लिए बोलके गई हैं कि दीदी जी आएँ तो उनसे कह देना कि तुरन्त बड़ौदा फोन कर दें। बात छिपाएँ नहीं, कह दें कि बड़े भैया जी को तत्काल चल देना है, चाहें तो किसी से गाड़ी का प्रबन्ध कर लें। नम्बर टेलीफोन के पास रखी डायरी में मिल जाएगा। यह भी कहा है कि इस जगह के किसी पुलिसवाले से पहचान हो तो उससे भी बात कर लें। पीछे वे तंग न करें।

बड़ौदा बात करने के पश्चात् उसने हरीन्द्र को फोन किया।

हरीन्द्र समाचार सुनकर हैरान नहीं हुआ, ''कुंठाएँ व्यक्ति को पलायनवादी बनाती हैं...''

हरीन्द्र की दो-टूक बात चुभी।

''मैं अपने क्राइम रिपोर्टर जोशी से बात किये ले रहा हूँ...वरली सीफेस का थाना-प्रभारी कौन है...जरूरत हो तो मैं आ जाऊँ?''

उसने मना कर दिया। बोली, ''जरूरत होगी तो मैं अस्पताल से फोन कर दूँगी...पूरा दिन दफ्तर में ही हो?''

''दफ्तर में ही होऊँगा।''

बच्ची का गबदू मुख रह-रहकर विंडस्क्रीन पर नाच रहा है। दृष्टि क्षीण होती प्रतीत हो रही है...।

क्या अनर्थ कर बैठी नीता? इतनी दुर्बल कैसे हो उठी?...आत्मविश्वास से पोर-पोर डूबा व्यक्तित्व...जटिल-से-जटिल परिस्थितियों से जूझने को तत्पर...सदैव स्फूतिपूर्ण मुद्रा...बताओ, कहाँ क्या करना है...ऐसे छुईमुई होकर रहना है तो घर से क्यों निकले? यही इनकी मंशा है, 'जलन है साहब, जलन। सह्य नहीं स्त्री का महत्त्व...अपने सिर पर मँडराते उसके आदेश। देखना है...मेरे सामने देखो वर्मा की ता-ता-थैया! हमेशा सुर में बजता है...कहो तो बाहर करवा दें 'आब्जर्वेशन' से?'

जीवन जीने की अदम्य लालसा से सराबोर...जीवन से हारकर घुटने टेक बैठी? इस कदर कि अपने प्रेम का प्रतिफल बच्ची के प्रति राई-रत्ती मोह नहीं रहा? पल-भर को नहीं सोचा कि अपने इस क्रूर कृत्य से किससे प्रतिशोध लेने जा रही है—स्वयं से? सुधीर जी से? बच्ची से? समाज से? भावना से? अपनी जाति से? महत्त्वाकांक्षी प्रवृत्ति से? रास्ते गम्य-अगम्य, टेढ़े-तिरछे चुने हों, यह अलग बात है, मगर क्या नहीं अर्जित किया उसने—पद, ख्याति, अर्थ, मनचाहा जीवन जीने की स्वतंत्रता...अंकुश-रहित! तब?

क्या था जो टूटा और टूटते ही उसे खंडित कर गया? बुद्धि, विवेक, परिपक्वता—सभी को परास्त कर? महत्त्वपूर्ण विज्ञापनों का हाथ से जाना या सुधीर जी की उपेक्षा या...या शिखरा का उनके जीवन में प्रवेश? शायद मोहभंग का मगरमच्छ लील गया उसे...। शायद देह के बूते पर टिका आत्मविश्वास देह का तिलिस्म टूटते ही तिरोहित हो गया...। शायद वह बेहद कमजोर लड़की थी, भीतर से खोखली, ऊपर से पुख्ता होने का भ्रम देती...। लेकिन सिर्फ प्राप्ति ही जीवन का पर्याय नहीं है, नहीं सोचा उसने?

'सुधीर जी ऐसे नहीं हैं...पुरुषों की प्रकृति का गहरा अनुभव है मुझे...न मैं अपने-आपको धोखा दे रही हूँ, न धोखा खा रही हूँ...। गलत प्रचारित है उनके विषय में कि 'पूर्णा' की हर बदलती मॉडल उनकी प्रेमिका होती है...'

पुरुष के लिए जीवन का सम्पूर्ण अर्थ स्त्री मात्र नहीं होती, स्त्री चाहे जितनी आगे बढ़ जाए—पद, प्रतिष्ठा, ख्याति अर्जित कर ले, उसका पूरा जीवन एक अदद पुरुष क्यों हो उठता? वह भी नीता जैसी लड़की के लिए?

विशाल अस्पताल भूल-भुलैया-सा प्रतीत हुआ। नौ बजे से चिकित्सक रोगियों को देखना शुरू करते मगर अभी से रोगियों की लम्बी-लम्बी कतारें लगी हैं। सामने से आती हुई नर्स को रोककर उसने पूछा, "आपातकालीन किस ओर है...मेरा मतलब...आत्महत्या के मामले...?"

वह बोली, "वो उधर...तीन नम्बर की इमारत दिख रही है न! तीसरे माले पर दाईं तरफ चले जाइए...आत्महत्या के मामले उधर ही देखे जाते हैं।"

वार्ड में माँ खड़ी दिखाई दीं। उद्विग्न से टहलते सुधीर जी भी। उसे देखते ही माँ असहाय किशोरी की भाँति उसकी छाती से लगकर हिलक पड़ीं। आरी-सी काटती सिसकियों ने उसके अन्तर्मन को कँपा दिया। यह आशंकित हृदय की वेदना नहीं है। उम्मीद की घुटती आखिरी लौ का क्रंदन है। वह झूठी सान्त्वना नहीं दे पाई। कोई अर्थ नहीं होता उसका। या शायद...उसके भीतर की वह शक्ति ही अनायास सूखे स्रोत-सी विलुप्त हो उठी है जो ऐसी दारुण परिस्थितियों में स्वयं को साहस में बाँधे, औरों को भी उसका अंश बाँटती है...।

घंटे-भर के भीतर मेहता पहुँच गया। ग्यारह बजे तक 'पूर्णा', 'उल्का', 'फिल्मरस' से नीता के कई सहयोगी-मित्र। अहलूवालिया और श्रीधर भी, जिनके नाम नीता के साथ गहरे जुड़े रहे थे कभी।

छह घंटे के अनवरत परिश्रम के बावजूद चिकित्सक नीता को नहीं बचा सके।

कंठ के भीतर एक पोखर बूढ़े की शक्ल में उसकी सम्पूर्ण चेतना पर अरराता आगे बढ़ रहा है, 'सच अंकू! मुझे नहीं मालूम कि उसने किन कारणों से अपने लिए ऐसी दर्दनाक मौत चुनी, मगर पता नहीं क्यों...कोकिला के इस क्रूर निर्णय के प्रति मैं तनिक भी उद्वेलित या सहानुभूति नहीं महसूस कर रही, बल्कि क्षुब्ध हूँ कि उसने जिन्दगी के प्रति सतत संघर्षशील लोगों का उपहास उड़ाया...!

'...मैं तो वसीयत कर जाऊँगी कि मरने के बाद मुझे विद्युत शवदाह गृह में ही जलाया जाए...।

'जीना बहुतों के हिस्से में नहीं होता, फिर भी वे लड़ना नहीं छोड़ते... !'

मेहता की पत्नी के आत्महत्या करने पर नीता ने वितृष्णा-भाव से भरकर कहा था...वही स्वयं अपने लिए ऐसी विकृत मौत चुन बैठी?

सुधीर जी निरन्तर तनाव में लगे—जो दुख से नहीं, समस्या बनी मौत से उपजता है। बड़ौदा से नीता के भाई के आने तक सुधीर जी और मेहता जी-तोड़ भागा-दौड़ी में उलझे रहे।

सुधीर जी अस्पताल आने से पहले वरली पुलिस स्टेशन होकर आए थे, थाना-प्रभारी से मिलकर। क्योंकि अस्पताल से हरीन्द्र को फोन करने पर उसने बताया कि उनके अखबार के क्राइम रिपोर्टर जोशी से उसकी सविस्तार बात हो गई है। जोशी ने ही उसे सूचना दी कि इसी मामले को लेकर कोई मि. सुधीर पश्चिम बम्बई के पुलिस उपायुक्त से सुबह उनके घर पर मिल चुके हैं और वरली पुलिस थाने भी हो आए हैं। मामले को वे लोग सँभाल लेंगे। चिन्ता करने की कोई जरूरत नहीं है। हरीन्द्र ने उसे सतर्क भी किया कि इस मामले को लेकर अगर कोई पत्रकार उससे किसी प्रकार की कोई बात करना चाहे, बेहतर होगा कि वह किसी विवाद में न पड़े। सुधीर जी शायद इसीलिए घर विलम्ब से पहुँचे थे... ।

माँ विलाप से बेहाल हो रही हैं। उन्हें किसी भी तरह सब्र नहीं हो रहा। नीता की ताई और छोटी मौसी माँ को निरन्तर दिलासा दे रही हैं। घर पहुँचकर माँ ने उसी से फोन करवाया था। नीता के जीवित रहते कभी भनक ही नहीं लगी कि उसके सगे-सम्बन्धी भी इस शहर में हैं। व्याकुल माँ अपने हृदय के मलाल को व्यक्त कर रही हैं...नीता ने कभी उन्हें अपने पास रहने के लिए इतने आग्रह से नहीं बुलाया। आग्रह क्या, कभी बुलाया ही नहीं...वे अपनी इच्छा से खोज-खबर लेने आती रहीं सो अलग बात है। पहली बार मनुहार किया था उसने, 'अब तुम मेरे पास ही रहोगी माँ! बहुत हो गई बहुओं की सेवा-सुश्रूषा...थोड़ी बेटी की भी फिक्र कर लो।' बीच में एकाध दिन के लिए बड़ौदा चली जाती तो फौरन मुँह फुला लेती, 'हफ्ता-भर नहीं गुजरता कि तुम बड़ौदा खड़ी दिखाई देती हो माँ...जी नहीं लगता तुम्हारा यहाँ? गुड़िया नहीं याद आती तुम्हें?'...जब मैंने निश्चय कर लिया और बहुओं से कह दिया कि अब जीवन के बचे-खुचे दिन बेटी के पास नातिन का मुँह देखते हुए गुजारूँगी तो...माँ को इस उम्र में अकेला छोड़ धोखा देकर चल दी, "फैशन की मारी को कितना समझाती रही, बच्ची के मुँह में छाती दो...ममता के जोर से हो सकता है, दूध रिसने लगे...अभागिन को माँ का दूध तक नसीब नहीं हुआ... ।"

शोक-सन्तप्त घर में जयंती पूरे समय बच्ची की देखभाल करती रही। बिटर-बिटर ताकती हुई गुड़िया! पाँच महीने की अबोध बच्ची! अपने दुर्भाग्य की छाया से अनभिज्ञ... !

अंत्येष्टि के उपरांत तीन दिन तक वह घर से बाहर नहीं निकली। न नीता का बिछोह बरदाश्त हो रहा था, न माँ का मर्मभेदी रुदन। अम्माँ के जाने का घाव सूखा नहीं था कि नीता की असामयिक मौत ने हिलाकर रख दिया। नीता के संग

व्यतीत हुआ अतीत चलचित्र की भाँति आँखों के आगे घूम रहा है। उसकी सजीव स्मृतियों से घिरा हृदय स्वीकार करने को तैयार ही नहीं है कि नीता अब इस दुनिया में नहीं है...उसका संसार सखी-विहीन हो गया है...अब न वो लम्बी बहसें होंगी, न रूठा-रूठी!

नीता के जाने के बाद शिद्दत से महसूस हो रहा है, विपरीत ध्रुवों-सी मानसिकता के बावजूद उनके लगाव की जड़ें कितनी सूक्ष्म और गहरी थीं—कठोर-अतल भूमि-तहों के नीचे दबे स्रोत-सी! पोस्टमार्टम के पश्चात् सफेद कपड़े में गठरी-सी कसी हुई नीता की निर्जीव देह देख हृदय में हौल-सा बैठ गया था...सिर्फ चेहरा बाहर था। विश्वास ही नहीं हुआ कि यही नीता है, उसी का चेहरा उसके सामने है—बीभत्स! उबले हुए आलू-सा भसका हुआ! इस काया पर कल तक एक सलोना चेहरा हुआ करता था—स्निग्ध-स्मितभरा...चुम्बकीय! कहाँ गुम हो गया वह अचानक? कहाँ? कहाँ...? अस्पतालवालों को चाहिए था, उसके पार्थिव शरीर के साथ उसके चेहरे को भी कपड़े से कसकर लपेट देते...।

कुछेक अखबारवालों ने नीता की आत्महत्या को संदिग्ध दृष्टि से देखते हुए उसे आत्महत्या का मामला साबित करने की कोशिश की है। विशेष रूप से 'सन्देश टाइम्स' वालों ने वर्जनाहीन सम्बन्धों का चटखारा लेते हुए सुधीर जी और नीता की तसवीरों के साथ सुधीर जी की पत्नी अर्चना का भी चित्र प्रकाशित किया है। एक स्थान पर हलके-से उसका भी उल्लेख है—नीता की गहरी सखी के रूप में कि इस प्रेम-त्रिकोण में व्याप्त तनावों के विषय में उससे महत्त्वपूर्ण जानकारी प्राप्त हो सकती है। हमारे संवाददाता ने इस सन्दर्भ में जब उनसे सम्पर्क करने की कोशिश की तो अंकिता जी ने यह कहकर बात करने से स्पष्ट मना कर दिया कि यह नीता और सुधीर जी का निजी मामला था और उनके निजी मामले में न उन्हें पहले कोई दिलचस्पी थी, न अब है। यह वही 'सन्देश टाइम्स' है, जिसके सन्दर्भ में हरीन्द्र ने कभी उससे चर्चा की थी...। क्या यही रचनात्मकता थी, जिससे हरीन्द्र उसे जोड़ना चाहता था?

कितना विचित्र संयोग है! सदैव चर्चा में बने रहना नीता की नीति थी। किसी परिचर्चा में काम-सम्बन्धों पर दुस्साहसी वक्तव्य देकर, अपने पर खुले-ढके फैशन फीचर करवाकर, मुखपृष्ठ पर छपकर, गॉसिप कॉलमों में ऊटपटाँग नाम उछलवाकर, विवादास्पद साक्षात्कार देकर। कोई अंग्रेजी, हिन्दी की पत्रिका उठा लो, नीता हर जगह मौजूद होगी। आलोचना करने पर उसका एकमात्र जुमला होता, 'तुम नहीं समझोगी...जरूरी है यह सब...वरना लोग भूल जाते हैं कि कौन कहाँ है...' अपनी मौत को भी उसने चर्चा से अछूता नहीं छोड़ा...हर काम सुनियोजित ढंग से करने वाली नीता अपनी भावनाओं की जोड़-गाँठ में कैसे मात खा गई?

माँ ने फोन करवाया था जयंती से। चौथा है। आ जाए। नीता की जगह अब और कौन है!

जाना नहीं चाहती थी। उस घर में खड़े होते ही डिवाइडर पर सजे नीता के मुस्कुराते हुए चित्रों पर अचानक उसका मृत-बीभत्स चेहरा अट्टहास करने लगता है।

उसने मृत नीता की तसवीर लेते हुए छायाकार हेमन्त से आदेशात्मक स्वर में कह दिया था, 'ये सारी तसवीरें मुझे दे दीजिएगा...नेगेटिव्स के साथ...' और माँ की ओर प्रलाप करती-सी पलटी थी, 'नीता की ये तसवीरें क्यों खिंचवा रही हो माँ? यह नीता नहीं है...यह कोई कमजोर लड़की है—पलायनवादी...अपनी ही रची घुटन में घुटती...ये तसवीरें न किसी एलबम में लगेंगी, न किसी फ्रेम में जड़ेंगी...नीता वही है जो अब तक की तसवीरों में रही है...इन्हें कहीं न दिखलाइएगा...न देखिएगा माँ!'

सुबकती हुई माँ पहली बार उसका अतिविह्वल स्वर सुनकर अपनी धुँधलाती दृष्टि से उसे ताकती रह गई थीं—अचम्भित!

अगले ही पल वह चेती थी। इतनी असामान्य कैसे हो उठी वह? भावोद्रेक में...विचलित होना उसे शोभा नहीं देता...।

"मि. सी.आर. जैन, एडवोकेट, बम्बई हाईकोर्ट, का फोन था आपके लिए मैडम! वे आपसे तत्काल बात करना चाह रहे हैं। नम्बर लिखाया है उन्होंने अपना...बात करना चाहेंगी?"

कुर्सी की पीठ से टिकी अपनी शिथिल देह को उसने सीधा किया और सप्रश्न सुगन्धा की ओर देखा, "बैठो।"

सोच में पड़ गई। किसी वकील को उससे भला क्या काम हो सकता है? ऐसे नाम के किसी व्यक्ति से वह परिचित भी नहीं। भोजराज जी के कानूनी सलाहकार अखिलन से अवश्य परिचित है। अम्माँ की वसीयत के सिलसिले में भेंट की थी उनसे। परामर्श और प्रभावी कार्रवाई के लिए कि अगर वह घर के ऊपर का अतिरिक्त हिस्सा, जिसे अम्माँ उसके नाम लिख गई हैं, भाइयों को लौटाना चाहे तो उसे क्या करना होगा। अखिलन के सहायकों में से हो सकते हैं मि. सी. आर. जैन। हालाँकि उनके अधिकांश सहायकों से उसका वास्ता पड़ा है और वह उन्हें भली भाँति जानती है। हो सकता है, ये कोई नये सहायक हों! बात कर ही ले। हर्ज क्या है!

नम्बर शीघ्र मिल गया।

"अंकिता बोल रही हूँ, 'माध्यम' से।"

"अंकिता जी, नमस्कार..."

"नमस्कार..."

"मैं सी.आर. जैन, एडवोकेट, बम्बई हाईकोर्ट से बोल रहा हूँ...आपसे तुरन्त मुलाकात करनी है। दोपहर के बाद किसी समय खाली होंगी?"

"एक मिनट..." उसने सामने बैठी सुगन्धा से अपनी दोपहर बाद की व्यस्तता के विषय में पूछा, "तीन-साढ़े तीन के बीच।"

"आप मेरे चैम्बर में आने का कष्ट उठा सकती हैं?"

"उद्देश्य...?"

"निजी बातें हैं, फोन पर चर्चा करना उचित नहीं।"

"चैम्बर कहाँ...किस माले पर है आपका?"

"बम्बई हाईकोर्ट में, तीसरे माले पर...लिफ्ट से बाएँ...आप तीन तक पहुँच जाएँ। मैं इसी समय नीता जी की माता जी और उनके बड़े भाई को बुलवाए ले रहा हूँ।"

फोन रख दिया गया।

सुनकर वह सनकी। सुगन्धा से कई आवश्यक पत्र लिखवाने थे। काम से तबीयत उचाट हो गई। माँ, भाई और वकील ? क्या चक्कर हो सकता है ? कहीं नीता के मरते ही उसके फ्लैट-गाड़ी आदि की दावेदारी का झंझट तो नहीं खड़ा हो गया ? जाने के लिए वह मि. जैन से मिलने चली जाएगी लेकिन किसी विवाद में पड़ना पसन्द नहीं करेगी। उनका निजी मामला है। निजी ही रहे तो बेहतर है। उससे नहीं सहन होगी गिद्ध-दृष्टियों की लपलपाहट। अम्माँ के मरणोपरान्त का दृश्य आज तक नहीं भुला पाई। स्मृतियों के उखड़ते ही वितृष्णा की आरी चलने लगती है। अच्छा होता, जैन साहब उसे बुलाते ही नहीं। हो सकता है, किसी कारणवश माँ ने उसे बुलाने का सुझाव दिया हो, वरना मि. जैन को उसका अता-पता क्योंकर प्राप्त होता ?

"पत्र लिखवाएँगी... ?" सुगन्धा ने उसकी उचाट मन:स्थिति को भाँपते हुए तनिक असमंजस-भरे स्वर में स्मरण कराया।

"जरूरी है," उसने नि:श्वास भरा, "काम अपनी जगह है...विडम्बनाओं का कहीं अन्त है! लिखो..." खुली फाइल उसने अपने सामने खींच ली और उस पत्र को पढ़ने लगी, जिसका उत्तर लिखवाना था।

लिखवाने लगी तो कई आवश्यक पत्रों का जवाब लिखवा डाला। सुगन्धा को मैडम की यह विशेषता आकर्षित करती है। मस्तिष्क का बटन जैसे हर पल उनके नियंत्रण में होता है...।

लंच में खाने की इच्छा नहीं हुई। लालजी ने डिब्बे में क्या रखा है, पता नहीं। डिब्बा उसने सुगन्धा की ओर बढ़ा दिया, "तुम लोग मिलकर खत्म कर दो...मेरे लिए मात्र कॉफी और सैंडविच भिजवा दो...बस।"

मि. जैन के चैम्बर में वह दस मिनट विलम्ब से पहुँची। मूसलाधार बरसात ने उसे 'पंचोली हाउस' के प्रांगण से निकलने ही नहीं दिया। बम्बई की बरसात के आगे वाइपर असहाय हो उठते हैं। गाड़ी के पास खड़ी हुई वह बरसात की तीव्रता के मध्यम होने की प्रतीक्षा करती रही। एक पल को लगा था कि नीचे खड़े रहने से बेहतर है, ऊपर कार्यालय में जाकर बैठ जाए और मि. जैन को फोन पर सूचित कर दे कि बरसात की वजह से उनके पास पहुँचने में उसे कुछ देर हो सकती है। भारी वर्षा में गाड़ी चलाना दूभर हो उठता है। लेकिन तय यही किया कि नीचे खड़े रहना ही ठीक है। ऊपर जाने से टेलीफोन और भेंटकर्ताओं में फँस जाने का अन्देशा है।

पूर्व-परिचितों की भाँति मि. जैन ने उठकर तपाक से उसका स्वागत किया, "आइए अंकिता जी, आइए, मैं समझ गया था—पानी की वजह से आप फँस गई होंगी, जबकि आपकी एजेंसी यहाँ से दूर नहीं।"

''अनुमान लगाने में आप गलत नहीं हो सकते, साबित चाहे जो भी करते रहें...'' उसने सहज भाव से हाथ जोड़ दिये।

उसके कटाक्ष पर आनन्दित होते हुए मि. जैन 'हो-हो' करके हँस पड़े, ''हम तो दूध का दूध, पानी का पानी करने में विश्वास रखते हैं, अंकिता जी। मौका पड़ने पर आजमा सकती हैं आप—बैठिए।''

वह मि. जैन की मेज के एक ओर पड़े हुए सोफे पर पहले से मौजूद माँ और नीता के बड़े भाई साहब को प्रणाम करती हुई उनकी ओर बढ़ दी।

माँ उसका हाथ अपने उभरी नसोंवाले हाथ में लेकर विह्वल हो आईं। उसने दूसरे हाथ से उनके मुट्ठी में बँधे हाथ को स्नेह से थपथपाया। उसके भीतर भी कुछ उमड़ने-सा लगा। प्रश्न ही सन्तुलित कर सकता था, ''गुड़िया कैसी है माँ?''

माँ ने नि:श्वास भरा, आर्द्र, ''बच्ची का मन जैसे कुछ ढूँढ़ता है...रोती बहुत है...निष्ठुर वह शुरू से ही रही है...क्या माँ—क्या औलाद! तू भी तो नहीं आती बेटी! रिश्ता टूट गया, हाँ... ?''

कह नहीं पाई। गुड़िया को देखने की प्रबल ललक के बावजूद आने का मन नहीं बना पाती। सामना करने में असमर्थ दृष्टि उनके चप्पल से बाहर निकले पाँवों पर क्षमा-याचना-सी करती लोटने लगी।

''आप लोग यहाँ आ जाइए।'' मेज के सामने बैठने का संकेत करते हुए मि. जैन मेज की दराजों से किसी फाइल को निकालने का उपक्रम करने लगे। उनके एक सहायक ने आगे बढ़ फाइल ढूँढ़ने का जिम्मा अपने ऊपर ले लिया।

''आप व्यस्त रहती हैं अंकिता जी, आपका अधिक समय नहीं लूँगा।''

''फुरसत से आई हूँ...चिन्ता न करें।''

''धन्यवाद! ऐसा है अंकिता जी...''

तभी बातचीत में व्यवधान डालते हुए सहायक ने एक फाइन निकालकर उनकी ओर बढ़ा दी। कुछ पल फाइल को गौर से उलटते-पलटते हुए वे उसे खुला छोड़कर अपनी अधूरी बात पर वापस लौटे, ''नीता जी आपके नाम मेरे पास एक खत छोड़ गई हैं...हिदायत के साथ कि उनकी वसीयत खोलने के बाद ही वह खत आपको दिया जाए। मैं एकाध रोज में इस सिलसिले में आपसे सम्पर्क करने ही वाला था कि परसों अचानक नीता जी के बड़े भाई साहब केशव जी ने मकान आदि के कागजात के सम्बन्ध में मुझसे सम्पर्क स्थापित किया।'' मि. जैन ने रुककर भाई साहब की ओर साभिप्राय दृष्टि डाली, ''केशव जी लिखा-पढ़ी के लिए उन कागजातों को प्राप्त करना चाहते हैं ताकि मकान और गाड़ी आदि बेच-बाचकर वे माँ और बच्ची को अपने संरक्षण में बड़ौदा ले जा सकें। केशव जी का तर्क है—बहन रही नहीं, ऐसे में मकान आदि के यहाँ बने रहने का कोई अर्थ नहीं है। माँ बच्ची की देखभाल के उद्‌देश्य से बम्बई में अकेली रह भी नहीं सकतीं। उन्हें रहने भी दें तो उन दोनों को बड़ौदा से बम्बई अक्सर आकर देख पाना उनके या किसी भी अन्य भाई के लिए सम्भव नहीं। उनका छोटा-मोटा निजी व्यवसाय है, उसी से दम मारने की फुरसत नहीं मिलती।

मकान को किराये पर उठाना बम्बई जैसे शहर में सुरक्षित नहीं। यही सोच-विचारकर उन्होंने मकान, गाड़ी, फर्नीचर आदि बेचने का निश्चय कर लिया है। किसी से सौदा भी पट गया है। पैसा ये बच्ची के नाम बैंक में जमा करवा देंगे। ये मात्र उसके अभिभावक रहेंगे...''

''पैसा न होता तो भी हम बच्ची के मामा होते हैं, उसकी जिम्मेवारी उठाते ही...बस, मुश्किल है तो एक बम्बई की भागा-दौड़ी अपने वश की नहीं...नजदीक नहीं है...माँ बूढ़ी हैं, इन्हें खुद ही देखभाल की आवश्यकता है।'' भाई साहब ने अपनी विवशता उसके सामने दोहराई।

''जी, आप ठीक कहते हैं।'' उसने भाई साहब की बात से अपनी सहमति प्रकट की।

हृदय में एक कचोट-सी हुई। नीता ने कितने चाव से फ्लैट खरीदा था! सागर के किनारे ही मकान चाहिए था उसे। दृढ़ थी। कुछ भी हो जाए...लूँगी तो सागर के किनारे ही...नहीं तो किराये का मकान गुजर करने के लिए क्या बुरा है?

''इसी सन्दर्भ में मुझे आप...आप सभी से...'' मि. जैन ने माँ और भाई साहब की ओर गहरी दृष्टि से देखा, ''बात करने की आवश्यकता अनुभव हुई...। नीता जी ने अपनी पूरी सम्पत्ति, मकान, गाड़ी, घर का सामान, बैंक-बैलेंस आदि की वसीयत मरने से लगभग महीने-भर पहले तैयार करवा ली थी...मैं आप लोगों के सामने उनकी वसीयत पढ़कर सुनाए दे रहा हूँ...''

मि. जैन ने फाइल में से दो लिफाफे बाहर निकाले। एक सीलबन्द लिफाफा फाड़कर उन्होंने नीता की वसीयत पढ़नी शुरू कर दी।

वसीयत का मजमून सुनते ही नीता के बड़े भाई साहब के माथे पर बल पड़ने लगे और वह स्तब्ध हो उठी...।

नीता ने अपनी पूरी सम्पत्ति बेटी मानसी के नाम की थी और बच्ची और सम्पत्ति की देखभाल की पूरी जिम्मेवारी वह अंकिता को सौंप गई थी। बैंक में पैसा अधिक था नहीं, जो भी था—उसका उपयोग अंकिता जैसा चाहे, जिस प्रकार चाहे, कर सकती थी। माँ के नाम से पन्द्रह हजार की रकम बैंक ऑफ बड़ौदा शाखा में सावधि जमा खाता में जमा थी, वह माँ चाहें तो बैंक ऑफ इंडिया की बड़ौदा शाखा में स्थानांतरित करवा सकती हैं और उसका मनचाहा उपयोग कर सकती हैं। घर के सामान में से भी माँ जो चीज अपने साथ ले जाना चाहें—ले जाने के लिए स्वतंत्र हैं।

वसीयत में नीता ने अपनी आखिरी ख्वाहिश व्यक्त की थी कि अगर अंकिता उसकी बेटी मानसी को कानूनन गोद ले ले तो उसे असीम खुशी होगी...ऐसे में सारी सम्पत्ति की अधिकारिणी अंकिता-मानसी की माँ होगी...।

वसीयत पढ़ने के बाद मि. जैन ने दूसरा लिफाफा अंकिता की ओर बढ़ा दिया, ''यह आपके लिए उनका निजी खत है...लीजिए...।''

उसने हाथ बढ़ाकर लिफाफा मि. जैन के हाथ से ले लिया। फाड़ा और पढ़ने लगी :

'अंकू!

अपने भीतर अपने को तिल-तिल कर मरता महसूस करना कितनी असाध्य यंत्रणा है! मुझमें अब और साहस शेष नहीं रहा कि मैं और अधिक दिनों तक अपनी मौत की साक्षी हो सकूँ। चरम अकेलेपन और कुंठा से मुक्त हो स्वयं को बहुत सँभालने और सहेजने की कोशिश की लेकिन असफल रही। शिखर और धरातल के मध्य एक फासला होता है—दीर्घ, जो अकस्मात् खत्म होते ही रीढ़ को साबुत नहीं रहने देता। बीच में सीढ़ियाँ नहीं होतीं न! वे बनाई ही नहीं गईं कभी। बनाई गई होतीं तो वह फासला उन सीढ़ियों पर डग भरता उतरता—तब पाँवों में उतराव की थकन ही हिस्से में होती...जिजीविषा न टूटती। आज महसूस हो रहा है, रीढ़ के बिना कोई जिन्दा कैसे रह सकता है? सोचती हूँ—इस देश की स्त्री को यहीं का खुला हवा-पानी चाहिए...यहाँ की मिट्टी का पौधा यहीं के मौसम के अनुशासन में जी सकता है। बाहरी और उधार लिया हवा-पानी उसे पच नहीं सकता। पच पाता तो सुधीर के छोड़ देने पर यह मन अपने लिए कोई अन्य अहलूवालिया या श्रीधर क्यों नहीं तलाश पाया?

और अंकू, जिस दिन से सुधीर को इस मन ने चाहा, देह भी अपना धर्म भूल गई—उसी को चाहने लगी। यही मानती रही थी कि देह का धर्म और है, जरूरी नहीं कि वह मन के प्रति निष्ठावान रहे। उसकी जरूरतें अलग हो सकती हैं। अलग लगती भी रहीं और मैंने उन्हें अलग रूप में जिया भी। लेकिन जिस दिन से यह मन सुधीर से जुड़ा—देह भी उसी के साथ जुड़ गई। वह सुधीर को ही चाहने लगी। किसी के जगाने पर भी नहीं जग पाई—क्यों? मैंने मूल्य तोड़े—पति-पत्नी के दासत्व-भरे सम्बन्धों से मुक्त होने की कामना लिये...शुद्ध रूप से नारी-पुरुष सम्बन्धों की गहराई और उदात्तता को जीना चाहा, लेकिन...।

तुम्हारे सामने खुले पृष्ठों को मेरी यह फिर से दोहराने की कोशिश...।

अंकू! मानसी—भविष्य की इस स्त्री को तुम्हें सौंप रही हूँ—कुम्हार के हाथों में कच्ची मिट्टी-सी...। तुम्हारी ममता की गोद में मानसी अपने अस्तित्व की तलाश पूरी कर सकेगी, विश्वास है। अपनी नन्ही-सी बेटी को अपने पास ले आना...।

तुम्हारी—नीतू'

उसके गालों पर अविरल अश्रुधाराएँ फूट पड़ी हैं : 'कायर लड़की!' चिट्ठी को एकाएक उसने अपने चेहरे से भींच लिया। उसके थर्राते होंठ अनायास बुदबुदा उठे, "मैं अपनी बिटिया को ले आऊँगी नीतू...तुरन्त...निश्चिन्त रहना।"

✿✿✿